U0097663

世界文學
經典名作

黛絲姑娘

TESS OF THE D'URBERVILLES
THOMAS HARDY

哈代 著
孫致禮、唐慧心 譯

第一版說明

下面這個故事主要部分——經過少許改動——曾在《圖畫周報》上發表過；還有幾章，本來更是特別爲成年讀者寫的，也曾以章節選登的形式，在《雙周評論》和《國民觀察家》上發表過。過些刊物的編輯和主辦人讓我能按兩年前的原稿那樣，把這部小說的軀幹和肢體聯在一起，全部印行，在此一併表示感謝。

我只想補充一點：作者抱著完全誠摯的目的推出這部小說，試圖以藝術的形式來表現一連串眞實的事情；至於書中的觀點和情感，只不過說出了大家現在的想法和感受，如果哪位過於高雅的讀者忍受不了這些東西，我就要請他記住聖杰羅姆的那句老話——

如果為了真理而開罪於人，那麼，寧可開罪於人，也強似埋沒真理。

湯瑪士・哈代

一八九一年十一月

第五版及以後各版　序言

在這部小說中，女主角在其主要活動展開之前，就經歷了一起事件，人們通過認爲，她因此而失去了作女主角的資格，或者至少認爲，她實際上斷送了她自己的前程和希望。所以，如果讀者大衆歡迎這部書，並且贊同我的觀點，認爲對於一件人所共知的悲慘事情，就其陰暗面而言，除了人們說過的話以外，還可以在小說裡再多敘說幾句，那就與公認的習俗背道而馳了。但是《德伯維爾家的黛絲》在英美讀者中引起了共鳴，這似乎證明，按照人們心照不宣的意見創作小說，而不必使之恪守人們僅僅掛在口頭上的社會習俗，倒也並非一無可取，即使拿現在這種不執行的局部成績作例子，也可以這樣說。對於讀者的共鳴，我禁不住要表示感激。在這個世界上，人們經常渴望友誼而不可得，不被別人故意誤解就算受到恩惠，但遺憾的是，我卻永遠不能面見這些有賞識力的男女讀者，同他們握握手。

我說的這些讀者，包括那些寬宏大量地歡迎這部小說的絕大多數評論家。從他們的言語中可以看出，他們也和其他讀者一樣，憑藉自己富有想像力的直覺，極大地彌補了我敘述方面的缺陷。然而，儘管這本書的本意既不想教訓別人，也不想攻擊別人，而只想在描述部份力求具有代表性，在思考部分則多寫印象，少寫信念，但是仍然有人反對這部書的內容和表現手法。

那些比較嚴厲的反對者，除了別的事項以外，還對什麼是適合於藝術的題材，儼然持有不同意見，並且表明他們對本書副標題中那個形容詞的意義❶，無法做出別的聯想，只能將

❶作者副標把黛絲稱爲「一個純潔的少女」，遭到不少評論家的非難。

它與文明禮法中產生出來的人爲的派生意思聯繫在一起。他們無視這個詞在自然界的意思，以及它所應有的美學特徵，至於他們從基督精神最美好的意義上，對該詞所作的精神解釋，那就更不用說了。還有一些人所以持有異議，從根本上講，只是因爲他們斷言，這部小說體現的只是十九世紀末期盛行的人生觀，而不是更早、更淳樸年代的人生觀——我只希望這種斷言能有充分的依據。讓我再說一遍：小說只寫印象，並非說理。這件事就講到這裡爲止吧，因爲我想起了席勒致歌德信裡的一段話，正好是對這些人的評判：「他們這種人，只在藝術裡尋找他們自己的思想，而且珍惜那些高於生活的東西。因此，這種爭論的原因，就在於基本原理的問題，要與他們取得諒解，是絕對不可能的。」還有一段：「無論什麼人，我一旦發現他在評判詩歌作品時，認爲還有比內在的必然和眞實更重要的東西，那我就算是跟他斷絕關係了。」

我曾在第一版的說明裡提到，可能會有哪位高雅的人，忍受不了書中這樣或那樣的東西。這種人果然出現在上述的反對者之中。其中有一位，由於我沒有作出「唯一能證明那個靈魂得救」的批判性努力，讀了三次都無法將此書讀完，並爲此感到內心不安。還有一位，很不贊成我把諸如魔鬼的乾草叉、公寓的切肉刀和蒙羞得來的陽傘之類的粗俗物品，寫進一部體面的小說裡。另有一位先生，充任了半個鐘頭的基督徒，以便對我給不朽衆神所加的不敬字眼❷，更充分地表示痛惜之情。不過，也正是這種天生的高雅，迫使他用令人感激不盡的憐憫之辭，來表示他對作者的原諒：「他的確是盡力而爲了。」我可以奉告這位大批判

❷在全書最後一段，作者寫道：衆神的主宰「結束了對黛絲的戲弄」。

家，無緣無故地責怪神明（無論是一神，還是衆神），並非像他想像的那樣，是我與生俱來的罪惡。的確，這種罪惡也許有它的地方根源，然而，如果莎士比亞是一個歷史權威的話（他或許並不是）那我就可以指出，早在七王國時代❸，這種罪惡就已經傳進威塞克斯了。在《李爾王》（也可以說是在威塞克斯國王伊那的故事）中，格羅斯特曾經說過——

天神對待我們，就像頑童對待蒼蠅；
他們為了戲弄而把我們殺害。❹

《黛絲》其餘的兩三位攻擊者，都是此抱有先入之見的人，大多數作家和讀者都很樂意忘記他們。他們自命文壇的拳師，有時爲了應付場面，裝出一副十分虔誠的樣子，要做現代「懲治異端的鐵錘」，還發誓要煞盡別人的風景，總在尋找時機，不讓別人把暫時的部分成功，轉變成日後的全面成功。他們歪曲一目了然的原意，並且假藉運用偉大的歷史方法的名義，進行人身攻擊。不過，他們也許有自己要推行的目標，要維護的特權，要保持的傳統習俗。但是，一個講故事的人，僅僅記錄世上的事物給他的印象，全然沒有別的用心，因而可能忽視了這些東西，而且可能純屬出於疏忽，在毫無囂張之意的情況下，與這些東西發生了衝突。也許夢幻時刻所產生的倏忽即逝的意念，如果普遍地付諸於行動，便會讓這樣的攻擊

❸七王國：從公元第五世紀起，到第九世紀止，盎格魯和撒克遜人將英國分割成七個王國，其中包括威塞克斯王國。
❹引自莎士比亞〈李爾王〉第四幕第一場。

者在地位、利益、家庭、僕人、牛、驢、鄰居或鄰居的太太等方面❺，遭到不少麻煩。因此，他勇敢地躲在出版商的百葉窗後面，高聲叫喊：「不要臉！」這個世界實在太擁擠了，無論怎樣變化位置，即使最有理由地向前挪動一步，都會觸痛別人腳跟上的凍瘡。這種變化往往始於情感，而這種情感有時則始於一部小說。

一八九二年七月

前面那些話是這部小說問世不久寫的，當時，社會上對本書各方面進行的公開的和私下的激烈的批評，讓人心裡還記憶猶新。既然話已經說出來了，不管它有沒有價值，也只好保留在這裡了。不過，若是放在現在，恐怕就不會寫出這些東西了。儘管從本書初版到現在，時間還很短暫，但是惹我作出上述答覆的那些批評家們，有的已經「沈入緘默」，這彷彿要提醒我們，無論是他們的話還是我們的話，都是絲毫無關緊要的。

有些讀者對書中的風景和史前的古跡，尤其是對英國的古建築，頗感興趣，為了答覆他們有關這些方面的詢問，不妨利用這次出版加以聲明：我這本書和其他小說裡的背景，都是根據實際進行描寫的。許多風景和古跡，採用的就是它們現在的眞實名稱，例如布萊克穆爾

❺比較《聖經・舊約・出埃及記》第二十章第十七節：「你不可貪你鄰居的房子，你不可貪你鄰居的太太，也不可貪他的男僕人，貪他的女僕人，貪他的牛，他的驢，或者一切屬於你鄰居的東西」

（或布萊克摩）谷、漢布爾登山、布爾巴羅、內特爾科姆圖特、多格伯里山、海斯托伊、巴布當山、魔鬼廚房、十字手、朗阿什路、本維爾路、巨人山、克里默克羅克路、斯通亨奇，都是如此。至於弗魯姆（或弗羅姆）河和斯圖河，人們當然都很熟悉這些名字。在策劃故事的時候，我想那些能勾畫出威塞克斯輪廓的大城市和大地方——比如巴思、普利茅斯、斯塔特、波特蘭比爾、南安普敦等等——應該不折不扣地使用眞名。這個辦法並沒有大費周章，但是不管其價值如何，反正那些名字還是原樣保留了。

至於那些以假名或古名相稱的地方——這在寫書的時候，似乎有充分的理由——明眼人一見之於書，便可斷定能清清楚楚地認出眞實地點，例如，「沙斯頓」就是沙夫茨伯里，「斯圖堡」就是斯特明斯特牛頓，「卡斯特橋」就是多切斯特，「梅爾切斯特」就是索爾茲伯里，「大平原」就是索爾茲伯里平原，「蔡斯伯勒」就是克蘭伯恩，「狩獵林」就是克蘭伯恩狩獵林，「埃明斯特」就是貝明斯特，「金斯比爾」就是比爾里吉斯，「綠山」就是伍德伯里山，「井橋」就是伍爾橋，「斯丹福特路」就是哈特福特或哈普特路，「喬克牛頓」就是梅登牛頓，「弗林庫姆阿什」就是內特爾科姆圖附近的一家農場，「謝頓阿巴斯」就是舍伯恩，「米德爾頓寺」就是米爾頓寺，「阿伯茨瑟內爾」就是瑟恩阿伯斯，「埃弗謝德」就是埃弗肖特，「托恩伯勒」就是湯頓，「桑德伯恩」就是伯恩茅斯，「溫頓塞斯特」，就是溫切斯特，等等。我決不會反駁這些人，我想他們的說法至少可以表明，他們是出於一片眞心和好心，對書中的背景發生了興趣。

一八九五年一月

這部小說這一版裡，增添了以前各版都沒放進去的幾頁。我把那些分散的章節，像一八九一年序言裡說的那樣，雖然原稿裡含有這幾頁但收集在一起的時候，還是把這幾頁疏漏了，這幾頁出現在第十章。

關於本書的副標題，前面已經提到過，現在可以補充一句：這個副標題是我在最後時刻，看過最後一次校樣之後加上去的，作爲一個胸懷坦蕩的人對女主角的品格所作的評判——原想誰也不會對這樣的評判提出異議。怎知這幾個字引起的爭論，比書中任何內容引起的爭論都多。一字不寫，豈不是更佳。不過，那個副標題還留在書上。

本書於一八九一年十一月，分三卷首次全部印行。

一九一二年三月

可憐你這受了傷害的名字！我的胸口是張床，供你養息。

——威廉．莎士比亞

〈維洛那二紳士〉第一幕第二場

第一章

五月後半月，有一天傍晚，一位中年男子正從沙斯頓朝著馬洛特村，往家裡走去。那馬洛特村，就座落在與沙斯頓毗鄰的布萊克穆爾谷，也叫布萊克摩谷。這男子走起路來，兩條腿蹣蹣跚跚，步履有些偏斜，身子不是直線向前，而總是有點歪向左邊。他偶爾用勁地點點頭，彷彿是對什麼意見表示首肯，儘管他不在考慮什麼特別的事。他胳膊上挎著一個雞蛋籃子，帽子的絨毛亂蓬蓬的，帽檐上摘帽時大姆指觸摸的地方，還給磨掉了一塊。過了不久，他遇見一個上了年紀的牧師，騎著一匹灰色騍馬，信口哼著小調，朝他迎面走來。

「晚安，」挎籃子的男子說。

「晚安，約翰爵士，」牧師說。

步行的男子走了一兩步，便停住了腳，轉過身來。

「哦，先生，對不起。上回趕集那天，咱倆差不多也是這個時候，在這條路上碰見的，我說了一聲，『晚安』，你也像剛才一樣，回應說：『晚安，約翰爵士。』」

「我是這麼說的，」牧師說。

「在那以前還有過一回——大約一個月以前。」

「也許有過。」

「我杰克．德貝菲爾只是個平民小販，你爲什麼一次次地叫我，『約翰爵士』」

牧師拍馬走近了一兩步。

「這只是我一時心血來潮，」他說。接著，遲疑了一下，我說：「那是因為，不久以前，我為編寫新郡志而考查各家家譜時，發現了一件事。我是斯丹福特路的特林厄姆牧師，考古學家。難道你眞不知道，你是德伯維爾爵士世家的直系後代嗎？德伯維爾家的始姐是佩根・德伯維爾爵士，據《紀功寺錄》記載，那位赫赫有名的爵士，是隨同征服者威廉一世從諾曼第來到英國的。」

「我以前從沒聽說過呀，先生！」

「唔——這可是眞事——不過，有點不那麼威武了。當年，在諾曼第協助埃斯特雷瑪維拉勛爵征服格拉摩根郡的，有十二位武士，你的祖宗便是其中的一個。你們家的支族，在英國這一帶到處都有莊園。在斯蒂芬王朝，他們的名字都出現在《卷筒卷宗》上❶。在約翰王朝，你有一位祖宗闊得不得了，把一座莊園捐給了僧侶騎士團；愛德華二世執政時，你的祖宗布頓恩被召到威斯敏斯特，出席了那裡的大議會。在奧利佛・克倫威爾時代，你們家有點衰落，但不是很嚴重。查理二世在位時，你們家因為忠於君主，被封為『御橡』爵士。哦，你們家有過好多代約翰爵士了。假使爵士也從男爵那樣，可以世襲的話，那你現在就是約翰爵士了。其實，在古時候，爵士封號就是父子相傳的。」

「眞有這事！」

「總而言之，」牧師果斷地拿鞭子拍了拍自己的腿，斷定地說，「在英國，簡直找不出第二個這樣的家族！」

「還眞找不出呀！」德貝菲爾說道。「可是你看我，一年年地東跑西顚，到處碰壁，好

❶英國財政部的年度紀錄，亦稱財政部大檔，始於英王亨利二世，終於一八三四年。

像我只不過是教區裡最低下的人……特林厄姆牧師，關於我這消息，大伙都知道多久啦？」

牧師解釋說，據他所知，這事早已被世人遺忘，很難說有什麼人知道。他自己的考查，是從那年春上的一天開始的。當時，他在考查德伯維爾家族的盛衰榮辱時，恰巧看見他的馬車上寫著德貝菲爾這個姓氏，便追根究柢，查尋了他父親和他祖父的情況，直至把事情搞得確鑿無疑。

「起先，我並不想把這樣一條毫無價值的消息告訴你，攪得你心神不安，」他說。「不過，人有時候太容易衝動，難免失去理智。我還以爲你對這事早就有所了解了呢！」

「的確，我有一兩次聽人說，我家沒搬到布萊克穆爾以前，倒過過好日子。可我當時就沒理會那話，只當是說我們家從前養過兩匹馬，眼下只養得起一匹。我家裡有一把古銀匙，還有一方古圖章。不過，銀匙和圖章算得了什麼？……眞想不到，我和高貴的德伯維爾家一直是一家骨肉。據說我老爺有些秘密事兒，他卻不肯說出他是打從哪兒來的……牧師，我想冒昧地問一句，我家人如今都在哪兒起爐灶？我是說，我們德伯維爾家都住在哪兒？」

「你們家哪兒也沒有人了。你們作爲一郡的世家，已經絕嗣了。」

「眞倒楣。」

「是啊——那些胡編瞎扯的家譜上所說的男系絕嗣無後——其實就是衰敗，沒落。」

「那我們家人埋在哪兒？」

「埋在綠山下的金斯比爾。一排又一排地躺在墓穴裡，帶有波倍克大理石華蓋的墓碑上，刻著他們的雕像。」

「我們家的宅邸莊園在哪兒？」

「你們沒有宅邸莊園了。」

「哦？也沒有田地了嗎？」

「沒有，儘管我才說過，你們家以前支系繁茂，擁有大量領地。從前在本郡，你們家的邸宅，金斯比爾有一處，謝爾頓有一處，米爾龐德有一處，拉爾斯丹特有一處，韋爾布里奇有一處。」

「我們家還會興旺起來嗎？」

「呵——這我可說不準！」

「那我對這事該怎麼辦呢，先生？」德貝菲爾頓了頓，問道。

「哦——沒有辦法，沒有辦法，除了用「英雄豪傑何竟滅亡」❷的思想訓誡自己之外，別無辦法。這件事，只有當地的歷史學家和系譜學家會有點興趣，沒有其他意義。在本郡的一些村舍裡，也有好幾家人，以前差不多和你們家一樣榮耀。再見。」

「不過，特林厄姆牧師，你告訴了我這消息，你還是回來跟我去喝它一夸啤酒吧？醇瀝酒店有上好的散裝啤酒——雖說比起羅利弗酒店來，當然還差一點。」

「不，謝謝——今晚不行啦，德貝菲爾。你已經喝得夠多了。」說罷，牧師便騎著馬繼續趕路，心裡在嘀咕：他把這條奇聞說出去，是否有失謹慎。

牧師去了以後，德貝菲爾如迷夢般地走了幾步，接著在路邊的草坡地坐了下來，把籃子放在面前。過了一會兒，遠處出現了一個小伙子，也朝著德貝菲爾剛才所走的方向走來。德貝菲爾一看見他，就舉起手來，小伙子便加快腳步，走上前來。

「小子——拎起這個籃子！我要你給我跑趟腿。」

---

❷語出《聖經．舊約．撒母耳記下》第一章。

那個瘦長的小伙子皺了皺眉頭。「約翰・德貝菲爾，你算老幾？倒支使起我來，還叫我『小子』？咱倆誰不知道誰的名字呀！」

「你眞知道，眞知道呀！這可是秘密——這可是秘密啊！現在聽我吩咐，我叫你去送個信，快去送吧……好吧，弗雷德，我還是把秘密告訴你：我出身於遺族人家——這是我今兒個午後剛發現的。」德貝菲爾宣佈這一消息時，本來是坐著的，卻把身子往後一仰，舒展地躺倒在草坡上的雛菊叢中。

小伙子站在德貝菲爾面前，把他從頭到腳打量了一番。

「約翰・德伯維爾爵士——這就是我，」躺在地上的人接著說道。「就是說，要是爵士跟從男爵一樣的話——本來就是一樣嘛。我的來歷都上了歷史了。小伙子，你知不知道綠山下的金斯比爾那地方？」

「知道。我去那兒趕過綠山會。」

「唔，在那個城——我是說那地方不是個城。至少我去那兒的時候，還不是個城——那是個不起眼的、可憐巴巴的小地方——」

「別去管那個啥地方，小子——那不是我們要談的問題。在那個教區的教堂下面，安葬著我的祖宗們——有好幾百位呢——穿著鎧甲，戴著珠寶，裝在好幾噸重的鉛製大棺材裡。在南威塞克斯郡，誰家的祖墳也沒有咱家來得氣派，來得高貴。」

「哦？」

「現在，拎起這個籃子，跑到馬洛特，路過醇瀝酒店時，叫他們趕緊派輛馬車來接我。往車廂裡擺一點酒，裝在小瓶裡，記在我帳上。辦完這樁事以後，你再把籃子拎到我家，告訴我老婆別再洗衣服了，因爲她用不著洗完，叫她等我回家，我有消息告訴她。」

見小伙子狐疑不決地站在那裡，德貝菲爾便把手伸進口袋，從他那一向少得可憐的先令中，掏出一個來。

「這是你的酬勞，小伙子。」

這一來，小伙子對事態的估計，可就起了變化。

「是，約翰爵士。謝謝您老。還有什麼事要我為您效勞嗎，約翰爵士？」

「告訴我家裡人，說我晚飯想吃——嗯，要是能弄到羊雜碎，就吃炒雜碎；要是弄不到羊雜碎，就吃黑香腸；要是連黑香腸也弄不到，吃油炸豬小腸也行。」

「是約翰爵士。」

小伙子拎起籃子，剛一動身，就聽見從村子那裡傳來銅管樂隊的樂曲聲。

「這是幹啥的？」德貝菲爾問道。「不是為我吧？」

「這是婦女在開遊行會呀，約翰爵士。咭，您家千金還是婦女會的會員呢！」

「沒錯——我光顧得想大事兒，卻把這事兒忘個精光！好啦，你還是去馬勒特吧，給我要輛好馬車，我興許能坐著車兜一圈，檢閱一下遊行會。」

小伙子走了，德貝菲爾沐浴在夕陽裡，躺在野草和雛菊叢中等候，過了許久，那條路上再沒走過一個人影。在這青山環抱之中，那隱隱約約的管樂聲，是唯一聽到的人間聲音。

第二章

前面說過的那個美麗的布萊克摩谷，也叫克萊克穆爾谷，是個群山環抱、清幽僻靜的地區，雖說距離倫敦只不過四個鐘頭的路程，可大多數地方還不曾被遊客或風景畫家涉足過。馬洛特村就座落在這山谷東部的起伏地帶。

要貪圖這山谷的景致，最好從四周的山頂上向下俯瞰——也許夏季的乾旱時節還要除外。遇到壞天氣，一個人沒有嚮導，獨自遊逛到峽谷深處，就容易對那塊狹窄曲折、泥濘難走的路徑，感到不滿。

這塊地方土壤肥沃，又有群山遮掩，田野從不枯黃，泉水從不乾涸，南面鄰接著一道險峻的白堊山嶺，山嶺中矗立著漢布爾登山、布爾巴羅、內特爾科姆圖特、多格伯里、海斯托伊、巴布當等崗巒。從海邊來的遊客，往北吃力地走過二十英里石灰質丘陵地和莊稼地之後，突然來到一道峻嶺的邊緣，只見一片原野像地圖一樣平鋪在腳下，和先前走過的地方截然不同，不由得又驚又喜。在他身後，重山莽莽，陽光燦爛地照射在廣闊的田野上，使整個景物顯得像是沒有間隔似的，一條條小路白晃晃的，一排排樹籬低矮地盤結著，大氣清澈無色。在這峽谷間，世界彷彿是按小巧玲瓏的尺度建造起來的。這裡的田野只是一些微縮的圍場，從這高處望去，那一道道樹籬猶如用深綠色的絨織成的網，鋪在淺綠色的草地上。山下的空氣懶意洋洋，給染成了一片蔚藍，就連藝術家稱作中景的地方也沾染了這種色彩，而遠處的天際則呈現出頂深的群青色。可耕地數量不多，面積有限。除了個別幾處之外，整個景象就是一片遼闊繁茂的草地和樹林，大山抱著小山，深谷套著淺谷。這就是布萊克穆爾谷。

這塊地方不僅地形富有情趣，而且歷史上也饒有風味。據傳說，亨利三世在位的時候，曾追捕到一隻美麗的白鹿，把它放掉後，卻讓一個名叫托馬斯·德拉林德的人殺死了，因此受到國王的重罰。由於這個奇異的傳說，這山谷從前就叫作白鹿林。那時代，直至不久以前，這地方到處都是茂密的樹林。即使現在，山坡上還殘存著古老的橡樹叢和雜亂無章的喬木帶，許多牧場上還矗立著一棵棵蔽蔭的空心大樹，這都可以看出當年那般景況的痕跡。

如今御獵場已經不復存在了，但是其間一些古風卻遺留下來了。不過，有許多古風是以變換了形式，延續下來的。比如，從我們所說的那天下午，就可以看出五朔節舞會的舊風，只不過換了形式，變成了聯歡會，或者按當地的說法，叫做遊行會。

對於馬洛特的青年村民來說，這是一項有趣味的活動，儘管參與者並沒認識到其真正的趣味。它的獨特之處，並不在於保存了一年一度的列隊遊行跳舞這一風俗，而在於參加者全是婦女。在男人的社團裡，這樣的慶祝活動雖說在日趨消亡，但卻並不那樣罕見。不過，不知是由於女性的羞澀天性，還是由於男性親屬的譏誚態度，那些保留下來的婦女會（如果還有其他婦女會的話）完全失去了原有的榮耀和壯觀。只有馬洛特的遊行會流傳下來，紀念本地的穀物女神節。這婦女會已經遊行了幾百年了，如果不能算是互濟會，卻可算是一種表示還願的婦女會。現在，婦女會仍然舉行遊行活動。

參加遊行會的人全都穿著白色長服——這種色彩鮮艷的服裝，是舊時代的遺風。當時，歡天喜地和五月時節成了同義詞——那時候，人們還沒有深思遠慮的習慣，沒有把人類的情感降低到單調乏味的程度。那天，婦女們最先出現的時候，是排成雙行隊列，在教區裡遊行。當太陽照耀在她們身上，讓綠色樹籬和爬滿藤蔓的房屋正壁——襯托，理想和現實便發生了一點小小的衝突，因爲雖說所有婦女都穿著白色長服，但卻沒有哪兩件白得一樣。有的接近純白色，有的有點白裡泛藍，而有些年長的婦女穿的長服，可能在箱子裡疊放了好多年，有些近乎慘白，而且有些近乎喬治式樣。

除了身穿白色連衣裙這一特徵之外，每個女人都在右手拿著一根剝了皮的柳條，左手拿著一束白花。這剝柳樹條和選擇花束，可是每個人都很經心的事。

遊行隊伍裡，有幾位中年甚至上年紀的婦女，一個個飽經滄桑，歷盡磨難，落得一頭銀絲，滿臉皺紋，夾在這喜氣洋洋的隊伍中，顯得幾乎是荒唐的，又著實很可憐。照理說來，這些飽經風霜、歷盡憂患的人，個個到了快要說「歲月毫無歡樂可言」❶的時候，因此，比起她們的年輕伙伴來，她們也許具有更多的材料，供我們搜集和敘說。不過，這裡且不敘說那些年長的人，還是講講那些在緊身衣下生命搏動得更急劇、更熱切的人們吧！

的確，在遊行隊伍中，年輕姑娘占了大多數，她們那一頭頭濃髮，在陽光的輝映下，呈現出各種各樣的金色、黑色和褐色。有些人長著漂亮的眼睛，有些人生著俏麗的鼻子，有些人有著嫵媚的嘴巴，婀娜的身段；但是，這樣樣都美的，雖然不能說一個都沒有，卻也是爲數極少。顯然，如此不遮不掩地暴露在衆目睽睽之下，她們一個個不知道怎樣才能消除忸怩的神情，這些都表明，她們是地地道道的鄉下姑娘，不習慣受衆人注視。

她們大家，不僅身上個個都給太陽曬得暖烘烘的，而且人人心裡都有一個小太陽，溫暖著各自的心靈。那是一種夢想，一種情意，一種愛好，至少是一種渺茫的希望，這種希望雖然可能正在化爲泡影，但卻依然活在人們心中，因爲一切希望都是如此。因此，她們大家全

❶引自《聖經·舊約·傳道書》第十二章第一節。

都喜氣洋洋，好些人還興高采烈。

她們走過醇瀝酒店，正要離開大路，從一道柵門進入草場，只聽一個婦人說道：

「天哪！你瞧，黛絲．德貝菲爾，那不是你爹坐著馬車回家來啦！」

聽到這聲叫喊，隊列中有一個年輕姑娘扭過頭來。她是個標致俊俏的姑娘——也許不比有些姑娘更漂亮——不過她那兩片嘴唇，那一雙天眞爛漫的大眼睛又給她平添了不少姿色。她頭髮上扎著一根紅綢帶，在這白色的隊伍中，能夠炫耀這種引人注目的裝飾的，還只有她一個人。且說她扭過頭來，看見德貝菲爾坐著醇瀝酒店的馬車，一路駛來，趕車的是一個頭髮卷曲、體格健壯的姑娘，兩只衣袖卷到胳膊肘上面。這是醇瀝酒店那位開心的伙計，因爲是打雜的，有時也作馬車夫。德貝菲爾仰著身子，悠然地閉著眼睛，一隻手在頭上揮來揮去，嘴裡慢悠悠地吟誦道：

「我家……在金斯比爾……有一大片祖墳……我那些……封爲爵士的……祖先，都要……葬在那兒的……鉛棺裡！」

參加婦女會的人，除了那個名叫黛絲的姑娘以外，全都吃吃笑了起來。黛絲見父親在當衆出醜，臉上似乎慢慢升起一陣火辣辣的感覺。

「他累了，沒別的，」她連忙說道，「他搭車回家，因爲我家的馬今天要休息。」

「別裝糊塗了，黛絲，」她的同伴說，「他是趕集喝多了。哈哈！」

「聽著，你們要是笑話他，我就一步也不跟你們走了！」黛絲大聲嚷道，面頰上的紅暈傳遍整個臉，傳到脖子根。轉眼間，她的眼圈濕了，目光垂到地下。大家一見眞把她惹惱了，便不再吭聲了，隊伍又秩序井然了。黛絲出於自尊，不願再回過頭去，看看父親在搞什麼名堂，如果他眞有什麼名堂的話。於是，她隨著大伙走到圍籬裡的草地上，準備在裡面跳舞。到了草地上，她已經恢復了平靜，用柳條輕輕拍打身邊的人，照常有說有笑。

黛絲・德貝菲爾處在這個年紀，只是一個感情熱烈的少女，還沒受過人情世故的薰染。她雖然上過村裡的小學，但是嘴裡還多少帶些土話。在這個地區的方言中，比較典型的音調，就是Ur這個音節帶來的近似發音，念得像人類語言中的任何音節一樣圓潤。黛絲那兩片撅起的紅嘴唇，天生就會發這一音節，不過她的嘴唇還沒有完全定形，每當說完一個字要閉嘴的時候，下唇總要把上唇中部向上頂一下。

她的外貌還隱約保留著童年的特徵。她今天遊行起來，儘管步履矯健，儀態萬千，儼然像個成年女子，但有時候，你能從她的面頰上看到她十二歲的模樣，從她的眼睛裡看到她九歲時的光彩，就連她五歲的神態，也不時從她唇邊嘴角上掠過。

然而，這一點很少有人知道，也更少有人去考慮。只有極少數人，大半還是陌生人，偶爾打她身邊走過時，會久久地注意她，一時間被她的清新氣質所迷醉，心想不知道以後能否再遇見她。不過，幾乎在每個人看來，她只不過是一個標致如畫的鄉下姑娘罷了。

德貝菲爾坐在女車夫趕著的凱旋馬車裡，已經走沒影了，也聽不見聲音了。遊行隊伍走進指定的場地，開始跳舞了。因爲隊伍裡沒有男子，姑娘們起先只好互相對舞，但是到了快收工的時候，村裡的男人同其他閑雜人、過路人一起，聚集在舞場周圍，似乎想要選擇舞伴。

在這些旁觀者當中，有三個穿著較體面的年輕人，肩上挎著小背包，手裡拿著粗手杖。他們長得都很像，年齡也一個一個地緊挨著，這幾乎可以表明，他們可能是親兄弟，事實上他們還眞是親兄弟。老大紮著白色領帶，穿著圓領馬甲，戴著薄邊帽子，一身普通副牧師的打扮；老二是一個正規的大學生；而那位最小的老三，僅憑外貌還看不大出來他的身份。在他的眼神和服飾中，有一種無拘無束的神氣，表明他還沒有找到理想職業的門徑。我們只能猜測說，他是一個漫無目標的學生，什麼事情都想嘗試一下。

這三兄弟對萍水相逢的人說，他們是爲聖靈降臨節度假，來布萊克穆爾谷作徒步旅行的，路線從東北面的沙斯頓鎭起，往西南方向走。

他們靠在大路旁邊的柵門上，問起婦女穿著白衣服跳舞是怎麼回事。顯而易見，老大和老二是一刻也不想多待的，但是老三看見一群姑娘沒有男伴，自己跳舞來，似乎覺得很好玩，也就不急於趕路了。他解下背包，連手杖一起放在樹籬上，打開了柵門。

「你要幹什麼，安傑？」老大問道。

「我想去跟她們跳一陣。咱們何不都去呢——只跳一會——不會耽擱很久的。」

「不行，不行，眞是胡鬧！」大哥說道。「公然和一群鄉下小妞跳舞——讓人家看見怎麼得了！走吧，要不然，天黑以前我們就趕不到斯圖堡啦。趕不到斯圖堡，就沒有地方投宿。再說，我既然不辭辛勞地把《斥不可知論》帶來了，咱們就得在臨睡前再看一章。」

「那好吧——我五分鐘後就趕上你和卡思伯特。你們不用停留。我保證能追上你們，費利克斯。」

兩個哥哥無奈離開了弟弟，繼續趕路，同時拿走了他的背包，好讓他能輕裝追趕。於是，老三走進了草場。

「眞是萬分可惜，」當跳舞剛一暫停下來，他就向離她最近的兩三個姑娘獻殷勤說，「你們的舞伴都哪去了，親愛的？」

「他們還沒有下工呢，」一個最愣頭愣惱的姑娘答道。「他們過一會就來了。趁他們還沒來，你先當個舞伴好嗎，先生？」

「當然好。不過，這麼多姑娘，就我一個舞伴有什麼用！」

「總比一個都沒有好哇。跟同性的人面對面跳舞，壓根兒不能摟摟抱抱，真沒味！好啦，你就挑選吧。」

「得了——別這麼沒羞沒臊啦！」一個比較醜腆的姑娘說道。

那個青年受到邀請之後，抬起頭來把姑娘們掃視了一番，試圖鑒別一下，不過這群姑娘他以前從沒見過面，也實在不大好鑒別。他挑選的，差不多就是頭一個來到他面前的人，而那個跟他說話的姑娘，儘管在期待，卻沒有被挑中。黛絲·德貝菲爾也沒有碰巧入選。古老的家世，祖宗的屍骨，卓著不朽的事蹟，德伯維爾家的相貌，這些還沒有給黛絲在人生戰鬥中幫上什麼忙，甚至在一群普普通通的村枯中間也沒占個上風，連一個舞伴都吸引不過來。沒有維多利亞時代的金錢作後盾，諾曼第的血統又算得了什麼？

那個獨占鰲頭的姑娘，不管叫什麼名字，反正沒有流傳下來。不過，那天晚上，她頭一個享受到和男性舞伴跳舞的豔福，因此，大家都很羨慕她。然而，榜樣的力量是無窮的，村裡的小伙子們，本來誰也沒有匆忙走進舞場。不一會功夫，許多舞伴漸漸發生了變化，摻進了土裡土氣的小伙子，最後，就連最不起眼的女人，也不用充當男舞伴了。

教堂的鐘敲響了，那個學生突然說，他得走了——他剛才忘乎所以了——他得去追他的同伴。他退出舞場的時候，目光落到了黛絲·德貝菲爾身上。說實話，小伙子剛才沒選她作舞伴，她那雙大眼睛還隱隱約約流露出一絲責怪的神情。小伙子也覺得遺憾，因爲她剛才畏縮不前，他沒能注意到她。他就懷著這種心情，離開了草場。

由於耽擱得太久，他拔腿沿著小路向西飛奔而去，轉眼跑過了山坳，登上了又一道山坡。他還沒有追上兩個哥哥，卻停下來喘口氣，同時回頭望望。他看得見，姑娘們的白色身影在青草地上旋來轉去，就像他在她們中間時一樣。她們似乎已經把他忘得一乾二淨。

她們全都把他忘了，也許只有一位沒忘。那個白色身影離開衆人，獨自站在樹籬旁邊。從她的位置來看，他知道這就是他沒和她跳舞的那個漂亮姑娘。雖然事情很小，他卻本能地感覺到，她因爲受到他的忽視，而心裡感到難過。他後悔自己沒有請她跳舞；他後悔自己沒有問問她的名字。她是那樣溫文爾雅，那樣脈脈含情，穿著一身薄薄的白衣服，顯得那樣溫柔，他覺得自己剛才表現得太愚蠢了。

然而，事情已經無可挽回了，他便轉過身來，悶頭急速趕路，不再去想這件事了。

第三章

至於黛絲・德貝菲爾，她卻並沒如此輕易地忘記這件事。有好一陣，她都無心再去跳舞，儘管她有的是舞伴。不過，唉！他們說起話來，可不像那個陌生青年那麼動聽。直至霞光完全吞沒了陌生青年在山上遠去的身影之後，她才擺脫了一時的惆悵，答應了一個想同她跳舞的人。

她和伙伴們一直逗留到黃昏，跳起舞來也眞有幾分興趣。不過，她還是個情竇未開的少女，純粹是爲了跳舞而跳舞。她見過有些姑娘被人追求到手之後，嘗盡了「溫柔的折磨，苦辣的甜蜜，愉快的痛苦，愜意的憂傷」；這時候，她絲毫想像不到，她自己遇到這種情況，會是什麼樣子。小伙子們爭著吵著想跟她跳舞的時候，她只是覺得很好玩——沒有別的；他們爭吵得太凶了，她還要罵他們幾句。

她本來還可以待得再晚些，可她想起了父親剛才的古怪模樣、古怪舉止，不禁有些焦急，心想也不知道他怎麼樣了，便離開了跳舞的人群，轉身拔步朝村頭走去，她家的小屋就座落在那裡。

她離家還有好幾十碼的時候，聽到了一種有節奏的聲音，跟剛才舞場上的聲音截然不同。她熟悉這聲音——非常熟悉。這是從屋裡傳來的一連串有規律的咯嗒聲，是搖籃在山頭地上猛烈搖晃發出的；一個女人的聲音和著搖籃的擺動，像演奏強勁有力的快步舞曲一樣，唱起了她最喜愛的〈花牛曲〉——

我看見她躲在那邊的綠樹林裡；
來吧，親愛的！讓我告訴你她在哪裡？

搖籃聲和歌聲，有時會同時中斷一下，取而代之的是一陣扯著嗓門的叫喊——「上帝保佑你那鑽石般的眼睛！集合你那光溜溜的臉蛋！保佑你那櫻桃般的小嘴！集合你那丘比特式的大腿！集合你那小寶貝身上的每一塊肉！」

祈禱完之後，搖籃聲和歌聲又重新開始，〈花牛曲〉又照舊進行。黛絲打開門，站在門裡的擦腳墊上往裡審視的時候，屋裡正是這副光景。

屋裡儘管有歌聲，但是黛絲卻感受到一種說不出的淒涼。從剛才曠野裡的歡樂景象——潔白的連衣裙，一束束鮮花，一根根柳條，草地上的翩翩起舞，對陌生青年的一陣柔情——來到這一支蠟燭、一片昏黃的慘淡景象中，眞是天上人間了！除了這種格格不入的對照之外，她還因爲自己光顧得在外面遊玩，沒能早點回家幫助媽媽做家務，而感到愧疚。

和她離家時一樣，媽媽身邊圍著一群孩子，俯身立在一個洗衣盆旁邊，盆裡的衣服本該禮拜一就洗完的，現在卻像往常一樣，又給拖到了禮拜的末尾。黛絲身上穿的這件白衣連衣裙，也是媽媽昨天才從那個盆裡撈出來，親手擰乾熨平的，可剛才卻在濕漉漉的草地上，讓她漫不經心地把裙子下襬蹭綠了。——一想到這裡，她就感到悔恨，像受到蜂刺蝎螫一般。

像往常一樣，德貝菲爾夫人一隻腳站在盆邊，另一隻腳忙於前面所說的事，搖晃她那頂小的孩子。那個搖籃，在那石板地上履行了這麼多年的苦差，承受了這麼多孩子的重負，如今連曲座都快磨平了。因此，籃身每搖晃一次，都要劇烈地抖動一下，把嬰兒像織布梭子似的，從這一邊拋到另一邊，而德貝菲爾夫人儘管在肥皀水裡泡了一整天，但是讓自己的歌聲一激發，身上反倒來了勁，拼命地用腳晃動搖籃。

搖籃咯嗒咯嗒地響著，蠟燭火苗越著越長，開始上下跳動，德貝菲爾夫人胳膊肘上滴著肥皂水，〈花牛曲〉也很快唱到了末尾，與此同時，她拿眼睛盯著女兒。即使現在，瓊・德貝菲爾雖然讓一大群孩子拖累著，但是仍然酷愛唱歌。凡是從外界流傳到布萊克穆爾谷的歌曲，黛絲的媽媽只要一個星期，就能把調子學會。

從這女人的面容上，還能隱隱約約地看出她年輕時的光彩，甚至豐韻。由此看來，黛絲那足可自豪的美貌，主要是她母親傳給她的，因此和爵士世家沒有多大關係。

「媽，我來替你搖搖籃吧，」女兒低聲細語地說道。「要不我就脫掉我這件頂好的連衣裙，幫你擰衣服吧？我還當是你早就洗完了呢。」

媽媽並不怨恨黛絲出門這麼久，把家務活留給她一個人做。說真的，瓊很少為這件事責罵女兒，覺得沒有黛絲幫忙，也沒有什麼不方便的，反正她不想幹活的時候，自有解脫的辦法，把活計往後推一推就是了。可是今天晚上，她心裡比往常還要高興。做媽媽的臉上有一種恍恍惚惚、心馳神往、揚揚得意的神情，真叫女兒無法理解。

「哦，你回來了，好極啦，」媽媽一唱完歌，便說道，「我正想去把你爹找回來。不過，不光是這個，我還要告訴你剛冒出來的一樁事。寶貝，你聽了準要抖起來了！（德貝菲爾夫人一向說慣了土話，她女兒在國立學校跟著一個倫敦畢業的女教師讀了六年書，所以會說兩種話：在家裡或多或少說土話，在外面或跟有身份的人說話時，則講普通話。）」

「是我不在家的時候冒出來的嗎？」

「可不是！」

「今兒後晌，爹坐在馬車裡丟人現眼，是不是跟這樁事有關係？他幹嘛呀？臊得我恨不得鑽到地裡去！」

「那就是熱鬧中的一樁嘛！有人查出來，咱們家是全郡頂了不起的名門世家——從奧利佛・格哩咕嚕❶時代老早以前——直到佩根・土耳其❷——的時候——有墓碑，有墓穴，有盔飾，有盾徽，還有好些東西，天曉得叫什麼。在聖查理時代❸，咱們家給封過御橡爵士，咱們家的眞姓是德伯維爾。……你聽了這話，不覺得胸脯往外鼓嗎？你爹就因爲這，才坐著馬車回家的，倒不像人們瞎猜的那樣，說他喝暈忽了。」

「我聽了很高興。……媽，這事能給咱們帶來什麼好處嗎？」

「哦，有好處。人家都認爲這樁事好處大著哩。不用說，這事一傳出來，就會有好多跟咱們一樣高貴的人，坐著馬車來看望咱們。你爹是從沙斯頓回家的時候，在路上聽說這樁事的，他把來龍去脈全說給我聽啦！」

「我爹這會兒上哪去啦？」黛絲突然問道。

母親做了個漠不相關的回答：「他今兒上沙斯頓看大夫。看樣子，壓根兒不是癆病。大夫說，他心臟外頭長了脂肪。你看，就像這樣。」瓊・德貝菲爾一面說，一面用濕漉漉的拇指和食指比劃出一個C字形狀，並拿另一隻手的食指指著。「『目前，』大夫對你爹說，『你心臟這裡全被脂肪包住了，這裡也全給包住了，這塊地方還沒被包住，』他說。『一旦這裡包住了，那麼，』——德貝菲爾夫人把兩個手指合成一個完整的圓圈——「『德貝菲爾

❶應爲奧利佛・克倫威爾。
❷德貝菲爾夫人又把人名說錯。
❸應爲查理二世。

先生，你就該上西天了，』他說。『你也許能活十年，也許再過十個月，或者十天，就完蛋了。』」

黛絲駭然失色。父親雖然一下變成了貴人，但是也可能很快就一命歸天！

「可爹到底上哪兒去啦？」她又問道。

母親擺出一副不許沒大沒小的神氣。「你別氣鼓鼓也嚷嚷！你那可憐的爹聽了牧師的那番話，一下給扭上了天，心裡就像猴跳馬跑的——半個鐘頭以前，他跑到羅利弗酒店去了。他也確實想提提勁，好明兒起早趕集，不管咱家祖上怎麼樣，總得把那些蜂窩送到集上去。路太遠，夜裡一過十二點，就得起身。」

「提提勁！」黛絲氣沖沖地說道，淚水湧上了眼眶。「哦，天啊！跑到酒店去提勁！媽，你就由著他啦！」

她的指責和來氣，好像充滿了整個屋子，致使屋裡的家具、蠟燭、正在玩耍的孩子，以及母親的面龐，都顯出受驚的神色。

「沒有的事，」母親悻悻然地說道，「我並沒有由著他。我在等你回來看家，我好去找他。」

「我去吧。」

「別啦，黛絲。你知道，你去不中用。」

黛絲沒再勸說。她知道母親不讓她去的用意。德貝菲爾夫人的上衣和帽子，早已詭秘地搭在她身邊的椅子上，準備用於這趟早就盤算好的遊逛。這位主婦爲之哀嘆的，倒不是非要出門不可，而是這次出門的原因。

「把《算命大全》拿到外面的小屋裡，」瓊接著說道，一面急急忙忙地擦手，穿衣服。

《算命大全》是一本很厚的舊書，就放在她身旁的桌子上，因爲常常塞在口袋裡，早已破爛不堪了，書邊都磨到印字的地方。黛絲拿起書，母親也起身出門了。

跑到酒館去找那好吃懶作的丈夫，這是德貝菲爾夫人在拖兒帶女的髒亂生活中，僅剩的樂趣之一。在羅利弗酒店找到他，挨著他坐上一兩個鐘頭，在這期間，把爲孩子操心受累的事置於腦後，這怎能不使她感到快活。這時候，生活就會蒙上一種光環，一片晚霞。一切煩惱之類的現實，全都變成虛無縹緲、不可思議的東西，成爲僅供人靜思默想的精神現象，而不再是猶如千鈞重負、令人心力交疲的具體之物。那些小傢伙不在眼前的時候，不但不令人討厭，反倒是些乖巧可愛的寵物了。日常生活中極其平常的小事，顯現出幽默歡樂的色彩。她挨著自己的丈夫，坐在他當年向她求愛時的同一地方，倒眞是有一點往日情懷的感覺，全然無視他性格上的缺陷，只把他當作理想的情人。

家裡只剩下黛絲和弟弟妹妹們。她先把《算命大全》拿到外面的小屋，塞在屋頂的茅草裡。母親對這本沾滿污垢的書，懷有一種既崇拜又畏懼的奇怪心理，從來不敢把它整夜放在屋裡，每次查閱完之後，都要放回小屋裡。這母女倆人，一個滿腦袋的迷信、民間傳說、土話和口傳歌曲，全是些快要絕跡的破爛；另一個則是大大改進的《新教育法典》之下，受過正規的國民教育，掌握了種種普及知識，因此，從一般意義上看，她們之間存在著二百年的差距。她們倆在一起的時候，就如同詹姆斯一世時代和維多利亞的差距，雜湊在一起了。

黛絲順著庭園小路往回走時，心裡在思忖：母親在這個日子裡查看算命大全，不知要算什麼命。她猜想，這事一定和最近發現老祖宗有關係，但她卻沒料到，事情恰恰關係到她自己。不過她也不再去想這件事了，只顧得往白天曬乾了的衣服上噴水，當時陪著她的，只有她九歲的弟弟亞伯拉罕，十二歲的妹妹伊麗莎—露易薩，大家都管她叫「麗莎—露」，幾個更小的弟弟妹妹都已打發上床了。黛絲和大妹妹之間，本來還有兩個孩子，都在出生後不久就死了，因此她們倆相差四歲還多，這樣一來，她單獨和弟妹們在一起的時候，就擺出一副代理母親的姿態。亞伯拉罕下面，是兩個女孩，一個叫盼盼，一個叫謙謙，隨後是一個三歲男孩，再往後是對個剛滿周歲的娃娃。

所有這些小傢伙，都是德貝菲爾航船上的乘客——他們的快樂、需求、健康、甚至生存，全靠德貝菲爾家的兩個大人來定奪。如果德貝菲爾家的兩個當家的存心要把船駛進危難、災禍、飢餓、疾病、恥辱、死亡之中，那這六個關在艙裡的小囚徒，也只得跟著他們一同駛去——這六個無依無靠的可憐蟲，從來沒有人問過，他們是否願意生活在任何條件下，更沒有人問過，他們是否願意生活在德伯維爾家這樣缺衣少食的艱苦環境中。如今人們都認爲，有位詩人不僅詩歌清新飄逸，而且哲理深邃可信，可有些人卻想知道，這位詩人憑什麼說起「大自然的神聖規則❹。」

天已經很晚了，父親和母親都沒回來。黛絲往門外望去，腦海中把馬洛特村想了一遍。村裡的人都準備入睡，家家都在滅燭熄燈：她彷彿看得見那熄燭器，那伸出的手。

母親出去找人，就意味又多了一個要找回的人。黛絲這才意識到，一個身體不好的人，夜裡一點鐘以前還打算出遠門，那就不該在這深更半夜的時候，還待在酒館裡慶賀自己出身名門的世家。

「亞伯拉罕，」她對小弟弟說，「你戴上帽子——你不害怕吧？跑到羅利弗酒店，看看爹媽怎麼啦。」

---

❹詩人指威廉·華茲華斯。「大自然的神聖規則」引自〈早春書懷〉一詩。

小傢伙忽然地從座位上跳起來，一把打開門，頓時消失在夜色之中。然而，又過了半個鐘頭，那男女老少沒有一個回來的。亞伯拉罕也像父母親一樣，走進酒店如同粘住了，再也脫不了身啦。

「我得親自去才行，」黛絲說。

這時，麗莎－露上了床，黛絲把弟妹們全鎖在家裡，然後起身走上那條小路，或者說街道，路上黑咕隆咚，曲曲彎彎，哪裡適合有急事的人趕路？這條路修建的時候，還不是寸土似金的年代，一根針的時鐘就能把一天的時間指示出來。

第四章

馬洛特村是一座形體狹長、住家零散的村莊，村這頭的獨門生意羅利弗酒店，僅僅獲得一張只准外賣不許在店裡喝酒的執照。因此，既然不許在店內喝酒，店家能夠公開招待顧客的地方，就嚴格地限制在一塊大約六英寸寬、兩碼長的小木板上。木板用鐵絲拴在庭園的柵欄外面，作成擱板的樣子。外來的酒徒就站在路板邊喝酒，把杯子放在擱板上，酒渣灑在滿是塵土的地上，好像被利尼西亞群島一樣，他們眞想在店裡找一個安歇落坐的地方。

外來的顧客是這樣想的，當地的主顧也有同樣的願望，而且，有志者事竟成。

這家樓上有一間大臥室，臥室的窗戶，用老板娘羅利弗太太最近廢棄的羊毛大圍巾遮得嚴嚴實實。這天晚上，有十來個人聚在這裡尋歡作樂，他們全是馬洛特村這一頭的老住戶，也是這家小店的常客。

在這個住家零落的村莊的那一頭，那家醇瀝酒店倒有允許在店內喝酒的執照，但是由於離得較遠，住在這一頭的村民實在無法光顧。不僅如此，更嚴重的問題是酒的質量，使得大家普遍認爲，寧可擠在房頂的角落裡喝他羅利弗家的酒，也不待在寬敞的屋子裡喝那醇瀝酒店的酒。

屋裡放著一張破舊的四柱床，給聚在床鋪三面的好幾個人，提供了座位，還有兩人高踞在五斗櫥上，另有一人坐在橡木雕花的小櫃子上；還有兩人坐在盥洗台上；另有一個坐在板凳上。就這樣，每個人總算舒舒服服地坐下了。這時候，他們已經到了心曠神怡的階段，一個個魂靈超越了軀體，在屋裡熱切地表現各自的個性。在這過程中，屋子本身和屋裡的家具，顯得越來越富麗，越來越堂皇，窗戶上擋的圍巾，就像繡花掛毯一樣華貴，五斗櫥上的銅拉環就像是金門環，雕花的床柱有點像是所羅門廟宇的宏偉石柱。

德貝菲爾夫人離開黛絲之後，急急匆匆地趕到這裡，伸手打開前門，穿過樓下黑糊糊的房間，然後麻利地拉開樓梯門的門閂，好像非常熟悉這門閂上的機關。她登上彎彎曲曲的樓梯時，走得比較慢一些，等她的臉出現在樓梯頂上的亮光裡，聚集在屋裡的人全把目光轉向了她。

「這是我的幾個朋友，是我花錢請來過遊行節的，」老板娘一聽見腳步聲，便兩眼盯著樓梯口，嘴裡跟著嚷嚷道，就像兒童背誦《教理問答》一樣流利。「喲——是你呀，德貝菲爾太太——天哪——你眞把我嚇壞啦！——我還當是官府派來的臨檢呢。」

聚在屋內的其他人，都用瞥一眼，點一下頭，對德貝菲爾夫人表示歡迎，然後這位夫人就轉身走到丈夫坐的地方。德貝菲爾先生正在發痴地低聲哼吟：「不管你這兒那兒的人家，我家比誰家都不差！我家的綠山下的金斯比爾有個好大的墓穴，在威塞克斯，誰家的祖宗能比得上我們家的！」

「我有話跟你說，我對這事兒想起了一招——一步高招！」他妻子樂孜孜的，低聲對他說道。「喂，約翰，你瞅不見我嗎？」她用胳膊肘推了推丈夫，丈夫瞅向她時，如同瞅著一塊透明的窗玻璃，嘴裡還在不停地哼吟。

「噓！別這麼大聲哼唧啦，先生，」老板娘說道，「免得官府裡有人路過，把我的執照吊銷了。」

「我猜想，他給你們講過我家的事兒啦？」德貝菲爾夫人問道。

「是的——說了一些些。你看從這裡面能撈到什麼油水嗎？」

「哦，這可是樁秘密，」瓊．德貝菲爾賣乖地說道。「不過，就是坐不上馬車，能跟坐馬車的攀個親戚也不賴呀。」接著，她把跟眾人說話的嗓門往下一壓，又輕聲對丈夫說道：「你告訴了我那樁事兒以後，我老是在琢磨：特蘭嶺附近有個闊氣的貴婦人，住在狩獵林邊上，就姓德伯維爾。」

「啊——你說什麼？」約翰爵士問。

做妻子的話又重複了一遍。「那位太太準是咱們的親戚。」她說。「我那一步高招，就是打發黛絲去認親。」

「你這一提，倒還真是個德伯維爾太太呢，」德貝菲爾說。「特林厄姆牧師沒想到這上頭。……不過，她沒法跟咱們比——準是咱們家的一支末房，不知是諾曼第王朝後面哪一輩傳下來的。」

這夫婦倆光顧得談論這個問題，誰也沒注意小亞伯拉罕溜進了屋裡，正在等待機會叫他們回家。

「她可有錢啦，準會看上咱家女兒，」德貝菲爾夫人接著說。「這可是件大好事兒。我不明白，一個家族的兩房人家咋就不能來往？」

「對呀，咱們都去認親吧！」亞伯拉罕從床沿底下興高采烈地說。「等黛絲住到她家裡，咱們都去看她，還能坐上她的馬車，穿上黑衣服。」

「你是怎麼跑來的，孩子？你胡說什麼呀！快走開，到樓梯上去玩，等著和爹媽一塊走！……嗯，黛絲是該去見見咱們這個本家。她準能討這位太太的喜歡——黛絲準能，沒準兒還能嫁給一個高貴的紳士。反正，我看準啦。」

「咋看準的？」

「我拿《算命大全》給她算了算命，上面就是這麼說的呀！……你沒看見她今兒有多漂亮，細皮嫩肉的，眞像個公爵夫人。」

「那女兒說她去不去呢？」

「我還沒問她。她還不知道有這麼個闊太太作本家呢。不過，這麼一來，她準能找到一個好婆家，她不會說不去的。」

「黛絲脾氣可怪哩。」

「不過，她到底還是聽話的。把她交給我吧。」

雖說這是一番體己話，但是周圍的人還能領悟話裡的意思，知道德貝菲爾夫婦眼下所商量的，是尋常人家所沒有的重大事情，知道他們那漂亮的大閨女黛絲有了錦繡前程。

「我今兒個瞧見黛絲和大伙在教區遊行時，就對自個兒說：黛絲眞是個怪有趣的漂亮妞兒，」一個上了年紀的酒鬼低聲說道。「不過，瓊・德貝菲爾可得當心，千萬不要泡出青芽來。」這是當地的一句俗語，含有特殊的意思❶，別人沒有搭話。

大伙話頭多起來了，霎時間，樓底下又傳來了腳步聲，正穿過樓下房間。

「這是我的幾個朋友，是我花錢請來過遊行節的。」老板娘急忙又搬出了她準備應付不速之客的那套話，後來卻認出，進來的是黛絲。

在這酒氣瀰漫的屋裡，坐著幾個臉上嵌著皺紋的中年人，倒還沒有什麼不合適的，但是黛絲帶著那細緻面孔進來，即使在她母親看來，也顯得太不協調，太令人心酸。所以，還沒

❶這句俗語含有懷孕的意思。

等黛絲那黑眼珠閃現出責備的目光，她父母親便站起身來，急匆匆地喝乾了杯裡的酒，跟著女兒走下樓，羅利弗太太告誡他們腳步要輕。

「親愛的，勞駕行個好，千萬別出聲。要不然，我就會丟掉執照，被官府傳了去，誰知道還會怎麼樣！……晚安！」

他們一道朝家走去，黛絲挽著父親的一隻胳膊，德貝菲爾夫人挽著另一隻。說眞的，德貝菲爾喝的很少——還不及天天貪杯的酒鬼禮拜天下午上教堂前所喝酒量的四分之一，而那些酒鬼在教堂裡還照樣能轉向聖壇，屈膝下跪，一點也不踉踉蹌蹌。不過，約翰爵士身體虛弱，僅僅犯下這麼一點小小的罪過，就像大山壓頂似地架住了。到了外面讓涼風一吹，他就東倒西歪起來，弄得三人時而像是要去倫敦，時而像是要去巴斯——這本是一家人夜間同歸常有的事，難免產生一種滑稽的效果。不過，像大多數滑稽事情一樣，實際上也並不怎麼頑強，竭力不讓德貝菲爾、亞伯拉罕和她們自己覺得走了冤枉路。就這樣，他們一步一步地走近自己的家門。就在快到家時，那位當家的忽然唱起了先前的老調，彷彿是看見自己眼前的住宅太寒傖，想爲自己壯壯膽似的。

「我家在金斯比爾有一塊墳地！」

「得了——別這麼犯傻啦，杰基，」他妻子說道。「老早的名門世家，也不光是你們一家呀。你瞧安克特爾家、霍西家，還有特林厄姆家——跟你們家差不離，也都敗落了——不過你們家比他們家都闊，這倒不假。謝天謝地，我娘家從沒當過大戶人家，如今也沒有那種丟臉的事！」

「你別把話說得這麼絕。瞧你那份德行，我敢說，你比咱們唯都給祖宗丟臉，你們家以前也不含糊，有人做過國王和王后。」

這時候，黛絲心裡想的並不是她家的祖宗，而是一個比這重要得多的問題，因此，她岔開話題，說道：

「爹，明兒個怕是不能起早帶著蜂窩去趕集了。」

「我嗎？我過個把鐘頭就沒事兒啦，」德貝菲爾說。

直到十一點，這家人才全都上了床。如果要在禮拜六趕集之前，就把蜂窩送到卡斯特橋的零售商手裡，最慢也得在明天凌晨兩點鐘動身，因爲到那裡有二三十英里，路不好走，馬車又是頂慢的。一點半鐘的時候，德貝菲爾夫人走進黛絲和弟弟妹妹睡覺的大屋子。

「你那可憐的爹去不了啦，」她對大女兒說。女兒的那雙大眼睛，早在母親進門的時候就睜開了。

黛絲從床上坐起來，迷迷糊糊地聽了這話，先是愣了一陣。

「可是總得有人去呀，」她答道。「現在賣蜂窩，本來就夠晚的了。今年蜜蜂分窩眼看就過去了。要是拖到下禮拜趕集的時候，就沒有人要了，咱們就得自個兒兜著了。」

在這節骨眼上，德貝菲爾夫人看來是沒轍了。「也許哪個小伙會去吧？從昨兒個非要跟你跳舞的小伙子裡，能找一個麼，」她馬上提議說。

「哦，不行——我說啥也不能這麼做！」黛絲出於自尊，斷然說道。「讓人家知道了底細——這種事能臊死人！我想，只要亞伯拉罕能跟我作伴，我就能去。」

母親終於同意了這個辦法。小亞伯拉罕在屋子的角落裡睡得正酣，硬是給叫醒了，神志還在夢鄉裡徘徊，就給逼著穿上了衣服。與此同時，黛絲也匆匆穿好衣服。這姐弟倆點上燈籠，走到馬棚。那輛小破馬車早已裝好了，姑娘把老馬「王子」牽了出來，它比那輛破車好不了多少。

這可憐的畜生莫名其妙地望望夜色，瞧瞧燈籠，再瞅瞅那姊弟倆的身影，彷彿無法相信，在這一切有生之物都該隱身休息的時候，它卻被拉出來去賣苦力。姊弟倆往燈籠裡放了一些蠟燭頭，把燈籠掛在貨車的外側，然後就趕著馬啓程。起初上坡的時候，他們跟在馬旁邊步行，免得那力氣單薄的牲口負擔過重。爲了盡量開心，他們藉助燈籠，一面吃著黃油麵包，一面聊天，假裝天亮了似的，其實離天亮還早著呢。亞伯拉罕本來一直處於恍惚狀態，現在清醒多了，便談起一個個黑暗物體映襯在夜空裡的奇形怪狀，說這棵樹像是一隻凶猛的老虎，縱身跳出洞穴，那棵樹像是一個巨人的腦袋。

他們經過斯圖堡小鎮時，鎮上的人都在厚厚的褐色茅草屋頂下昏然沈睡；再往前去，就走到了更高的地方。在他們左邊，比這個地方更高的，就是布爾巴羅山，也叫比爾巴羅山，差不多是南威塞克斯的最高點，聳立在高中，四周有土壕環繞。從這裡往前，漫長的道路有一段相當平坦。姊弟倆上了車，坐在車前面，亞伯拉罕陷入沈思。

「黛絲！」沈默了一陣之後，他以開場白的口吻說道。

「噯，亞伯拉罕。」

「咱們成了體面人家了，你不覺得高興嗎？」

「不是特別高興。」

「可是你要嫁給一個體面人了，你覺得高興嗎？」

「什麼？」黛絲抬起臉，問道。

「咱們的高貴親戚會幫你嫁給一個上等人的。」

「我？咱們的高貴親戚？咱們沒有這樣的親戚。你腦袋裡怎麼轉起這樣的念頭來啦？」

「我去找爹的時候，聽見他們在羅利弗酒店樓上說的。咱們家在特蘭嶺有一個闊太太，媽說你要是去跟那太太認個親，她就會幫你嫁給個上等人。」

她姊姊頓時靜下來，陷入了沈思默想。亞伯拉罕還在不停地講著，與其說是講給別人聽，不如說是圖自己講著痛快，因此姊姊心不在焉也無所謂。他背靠著蜂箱，仰著臉望著星星，星星那淒冷的光芒，正在一片片幽暗的蒼穹中閃爍搏動，一副泰然自若的神態，毫不理睬下界的這兩個弱小生命。亞伯拉罕問姊姊，這些閃閃發亮的星星離他們有多遠，上帝是不是住在星星的那邊。不過，他畢竟是個孩子，話題不時地要捉到他覺得比創造宇宙的奇跡更重要的事情上。若是黛絲果眞嫁給一個上等人，一下子闊起來了，她能不能有錢買一架好大的望遠鏡，看起星星來就像內特爾科姆圖特山一樣近。

這似乎是他們全家人都爲之沈醉的一個話題，眼下重新提起，黛絲感到實在不耐煩。

「不要瞎扯這事兒啦！」她大聲嚷道。

「黛絲，你是說每一個星星都是一個世界嗎？」

「是的。」

「都像咱們的世界嗎？」

「我說不上來，不過我想是這樣。有時候，它們就像咱家那棵尖頭蘋果樹上的蘋果。它們大多數都完好無損——只有幾個是有毛病的。」

「咱們住在哪一類上面——是完好無損的，還是有毛病的？」

「有毛病的。」

「眞倒楣，天地之間有那麼多完好無損的世界，咱們偏偏投錯了地方！」

「是的。」

「果眞是這樣嗎，黛絲？」亞伯拉罕把這稀罕話重新考慮了一番，感觸萬端地轉身對姊姊說。「咱們要是投生在一個完好無損的世界上，那會是個什麼樣子呢？」

「那樣的話，咱爹就不會老這樣咳嗽，老這樣到處奔波，也不會喝得醉醺醺的，都趕不成這趟集了。咱媽也不用老洗衣服，多得洗都洗不完。」

「你也就是個天生的闊小姐，不用非得嫁個闊男人，才能當上闊太太，對吧？」

「唉，亞比，別——別再提這事兒啦！」

亞伯拉罕獨自沈思了一會，就瞌睡起來了。黛絲不大擅長駕馬，不過她又心想，她眼下可以把趕車的事包攬下來，讓亞伯拉罕想睡就睡去吧。她在蜂箱前給他弄了一個窩，讓他不至於掉下去，然後就接過轠繩，趕著車子像先前一樣，慢慢地向前顛簸。

王子光拉車就夠它受的了，壓根兒沒有精力搞什麼多餘的動作，因而駕駛起來也不用費神。黛絲沒有同伴來分心了，便背靠著蜂箱，陷入了沈思，而且比先前想得更出神。從她肩旁悄聲掠過的樹木和樹籬，變成了超越現實之外的幻景，就是偶爾吹來一陣風，也變成了一個碩大而淒楚的靈魂和嘆息，這一靈魂像宇宙一樣恢宏，像歷史一樣悠久。

這時候，她仔細琢磨起自己生平中的前塵往事，彷彿看出父親自命不凡有多麼虛榮，彷彿看見母親想像中有個上等人等著向自己求婚，看見這個人對她做鬼臉，嘲笑她家境貧寒，嘲笑她那些化爲枯骨的爵士祖宗。一切事情都變得越來越荒誕，她也不知道時間是怎麼過去的。忽然，車子猛地一顛，把她從座位上震了一下，她才從睡夢中驚醒。原來，她也睡著了。

車子比她睡著以前，又往前走了好遠，現在已經停住了。從前面傳來一聲沈悶的呻吟，跟她有生以來所聽到的任何聲音都不一樣，接著傳來一聲「喂——啊！」的呼喊，她車上掛的燈籠已經滅了，但卻有另一盞燈照在她的臉上——這盞燈籠要比她的亮得多。一件可怕的事情發生了。馬具和一個擋在路上的物體攪在了一起。

黛絲在驚駭之中跳下車，發現了那可怕的事情。原來，那呻吟聲是從他父親那可憐的老馬王子嘴裡發出來的。一輛早班郵車，兩個輪子不發出一點聲響，像往常一樣，箭一般地沿著小路飛奔，一下撞上了她那慢慢騰騰、又沒亮燈的馬車。郵車那尖尖的車轅，如同利劍似的，刺進了不幸的王子胸部，鮮血源源地從傷口往外直噴，落到地上還嘶嘶有聲。

黛絲絕望地撲上前去，伸手去堵那傷口，結果從臉到裙襬，都給濺上了鮮紅的血點。於是，她束手無策地站在一旁瞧著。王子也盡力一動不動地硬挺著，直到陡然栽倒在地，癱成一堆。

這時，趕郵車的已經來到黛絲跟前，動手去拖身上還熱呼呼的王子，給它解下套具。但王子已經斷氣了，一看眼下無能無力，趕郵車的就回到自己的馬那裡，那匹馬並沒有受傷。

「你不該走這一邊，」他說。「我得去送郵包，因此你最好待在這裡守著車子。我會盡快打發人來幫你的。天快亮了，沒什麼好怕的。」

他跳上馬車，急馳而去，黛絲站在路上等候。天色發白了，鳥兒也在樹籬下抖抖身子醒過來，啾啾地叫著。路面完全顯出了本來面目，一片灰白，黛絲也顯出了自己的面目，比路面更加蒼白。她面前的那一大攤血已經凝結，呈現出一片彩虹色；太陽一升起來，就把它映照著異彩繽紛。王子靜靜地躺在一邊，軀體已經發僵，眼睛半睜半閉，胸部的傷口看來並不算大，不像是能把它賴以生存的東西，全部噴灑出來。

「這是我闖的禍——都怪我！」姑娘盯著了副慘狀，大聲喊道。「我沒有什麼好說的——壓根兒沒有。這下子，爹媽還指靠什麼過活呀？亞比，亞比！」她使勁搖晃亞伯拉罕，這孩子在出事的時候，一直睡得死死的。「咱們的車走不了啦——王子給撞死啦！」

當亞伯拉罕明白了一切的時候，他那幼稚的臉蛋上，一下子增添了五十年的皺紋。

「唉，我昨天還又跳又笑呢！」黛絲又自言自語地說。「想想看，我有多傻呀！」

「這是因爲咱們投生在一個有毛病的星球上，不在一個完好無損的星球上，對吧，黛絲？」亞伯拉罕淚汪汪地嘟囔道。

他們默默地等待著，好像等得沒完沒了。最後，終於聽到了聲音，瞧見一個物體越來越近，證明趕郵車的說話還算數。一個農家伙計牽著一匹健壯的矮腳馬，從斯圖堡附近趕來。矮腳馬取代王子，套在裝有蜂箱的車上，朝卡斯特橋拉去。

當天傍晚，那輛空車又回到了出事地點。王子從早晨起，一直躺在路旁的溝裡，但是路中間的那一攤血，儘管讓來往車輛又碾又蹭，卻依看得出來。這時，他們把王子的屍體抬到它原先拉的車子上，只見它四腳朝天，蹄掌閃爍在夕照之中，順著原先那八九英里的來路，返回馬洛特村。

黛絲已經先回去了。怎麼向父母親透露這件事，她實在想不出辦法。但是，從他們臉上的神情可以看出，他們已經知道了這場損失，這就免得她去再費口舌了。然而這並沒減輕她的自責，她還在一個勁地責怪自己太疏忽大意。

不過，這家人一向都是馬馬虎虎過日子，遇到這場災禍，反倒沒有奮發圖強的人家看來那樣可怕，儘管在他們這樣的人家，這眞算得上傾家蕩產，而在那另一種人家，這只算是一樁麻煩。德貝菲爾夫婦不像一心指望女兒享福的父母那樣，並沒有氣得臉紅脖子粗，衝著女兒大發肝火。誰也沒有像黛絲自己那樣責怪她。

德貝菲爾發現，那收購死馬賣肉製皮的人，因爲嫌王子又老又瘦，只肯出幾個先令，來買它的屍體，這時，他毅然打定了主意。

「不成，」他果決地說道：「我不賣它這把老骨頭啦。我德伯維爾家當年當爵士的時候，決不把戰馬賣給人家作貓食。讓他們收起他們的先令吧！王子好生替我幹了一輩子活，我如今也不忍心和它分離。」

第二天，他在庭園裡給王子挖墳坑，好幾個月以來，他為養家糊口種莊稼，也沒有這樣賣勁。等墳坑挖好了，他們夫婦倆用繩子把馬攔腰拴住，順著小路拖向墳坑，孩子們跟在後面，像送殯的隊列。亞伯拉罕和麗莎—露抽抽噎噎地哭著，盼盼和謙謙則悲痛欲絕地號啕大哭，震得牆壁那發出了迴響。等把王子扔進去的時候，大家都圍到墓穴四周。一家人就靠它掙飯吃，如今卻給奪走了，往後可怎麼辦呀？

「它上天堂了嗎？」亞伯拉罕啜泣著問道。

這時，德貝菲爾動手往坑裡填土，孩子們又大哭起來，大家個個都哭了，除了黛絲。她神情冷漠，一片蒼白，彷彿認定自己是那殺生害命的凶手。

第五章

這做小買賣，本來主要依靠馬，如今馬一死，買賣也就泡湯了。往後，縱使成不了窮光蛋，也要過得很艱難。照當地人的說法，德貝菲爾是個熊包軟蛋（比喻懦弱的人）。他有時幹活倒也挺賣勁，可他肯賣勁的時候，跟需要賣勁的時候很難巧合。即使兩者眞的巧合了，他也沒像打工人那種終日勞累的習慣，難以異乎尋常地堅持下去。

這時候，黛絲覺得是自己害得父母陷入困境，她在暗自盤算，怎樣才能幫助他們擺脫這困境。就在這當兒，母親說出了她的打算。

「黛絲，咱們不能光倒楣，得找點吉利的事兒，」她說。「如今發現咱們家的高貴血統，可眞是時候啊。你得去找找咱們的本家故舊。狩獵林邊上住著個很有錢的德伯維爾太太，她準是咱們的本家，你知道嗎？你得去跟她認個親，求她在咱家倒楣的時候幫幫忙。」

「這事兒我可不想幹，」黛絲說。「要是眞有這樣一位太太，她能對咱們客氣些，那就算很不錯了——可別指望她會幫什麼忙。」

「好孩子，你可以討她喜歡，讓她做什麼都行。再說，也許這裡頭還有想不到的好事兒。我聽說的事兒包準沒錯，好了，聽話。」

黛絲總覺得自己闖了禍，心裡非常難過，因而對母親的意願，比往常更爲順從些。但她不明白，這件事在她看來未必會有什麼好處，可母親一琢磨起來，怎麼會這麼得意。母親或許打聽過了，發現這位德伯維爾太太有著無與倫比的美德和愛心。不過，黛絲自尊心太強，要她以窮親戚的身份去求人，她覺得太不是滋味。

「我寧願去找點活兒做，」她喃喃地說。

「德貝菲爾，這事兒你說了算，」妻子轉向坐在後面的丈夫，說道。「你要是說她非去不可，她就會去。」

「一個認都認不得的本家，我不想讓自己的孩子去沾人家的光，」德貝菲爾嘟囔說。「我是這個家族裡頂高貴的一房，是這一房之長，我得不愧於這個身份。」

黛絲覺得，父親不讓她去的理由，比她自己不肯去的理由，更讓人心酸。「好吧，媽，既然馬死在我手裡，」她悲傷地說道，「我就得做點補救。去看看那位太太，我倒不在乎，不過要不要求她幫忙，你可得讓我看著辦。別老想著讓她給我找婆家——那太傻了。」

「說得妙，黛絲！」父親故作正經地說。

「誰說我有這樣的想法？」瓊問道。

「我猜想你心裡有這個意思，媽。不過，我去就是了。」

第二天，黛絲一早就起了床，走到那個叫沙斯頓的小山鎮，從這裡搭上一輛大篷車。這大篷車一個禮拜有兩班，從沙斯頓往東跑向蔡斯伯勒，途中從特蘭嶺附近經過，那位朦朧而神秘的德伯維爾太太就住在那個教區。

在這個難忘的早晨，黛絲・德貝菲爾要從布萊克穆爾谷東北部的丘陵地帶走過，她就是在這個地方出生，也是在這個地方長大的。在她看來，布萊克穆爾谷就是整個世界，谷裡的居民就是整個人類。在她對什麼都感到新奇的童年時代，她曾經從馬洛特村的柵門和籬邊台階那裡，眺望過那一大片山谷，當時產生的那種神秘感，如今並沒減退多少。她從她臥室的窗口，天天都能看見那些塔樓、村莊和隱隱約約的白色宅第，尤其能看見沙斯頓鎮巍然盤踞在山巔上，一扇扇窗戶在夕陽的映照下，像燈籠似地閃爍著。她以前從沒到過這個地方，就是這山谷和山谷附近一帶，經她仔細察看而熟悉的地方，也只有很少的一塊。遠在谷外的地方，她到過的就更少了。她熟悉四周山巒的每一個輪廓，就像熟悉親友的臉膛一樣。不過，對於山外的景致，她只能根據在村立小學學到的知識來判斷了。她是一兩年前離開學校的，當時還是班上的頂尖人物呢。

早在那時候，一些和她同齡的女孩子都很喜歡她，村裡人總是看見她和另外兩個女孩——差不多都是一樣的年紀——肩並肩地從學校走回家。黛絲總是走在中間——穿著一件顏色褪得不成樣的毛布上衣，外面罩著一條綴有小方格的粉紅色花布圍裙——兩條腿又細又長，繃著緊緊的長統襪子，因爲時常跪在路上和土坡上尋找珍奇的植物和礦物，膝蓋那裡給磨出了一個個梯子式的小窟窿，她那當時還是土黃色的頭髮，像S形鍋鉤似地懸吊著。外側的兩個女孩用手摟著黛絲的腰，黛絲將手搭在兩個女孩的肩上。

黛絲漸漸長大，開始懂事以後，眼見母親在無力撫育和供養孩子的情況下，卻稀裡糊塗地給她生了那麼多小弟弟小妹妹，她覺得自己眞成爲了馬爾薩斯（以研究人口著名的思想家）的信徒了。就智力而言，她母親完全是個嘻嘻哈哈的小孩子。瓊．德貝菲爾有一大串聽天由命的孩子，她自己也僅僅是其中的一個，而且還算不上老大。

不過，黛絲對弟弟妹妹還是很疼愛，很體貼的。爲了盡力幫助他們，她一放學，就跑到附近的農場幫助人家曬乾草、收莊稼，再不就作些自己喜愛的活，給人家擠牛奶、攪黃油，這還是她父親以前養牛的時候，她跟著學會的，因爲手指靈巧，做這種活特別熟練。

家庭負擔似乎一天重似一天地落到她那年輕的肩膀上，因此，黛絲理所當然要代表德貝菲爾一家，跑到德伯維爾府上認親。這一回，德貝菲爾可是端出了家裡最能露臉的人。

黛絲在特蘭嶺十字碑那裡下了車，邁步爬上一座小山，朝著那個叫狩獵林的地方走去，因爲人家告訴她，就在那狩獵林邊上，能找到德伯維爾太太的宅第坡居。這不是一幢普通意義上的莊宅，沒有田地，沒有牧場，也沒有牢騷滿腹的佃戶，讓莊園主不擇手段地榨取血汗，以便供養自己一家人。這不是普通的莊宅，遠遠不是，它是純粹爲了享樂了建造的別墅，除了爲居住目的所占的地盤，以及一小塊由主人掌管、由管家照料，種著玩賞的場地以外，再也沒有任何給人添麻煩的田地了。

最先映入眼簾的是那座紅磚門房，直到屋檐，都爬滿了厚密的常青藤。黛絲起先以爲這就是莊宅本身，後來戰戰兢兢地穿過邊門，往前走到車道拐彎的地方，那幢正房才展現在她眼前。房子是不久前蓋起來的，說實在的，幾乎是嶄新的，也是塗著門房上與常青藤形成鮮明對比的那種深紅色。這房子，讓四周柔和的色調一映襯，宛如一叢天竺葵花。往房角後面遠遠望去，就是狩獵林那柔和的天藍色的景致。這是一片眞正古老的林苑，無疑是英國遠古時代遺留下來的幾處林苑之一，古代巫師採集的槲寄生枝，仍然能在這裡的老橡樹上採到，並非人工栽植的大紫杉樹，仍然像從前採來作弓的時候，長得那樣巍峨。不過，這片古老的林苑，雖然能從坡居那裡望見，卻不在莊園的範圍之內。

在這座幽靜舒適的莊園裡，一切都顯得光彩奪目，欣欣向榮。一大片玻璃溫室，順著山坡一直延伸到山角下的矮樹林裡。每樣東西看上去都像錢一樣——像是造幣廠所鑄出來的硬幣一樣。那一排馬房被奧地利和常青橡樹半遮掩著，裡面裝配著種種最新的器具，簡直像小教堂一樣。在一片廣闊的草地上，搭著一頂花麗狐哨的帳棚，帳棚門就對著黛絲。

天眞純樸的黛絲，德貝菲爾站在沙石路邊上，半帶驚恐地凝視著。她心裡還沒意識到自己到底在哪裡，兩腳就不由自主地走到這個地方。現在，一切都和她預期的相反。

「我還以爲是個老門戶呢，誰知全是新的！」她天眞地說道。她感到後悔，不該那麼爽快地接受母親的「認親」計劃，而應該設法在離家較近的地方找人幫忙。

擁有這幢房產的德伯維爾家——或者他們起先自稱的斯托克–德伯維爾家——在英國這個守舊的地方，不是一個尋常可以找到的人家。特林厄姆牧師說，我們那位拖拖沓沓的約翰．德貝菲爾，就是古老的德伯維爾家族在本郡或附近一帶唯一的眞正的嫡系子孫，這話倒是不假。他還應該再加一句，斯托克–德伯維爾家就像他自己一樣，並不是德伯維爾家族的後裔，這一點他是很清楚的。不過，應當承認，這樣一個有財有勢的新興門戶，按上一個衰微湮沒了的古老姓氏，倒是一樁相得益彰的事情。

不久前去世的西蒙．斯托克老先生，原是北方一個老老實實的商人（有人說他是放高利貸的），發財之後，就決定移居到英國南部遠離他原先做買賣的地方，當個鄉紳。這樣一來，他覺得有必要換個姓氏從頭開始，這個姓氏既不要讓人家一下就看出他是過去的那個精明商人，也不要像原先那個單調刻板的姓氏那麼平庸。他在大英博物館裡花了一個鐘頭工夫，把他想要移過去的那個地方的各個家族的文獻，包括滅絕的、半滅絕的，埋沒的、破落的，全都仔仔細細查閱了一番，覺得德伯維爾這個姓氏，看起來聽起來都還不錯。於是，他就把德伯維爾加在他的本姓上，永遠成爲他自己和他後代的姓氏。不過他這個人做這種事，並不好高騖遠，在新的基礎上編造家譜時，總是合情合理地通婚聯姻，從不隨意高攀，就是給族人加封頭銜，也能適可而止，從不過分。

這種瞞天過海的情況，可憐的黛絲和她父母自然無從知曉，搞得他們非常難堪。的確，他們沒想到會有這種假名借姓的事情。他們覺得，一個人長著一副漂亮面孔，也許是命運的贈予，但是一個人的姓氏，卻是生來就有的。

黛絲仍然站在那裡，就像一個游泳的人，本想一頭扎進水裡，卻又有些猶豫不決，她不知道應該前進還是後退。恰在這時，有一個身影從帳棚的三角門裡走了出來。這是一個身材高大的青年，嘴裡叼著菸。

他面色有些黑，兩片嘴唇雖然又紅又光滑，樣子卻不好看，嘴上留著兩撇黑色的八字鬍，修得整整齊齊，兩端的鬍尖卷曲著。其實他的年齡只不過二十三、四歲。儘管輪廓中帶有粗野的習氣，但是在他那紳士般的臉上，在他那雙滴溜溜的眼睛裡，卻含有一種奇特的力量。

「哦，我的美人，我能爲你做點什麼？」他一邊說，一邊走上前來。後來發現對方張皇失措地站在那裡，便說：「別介意，我是德伯維爾先生。你是來找我的，還是來找我母親的？」

這幢房屋和庭園已經出乎黛絲的意料了，而眼前出現的這位同姓的德伯維爾家人，則更加出乎她的意料。她原想會遇見一個年邁端莊的老人，德伯維爾家族崇高品格的化身，昔日的閱歷在她臉上刻下道道皺紋，如同象形文字一樣，表現了德伯維爾家族以及英國數百年的歷史。不過，黛絲既然已經無法退卻，只好鼓起勇氣，應付眼前的局面，回答說：

「我是來找你母親的，先生。」

「你恐怕見不到她——她是個病人，」那個冒牌人家的現任代表答道。他是不久前去世的那位鄉紳的獨生子亞歷克先生。「你找我不行嗎？你找她有什麼事？」

「不爲什麼事——只是——我也說不上爲什麼！」

「是來玩的嗎？」

「哦，不是。……先生，我要是說出來，就好像──」

黛絲現在強烈地感受到，她跑到這裡實在荒唐可笑，因此，儘管她有些懼怕對方，覺得在這裡一點也不自在，但她那紅潤的嘴唇還是不由得一咧，露出微笑的樣子，逗得那位皮膚黝黑的亞歷山大心動神搖。

「這件事太荒唐可笑了，」黛絲結結巴巴地說。「我恐怕不好講給你聽。」

「沒關係──我就愛聽可笑的事。再說說看，親愛的，」德伯維爾和藹的說道。

「是我母親叫我來的，」黛絲接著說。「說眞的，我也有心想來。不過，我沒想到會是這樣，我來告訴你們，我們跟你們是本家。」

「哦──是窮親戚嘍？」

「是的。」

「姓斯托克嗎？」

「不，德伯維爾。」

「對，對，我是說德伯維爾。」

「我們家的姓叫走音了，變成了德貝菲爾。不過，我們有些證據，證明我們是德伯維爾家的人。考古家是這樣認爲的──而且──而且我們還有一方古印，上面刻著一張盾牌，盾牌上面刻著一隻揚起前爪的獅子，獅子上頭還有一座城堡。我們還有一把很古老的銀匙，匙底是圓的，像一把小勺子，上面也刻著那樣一座城堡。不過，銀匙都磨得不成樣子了，我母親就用它攪豌豆湯。」

「不錯，我的盔飾就是一座銀白色的城堡，」德伯維爾和顏悅色地說道。「我的紋章也是一隻揚起前爪的獅子。」

「所以我母親說，我們應該跟你們認識一下——因爲我們最近出了事，把那匹馬的命給送了，而我們又是家族中古老的一支。」

「毫無疑問，你母親是一片好意。拿我來說，我並不覺得她的舉動有什麼不好。」亞歷克一面說，一面盯著黛絲，盯著她臉上微微漲起了一層紅暈。「這麼說，漂亮的姑娘，你是以本家的身份，好意來看望我們的？」

「我想是的，」黛絲結結巴巴地說道，神色又有些局促不安了。

「唔——這沒有什麼壞處。你們住在什麼地方？你們家是幹什麼的？」

黛絲向他簡單地講了講實情，並且回答了他提出的另一些問題，告訴他說，她打算乘坐她來時坐的那輛大篷車回去。

「大篷車回來經過特蘭嶺十字碑，還要等好長時間。漂亮的妹子，咱們在庭園裡轉一轉，消磨一下時間，好不好？」

黛絲本想盡量縮短走訪的時間，可是禁不住小伙子竭力地邀請，便答應陪他走一走。亞歷克領著她參觀了草場、花圃、暖房，然後又把她領到果園和溫室，在這裡他問她愛不愛吃草莓。

「愛吃，」黛絲說，「那要等熟了的時候。」

「這裡的草莓已經熟了，」德伯維爾說罷，就彎腰動手給她採摘上色草莓，並送到她手裡。不久，他採到一枚特好的「英國王后」，立起身來，抓著梗兒就往黛絲嘴裡送。

「不！」黛絲急忙說道，一面伸手擋在他的手和自己的嘴唇之間。「我自己拿。」

「胡說！」亞歷克硬要往她嘴裡塞，她有點悲哀地張開了嘴，把草莓吃進去了。

他們就這樣漫無目的地遊逛了一會。凡是德伯維爾給她的東西，黛絲都半樂意、半勉強地吃下了。等她再也吃不下了，他就往她小籃子裡裝滿了草莓。隨即，兩人又來到玫瑰花前，德伯維爾採了一些鮮花，戴在黛絲胸前。黛絲像在夢中似地任他擺布，等胸前插不下了，德伯維爾又往她帽子上插了一兩枝花苞，還慷慨大方地往她籃子裡裝了好些花。後來，他看了看錶，說：「你要是想坐開往沙斯頓的大篷車，那你還是先吃點東西再走，時間來得及。來吧，我看看能給你弄點什麼吃的。」

斯托克—德伯維爾把他領回草場，帶進帳棚，叫她在那裡等著。他去了不久就回來了，手裡提著一籃子便餐輕食，親手擺在黛絲面前。顯然，這位先生不想讓僕人來打擾這場愉快的私下會晤。

「我可以抽菸嗎？」他問。

「哦，當然可以，先生。」

德伯維爾透過瀰漫於帳棚裡的縷縷青煙，望著黛絲那優美而又不自覺的咀嚼動作，而黛絲・德貝菲爾只是天真無邪地垂頭看著胸前的玫瑰花，卻萬萬沒料到，在那片尼古丁的青煙後面，潛藏著她人生舞台上的「悲劇禍根」，就要在她錦瑟年華的光譜上塗上一道血紅的光澤。她身上有一種特徵，才引得亞歷克・德伯維爾目不轉睛地盯著她。原來她相貌嫵媚，發育豐滿，使她看上去比實際上更像一個成年婦人。她從母親那裡繼承了這種特徵，這個情況有時使她感覺不安，後來她的伙伴們告訴她，這是一種時光能醫治好的毛病。

她很快就吃好了飯。「我現在要回去啦，先生，」她說著站起身來。

「你叫什麼名字？」德伯維爾陪著她順著車道，走到看不見正房的時候，問道。

「黛絲・德貝菲爾，住在馬洛特村。」

「你說你家裡的馬死了？」

「死——死在我手裡！」她回答說。她眼裡噙著淚水，向他講述了王子喪命的詳情。

「正因爲這件事，我眞不知道該怎麼辦，才對得起父親！」

「我要想一想，看我能不能幫點忙。我母親一定會給你找個差事的。不過，黛絲，別再胡扯什麼「德伯維爾」了。你知道，就「德貝菲爾」好啦——完全是另一個姓。」

「我並不想要個更好的姓，先生。」黛絲帶著幾分尊嚴說道。

他們走到車道拐彎處，夾在高高的杜鵑和松柏之間，還看不見前面的門房，就在這時候，有一瞬間——只有一瞬間，德伯維爾把臉朝黛絲湊去，好像要……可是，不行，他又改變了主意，讓她走了。

就這樣，事情開始了。假如黛絲早就看出這次會見的意義，那她也許要問：她那天爲什麼會注定讓一個不如意的人看見，並對她垂涎欲滴，而沒遇見另外一個人，一個在各方面都如意，都稱心的人——也就是說，大致是人世間所能找見的那種如意和稱心。在她認識的人裡面，有一個也許大致夠上這種資格，但是，在那個人的心目中，她只不過曇花一現，沒有留下什麼印象。

事情往往計劃得合情合理，實施起來卻違情背理，你召喚的人很少召之即來，愛戀的人很少在愛戀的時刻出現。當兩個人一見面就導致歡樂的時候，老天難得對那可憐的人說一聲「瞧！」當一個人呼叫「在哪兒？」的時候，老天也難得回答一聲「在這兒！」直至捉迷藏的把戲把人折磨得煩惱不堪，精疲力竭。我們也許很想知道，當人類進化到巔峰狀態時，隨著直覺變得更加敏銳，社會這部機器變得更協調一致，而不像如今這樣隨意折騰我們，到那時，這些不和諧的現象是否能夠得到矯正。

不過，這種盡善盡美是不能預言的，甚至也不設想爲可能。我們只知道，眼下這個情況，就像千百萬個別的情況一樣，那完美整體的兩部分，在這完美的時刻，並沒碰到一起，那迷失的一半在大地上獨自游蕩，朦朦朧朧地等待著，直到事過境遷。這種笨拙的遲延，導致了焦慮、失望、驚恐、災難以及非常離奇的命運。

德伯維爾回到帳棚，叉開雙腿坐在椅子上琢磨，臉上閃現出得意的神氣。接著，突然放聲大笑起來。「啊——眞沒有想到啊！事情有多滑稽！哈、哈、哈！多麼誘人的小妞！」

第六章

黛絲下了山，來到特蘭嶺十字碑，恍恍惚惚地等著乘坐蔡斯伯勒返回沙斯頓的大篷車。她上車的時候，有的乘客問她話，她雖作了回答，但卻不知道人家究竟問了些什麼。等車子又開動了，她光顧著想心事，身外的事物一樣也看不見。

同車的旅客裡，有一位說得比前幾位更直截了當：「嘿——你簡直成了個大花球啦！剛到六月，就開出這麼棒的玫瑰！」

這時她才意識到，她那副模樣讓他們覺得驚奇：她胸前插著玫瑰，帽子上插著玫瑰，籃子裡裝滿了玫瑰和草莓。她臉上一紅，慌亂地解釋說，這些花都是別人送給她的。趁乘客們不留神的時候，她偷偷地把帽子上最顯眼的花摘下來，放到籃子裡，用手絹蓋起來。隨後，她又陷入了沈思，就在低頭朝下看的時候，冷不防讓胸前的玫瑰花刺扎著了下巴。像布萊克穆爾谷的所有村民一樣，黛絲腦袋裡充滿了幻想和迷信兆頭。她覺得，自己叫玫瑰刺了，這是個不祥之兆，是她那天覺察的頭一個不祥之兆。

大篷車只開到沙斯頓為止，從那個山鎮下到山谷，再回到馬洛特村，還要走好幾英里路。她母親早就跟她說過，她要是覺得太累，當天趕不回來，那就待在沙斯頓過夜，住在他們認識的一個村婦家裡。黛絲就照這樣辦了，第二天下午才下山回家。

她一跨進家門，就從母親那洋洋得意的神氣中察覺到，她沒回來的時候，家裡發生了什麼事情。

「我說麼，我心裡有數麼！我告訴過你事情會很順當，這不是應驗了麼！」

「是我出門以後嗎？到底是什麼事兒呀？」黛絲十分厭倦地說。

母親帶著狡黠的贊同神氣，把女兒上上下下打量一番，然後逗趣地說道：「你到底討他們喜歡啦！」

「你怎麼知道，媽？」

「我收到一封信。」

黛絲這時想起，是有足夠的時間把信送到這裡。

「他們說——德伯維爾太太說——她想叫你去照料一個供她解悶的養雞場。不過，這只不過是她使的巧妙辦法，想把你弄到哪裡，又不讓你指望太高。她要認你做本家——她就是這個意思。」

「可我沒見到她呀。」

「我想你還是見著什麼人了吧？」

「見到她兒子了。」

「他認你做本家了嗎？」

「嗯——他叫我妹子。」

「啊——我早就知道麼！……杰基——他叫她妹子呀！」瓊對丈夫大聲嚷道。「嗯，不用說，他一定跟他娘說了，他娘就要你去的。」

「不過，養雞我恐怕不在行。」黛絲猶豫不決地說。

「那我就不知道誰在行了。你生來就做這事兒，一直是做這事兒長大的。生來就做事兒的人，總比半途學著做的人在行些。再說，給你點活做，不過是擺個樣子，免得讓你覺得沾她的光。」

「我反正覺得不該去，」黛絲滿懷心事地說。「這信是誰寫的？讓我看看好嗎？」

「德伯維爾太太寫的。拿去看吧。」

信是以第三人稱寫的，簡單地通知德貝菲爾夫人，說她女兒若是肯去幹活，這對那位太太管理雞場，將會很有幫助；還說她要是能去，就給她準備一間舒適的屋子，要是主人家覺得中意，工錢是不會少給的。

「哦——就這些呀！」黛絲。

「你不能指望她一下就摟住你，又親又吻。」

黛絲往窗外望去。

「我還是跟你還有爹待在家裡好，」她說。

「為什麼？」

「我還是別告訴你為什麼吧！媽。說眞的，我也不大明白為什麼。」

一個禮拜後的一天，黛絲想在附近一帶找點輕便的工作，到了傍晚一無所獲地回來了。她打算趁著夏天掙夠錢，好給家裡再買一匹馬。她剛跨進門檻，就有一個孩子又蹦又跳地從屋裡跑來，嚷嚷說：「那個闊人來過咱家啦！」

她母親連忙解釋，渾身都是綻出了笑意。她說德伯維爾太太的兒子偶然騎馬朝馬洛特村方向走來，順便來看看他們。最後，他以他母親的名義問一聲，黛絲到底能不能去照料老太太的養雞場，因為現在管雞場的那個小伙子太不稱職。「德伯維爾先生說，要是你眞像你的外表那樣，那你一定是個好姑娘。他知道你是個寶貝兒。說實話，他還眞關心你呢。」

黛絲本來把自己看得很低，現在聽說一個陌生人把她看得這麼高，一時間彷彿眞的高興起來了。

「他能這麼想，眞是一片好意，」黛絲喃喃地說。「要是我拿得準住在那裡怎麼樣，那我啥時候都可以去。」

「他是個好俊的男人哪。」

「我可不這麼看，」黛絲冷冷地說。

「不管怎麼樣，反正你的機會來了。我敢肯定，他手上戴著一枚好漂亮的鑽石戒指！」

「是的，」小亞伯拉罕從窗口的凳子那裡，興高采烈地說道。「我也瞅見了！他抬手捋鬍子的時候，那鑽石還一閃一閃的。……媽，咱們的闊本家幹嗎老是抬手捋鬍子呀？」

「聽這孩子怎麼說的！」德貝菲爾夫人　嘴贊賞說。

「也許是想顯顯他的鑽石戒指吧！」約翰爵士坐在椅子上，迷迷糊糊地咕噥道。

「我得仔細想一想，」黛絲說著，走出屋子。

「瞧，她一下子就把咱們家族的末房年青人給迷住了，」女主人接著對丈夫說道，「她要不會乘勝追擊，那才是傻瓜哪！」

「我不大願意讓自己的孩子跑到別人家去，我是長房，別人應該來找我。」

「不過，你可得讓她去，杰基，」他那可憐的傻妻子甜言蜜語地勸道。「人家叫她給迷住了——這你也看得出來。他管她叫妹子呀！他八成想娶她，讓她當闊太太。那樣一來，她就和她的祖宗一樣了。」

約翰・德貝菲爾雖說身虛體弱，虛榮心卻很強，因此他覺得這話很入耳。

「嗯——也許德伯維爾先生這小伙子就是這個意思，」他表示贊同地說。「確實，他可能認眞算計好了，想和老宗親結親，來改良自家的血統。黛絲這小淘氣！她只去看了他們一趟，還當眞能有這樣的結果！」

母親便趁熱打鐵。

這時候，黛絲正在庭園的醋栗叢中和王子的墳前，心事重重地走來走去。等她一回來，

「哎，你到底打算怎麼辦？」她問道。

「我要是見到德伯維爾太太就好了，」黛絲說。

「我想你還是把事兒定下來吧。這樣一來，你很快就會見到她了。」

她父親坐在椅子上咳嗽。

「我眞不知道該怎麼辦才好！」姑娘焦灼不安地答道。「這事兒由你看著辦吧。老馬死在我手裡，我想我得想法給你再弄一匹來。不過——不過——我眞不希望德伯維爾先生待在那裡！」

自從馬死了以後，那些孩子們以爲有個闊本家，常拿闊本家會娶黛絲做媳婦來安慰自己，眼下聽說黛絲不願意去，便都哭起來了，責罵她不該不去。

「黛絲不肯去——去——去當闊——闊太太啦——她說她不——不去啦！」他們張著大嘴哭喊著。「咱們家不會有漂亮的新馬了，也不會有好多金幣去集上買禮物了！黛絲也不會——不會有好衣裳穿了，漂亮不起來啦！」

母親也以同樣的腔調跟著附和。她還有個法子，不管做什麼事，總是無限期地拖延，使家裡的活計顯得格外繁重，這也爲她的爭辯增添了份量。只有父親保持中立態度。

「我去就是了，」黛絲終於說道。

女兒這一答應，母親腦海裡不禁浮現出女兒嫁給闊人家的美景。

「這就對了！像你這麼俊俏的閨女，這可是個好機會呀！」

黛絲悻然笑了笑。

「我希望這是個掙錢的機會。這不是什麼別的機會。你最好別在外面說那種傻話。」德貝菲爾夫人沒有答應兒孩兒。她聽了客人說的那些話之後，實在不大敢擔保，說她不會得意忘形，大講特講。

事情就這樣談妥了。姑娘寫了一封信，說是需要她哪天去，她就會按時動身。她如期收到回信，說德伯維爾太太爲她的決定感到高興，後天派一輛有彈簧的輪子的大車到山谷頂上連人帶行李一起接去，到時候她得作好準備。德伯維爾太太的筆跡太男性化了。

「一輛大車？」瓊．德貝菲爾半信半疑地咕噥道。「來接本家，該用馬車才是呀！」

黛絲終於打定主意了，不再那樣坐立不安，神不守舍了，做起事來增添了幾分自信，覺得可以做點不太繁重的活，好給父親再買一匹馬。她本想在學校裡當個教師，可是命運似乎另有安排。就心智而言，黛絲比母親來得老練些，因此，德貝菲爾夫人在她婚事上所抱的期望，她一時一刻也沒認眞考慮過。這位愣頭愣腦的女人，差不多從女兒出生的那一年起，就在爲她物色如意郎君了。

第七章

在約定離家的那天早晨，天還沒亮，黛絲就醒過來了。那正是黎明前的黑暗時刻，樹林裡依然靜悄悄的，只有一隻早起的鳥兒，唱起清脆的歌聲，彷彿確信至少它知道一天的確切時間，而其他鳥兒則保持沈默，彷彿同樣確信它弄錯了時間。黛絲待在樓上收拾行裝，一直忙到吃早飯，然後便穿著平日的普通衣服走下樓，卻把過節穿的衣服仔細地疊放在箱子裡。

母親又勸解開了。「走訪親戚的，誰不打扮得漂亮一點？」

「可我是去做活的？」黛絲說。

「是呀，沒錯，」德貝菲爾夫人說，隨即又改成說悄悄話的口氣：「起先也許會裝裝樣子，讓你幹點活。……不過，我覺得，你最好還是打扮得漂漂亮亮的，」她又添了一句。

「好吧，我想你最有心眼啦，」黛絲安安靜靜、服服貼貼地答道。

爲了讓母親高興，姑娘擺出一副完全聽她擺布的樣子，心平氣和地說道：「媽，你想怎樣就怎麼辦吧！」

見女兒這麼聽話，德貝菲爾夫人滿心歡喜。她先端來一大盆水，把黛絲的頭髮徹徹底底地洗了一遍，等到擦乾梳整齊以後，看上去比平時多了一倍。她挑了一根比往常寬的粉紅色絲帶，把頭髮扎了起來。接著，她又拿出黛絲在遊行會上穿過的那件白色連衣裙，給她穿在身上。蓬鬆的頭髮，加上輕飄寬鬆的衣服，使她那正在發育的身軀顯得越發豐腴，讓人分辨不出她的眞實年齡，誤以爲她是個成年女子，其實她還不過是個少女。

「糟糕，我襪子後跟上有個窟窿！」黛絲說。

「襪子有個窟窿怕什麼——窟窿也不會說話！我做姑娘的時候，只要頭上戴一頂漂亮帽子，誰會看見你腳後跟怎麼樣？」

看著女兒這副模樣，母親感到非常得意，特地向後退了退，就像畫家退離畫架一樣，上上下下地審視著自己的辛苦成果。

「你自個兒瞧瞧吧！」她大聲嚷道。「比那天漂亮多啦。」

因爲鏡子太小，一次只能照出黛絲身體的一小部分，德貝菲爾夫人便在窗外掛了一件黑斗篷，這樣一來，窗玻璃就變成了一面大鏡子，這是鄉下人梳妝打扮時常用的辦法。事完之後，德貝菲爾夫人下樓去找丈夫，丈夫正坐在樓下房裡。

「我跟你說吧，德貝菲爾，」她歡天喜地的說道，「他見了她不動心才怪呢。不過，你不管怎麼著，可別跟黛絲提他多喜歡她的事兒，也別多提她來了機會之類的話。這丫頭可眞古怪，你要是說多了，她反而會厭煩他，甚至馬上就不去了。……要是事情順當當的，我說什麼也要報答報答斯丹福特路的那個牧師，感謝他告訴咱們那些話——眞是個大好人哪！」

不過，梳妝打扮的那陣高興勁過去了，姑娘動身的時刻越來越近了，瓊・德貝菲爾反倒有點放心不下，因此便說要送女兒一程——送到山谷通往外面世界的上坡道上，第一個上陡坡的地方。到了坡頂上，黛絲會遇見斯托克——德伯維爾家派來接她的大車，她的行李箱已被一個年輕人用小推車先送到山頂等候去了。

那幫弟弟妹妹看見母親戴上帽子，也都吵嚷著要跟她去。

「姊姊要去嫁給咱們的闊本家了，要去穿好衣裳了，我非要去送送姊姊不可！」

「聽著，」黛絲臉上一紅，急忙轉身說道，「我不想再聽到這話啦！媽，你怎麼往他們腦袋裡灌輸這種念頭？」
「好乖乖，姊姊是去給闊本家幹活的，好掙錢再買一匹馬。」德貝菲爾夫人勸解道。
「再見，爹，」黛絲說道，喉嚨像被什麼東西卡住了似的。
「再見，孩子，」約翰爵士一邊說，一邊把垂到胸前的腦袋抬了起來。原來，爲了慶祝這件事，他早上又多喝了一點，坐在那裡打起盹來。「好啊，我希望我那位年輕的朋友會喜歡這樣一位與他同宗的漂亮姑娘。……黛絲，你告訴他，就說我家如今衰落了，不像以前那麼榮耀了，我想把封號賣給他——是的，賣給他——還不跟他要大價錢。」
「低於一千鎊可不賣！」德貝菲爾夫人嚷道。
「告訴他——說我要一千鎊。……嗯，我再仔細一想，少一點也行。我是個可憐巴巴的窩囊廢，這個封號加到他頭上，比戴在我頭上光彩多了。告訴他，他出五十鎊就行——二十鎊！是的，二十鎊——這是最低價。他娘的，家族封號就是家族封號，少一個子兒，我也不賣！」
黛絲眼裡噙滿了淚水，嗓子完全哽住了，根本無法表達內心的情緒。她急忙轉身，走了出去。
於是，母女們一起走著，黛絲兩邊各有一個孩子，拉著她的手，走幾步就要凝神地朝她看一看，彷彿看一個就要去做大事的人，母親帶著最小的孩子走在後面。這票人構成了一幅奇特的圖畫；前面走著純眞美麗的少女，兩側是天眞爛漫的稚童，後面跟著頭腦簡單的虛榮母親。她們一直走到上坡的地方，按照預先的安排，特蘭嶺派車到山頂來接黛絲，省得讓馬吃力地爬那最後一道山坡。第一層群山後面，遠遠望去是一道山脊，沙斯頓高懸在山崖上的房屋，打破了山脊的輪廓。通往斜坡頂端那高高的山路上，除了先打發走的那個小伙子，一個人影也看不見。那小伙子正坐在車把上，車上裝著黛絲的全部財物。

「在這兒等一會兒吧，大車就會來的，」德貝菲爾夫人說。「是的——就在那邊，我看見了！」

大車是來了——突然出現在最近一片高地的前面，停在推小車的小伙子的身旁。於是，母親和幾個孩子就決定不再往前送了，黛絲跟她們匆匆道別之後，轉身朝山走去。

她們看見她的白色身影漸漸走近帶彈簧輪子的大車，她的行李箱早就放到車上了。但是，就在她快走到大車跟前的時候，又有一輛馬車從山頂的樹叢裡飛奔而來，拐過那截彎道，超過了行李車，停在黛絲身旁，黛絲抬頭一望，彷彿大吃一驚。

母親這才意識到，這後一輛車不像前一輛那麼簡陋，而是一輛嶄新的雙輪輕便馬車，漆刷得油光鋥亮，裝飾得富麗堂皇。趕車的是一個二十三、四歲的青年，嘴裡刁著雪茄菸，頭上戴著時髦的小帽，身上穿著淺褐色的茄克，淺褐色的馬褲，脖子上圍著白領巾，豎著立領，手上戴著棕色趕車手套——總而言之，他就是一兩個禮拜以前，騎著馬來看望瓊，探問黛絲消息的那個漂亮青年。

德貝菲爾夫人像孩子似地拍起手。接著，她低下頭去，隨即又抬頭凝望。難道她會琢磨錯了這裡面的含義？

「那就是要娶姊姊當太太的闊本家吧？」最小的孩子問道。

這時可以看到，黛絲穿著細紗衣服的形體一動不動，遲疑不決地站在馬車旁邊，車主正在跟她講話。她表面上遲疑不決，實際上還不止是遲疑不決，而是滿腹疑慮。她寧願乘坐那輛簡陋的大車。那個年輕人跳下車，好像在催她快上車。黛絲把臉轉向山下，瞅了瞅那一小簇親人。彷彿有什麼東西激勵她下定了決心，也許想起是她害死了王子。她忽然跳上車，那年輕人也跳上車，坐在她旁邊，當場揚鞭啓程。轉眼間，他們就追過了慢騰騰地行李車，消失在山肩後面。

黛絲剛一消失，那件事像演戲一樣剛結束，小孩子們的眼裡便湧滿了淚水。最小的孩子說道：「我眞不願意叫可憐巴巴的黛絲去當闊太太！」說著，把嘴一咧，哇地哭了起來。這個新觀點倒挺有感染性的，又一個孩子哭了，另一個孩子也哭了，三個孩子都嚎啕大哭。

瓊．德貝菲爾轉身回家的時候，也是熱淚盈眶。但是，她回到村裡的時候，便無可奈何地盼著老天保佑。不過，晚上躺在床上，她嘆起氣來，丈夫問她怎麼回事。

「唉——我也說不準，」她說，「我心裡在想，也許黛絲不去還好些。」

「你幹嗎事先沒想到呢？」

「喏——這是閨女的一次機會呀。……要是再有這樣的事兒，我一定先打聽小伙子是不是眞的好心腸，是不是眞的像我們那樣喜歡她，我才能放她去。」

「是呀，也許你早該那樣做了，」約翰爵士一面打呼，一面說。

瓊．德貝菲爾總是沒法找到點安慰：「唔，她是個道地的大家閨秀，她只要把王牌打出去，就管保能降得住他。他就是早不娶她，往後也要娶她。凡是長眼的人都看得出來，他對她都愛得入魔了。」

「她有什麼王牌呀？你是指她那德伯維爾家的血統嗎？」

「不，傻瓜。她的臉蛋——跟我年輕時一樣的臉蛋。」

第八章

亞歷克．德伯維爾踏上車坐在黛絲身旁，趕著馬疾馳在第一座山的山脊上，一路上不停地恭維黛絲，把那輛裝箱子的大車甩得老遠。車子越爬越高，四面八方展現出遼闊的景致：後面是生養她長大的那個綠色山谷，前面是一片灰色原野，若不是上次匆匆去過一趟特蘭嶺，她還一點也不熟悉這片原野呢。就這樣，車子駛到一道斜坡的邊沿，一條筆直的下坡路一直通到山下，差不多是一英里長。

本來，黛絲．德貝菲爾天生很有膽量，但是自從上次老馬出事之後，她一坐車就特別膽怯，車子稍微有點不穩，她就膽顫心驚。眼下見趕車人有點玩命，心裡不禁驚慌起來。

「先生，你想你下坡還是趕慢點吧？」她裝作不在乎的神氣說道。

德伯維爾扭過頭來望著她，用大白門牙的尖尖叼著雪茄菸，讓兩片嘴唇慢慢露出微笑。

「怎麼——黛絲，」他又抽了一兩口菸，回答說，「提出這樣的要求，這哪裡像個大膽活潑的姑娘呀？我呀，下坡總是駕著馬全速飛奔。沒有什麼比這更刺激的了。」

「不過，也許你現在用不著這樣吧？」

「嗨，」德伯維爾搖搖頭，說，「這件事得考慮兩方面的因素，並不完全由我作主。你還得考慮到蒂布，它的脾氣可怪呢。」

「你說誰呀？」

「哦，這匹馬呀。我覺得，它剛才氣乎乎地扭頭瞅了瞅我。難道你沒察覺？」

「你別嚇唬我啦，先生，」黛絲厲聲說道。

「我可不想嚇唬你。要是天下有哪個活人能駕馭這匹馬，那就是我能——我並不想說有哪個活人能駕馭它——不過，要是眞有哪個人能有這個本領的話，那個人就是我。」

「你怎麼養了這樣一匹馬？」

「嗨——你問得好極啦！我想這是我的命吧。……蒂布害死過一個人，我剛把它買到手不久，它也差一點把我摔死。後來，說實話，我也差一點把它宰了。不過，它還是使性子，特愛使性子。坐在它後面，有時候都難保生命安全。」

馬車開始下坡了。顯然，那匹馬不知是出於自己意願，還是出於趕車人的意願（更可能是後者），倒很懂得就是要它玩命，因此也不用後面加以鞭策，便拔腿飛奔起來。

馬車一個勁地向下奔馳，車輪像陀螺似地嗡嗡直響，車身左右搖晃，車軸與行進路線形成了一個微微的斜角，馬身在前面一起一落地直竄。有時，車輪顚離了地面，似乎有些碼都不著地；有時，石子讓馬踹得直打旋，飛過了樹籬，馬蹄踩上火石迸出的火星，眞比日光還燦爛。隨著車子向前飛奔，筆直的山路看上去變得開闊起來，兩邊的路埂向兩旁分開，就像一根木棍劈成兩半，在肩膀兩邊飛馳而過。

風透過黛絲的白紗裙，直鑽她的皮肉，剛洗過的頭髮飄在身後。她決計不能露出害怕的樣子，不過還是一把抓住了德伯維爾捉轡繩的手臂。

「別抓我的手臂！你再抓住，我們倆都要摔下去！摟住我的腰！」

黛絲抱住了他的腰，就這樣馬車駛到了山下。

「謝天謝地，儘管你瞎胡鬧，還是平安無事了！」她臉上火辣辣地，說道。

「黛絲——去你的！你還是發脾氣了！」德伯維爾說。

「我說的是實話。」

「哼，你用不著來這一套，剛一覺得脫離了危險，就毫不領情地撒開手。」

黛絲並沒有考慮她剛才怎麼啦，也沒管他是男是女，是根棍子還是塊石頭，便不由自主地抱住了他。她一恢復鎮靜，便坐在那裡不再答話了，就這樣馬車又來到另一個坡頂。

「瞧，又來啦，」德伯維爾說。

「別，別，」黛絲說。「請你通點情理吧！」

「不過，一個人來到本郡最高點的時候，他總得要下去呀，」德伯維爾反駁道。

他把韁繩一鬆，馬車又飛奔起來。顛簸之中，德伯維爾扭過頭來，嘻皮笑臉地對黛絲說：「來，我的美人，再像剛才那樣，摟住我的腰。」

「我不！」黛絲斬釘截鐵地說，一面竭力挺住，不去碰他。

「黛絲，你要是讓我親一下你那兩片櫻桃嘴唇，或是親一下你那張熱呼呼的臉，我就停車——我以名譽擔保，一定停車！」

黛絲一聽這話，感到萬分震驚，又往座位後面縮了縮，於是，德伯維爾重新催馬，把黛絲搖晃得厲害了。

「別的不行嗎？」黛絲終於絕望地嚷道，一雙眼睛瞪得像野獸的一般大，直愣愣地盯著他。母親把她打扮得這麼漂亮，分別是害了她了。

「別的不行，親愛的黛絲，」德伯維爾回答道。

「唉，我眞不明白——好吧，隨你便吧！」黛絲可憐巴巴地喘著粗氣說。

德伯維爾收緊馬韁，馬車慢下來了，他剛要完成那渴望的一吻，不想黛絲隱約感到有些羞怯，急忙躲閃開了。德伯維爾兩手都抓住韁繩，沒有餘力阻擋她躲閃。

「好呀，他媽的——我要把咱們倆都摔死！」她那位任性的的伙伴一時心頭火起，大聲罵道。「你這個小妖精，你敢說了話不算數，是不是？」

「好吧，」黛絲說，「既然你硬要堅持，我就不躲閃了！不過，我——還以為你是我的本家，會好好待我，保護我呢！」

「本家個屁！來吧！」

「不過，我不願意讓任何人吻我，先生！」黛絲央求道，一顆大淚珠從臉上滾下來，她的嘴角在顫動，竭力想忍住哭。「我早知如此，就不會來了！」

德伯維爾毫不通融，黛絲一動不動地坐著，德伯維爾老練地親了她一下。他剛親完，黛絲就羞得滿臉通紅，急忙掏出手帕，擦著臉上被他嘴唇親過的那塊地方。德伯維爾本來心裡一團熾熱，一見這一情景，不由得又冒起火來，因爲黛絲那完全是下意識的舉動。

「你這個鄉下小妞，未免太敏感了吧！」年輕人說道。

黛絲沒有理會這句話。說眞的，她還不大明白這句話的意思，她只是本能地擦了一下臉，全然沒有想到這是對方的輕慢。她這一擦，其實等於擦除了那記親吻，如果這種事眞能做得到的話。她隱約覺得他有些惱怒，便目不轉睛地望著前方，這時馬一路小跑，漸漸走近了梅爾伯里當和溫格林。轉眼間，她驚恐地發現，馬車還要下一個山坡。

「我要讓你爲此感到後悔！」德伯維爾依然帶著餘恨未消的口吻，又開口說道，一邊又揚起了馬鞭。「除非你心甘情願地讓我再親一下，不再拿手帕擦。」

黛絲嘆了一口氣，「好吧，先生！」她說。「哎呀——讓我撿起帽子！」

她說話的當兒，帽子讓風吹到了路上，因爲他們現在是在高地上行駛，速度決不算慢。德伯維爾停住馬車，說要替她撿帽子，可黛絲卻從另一邊下車了。

她走回去撿起了帽子。

「我敢說，你不戴帽子更漂亮，如果這有可能的話，」德伯維爾說道，一面回頭往車後面打量她。「來——上車吧！……怎麼啦？」

黛絲戴上了帽子，繫好了帽帶，但是卻不往前來。

「不，先生，」黛絲說道，一面把嘴一咧，眼裡顯出看你拿我怎麼辦的得意神氣。「我心裡有數，不會再上車了！」

「什麼——你不上來坐在我旁邊啦？」

「不啦，我寧肯走路。」

「到特蘭嶺還有五六英里呢。」

「就是幾十英里，我也不在乎。再說，後面還有大車呢。」

「你這個狡猾的賤貨！你告訴我——你是不是故意讓帽子被風吹掉的？我敢發誓，一定是的！」

黛絲打從心裡考量著，沒有吱聲，這就證實他猜著了。

於是，德伯維爾對她又是詛咒，又是辱罵，就因爲她耍了這個詭計，便把能想到的所有惡名，全都栽到她身上。他還突然勒轉馬頭，想把車子朝她壓過去，把她夾在馬車和樹籬之間。不過，他若是眞這麼幹下去，就免不了要傷害她。

「你這麼滿嘴髒話，應該感到害臊！」黛絲這時已經爬到了樹籬上，從籬頂激奮地嚷道。「我一點也不喜歡你！我討厭你，憎恨你！我要回到我媽媽那兒，就要回去。」

一見黛絲發脾氣了，德伯維爾反倒消了氣，於是縱情大笑起來。

「喲——這一來我就更喜歡你了，」他說。「來，咱們講和吧。我再也不強拗著親你啦。我撒謊就不是人！」

他再怎麼花言巧語，黛絲就是不肯上車。不過，她並不反對他趕著車走在她旁邊。他們就這樣慢慢地朝特蘭嶺村走去。德伯維爾眼見著自己因爲行爲不檢，逼得黛絲徒步往前走，不時顯露出一種極度懊喪的樣子。本來，黛絲這時倒可以相信他了，但他眼下卻失去了這種信任，所以她還是堅持步行，滿腹心思往前走著，彷彿在琢磨是否應該回家去。然後，她當初已經打定了主意，如果沒有重要的理由，現在再改變主意，這似乎太游移不定了，甚至太孩子氣了。她怎麼可以感情用事，取回箱子，回到父母面前，打亂重整家業的全盤計劃呢？

少頃間，坡居的煙囪便出現在眼前，接著，在右邊一個僻靜的角落裡，見到了作爲黛絲目的地的養雞場和小屋。

第九章

分派給黛絲的差事，是負責雞的管理、飼養、看護、醫療，做雞的朋友。雞舍設在一幢舊草房裡，草房外面原來是一座庭園，現在卻成了一片被踩平鋪上沙子的場地。草房上爬滿了常青藤，煙囪讓這寄生植物纏得粗粗的，樣子像是一座殘破的高塔。樓下的屋子全都用作雞舍，那些公雞母雞派頭十足地走來走去，彷彿這所房子就是它們蓋的，而不是當年那些副本土地持有者❶蓋的，那些人如今東西橫臥❷在教堂的墓地裡，早已化成塵埃。那些已故房主的子孫們覺得，這所房子曾經花過他們祖宗許多錢，德伯維爾家沒有在此大興土木之前，他們祖祖輩輩就住在這裡，對房子一直懷有深厚的感情；可是，斯托克—德伯維爾太太依法把房子弄到手以後，竟然隨隨便便地把它改成了養雞場，這簡直是對他們家族的侮辱。他們說：「在爺爺那時候，這所房子給基督徒住還滿好的。」

這些屋子裡，從前有許多吃奶的孩子哇哇啼哭，現在卻迴響著小雞啄食的喏喏聲了。從前放著椅子，坐著安閑自得的莊稼人的地方，現在全讓裝在籠子裡的呆頭呆腦的母雞佔據了。壁爐角上，曾經火光熊熊的壁爐爐床裡，現在擺滿了倒置的蜂窩，給母雞用作下蛋的地方。房子外面的場地，從前讓一代一代的住戶用鐵鍬收拾得整整齊齊，現在卻讓公雞用爪子

❶在舊日英國，莊園主向別人出租房地產時，要給租賃人一份莊園租賃登錄冊，故有「副本土地持有者」之稱。
❷教堂建築多為東西向，故死人埋葬，也東西橫臥。

刨得一場糊塗。

草房所在的庭園，四周有一道圍牆，只有一扇門可以進出。黛絲出身於一個以販賣家禽爲業的家庭，所以第二天早晨，她就按照自己的老練想法，把養雞場重新布置了一番，作了不少變動和改進，剛忙了個把鐘頭，圍牆的門打開了，一個戴著白帽子，繫著白圍裙的女僕走進來。她是從宅第來的。

「德伯維爾太太又要那些雞啦，」她說。但她察覺黛絲並不大明白她的意思，於是又解釋說：「太太是個老婦人，還是個瞎子。」

「瞎子！」黛絲說。

她聽了這話，心裡的疑慮還沒來得及理出個頭緒，女僕便叫她抱起兩隻最好看的漢堡雞，她自己也抱起兩隻，領著她朝鄰近的宅第走去。宅第儘管裝飾華貴，氣勢宏偉，但是就看房前這一邊，只見空中飄著羽毛，草地上擺著雞籠，到處都有跡象表明，住在這宅第裡的人倒很喜歡那啞巴動物。

在樓下的一間起居室裡，宅第的主人兼主婦正背著亮光，坐在一把扶手椅裡。她是個白髮蒼蒼的女人，年紀不過六十，甚至還不到六十，戴著一頂大帽子。她的面部表情多變，就一個視力漸漸衰退的人來說，儘管竭力挽救，還是無可奈何地當了瞎子，而不像瞎了多年或是生來就瞎的人那樣表情呆滯。黛絲一隻手抱著一隻雞，走到這位太太跟前。

「啊，你就是來給我養雞的姑娘嗎？」德伯維爾太太聽出了生人的腳步聲，問道。「我希望你好好照料它們。我的管家告訴我，說你是非常合適的人。好吧，雞在哪兒？啊，這是斯特拉特！可它今天一點也不活潑，是吧？我想是叫生人擺弄怕了。菲納也是這樣——是的，它們都有點受驚了——是不是呀，寶貝？不過，它們很快就會跟你熟起來的。」

老太太說話的時候，黛絲和另一個女僕就按著手勢，把雞一隻一隻地放在她的膝上，她就從頭到尾地摸著每一隻雞，審查它們的嘴巴、雞冠、翅膀、爪子，以及公雞的翎毛。她只要用手一摸，就能立刻辨出摸的是哪一隻，並能發現是否有哪根雞毛折了，或者拖髒了。她摸摸嗉囊，就能知道它們吃了些什麼，是吃多了，還是吃少了，她心裡有什麼看法，臉上總能活靈活現地表示出來。

兩個姑娘按照要求，把帶來的雞送回雞場。她們不斷地重複這一程序，直到把老太太寵愛的公雞和母雞，全都送給她摸過——漢堡雞、矮腳雞、勃拉默雞、杜金雞，以及其他一些當時盛行的品種雞——一隻隻雞放到她膝上，她幾乎個個都認爲不錯。

這使黛絲想起堅信禮來，德伯維爾太太是主教，公雞母雞是受禮的少男少女，她和女僕就是把孩子們帶來受禮的牧師和副牧師。儀式結束時，德伯維爾太太皺皺眉，蹙蹙臉，弄得滿面皺巴巴的，突然向黛絲問道：「你會吹口哨嗎？」

「吹口哨，太太？」

「是的，吹小調。」

黛絲像大多數鄉下姑娘一樣，確實會吹口哨，只不過在體面人面前，不願意承　有這個本領就是了。但是這一次，她毫不在乎地承認了這一事實。

「那你每天都得練一練。我雇過一個小伙子，口哨吹得可好啦，可惜他走了。我要你對我的紅腹灰雀吹口哨，我因爲看不見它們的樣子，就想聽聽它們的聲音。我們就用這種方法教它們學小調。伊麗莎白，告訴她鳥籠掛在什麼地方。你明天就得開始，不然，它們鳴叫起來就要退步啦。這幾天都沒有人管它們了。」

「太太，今兒早上德伯維爾先生給它們吹過口哨。」伊麗莎白說。

「他！呸！」

老太太厭惡地蹙起臉皮，沒再答話。

這位想像中的本家就這樣結束了對黛絲的接待，雞也都送回雞場去了。黛絲對德伯維爾太太的態度，倒並不怎麼感到驚奇，因爲自從看到那座宏偉的宅第之後，她就沒有別的企望了。但是，她萬萬沒想到，所謂本家的事，老太太壓根兒沒有聽說過。她猜想，這位瞎老太太和她兒子之間，感情可能不太好。但是，這一點她也猜錯了。天下當母親的，出於無奈，對兒子又恨又愛，又嫌又疼的，德伯維爾太太可不是頭一個。

儘管頭一天的開端並不愉快，但是，既然已經把她安頓在那裡了，第二天早照又是陽光明媚，黛絲倒喜歡上她的新職務了，覺得既自由又新鮮。同時她還很想檢驗一下自己從事那件意外差事的本領，看看她能否保住這一職務。她一回到四面環壁的庭園裡，就在雞籠上坐了下來，一本正經地撅起嘴唇，練習她那荒疏已久的口哨。她發現，她以前的本事已經退化了，只能從唇間擠出噗噗的氣來，壓根兒吹不出清晰的曲調。

她吹了又吹，全是徒勞，心裡不禁在納悶：本來天生就會的玩意兒，怎麼會變得如此生疏。恰在這時，她察覺像爬滿草房一樣覆蓋著圍牆的常青藤中，有什麼東西動了一下。她朝那邊一望，只見一個身影從牆頭跳到地上。原來是亞歷克．德伯維爾。自從昨天他把她送到園丁小屋的門口，讓她安頓下來，她還一直沒再見過他。

「黛絲堂妹，」他嚷道，稱呼中略有點嘲弄的意味，「我敢以名譽擔保，像你這樣美麗的尤物，眞是人間少有，畫裡也難尋。我從牆那邊看了你好半天——你就像墓碑上刻著的不耐煩的化身❸，撅起那漂亮的紅嘴唇，噗噗地吹口哨，又偷偷地罵一陣，永遠也吹不出個調子來。唉，你吹不出曲調來，可把你氣壞了！」

「我也許是很氣，可是沒有罵。」

「啊——我知道你爲什麼要練口哨了——都怪那些紅腹灰雀！我母親要你給它們上音樂課。她有多自私呀！好像照料那些該死的公雞和母雞，還不夠一個女孩子忙活的。我要是你的話，就斷然拒絕她。」

「可她特別關照我這樣做，要我明天早晨準備好。」

「是嗎？那麼——我來給你上一兩課吧。」

「哦，不，不用你上，」黛絲說道，一面往門口退卻。

「胡說，我不會對你動手動腳的。瞧——我站在鐵絲網的這一邊，你就站在那一邊，因此你會覺得十分保險的。現在你聽著。你把嘴唇撅得太過分了。瞧，這樣就成了。」

他一面講解，一面做示範，吹了一句〈去，把你的嘴唇挪開〉。但是，黛絲並不明白歌詞的用意❹。

「你來試試，」德伯維爾說。

黛絲極力裝作不苟言笑的樣子，把臉綳得像雕塑一般嚴肅。但是，德伯維爾非要讓她吹，後來，爲了把他打發走，黛絲就照他說的能吹出清晰曲調的方法，撅起了嘴唇，接著又

❸參見莎士比亞〈第十二夜〉第二幕第四場：「（她）像是墓碑上刻著的『忍耐』的化身，默坐著向悲哀微笑。」
❹〈去，把你的嘴唇挪開〉，係英國歌曲，歌詞第一段也見於莎士比亞〈惡有惡報〉第四幕第一場。黛絲沒有聽出這支曲子，因而不知道亞歷克在向她調情。

苦澀地笑了笑，隨即又因爲這一笑，心裡覺得懊惱，不禁臉紅起來。

德伯維爾鼓勵她說：「再試一試！」

這一回黛絲還眞夠認眞的，認眞到了極點。她試了試——終於出乎意料地發出了一個眞正圓潤的聲音。一時成功的喜悅使她忘乎所以，兩眼睜得大大的，不由自主地衝他嫣然一笑。

「這就對了！我教你開了個頭，你以後會做得很漂亮的。瞧——我說過不走近你，儘管世人從沒受過這種誘惑，我還是遵守諾言。——黛絲，你覺得我母親是個怪老太婆吧？」

「我還不太了解她，先生。」

「你會發現她很怪的。她就是怪，居然要你學著對她的紅腹灰雀吹口哨。我現在很不討她喜歡，不過你要好好照料她的家禽，就一定會討她的歡心。再見，你要是遇到困難，需要人幫忙，不要去找管家，就來找我好啦。」

黛絲．德貝菲爾就是在這樣一個家庭管理體制中，謀求到了一個職位。她頭一天的經歷，大體上代表了以後許多天的經歷。亞歷克．德伯維爾一見她，便跟她說些逗趣的話，旁邊沒人的時候，還開玩笑地叫她堂妹，就這樣處心積慮地使她和自己熟起來了，見了他不像先前那麼羞怯了，但卻沒能讓她產生一種新的更溫柔的羞澀感。不過，由於她不得已寄於他母親的籬下，而他母親又相對不管用，她實際上是寄於他的籬下，因而她只得聽從他的擺布，僅僅憑著伙伴關係，她是不會這麼順從的。

黛絲很快就發現，等她恢復了以前的本領，再到德伯維爾太太房裡給紅腹灰雀吹口哨，並不是什麼困難的事，因爲她從愛唱歌的母親那裡學會不少曲調，拿來教給這些歌鳥，倒是合適極了。每天早晨，站在鳥籠旁邊吹口哨，要比在庭園裡練習愜意多了。由於那個年輕人不在跟前，她無拘無束地撅起嘴巴，將嘴唇貼近籠邊，對著那些留神細聽的鳥兒，圓轉自如地吹起了口哨。

德伯維爾太太睡在一張四柱大床上，床上掛著厚的花緞帳子，紅腹灰雀也養在這間屋裡，它們在一定的時候裡，可以自由自在地飛來飛去，在家具和套墊上留下一個一個的小白點。有一次，黛絲正站在窗前那一溜鳥籠旁邊，照常教鳥兒唱歌，彷彿聽見床後發出一陣窸窸窣窣的聲音。老太太並不在屋裡，黛絲轉身望去，覺得帳沿下面好像露出一雙靴子的足尖。於是，她的口哨就吹得不成調了。如果眞有人在偷聽，他一定聽得出來，黛絲疑心有人藏在屋裡。自那以後，黛絲每天早晨都要掀開帳子檢查一番，但從沒發現裡面有人。顯而易見，亞歷克・德伯維爾已打消了那怪念頭，不想再以埋伏的方式嚇唬她了。

第十章

每一村莊都有自己的特性，自己的習俗，往往還有自己的道德準則。在特蘭嶺及其附近一帶，有些年輕婦女顯然十分輕佻，這或許表明，住在該地區坡居裡的上等人，也是這個樣子。這地方還有一個由來更久的不良風氣；那就是酗酒。周圍農莊上的主要話題，是攢錢沒有用處。那些身穿勞動服、腦子會盤算的農民們，倚著鋤或犁仔細算計起來，證明人到老年靠領取教區救濟金，比從工資裡積攢一輩子還要寬裕。

這些想得開的人們有個主要樂趣，就是每逢禮拜六晚上下了工，就跑到二三英里以外的破落集鎮蔡斯伯勒。在這裡，壟斷了過去獨家小酒店的酒商們，把一種奇怪的混合物當作啤酒賣給他們，他們總是待到半夜一兩點鐘再回去，然後睡上一個禮拜天，消除那種東西給他們帶來的不良效果。

起初有好一陣，黛絲並沒有參加這一個禮拜一次的出遊。但是，經不住那些比她大不了多少的已婚婦女的一再慫恿——因爲莊稼人二十一歲掙的錢和四十歲掙的錢一樣多，所以這裡盛行早婚——她最後還是答應去了。她頭一次去遊玩，就嘗到了意想不到的樂趣，過了一個禮拜單調的養雞生活之後，看見別人那樣興高采烈的，她自然也就大受感染。她去了一次又一次。她綽約多姿，富有情趣，又處於在轉瞬間即逝的含苞待放的年華，於是她一出現在蔡斯伯勒街頭，一些遊手好閒的人便偷偷地對她瞟來瞟去。因此，她儘管有時也獨自到鎮上去，但是天黑時總要尋找伙伴，以便結伴回家，也好有個照應。

這個情況持續了一兩個月的時候，又遇上九月間的一個禮拜六，恰好趕會和趕集的日子碰在了一起。爲此，來自特蘭嶺的遊客便跑到酒店裡，尋求這雙重歡樂。黛絲由於忙著幹活，很晚才動身，所以她的伙伴早在她前頭趕到鎮上去了。這是九月間一個天朗氣清的傍晚，太陽正要下山，黃燦燦的陽光和藍幽幽的暮靄一縷一縷地相互交織，大氣不需要任何固體的協助，本身就構成了一種景觀，只有數不清的飛蟲在空中飛舞。黛絲悠然走在這朦朧的暮色之中。

她來到鎮上才發現，趕集和趕會碰到了一起。這時，天色眼看就要黑了，她要買的東西有限，很快就買好了。接著，她就按照慣例，去尋找特蘭嶺的村民。

起先，她一個也沒找到，後來聽人說，他們大多數都到一個經營乾草和泥炭的販子家裡，去參加什麼私人小舞會了。這家販子跟他們莊上有生意來往，住在鎮上一個偏僻的角落。黛絲往那裡去的時候，突然發現德伯維爾先生站在街角上。

「怎麼——我的美人——這麼晚了你還在這兒呀？」他說。

黛絲告訴他說，她只是在等著搭伴回家。

「待會兒再見，」黛絲走進小巷的時候，德伯維爾從背後衝著她說道。

黛絲快走到乾草販子的家時，聽見從後面房裡傳出小提琴演奏的里爾舞曲，但卻聽不見跳舞的聲音——這是這一帶少有的情況，因爲在這裡，通常都是舞步聲淹沒了樂曲聲。她敲了敲門，沒有人出來應答，她就穿過屋子，順著庭園的小道，朝發出音樂聲的外屋走去。

這座外屋沒有窗戶，是用來放東西的，從敞開的門裡冒出一股股黃爛的霧氣，一直飄到外面的黑暗之中。黛絲起先以爲這是燈光照耀的煙氣，走到近處才發現，原來是一團灰塵，叫屋子裡的燭光照得發亮。這片燭光還把大門的輪廓，投射到庭園的茫茫夜色中。

黛絲走到近前，往裡一瞧，看見一些模模糊糊的身影，按照舞步旋來旋去，他們的腳步所以沒有出聲，那是因為地上有一層厚厚的塵土，都是堆放泥炭等物品所留下的粉末狀渣滓，一踩下去就能埋住腳面。這些塵土讓他們旋轉的腳步一攪動，就引起了瀰漫全場的烏煙瘴氣。這一片四處飄浮、散著霉味的煤灰草末，與跳舞者的汗味和熱氣摻和在一起，構成了一種人類和植物的合成粉末；就在這迷霧之中，聲音低弱的小提琴有氣無力地演奏者，與跳舞者興頭十足的舞蹈，形成了鮮明的對照。他們一面跳一面咳嗽。一面咳嗽一面笑。那些急速旋動的舞伴，除了處在最亮處的以外，簡直讓人辨別不清——在這模糊不清的光景中，他們猶如一幫薩提羅斯摟著一群仙山❶——大群潘神追逐著一大群西琳克絲❷；羅提斯想避開普里阿普斯❸，但總是避不開。

偶而，有的舞伴跑到門口透透氣。這時，塵霧不遮掩面目了，那半人半神的仙侶化成了隔壁鄰居的平常人物。僅僅在兩三個鐘頭之內，特蘭嶺竟能如此瘋狂地變形改觀！

人群中有幾位西勒諾斯❹坐在牆邊的長凳和草堆上。他們中有一位認出了黛絲。

「那些女孩們覺得在『鳶尾花酒店』跳舞不體面，」他解釋說。「她們不願意讓大伙看出誰是她們的意中人。再說，有時她們的筋骨剛剛活動開，店家就關門了。於是咱們就上這

---

❶薩提羅斯：希臘神話中的森林之神，是一個半人半山羊怪物，性好歡娛，耽於淫欲。
❷潘神，希臘神話中的出林、畜牧神，常帶領山林女神舞蹈嬉戲。西琳克絲為山林女神，一天，為貞操免受玷污，而變成了蘆葦。
❸羅提斯是海神波塞冬之女，普里阿普斯是男性生殖力之神和陽具之神。羅提斯被普里阿普斯追逐時，逃至水濱，化為荷花。
❹西勒諾斯，希臘神話中酒神狄俄尼索斯的養父和師傅，也是森林諸神的領袖。

兒來，也讓人把酒送來。」

「可你們到底什麼時候才有人回家呀？」黛絲有些焦急地問道。

「就走——快走了。這差不多是最後一曲舞了。」

黛絲等著。里爾舞跳完了，有些人想要動身回家。但是有些人還不想走，於是又跳起了另一曲舞。黛絲心想，等這曲舞完了，總該散場了。但是，這一曲剛完，另一曲又開始。黛絲變得心神不定，坐立不安了。不過，既然等了這麼久，那就只得再等一等。因爲趕會的緣故，路上閒雜人比較多，有的人可能心懷不軌，她雖說並不擔心估計遇到危險，但卻害怕不可得知的意外。她若是在馬洛特村附近，就不會這樣害怕。

「別著急嘛，我親愛的好人！」一個滿臉是汗的年輕人一面咳嗽，一面勸道。他把草帽扣在腦袋後面，帽沿圍在後腦勺上，看上去像是聖像頭上的光輪。「你著什麼急呀？明兒是禮拜天，謝天謝地咱們可以趁作禮拜的時候，好好睡它一覺。來吧，跟我跳一曲好不好？」

黛絲並不厭惡跳舞，但她不想在這裡跳。這時，大伙跳得更熱烈了，小提琴手站在光亮的塵柱之後，時而把琴馬拉錯了邊，時而把弓背當成了弓弦，因而不停地變換音調。不過這也無關緊要，那些氣喘吁吁的身影還照舊向前旋舞。

誰要是想和原先的舞伴跳到底，就可以始終不換舞伴。所以要換舞伴，就是說兩個人之中，有一個還沒找到稱心的舞伴，而到了這個時候，每一對都已非常相配了。就是這種時候，便開始出現狂喜和夢幻，而在這狂喜和夢幻之中，感情就成爲宇宙的物質，而物質則僅僅是外來的東西，或許會阻止你不能想往哪裡旋轉，就往哪裡旋轉。

忽然撲通一聲，一對舞伴跌倒在地上，攪成了一團。接著另一對舞伴停不住腳，絆倒在他們身上。滿屋瀰漫的塵埃裡，又在幾個跌倒人的周圍，浮起一團更厚的塵土，只見其中有好多胳膊和腿纏在一起，亂伸亂蹬。

「你這個傢伙，回到家裡再跟你算帳！」從人堆裡冒出一個女人的聲音——這說話的，就是那個由於笨拙而闖禍的男人的倒楣舞伴，還碰巧是他的新婚妻子——在特蘭嶺，夫妻之間只要還有感情，一同跳舞也是司空見慣的事，這樣一來，彼此有心的獨身男女可以免得讓人拆開，落得個形單影隻的下場。

恰在這時，從黛絲身後，庭園的幽暗之處，傳來一聲哈哈大笑，與室內的吃吃笑聲交織在一起。黛絲回頭一看，瞧見了一支雪茄菸的紅火頭：亞歷克．德伯維爾獨自一人站在那裡。德伯維爾向她招了招手，她很不情願地走了過去。

「嗨，我的美人，你在這兒幹什麼？」

黛絲幹了一天活，又走了好多路，弄得疲憊不堪，便向他吐露了自己的苦衷——說她從剛才遇見他以後，就一直等著搭伴回家，因爲她在夜間不大熟悉回去的路。「不過，他們好像總是沒完沒了的，我眞不想再等下去了。」

「當然不要等了。今天，我這兒只有一匹好騎的馬。不過，到『鳶尾花酒店』去，我雇一輛輕便馬車，把你送回家。」

黛絲聽了這話，雖然感到高興，但卻始終沒有消除早先對他的懷疑。那些莊稼人儘管拖拖拉拉，她還是願意和他們一起回家。因此她回答說，謝謝他的一番好意，但是不想麻煩他。「我說過要等他們，他們會指望我等的。」

「那好吧，獨立自主小姐。請便吧。……那我就不急了。……天哪，他們鬧成什麼樣子啦！」

他並沒有走到亮光處，不過有些人隨是發現了他，於是便稍微停了一下，心想時間過得眞快。等他又點起一支雪茄菸，剛一走開，特蘭嶺人便離開了其他農莊上的人，重新聚到了一起，準備一道回家。他們收拾好包裹和籃子，半個鐘頭之後，當時，鐘敲十一點一刻的時候，他們零零散散地登上了回家的山路。

回家的路程有三英里遠，本是一條乾燥發白的大路，今晚叫月光一照射，顯得更白了。黛絲夾在人群中，時而和這個走在一起，時而和那個走在一起，她很快發現，那些喝酒過多的男人，叫清涼的夜風一吹，走起路來搖搖晃晃，東扭西歪。有幾個比較放縱的女人，也是飄飄忽忽，腳步不穩。這幾個女人中，一個是黑面潑婦卡·達奇，外號叫黑桃皇后，直到最近還是德伯維爾的寵愛；另一個是她妹妹南西，外號叫方塊皇后；還有一個就是剛才跌倒在地的那個結過婚的年輕婦女。她們當時的模樣，在沒受蠱惑的平常人看來，不管有多麼平庸，多麼笨拙，在她們自己看來，卻完全不同。她們走在大路上，覺得好像被什麼東西托住，在高空翱翔，頭腦中懷著獨到而深奧的思想，她們和周圍的大自然形成了一個有機體，各部分都和諧而歡樂地相互滲透。她們像天上的月亮和星辰一樣奇妙，月亮和星辰也像她們一樣熾熱。

但是，黛絲在父親身邊的時候，早已有過這種痛苦的經歷，因而一看到她們那副樣子，她在月下行走剛開始感到的樂趣，也就頓時消逝了。然而，由於剛才說過的原因，她仍然緊跟著這幫人。

起先在寬敞的大道上，他們是零零散散地往前走；可是眼下要穿過田邊上的一道柵門，走在最前面的人開門時遇到了困難，於是大家都聚攏起來了。

這位領頭的人，就是黑桃皇后卡爾。她帶著一個柳條籃子，裡面裝著給她母親買的雜貨，給她自己買的布匹，以及買來供一個禮拜用的東西。籃子又大又沈，爲了攜帶方便，卡爾把它頂在頭上。她雙手叉著腰往前走的時候，籃子就在頭上搖搖晃晃，岌岌欲墜。

「哎喲，卡爾・達奇，是啥東西順著你的背往下爬呀？」人群中有一個人突然說道。

大家都瞧著卡爾。她的衣服是薄印花布做的，只見她腦袋後面有一條繩子般的東西，一直垂到腰下面，像是一根中國人的辮子。

「是她的頭髮披下來了，」另一個人說道。

不，那不是她的頭髮，而是她頭上的籃子裡流出來一道黑乎乎的東西，在清冷幽靜的月光下看著亮晶晶的，像是一條滿身粘液的蛇。

「是糖漿，」一個目光敏銳的婦女說道。

還眞是糖漿。原來，卡爾那可憐的老祖母就愛吃甜食。她自己的蜂窩裡出的蜂蜜多的是，但她一心就想吃糖漿，所以卡爾就想出其不意地款待她一番。這時，這位黑姑娘急忙放下籃子，發現盛糖漿的罐子已經在籃子裡打碎了。

這時，大家看見卡爾背上的奇特模樣，不由得爆發出一陣哄笑，黑桃皇后一急，突然想到了個最簡便的方法，也不用譏笑者幫忙，就能弄掉沾在衣服上的糖漿。她衝動地跑進他們就要穿過的田地，撲倒下去，仰面躺在草地上，先用脊背在草上平轉，再用胳膊肘撐著，將身子在地上拖了一段，以便盡可能把衣服擦乾淨。

大家笑得更厲害了。見到卡爾這副怪態，人們笑得前俯後仰，搞得沒有勁了，有的抓著柵門，有的抱著柱子，有的扶著拐杖。我們的女主角本來一直不聲不響，眼下這一陣狂笑，逗得她也情不自禁地跟著笑了。

這眞是不幸——從幾方面來說，都是不幸。黑桃皇后從勞動者的笑聲中，剛一聽到黛絲那比較冷靜、比較圓潤的聲音，早就憋在心裡的那股醋勁，頓時發作起來，使她變得像瘋了一樣。她一躍而起，衝到了她討厭的人跟前。

「你這個賤貨，敢來笑話我！」她大聲嚷道。

「別人都在笑，我實在忍不住就笑了，」黛絲道歉說，一面還在吃吃地笑。

「哼——你眼下頂受他寵愛，就覺得比誰都強了，是不是！先別得意，姑娘，先別得意！像你這樣的，兩個也不頂我一個！來吧——讓我給你點厲害瞧瞧！」

使黛絲感到震驚的是，黑桃皇后在動手脫她那連衣裙的上身——反正上身弄髒了，惹得人家笑話她，她正樂意藉著這個理由，把它脫下來，在月光的映襯下，就像柏拉克西特列斯❺的某些雕像一樣光彩奪目，優美迷人，因為她是個強健的鄉下姑娘，脖頸、肩膀和胳膊全都飽滿豐腴，毫無缺陷。她握起拳頭，衝著黛絲拉開架勢。

「哼，我可不想和你動手！」黛絲威嚴地說道。「我要是早知道你是這號人，就決不會這麼下賤，和這樣一群娼婦攪在一起！」

這句話的打擊面實在太寬了，其他人也衝著美麗而不幸的黛絲，劈頭蓋臉地亂罵一通，特別是方塊皇后，她像卡爾一樣，也被懷疑與德伯維爾有關係，所以就和卡爾聯合起來，對付共同的敵人。還有幾個女人也跟著惡狠狠地罵起來，若不是因為狂歡了一個晚上，她們中間誰也不會這麼傻，顯得這麼凶。眼看著黛絲想把事端平息下來，不想這樣一來，反倒成了火上澆油。

黛絲又惱又羞。她顧不得道路有多偏僻，時間有多晚了，她一心只想盡快離開那一幫

❺柏拉克西特列斯，古希臘大雕刻家。作品多為大理石雕像，善於把神話傳說中的人物納入平凡的日常生活，從而作出抒情的刻畫，以柔和細膩的風格，確立了公元前四世紀希臘雕刻的特徵。

人。她心裡很清楚，這幫人中有幾個較好的，她們第二天一定會後悔不該發脾氣。現在，大家都來到了地裡，黛絲正在慢慢地往後退，想一個人跑開，恰在這時，一個騎馬的人，幾乎是悄沒聲息地從遮住大路的樹籬的拐角處出現了。這是亞歷克．德伯維爾，他把眾人掃視了一遍。

「伙計們，你們幹嗎這麼吵吵嚷嚷的？」他問道。

沒有人馬上向他解釋。其實，他也用不著有人解釋。他離他們還比較遠的時候，就聽到了他們的嚷嚷聲，於是便騎著馬偷偷地往前走，聽了一個大概，也足夠使他明白到底是怎麼一回事了。

黛絲脫離了眾人，獨自站在柵門旁邊。德伯維爾向她俯下身去。「跳上來，坐在我後面，」他小聲說道。「咱們一轉眼就能甩掉這群尖聲喊叫的東西！」

黛絲深感情勢的危急，差一點暈過去。假使在別的時候，她一定會像前幾次那樣，拒絕他提出的幫助和陪伴。眼下，若是僅僅因為路途偏僻，她還不至於被迫就範。不過，他這一次是在緊急關頭提出幫忙的，黛絲只要把腳一跳，就能把她對敵手的恐懼和憤慨，轉化成對她們的勝利。所以她憑著一時的衝動，攀上了柵門，用腳尖蹬著他的腳背，爬上了他身後的馬鞍子。他們兩個飛馳到遠處的蒼茫夜色之後，那些愛爭好鬥的醉鬼們才明白過來發生了什麼事。

黑桃皇后忘記了她衣服上的污跡，站在方塊皇后和搖搖晃晃的新婚女人旁邊——三個人都在直瞪瞪地望著馬蹄聲漸漸消失的那個方向。

「你們在看什麼呀？」一個沒看到這樁事的人問道。

「哈——哈——哈！」黑面卡爾放聲大笑。

「嘻——嘻——嘻！」貪杯的新娘子靠在她溫情的丈夫的胳膊上，一面放聲大笑。

「嘿——嘿——嘿！」黑面卡爾的母親也放聲大笑，一面摸著嘴上的鬍毛，簡潔地解說道：「跳出油鍋又入火坑呀！」

這群在野外待慣了的女兒們，即使飲酒過量，也不至於造成長久的傷害，這時他們已經走上了田間小路。他們往前走的時候，月光照在閃爍的露珠上，映成乳白色的光圈，圍著每人頭部的影子，跟著他們往前移動。每個人只能看見自己的光圈，這光圈從不離開各人的頭影，不管那頭影如何粗俗不堪，如何搖晃不定。那光圈總是緊跟著頭影，把頭影裝飾得很美麗，直至那頭影搖晃不定的動作，彷彿成了光圈不可缺少的一部分，人們呼出的氣成了夜霧的一部分，而景物的精神，月光的精神，大自然的精神，也似乎與酒的精神融匯在一起。

第十一章

那兩個人騎著馬，一聲不響地跑了一陣。黛絲緊緊抱住亞歷克，由於勝利的喜悅，她心裡還在怦怦直跳，但在其它方面，她卻心懷疑慮。她發覺他們那匹馬不是亞歷克時常騎的那匹馬，所以她並不爲此感到驚恐，不過，儘管她緊緊抱著亞歷克，她還是坐不安穩。她請求亞歷克把馬放慢些，像走路一樣，亞歷克照辦了。

「做得乾淨俐落，是不是，親愛的黛絲，」過了一會，亞歷克說道。

「是的！」黛絲說。「我想我眞得感激你。」

「你眞感激嗎？」

黛絲沒有回答。

「黛絲，你爲什麼總不願意我親你？」

「我想——因爲我不愛你。」

「你敢肯定嗎？」

「我有時還生你的氣哪。」

「啊，我早就擔心你會生氣的。」不過，亞歷克覺得，她這樣坦白倒也不錯。他知道，什麼都比冷冰冰來得好。「我惹你生氣的時候，你爲什麼不告訴我呢？」

「你很清楚爲什麼。因爲我在這裡身不由己。」

「我沒有因爲跟你討親近，常惹你生氣吧？」

「有時候眞惹我生氣了。」
「有多少次？」
「你跟我一樣清楚——次數太多了。」
「我每次都惹你生氣了嗎？」
黛絲沒有吱聲，馬緩緩地向前。後來，整晚都漂浮在低谷裡的一片發亮的薄霧，漸漸散布到漫山遍野，把他們倆包圍起來了。薄霧彷彿把月光懸在半空，使之比起在清澈的空氣裡，更能到處瀰漫。不知是由於這個緣故，還是由於心不在焉，或是由於昏昏欲睡，黛絲沒有察覺他們早已過了通往特蘭嶺的岔道，她的護送人並沒有走上那條回特蘭嶺的道路。
黛絲眞是疲乏得難以形容。這個禮拜以來，她每天早晨都是五點起床，整天都沒有停腳的時候，今天晚上來到蔡斯伯勒，又額外跑了三英里路，等鄰居又等了三個鐘頭，因爲急著催他們動身也顧不得吃喝了，結果一口東西也沒吃，一滴水也沒喝。後來，在回來的路上又走了一英里，還激動地吵了一架，接著又騎著馬慢慢游蕩了一陣，現在都快半夜一點鐘了。不過，她只有一次眞的打起瞌睡來。在那失去知覺的時刻，她的腦袋搭拉下來，輕輕地靠在德伯維爾身上。
德伯維爾勒住馬，把腳從馬鐙裡抽出來，在馬鞍上側過身子，用手摟住黛絲的腰，把她扶住。黛絲頓時醒來，採取了防禦姿態，好不容易沒滾下馬來，因爲那匹馬雖說很健壯，幸好在他所騎的馬中，又是頂老實的。
「你太不知好歹了，」德伯維爾說。「我並沒有惡意——只是不想讓你摔下去。」
黛絲滿腹狐疑地琢磨了一陣，後來覺得這也許是事實，便心軟下來，恭恭順順地說道：
「請原諒，先生。」

「我決不會原諒你，除非你做出點信任我的表示。天哪！」他突然大叫起來，「我是什麼人，還讓你這麼個丫頭片子這樣討厭？都快三個月了，你一直在玩弄我的感情；躲避我，冷落我，我受不了啦！」

「我明天就離開你，先生。」

「不行，你明天不能離開我！我再問一遍，你能不能表示你信得過我，讓我摟住你？來吧，現在只有我們倆，沒有旁人。我們彼此非常熟悉，你知道我愛你，認爲你是世界上最漂亮的姑娘，而你確實也是漂亮的。難道我不能把你當作情人嗎？」

黛絲惱悻悻地迅疾地抽了一口氣，表示反對，一面局促不安地扭動身體，眼睛望著遠方，嘴裡咕噥道：「我不知道——我但願——我怎麼能說行不行呢，既然我——」

德伯維爾按照自己的願望，用手摟住了她的腰，她也沒再表示反對，事情就這麼解決了。他們就這樣側身騎在馬上，緩緩地向前走去，後來黛絲忽然發覺，他們走的時間太長了——比平常從蔡斯伯勒回去走那點路花的時間長得多，即使像現在這樣緩步而行，也用不了這麼長時間。她還發覺，他們早就不在大道上了，而是走在一條小路上。

「哎呀——我們走到什麼地方啦？」她驚叫道。

「穿過一片樹林。」

「一片樹林——什麼樹林？我們一定離大路很遠了吧？」

「這是狩獵林的一小部分——狩獵林是英國最古老的樹林。今天晚上夜色這麼美，我們爲什麼不騎著馬多溜躂一會兒呢？」

「你怎麼能這樣背信棄義呀！」黛絲驚愕地說，一面冒著可能滾下馬的危險，用手把他的手指一個一個地掰開，以便從他懷裡掙脫出來。「我先前推了你一下，覺得對不起你，剛要相信你，順著你，討你喜歡，你卻跟我來這一手。請把我放下去，讓我走回家。」

「親愛的，即便是天氣晴朗，你也走不回家。跟你說實話吧，我們離特蘭嶺有好幾英里遠，現在霧越來越大，也許會在這座樹林裡轉上幾個鐘頭。」

「這你就不要擔心啦，」黛絲好生求他道。「放下我吧，求求你。我不在乎這是什麼地方，只求你讓我下去，先生。」

「那好吧，我讓你下去——只是有一個條件。既然是我把你帶到這個偏僻的地方。你想不要別人幫忙，自己回到特蘭嶺，那是根本不可能的，因爲實話跟你說吧，親愛的，由於這場大霧籠罩了一切，我都拿不準我們在什麼地方。現在，如果你答應在馬旁邊等著，讓我穿過林子，一直走到了大路或有房子的地方，弄清我們的確切位置，我就心甘情願地把你放在這裡。等我回來了，我會詳詳細細地告訴你怎麼走，你若是非要走回去，那就走好了，想騎馬走也行——隨你的便。」

黛絲接受了這個條件，從左邊溜下了馬，不過，德伯維爾早已偷偷地吻了她一下。他從另一邊跳下了馬。

「我想我得牽著馬，」黛絲說。

「哦，不用——沒有必要，」亞歷克一面說，一面拍拍氣喘吁吁的馬。「它今天晚上已經夠受的了。」他把馬牽到灌木叢裡，栓在一根樹柏上，在厚厚的枯葉堆裡，給黛絲鋪了一個臥榻，或者說築了一個窩。

「來吧！你就坐在這裡，」他說。「樹葉還爲發潮。對馬留點神。——這就足夠啦。」

他走開了幾步，又轉回來說：「順便告訴你，黛絲，你父親今天得到了一匹新馬。有人送給他的。」

「有人？是你！」

德伯維爾點了點頭。

「哦，你眞是太好了！」黛絲大聲說道，不過，偏偏在這個時候向他道謝，她覺得又尷尬又痛苦。

「孩子們也得到了一些玩具。」

「我還不知道——你給他們送了東西！」黛絲非常感動地嘟噥道。「我不大希望你送他們東西——是的，我不大希望。」

「爲什麼，親愛的？」

「這——就把我束縛住了。」

「黛絲——難道你現在不覺得有點愛我嗎？」

「我很感激你，」黛絲勉強地承認說。「不過，恐怕我不——」她猛然省悟到，德伯維爾是因爲熱戀她才這樣做的，心裡覺得很不是滋味，眼裡慢慢滾下一顆淚珠，接著又是一顆，隨即就放聲大哭起來。

「別哭，親愛的，好乖乖！就坐在這兒，等我回來。」黛絲順從地坐在他堆起的樹葉上，身子在微微地顫抖。「你冷嗎？」德伯維爾問道。

「不太冷——有一點。」

德伯維爾用手指摸摸她，好像觸到了軟綿綿的羽絨一樣。「你只穿了這麼一件單薄的細紗裙子——這是怎麼回事？」

「這是我夏天最好的衣服了。我出門的時候，天氣還很暖和，我不知道我要騎馬，還要弄到深更半夜。」

「九月裡，一到晚上天就涼了。讓我想個法子。」德伯維爾從身上脫下一件薄外套，輕輕地給她披到身上。「就這樣——你會覺得暖和些的，」他接著說道。「好了，我的美人，你在這裡歇著，我很快就會回來。」

他把披在她肩上的外衣扣好，然後走進霧氣織成的羅網裡。這時，那一片一片的霧氣，彷彿在樹木之間掛起了一層一層的紗幕。他走上附近的山坡時，黛絲能聽見樹枝沙沙作響的聲音，後來他的動作變得像小鳥的蹦跳一樣輕微，最後就聽不到聲音了。隨著月亮漸漸下沈，慘淡的光亮也越來越弱，黛絲坐在亞歷克離她而去的那堆樹葉上，陷入了沈思，誰也看不見她了。

與此同時，亞歷克·德伯維爾登上了山坡，以便弄清他們到底處在狩獵林的哪個部位，因爲他的確轉了向。實際上，他已經騎著馬隨意走了一個多鐘頭，爲了延長跟黛絲作伴的時間，總是見彎即拐，只顧盯著黛絲在月光下的倩影，沒去理會路旁的目標。他一心想讓那疲憊的馬歇息一會，沒有急於去尋找地標。他翻過山嶺，下到鄰近的山谷，來到一條大道的柵欄跟前，認出了這裡的地形，從而弄清了他們的位置。於是，德伯維爾轉身往回走，不過，這時月亮已經完全落下了，再加上霧氣瀰漫，雖說離天亮不遠了，狩獵林卻籠罩在一片漆黑之中。他只得伸著雙手摸索前進，以免碰到樹枝上。他發現，要找到他離開的那個地方，起先是絕對辦不到的。他摸東摸西、兜來兜去，最後終於聽到馬在附近輕輕動彈的聲音，他外套的袖子出乎意外地絆住了他的腳。

「黛絲！」德伯維爾說道。

沒有回答。周圍一片黑暗，什麼東西也看不見，只是在他腳下有一片朦朧的灰白色，那是他留給枯葉堆上的穿著白紗裙子的身影。其餘的東西全是一片黑乎乎的。德伯維爾俯下身子，聽到了輕柔均勻的呼吸聲。他跪下來，身子俯得更低了，黛絲喘出的氣，暖烘烘地觸到他臉上，霎時間，他把臉貼到她臉上了。黛絲睡得很沈，睫毛上還掛著淚珠。

黑暗和寂靜籠罩著周圍的一切。他們頭上，聳立著狩獵林的原始紫杉和橡樹，樹上棲息著輕柔的小鳥，正在打最後一個盹兒。他們四周，一隻隻野兔在偷偷地蹦來蹦去。但是，有人也許要問：黛絲的守護天使跑到哪裡去了？她虔誠信仰的神明跑到哪裡去了？也許，就像好挖苦人的提斯比人❶所說的另一個神明那樣，他在說話，或者在追獵，或者在旅行，或者睡著了，喚不醒了。

這樣一個美貌女子，像游絲一樣敏感，像白雪一樣純潔，爲什麼偏在她身上繪上粗野的圖案，就像她命中注定那樣，爲什麼粗野的人往往把高雅的人據爲己有，爲什麼女人往往被不匹配的男人所占有，男人往往被不匹配的女人所占有；好幾年千年以來，分析哲學也沒向我們講清其中的道理。的確，人們可以承認，在目前這場災難中倒可能存在因果報應。毫無疑問，黛絲．德貝菲爾有些頂盔貫甲的祖宗，在作戰歸來的姿意行樂，曾經更加無情地糟蹋過當時的農家女兒。不過，把祖宗的罪孽報應到後代身上，雖然上天可能認爲是合乎道德的，但是卻爲人之常情所鄙夷。因此，這對事情並無補益。

正如在那偏僻的鄉村裡，黛絲家裡的人總是抱著宿命論的觀點，彼此不厭其煩地說：「這是命中注定的。」這正是事情令人可悲的地方。我們這位女主角從此以後的身份，和她剛邁出母親的門檻，前往特蘭嶺養雞場碰碰運氣的姑娘相比，中間隔著一條無可測量的社會鴻溝。

❶提斯比人，係指猶太先知以利亞。這句話出自《聖經．舊約．列王紀上》第十八章第二十七節。

第十二章

籃子又沉，包裹又大，但是她帶著它們走起路來，好像覺得物質的東西並不是特別的累贅。她偶爾停下來，呆板地靠在柵門或柱子上，休息一會。隨後，把行李向豐滿渾圓的胳膊上一拉，又沉穩地往前走去。

這是十月下旬的一個禮拜早晨，大約在黛絲．德貝菲爾來到特蘭嶺四個月之後，離狩獵林裡的那次騎馬夜遊也有幾個禮拜。天剛破曉不久，她身後天邊上黃燦燦的晨曦，照亮了她面對的山脊。這是她近來客居的那個山谷的屏障，只有翻過這道屏障，才能回到她的老家。從這面往上走，坡度並不陡，土質和景色也和布萊克摩谷大不一樣。就連這兩地人的氣質和口音，也有著細微的差別，儘管有一條繞行鐵路，起了一些同化作用。因此，她的家鄉離她客居的特蘭嶺雖說不到二十英里，卻顯得好像是一個遙遠的地方。關閉在那裡的農民，總是往北往西去做生意，往北往西去旅行。去求婚，去聯姻，也往北往西去用心思。而山脊這一邊的人，則主要向東向南下力氣，用心思。

這道山坡，就是六月裡那一天，德伯維爾趕著馬車拉著她，發瘋似地奔下去的那道山坡。黛絲不停腳走完了後一段坡路，一登上山脊，就眺望著前方那片熟悉的綠色世界，現在叫霧氣籠罩得半隱半現。從這裡看去，那兒總是美麗的，而黛絲今天覺得，這地方美麗極了，因為自從她上一次望見這地方以來，她已經懂得凡是有可愛的鳥兒唱歌的地方，就有毒蛇發出嘶嘶的叫聲。由於這次教訓，她的人生觀徹底改變了。她與以前沒出家門時的那個單純姑娘，完全判若兩人，只見她心事重重，靜靜地站在那裡，轉身向後望去。一望見前面的山谷，她心裡就忍受不了。

她看見一輛雙輪馬車，往下沿著她剛才吃力地走過的白色大道，向上面駛來。車旁跟著一個人，揚起手來，向她示意。

黛絲不加猜疑地聽從了那個人的示意，老老實實地等著他。

過了幾分鐘，那人和車馬就停在她旁邊了。

「你怎麼就這樣偷偷地溜了？」德伯維爾上氣不接下氣地責問道。「還選了個禮拜天早晨，趁人們都沒起床！我是無意中才發現的，趕著車拚命地來追你！你就看看這匹馬吧！你明知誰也不想阻擋你走，為什麼要這樣走掉呢？你這麼吃力地往回走，還帶著這麼重的東西，這是何苦啊！我發瘋似地來追你，只想把你送到家——如果你不肯回特蘭嶺的話。」

「我不回去，」黛絲說。

「我想——你是不肯回去的了——我早就說過了嘛！那好吧，把籃子放上去，讓我把你扶上車。」

黛絲無精打采地把籃子和包裹放在車上，自己跨上去了，兩人肩併肩地坐著。她現在不怕他了。而這不怕他的原因——正是她的哀傷所在。

德伯維爾習慣性地點了一支雪茄，兩人一路上斷斷續續、不動聲色地談到了路邊的平常景物。他完全忘記初夏的一天，他們坐著車在同一條路上向相反方向行駛的時候，他硬掙著要親她。但是黛絲卻沒忘記，眼下她像木偶似地坐在那裡，對他的話只是簡短地應一聲。走了幾英里之後，一片樹叢映入眼簾，馬洛特村就座落在樹叢後面。只是在這時，她那沈靜的臉上才露出一絲情感來，眼裡掉下了一兩滴淚珠。

「你哭什麼？」德伯維爾冷冷地問道。

「我只是在想，我在那兒出生的，」黛絲嘟囔著說。

「嗨——我們人人都得有個出生的地方呀。」

「我不該生下來——不管生在那兒，還是生在別的地方。」

「呸！你當初既然不願意去特蘭嶺，爲什麼又去了呢？」

黛絲沒有回答。

「我敢起誓，你不是爲了愛我而去的。」

「那倒不假。假如我是爲了愛你而去的，假如我以前眞心愛過你，假如我現在還愛著你，我就不會像現在這樣，因爲自己軟弱，而這麼厭惡自己，憎恨自己……我只是一時讓你弄花了眼，僅此而已。」

德伯維爾聳了聳肩。黛絲接著說道：「等我明白了你的用意，已經太晚了。」

「每個女人都會這麼說。」

「你怎麼敢說這樣的話！」黛絲猛地轉過身，衝著他大聲嚷道，這時她身上激起一股潛藏未露的凶氣，一雙眼睛冒著火光（有朝一日，德伯維爾還會見到這種凶氣。）「天哪，我恨不得一拳把你打到車下去！難道你沒想到過，別的女人只是嘴裡說說，有的女人卻眞感到痛苦嗎？」

「好吧，」德伯維爾笑笑說，「我傷害你了，對不起。我做了錯事——這我承認。」接著，他變得有點激憤的樣子，又說道：「不過，你也用不著老是數落我。我情願徹底償還這筆債。你知道，你用不著再到地裡或牛奶場幹活。你知道，你可以穿著闊闊氣氣的，用不著像近來這樣，穿得又單調又寒酸，好像除了自己掙的，想多弄一根絲帶都辦不到似的。」

黛絲微微撇了撇嘴唇，不過像往常一樣，她生性寬宏大氣，容易衝動，卻很少鄙視人。

「我說過我不再要你的東西了，我不會再要了——我不能再要了！我要是再要下去，豈不成了你的玩物了，我決不幹！」

「瞧你這樣子，人家不僅以爲你是名符其實的德伯維爾家的後裔，而且還會以爲你是個公主——哈，哈！……好啦，黛絲，親愛的，我別無可說的了。我想我是個壞人——一個十足的壞人。我生下來就壞，活到現在壞到現在，大概到死還是壞。不過，黛絲，我以我這沒救的靈魂向你起誓，我再也不對你壞了。如果出現了某種情況——你明白吧——你遇到哪怕一點點不便，一點點困難，就給我寄個信來，你馬上就能得到你所需要的東西。我也許不在特蘭嶺——我要到倫敦去住一陣——我無法忍受那老婆子。不過信件都會轉給我的。」

黛絲說她不要他再往前送了，於是馬車就在樹叢下面停住了。德伯維爾下了車，把黛絲抱了下來，然後把她的東西拿下來，放在她身旁的地上。黛絲向他微微鞠了一躬，眼睛只是瞅了瞅他，接著便轉身拿起行李，準備走開。

亞歷克．德伯維爾把雪茄從嘴上拿開，俯身向她說道：

「你不會就這樣走開吧，親愛的？來呀！」

「隨你的便吧，」黛絲冷漠地答道。「瞧你把我擺布成什麼樣子了！」

黛絲說罷轉過身，朝他仰起了臉，就像大理石界標似地立在那裡，讓他在臉上吻了一下——這一吻，一半是敷衍了事，一半好像是熱情還沒有完全冷下去。黛絲接受吻的時候，兩眼茫然地望著路上最遠的樹木，彷彿簡直不知道對方在幹什麼。

「看在老朋友的份上，讓我親親另一面吧！」

黛絲同樣冷漠地轉過臉，就像是按理髮師或畫像師的要求轉臉一樣，讓他親了另一面，他的嘴唇所觸到的面頰，既潮潤又滑溜，還涼絲絲的，猶如周圍田野裡的蘑菇表皮一樣。

「你也不用嘴回親我。你從不自願地親親我——你恐怕永遠也不會愛我。」

「我早就這麼說過，說過多次。確實是這樣的。我從沒眞心實意地愛過你，我想我永遠也不會愛你。」接著，她又凄愴地說道：「也許，時到如今，我在這件事上撒一句謊，倒會對我極爲有利，但是，我儘管已經丟了人，可是還得顧點臉面，不能撒這個謊。假如我眞愛你，那我也許最有理由讓你知道。可是我不愛你。」

德伯維爾吃力地喘了一口氣，彷彿當時的情景太沈悶了，他覺得心裡壓抑，或者良心不安，或者有失體面。

「唉——黛絲你這麼愁眉苦臉的，眞是荒謬可笑。現在，我沒有必要奉承你，我可以坦率地告訴你，你用不著這樣苦惱。你憑著這份姿色，可以和這一帶的任何一個女人相比美，不管她是大家閨秀，還是小家碧玉。我跟你說的全是實話，並且也是爲了你好。你要是聰明一些，就向世人炫耀炫耀，不要等到香消色褪。……不過，黛絲，你回到我身邊好嗎？說句良心話，我眞不願意讓你這樣走掉！」

「決不可能，決不可能！我一明白過來，就打定了主意——我本該早點明白的。我不要回去了。」

「那就再見吧，我這四個月的堂妹——再見！」

德伯維爾輕巧地跳上車，理好韁繩，驅車在長著紅漿果的高樹籬中間消失了。

黛絲沒有朝他望一眼，只管順著彎彎曲曲的籬路，慢騰騰地往前走去。天色還早，雖然太陽剛剛離開山頂，但是它那不暖不烈的光線，只是使人看著刺眼，並不使人覺得身上暖和。附近一個人影也沒有。一個凄楚的十月，一個更凄楚的她，似乎只有這兩者出現在這條籬路上。但是，她往前走的時候，卻聽見背後有腳步聲，一個男人的腳步聲，越走越近。這個人走得很快，黛絲察覺他走近沒多久，他就走到她身後，向她說一聲「早晨好。」他好像是個什麼工匠，手裡提著個裝有紅漆的鐵罐子。他一本正經地問黛絲，是否需要幫她提籃子，黛絲就把籃子交給了他，跟在他旁邊走著。

「今天是安息日，起得早啊！」那人興沖沖地說道。

「是的，」黛絲說。

「大多數人幹了一個禮拜的活，眼下還睡著呢。」

黛絲表示是這樣的。

「可是我今天幹的活，比一個禮拜幹的都實在。」

「是嗎？」

「我整個禮拜都在爲人類的榮耀幹活，而禮拜天卻爲上帝的榮耀幹活。這比平日的活更實在些——是吧？我在這個籬階上有點活要幹。」那人說著，就轉向路旁通往一片牧場的一個籬階路口。「請你稍等一下，」他又說，「我用不了多久。」

既然籃子在他手裡，黛絲也沒辦法不等。於是，她邊等邊望著他。他放下籃子和鐵罐，用刷子攪了攪罐裡的油漆，然後往籬階那三塊木板的中間一塊上，動手描畫起方方正正的大字來，每個字後面都打上一個逗號，彷彿每念一個字都要停頓一下，好讓人銘心刻骨似的——

你，的，懲，罰，者，並，未，入，眠。

〈彼得後書〉第二章第三節

這幾個觸目的鮮紅大字，襯著靜的自然景物，慘淡枯槁的矮樹林，蔚藍色的天際，青黛色的籬階，顯得格外刺眼。它們彷彿在大聲疾呼，震得空氣都在回蕩。這條教義，一度曾對人類很有用處，但如今卻在演出荒誕的最後一幕，因此，看到這些令人作嘔的胡塗亂抹，有人會大聲嚷道：「唉，可憐的神學！」但是，這幾個字讓黛絲覺得是在指責她，不禁大爲惶恐。彷彿這個人已經了解了她最近的底細似的，其實他完全是一無所知。

那人寫好經文之後，便拎起黛絲的籃子，黛絲不由自主地繼續走在他身旁。

「你相信你刷的那句話嗎？」她低聲問道。

「相信那句經文？就像我相信自己活著一樣！」

「不過，」黛絲聲音顫抖地說，「假如你的犯罪不是你自找的呢？」

那人搖了搖頭。

「我對這樣一個重大問題，難以作出細小無益的區別，」他說。「今年夏天，我已經走了幾百英里，把這整個地區的每一堵牆，每一扇柵門、每一道籬階上，都刷上了這樣的經文。至於什麼情況下適用，就留給人們自己用心揣摩吧！」

「我覺得這些話太可怕了，」黛絲說。「眞讓人受不了，眞能嚇死人！」

「這就是它們的用意所在！」那人以一副生意經的口吻說道。「不過，你應該看看我刷的那些最辛辣的經文——我總是把它們刷在貧民窟和碼頭上。看了這些話，準叫你渾身抽搐！其實，在這鄉下一帶，用這句經文就夠好的了。……哎喲——那座倉房的牆上有好大一塊空地方，白白浪費了。我得往那裡刷上一句，好讓像你這樣危險的年輕女人引以爲戒。姑娘等等我好嗎？」

「不啦，」黛絲說道。她接過籃子，往前走去。走了幾步，她又回過頭來。那面破舊的灰色牆壁上，開始展現出像剛才刷在籬階上一樣火紅的大字，看起來稀奇古怪的，好像讓它作它以前從未作過的事，有些感到痛苦似的。那人剛剛刷到一半，黛絲一讀就突然紅了臉，因爲她意識到下文是什麼——

你，不，要，犯❶

她那位興沖沖的旅伴見她在觀看，便停下刷子，大聲嚷道：「你要是想在這些重大事情上尋求教誨的話，今天就有一個非常誠實的好人，要到你去的那個教區做慈善布道。他是埃明斯特的克萊爾先生，我現在跟他不是一個教派的，不過他是個好人，講起道來不亞於我所認識的任何一位牧師。我就是受了他的啓蒙，才開始信教的。」

但是，黛絲沒有回答。她繼續往前走去，心裡撲撲直跳，兩眼盯著地上。「呸——我不相信上帝說過這種話！」她鄙夷不屑地嘟囔道，臉上的紅暈消失了。

突然，從她父親的煙囪裡冒出一縷青煙，一見這一情景，她不由得心裡一陣疼痛。她走進家裡，見到屋裡的情景，心裡痛得更厲害了。她母親剛從樓上下來，正在爐前點那剝了皮的橡樹枝，準備燒水做早飯，一見女兒回來了，便轉過身來迎接她。孩子們還在樓上，父親也沒下來，因爲這是禮拜天早晨，他覺得多躺半個鐘頭是理所當然的。

「喲！——是我的寶貝黛絲呀！」母親驚叫道，一面跳起來去親女兒。「你好嗎？你走到我跟前，我才看出你來！你是回家準備結婚的吧？」

❶全文爲「你不要犯通姦罪」爲摩西十誡之一。見《聖經・舊約・出埃及記》第二十章第十四節。

「不，媽媽，我不是爲這事回家的。」
「那是回來度假的？」
「是的——回來度假，度長假，」黛絲說。
「怎麼，難道你堂哥不打算把喜事辦掉？」
「他不是我的堂哥，他也不打算娶我。」
母親仔細地打量著女兒。
「得啦，你還沒有告訴我呢，」她說。
於是，黛絲走到母親跟前，把臉伏在她脖子上，向她敘說了一切。
「可你還是沒有叫他娶你呀！」母親又老調重調。「都出了那樣的事，除了你，別的女人誰都會那麼做的！」
「也許別的女人都會那麼做，可我卻不做。」
「假使你眞那樣子了，現在回來可就像傳奇故事啦！」德貝菲爾夫人接著說道，氣得都快哭出來了。「我們在這兒聽到那麼多關於你和他的風言蠻語，誰想到會落得這樣一個下場！你幹嗎老是想著自己，就不想想給家裡人做點好事？你瞧我成天累死累活的，你那可憐的爹，身子骨那麼弱，一顆心臟就像接油鍋一樣，叫油脂給蒙住了。我眞巴望，你跑這一趟能落點好處！四個月以前，你們倆一道坐車離開時，看你們那一天是多麼漂亮的一對呀！瞧他給了咱們多少東西——咱們還只當是因爲咱們是他的本家。既然不是本家，那他給咱們這些東西，一準是因爲愛你了，可你還沒讓他娶你！」
要讓亞歷克·德伯維爾甘願娶她。要他娶她！關於結婚的事，他從未提過一個字。即使提過，又怎麼樣呢？黛絲即便拼命想要保全面子，不得已會對他作出什麼樣的回答，她自己也說不上來。但是，她那位可憐的傻媽媽，壓根兒不了解女兒眼下對那個男人的情感。也許，在那種情況下，出那種事是不尋常的，不幸的，也是莫名其妙的。不過，那件事確實發生了。照黛絲的說法，她爲此而憎恨自己。她從來就沒有不折不扣地喜歡他，現在更是一點也不喜歡他了。她先是害怕他，見了他就畏縮，他巧妙地利用了她的孤苦無靠，占了她的便宜；隨後，她一時被他的熱情態度所蒙蔽，又稀裡糊塗地委身於他；後來，她突然鄙視他，討厭他，便跑開了。這就是事情的全部過程。她倒說不上十分恨他，但是在她眼裡，他只是塵土和灰燼，即便爲自己的名聲著想，她也不會願意嫁給他。

「你就是不想叫他娶你做太太，那就該小心些才是！」

「哦，媽媽，我的好媽媽！」那痛苦不堪的姑娘大聲嚷道，一面情緒激昂地轉向母親，彷彿心都要碎了。「我怎麼知道呢？四個月以前，我離開家的時候，還是個幼稚的孩子。你爲什麼不告訴我，男人不安好心？你爲什麼不告誡我呀？上等人家的女人都知道提防什麼，因爲她們都看小說，小說裡講到這些鬼把戲，可我從來沒有機會通過看書長見識，而你又不幫助我！」

母親叫她說服貼了。

「我是想，我要是對你說了他的痴情，說了這片痴情會引起什麼結果，那你就會跟他拉架子，失去機會，」母親用圍裙擦了擦眼睛，嘟囔道。「也罷，我想咱們總得往好處想。說到底，這是人的本性，也是上帝的意願。」

第十三章

黛絲・德貝菲爾從冒牌親戚家回來了這件事，到處傳揚開了，如果在一個方圓半英里的小地方，到處傳揚這個字眼不算誇大其詞的話。那天下午，馬洛特村的幾個年輕姑娘登門來看她。她們都是黛絲小時候的同學和朋友，一個個把自己最好的衣服漿洗熨平之後，穿著跑來了，以便使自己作爲客人，配得上那位卓越的征服者（她們是這樣看待黛絲的）。她們坐在屋子裡，以極其好奇的目光望著黛絲。因爲愛上黛絲的那個人，是她那位隔得八十層遠的堂兄德伯維爾先生，一個並非完全局限於本鄉本土的上等人，他作爲一個肆無忌憚、令人心碎的好色之徒，惡名已開始傳揚到特蘭嶺的範圍之外。因此，在人們看來，黛絲這種令人擔憂的處境，比起沒有風險的情況，具有更大的魅力。

大家對黛絲都懷著濃厚的興趣，等她一轉過身子，幾個年紀較小的姑娘便悄聲說道：瞧她有多漂亮——配上那件最棒的連衣裙，顯得更漂亮了！那一件準花了不少錢，說不定是他送的。

黛絲正伸手往牆角碗櫥裡拿茶具，沒聽見這幾句話。假如她聽見了，她或許會當即糾正她的朋友對這件事的誤解。不過她母親卻聽見了，瓊純粹出於虛榮心，覺得女兒縱使不能嫁給闊氣人，哪怕能跟闊氣人調調情，也算夠得意的了。總的說來，她感到很滿意，雖然這點有限的、轉瞬即逝的勝利關係到女兒的名聲。也許，女兒到頭來還會嫁給他呢。做母親的見客人們對女兒那樣羨慕，心裡一來勁，便請她們留下來吃茶點。

她們的閑談，她們的笑聲，她們和善的旁敲側擊，特別是她們那閃閃爍爍的豔羨，也重新喚起了黛絲的興致。隨著晚上的時光慢慢過去，她受到她們那種興奮的感染，也漸漸變得快活起來了。她臉上那副冷若冰霜的神情消失了，走動起來有些像昔日一樣步履輕盈，一副容光煥發的樣子，充分顯示了青春的美麗。

有時候，她儘管心事重重，卻能帶著一副優越的神態回答她們的提問，彷彿覺得她在情場上的經歷，確實有點令人豔羨了。但是，她決不像羅伯特・騷思❶所說的那樣，「熱愛自己的墮落。」所以，她的幻覺如同閃電一般，轉瞬就過去了。她又恢復了冷靜，嘲笑她那一時的軟弱。她還認識到剛才那一陣高傲實在可怕，於是又變得沒精打采，沈默寡言了。

到了第二天早晨，已經不再是禮拜天，而是禮拜一了，她收起了漂亮的衣服，歡笑的客人也都走了，只有她一個人在舊日的床上醒過來，周圍是那些天眞爛漫的小弟弟小妹妹，熟睡中發出輕柔的呼吸聲，這時她又變得十分沮喪。她回到家裡的興奮，以及由此引起的興趣，全都蕩然無存了，她眼前所看到的，是一條漫長而坎坷的大路，她得獨自往前跋涉，既得不到幫助，又得不到同情。想到這裡，她感到萬念俱灰，恨不能鑽到墳墓裡去。

一直過了好幾個禮拜，黛絲才恢復了足夠的活力，能在一個禮拜天早晨跑到教堂裡去了。她喜歡聽人吟唱——僅僅是吟唱而已——喜歡聽古老的聖詩，喜歡跟著一起唱晨禱聖歌。她對歌曲的這種天生的愛好，是從愛唱民歌的母親繼承下來的，因此，即使最簡單的音樂，對她也有一種感染力，有時幾乎能使她忘卻自己的心事。

一來由於自身的緣故，她想盡量不要惹人注意，二來有些年輕人就愛獻殷勤，她也想避

❶羅伯特・騷思（一六三四～一七一六），英國神學家。

開他們，所以她總是趕在還沒敲鐘的時候，就動身往教堂裡去，在樓下後排靠近存放廢舊雜物的地方找個座位，除了老頭和老太婆，別人是不到這裡來的，因爲在那些挖坑刨墳的工具之中還豎著一副棺材架子。

作禮拜的人三三兩兩地走進教堂，在她前面一排一排地坐好，把前額垂下將近一分鐘工夫，好像是在祈禱，其實並非如此。然後，再坐直身子，往四下張望。開始唱聖歌的時候，恰巧選了一支她最喜歡聽的曲子，一支古老的「蘭敦」雙節聖歌❷，不過她並不知道它叫什麼，儘管她很想知道。她心裡在想——只是沒有把這種想法用語言準確地表達出來——一個作曲家怎麼會有這麼奇異的、猶如神明般的本領，居然能躺在墳裡，還讓一個像她這樣的姑娘，跟著體驗一下他當初獨自體驗過的一連串情感，而她這位姑娘以前從未聽說過他的名字，也永遠不會知道他的人品。

先前回頭張望的人，在作禮拜的時候，又回過頭來張望。後來發覺是她，便互相嘀咕起來。她知道他們在嘀咕什麼，心裡感到不是滋味，覺得不能再到教堂裡來了。

從此以後，她與幾個弟弟妹妹共同的那個臥室，更成了她成天離不開的避難所了。她就在這幾方碼的茅草房頂下面，觀看刮風，觀看下雪，觀看落雨，觀看燦爛的夕陽，觀看一次次月圓。她整天躲在家裡，到後來幾乎人人都以爲她走掉了。

在這期間，黛絲的唯一活動是在天黑之後。就在這時候，她跑到了樹林裡，才好像最不感到孤單。傍晚有一段時刻，光明和黑暗恰好保持均衡，白天的壓抑和夜晚的焦慮恰好互相

❷「蘭敦」雙節聖歌，係英國風琴家理查德·蘭敦（一七三〇～一八〇三）爲歌《聖經》第一百零二篇詩篇而譜寫的曲調。

抵銷，使人在心靈上感到絕對自由，黛絲善於毫髮不爽地捕捉這一時機。只有在這一時刻，活在世上的痛苦才減少到最盡可能低的限度。她並不害怕黑暗，看來她唯一的念頭就是避開人類，或者說避開那個叫做世界的冷酷團體。這個團體，從整體來看非常可怕，但是從各個單元來看，卻又並不可畏，甚至還很可憐。

在這寂靜的山巒峽谷中，她靜悄悄地獨自行走，與周圍的環境融匯一起。她那裊裊婷婷、隱隱約約的身影，也成了那片景物不可缺少的一部份。有時候，她的約想入非非會給周圍自然界的進程蒙上濃郁的情感色彩，好像這自然界的進程也是她個人身世的一部分。更確切地說，自然界的進程已成為她個人身世的一部分，因為世界只是一種心理現象，自然界的進程看起來是什麼樣，實際上也就是什麼。午夜的寒氣和狂風，在冬枝的緊裹裡的苞芽和莖皮之間呼嘯。總是象徵著嚴厲的指責。下雨天則是一個模糊的道德神靈，在對她那無可挽求的軟弱表示哀傷。不過，她不能把這一神靈明確地劃歸為她童年時代的上帝，也不能把它理解為任何別的一類。

黛絲自己描繪的這個周圍世界，建立在餘風遺俗的基礎上，到處都是與她格格不入的幽靈和聲音。其實，這只是她幻想中的一個既可悲又荒謬的產物——一群使她無緣無故感到害怕的象徵而不是她黛絲自己。她走在有鳥兒宿在枝頭的樹籬中間的時候，或者在月光照耀下的圍場望著兔子蹦跳的時候，或者站在棲息著山雞的樹枝下面的時候，她把自己看成一個罪惡的化身，闖入了一片清白的領地。但是，本來並無差別的事情，她卻一直想要找出差別來。她覺得自己與周圍的一切是樹立的，實際上她與周圍的一切是相當協調的。她被迫違背了一條人類所接受的社會法律，但是並沒違背周圍環境所熟悉的自然法則，她只是想像自己與周圍環境格格不入罷了。

第十四章

那是八月間一個霧濛濛的黎明。夜裡那濃重的霧氣，現在讓暖融融的光線一照射，漸漸分散、收縮成一個個白團，躲進低谷和樹叢裡，等著叫陽光曬得無影無蹤。

由於霧氣的緣故，太陽露出一種奇幻的神情，像人一樣有感覺，需要使用陽性代詞，才能恰如其分地把它表現出來。它現在這副模樣，加上景物中沒有一個人影，頓時讓我們明白了古代人爲什麼崇拜太陽更合情合理了。這個發光體有著金黃色的頭髮，燦爛而又和煦的眼睛，猶如上帝一般，正朝氣蓬勃、目不轉睛地凝視著趣味橫生的大地。

過了一會，它的光線穿過農舍百葉窗的縫隙，往屋裡的碗櫃、抽屜櫃等家具上，投下了一條一條的光束，猶如一根根燒紅了的捅火棍，喚醒了還沒起床的收割者。

但是這天早晨，在所有紅彤彤的東西裡，最鮮艷的要算是兩根塗著顏色的寬木條，聳立在馬洛特村外一片金黃麥地邊上。這兩根一條和下面的另外兩根一條一起，構成了一台收割機上轉動著的馬耳他式十字架。這台收割機是頭天傍晚運到地裡來的，準備今天使用。那四根木條本來就塗著紅色，現在叫太陽一照射顯得格外濃豔，好像是在燃燒液裡蘸過似的。

麥地已經「開割」了，也就是說，由人工沿麥地周圍割出了一條幾英尺寬的通道，好讓馬匹和機器開進去。

路上走來兩幫人，一幫是男人和小伙子，一幫是女人。這時候，東邊籬梢的影子恰好落在西邊的樹籬的半腰上，因此兩幫人的腦袋沐浴在朝陽裡，腳部還在黎明中。他們走到最靠跟前的一道地邊上的柵門，由於柵門兩旁立著兩根石柱，他們便離開籬路，穿過石柱間的柵門，往地裡走去。

轉眼間，地裡發出一種像是蚱蜢交配的格達格達聲。機器已經動起來了，從柵門這邊望過去，只見三匹馬套在一起，拉著前面提到的那台搖搖晃晃的長機器，往前挪動。那拉套的三匹馬裡，有一匹馱著麥田的一邊往前走，機器上的十字形木架跟著慢慢旋動，直到下到山那邊，望不見影了。不一會工夫，它又以同樣不緊不慢的速度，從麥田的另一邊出現了。首先映入眼簾的是前面那匹馬的額頭上的亮鋥鋥的銅星，從收割後的麥梗上面慢慢升起，接著見到的是那鮮豔的木架，最後才看到整個機器。

收割機每繞一圈，四周割過的麥地也就加寬一層；隨著早晨時光的流逝，未割的麥地也就越來越小。小小大大的兔子，大大小小的耗子，還有蛇，都在向麥地深處退卻，尋找避難所，殊不知這種避難只是短暫的，死亡在等待著它們，因爲到了後來，它們的避難所越縮越小，簡直窄到令人可怕的地步，它們不管是朋友還是敵人，全都擠作一團。到頭來，最後幾碼直立的麥子，也被那準確無誤的收割機割倒了，於是收莊稼的人們便拿起棍子和石頭，把它們一個不剩地全都打死了。

收割機把割下的麥子一小堆一小堆地撂在後面，每一堆剛好能扎成一捆；一些手腳勤快的人跟在後面扎捆——大多數是婦女，不過也有幾個男人，他們上身穿著印花布襯衣，下身用皮帶把褲子繫在腰上，因此腰後的兩顆鈕扣也就用不著了，每當主人動彈一下，鈕扣就在陽光下閃閃爍爍，好像每個人的腰背上長了一雙眼睛似的。

但是，在這捆麥子的人群裡，最有意思的還是那些女人，因爲女人一旦成了戶外自然的組成部分，她們就會產生的那種魅力，而不再像平時那樣，只是一件普通物品擺在那裡。地裡的男人，只不過是地裡的一個人；而地裡的女人，則是田地的一部分；她們不知怎地失去了自身的形態，吸收了四周景物的精華，與這些景物融爲一體。

那些女人——或者不如說姑娘，因爲她們大多數都很年輕——頭上戴著抽花的布帽，大帽沿垂下來遮著太陽，手上戴著手套，以防叫麥茬劃破。她們當中，有一個穿著粉紅色的上衣，另一個穿著淺黃色的緊袖長裙，還有一個穿著收割機十字臂一樣鮮紅的襯裙；另外一些年紀大一點的婦女，都穿著棕色的粗布罩衫——這是下地幹活的婦女沿襲已久、也最適當的裝束，但是卻讓年輕姑娘給漸漸淘汰了。這天早晨，人們都不由自主地把目光投向那個穿粉紅色布衣的姑娘，因爲她是人群中最裊娜、最苗條的姑娘。但是，她的帽子差不多拉到了眉頭上，因此她捆麥子的時候，別人一點也看不見她的臉。不過，從她帽沿下露出來的一兩綹深褐色的頭髮上，倒可以猜出她的臉色。也許，她之所以惹得人家不時要看看她，是因爲她從不想要惹人注目，而其他女人卻時常在東張西望。

她捆麥子的舉動，就像鐘表一樣單調，她從剛捆好的麥捆裡抽出一把麥穗，用左手掌把麥穗頭拍齊，然後彎腰向前，雙手把麥子攏到膝蓋上，把戴手套的左手伸到麥捆底下，和從另一邊伸過去的右手合攏，像情人一樣把麥子抱在懷裡。她把草繩的兩頭拉到一起，跪在麥捆上把它捆好，時不時地還得把微風吹起的裙子拉下去。她的胳膊在暗黃色的皮手套和衣袖之間露出一截，時間久了，那光滑柔嫩的皮膚讓麥茬劃破了，流出血來。

她時而直起腰來歇一歇，把鬆了的圍裙繫緊，或者把帽子戴正。這時，人們可以看出，她是一個秀麗的年青女子，鴨蛋形的臉，又深又黑的眼睛，厚厚的長髮顯得服服貼貼的，好像不管落到什麼東西上，都能緊緊地貼在上面似的。比起一般鄉下姑娘來，她的面頰更白，牙齒更整齊，兩片紅嘴唇也更薄些。

這是黛絲．德貝菲爾，或者說黛絲．德伯維爾，多少變了點樣——是同一個人，又不是同一個人。她現在住在這裡，就像生活在異國他鄉一樣，儘管這裡就是她的故土。她隱居了好久之後，便打定主意要在本村做點戶外的活計，因爲眼下正是莊稼人的大忙季節，她在家裡儘管做什麼活，都比不上下地收莊稼掙錢多。

其他女人的動作，也都多少有點像黛絲。每次捆好一捆，大家都像跳方陣舞一樣，聚攏到一起，每人把自己的麥捆和別人的豎著靠起來，一直靠到十捆或十二捆，構成一堆，或按本地的說法，構成一「垛」。

大家都去吃了早飯，然後又都回來，像以前一樣幹活。快到十一點的時候，有人要是留意黛絲的話，就會發現她總是帶著渴望的目光，不時地向山坡上張望，儘管她並沒中斷捆麥子。就在快到點的時候，一群小孩子，年齡由六歲到十四歲，從布滿麥茬的山地後面露出了腦袋。黛絲臉上微微一紅，但她還是沒有停下活計。

這群向她走來的孩子中，年齡最大的是個女孩。她披著一條三角形大圍巾，一直拖到麥茬上，懷裡抱著一樣東西，乍看像是一個洋娃娃，細看卻是一個裹在襁褓裡的嬰孩。另一個孩子帶來了午飯。收麥子的人都停下活計，接過各自的食物，靠著麥堆坐下來。他們在這裡吃起飯來，男人們在圍著一個砂罐隨意受用，把一隻杯子傳來遞去。

黛絲是最後歇工的一個。她靠麥堆的一頭坐下，把臉掉過去一點。背對她的伙伴。她剛坐好，一個頭上戴著兔皮帽、腰帶上纏著紅手帕的男人，把一杯麥芽酒從麥垛頂上遞過來給她。但是她沒接受這份殷勤。她的午飯一擺出來，她就把那個大女孩（她妹妹麗莎—露）叫過來，從她手裡接過嬰孩，妹妹高興地給解除了負擔，跑到旁邊麥垛那裡跟別的孩子玩去了。黛絲便解開上衣給孩子餵奶，動作隱秘得出奇，又大膽得出奇，臉上漲得更紅了。

坐得離她最近的幾個男人，知趣地把臉扭向田地的另一頭，有的人還抽起菸來。還有一個人心不在焉地就想喝酒，悵然若失地撫摸著那個再也倒不出酒的砂罐。所有的女人，除了黛絲以外都熱烈地交談起來，一面理著弄亂了的髮結。

嬰孩吃足了奶之後，年輕的母親就把他放在腿上坐直，兩眼望著遠方，帶著一種近乎憎惡的陰鬱而冷漠的神情，逗弄著他。接著，她猛然狠勁地親他幾十下，好像永遠親不夠似的。她這一陣猛烈的舉動，將疼愛和鄙夷奇異地融合在一起，把孩子嚇得哭起來了。

「她可疼那孩子啦，雖說外表裝作恨他，還說她巴不得這孩子和她自個都死掉算了，」那個穿紅裙子的女人說道。

「她過不了幾天就不說話了，」那個穿淺黃色衣服的人應道。「天哪，日子久了，人總歸會習慣這種事兒的，眞了不得呀！」

「我想，這種事兒不是說幾句好話就做得成的，還得費點勁才行。去年有一天晚上，有人打狩獵林經過，聽見裡面有人在哭，要是誰走進去看看，那就要有人倒楣了。」

「唉，不管怎麼說，這事兒偏偏讓她遇上了，眞是萬分可惜。不過，這種事兒總是讓最俊俏的人遇上！長得不好看的人可就保險得很——對不對，詹妮？」說這話的人轉向人群裡的一個女人，要說這個人不好看，那還眞沒說錯。

的確是萬分可惜。黛絲坐在那裡的樣子，即使讓仇人看見，也會覺得可惜的。她那張嘴像花朵一般，一雙眼睛又大又溫柔，既不黑又不藍，既不灰又不紫，而是將所有這些色調融匯在一起，你要是仔細瞧瞧她的眼虹膜，還會看見許許多多別的色調——在深不見底的瞳孔的四周，圍著一層又一層色澤，一道又一道色彩；若不是從家族繼承了一點不謹愼的毛病，她簡直就是女人中的典範了。

她眞沒想到自己會有這麼大的決心，在家裡躲了好幾個月，這個禮拜居然第一次下田幹活了。她本是個涉世不深的人，在孤苦伶仃之中，總是想盡種種自悔自恨的念頭，來折磨、消耗她那顆撲撲跳動的心，後來還是人情事理幫她開了竅，她覺得，她還是要再做個有用的人，不惜任何代價，重新嘗嘗獨立自主的甜頭。過去畢竟過去了；無論過去怎麼樣，眼前卻是不存在了。過去無論導致了什麼後果，時光總會淹沒一切的。若干年之後，這些後果就會像是不曾有過似的，她自己也會讓青草埋沒，被人遺忘。與此同時，樹木還像以前一樣青翠，鳥兒還像以前一樣歌聲嘹亮，太陽還像以前一樣光輝燦爛。周圍那些熟悉的景物，不會因爲她的憂傷而黯然無光，也不會因爲她的痛苦而萎靡不振。

她以爲世人都在關注她的情況，因而總是把頭垂得低低的，其實她早該明白，這種想法是建立在幻想中的。除了她自己以外，別人誰也沒把她的存在、她的遭遇、她的熱情、她的感受放在心上。對於所有的人來說，黛絲只是一個轉瞬即逝的念頭。即使對於她的朋友來說，她也不過是個經常轉瞬即逝的念頭罷了。假如她整天整夜地自悲自憐，人們只會這麼說：「唉，她那是自尋煩惱。」假如她力圖開心，忘掉一切煩惱，從陽光、鮮花和孩子身上尋求樂趣，人們只會產生這樣的念頭：「嗨，她倒眞受得住呀。」再說，假如她是孤身待在一個荒島上，她會對自己的遭遇感到難過嗎？恐怕不會很難過。還有，假若她被上帝創造出來，就發現自己未經婚配而生下一個孩子，除了是個無名的孩子的母親之外，不懂得任何人情世故，那麼這種狀況會使她陷入絕望嗎？不，她只會泰然處之，而且會從中找到樂趣。她的痛苦多半來自她身上的世俗觀念，而不是來自她那天生固有的感覺。

不管黛絲怎麼想法，反正有一種力量促使她像以前一樣，打扮得整整齊齊，走出家門，下田幹活，因爲當時非常需要人手收割莊稼。正因爲這樣，她才表現得很有尊嚴，有時也能大大方方地正眼看人，哪怕懷裡抱著孩子。

收莊稼的人從麥堆上站起來，伸了伸胳膊和腿，弄滅了菸斗。馬餵飽之後，又套到紅彤彤的機器上。黛絲急急忙忙吃好飯，把她大妹妹叫過去，接走了孩子，然後繫好衣服，又戴上黃皮手套，重新彎下腰去，從先前捆好的麥綑中抽出一把麥穗，用來綑下一堆麥子。

下午和傍晚，還像上午那樣繼續幹活，黛絲跟眾人一起，一直到傍黃昏時分。然後，大家坐到一輛最大的馬車上，一道回家去，一輪黯然無光的大月亮，剛從東方的面上升起，伴隨著他們，月盤就像被蟲蛀過的托斯卡納❶聖像頭上的金葉光輪。黛絲的女伴們唱起歌來，對她出門幹活表示非常贊同，非常高興，但是又忍不住要調皮地哼幾段民謠，意思說有一個姑娘跑進一片快活的綠樹林，回來時就變了樣。人間的事情往往是有失有得，黛絲遭遇的那件事既使她成爲眾人的鑒戒，又使她在許多人眼裡成爲全村最稀罕的人物。他們的友好態度使她進一步從自怨自艾中解脫出來，他們的勃勃生氣很有感染力，黛絲也幾乎快活起來了。

但是，隨著精神上的煩惱漸漸消失，從她那不懂社會法律的天性中，又生出一個新的煩惱。她一回到家裡，就得知孩子下午突然得病了，心裡覺得很悲傷。孩子又瘦小又脆弱，害病本是不足爲奇的，但她還是覺得大爲震憾。

這孩子來到世上，本是觸犯社會的罪過，但那年少的母親卻忘了這一點。她一心渴望保住孩子的性命，把這罪過繼續下去。但是事情不久就看清楚了，這個肉體小囚徒得以解脫的時刻，眼看就要來到了，她雖然也擔心孩子活不長，卻沒料到會這麼快。她一發現這一點，便陷入了極度的痛苦，因爲她所難過的不僅似是失去孩子。她的孩子還沒有受過洗禮。

---

❶托斯卡納，意大利地名。十四至十六世紀，該地區（特別是弗羅倫斯）以藝術品著稱。

黛絲已經養成了一種聽天由命的心態，覺得自己犯了罪，要下地獄遭火燒，那就儘管燒吧，燒完就了結了。像所有鄉村姑娘一樣，她把《聖經》念得滾瓜爛熟，曾經盡心地研讀過阿荷拉和阿荷利巴的故事❷，知道從故事中得出什麼結論。但是，同樣的問題出現在她的孩子身上時，她的看法就大爲不同了。她的小寶貝眼看要死了，可是靈魂還沒得到拯救呢。

差不多是睡覺的時候了，但她還是急忙跑到樓下，問問是否可以去請牧師。這當兒，恰巧是她父親對那古老高貴的家族感受最強烈，對黛絲玷污了那貴門世家感受最敏銳的時刻，因爲他去享受那一周一次的痛飲，剛從羅利弗酒店回到家。他發話說，黛絲出了那樣丟人的事，眼下最需要掩蓋家醜的時候，哪個牧師也不許跨進他的家門，刺探他的隱秘。他把門鎖了起來，把鑰匙裝進了自己的口袋。

一家人都上床睡了，黛絲雖然痛苦萬分，也只好睡下。她躺在床上，總是不斷地醒來，到了午夜時分，發現孩子病得更重了。顯然是奄奄一息了——安安靜靜，沒有痛苦，但是毫無疑問，是在慢慢地死去。

她淒愴地躺在床上輾轉反側。鐘敲了一點這個莊嚴的時刻。在這個時刻，想入非非超出了理智的範疇，險惡的猜測變成了堅如磐石的事實。她心想，這孩子既是私生子，又沒受洗禮，兩罪俱罰，一定要給打到地獄最底層的角落。她看見大惡魔抓著一把三齒叉，就像人們烤麵包時用來熱烤爐的大叉子一樣，把孩子拋來拋去。在這想像中，她又增添了許多離奇古怪的煩瑣刑罰，這都是這個基督教國家時常向年輕人灌輸的內容。在這幢人人都進入夢鄉的

❷阿荷拉和阿荷利巴是《聖經．舊約．以西結書》第二十三章中描述的兩個淫婦。故事結束時，先知預言說，她們將被亂石打死，她們的孩子將被殺死，她們的房屋將被燒毀。

屋子裡，四周一片沈寂，她頭腦裡冒出一幕幕陰森可怖的情景，嚇得她的睡衣都給冷汗弄濕了，心臟每跳一下，床也跟著晃動一下。

嬰兒的呼吸越來越艱難，母親精神上越來越緊張。她就是拼命地親吻這小東西，也無濟於事了。她在床上再也躺不住了，便焦灼不安地在房裡走來走去。

「哦，大慈大悲的上帝，發發慈悲，可憐可憐我的孩子吧！」她大聲嚷道。「你有多少忿怒，儘管發泄到我身上來吧，我甘願受罰。但是可憐可憐這孩子吧！」

她靠在抽屜櫃上，語無倫次地哀告了好長時間，後來猛地跳了起來。

「哦，也許寶寶還能得救！也許這樣辦也行！」

她說完話的時候，不由得來了精神，彷彿她的臉在四周的昏暗中發出了亮光。

她點燃一支蠟燭，走到靠牆擺放的第二張和第三張床前面，叫醒了小弟弟小妹妹（他們全睡在一個屋子裡）。她把洗臉盆拉出了一點，自己站在盆後面，從水壺裡倒出一些清水，叫弟弟妹妹們豎著指頭合起手掌，圍在她前面跪著。這些孩子還沒完全醒過來，看到姊姊那副樣子，覺得畏畏怯怯的，便一直跪在那裡，眼睛越睜越大。黛絲從床上抱起嬰孩——一個孩子的孩子——一點也沒發育好，生他的人簡直沒有資格稱為母親。這時，黛絲抱著嬰孩，筆直地站在臉盆旁邊，她的大妹妹翻開祈禱書，放在黛絲面前，就像是教堂執事把祈禱書放在牧師面前。於是，那姑娘就給自己的孩子行起洗禮來了。

她穿著白色的長睡衣站在那裡，顯得特別高大，特別威嚴，一條又粗又黑的髮辮從腦後一直垂到腰間。微弱的燭光，優柔黯淡，遮掩了她身上和面部那些在日光下會暴露出來的瑕疵——手腕上讓麥茬劃破的痕跡，眼睛裡露出的倦容——高度的精誠產生一種美化的效果，使那張坑害過她的面孔顯示出白璧無瑕的美麗，帶有一點差不多和王后一樣的尊嚴。

弟弟妹妹們跪在四周，朦朧的眼睛還在發紅，一眨一眨地看著姊姊做準備，因爲這是個令人昏昏欲睡的時辰，心裡縱使感到十分詫異，也沒能表現出來。

他們當中最受感動的一個說道：

「黛絲，你眞要給他行洗禮嗎？」

年紀輕輕的母親鄭重地作了肯定的回答。

「你打算給他起什麼名字呢？」

黛絲還沒想到這上面。但是，她繼續作洗禮的時候，腦海裡浮現出《創世紀》裡的一句話❸，因而聯想到一個名字，便說了出來：

「憂傷，我以聖父、聖子和聖靈的名義，給你施洗禮。」

她灑起水來，屋裡一片肅靜。

「說，阿門，孩子們。」

幾個細小的聲音順從地應了一聲「阿——門！」

黛絲接著又說：

「我們接受這孩子。」——如此等等——「我們給他畫一個十字。」

說罷，她把手在水盆蘸了蘸，虔誠地用食指在孩子身上了一個很大的十字，一面又念了一些行洗禮時常用的訓示——要他英勇地抗擊罪孽、世俗和惡魔，要他自始至終作上帝忠實的戰士和僕人。接著，她又恭恭敬敬地念了主禱文，孩子們都像蚊子叫似的，含混不清地跟

---

❸據《聖經．舊約．創世紀》第三章第十六節，上帝對伊娃說：「我要大大地增加你的憂傷，增加你的懷胎，讓你在憂傷中生兒育女。」

著念，念到最後一句時，又把嗓門提到教堂執事的響度，對著寂靜的屋子，一齊喊了一聲「阿——門！」

這時，他們的姊姊越發相信這場聖禮的效應了，便從心底裡傾吐出隨後而來的感恩祈禱，念得既豪邁又得意，聲音像笛聲一樣清脆，她每逢直舉雙手的時候，總是發出這種聲音，這是熟悉她的人永遠難忘的。這種如醉如痴的虔誠，幾乎把她化成了天神、燭光，像顆鑽石一樣地閃爍著。孩子們帶著越來越恭敬的神情，抬頭望著她，再也無心發問了。在他們看來，她現在不像是大姊姊了，而是一個高大偉岸、令人敬畏的人物——一個神一般的人物，與他們毫無共同之處。

憂傷眞夠可憐的，他與罪孽，世俗和惡魔的抗爭，注定只能發出點有限的光輝——考慮到一開始就這麼苦命，這也許倒是他的幸運。在淒楚的晨色中，那位脆弱的戰士和僕人喘了最後一口氣，其他孩子醒來以後，一個個哭得十分傷心，央求姊姊再生一個漂亮娃娃。

黛絲給孩子行過洗禮以後，心裡就平靜下來了，一直到孩子死去，她還是心平氣靜。到了白天，她覺得自己在夜裡爲孩子的靈魂提心吊膽，的確是有點過分。不管有沒有根據，反正現在她不感到惶恐不安了，因爲她覺得，如上帝不肯認可這種非正式的洗禮儀式，不准許孩子的靈魂升入天堂，那麼，不管爲她還是爲孩子，她都不會稀罕這樣的天堂。

憂傷這個不受歡迎的人，就這樣離開了人世。他是個闖進人間的生靈，是那不尊重社會法則，不知道羞恥的自然送來的一個拙劣的禮物。這個棄兒並不知道什麼叫年華，什麼叫世紀，在他來看，永恆的時光只是幾天的事情。對他來說，農舍內部就是整個宇宙，一周的天氣就是四季的氣候，襁褓時期就是整個人生，吃奶的本能是人類的知識。

黛絲對這場洗禮琢磨了很久，不知道根據教規，是否可以為孩子舉行基督徒的葬禮。除了教區裡的牧師，誰也說不準這件事，而牧師又是新來的，並不認識黛絲。黃昏之後，黛絲來到牧師房前，站在柵欄門口，但卻沒有勇氣進去。她剛想就此罷休，轉身往回走，碰巧遇見牧師從外面回來了。在昏暗中，她也就直言不諱了。

「先生，我想問你一件事。」

牧師表示願意聽一聽，黛絲便講述了孩子生病和臨時給他洗禮的事。

「先生，」她懇切地接著說，「現在你能否告訴我——這與你給他行洗禮，效果是不完全一樣？」

牧師先生就有一種生意人的心理，好像發覺一件本該叫他去做的差事，卻叫主顧們笨手笨腳的做過了，因而很想說一聲不一樣。但是，姑娘的莊重態度，連同那異常柔和的語氣，打動了他那比較高尚的情感，確切地說，這十年來，他實際上對宗教抱著懷疑態度，但在具體問題上又要信守教規，因而還保留了一點比較高尚的情感。人性和教士在他心中展開搏鬥，結果人性獲得勝利。

「好姑娘，」他說，「效果完全一樣。」

「那你能給他作基督徒的葬禮嗎？」黛絲急忙問道。

牧師覺得自己陷入了進退兩難的境地。本來，他聽說孩子生病時，曾在天黑之後，憑藉良心跑到她家，要給孩子行洗禮，他並不知道把他拒於門外的，是黛絲的父親，而不是黛絲自己，因而他不容許以情勢所迫為藉口，做出這樣不合教規的事情。

「啊——那是另一回事了，」他說。

「另一回事——為什麼？」黛絲有些激憤地問道。

「唉——這件事要僅僅關係到我們兩個人，我倒很願意那麼辦。可是，由於某些原因，我又不能那麼辦。」

「就這一回，先生！」

「我真的不能。」

「哦，先生！」黛絲說著，抓住了牧師的手。

「那麼我就不喜歡你了！」黛絲忽然發作了。「我永遠不再上你的教堂裡去了！」

牧師把手縮回去，搖了搖頭。「說話不要這麼衝動嘛。」

「即使你不肯，這對他或許一樣吧？……會一樣嗎？請看在上帝的份上，不要擺出聖人對罪人的架勢跟我說話，而要像平常人對平常人那樣——唉！」

這位牧師自以為對這類問題抱有不可通融的看法，因而他如何把自己的回答與這些看法調和起來，這是我們俗人無法領會的，雖然並非是無法原諒的。他多少有些感動，這一回又說道：「效果完全一樣。」

於是，那天夜間，那個嬰兒給裝在一個小松木匣子裡，上面罩著一條女人用的舊披巾，送到教堂墓地，花了一個先令和一品脫啤酒，雇了教堂司事，點著燭籠，把他埋在墓地荒蕪的一角，凡是未受洗禮的嬰兒、劣跡昭著的酒鬼、自盡的懦夫，以及其他可以想像得到的被打入地獄的人，全都埋在這個蕁麻叢生的荒角裡。但是，黛絲也不管這地方是否合適，便果敢地用一根繩子把兩塊板條綁成一個十字架，扎上鮮花，趁傍晚沒人看見的時候，溜進墓地，把它豎在墳頭，還把一束同樣的鮮花，插在小清水瓶裡養著，放在墳的角落。雖然那瓶子外面，只要稍微一留神，就能發現寫著「基爾維果醬」的字樣，但那又有什麼關係呢？一個慈愛的母親，眼睛只看見崇高的東西，不會去注意到這類東西的。

第十五章

羅杰．阿斯克姆說：「只憑經驗，人們要經過漫長的遊蕩，才能找到一條捷徑。」❶人們往往讓漫長的遊蕩折騰得難以繼續旅行，那麼經驗對我們又有什麼用處呢？黛絲．德貝菲爾的經驗正是這種貽誤前程的事。她終於學會該怎麼做人了，但是她再怎麼會做人，有誰會稱賞她呢？

假如她沒去德伯維爾家之前，就能嚴格遵照她和衆人都熟悉的種種格言聖訓行事，那她無疑是決不會上當受騙的。不過，人們對於金石之言，只要覺得還能從中得到裨益，就難以完全領會其中的道理，黛絲辦不到，別人也辦不到。

她黛絲，還有許許多多別的人，會學著奧古斯丁的口氣，譏誚地對上帝說：「你勸告人們好好做人，可是又不准許人們這樣做。」❷

冬天那幾個月，她一直待在父親家裡，拔拔雞毛，餵餵火雞和鵝，再不就把德伯維爾送給她，而她又輕蔑地丟在一旁的華麗服裝，改給弟弟妹妹穿。她是不會求德伯維爾的。但是，別人以爲她在起勁幹活的時候，她卻常常雙手抱著腦後出神。

---

❶阿斯克姆（一五一五～一五六八），英國學者、作家，曾任伊麗莎白一世的教師和顧問。他注重學校教育，認爲比起經驗來，教育是個更有效的教師。

❷引自奧古斯丁（三五四～四三〇）《懺悔錄》第十卷第二十九章。

她以達觀的態度，記著歲月循環往復中的一個個日期：有她在特蘭嶺黑乎乎的狩獵林裡，留下終身遺恨的那個災難性的夜晚；有那嬰孩出生的那一天，死去的那一天；還有她自己出生的那一天；以及其他一些因為發生過與她有關的事情，而變得不同尋常的日子。有一天下午，她正對著鏡子欣賞自己的美貌，突然想到還有一個日子，對她來說比哪個日子都重要，那就是她死亡的日子，她的美貌完全消逝的那一天。這一天將悄然藏在一年三百六十五天中，她年復一年地度過這一天時，它總是無聲無息，不露行跡，不過這一天有確實存在著。到底是哪一天呢？她每年都要遇到這個冷酷的日子，為什麼從不感到寒氣襲人呢？她有著杰里米・泰勒❸那樣的想法，以為有朝一日，熟悉她的人會說：「今兒是——，是可憐的黛絲・德貝菲爾死去的日子。」他們說這話的時候，心裡並不覺得有什麼異乎尋常的。但是，她不知道她注定闔然長逝的那一天，是在哪年哪月，哪個星期，哪個季節。

就這樣，黛絲由一個頭腦簡單的女孩，幾乎一躍而變成一個思想複雜的婦女。她臉上顯出沈思的徵象，話音裡時常露出凄愴的語調。她的眼睛長得更大，也更動人了。她出落得早該稱為一個尤物了。她外表標致，惹人注目。她那女性的靈魂，經歷了這一兩年的凄風苦雨，並沒有萬念俱灰。若不是由於世俗的偏見，她那番經歷只不過是一種普通教育。

她的遭遇本來就不是盡人皆知，加上她近來一直不與外人來往，因此在馬洛特村幾乎被人遺忘了。不過，她心裡很明白，她在這地方是永遠不會眞正舒心的，因為這裡的人們親眼看到她家企圖與有錢的德伯維爾家「認親」，並且通過她，來達到更親密的結合，最後卻眼

❸杰里米・泰勒（一六一三～一六六七），英國聖公會牧師兼作家，他有關死的觀點，見於他的著作《神聖的死》一書。

見著失敗了。這件事給她心頭帶來了很深的巨大傷痛，至少要過許多年才能消失，那時她在這裡才能覺得好受些。然而，即使現在，黛絲也感覺到，充滿希望的生命仍在她心裡熱烈地搏動，若是在一個無人知曉她的往事的偏僻角落，她也許會快活起來。逃避過去，逃避與過去有關的一切，就是把過去一掃而光，而要做到這一點，她就非得離開老家。

她時常自問，女人的貞操眞是失去一次就會永遠失去了嗎？她若是能把過往之事遮掩起來，那就會証明這句話是欺人之談。一切有機體都有復原的能力，這條規律決不會單單不適用於處女的貞操。

她等了好長時間，始終沒有找到重新離家的機會。一個格外明媚的春天來臨了，從葉芽中幾乎能聽見草木萌動的聲音。這一情景就像觸動了野獸一樣，也觸動了黛絲，使她急欲離家遠去。終於，在五月初的一天，她收到一個老朋友的來信——她從未見到這個人，不過很久以前，曾寫信問過她——說往南去好幾英里有一家牛奶場，需要一個熟練的擠奶女工，場主很樂意雇用黛絲一個夏天。

這地方並不像她企望的那樣遙遠。不過也許夠遠的了，因爲她的活動範圍和知名度本來就很小。對於活動範圍有限的人來說，一英里就像地球一度，一區就像一郡，一郡就像一省一國。

有一點，她是打定了主意：在她的新生活裡，無論夢想還是行動，都不能再構築德伯維爾那樣的空中樓閣了。她黛絲只想做個擠奶女工，不想做別的。母親雖然沒和女兒談到這個問題，但卻非常了解她在這方面的心情，因此現在也從不提及騎士世家的事了。

但人往往是自相矛盾的，黛絲所以對這個新地方發生興趣，原因之一就是這裡恰巧靠近她祖先的故土（因爲雖說她母親是個地地道道的布萊克摩人，那些祖先們卻不是）。她要去的兩個牛奶場叫作塔爾勃塞，距離德伯維爾家以前的幾處宅第不遠，就在她的祖先奶奶及其有錢有勢的丈夫們安葬的大墳地附近。她也許能去看看這些墳地，還可以想一想，不但德伯維爾像巴比倫一樣敗落了，就連一個卑微的後裔也無聲無息地失去了個人的清白。她一直在納悶，不知道她待在祖先的故土上，會不會遇到什麼新奇的好事。她心裡自然而然地湧起一股勇氣，就像嫩枝裡的液汁一樣。這是沒有耗盡的青春，經過暫時的壓抑，又重新激蕩起來，並且還帶來了希望，以及無法遏止的尋求歡樂的本能。

第十六章

黛絲．德貝菲爾從特蘭嶺回來之後，又過了兩三年工夫——這是她默默地重整旗鼓的兩三年。就在五月間一個茴香散發著香味，小鳥紛紛出巢的早晨，她第二次離開家。

她把行李收拾好了，以便以後好寄給她，隨即便坐上一輛雇來的小馬車，啓程朝斯圖堡小鎮進發。因爲她這次出門的方向，和第一次外出冒險幾乎正好相反，所以路上一定得經過這座小鎮。儘管她急巴巴地想離開家，但是走到離家最近的那座山崗頂上時，卻又回過頭，悵然若失地望了望馬洛特村和她父親的房舍。

她要出遠門了，家裡人儘管看不見她的音容笑貌了，大概還會像以前一樣繼續日常生活，心裡不會覺得減少了多少快樂。幾天之後，弟弟妹妹就會像以前一樣快活地玩耍，不會因爲姊姊走了而覺得家裡缺了什麼。她斷然認爲，她這樣離開，對弟弟妹妹是有好處的。她若是待在家裡不走，她的身教給她們帶來的害處，大概要超過她的言教給他們帶來的好處。

她經過斯圖堡時，也沒停留，只管往前趕，來到一個大路交叉口，好在這裡等待駛往西南方的運貨車，因爲在內地這一帶，鐵路只從旁邊繞過，從不貫穿其中。不過，就在等車的時候，路上來了一個農夫，坐著一輛布彈簧輪子馬車，他要去的地方，跟黛絲要去的大致是一個方向。黛絲並不認識這個人，但是，當對方邀她上車坐在他身旁時，她雖然明知他是見她長得漂亮，才向她獻殷勤的，卻也顧不了這麼多，便接受了他的邀請。他要駕車去韋瑟伯里，黛絲跟他到了那裡，剩下的路徒步就可以到了，省得乘坐運貨車取道卡斯特橋了。

到了韋瑟伯里，儘管坐車走了這麼遠，除了午間在農夫介紹的一個鄉下人家，多少吃了一頓說是什麼飯之外，她就沒有多停留。隨後，她就拎起籃子徒步上路，朝一片寬闊的石南叢生的高地走去，這片高地把本地區和前方低谷的草地分隔開來，她今天旅行的目的地——那家牛奶場——就座落在那個低谷中。

黛絲從未來過這一帶，但是，這裡的一草一木都使她覺得很親切。離她左邊不很遠的地方，可以見到一片蔥蔥鬱鬱的景色，她料想這是金斯比爾四周的樹木，向人一打聽，果然不出所料。就在那個教區的教堂裡，埋葬著她的祖先的屍骨——她那些無用的祖先屍骨。

她現在可不敬仰這些祖先了，正是他們導致了她的苦難，為此她簡直有些恨他們了。他們除了一方古印和一把古匙之外，別的東西一樣也沒留給她。「呸——在我身上，媽媽的遺傳因素決不少於爸爸！」她說。「我的美貌全是媽媽給的，而她只不過是個擠奶女工。」

她途經埃格敦高地和低地時，路程只不過幾英里，卻比她料想的還要難走。由於拐錯了幾個彎，她花了兩個鐘頭，才來到一座山頂，向下望去，可以看見她渴望已久的山谷——大牛奶場山谷。在這個山谷中，牛奶和黃油極其充裕，雖然不及她家鄉生產的鮮美，產量卻要高得多——這片平原被瓦爾河或稱弗魯姆河澆灌得一片青翠。

迄今為止，除了在特蘭嶺過了一段倒楣的日子外，她唯一熟悉的地方，就是那個小牛奶場山谷，也就是布萊克摩山谷，而拿它和眼下這個地方比起來，則有本質上的不同。這裡的世界是以更宏大的格局勾劃出來的。這裡圍圈的田地不是十英畝一塊，而是五十英畝一塊，這裡的農莊來得更加寬闊，這裡的牛是一大批一大批的，那裡的牛只是一小群一小群的。她眼前這成千上萬的牛群，從東邊很遠的地方，一直延伸到西邊很遠的地方，數目超過了她以往任何一次所見到的。綠色的牧地上布滿了密密麻麻的牛群，如同范阿爾斯洛特或賽特❶的油畫上畫滿了自由民衆。紅色和暗褐色牛身上那濃重的色調，吸收了夕陽的光輝，而白色的牛群卻把陽光反射到人的眼睛裡，幾乎令人眼花撩亂，即使黛絲站在遠處的高地上看去，也是這樣。

鳥瞰眼前的景色，也許不及她所熟悉的那一片來得蔥籠綺麗，但卻更加令人愉悅。它缺少與它匹敵的那個山谷裡的蔚藍的大氣，粘重的土壤，濃郁的氣息，它的空氣清新、明淨、縹渺。滋養著這些著名牛奶場上的牧草和牛群的河流，也和布萊克摩谷的河流不一樣。布萊克摩谷的河流既緩慢又沈靜，往往還很渾濁，河底盡是淤泥，淌水者一不小心，就會突然陷入泥中，落個無影無蹤。弗魯姆河則像那位福音教徒看見的生命之河一樣清流純淨❷，水流就像雲影一樣急，在滿是卵石的淺水處，還整天對著藍天淙淙歡唱。那裡的水花是睡蓮，這裡的卻是毛茛。

也許是因爲空氣發生了由滯重到輕渺的變化，也許是因爲她到了一個陌生地方，沒人再拿惡意的眼光盯著她，黛絲的情緒令人驚奇地高漲起來了。她迎著柔和的南風，蹦蹦跳跳往前走的時候，她的希望和陽光融合在一起，彷彿匯成一個理想的光球，環繞在她的周圍。在每陣微風裡，她都聽到了悅耳的聲音；在每隻鳥兒的啁啾中，似乎都潛藏著一種快樂。

近來，她的面容隨著心境的變換而變換，心情快活時，就顯得很秀麗，情緒低沈時，便顯得很平常，就這樣經常起伏不定。今天，她臉色紅潤，完美無瑕；明天，她又面色灰白，

❶范阿爾斯洛特（一五七〇～一六二六）及賽拉爾特（一五九〇～一六五七），均爲弗拉明戈風景畫家。

❷福音教徒，指聖約翰。見《聖經．新約．啓示錄》第二十二章第一節。

滿臉憂戚。她臉色紅潤時，就不像臉色灰白時那樣多愁善感。她更完美的容貌是與較爲輕快的心情相協調的，而更爲緊張的心情是較爲遜色的美貌相一致的。現在，她迎著南風走去，展現的就是一副姿容最佳的面孔。

尋求快樂本是一種普通的、不可抗拒的自發傾向，灌注入一切生命之中；到頭來，這種傾向也把黛絲制伏了。即使現在，她也不過是個二十歲的年輕女子，在理智和情感上都沒達到終止發展的地步，因而無論什麼事情，都不會給她留下經久不變的印象。

就這樣，她的情緒越來越高漲，心裡越來越慶幸，越來越充滿希望。她試著唱了好幾首民謠，但都覺得不夠勁，後來才想到，她經常在禮拜天早晨瀏覽贊美詩，於是便開口唱——

哦，你這太陽和月亮……哦，你們這些星辰……你們這些大地上的綠色植物……你們這些飛鳥……野獸和牲畜……黎明百姓……願主保佑你們，永遠贊美主，頌揚主吧！

她突然停下來，嘟囔道：「不過，也許我還不大了解主呢！」

這種半無意識的吟誦，大概是一種以一神教爲背景的崇拜物神的吐露。那些以戶外大自然的形態和力量作爲主要伴侶的女人們，她們心靈中所保持的，多半是她們遠祖所有的異教幻想，很少是後來教給人類的系統化的宗教信仰。然而，黛絲通過這首她幼年時就口齒不清地學著唱的《萬物頌》，至少可以把心裡的感受差不多都表現出來，這樣也就足夠了。黛絲朝著獨立生活剛剛邁出一小步，就覺得很滿足了，這也是德貝菲爾一家人的一種脾性吧。黛絲眞想挺起腰桿做人，可她父親卻壓根不準備這麼做。不過，她倒像她父親一樣，容易滿足於眼前的一點點成績，卻不想付出艱苦的努力，讓一度有權有勢、而今破落不堪的德伯維爾家，在社會地位上取得些許進展。

也許可以說，黛絲既繼承了母親娘家傳給的那未曾耗盡的活力，又有本身年輕氣盛所賦予的天然活力，因而在經歷了那場一度把她壓得抬不起頭的磨難之後，她身上的活力又重新燃放出來了。說句實話，女人蒙受這般恥辱之後，一般都能挺過來，重新鼓起勇氣，又帶著感興趣的目光審視著四周。有生命就有希望，這是「吃過虧」的人並不完全陌生的信念，有些討人喜歡的理論家非要我們這樣相信不可。

這時候，黛絲．德貝菲爾正興高采烈，滿懷生趣，一步一步地走下埃格敦荒野的山坡，朝著她的目的地牛奶場走去。兩個匹敵的山谷終於顯示出了最明顯的差別。要發現布萊克摩的奧秘，最好是從周圍的山上往下俯瞰；而要眞正領略眼前這片山谷的景致，就非得下到它的腹地。黛絲已經來到了山谷中間，發現自己站在一片綠草如茵的平川上；向東西兩面望去，這平川一直延伸到眼睛看不見的地方。

早先，河水從高地上悄然流下，把那裡的土壤一點點的帶到谷裡，淤積成這一片平地；如今，這河流已經精疲力盡，老邁衰竭，只能在以前的劫掠物中間蜿蜒而行了。

黛絲拿不準該往哪個方向去，便一動不動地站在這片四面環山的青翠平野上，就像一隻蒼蠅落在一張碩大無朋的撞球桌上，而且也像那蒼蠅一樣，對於周圍的景物無足輕重。到眼下為止，她出現在這片平靜的山谷中的唯一作用，就是引起了一隻孤獨蒼鷺的注意。這隻蒼鷺落到離她走的小路不遠的地方，伸直脖子站在那裡，直瞪瞪地盯著她。

突然，從低地的四面八方傳來幾聲拉長的、重複的吆喝——「喔！喔！喔！」

這吆喝聲，好像受了傳染似的，從最東面傳到最西面，時而還伴隨著一兩聲狗吠。這並不是山谷知道美麗的黛絲來所作的表示，而是慣常地宣布擠牛奶的時間——四點半鐘——已經來臨，牛奶場的工人開始把牛趕進棚裡。離她最近的一群紅牛和白牛，本來一直在呆呆地等候呼喚，現在都成群結隊地朝後面的牛棚走去，一面走，肚子底下的大奶袋不停地晃來晃去。黛絲慢悠悠地跟在後面。牛群從一道敞開的柵門走進院裡，黛絲也跟著走了進去。院子四周是一個接一個長長的草棚，斜面的棚頂上長著一層鮮綠的蘚苔，棚檐都由木柱撐著；多年以來，這些木柱不知被多少大牛小牛用肚子蹭過，蹭得又光又亮，而那些大牛小牛如今已被人徹底遺忘，簡直令人不可思議。柱子中間排著一頭頭奶牛，這當兒，一個想入非非的人從後面看去，每頭牛就像一個圓圈待在兩根木柄上，中下端有一個東西像鐘擺一樣來回晃動。西沈的太陽照到這一溜有耐性的動物身後，把它們的影子分毫不差地投射在棚內的牆上。每天傍晚，太陽都要把這些既不顯眼又不雅觀的形體投射出來，而且每一個輪廓都投射得非常精細，彷佛是在宮殿的牆壁上描繪宮廷美女的側面像；描摹得那樣盡心竭力，就像古時候在大理石上臨摹奧林匹斯山神，或亞歷山大、凱撒和法老們的形影。

關進棚子裡的牛都不大安分的。那些老老實實的牛都在院子中央擠奶。眼下有許多比較規矩的牛就在那裡等待。這都是些上等奶牛，別說在山谷外面很少碰到，就是在這山谷裡面也不多見。在這大好季節裡，這浸水草場上出產的多汁食物滋補著奶牛。那些身子有白斑的奶牛，把陽光反射得光耀奪目，牛角上光潔的銅箍也閃閃發光，好像是在炫耀武力。它們那布滿青筋的乳房，就像沙袋一樣沈甸甸地下垂著，乳頭脹鼓鼓的，就像吉卜賽人使用的鐵鍋的鍋腳。每頭牛等待挨班擠奶的時候，牛奶便往下流，一滴一滴地落到地上。

第十七章

奶牛從草場上一回來，擠奶的男工和女工便從農舍和牛奶房裡湧了出來。女工們都穿著木頭套鞋，這倒不是因爲天氣的緣故，而是爲了不讓鞋子沾上場院裡的爛草污泥。每一個女工都坐在一只三腳凳上，側著臉，右腮貼在牛身上。黛絲走上前來的時候，她們都順著牛肚子不聲不響地望著她。男工們都把帽沿拉得很低，前額平靠在牛身上，眼睛瞅著地，因此沒有看見黛絲。

這些男工裡面，有個體格健壯的中年人，他的白色長圍裙比別人的多少好些，乾淨些，裡面的茄克也挺像樣，可以用來趕集穿了，他就是牛奶場的老板，黛絲就是來找他的。在一個禮拜裡，他要幹六天活。既擠牛奶，又攪黃油，但是到了第七天，他就穿上亮面的呢料衣服，坐在教堂裡自家的專座上。他這雙重身份也太惹人注目的了，人們給他編了個順口溜——

一禮拜，忙六天，
人稱「擠奶的迪克」❶
禮拜天，好悠閑。

❶克里克名叫理查德，迪克是理查德的昵稱。

人稱「密司特克里克」。

他見黛絲站在那裡盯著他，便走到她跟前。

一到擠奶的時候，擠奶的人大多顯得很煩躁，不過碰巧的是，因爲眼下正是活忙的時候，克里克先生倒很想雇一個新幫手，於是便熱情地歡迎她，詢問起她母親和家裡其他人（其實這只是一種客套，因爲他沒接到那封介紹黛絲的短信之前，壓根兒就不知道世上還有德貝菲爾夫人這個人）。

「哦——唉，我小時候就很熟悉你們那地方，」他後來說道，「不過，長大以後，我就再也沒去過。以前離這兒不遠，住著一個九十歲的老太太，如今早死去了。她告訴我說，在布萊克摩谷有一戶人家，跟你們一個姓，原先是從這一帶搬走的。那是一家老門戶，後來差不多滅絕了——可是小一輩的還不知道呢。不過，天啊，老太太扯的那些閑話，我也沒留神聽，沒留神聽呀！」

「哦，用不著——沒有什麼値得聽的。」黛絲說。

接著，他們就只談正經事了。

「姑娘，你能把奶擠乾淨嗎？我可不想讓我的牛在這個季節就停奶呀。」

這一點，黛絲要他儘管放心。老板把她上下打量了一番。她近來在屋裡待得太多了，肌膚都變得嬌嫩了。

「你受得了嗎？在這兒，粗人倒是覺得挺舒服的，不過，我們可不是住在溫室裡。」

黛絲表示受得了，老板見她那樣心甘情願，滿懷熱情，也就同意她了。

「噢，我想你得喝碗茶，或是吃點什麼吧？還不用？那就隨你的便啦。不過說眞的，要是我的話，走了這麼遠的路，就該乾得像柴草了。」

「我這就去擠奶吧，好熟悉熟悉活兒，」黛絲說。

爲了提提神，她喝一點牛奶，克里克老板爲之一驚，而且還眞有點瞧不起，因爲他好像從沒想到，牛奶還可用來當飲料。

「哦，你要是嚥得下，就儘管喝吧，」他滿不在乎地說，這時有人端起了奶桶讓黛絲喝。「我有多年沒碰這玩意兒了——我可不喝它。這東西可混帳啦，喝下去老留在我肚子裡，就像鉛塊一樣。……你先試試那條母牛吧，」他接著說道，一邊朝最近的一頭牛點了點頭。「不過，這條牛挺難擠的。跟別人家的一樣，我們這兒的牛有難擠的，也有好擠的。不過，這你很快就會明白的。」

黛絲摘下帽子，戴上頭巾，果眞坐在牛肚子下的小凳子上，牛奶從她手下嘩嘩地流進桶裡，這時她彷彿覺得，她眞爲自己的將來打下了新的基礎。這種信念孕育了平靜，她的脈搏慢下來了，眼睛也能四下張望了。

擠奶的男工女工們，組成了一支不尋常的小隊伍，男人們專擠奶頭硬的牛，女人們專擠比較溫和的牛。這是一個大牛奶場，克里克總共養了將近一百頭奶牛，其中有六七頭歸老板親手擠。除非他出門不在家，才交給別人。這都是些最難擠的奶牛，老板不肯把它們交給男工，因爲那些男工或多或少都是臨時雇來的，怕他們馬馬虎虎，擠不乾淨；他也不肯把它們交給女工，怕她們沒有手勁，也擠不乾淨，這樣一來，過不多久，牛就會「停奶」的，也就是說，不出奶了。馬馬虎虎擠奶之所以是個嚴重問題，倒不是說會給眼下造成什麼損失，而是因爲牛奶這東西，需求一減少，供應也隨之減少，最後還會停止供應。

黛絲在牛身旁坐好之後，一時間場院裡既沒有人說話，也沒有什麼動靜會打斷牛奶嘩嘩地流進無數的奶桶，只是偶爾聽到一兩聲吆喝，叫牛轉轉身，或站穩些。唯一在活動的，是工人們的手在一上一下，還有牛尾巴在來回擺動。大家就這樣幹著活，四周是一片廣闊平坦的草場，一直延伸到山谷兩邊的斜坡上——這是一幅平展的景色，融匯了一些古老的景致，這些古老的景致如今早被人遺忘了，而且與它們所構成的眼下這幅景色大不相同。

「依我看，」老板忽然從他剛擠完奶的牛身旁站起來，一手抓著三腳凳，一手提著奶桶，邊說邊朝身旁另一條難擠的奶牛走去，「依我看，今兒牛不像往常那麼能出奶了。我敢說，溫克一開頭就這麼不暢快，到了仲夏就不用擠了。」

「這是因爲咱們這兒來了個新手，」喬納森．凱爾說。「我以前注意到這種事兒。」

「當然，有這個可能。我倒沒想到。」

「我聽說，到這個時候，牛奶都跑到牛角裡去了，」一個女工說。

「嗯——講到牛奶跑到牛角裡去，」克里克老板疑疑惑惑地答道，彷彿就連巫術也會受到生理機能的限制似的，「我可說不準，的確說不準。不過，沒角的牛和有角的牛一樣擠不出奶來，你那話我就不敢信了。……喬納森，你聽說過有關沒角牛的那個謎沒有？爲什麼一年裡沒角牛沒有有角牛出的奶多？」

「我可不知道！」那個女工插嘴說。「到底爲什麼？」

「因爲沒角牛不怎麼多嘛！」老板說。「不過這些畜生今兒眞不肯出奶。伙計們，咱們得唱一兩支歌——只有這個法子啦。」

在這一帶的牛奶場，一遇到牛出奶不及平常多的時候，人們往往採取唱歌的辦法，好把牛奶引出來。因此，眼下這幫擠奶工人，聽老板這麼一吩咐，便放聲唱了起來——聽調門，純粹是爲了應付差事，沒有多少自發自願的意味。照他們看來，在他們持續唱歌的時間裡，情況有了明顯的好轉。他們唱的是一支歡暢的民歌，說的是一個殺人兇手不敢在黑暗中睡覺，因為他總是看見四周出現一道道硫黃火焰。當大家唱完第十四、十五段的時候，一個擠奶男工說：「彎著腰唱歌別費那麼大氣力就好了！先生，你該把豎琴拿來——不過最好還是小提琴。」

黛絲聽了這番話，以為是對老板說的，但她想錯了。一聲「為什麼？」的回話，像是從棚內一頭黃牛肚子裡發出來的。

這話是坐在牛後面的一個擠奶人說的，黛絲一直沒注到他。

「哦，是的，小提琴是再好不過了，」老板說。「不過我覺得，公牛比母牛更容易被打動——這至少是我的經驗。……以前，梅爾斯托克那兒有個老頭，名叫威廉．杜威。他家裡是趕大車的，常在那一帶做生意，你記得嗎？喬納森？我見了那個人就能認出來，可以說，就像能認出親兄弟一樣。有天晚上月兒好亮，這個人去給一家辦喜事的拉小提琴，回來的時候想抄近路，像穿過一塊叫「四十英畝」的田地，地裡正好有一頭公牛在吃草。公牛看見了威廉，兩角沖著地，朝他撲來。威廉儘管拼命地跑，也沒喝許多酒（那天是辦喜事，主人家那麼有錢，他喝得真不算多），不過他還是覺得沒法跑到樹籬那兒，跳過去，救自個一命。後來呀，他靈機一動，一邊跑一邊拿出小提琴，轉身朝著公牛拉起一支快步舞曲，一面向樹籬角退去。公牛頓時變溫和了，站住不動了，眼睛使勁盯著威廉．杜威，聽他不停地拉琴，聽到後來，臉上露出了幾絲微笑。可是，威廉一停止拉小提琴，剛想轉身爬過樹籬，公牛便立刻收住笑容，把角低下去，瞄準了威廉的褲襠。嗨，威廉沒有法子，只得轉過身，拉著拉小提琴。那時候才夜裡三點，他知道幾個鐘頭裡不會有人路過那兒，他又怕又累，不知道該怎麼辦。他好不容易挨到四點，覺得自個馬上就要撐不住了，就自言自語地說：「我再拉這最後一曲，就要上西天了！老天爺救救我吧！」就在這當兒，他想起聖誕前夜，他看見一群牛半夜裡跪在地上。那一天雖不是聖誕前夜，但他腦子一轉，想要耍一耍這頭牛。於是，他就拉了起〈聖誕頌〉，好像眞是在聖誕節演唱聖誕頌歌似的，他這一拉，你瞧吧，那條公牛給耍糊塗了，撲通一聲跪了下來，好像眞到了耶穌降生的時辰。威廉見他那長角的朋友一眼嗖地跑開了，平安地跳過了樹籬。威廉常說，他以前曾多次看見有人發傻，但是那條公牛一發現自己的虔誠受到了愚弄，而那天又不是聖誕前夜，它這時露出傻樣，他可從來沒有見過。……沒錯，那個人是叫威廉・杜威。就是這陣兒他埋在梅爾斯托克教堂墓地的哪塊地方，我也能說得一點不差。——就在第二棵紫杉和北廊之間。」

「這是個稀奇古怪的故事，把我們帶回中古時代。那時，信仰還是個活生生的東西。」

這句在牛奶場聽來很奇特的話，是黃牛身後那個人嘟囔出來的。不過誰也不懂得這句話的意思，因此也就沒有人理會他，只有講故事的人似乎覺得，這句話也許暗含著對他的故事的懷疑。

「呃，先生，不管怎麼說，我的故事句句是眞的。我跟那個人很熟。」

「哦，是呀——我一點也不懷疑，」黃牛身後的人說。

這樣，黛絲才對那個和老板講話的人注意起來，不過他總把頭貼在牛身上，黛絲只能看見他一丁點兒。她不明白，爲什麼連老板都稱呼他「先生」。不過，她也找不出個可以解釋的理由。那人在那牛肚子上面待了好久，足有擠三條牛的工夫，不時還獨自叫嚷一兩聲，好像擠不下去似的。

「輕一點，先生，輕一點，」老板說。「幹這活得靠技巧，不靠力氣。」

「我也覺得是這樣，」那另一個人說道。他終於站起來了，伸了伸胳膊。「不過，過，我想我還是把它擠完了，儘管把手指頭都擠痛了。」

這時，黛絲才看得見他的全身。他繫著白圍裙，紮著皮裹腿，這都是牛奶場工人擠奶時的普通裝束。靴子上沾滿了場院的爛草污泥。不過，他身上的土氣裝束，也就是這幾件，透過這層外表，卻顯現出一種教養有素、少言寡語、聰敏儒雅、鬱鬱不樂、與眾不同的神情。

黛絲發現，她以前見過這個人，但一時間也顧不得去仔細打量他的外貌了。自從那次見面之後，黛絲經歷了那麼多滄桑，所以，一下子也想不起在哪裡見過他。

後來，她忽然記起，他就是參加過馬格特遊行會的那個過路的年輕人——那個她不知從何而來的陌生過客，他跟別的姑娘跳舞了，卻沒有跟他跳，後來理也不理地離開了她，跟他的伙伴一起趕路去了。

一想起她遇到災難前的這件事，往事就像湖水一般湧上她的心頭，使她一時驚慌起來，唯恐這人也認出她來，說不定還會發現她的底細。不過，看他又不像是記得她，心裡的憂慮便消逝了。她漸漸看出，自他們第一次、也是唯一一次相遇以來，他那張青春多變的面孔變得更加沉沈了，而且養起了年輕人那種美觀的八字鬍和絡腮鬍——絡腮鬍在臉上剛長出的地方，呈現出極淡的淺黃色，從根兒往上，漸漸變成了深棕色。他那擠奶用的亞麻布圍裙裡面，上身穿著深色的棉絨茄克、漿過領子的白襯衫，下身穿著燈心絨褲子，腿上裹著綁腿。他若是沒穿那套擠奶工的裝束，誰也猜不出他是幹什麼的。他既可能是個怪里怪氣的地主，又可能是個體體面面的農夫。從他擠一頭牛所費的工夫上，黛絲一下就看得出來，他只是牛奶場的一名新手。

與此同時，許多擠奶女工都互相談論起這個新來的女工，說什麼「她真漂亮！」話音帶有幾分真正的大度和羨慕，不過也雜染幾分希望，想讓聽的人會來修正這句話——嚴格說來，他們是誰修正這句話，因爲只拿漂亮來形容黛絲給人的印象，本來就不確切。當天晚上的牛奶擠完之後，大家三三兩兩地走進屋裡，老板娘克里克太太正在裡面照料盛牛奶的鉛桶和其他東西。她因爲太講究體面，不肯到外面擠牛奶，而且，因爲擠奶女工都穿著花布衣服，她便在熱天裡穿著熱乎乎的毛料大衣。

黛絲得知，除她以外，只有兩三個女工在場裡過夜，多數幫工都回自己家裡睡。吃晚睡的時候，她沒看見那個先前對故事發表評論的有點身份的擠奶工，也沒去打聽他。晚上餘下的時候，她都待在寢室裡，給自己安排住處。這間寢室就在牛奶房上面，屋子很大，大約有三十英尺長。另外三個住場女工的床鋪也放在這間屋裡。她們都是些強健的年輕婦女，除了一位以外，歲數都比她大。到了睡覺的時候，黛絲已經疲憊不堪，一躺下就睡著了。

不過，鄰近的床上的一個姑娘可不像黛絲這樣貪睡，非要向她講述她剛來到的這家人家的種種詳情細節。這個女孩唧唧喳喳的話語和夜色融匯在一起，黛絲在昏昏欲睡聽來，好像是從黑暗中發出來的，又在黑暗中飄浮。

「安傑．克萊爾先生——就是那個學擠奶、彈豎琴的人——從來不大和我們說話。他是個牧師的兒子，光顧著想心事，不注意女孩子。他拜老板爲師，學習管理農場的各種活計。他已經在別處學會了養羊，眼下又在學著養奶牛。……可是，他是個天生的上等人。他父親克萊爾先生在埃明斯當牧師，離這兒有好幾英里。」

「哦——我聽人說過他，」她的新伙伴這下可醒過來了「他是個很認眞的牧師吧？」

「是的——是這樣——大家都說，在整個威塞克斯，就數他最認眞。人告訴我，他是低教派的最後一個信徒——因爲這一帶的牧師都被稱作高教派。他的幾個兒子，除了咱們這個克萊爾先生，也都是當牧師的。」

這當兒，黛絲也不是很好奇，沒再問她這位克萊爾先生爲什麼不像他哥哥那樣去當牧師，而是慢慢地又睡著了，向她提供消息的女孩的話語，伴隨著隔壁奶酪房裡的奶酪氣味，以及樓下奶酪壓乾機裡乳漿有規律的嘀嘀答答的聲音，一齊傳入她的耳朵和鼻孔。

第十八章

安傑．克萊爾從過去的記憶中浮現出來，雖說他的整個模樣並不十分清晰，但是一聽他的聲音，就知道他能善解人意，一雙眼睛直勾勾的，能出神地凝視許久，一張嘴巴表情生動，只是有些太小，太精巧，跟男人不大相配，不過下唇倒時而意外地抿得很緊，讓人不至於斷定他優柔寡斷。然而，他的眼神和舉止中，總帶有一種迷迷糊糊、心事重重的意味，表明他對自己未來的生計，沒有明確的目標，也不怎麼關心。不過，他還是個小伙子的時候，人們就說，他只要肯上進，沒有幹不成的事。

他的父親是本郡另一端的一個窮牧師，他是父親的小兒子。他打算學一套經營農場的實際本領，將來可以根據情況，或是跑到殖民地，或是在國內農場，先投奔了別處幾家農場之後，現在又來到塔爾勃塞牛奶場，想在這裡做半年學徒。這個年輕人走進農民和畜牧者的行列，在他的生活中，邁出了他自己和別人都沒料到的一步。

老克萊爾先生的前妻死得早，給他撇下一個女兒，他過了大半輩子，又娶了一個後妻。沒想到這位太太給他生了三個兒子，因此，小兒子安傑和他父親老牧師之間，好像缺了一代似的。幾個兒子中，只有這個晚年所生的小兒子安傑，沒有獲得大學學位，不過從小時候的天分來看，也只有他最配上大學。

安傑參加馬洛特村那次舞會的兩三年之前，就在綴學後在家自學的某一天，當地的書店給牧師家寄來了一個包裹，上面寫著詹姆斯．克萊爾牧師收。牧師打開一看，裡面是一本書。他看了幾頁，忽地從椅子上跳起來，把書夾在胳肢窩裡，逕直跑到了書店。

「你們爲什麼把這本書寄到我家？」他舉起那本書，粗魯地問道。

「是訂購的，先生。」

「我幸而可以說，我沒訂，我家裡人也沒訂。」

書店老板查了查訂單。

「哦，是發錯了，先生，」他說，「書是安傑．克萊爾先生訂的，應該寄給他。」

克萊爾先生不由得往後一縮，好像挨了打似的。他臉色蒼白，心情沮喪地回到家裡，把安傑叫到了書房。

「你看看這本書，孩子，」他說。「你知道是怎麼回事嗎？」

「是我訂的，」安傑簡捷地說道。

「爲什麼？」

「看呀。」

「你怎麼會想起看這種書？」

「我怎麼會想起？呃——這是一本講哲學體系的書。如今出版的作品中，沒有一本比它更講究道德、甚至更合乎宗教的了。」

「是呀——是夠講道德的，我並不否認這一點。但是，說它合乎宗教！而且你這個想當福音修道士的人還這麼看！」

「既然你提到這件事，父親，」兒子臉上露出焦慮的神情，說道，「我要斷然告訴你，我還是不當牧師爲好。我恐怕不會竭誠地去當牧師。我愛教會，就像人們愛父母一樣。我要永遠對她懷有最熱烈的愛。我最敬重這個機構的歷史。但是，它要是不肯將思想從站不住腳的贖罪拜神論中解放出來，我實在不能像兩個哥哥那樣，被委任爲牧師。」

這個老實純樸的牧師從沒想到，自己的親生骨肉竟會落到這個地步！他愣住了，驚呆了。既然安傑不打算進教會，送他上劍橋還有什麼用呢？在這個思想古板的人看來，上大學只能是進教會的階梯，否則就好像序言後面沒有正文。他這個人不但信教，而且還很虔誠，是個堅定的信徒——這個字眼用在他身上，並不是如今在教堂內外搞神學遊戲的人們那種閃爍其辭的解釋，而是福音派教徒那種古老而虔誠的講法：他這個人

一千八百年以前

永生和神聖

的確……❶

安傑的父親又是辯駁，又是規勸，又是懇求

「不行，父親。不說別的，就是叫我根據宣告❷的要求，『按照字面和文法意義』，在四條❸下面簽名，我都無法做到。因此，在目前的情況下，我是不能作牧師的，」安傑說。「在宗教問題上，我的整個本能就是要改造。還是從《希伯來書》中引一句你最喜歡的話：『受造之物中，凡是被震動的都要挪開，以使不能震動的留存下來。』」

❶引自勃朗寧的〈復活節〉一詩。

❷指英王愛德華四世於一五五三年所頒布的宣告，一五六三年後歸併爲三十九條，成爲英國教會的準則。

❸第四條爲「耶穌復活」，說「耶穌的確死而復生……」

他父親非常傷心，安傑看著他，心裡也很難受。

「如果你學了知識不肯用來為上帝增光，我和你母親省吃儉用供你上大學又有什麼用？」他父親又一次說道。

「那就可以用來為人類增光啊，父親。」

安傑若是堅持下去，也許能像兩個哥哥那樣，去上劍橋大學。但是，老牧師認為上劍橋只能作為當爵士的墊腳石，卻是這個家庭的傳統觀念。這個觀念在他頭腦中已經根深柢固，那個敏感的兒子覺得，他若是一味堅持，那就如同侵吞別人委託給自己的錢財一樣，而且對那兩位虔誠的家長也是一種罪過，因為正如父親剛才所說的，為了供三個兒子念書，他們老倆口過去和現在，都不得不省吃儉用。

「那我就不上劍橋啦，」安傑最後說道。「在目前的情況下，我覺得我沒有權利上大學。」

這是一場決定性的爭論，它的效果不久就顯現出來了。他花費許多年，做了些雜亂的研究，紛亂的事情，零亂的思索。他對社會風俗和禮儀，表現得滿不在乎。他越來越鄙視高位厚祿、富貴榮華。就是「名門世家」（這是借用當地一位已故名流喜歡用的字眼），他也覺得索然寡味，除非它的後人立志從善，不斷創新。然而，與他這種苦行生活適成對照的，他有一陣住在倫敦，想見見世面，同時也想在那裡謀個差事，或做點生意，不料讓一個比他大得多的女人迷昏了頭，幾乎不能自拔，不過還算僥倖，他倒逃脫了。沒有因此而墮落。

由於小時候過慣了鄉村的僻靜生活，他對現代城市生活產生了一種無法克制的，幾乎不近情理的厭惡之感，而且在不能從事聖職的情況下，也不能渴求在世俗職業上飛黃騰達。但是，總得做點事情才行，他已經浪費了許多寶貴的年華。他有一個熟人，靠在殖民地經營農業起家，日子過得倒挺風光，安傑心想，這也許能引導他走上正確的方向。從事農業，無論在殖民地，還是在美國，或是在本國——不管怎麼說，通過一段認眞的學徒生活，熱練掌握多種農業技藝，然後再來做這一行——也許這種職業既可以使他衣食豐足，又不至於犧牲他看得比豐衣足食更珍貴的東西——求知的自由。

於是，我們就看見安傑．克萊爾在二十六歲的時候，來到了塔爾勃塞，在這裡學習養牛，由於附近租不到舒適的寓所，他就在牛奶場老板家裡吃住。

他住的屋子是個很大的頂樓，和整個牛奶房一樣長。這頂樓只能從奶酪房的梯子爬上去，已經好長時間關閉不用了，後來他來了，才把它選作他的安身之處。克萊爾住在這裡有的是地方，晚上大家都歇息了，還能時常聽見他來回踱步。屋子的一頭用帷幔隔出一部分，裡面放著床鋪，外面那部分布置簡樸的起居室。

起初，他總是待在樓上，成天看書，要麼就彈彈豎琴。那把舊豎琴，是他趁大拍賣時買下的，遇到心情不好的時候，他就說，將來也許有一天，他得在大街上靠彈琴混飯吃。可是過了不久，他卻更喜歡跑樓下觀察人生，跟老板、老板娘和男工女工們一塊吃飯，這些人組成了生動活潑的一伙，因爲在場裡住宿的人雖然不多，但和老板一家一道進餐的，卻有好幾個。克萊爾在這裡住得越久，對這伙人也就越不那麼反感，因而也就越想和他們在一起。

他萬萬沒想到，他居然喜歡和他們相處了。他在這裡住了幾天之後，他想像中的那種世俗莊稼人的形象——報刊上所描繪的那個可憐巴巴的鄉巴佬霍奇的形象——也就銷聲匿跡了。和他們一接近，就看不到霍奇的影子了。其實，別看他現在和這些朋友來往這麼密切，想當初，剛從一個截然不同的社會脫離開來時，對那裡的一切還記憶猶新，覺得這些人有些不可思議。從一開頭，他覺得和牛奶場的人平起平坐，是一種有失尊嚴的舉動。他們的見解，他們的風尚，他們的環境，好像是倒退了，毫無意義。但是，在那一天一天地住下去，這個目光敏銳的人也就意識到，眼前的世界也有它新奇的一面。雖說客觀條件沒有發生一點變化，但是單調卻被五花八門所取代。老板和老板娘，還有那個顯出了差異。他覺得巴斯卡說得對：「一個人頭腦越敏銳，就越能發現人人都有自己的特性，一般人則分辨不出人與人之間的差異。」❹那個一成不變的人——他們有著多種多樣、迥然不同的心性：有一些是快樂的，有許多是安靜的、少數人感到鬱悶，個別人天資聰明，簡直到了稱得上天才的地步，有一些是愚蠢的，另一些是輕佻的，還有一些嚴肅的；有的是默默不語的密爾頓，有的是鋒芒未露的克倫威爾；他們對於別人都有自己的看法，就像對於自己的朋友那樣；他們也能彼此贊揚，彼此譴責，還能觀察別人的弱點和罪過，並爲之感到開心或難過；他們每個人都有各自的方式，沿著重歸塵土的道路走去。

沒有想到他喜愛起戶外生活了，這不光因爲戶外生活關係到他擬定的生涯，而且由於戶外生活本身以及它所帶來的東西，使他爲之喜愛。如今，文明的人類由於不再相信仁慈的上帝，因而一直被憂鬱所籠罩，而就克萊爾的處境來說，他算是奇異的擺脫了這種憂鬱心情。近幾年來，他第一次能按照自己的心願讀書，不必爲了謀求職業而生塡硬塞，因爲他覺得應該掌握的幾本農業手冊，只占用了他很少的時間。

他和舊日的聯繫漸漸疏遠了，在人生和人性中看到了一些新鮮的東西。此外，對於種種自然現象，諸如各種情調的季節、不同脾性的風、朝與夕、晝與夜，以及樹木、水與薄霧、幽暗與寂靜，和無生之物的聲音，所有這一切，他以爲只是模模糊糊地知道一點，現在卻了

❹巴斯卡（一六二三～一六六二），法國數學家兼哲學家，本句引自他的《沉思錄》一書。

解得清清楚楚。

清晨，天氣還很涼，在吃早飯的大屋子裡生起火，大家覺得倒挺合意。安傑・克萊爾習慣於坐在壁爐旁的凹口處，克里克太太總覺得他太斯文，不能和大伙同桌吃飯，便叫人把他的杯盤和碟子，端到他肘邊的一塊折板上。他對面有一扇又高又寬的直櫺窗戶，光線就從那裡射到他坐的那個角落，再加上從壁爐裡射出一道清冷的藍色光線，所以，他想看書的時候，就可以不費勁地看下去。大家吃飯的桌子，就擺在克萊爾和窗戶中間，一個個嚼飯的側影讓窗玻璃映襯著，顯得輪廓分明。屋子的一側，有一道門通往牛奶房，通過這道門，能看見一溜一溜的長方形鉛桶，盛滿了早晨擠的牛奶。不遠處的一頭，可以瞧見攪奶器正在旋，還能聽到啪嗒啪嗒的響聲——隔著窗戶可以看見，驅動攪乳器的是一匹沒有生氣的馬，由一個小孩趕著，在不停地轉圈子。

黛絲來後的幾天，克萊爾總是坐在那裡，聚精會神地看剛寄來的書、雜誌或樂譜，簡直沒有注意到她出現在飯桌上。黛絲少言寡語，而其他女工總是喋喋不休，所以，從她們的唧唧喳喳中，克萊爾聽不出有一個新的聲音。而且，他有一個習慣，對外界事物只注重總體印象，不理會細枝末節。然而有一天，他正在熟記一段樂譜，並且憑藉想像力，在腦子裡傾聽這段樂曲，這時他出起神來，樂譜掉到了壁爐邊。當時，早飯已經燒好了，水也燒開了，他往爐火裡瞧了瞧，只見頂上還有一根火苗在垂死地旋悠著，彷彿是合著他心裡的曲調而跳動。他還看著懸在鉤梁下的兩個掛壺的鉤子，上面的灰網也好像在合著同樣的曲調顫動，同時又看了看那只半空著的水壺，它也跟著咕嘟咕嘟地伴奏著。飯桌上的談話聲和他幻覺中的合奏曲融合在一起，他不由得心想：「這些女工裡，有一個人的嗓子真悅耳。我想這是新來的那一個。」

克萊爾回頭看了看她，見她正和大伙坐在一起。她卻沒有朝他看。說實在的，他老是沈默不語，大伙幾乎忘記了屋裡還有他這個人。

「我不知道有沒有鬼，」她在說道，「不過我知道，我們活著的時候，倒能讓靈魂離開自己的軀體。」

老板向她轉過身，只見他嘴裡塞滿食物，兩眼帶著鄭重其事的探詢神氣望著她，手裡的大刀和大叉子（這裡的早餐是名符其實的早餐）直豎在桌子上，彷彿在著手搭絞架似的。

「什麼？眞的嗎？這話當眞嗎，姑娘？」

「要感受靈魂離開軀體，」黛絲接著說，「最容易的辦法就是晚上躺在草地上，眼睛直盯著天上一顆又大又亮的星星。你要是一心一意地盯著它，馬上就會發現，你已經離開你的軀體成千上萬英里了，你好像壓根兒不想出這種事兒。」

老板把緊盯著黛絲的目光移開，又盯住了他太太。

「喂，克里斯蒂娜，你說怪不怪？想想看，這三十年來，我談情說愛，作買賣，請大夫，找護士，在滿天星斗的夜晚不知走了多少錢，還從沒想到會有這種事，也從沒覺著我的魂兒離開過身子，連離開襯衣領子一英寸的時候都沒有。」

在場的人，包括老板的徒弟在內，都把目光投向黛絲，黛絲不由得臉紅起來，連忙含糊其詞地說道，那不過是一種幻覺，隨即又吃起飯來。

克萊爾繼續注視她。她一會就把飯吃完了，因爲察覺克萊爾在瞅著她，便用食指在台布上劃起虛構的圖案來。她覺得很不自在，好像一頭家畜知道有人在盯著它似的。

「那個擠奶女工眞是個大自然的女兒，多麼嬌豔，多麼純潔呀！」克萊爾自言自語。

這時，他似乎覺得她有點面熟，把他帶回到快樂無慮的昔日時光，那時他不用思慮重重，不會覺得天都發灰。他斷定以前見過她，但是說不上在哪裡見過。一定是在鄉下遊逛時偶然遇見的，他對此並不感到很好奇。但是，在當前的情況下，他若是想要仔細思量一下身邊的女性，就會拋開別的漂亮女工，而選中黛絲。

第十九章

一般說來，擠奶工總是碰到哪條牛，就擠那條牛，不講喜好，也不挑揀。但是，有些牛卻特別喜歡某些人的兩隻手，有時候，偏愛到了極點，除非遇到自己喜歡的人，否則就不肯老老實實地站著，若是遇到生手，就毫不客氣地把奶桶踢翻。

克里克老板規定，一定要通過不斷更換，來打破這種喜好和嫌惡，要不然，遇到哪個擠奶工離開牛奶場，他可就沒辦法了。然而，女工們都有自己的算計，與老板的規矩恰好相反，因為每個女工每天挑選八條或十條自己擠慣了奶牛，擠起來就會十分順手，省勁了。

黛絲也和伙伴們一樣，不久就發現哪幾條牛喜歡她擠奶的方式，近兩三年來，她由於時常待在家裡，手指變得嬌嫩起來，因而這方面，她倒很樂意去迎合奶牛的意願。全場九十五條奶牛中，特別有八條——胖墩兒、花花、高高、霧霧、老美、少美、潔潔、洪亮——儘管其中各別牛的奶子猶如胡蘿蔔一般硬，它們特別願意讓黛絲擠，因此黛絲擠這幾頭牛，只要手指輕輕觸摸就行。不過，她明白老板的意願，盡量憑良心做事，除了那些最難擠的，她還應付不了之外，總是碰到哪條就擠哪條。

但是，過了不久她就發現，那些奶牛排列的次序，外表上看來好像是湊巧，卻總和她的期望不謀而合，眞是太蹊蹺了。後來她覺得，這種排列決不會有出於偶然的結果。最近以來，老板的徒弟總幫著把牛趕到一起，到了第五、六次，黛絲把頭靠在牛肚子上，兩眼含著狡黠審訊的神色，轉向克萊爾。

「克萊爾先生——這些牛是你排列的！」她紅著臉說道。她發出這番責怪時，上嘴唇不由自主地輕輕往上一翹，因此露出了牙齒尖兒，不過下唇還是一動也沒動。

「哦——這沒關係，」克萊爾說。「你要一直在這兒擠下去的。」

「你這樣認爲嗎？我倒眞希望能這樣！不過也難說。」

事後，她生起自己的氣來，覺得他不知道她所以喜歡這個偏僻的地方，有她重要的原因，因而會誤解她的意思。她對他說話的時候，語氣那麼熱切，好像他待在這裡，在某種意義上，是她願意待下去的一個因素。她憂慮重重，黃昏時分，擠完奶以後她一個人在園子走來走去，還在後悔不該向他透露她看出了他的照顧。

這是六月間一個典型的夏季黃昏，大氣一片清幽平靜，特別富於傳感性能，那些沒有生命的東西也彷彿有了感官，即便不能說有五種，至少也有三種。遠處和近處沒有了區別，凡是地平線以內的東西，聽起來都像近在眼前。四下寂然無聲。黛絲覺得，這本身就是一個積極的實體，而並非只是聲音的消失。這時，寂靜忽然被琴聲打破了。

以前，黛絲也聽見她上面的頂樓裡發出過這種樂聲。不過，因爲有牆阻隔，聽起來又模糊，又低沈，她從沒像現在覺得這樣動聽。樂曲在寂靜的空氣裡蕩漾，帶有一種純樸無華的音質，給人一種赤裸裸的感覺。說實話，樂器並不算好，彈得也不高明，但一切都是相對的，黛絲聽著聽著，就像著了迷的小鳥，待在那裡走不開了。非但走不開，反而朝彈奏的人慢慢走去，不過一直躲在樹籬後面，免得讓他猜出她在那裡。

黛絲發現自己來到了園子的邊緣，這裡已經多年沒有整治了，如今一片潮濕，長滿了雜草。有些多汁的野草，用手一碰，就騰起一團團薄霧般的花粉。還有些梗長花茂的雜草，散發出一股股刺鼻的氣味，它們那紅、黃、紫的顏色，構成了一幅多彩圖，如同人工培植的鮮花一樣絢麗。她像一隻貓似的，悄悄穿過這片繁茂的雜草，裙子上沾上了沫蟬的泡沫，腳底下踩碎了蝸牛殼，兩手染上了薊汁和鼻涕蟲的粘液，裸露的胳膊也抹上了粘糊糊的樹黴，這玩意在蘋果樹幹上雖是雪白的，但在她的皮膚上卻留下紅色的斑點。就這樣，她走到了離克萊爾很近的地方，不過還沒有讓他發現。

黛絲既意識不到時間，也意識不到空間了。她以前所講的那種由凝望星星而能隨意產生的如醉如痴，現在她也沒有刻意追求，卻倒出現了。她在隨著舊豎琴的細弱曲調激蕩起伏，和諧的旋律像清風一般沁入她的心田，使她眼裡滾出了淚珠。飄揚的花粉彷彿是他的樂曲演化成的有形之物，花園裡的濕氣好像是花園受了感動而在哭泣。雖然夜幕即將降臨，那氣味難聞的野花卻大放異彩，彷彿矢志不肯閉合，顏色的波浪和聲音的波浪融合在一起。

這時候，還在閃耀的亮光，大半是從西邊雲彩中的一個大窟窿裡透出來的；它好像是一片白晝被偶然留存下來，因爲別的地方都是暮色蒼茫了。克萊爾彈完了他那支淒愴的曲子，這本是一支非常簡單的樂曲，並不需要高超的技能。黛絲等待著，心想他會再彈一支。但是，克萊爾已經彈倦了，便信步繞過樹籬，朝黛絲後面走來。黛絲滿臉像火燒一般，偷偷摸摸地溜開了，好像壓根兒就沒動彈似的。

但是，安傑卻看見了她那身輕薄的夏服，便開口說話了。儘管他離她還相當遠，但他那低沈的聲音卻傳到了她的耳朵裡。

「黛絲，你怎能就這樣躲開了？」他說。「你害怕嗎？」

「哦，不，先生……我不害怕戶外的東西，特別是眼前，蘋果花四處飛舞，萬物一片青翠。」

「那你害怕室內的東西啦？」

「嗯——是的，先生。」
「怕什麼呢？」
「我也說不上來。」
「怕牛奶變酸？」
「不是。」
「怕活在世上？」
「是的，先生。」
「啊——我也是的，常常害怕。活在世上真叫人進退兩難，可不是鬧著玩的，你不這樣覺得嗎？」
「經你這麼一說，我也覺得是這樣。」
「不過，我眞沒想到，像你這麼年輕的姑娘，卻這麼早就抱有這樣的看法。你怎麼會有這種看法的？」
黛絲躊躇不語。
「說吧，黛絲，相信我，給我講講心事。」
黛絲以爲他想問她是怎樣認識事物的面目的，便羞怯地回答說：
「樹木都長著好奇的眼睛，對吧？我是說，好像長著眼睛。河水也說：『你爲什麼拿你的目光來煩擾我？』你好像能看到好多好多個明天，全都排成一行，頭一個最大，也最清楚，其餘的離你越遠，也就來得越小。但是，它們全都顯得非常凶惡，非常殘忍，彷彿在說：『我來啦！當心我吧！當心我吧！』……可是你，先生，能用音樂喚起夢境，驅走這種可怕的幻覺！」

克萊爾驚奇地發現，這個年輕女人——她雖然只不過是個擠奶女工，卻恰恰就有那麼一點奇異的地方，可以叫她同屋的人對她妒羨不已——竟會這麼多愁善感，想入非非。她是用她家鄉的字眼，再加上小學六年正規教育學來的一些字眼，來表達自己的心情；這些心情，幾乎可以稱作時代的心情——現代主義的創痛。他本來倒還注重這一認識，但是轉念一想，那些所謂的先進思想，其實大半都是這趕時髦的定義——是用「學說」、「主義」之類的字眼，更精確地表達多少世紀以來男男女女們隱約體驗到的心情。一想到這裡，他就不那麼在意了。但是，黛絲還這麼年輕，就有這樣的看法，仍然讓人感到奇怪。不僅奇怪，而且令人感動，令人關切，令人哀憐。他猜不透其中的原委，也就無從想到，經驗不在年齡的大小，而在閱歷的深淺。黛絲過去肉體上一時所受的蹂躪，給她帶來了現在精神上的收穫。

說到黛絲，她也無法理解，一個出身牧師家庭、受過良好教育、物質生活並不匱乏的人，居然會把活在世上看作一種不幸。像她這種東飄西蕩的苦命人，倒還有充分理由這樣看。但是，這位令人愛慕、富有詩意的人，怎麼也會陷入恥辱之谷❶，怎麼也會像她兩三年前那樣，產生了烏斯人❷的那種感覺：「我寧願上吊，寧願死去，也不願活著。我厭惡生命，不願永遠活著。」❸

不錯，克萊爾目前是脫離了他的階級。但是她知道，那就像彼得大帝下造船一樣，只是想學點想要掌握的知識。他所以擠牛奶並不是因為他非得要擠，而是因為他在學本領，好做

---

❶恥辱之谷：語出班揚（一六二八—一六八八）的《天路歷程》第一部。
❷烏斯人，指《聖經》中的約伯。
❸這段話引自《聖經．舊約．約伯記》第七章。

一個財源茂盛、家道興旺的牛奶場老板、地主、農業家和畜業家。他要成爲美國或澳洲的亞伯拉罕，像君主一樣統領他的牛群和羊群，他那些斑點、有環紋的牛羊，以及他的男僕和女僕❹。但是，有思想的青年，怎麼不像他父親和哥哥那樣去當牧師，卻偏要存心做莊稼人。

由此可見，這兩個人都沒抓住解開對方秘密的線索，所以對彼此透露的情況，都感到莫名其妙。他們也不想去探究對方的底細，只是等待進一步了解對方的性情和脾氣。

每一天，每個鐘頭，克萊爾都會多了解一點黛絲的性情，黛絲也會多了解一點克萊爾的性情。黛絲力圖過一種受壓抑的生活，但她壓根兒猜不透，她有多麼強大的生命力。

起初，黛絲好像並不把安傑．克萊爾當作一個凡人，而是把他看成智慧的化身。她就以這樣的目光，拿克萊爾和她自己比較，每逢發現他那樣淵博，那樣聰明，而她自己卻智力平庸，和他那高不可測的安第斯般的智力相比，差距是那樣大，她覺得十分沮喪，十分氣餒，說什麼也不想再做努力了。

有一天，克萊爾無意中向她提到古希臘的田園生活，看出了她的沮喪情緒。他說話的時候，黛絲正從土坡上採集一種名叫〈老爺與夫人〉的花蕾❺。

「你怎麼一下子變得愁眉苦臉啦？」克萊爾問道。

「哦——我只是——想起了我自己，」黛絲說道，微微發出一聲苦笑，同時煩躁地剝起

❹亞伯拉罕，係希伯來人的始祖，虔信上帝，牛羊成群。見《聖經．舊約．創世紀》第二十五章。

❺〈老爺與夫人〉，花草名，又稱斑葉阿若姆，或延齡草，其花肉穗有深色、淺色之分，深者稱作〈老爺〉，淺者爲〈夫人〉。

一支〈夫人〉花蕾。「只是想起我自己可能會怎麼樣！我的生命好像因爲缺少機會，而白白地浪費掉了！我見你知道那麼多東西，念過那麼多書，見過那麼多世面，想過那麼多道理，就覺得我這個人多麼微不足道！我就像《聖經》裡那個可憐的示巴女王，簡直是一點精神也沒有！」❻

「哎呀，你別爲這個自尋煩惱啦！你瞧，」克萊爾頗爲熱心地說道，「親愛的黛絲，我非常樂意幫助你學點歷史，或是念點你想念的任何東西……」

「又是一個〈夫人〉，」黛絲插嘴說，一面舉起她剝開了的花蕾。

「什麼？」

「我是說，你剝起這些花蕾來，總是〈夫人〉比〈老爺〉多。」

「別管什麼〈老爺〉〈夫人〉啦。你想不想學一門什麼課，比如說歷史？」

「有時候，我覺得，有點歷史知識就夠了，我不想知道更多的了。」

「爲什麼？」

「因爲我就是知道了我只是一長串人中的一個，發現在一本舊書裡，有一個和我一樣的人，我只不過要把她的角色重演一遍，這有什麼用呢？只會讓我難過，沒有別的。最好是別去想：你的天性和你過去的所作所爲，就和成千上萬的人一個樣，也別去想：你將來的命運和要做的事，也要和成千上萬的人一個樣。」

「什麼，那你當眞什麼都不想學了嗎？」

❻《聖經・舊約・列王記上》第十章上說，示巴女王想難倒所羅門，向他提了許多問題，不想所羅門全都答了上來，示巴女王詫異得「一點精神也沒有」。

「我倒想知道，太陽爲什麼對好人和歹人一樣地照耀❼？」黛絲答道，聲音有點顫抖。

「不過，這是書本上學不到的。」

「黛絲，快別這樣氣惱啦！」當然，克萊爾是出於傳統的責任感，才講這句話的，因爲他以前也不是沒有這樣的疑問。他望著黛絲那沒有實際經驗的嘴和嘴唇，心裡在想，這麼一個鄉下姑娘，一定是糊里糊塗受了別人的影響，才產生這股情緒的。她仍舊剝著〈老爺和夫人〉花蕾，只見她垂著眼簾，波紋似的睫毛也垂在柔潤的臉頰上，克萊爾打量了她一會，然後戀戀不捨地走開了。他走了以後，黛絲又站了一會，滿腹心事地剝開最後一個花蕾。接著，她又從遐思中驚醒過來，很不耐煩的把這一朵以及其他的〈老爺和夫人〉花蕾，全都扔到了地上，對自己的愚蠢舉止生起氣來，同時又覺得心裡春意蕩漾。

克萊爾一定覺得她愚蠢極啦！她一心想博得他的好感，便想起她近來力圖忘記的事情，就是她們家和德伯維爾騎士世家一脈相承這件事，儘管事情的後果是那樣令人不快。雖說這是個毫無益處的關係，且發現後給她帶來了種種災難，但是，克萊爾先生既然是個上等人，又是研究歷史的，他要是知道金斯比爾教堂的波倍克石和大理石塑像眞正代表她的嫡系祖先，知道她不像特蘭嶺那些人那樣，是一個集金錢和野心於一身的冒牌的德伯維爾，而是個地地道道的德伯維爾，那麼，他也許就會忘記她那剝花蕾的幼稚舉動，而對她肅然起敬。

但是，在貿然泄露了這一秘密之前，猶豫不決的黛絲繞了個彎子，先去詢問老板：克萊爾先生是否敬重失去了錢財和地產的老門戶，以便探明這件事對他可能產生影響。

❼《聖經・新約・馬太福音》第五章第四十五節說：「……他叫日頭照好人，也照歹人，降雨給義人，也給不義的人。」

「克萊爾先生，」老板強調說，「思想怪得很，你很少見到這樣心懷異志的人，一點也不像家裡的人。要是說有什麼東西最叫他討厭，那就是所謂的老門戶（即名門貴族）了。他常說，老門戶過去輝煌過了，如今早已傷盡了元氣，這是很有道理的。以前，這兒有比列特家、德林哈德蒙、格雷家、聖昆丁家、哈迪家、古爾德家，這座山谷裡好多英里長的地產，都歸他們所有，可眼下你只要花一點點錢，就能把這些地全買下來。你知道吧，咱們這位小蕾蒂・普里德爾，就是帕里德爾家的後代——這可是個老門戶，金斯欣托克一帶的好多土地本來都是他們家的，如今都歸威塞克斯伯爵了。可在從前，誰也沒聽說過威塞克斯伯爵那個人，也沒聽說過他那個家。唉，克萊爾先生知道了這件事以後，把那可憐的姑娘嘲弄了好幾天。『嗨！』他對她說，『你一輩子也當不成一個稱職的擠奶工！你們家的本領，不知在多少輩子以前，就在巴勒斯坦使完了，還得休整一千年，才能緩過勁來，再幹一番事業！』……前幾天，有個小伙子來這兒找活幹，說他名字叫馬特，我們問他姓什麼，他說他從沒聽說他有什麼姓，我們問他爲什麼沒有，他說大概是因爲他們家資歷不深。『啊——你就是我想要的人！』克萊爾先生忽地跳起來，拉著他的手說道。『我看你很有出息。』說罷，給了他半個克朗。唉！他壓根兒容不得老門戶。」

黛絲聽老板滑稽地陳述了克萊爾的看法之後，倒慶幸自己沒有因爲一時脆弱，而透露自己的家世——雖然她們家異常古老，差不多已是周而復始，又形成了一個新的家族。此外，就門戶而言，還有一個擠奶女工似乎與她不相上下。因此，她閉口不提德伯維爾家的墓穴，以及那個與她同姓、跟隨征服者來到英國的騎士。了解了克萊爾的性格之後，她覺得她之所以受到他的青睞，多半是因爲他誤認她出身於一個並非世家的新門戶。

第二十章

時光流轉，又到了鳥語花香的季節。一年一度的花、葉、夜鶯、畫眉、燕雀，以及諸如此類的短促生物，又出現在各自的地盤上，而僅僅一年前，它們只不過是些胚芽和微小的無生物，占據那些地盤的還是另外一些東西。朝陽射出的光線，催生出一支支幼芽嫩蕾，使其舒展成一根根長莖，滋養起一股股液汁，無聲無息地湧動著，綻開一朵朵花瓣，在無形無蹤的呼吸中散發著芳香。

克里克的男女擠奶工們，都過得舒舒服服，平平靜靜，甚至快快樂樂。在社會各階層中，他們的地位也許是最快活的，因爲往下比，他們不愁吃，也不愁穿；往上比，他們不用因爲拘泥禮儀，而抑制天然的情感，也不用因爲追逐俗不可耐的時尚，而不能知足常樂。

在綠葉蔽蔭的時節，栽培樹木彷彿是人們在戶外唯一要做的事情，可是眼前，這個時節就這樣過去了。黛絲和克萊爾不知不覺地相互審視著，總是在情感的邊緣搖搖欲墜，卻又分明不肯墜入情網。由於受到一種不可抗拒的力量的驅使，他們一直在往一起聚攏，就像一條山谷裡的兩道溪水一樣。

近幾年來，黛絲從沒像現在這樣快活，也許以後再也不會這麼快活了。原因之一，她在身體和精神上，非常適合這新的環境。她像一棵小樹，在它播種的地方，把根紮在含有毒質的土壤層，現在已被移植到肥沃的土壤裡。另外，她和克萊爾還處在喜歡和愛戀之間懸而未決的地帶，還沒達到情意綿綿的境界，也沒引起前思後想，局促不安地盤算：「這股新潮要把我帶到何處？對我的未來有什麼影響？對我的過去意味著什麼？」

對於安傑．克萊爾來說，黛絲完全是個偶爾出現的現象——一個令人溫暖的玫瑰色幻影，剛剛有了持續留在他腦際的意味。因此，他就允許她盤踞在他的心頭，覺得他所以這樣關注她，只不過像是一個哲學家，在注視一個極其新異、極其嬌豔，極其有趣的女性。

他們不斷地見面，這是情不自禁的。他們每天都在那個奇異莊嚴的時刻——黎明時分，相會在紫羅蘭色或粉紅色的晨曦之中；因爲在這裡，必須很早很早就起床。一大早就要擠牛奶，而在擠牛奶之前，還得撇奶油，這在清晨三點多一點就得動手。通常，擠奶工中每天要指定一個人，先被鬧鐘驚醒，然後喚醒大家。

黛絲既然是新來的，而且大家很快發現，她這個人比較靠得住，不會像別人那樣睡得連鬧鐘都聽不見，於是，這個差事派給她的時候最多。鐘剛打三點，鬧鐘一響，她就離開自己的屋子，先跑到老板門口，再登上梯子，來到克萊爾門前，抬高嗓門悄聲地呼喊他，然後叫醒她的女伴。等黛絲穿好衣服，克萊爾已經下了樓，來到外面潮濕的空氣中。其中女工和老板總要在枕頭上再賴一陣子之後才會露面。

黎明時分和黃昏時分，天都是灰濛濛的，儘管它們的陰暗程度可能差不多，但那半明半暗的朦朧色調卻不相同。在朦朧的晨曦中，似乎光亮是活躍的，黑暗是沈寂的；而在朦朧的暮色中，黑暗卻是活躍的，並在漸漸加深，光亮反而在昏昏欲睡。

他們倆往往是牛奶場裡起得最早的兩個人——大概並非每次都是湊巧，因此他們便覺得，他們就是全世界起得最早的人。黛絲剛到這裡那些天，不撇奶油，一起床就到外面去，克萊爾總在外面等著她。空曠的草地上，瀰漫著一片幽渺凄迷，半明半暗的曉光霧氣，使他們產生一種孤零零的感覺，彷彿他們就是亞當和夏娃。在這一天開始的朦朧時分，克萊爾覺得，黛絲在氣質和體貌上都顯出一種高貴和巍峨，儼然像個女王。這也許是因爲他知道，在這異乎尋常的時刻，像黛絲這樣儀容娟秀的女子，誰也不會在他視野之內的露天裡走動，整個英國都極其少見。在仲夏的黎明，漂亮的女人都還睡得正香呢。眼下，黛絲就在他跟前，其他的人一個也看不見。

他們就在這種明暗混合的奇特光景裡，一同走向母牛臥伏的地方；這副光景，常使克萊爾想起耶穌復活的時刻。他絲毫沒有想到，那個麥大拉女人會在他身邊❶。當一切景物都籠罩在一片灰濛之中的時候，他的同伴的面龐便成了注目的中心；這張臉升騰在一層霧氣之上，彷彿抹上了一層磷光。她看上去飄飄渺渺的，彷彿只是一個四處遊蕩的幽靈。事實上，只是東北方的清冷晨光映到了她臉上，不過表面上看不出來罷了；而克萊爾的面龐，儘管他自己毫無察覺，但在黛絲看來，也是一個模樣。

先前已經說過，這在這種時候，黛絲給他的印象最深。她不再是擠奶女工了，而是一個虛幻的女性化身——是從全體女性裡化煉出來的一個典型罷。他半開玩笑地叫她阿蒂蜜斯或狄蜜特❷，以及另一些奇異古怪的名字，不過黛絲並不喜歡，因爲她摸不透意思。

「還是叫我黛絲吧，」黛絲不領情地說道，克萊爾也就照辦了。

這時，天色更亮了，黛絲的面目純粹成了女人的了，由賜福的女神變爲求福的凡人。

在這種迴異人世的時刻，他們可以走到離水鳥很近的地方。大膽的蒼鷺發出嘎嘎的高

❶《聖經．新約．馬太福音》中說，麥大拉的瑪麗亞在一個清晨看見耶穌復活。又歷來相傳，麥大拉的瑪麗亞原是個妓女，後因信仰而歸正。
❷阿蒂蜜斯，希臘神話中的月亮和狩獵女神；狄蜜特，希臘神話中的穀物女神。

嗚，猶如一陣開門開窗的聲音，從草場旁邊棲身的樹叢中飛了出來；或者，若是就飛出來了，就毅然立在水中，平伸著脖子，就像是由發條驅動的玩偶一般，不動聲色地緩緩轉動著腦袋，看著這對情侶從旁邊走過。

這時，他們能看到一層一層的稀薄的夏霧，像羊毛似的，平平展展，顯然還沒有床罩那麼厚，一小簇一小簇地鋪展在草地上。在沾滿白露的草地上，留下了奶牛臥著過夜的痕跡——在露水的大海中，形成一個個由乾草築成的，和牛身一般大小的深綠色島嶼。從每一個綠島那裡，伸出一道蜿蜒曲折的蹤跡，這是奶牛爬起來到別處吃草時留下來的，順著蹤跡走到盡頭，就能找到一條牛。牛認出來是他們，就會從鼻孔裡呼呼地噴出一股熱氣，在一大片薄霧中，構成一小團較濃的霧氣。這時，他們或者把牛趕到場院裡，或者就坐在那裡擠奶，看情況而定。

有時，夏霧四處瀰漫，草地就像一片白茫茫的大海，裡面露出一些零零落落的樹木，就像是危險的礁石。鳥兒穿過霧氣，飛到上方的亮光中，懸在半空中曬太陽；要麼就落在把草地隔成一塊塊、眼下就像玻璃棒一樣閃亮的濕欄杆上。黛絲的眼睫毛上，掛滿了由霧氣凝成的細小水珠，頭髮上也掛滿了像小珍珠般的水珠。等日光變得強烈而尋常起來，這些水珠便都消逝了，黛絲也就失去了那奇異超凡的美麗；她的牙齒、嘴唇、眼睛又在日光中閃爍，她又只不過是一個豔麗多姿的擠奶女工，不得不與世上別的女人奮力抗爭。

大約這個時候，他們就會聽見克里克老板的聲音，責怪那些住在場外的擠奶工人來得太晚，訓斥老德博拉．法因德沒有洗手。

「看在老天爺的面上，德布，快把你的手放在水泵下面洗一洗吧！天哪，要是倫敦人曉得你這副邋遢相，他們喝起牛奶吃起黃油來，不更加仔細才怪呢。這可了不得呀。」

黛絲、克萊爾以及其他人都擠起奶來，直到大家聽見克里克太太在廚房裡，把沈重的飯桌從靠牆的地方拉出來，這是每頓飯必不可少的前奏。飯後，桌子收拾乾淨，又伴隨著同樣刺耳的聲響，把桌子推回原處。

第二十一章

剛吃過早飯，牛奶房裡就亂哄哄地鬧開了。攪乳器還在照常運轉，但卻攪不出黃油來。每當出現這種情況，牛奶場便癱瘓了。大圓筒裡的牛奶在唏哩咕嚕咕嚕地響，可始終沒出現大家期待的那種聲音。

克里克老板和老板娘，住在場裡的女工黛絲、瑪麗安、雷蒂·普里德爾、伊茲·休特，住在場外農舍裡的已婚女工，還有克萊爾先生、喬納森·凱爾、老德博拉，以及其他男工，都站在旁邊束手無策地盯著攪乳器，外面趕馬的小伙計把眼睛瞪得像月亮一般圓，表明他知道事情不妙。就連那頭沒精打采的馬，每次繞圈走到窗戶跟前時，總要帶著絕望的神情，往裡面窺視一下。

「我有好些年頭沒上埃格敦去找特倫德爾巫師的兒子了——好些年頭啦！」老板苦楚地說道。「他比他爹可差遠了。我不知道說過多少回，我不相信他。儘管他眞的給人家看尿治病，我還是不相信他。不過，要是他還健在，我還非得去找他了。是啊，要是老這樣下去，我非得去找他不可！」

見老板這副焦頭爛額的樣子，連克萊爾先生也覺得心酸。

「我小時候，卡斯特橋那一邊有個福爾巫師，人家都管他叫『大團子』，倒是個很不賴的人，」喬納森·凱爾說道。「不過，如今早成了枯木朽株了。」

「我爺爺過去常去找明特恩巫師，他住在貓頭室，聽我爺爺說，他這個人靈得很，」克里克先生接著說道。「不過，如今見不到這種眞有本事的人了！」

克里克太太可沒有離題那麼遠。

「也許牛奶房裡有人談上戀愛了吧？」她用試探的口氣說道。「我年輕的時候聽人說，碰到談戀愛的事，就攪不出黃油來。嗨，克里克——你還記得吧，前些年咱們這兒有個姑娘，那回攪不出黃油來，就因爲——」

「啊，記得，記得——不過你說的可不是眞情。那回攪不出黃油來，跟談戀愛一點也沒關係。我記得清清楚楚，那回是攪乳器壞了。」

他把臉轉向克萊爾。

「先生，咱們這兒以前有個擠奶的伙計，名叫杰克・多洛普，眞是個婊子養的，在梅爾斯托克向一個大女孩求愛，後來又騙了人家，他以前就騙過不少閨女。不過，這一回他可遇到一個不好惹的了，可並不是閨女一個。有一天，正好是聖禮拜四❶，我們大伙都在這兒，就像眼下一樣。只不過那天沒攪黃油。這時候，我看見那女孩她娘走到門口，手裡抓著一把大傘，傘把是用銅鑲的，能打死一頭牛。她邊走邊叫：『杰克・多洛普在這兒幹活嗎？我要找他！我要叫他知道，我是要跟他算帳！』跟杰克相好的那個閨女，就跟在她娘後面，拿手絹捂著臉，哭得好傷心哪。『天哪，這下可糟啦！』杰克朝窗外看見了她們，說道。『她非要我的命不可！我可往哪兒躲——往哪兒躲呀？別告訴她我在這兒！』說著就打開活板，鑽到攪乳機裡躲起來了。就在這當口，那女孩她娘闖進了牛奶房。『這個王八蛋——他躲到哪兒去啦？』她說。『只要讓我抓住他，我非撕爛他的臉不可！』她東找西尋，嘴裡把杰克罵

❶聖禮拜四，在基督教中指耶穌升天（復活節後第四十天）。

了個狗血噴頭。杰克躲在攪乳機裡差一點沒憋死。那個可憐的女孩——其實是個小媳婦了——就站在門口，哭得好傷心哪。我啥時候都忘不了，永遠忘不了！就是石頭見了，也會軟化的！不過，那老婆子不管怎麼找，也找不著杰克。」

老板頓住了，聽故事的人議論了一兩句。

克里克老板講故事，往往沒講完就停住了，好像完了似的，不知情的人給蒙住了，還當是眞講完了，就發出幾聲感嘆。不過，他的老朋友們心裡都有數。於是，老板又接著講下去：「唉，我怎麼也弄不明白，那老婆子怎麼會那麼精，一下子讓她猜著了，發現那小子藏在攪乳機裡。她一聲不響地抓住搖柄（當時那機器是用手搖的），就搖了起來，杰克在裡面撲通撲通地滾動。『天哪！別搖啦！放我出去！』杰克伸出頭來說道：『我要給攪成肉醬啦！』（他是個膽小鬼，他這號人多半是膽小鬼）。『你把我清清白白的黃花閨女糟蹋了，我不能白白饒你！』老婆子說道。『快停下機器，你這個老妖精！』那小子尖叫著。『你叫我老妖精，是吧，你這個騙子！』老婆子說道。『這五個月裡，你早該叫我丈母娘啦！』接著，機器又攪起來了，杰克的骨頭又給碰得通通地響。我們誰也沒敢管閑事。最後，杰克只好答應娶那女孩。『眞的——我這回一定說話算數，』他說。那天就這樣收場了。」

這時，聽故事的人都在笑盈盈地議論著，忽然覺得身後有人在急促地走動，回頭一看，只見黛絲臉色蒼白，已經走到門口了。

「今天眞熱呀！」她說道，聲音低得幾乎聽不見。

天氣是有些熱，因此，誰也沒把她的走開和老板講的故事聯繫起來。老板走上前去，替她打開門，親切地打趣說：「喂，姑娘（他常常這樣親昵地稱呼黛絲，卻不知道這是對她的挖苦），你是我場裡最漂亮的女工。眼下剛有點夏天的氣息，你不該搞得這麼疲乏，要是到了三伏天，你在這兒幹不了活了，我們可要抓瞎了，是吧，克萊爾先生？」

「我有點頭暈——我——我想到外面走走就好了，」黛絲苦澀地說道，隨即走出去了。僥倖的是，她剛一出去，旋轉著的攪乳機裡原先唏哩咕嚕的聲音，這時變成明晰的啪噠啪噠的聲音了。「黃油出來了！」克里克太太大聲嚷道，於是，大家也就不再注意黛絲了。

這位心酸的漂亮女子，表面上很快恢復了平靜，但整個下午都感到很沈悶。傍晚擠完牛奶之後，她不想和大伙在一起，便走出門去，隨意逛悠，自己也不知道往哪兒走。她心裡很難受——哦，難受極了，因爲她意識到，在她的伙伴們看來，老板只是講了一個滑稽故事而已；除了她以外，似乎誰都不覺得有什麼可悲的地方；她敢肯定，沒有人知道這件事多麼殘酷地觸動了她人生經歷中的痛處。在她看來，傍晚的太陽現在也很醜陋，好像是天上一大塊紅腫的傷口。只有一隻嗓門沙啞的蘆雀，從河邊的樹叢裡，向她唧唧促促地打招呼，聲音又悲涼又呆板，好像是一個和她絕了交的老朋友發出來的。

在六月間晝長夜短的日子裡，牛奶往往滿桶滿桶地出，早晨擠奶前的活計又多又累，所以，擠奶女工以及場裡的絕大多數人都是太陽一落山，甚至還沒等太陽落山，就都睡覺去了。黛絲通常都和伙伴們一道上樓。可是今天晚上，她卻是頭一個走進了她們共同的寢室，別的姑娘進來的時候，她已經迷迷糊糊地睡著了。她看見她們在夕陽的餘暉中脫掉衣服，滿身灑上了桔黃色的光澤。她又睡過去了，但是她們的說話聲又一次把她吵醒了。她悄悄地轉臉，瞧著她們。

她那三個伙伴還都沒上床。她們穿著睡衣，光著腳丫，擠在窗口，四方夕陽紅彤彤的餘暉，依然烘著她們的臉膛、脖子和周圍的牆。她們都在興致勃勃地望著庭園裡的一個人，三張臉盤緊緊地湊在一起：一張是喜洋洋的圓臉，一張是配著黑髮的蒼白的臉，一張是配著赭色頭髮的白皙的臉。

「別擠呀——你跟我一樣，也能看得見嘛，」那個年紀最小、長得赭色頭髮的雷蒂姑娘說道，眼睛不肯離開窗口。

「雷蒂・普里德爾，你跟我一樣，愛他也是白搭，」那個年紀最大，臉上喜洋洋的瑪麗安狡黠地說道。「他心裡想的可不是你這樣的臉蛋兒！」

雷蒂還在張望，那兩個人又瞧了瞧。

「他又過來了！」臉色蒼白、頭髮又黑又潮、嘴唇線條分明的伊茲・休特嚷道。

「你什麼也不必說了，伊茲，」雷蒂答道。「我瞧見你親他的影子啦。」

「你瞧見他幹什麼來著？」瑪麗安問道。

「嗯——有一回，他站在盛乳水的大桶旁邊放乳水，他臉的影子落在他身後的牆上，伊茲就在跟前，站在那兒裝桶。她把嘴湊到牆上，去親他嘴巴的影子。我看見她了，不過他可沒看見。」

「哦，伊茲・休特！」瑪麗安說道。

伊茲・休特的臉頰中央，立刻泛起一朵紅暈。

「嗨——這也沒有什麼不好的，」伊茲故作鎮定說道。「就算我愛他吧，可雷蒂也愛他呀。還有你，瑪麗安，你也愛他呀。」

瑪麗安的圓臉本來就總是紅紅的，這下也不能再紅到哪裡去了。

「我！」她說，「你真會瞎說呀！……啊，他又過來了！……可愛的眼睛——可愛的臉蛋——可愛的克萊爾先生！」

「瞧——你這是不打自招！」

「你也是——咱們都不打自招啦，」瑪麗安全然不管別人怎麼講，直截了當地說道。「咱們三個人還要你瞞我，我瞞你，那也太傻了，只要不對外人說就行了。我巴不得明天就嫁給他！」

「我也是啊——比你還心切，」伊茲·休特喃喃地說道。

「我也是，」比較靦腆的雷蒂小聲說道。

那位旁聽者心裡熱騰起來。

「咱們不能都嫁給他呀，」伊茲說道。

「咱們誰也別想嫁給他，這就更糟，」年紀最大的瑪麗安說。「瞧，他又過來了！」

三個人悄悄地送給他一個飛吻。

「爲什麼？」雷蒂急忙問道。

「因爲他最喜歡黛絲·德貝菲爾，」瑪麗安壓低聲音說道。「我每天都留神觀察他，發現了這個情況。」

大家都沈思不語了。

「可黛絲並不喜歡他吧？」最後，雷蒂輕聲說道。

「是呀——我有時也是這麼想的。」

「不過，咱們也都太傻了！」伊茲·休特不耐煩地說道。「他當然不會娶咱們當中的任何人，也不會娶黛絲。人家是紳士的兒子，眼看要到國外當大地主、大農場主了，哪會娶咱們這種人！要說一年給咱們幾個錢，雇咱們去做工，那還差不多！」

這個嘆氣，那個嘆氣，瑪麗安長得胖乎乎的，嘆起氣來比誰都重。就在近旁，床上有個人也在嘆氣。那個年紀最小、長著紅頭髮的漂亮姑娘雷蒂·普里德爾，眼裡還淚汪汪的。她可是帕里德爾家最後的一棵苗，這家人在郡誌上占有重要的地位。她們又悄悄看了一會，三張臉還像先前那樣擠在一塊，三種頭髮的顏色交織在一起。不過，克萊爾先生對此一無所知，他走進了屋裡，她們再也看不見他了。這時，天色越來越暗了，她們只好爬上了床。過了一會，她們聽見他上了梯子，往自己房裡去了。瑪麗安很快就打起呼來，但是伊茲卻久久不能忘懷入睡，而雷蒂．普里德爾是哭著睡著的。

即使在這時，那個比她們更加情深意濃的黛絲，還是根本無法入睡。剛才這場談話，是她這一天不得不吞下的又一丸苦藥。她心裡沒有一丁點妒意。說實在的，她知道自己更討他喜歡。比起那三個人來，她身材更美，文化更高，雖說除了雷蒂就數她最小，但他比那另外兩個人更有女人味，因而她知道，她只需要稍加用心，就能抓住安傑．克萊爾的那顆心，戰勝她那幾個耿直的伙伴。不過，有一個嚴重的問題；她該不該這樣做？當然，就婚姻而言，她們誰都沒有一絲希望；但是，若是說她們裡面有一個人，或者說已經一個人，能引起他一時的迷戀，能在他待在這裡的時候，享受到他的殷勤，那倒是有可能的。這種不相配的戀愛，以前也有成爲眷屬的；況且她聽克里克太太說過，克萊爾先生有一天笑呵呵地問她，他將來要在殖民地占有成千成萬的英畝的牧場，要養牛養羊，那他娶一個姣好美麗的闊小姐，又有什麼用處？對他來說，只有娶個莊稼人的女兒作太太，才比較合乎情理。不過，不管克萊爾先生說的是正經話，還是講著玩的，既然她決不會昧著良心讓任何男人娶她了，既然她虔誠地下定決心永不嫁人了，那她幹嗎要趁克萊爾先生待在塔爾勃塞的時候，爲了得到他的青睞，享受他一時的溫存，而要把他從別的女人那裡拽走呢？

第二十二章

第二天早晨，她們都打著呵欠下了樓。不過，她們還照常撇了奶油，擠了牛奶，然後進屋吃早飯。剛走進去，就見克里克老板在屋裡直跺腳。原來，他接到一個主顧的一封信，說他的黃油有一股怪味。

「天哪，眞有股怪味！」老板左手拿著一塊木片，木片上沾著一塊黃油，嘴裡說道。「沒錯——你們自個來嘗嘗！」

有好幾個人都湊到身邊。克萊爾先生嘗了嘗，黛絲嘗了嘗，其他住場的女工也嘗了嘗，有一兩個男工也嘗了嘗，最後，克里克太太從備好的女工飯桌旁邊走過來，也嘗了一下。的確有一股怪味。

老板愣起神來，想仔細琢磨一下這味道，以便猜測跟哪一種毒草有關係。忽然，他大叫起來：「是大蒜味！我還以爲草場上一片蒜葉都沒有了哪！」

這時，所有的老伙計們都想起來了，最近有幾條牛被放進一片旱草場，就是這片旱草場，幾年前也同樣把黃油弄糟了。那一回老板沒琢磨出是什麼味道，還以爲黃油中了魔了。

「咱們得徹底查一查那塊草場，」他接著說道。「老這樣可不成！」

人人都拿起一把舊尖刀，一起走了出去。這種有害的草，既然平常看不見，一定非常微小，在眼前這片豐茂的草叢裡，要想把它找出來，那簡直如同大海撈針。不過，由於搜查工作意義重大，大家都排成一行，全都上陣。老板和自願來幫忙的克萊爾先生在上手，接著是黛絲、瑪麗安、伊茲·休特、雷蒂，然後是比爾·盧埃爾·喬納森，以及兩個結了婚的女工——長著黑色卷髮、眼珠滴溜轉的貝克·尼布斯，長著淺黃色頭髮、冬天在浸水草地受了潮得了肺病的弗朗西斯——她們倆都住在自己的農舍裡。

他們眼睛瞅著地上，腳下慢慢走著，走完了一窄溜，向一邊挪一挪，再返回來，照這樣做法，等他們查完了的時候，草場上沒有一丁點地方，能逃出大伙的眼睛了。這是一樁讓人極其膩煩的差事，整個一片草場，充其量能找到五六棵蒜苗。然而，這種東西氣味太重，哪怕有一條牛咬上一口，場裡一天出的牛奶就會全都變味。

這些人，儘管性情心態大不相同，然而全都彎著腰，形成了極其整齊的一排——動作機械，不聲不響，若是有個生人從附近的路上走過，就會把他們統統稱作「霍奇」，誰也不能說他沒有道理。大伙把腰彎得低低的，慢慢往前走著，從毛茛花上反射出來的柔和的黃色光芒，照到他們那背光的臉上使他們顯出一副月下精靈的模樣，儘管背上頂著是正午的驕陽。

安傑·克萊爾雖說堅持同甘共苦的原則，事事都跟大家一起來做，但卻不時地抬起頭來。他和黛絲挨在一塊，這當然不是偶然的。

「喂——你好嗎？」他低聲問道。

「很好，謝謝，先生，」黛絲一本正經地答道。

剛剛半個鐘頭以前，他們還談論了許多個人問題，現在再用這種客套，未免有點多餘。不過，這時他們也沒多說什麼話。他們彎著腰慢慢地走著，黛絲的裙邊剛好碰到克萊爾裹腿上，克萊爾的胳膊肘也不時地擦著黛絲胳膊肘。最後，跟在旁邊的老板再也受不住了。

「天哪，這樣彎著腰，我的腰都快折啦！」他嚷嚷說，一面痛苦不堪地伸起腰，直到身子完全伸直。「黛絲姑娘，一兩天前你身體不舒服——再這麼折騰下去，你的腦袋會疼得架不住的！你要是覺得頭暈，就別再幹了——讓別人來搜好啦。」

克里克老板退出來了，黛絲落到了後面。克萊爾先生也走出隊伍，東游西蕩瞎找一番。黛絲見他來到她跟前，一想起頭天晚上聽見伙伴們說的那些話，不由得緊張起來，於是便先開了問。

「她們好漂亮啊！」她說道。

「誰呀？」

「伊茲・休特和雷蒂。」

黛絲已經黯然認定，這些姑娘哪一個都能做一個農家的好主婦，她應該推荐她們，盡力掩蓋她自己的倒楣姿色。

「漂亮？哦，是的——她們都是漂亮姑娘——看上去那麼水靈，我也時常這麼想。」

「不過，可憐的人兒——漂亮不能持久。」

「哦，是的，眞是可惜。」

「她們都是擠奶做奶酪的好手。」

「是的，不過不見得比你好吧。」

「她們撇奶油可比我強。」

「是嗎？」

克萊爾還在打量她們——她們也在打量他。

「她臉紅了，」黛絲鼓起勇氣繼續說道。

「誰？」

「雷蒂・普里德爾。」

「哦——這是為什麼？」

「因為你看著人家。」

雖然黛絲心想要犧牲自己，但是她還不能更進一步，說一聲：「你要是眞想要一個擠奶的女工，而不是要一個闊小姐，那就娶她們中的一個吧，千萬別想娶我！」她跟著克里克老板走了，眼見克萊爾還留在那裡，心裡不知是苦還是甜。

從這天起，她就硬起心腸，盡力躲避他——即使純屬偶然跟他碰到一塊，她也決不肯像以前那樣，跟他待得很久。她把一切機會讓給那三個姑娘。

黛絲是個吃過虧的女人，她從三個姑娘的坦白中，清楚地認識到，這些擠奶女工的貞操全都掌握在安傑．克萊爾手裡。而且她還意識到，克萊爾倒是很小心，絲毫不去損害她們任何一個人的幸福。因而，不管她看得準不準，她總覺得克萊爾顯得很有自制力和責任心，便對他油然生出一股溫馨的崇敬之情。她以前從未想到，哪個男人會有這種自制力和責任心，而他若是當眞缺少這種品質，那麼在與他同場的那些單純的女孩子裡面，遺恨終身的也許就不止是一個人了。

第二十三章

七月的溽暑天候不知不覺地來臨了，低谷裡的大氣如同麻藥一般，沈滯地籠罩在擠奶工人、奶牛和樹木上面。熱氣騰騰的大雨三天兩頭的下，使奶牛放青的草場長得更加豐茂，其他草場後期製備乾草的工作，只得耽擱下來。

那是個禮拜天早晨，牛奶已經擠完了，住在場外的工人都回家去了。黛絲和另外三個姑娘在屋裡急急忙忙地換衣服，她們幾個商定，要一起去離牛奶場三四英里遠的梅爾斯托克教堂。黛絲來到塔爾勃塞已經兩個月了，這是她頭一次出門。

頭一天下午和夜裡，一直下著雷暴雨，嘩嘩地澆在草場上，把一些乾草都沖進了河裡。可是，今天早晨，經過大雨的沖洗，太陽更加燦爛，空氣也更加柔和、清澈。

從她們的教區到梅爾斯托克，得走一條彎彎曲曲的小路，路上有一段是從地勢最低的地方通過。姑娘們走到最低凹的地方時，發現齊踝深的雨水把路面淹沒了大約五十碼。在平日裡，這也不會有多大的妨礙。她們穿著厚底木頭鞋和靴子，可以滿不在乎地咯嗞咯嗞地淌過去。可是，今天是禮拜天，是個出風頭的日子，她們表面上裝著去做心靈上的事，實際是拿著肉體去賣弄風情。這一回，她們穿著潔白的長襪，輕薄的鞋子，粉紅、雪白或淡紫色的長裙，濺上一丁點泥都能看出來，因此，這片積水就成爲一道不可逾越的障礙。她們離教堂差不多還有一英里，已經能聽得見教堂噹噹的鐘聲了。

「誰會想到夏天河裡會漲這麼大的水！」瑪麗安從路旁的坡頂上說道。這時，她們都爬到了那坡頂上，搖搖晃晃地站在那裡，想從斜坡上慢慢走過去，繞過那一彎水。

「咱們要趕到那兒，非得從水裡淌過去不可，要嘛就繞彎走大道。不過，這樣一來，咱們就去得太晚了！」雷蒂說道，無可奈何地停住了。

「要是去晚了往教堂裡走，讓大家都回過頭來盯著我，我臉上非紅得發燙不可，」瑪麗安說道，「不到念連禱文的時候，就別想再平靜下來。」

就在她們爬在土坡上的時候，忽視得從大路的拐彎處，傳來啪噠啪噠的響聲，轉眼間，就看見安傑．克萊爾淌著水，順著小路朝她們走來。

四顆心不約而同地撲通直跳。

克萊爾根本不像是過禮拜的打扮，一個嚴守教條的牧師管教出來的兒子，也許往往就是這個樣子。他身上是擠奶時穿的衣裳，腳上是可以淌水的長統靴，帽子裡襯著一片菜葉，好保持腦袋涼爽，手裡拿著一把鋤薊草的小鋤頭，這就是他的全部裝束。

「他不是上教堂去的，」瑪麗安說。

「不是——我倒希望他去！」黛絲喃喃地說道。

其實，且不問是對還是錯（藉用含糊其詞的辯論家的穩妥字眼），安傑覺得，在這天朗氣清的夏日裡，與其在教堂裡聽布道，不如去聽山石草木的啓示。再說，這天早晨，他所以跑出來，是想看看洪水對乾草糟蹋得是否嚴重。他走在路上，從老遠就看見這四個姑娘了——只不過姑娘們光爲過不了水洼發愁，沒有看見他就是了。他知道，那個地方一定積起了雨水，非擋住她們的去路不可。所以，他急匆匆地趕了過來，隱約有一個念頭，怎麼幫她們一下，特別是幫幫其中的一位。

那四個姑娘臉上紅撲撲，眼睛亮晶晶的，身穿輕柔的夏裝，硬撐著站在路旁的土坡上，好像鴿子待在傾斜的屋頂上，看上去非常迷人，因此，他先站住了，把她們端詳了一番，然後才走上前來。她們那薄紗長裙的下襬，從草地上拂起無數青蠅和蝴蝶，圈在那透明的薄紗裡，飛不出來，好像關在鳥籠裡的鳥兒一樣。克萊爾的目光最後落到黛絲身上，因爲在這四個人裡面，她站在最後。黛絲看到她們進退兩難的樣子，正憋著一肚子的笑，一見克萊爾在看她，不由得喜氣洋洋地望著他。

克萊爾走在沒有漫過長靴的水中，來到她們跟前，站在那裡望著圈在長裙下襬裡的青蠅和蝴蝶。

「你們想去教堂吧？」他對站在前面的瑪麗安說；他這話也是對著後面兩個姑娘說的，但卻不包括黛絲在內。

「是的，先生，現在要遲到了，我的臉非紅得……」

「我要把你們抱過去——一個一個地都抱過去。」

四個人的臉一齊紅起來，彷彿只有一顆心在她們胸口跳動。

「恐怕你抱不動的，先生，」瑪麗安說。

「你們想過去，只有這個辦法。站著別動。胡扯——你們都不太重！我能把你們四個人一齊抱起來。好啦，瑪麗安，聽好，」他接著說，「用胳膊摟住我的肩膀，就這樣。好！摟緊了。這就行了。」

瑪麗安按照安傑的吩咐，屈身坐在他的胳膊上，摟住了她的肩膀，安傑抱著她大步往前走去。從後面看上去，他那細長的身材，和瑪麗安一對比，就像一枝纖長的花莖，托著一個大花球。他們走過拐彎的地方，就看不到人影了，只有克萊爾希哩嘩啦的腳步聲，以及瑪麗安帽頂上的綢帶，能夠表明他們的行蹤。過了幾分鐘，克萊爾又出現了。按土坡上站的次序，下一個輪到伊茲・休特。

「他過來了，」她喃喃地說。旁人聽得出來，她心裡一波動，嘴唇都發乾了。「我也要像瑪麗安那樣，摟住她的脖子，仔細瞧瞧他的臉。」

「這有什麼了不得的，」黛絲急忙說道。

「凡事都有定時，」伊茲沒理會黛絲的話，接著說道。「有時可能擁抱，有時不能擁抱❶，這下可輪到我擁抱了。」

「咄——這是《聖經》上的話，伊茲！」

「是呀，」伊茲說道，「我上教堂總愛聽這種優美的經文。」

對安傑・克萊爾來說，他這番舉動的四分之三只是普通的幫幫忙。這時候，他走到伊茲跟前。伊茲平平靜靜、悠悠忽忽的躺在他懷裡，安傑不慌不忙地抱著她往前走去。一聽到他第二次又回來了，雷蒂那顆心怦怦直跳，幾乎看得出來，全身都在跟著顫動。安傑走到這位紅髮姑娘跟前，就在動手抱她的時候，拿眼瞟了一下黛絲。他就是真的開口說話，也不會把心跡表露得更明白：「馬上就剩下你和我了！」黛絲臉上露出心領其意的神情。她也是情不自禁地顯露出來的。他們兩人已經情愫相通了。

可憐的小雷蒂，雖說身子最輕，抱起來卻最麻煩。剛才，瑪麗安就像一袋子麵粉，圓滾滾沈甸甸的，克萊爾真叫她壓得搖搖晃晃。伊茲倒還知趣，老老實實在讓他抱著。雷蒂卻是一團歇斯底里。

不過，克萊爾還是把這不安靜的姑娘抱過去了，放在乾地上，又轉身回來了。黛絲能從

❶見《聖經・舊約・傳道書》第三章。

樹籬頂上，老遠看見她們三人集在一起，站在克萊爾把她們放下的那個高地上。現在輪到黛絲了。她局促不安地發現，剛才看見伙伴們一接近克萊爾先生的目光和鼻息，就感到興奮時，她還瞧不起人家，不想現在輪到她自己時，她居然變得更加興奮。她好像生怕洩露隱衷似的，在最後關口還推讓了一番。

「也許我能順著斜坡爬過去——我爬起坡來可比她們利索多了。你一定很累了，克萊爾先生。」

「不累，不累，黛絲，」克萊爾連忙說道。黛絲幾乎還沒反應過來，就給抱到他懷裡了，臉貼在他肩上。

「三個利亞，討得一個拉結，」❷克萊爾小聲說道。

「那幾個姑娘比我好，」黛絲抱定原來的決心，慷慨大度地答道。

「我可不這麼看，」安傑說道。

只見黛絲一聽這話，不禁有些動情，克萊爾抱著她一聲不響地走了幾步。

「但願我不是太重，」黛絲羞怯地說道。

「哦，不重，你該抱抱瑪麗安！眞是一堆肉。你就像是一片輕輕蕩漾的波浪，讓太陽曬得暖融融的。你身上這件細紗衣服，就是飛濺的浪花。」

「你要是覺得我眞像那樣，那就太好啦。」

「你知道不知道我剛才費了四分之三的力氣，都是爲了現在這四分之一？」

「不知道。」

❷據《聖經．舊約．創世紀》第二十九章，雅各爲了娶意中人拉結爲妻，不得不先娶拉結的姐姐利亞。

「我沒料到今天會遇見這種事。」

「我也沒料到……水來得太突然了。」

黛絲表面上讓爲他指的是漲水，但她喘氣的樣子，卻洩露了眞情。克萊爾站住了腳，把臉貼向她的臉。

「哦，黛絲！」他失聲嚷道。

黛絲感到他嘴裡冒出的氣息，臉上給燒得火辣辣的，她心搖神蕩，不敢再盯著安傑的眼睛了。安傑一見這副情景，便覺得自己想占意外的便宜，未免有點不正當，就沒有再貿然行事。直到如今，他們兩人還沒明明白白地說過一句情話，所以現在最好適可而止。不過，克萊爾慢騰騰地走著，好把餘下的距離盡量拉長些。可是後來還是到了拐彎的地方，再往前走去，那三個人就看得一清二楚了。到了乾地方了，克萊爾把黛絲放了下來。

那幾個朋友把眼睛瞪得圓圓的，十分關切地望著他們倆。黛絲看得出來，她們一直在談論她。克萊爾急忙向她們道了別，又順著沒入水中的道路，啪噠啪噠地走回去了。

她們四個人又像先前一樣，一道往前走去。後來，還是瑪麗安打破沈默，開口說道：

「不行——眞的不行。咱們爭不過她！」她怏怏不樂地看著黛絲。

「你這是什麼意思？」黛絲問道。

「他最喜歡你——最最喜歡你！他抱你的時候，我們看得出來。你只要給他一丁點鼓勵，不管多麼小的一丁點，他準會親你的。」

「別瞎說，別瞎說！」黛絲說道。

她們出門時的歡樂勁頭，不知怎麼消失了，但是她們之間並沒有懷恨，也沒有結怨。她們都是些寬容大度的年輕姑娘，而且都生長在偏僻的農村，那裡的人們都堅信，凡事都是命中注定的。因此，她們並不怪罪黛絲。這種選優汰劣是很自然的事。

黛絲心裡很不是滋味，她無法向自己隱瞞這樣一個事實：她愛安傑．克萊爾，而且，也許是因為知道那三個姑娘也傾心於他，便對他愛得更熾烈了。感情這東西很容易感染的，特別是在婦女中間。然而，正是她那顆如饑似渴的心，又對她那三位朋友寄予同情。黛絲的忠厚本性曾與這種愛抗爭過，不過力量太薄弱了，產生這樣的結果是很自然的。

「我決不想妨礙你，也不想妨礙你們任何一位！」那天晚上，她在寢室裡對雷蒂鄭重地說道（說的時候，熱淚直淌）。「親愛的，我這是不由自主呀！我看他壓根兒不想結婚。不過，就是他打算向我求婚，我也會拒絕他的，就像我會拒絕任何男人一樣。」

「哦！你眞會嗎？為什麼？」雷蒂驚異地問道。

「那是不可能的。不過，我還是打開天窗說亮話吧。且不用說我吧，就是你們幾個，我看他哪個也不會要。」

「我從沒這麼指望過——連想都沒想過！」雷蒂哀傷地說道。「唉！我不如死了算啦！」

這可憐的孩子心都要碎了，但她自己也鬧不清楚，究竟是一種什麼情感，把她弄成這樣。這時，那兩個姑娘剛好上樓來了，她便把臉轉向她們。

「咱們還是跟她和好吧，」她對她們說道。「她跟咱們一樣，覺得他也不會要她。」

隔閡就這樣打消了，大家又親親熱熱地說起知心話了。

「我現在做什麼事都沒有心思了，」瑪麗安說道，她的情緒低落到了極點。「我本來要嫁給斯蒂克福牛奶場上的一個人，他向我求過兩次了。可是——天哪——我現在寧願自尋短見，也不給他當老婆！……你怎麼不說話呀，伊茲？」

「那我就說實話吧，」伊茲小聲說道，「今天他抱著我的時候，我滿以為他會親我的，我貼在他的胸口，盼了又盼，身子一動不動。可是，他沒有親我。我不想在塔爾勃塞再待下去啦！我要回老家去。」

寢室裡的空氣，好像跟著姑娘們無望的痴情一起搏動。殘酷的自然法則，給她們強加了一種情感——一種她們既不期待、又不渴望的情感；就在這種情感的壓迫下，她們像發燒似地焦躁不安。今天這番巧遇，更加扇起了燒灼著她們內心的火焰，這種折磨簡直叫她們無法忍受。她們作爲個人之間的區別，都讓這種情感給驅除了，每個人只是女性一體中的一分子。由於誰也沒有希望，所以大家都推誠相見，誰也不嫉妒誰。這些姑娘個個都很實在，既不拿自命不凡的幻想欺騙自己，又不否認自己的愛情，也不擺空架子，認爲自己比別人強。她們十分明白，從社會地位來看，她們的痴情完全是枉費心機，從一開始就沒有什麼企盼，只是爲愛而愛；拿文明的眼光來看，這種愛情毫無存在的理由（儘管自然的的角度來看，卻是毫無欠缺的）；所有這一切，給她們帶來了一種忍讓，一種尊嚴，而她們若是抱著自私自利的動機，只想把他贏來做丈夫，那就不可能產生這樣的態度。

她們都在自己的小床上輾轉反側，樓下的乾酪擠壓機發出滴滴答答的滴水聲，單調得令人厭倦。

「你還沒睡吧，黛絲？」過了半個鐘頭，一個姑娘悄聲問道。

這是伊茲．休特的聲音。

黛絲回答說沒睡，這時，雷蒂和瑪麗安也忽地撂開被單，嘆息道：

「我們也睡不著！」

「聽人家說，他家裡給他找了一個小姐，真想知道她是個什麼模樣。」

「我也想知道，」伊茲說道。

「給他找一位小姐？」黛絲心頭一驚，氣喘吁吁地說道。「我從沒聽說過呀！」

「哦，是的——人家都是悄悄講的。他家裡給他選了一個門當戶對的小姐，一個神學博士的女兒，離他父親的埃明斯特教區不遠。人家都說，他不大喜歡那位小姐。不過，他肯定要娶她的。」

她們對於這件事，只聽到這一點點消息；不過，在那夜色昏沈的屋子裡，這也足以激起種種淒楚辛酸的夢幻。她們想像著一切細節，諸如他如何給說活了心，答應了這門親事，家裡如何準備婚禮；新娘如何高興，穿的什麼婚服，戴的什麼面紗，小家庭如何幸福，他如何把她們以及她們的愛忘得一乾二淨。她們就這麼談著，心裡忍著痛，眼裡流著淚，直至睡魔驅走了憂愁。

黛絲聽到這個消息之後，再也不去痴心妄想了，以為克萊爾對她的殷勤裡會有什麼嚴肅而審慎的意思。他那只是對她青春美貌的一時傾慕，只是為了愛情的一時歡娛——僅此而已。而且，這個可悲的念頭裡，還有一個讓人揪心的問題：雖說克萊爾的確最喜歡她，對她懷有一種輕率的愛戀之情，雖說她也知道自己比伙伴們更富有情感，更聰明伶俐，更綽約多姿，但是，從世俗的道德觀念來看，與那幾個不受克萊爾青睞的平庸姑娘比起來，她黛絲更不配接受他的愛。

第二十四章

在瓦爾谷，那土壤肥得出油，暖得發酵，又趕上夏天時節，在萬物滋潤的嘶嘶聲中，幾乎可以聽見液汁在湧動，在這種情況下，就連最虛無縹緲的愛情，也不可能不變得熾烈起來。本來就是有情有意的人，現在在周圍景物的熏染下，更是情意綿綿了。

七月眼看過去了，接踵而來的便是「熱月」❶，這彷彿是大自然看到塔爾勃塞牛奶場的人們處於那種心境，在盡力與之保持一致的。這種的空氣，在春天和初夏還很清新，現在卻變得沈滯不動，令人困倦。空中濃郁的氣味，沈重地壓迫著人們，正午時分，周圍的景物彷彿都昏厥過去。牧場上較高的坡地，讓埃塞俄比嚴式的熡陽曬成了黃色，不過，在溪水潺潺的地方，牧草仍然是一片翠綠。這時，克萊爾不僅讓外界的熱氣悶得透不過氣來，而且心裡的負擔也很沈重，他對溫柔嫻靜的黛絲愛得越來越熾烈了。

雨季已經過去了，高地上一片乾燥。老板坐著帶彈簧的馬車，從集市上往家飛奔，車輪把大路上的粉末狀塵土揚了起來，車子後面拖著白色的塵帶，彷彿點著了細長的火藥引線。一頭頭母牛讓牛虻叮得發瘋了，場院上五道橫木的柵欄門，猛地一跳就過去了。從禮拜一到禮拜六，克里克老板總是把對襯袖子捋得高高的。光開窗不開燈，屋裡是透不進風來的。庭園裡的黑鳥和烏鴉在茶樹枝叢裡爬動，那樣子與其說是帶翅的飛鳥，不如說是四足走獸。廚

❶ 法國大革命時，改變曆法，七月十九日至八月十七日被定為「熱月」。

房裡的蒼蠅也懶洋洋，鬧哄哄的，見了人也不怕，盡往不尋常的地方叮，在地板上，抽屜裡、女工的手背上爬來爬去。人們談起話來，話題總也離不開中暑，而攪黃油，特別是保存黃油，更是令人頭痛的事。

工人們爲了涼快和方便起見，也不把牛趕回場院，完全是在草場上擠奶了。白日裡，一條條牛乖乖地鑽在樹蔭底下，哪怕樹再小，也隨著樹蔭的移動而移動。到了擠奶的時候，它們叫蒼蠅叮得簡直站不穩了。

就在這些天的一個下午，有四五條沒擠過的奶牛碰巧離開了牛群，站到了一道樹籬的拐角後面，其中就有最喜歡黛絲擠奶的胖墩和老美。黛絲剛擠完一條牛，從小凳子上站起來，這時，已打量了她半天的安傑·克萊爾就問道：她接下來是否要擠樹籬拐角後面的兩條。黛絲默默點了點頭，伸手拿起小凳子，提起牛奶桶，繞到兩條牛站著的地方。不一會兒，老美的奶水就流進了桶裡，嘩嘩的聲音隔著樹籬傳了過來。這時，安傑也想繞到拐角那邊，把一條跑到那裡的難擠的牛擠好。他現在和老板一樣，能夠應付這最難擠的牛了。

擠奶的時候，所有的男工和某些女工都拿額頭抵著牛身子，眼睛盯著奶桶。但是有幾個擠奶工——多半是比較年輕的——卻把腦袋側靠在牛身上。黛絲就習慣於這種擠法。她總把太陽穴貼在牛肚子上，眼睛望著草場的盡頭，靜悄悄地好像在想心思。當時，她就是這樣給老美擠奶的。那天的太陽正好對著擠奶的這一面，映照著她那穿著粉紅色長裙的形體，她那帶檐的白帽，以及那側面的臉蛋，在暗褐色牛身的襯托下，就像多彩玉石浮雕一樣明晰。

黛絲不知道克萊爾也跟著她繞過來了，坐在牛身底下瞧著她。惹人注目的是，她的頭和面目一動不動，她也許正在恍惚出神，雖然睜著兩眼，但卻不在看什麼東西。在這幅畫面中，除了老美的尾巴和黛絲粉紅色的雙手以外，再也沒有別的東西在活動，而黛絲那雙手動得很輕柔，彷彿是受到一種反射性的刺激，而產生的有節奏的搏動，就像跳動的心房一樣。

克萊爾覺得，她那張臉太招人愛了。但是，那上面沒有一點點虛無縹緲的成分，全都是實在的活力，實在的溫暖，實在的血肉。而在她的嘴部，她的可愛可算是達到了頂點。對於克萊爾來說，像那樣深不可測，會說話似的眼睛，他以前大致也看見過；像那樣嫵媚艷麗的臉蛋，他以前或許也看見過；像那樣彎彎有致的眉毛，工致勻稱的下巴和脖頸，他以前差不多也看見過；但是，他從沒看見過天底下還有哪張嘴，能比得上她那張嘴。對於一個小伙子來說，即使他的心腸再冷，只要看見她那紅紅的上唇中部微微往上一撅，也不由得要著迷，要中魔，要發狂。伊麗莎白的時代，有人曾拿「玫瑰含雪」來比喻紅唇白齒❷，但他以前見過的女人中，沒有一個像她這樣，使他不斷地想起那個比喻。他若是站在情人的角度，就會不假思索地說，她這副紅唇白齒眞是完美無瑕。正是這種貌似完美而又有點不完美，才產生出一種甜蜜的滋味，因爲有點不完美才具有人性。

克萊爾把這兩片嘴唇的曲線，不知道琢磨過多少次了，所以，他腦子裡能輕而易舉地把它們描摹出來。現在，它們又出現在他眼前了，色彩艷麗，生氣勃勃，他看著看著，就覺得渾身掠過一陣顫慄，就像涼風吹進神經，差一點昏厥過去。而事實上，由於一種神秘的生理作用，他卻打了一個大煞風景的噴嚏。

黛絲這時才意識到，克萊爾在那裡打量她；但是，她並不想通過改變姿勢，表示她已有所察覺，不過，她那奇特的夢幻般的紋絲不動，卻已消失了，只要仔細一看，就不難看出，她臉上的紅潤變深了，隨即又慢慢褪去，最後只剩下一點點。

❷引自托馬斯・坎皮恩（一五六七—一六二〇）的詩〈她臉上有一座花園〉（有時又題爲〈櫻桃熟了〉）第二節。

克萊爾所感到的那種好像自天而降的激奮，卻一點也沒有消失。決心、緘默、謹慎、恐懼，全都像打了敗仗的軍隊，紛紛退卻。他忽地從小凳子上跳起來，把牛奶桶擱在那裡，也不管會不會叫牛踢翻，疾步奔向他的意中人，跪倒在她身旁，把她緊緊地摟在懷裡。

黛絲感到大爲驚駭，她還沒有反應過來，就情不由己地投入他的懷抱。原來，她看到走過來的不是別人，而是她的戀人，就在一陣欣喜的衝動下，張開嘴唇，發出一聲近狂喜的叫喊，一下撲倒在他懷裡。

克萊爾剛要去吻那極其誘人的嘴唇，卻又覺得良心上說不過去，便克制住了自己。

「請原諒，親愛的黛絲！」克萊爾小聲說道。「我應該先問一聲。我——不知道自己在幹什麼。我並不是有意失禮。最親愛的黛絲，我非常愛你，眞心實意地愛你！」

這時候，老美回頭過來望著他們，覺得莫名其妙。從它記事以來，肚子底下本該只有一個人，現在卻看見兩個人縮在那裡，便氣乎乎地抬了抬後腿。

「它生氣了——它不知道我們在幹什麼——它會踢翻奶桶的！」黛絲大聲嚷道，一面想輕輕地掙脫出來。她兩眼盯著奶牛的舉動，心裡卻更關注她自己和克萊爾。

黛絲悄悄地從凳子上站了起來，他們兩人站在一起，克萊爾的胳膊還摟著她。黛絲的眼睛盯著遠方，不覺流起淚來。

「你爲什麼哭呀，我的寶貝？」克萊爾說道。

「哦——我也不知道！」黛絲嘟噥說。

她對自己的處境覺得更明確、感受得更清楚之後，便心慌意亂起來，掙扎著想要脫身。

「黛絲，我終於向你洩露了我的隱衷，」克萊爾說道，一面奇怪地發出了一聲絕對的嘆息，無意中表明，他的理智已經控制不住他的情感了。「我——熱切而眞誠地愛著你，這就不用說了。不過，我——現在不再難為你了——這事兒讓你為難了——我像你一樣感到震驚。你不會覺得我太魯莽了，腦子也不想一想，趁你沒有防備，就冒犯了你吧？」

「不——我說不上來。」

克萊爾讓她掙脫了。一兩分鐘之後，他們各自擠起奶來。誰也沒看見剛才這場互相吸引、合二為一的情景，過了幾分鐘，老板從那個枝葉隱蔽的角落轉過來時，沒有任何跡象表明，這兩個界限分明的人，彼此有什麼超出尋常熟人的地方。然而，自從克里克上一次見到他們之後，在這短短的時間裡，卻發生了一件事，把他們兩人的宇宙中心都改變了。若是老板知道了這件事情的性質，他這樣一個講究實際的人，一定會看不起的。然而，這種事情不是建築在一大堆可行性的基礎上，而是具有更加頑強、更加不可抗拒的趨向。一層薄紗已經揭開了。在他們兩人的生涯裡，從此都出現了一個新天地——不管是短暫的，還是長久的。

第二十五章

夜幕降臨的時候，心神不定的克萊爾跑到外面的幕色中，而把他贏到手的黛絲卻回房休息去了。

夜晚像白天一樣悶熱。天黑以後，除了草地上，就沒有涼快的地方。無論大路還是花園小徑，無論房屋正面還是場院圍牆，都熱得像爐床一般，還把正午的熱氣反射到夜間遊人的臉上。克萊爾坐在場院東邊的柵門上，不知道自己到底是怎麼回事。這一天，情感的確戰勝理智。

自從三個鐘頭前的突然擁抱以來，他們兩個再也沒有走在一起。黛絲好像讓這件事嚇愣了，差一點給嚇壞了，而克萊爾呢？事情居然這麼新奇，這麼未經思索，完全受環境支配，倒使他忐忑不安起來——他本來就是個容易衝動、思前想後的人嘛。他還鬧不清楚他們之間的眞正關係，也不知道今後在旁人面前，相互之間應該採取什麼態度。

克萊爾剛來牛奶場當學徒的時候，心想他在這裡的短暫生活，只不過是他一生中一段小插曲，很快就會過去，早早就會忘記。

他來到這裡，就像是躲進一個有屏風遮掩的小洞室，可以從裡面冷靜地觀察外面那個引人入勝的世界，並跟惠特曼一起，向世界呼喊——

你們這一群群衣著平常的男男女好，

在我看來是多麼稀罕！——❶

同時制定一項計劃，重新投入那個世界。但是，你瞧，那引人入勝的光景已經送到這裡來了。那個原先令人神往的世界，現在卻變成一齣興味索然的啞劇。然而，就在這個表面上黯然無色、毫無激情的地方，一片新奇的景象，就像火山一樣噴發出來，這是他以前在別處從未見過的。

所有的窗戶都敞開著，場裡人安歇發出的每一聲響動，即使非常輕微，克萊爾也能隔著院子聽得見。這座牛奶房那麼簡陋，那麼不起眼，他純粹出於不得已，才臨時寄居在這裡，因此，他一向都不看重這個地方，覺得這片景物上沒有任何了不起的東西，值得他仔細查看。可是，這裡現在又怎麼樣呢？那些年深日久、長滿青黛的磚砌山牆輕輕地說了聲「別走！」窗戶都笑臉相迎，房門好言相勸，舉手招呼，長青藤也因爲暗中同謀，而露出了羞赧。這裡面有一個人，有著深遠的影響，能透進磚牆、灰壁，和懸在頭頂的整個天空，讓它們也充滿了熾熱的情感。到底是什麼人，竟會擁有這麼大的力量？一個擠奶女工。

生活在這座僻靜的牛奶場上，對於克萊爾來說，會變成這麼重大的事件，眞令人驚訝。雖說這與新生的愛情有著一定的關係，但也並非完全如此。不光是克萊爾，許多人也都明白，生命的偉大與渺小，並不在於它對外界影響的大小，而在於個人的體驗。與一個感覺遲鈍的皇帝相比，一個敏感的農民過著更加豐富、更加充實、更加有趣的生活。拿這種眼光看來，他覺得這裡的生活像別處的生活一樣，也具有同樣重大的意義。

❶引自惠特曼〈過布魯克林渡口〉第一節第三行至第四行。

克萊爾儘管不顧世俗，有不少缺點和毛病，但卻是個有良心的人。黛絲不是一個可能隨便玩玩就丟開的小東西，而是一個女人，有著自己寶貴的生活——這種生活不管是苦是甜，她都像是顯貴的人物自我感覺的那樣，認爲生活是極其珍貴的。對於黛絲來說，整個世界全憑她的感覺，整個人類全靠她的存在而存在。在黛絲看來，這宇宙本身也只是在她出生的那年那日，才開始存在的。

克萊爾硬來打擾的這個生命，是無情的造化賜於黛絲的唯一生存機會——是她的一切，是她僅有的機會。那他怎麼能把她看得不及自己可貴呢？怎麼能把她當成一個小玩意，喜愛一陣就厭棄呢？怎麼能不眞心誠意地對待她的情意呢？他知道，她的情意是他激起來——她在竭力克制的情況下，卻表現得如此熱烈，如此敏感。這難道都是爲了讓她免遭折磨，免受損害嗎？

若是像往常那樣天天和她見面，那麼，已經開了頭的事情就會繼續發展下去。兩人既然待在一起，見面多了勢必會陷入情網，這是血肉之軀無法抗拒的。克萊爾拿不準這場戀情會有什麼結果，因此便決定，他們兩人要暫時避免在一起工作。迄今爲止，還沒造成什麼大的損害。但是，這個不再和黛絲接近的決心，卻不大容易實現。他的脈搏每跳動一次，都把他往黛絲那裡推近一點。

他想要離開這裡，去看看家裡的人，也許能探聽出他們對這件事的態度。不到五個月，他在這裡的期限就要滿了，再到別的農場上學習幾個月，他把農業知識學全了，可能開始獨立經營了。難道莊稼人不需要一個妻子嗎？莊稼人的妻子應該是客廳裡的擺設，還是會做農活的女人？儘管他心裡默默得到了那合意的答案，但他還是決定回家走一趟。

一天早晨，塔爾勃塞牛奶場的人們都坐下來吃早飯，有一個女工說，那天怎麼沒看見克萊爾先生。

「是呀，」克里克老板說。「克萊爾先生回埃明斯特探望親人去了，他說要在家裡住幾天。」

那張飯桌上，有四個情意綿綿的人，覺得早晨的太陽一下子黯然無光了，鳥兒的歌聲也變得低沈了。但是，沒有一個姑娘在言談或儀態上，露出茫然若失的神情。

「他在我這兒的期限快滿了，」老板冷漠地說道，卻不知道，這種冷漠就是冷酷。「所以我想，他開始考慮到別處去的打算了。」

「他還能在這兒待多少？」伊茲・休特問道。在四個垂頭喪氣的姑娘中間，只有她相信自己的嗓音不沙不啞，敢於提出這個問題。

另外三個人也在等待老板回答。彷彿她們的生死就取決於這一回答。雷蒂張開嘴唇，盯著桌布；瑪麗安臉上紅得發燙，黛絲心裡怦怦直跳，眼睛往外瞧著草場。

「我記不準是哪一天，得看看記事本才行，」克里克仍然帶著讓人無法忍受的冷漠神情答道。「不過，就是這個日子也不是一點不能變。他還得在這兒見習一下乾草院裡生小牛的情況。我敢說，他得拖到年底才能走。」

還有四個月來的工夫，可以和他待在一起，享受那既令人痛苦，又讓人歡愉的日子——那種「痛苦與歡樂交織在一起」❷的日子。過了這段時間，就是無法形容的昏昏長夜了。

那天早上，就在這些人還在吃早飯的當兒，安傑・克萊爾已經離開他們十英里遠了，正

❷引自英國詩人斯溫伯恩（一八三七～一九〇九）的詩劇〈阿塔蘭忒在卡呂冬〉。

騎著馬沿著一條狹窄的籬路，朝著埃明斯特他父親的牧師住宅走去。老板娘托他捎給他父母的，除了問好之外，還有一些黑香腸和一瓶蜂蜜酒，全都裝在一只小籃子裡，讓他累累贅贅地帶在馬上。白色的籬路在他面前延伸，他兩眼對著路面，但卻凝望著未來，而不是路上的光景。他愛黛絲，可他該不該娶她呢？——他敢娶她嗎？他母親和哥哥們會怎麼說呢？娶了她兩年之後，他自己又會怎麼說呢？這要看他那暫時的情感是以堅貞不渝的友情爲基礎，還是因爲她模樣長得好，只引起一種感官上的快感，而沒有永久性的情意作基礎。

最後，他父親居住的那個四面環山的小鎮，那個紅色石頭建造的都鐸式教堂塔樓，以及牧師住宅附近的那片樹叢，終於出現在他的下方。他騎著馬朝那熟悉的柵門走去。進家之前，他往教堂那面瞥了一眼，只見主日學校教室門口站著一群小女孩，年紀在十二到十六歲之間，顯然是在等什麼人。轉眼間，那個人出現了。她比那些女孩子大一些，頭上戴著一頂寬邊帽子，身上穿著一件漿得很硬的麻紗晨衣，手裡拿著兩三本書。

克萊爾很了解這個女人。他拿不準她是否看見了自己，他但願她沒有看見，這樣一來，他就不用過去跟她打招呼了，儘管她是個無可指摘的姑娘。他極不願意和她寒暄，因此就斷定她沒看見自己。這位年輕姑娘就是默茜・錢特小姐，是他父親的鄰居和朋友的獨生女，他父母暗暗盼望兒子哪一天能娶她爲妻。這位小姐對於反律法主義❸和讀經都非常精通，眼下顯然是去讀經班。可是克萊爾的心，卻飛向了瓦爾谷那沈浸在炎夏中的熱烈的異教徒那裡，她們那玫瑰色的面頰上濺了點滴的牛糞；他的心特別飛向了她們當中情感最熾烈的那一位。

他這次是出於一時的衝動，才決定跑到埃明斯特的，所以事先沒有寫信告訴父母，不過

❸反律法主義是一種神學教義，認爲基督教徒既蒙上帝救恩，無須遵守摩西的律法。

倒打算在快吃早飯的時候，趁父母還沒出門去忙教區的事務，就趕到家裡。他還是晚到了一會，家裡人已經坐下來吃早飯了。他一走進去，飯桌旁的那伙人都跳起來歡迎他。這裡面有他父親和母親，有他大哥費利克斯教士——他是鄰郡一個鎮上的副牧師，回家來休不到兩個禮拜的假——還有他二哥卡思伯特教士，他是一位古典文學學者，學院的研究員兼院長，這次是從劍橋回家過暑假的。他母親頭上戴著小帽，鼻子上架著銀絲眼鏡。他父親還和往常一樣，是個認眞而又虔誠的人，有些消瘦，年紀大約六十五歲，由於深思堅毅的緣故，蒼白的臉上滿是皺紋。牆上掛著安傑姊姊的像片，她是兄弟姊妹中最大的，比安傑大十六歲，嫁給一個傳教士，到非洲去了。

像老克萊爾先生這樣的牧師，近二十年以來，幾乎完全脫離了現代生活。他是威克利夫、胡斯、路德、加爾文❹一脈相傳的宗教後裔，福音教徒中的福音教徒，從事勸人信教、棄惡從善的工作，思想和生活像使徒一樣單純樸素，早在毛頭小伙子的時候，就對人生較爲深奧的問題，一下子就徹底拿定了主意，從此再也不許對之進一步推論了。就連與他同齡同派的人，也認爲他太極端了。可在另一方面，那些與他完全對立的人，也情不自禁地贊賞他那樣徹底，贊賞他對原則問題毫不懷疑，而全力加以貫徹的非凡魄力。他愛塔爾蘇斯的保羅，喜歡聖約翰，恨聖詹姆斯，只是不敢恨得太厲害，而對於提摩太、提多和腓利門，則抱著愛憎交集的情感。在他看來，《新約全書》與其說是基督頌，不如說是保羅頌——與其說

❹威克利夫（一三二〇?～一三八四），英國宗教改革家。胡斯（一三七二?～一四一五），波西米亞宗教改革家。馬丁·路德（一四八三～一五四六），德國宗教改革家，基督教新教創始人。加爾文（一五〇九～一五六四），法國宗教改革家。

是說教，不如說是使人陶醉。他那決定論的信條差不多成了一種惡癖，從消極方面看來，簡直就是棄絕一切的哲學，與叔本華和萊奧帕爾的哲學思想如出一轍。他瞧不起教會的法規和準則，卻信仰條例，並認為自己在這方面是始終一貫的——在某種程度上，也許是這樣。有一點是確定無疑的，那就是他很誠懇。

安傑近來待在瓦爾谷，生活在自然之中，置身於清秀水靈的婦女群裡，感受著賞心悅目之美，異教徒之樂，做父親的對此一無所知。若是他能打聽或是想像到這個情況，那他心裡一定會反感至極。有一回，安傑不幸在一氣之下，對父親說，假若現代文明的宗教起源於希臘，而不是起源於巴勒斯坦，那對人類來說，結果也許會好得多。做父親的一聽這話，眞是痛苦得難以形容，想像不出這種看法還會含有千分之一的眞理，更不用說百分之五十或百分之百的眞理了。後來，他狠狠地把安傑訓斥了好些日子。不過，他心地慈善，無論對什麼事情，都不會長久懷恨，所以，今天看見兒子回到家，便帶著孩子般眞誠甜蜜的笑容歡迎他。

安傑坐了下來，覺得這裡很有家庭氣息，但他又感覺，他與聚在這裡的家人之間，不像以前那樣親密無間了。他每次回到家裡，都能意識到這種分歧。自從上次回到牧師住宅以後，他覺得這裡的生活與他自己的生活越發格格不入了。他家裡那種超脫塵世的願望——仍然不知不覺地基於地球為中心的觀點，認為上面是天堂，下面是地獄——完全不同於他的願望，那就像是住在另一個星球上的人作夢一樣。近來，他看見的只是生意盎然的人生，體驗的只是生命熱烈的搏動，沒有受到重重信條的扭曲和束縛，其實，本來就連智慧也只能稍稍加以調節的東西，卻試圖用信條加以制約，那豈不是徒勞無益。

家裡人也發現他發生了很大的變化，和以前的安傑．克萊爾越來越判若兩人了。這些家人，特別是他那兩個哥哥，眼下所注意到的，主要還是他舉止上的變化。他的一舉一動，越來越像個莊稼漢了，他那兩條腿到處亂伸亂動，面部肌肉變得更容易流露感情了，眼睛裡傳達出來的意思，不亞於甚至還超過嘴裡說出來的話語。書生的風度差不多消失殆盡，斯文青年的風度更是看不見了。一個談吐古板的人見了他，一定會說他缺乏教養，一個行爲拘謹的人見了他，一定會說他變得粗野了。這就是他和塔爾勃塞那些鄉下男女混在一起，受到感染的結果。

吃過早飯，他和兩個哥哥一道出去散步。他這兩個哥哥，並不是福音教徒，都受過良好的教育，是典型的好青年，一切都至當不易，可以說是有條不紊的教育機器，年復一年地造就出來的無懈可擊的楷模。兩人都有點近視，等別人都時興戴帶鏈的單片眼鏡時，他們就戴上帶鏈的單片眼鏡；等別人都時興戴夾鼻雙片眼鏡時，他們就戴上夾鼻雙片眼鏡；等別人都時興戴帶腿的雙片眼鏡時，他們又立刻戴上帶腿的雙片眼鏡，完全跟著別人學，根本不考慮自己的眼睛有什麼具體缺陷。大家都推崇華茲華斯的時候，他們就成天帶著華茲華斯的袖珍詩集；大家都看不起雪萊的時候，他們就讓雪萊的詩集擱在書架上積滿灰塵。人們都贊賞柯勒喬的❺《神聖家庭》的時候，他們也跟著贊賞柯勒喬的《神聖家庭》；等人們都詆毀柯勒喬，說他不及貝拉斯克斯❻的時候，他們也孜孜不倦地跟著人云亦云，沒有個人的異議。

如果說兩個哥哥發覺安傑越來越不合世俗，安傑則發覺兩個哥哥越來越心胸狹隘了。在安傑看來，費利克斯一身教會風範，卡思伯特滿是學院氣派。他們兩人，一個把教會會議和主教視察視爲世界的主動力，另一個把劍橋視爲世界的主動力。這兩位哥哥都坦率地承認，

❺柯勒喬（一四九四—一五三四），意大利文藝復興時期畫家。
❻貝拉斯克斯（一五九九—一六六〇），西班牙畫家。

在文明社會裡，還有千千萬萬無關緊要的局外人，他們既不在大學裡，也不在教會裡。對於這些人，只可容忍，不能看重，不能敬佩。

他們兩個都是孝順、盡心的兒子，定期回家看望父母。在神學的變遷中，費利克斯與父親比起來，儘管是個更貼近現代的產物，但他卻不像父親那樣無私，那構富有自我犧牲精神。每當遇到反對意見，只要是對抱有意見的人有危害，他就比父親更能寬容，但是，只要那種意見是對他的說教的一種冒犯，他就不像父親那樣肯於寬恕了。卡思伯特這個人，總的說來比較豁達，不過，儘管比哥哥更有心眼，卻還不及哥哥厚道。

他們一起走在山坡上，這時，安傑心裡冒出了以前的看法：兩個哥哥與他相比，不管具有多少優越條件，卻都沒見過眞正的世面，也沒法描繪眞正的人生。也許，他們像許多人一樣，觀察的機會沒有表現的機會多。除了他們自己一伙人所過的那種風平浪靜的生活以外，他們對於其他各種複雜的勢力，都沒有足夠的認識。他們看不出局部眞理和普遍眞理有什麼區別：也不知在牧師和學者的圈子裡，人們在內部說的話，與外部世界的思索大不相同。

「好兄弟，我看你現在只想種莊稼，不想做別的了，」費利克斯對小弟勸說之餘，道出了這樣一句話，一面帶著嚴厲的神色，透過眼鏡望著遠方的田野。「既然如此，也只好這麼著了。不過，我懇求你一定要努力，盡量不要脫離道德理想。當然，種莊稼是不能講究外表的，但是，崇高的思想和簡樸的生活是可以並行不悖的。」

「當然可以並行不悖啦，」安傑說道。「恕我冒昧地說一句你們的行話：這個事實不是一千九百年以前就被證明過了嗎？❼費利克斯，你爲什麼覺得我會拋棄崇高的思想和道德的

❼指耶穌集中生活簡樸和思想高尚於一身。

理想呢？」

「我從你寫信和談話的口氣裡猜想——也許這只是一種幻覺——你不知怎麼在學識上荒疏了。卡思伯特，你不這樣覺得嗎？」

「得了，費利克斯，」安傑冷冷地說道。「你知道，我們是好兄弟，各人有各人的天地，各人走各人的道。不過，說到學識問題，我想你是個自負專橫的人，最好不要管我，還是看看你自己怎麼樣吧！」

他們轉身下山，準備回家吃飯。他們家的午飯沒有固定時刻，總是他們的父母什麼時候作完教區的工作，就在什麼時候吃飯。克萊爾夫婦只顧無私地為教區工作，從不考慮下午來訪的人是否方便。不過，他們的三個兒子在這件事上倒是不謀而合，都希望父母能夠順應一點現代的觀念。

他們走得肚子餓了，特別是安傑，如今老在戶外幹活，吃慣了牛奶場的粗菜粗飯，那種豐盛的「不花錢的宴席。」❽但是，兩位老人一直沒有露面，後來三個兒子簡直等得不耐煩了，才看見父母回到家裡。原來，這克己濟人的老倆口跑到幾戶生病的教民家裡去了，只顧勸說病人多吃一點飯，好把他們禁錮在肉體的牢獄裡，卻把自己吃飯的事忘得一乾二淨，這未免有些言行不一致了。

一家人坐下來吃飯了，桌上只擺了幾樣簡樸的冷盤。安傑四下張望，尋找克里克太太送的黑香腸，他早就吩咐過，要照牛奶場上的辦法，把黑香腸好好烤一烤，希望父母也像自己一樣，品嘗一下這東西加了佐料的獨特風味。

---

❽引自賀拉斯《頌詩》第二卷第四十八行。

「啊——好孩子，你在找黑香腸吧！」母親說道。「不過，我敢肯定，你要是聽我說明了原因，你就是不吃黑香腸，也不會有什麼意見的，就像我敢肯定，你父親和我決沒有意見一樣。我們教區有個人，因爲喝酒過多，得了酒狂，眼下不能掙錢養家了，所以我就對你父親說，把克里克太太送的黑香腸，轉送給他的孩子們，你父親同意了，說那些孩子們一定會很高興，於是我們就送去了。」

「當然好啦，」安傑歡快地說道，一面四下尋找蜜酒。

「我發現那蜜酒勁兒太大，」母親接著說道，「不大好當飲料來喝，不過，逢到應急的時候，倒和朗姆酒和白蘭地一樣有用，所以我把它放到藥櫃裡去了。」

「按照規矩，我們在飯桌是從來不喝烈酒的，」父親添了一句。

「可我對牛奶場老板娘該說什麼呢？」安傑說道。

「當然是說實話啦，」父親說道。

「我倒很想對她說——我們非常喜歡她的蜜酒和黑香腸。她是個和和氣氣、愛說愛笑的女人，我一回去，她肯定會問我的。」

「我們既然沒吃沒喝，你也就不能那麼說，」克萊爾先生明言直語地答道。

「哦——是不能說。不過，那蜜酒倒是挺有喝頭的。」

「有什麼？」費利克斯和卡思伯特一起問道。

「哦——這是塔爾勃塞那兒的說法，」安傑臉一紅，答道。他覺得他父母缺乏感情雖說不對，但他們的做法還是正確的，所以也就沒再說什麼。

第二十六章

直到傍晚，作完家庭祈禱之後，安傑才找到機會，跟父親談一兩件悶在心頭的事情。剛才，他跟在兩個哥哥後面跪在地毯上的時候，一面琢磨他們靴子後跟上的小釘子，一面就在盤算這件事。祈禱完以後，兩個哥哥跟著母親出去了，屋裡只剩下了他和父親。

小伙子首先跟父親商談了將來怎樣在英國或殖民地做個大規模農業家的計劃。這時，父親便告訴他說，既然他沒有花錢供安傑上劍橋，他就覺得他有責任每年積攢一筆錢，以備兒子買地或租地用，這樣也就不會覺得自己受到虧待了。

「就物質財富而言，」父親又說，「過不了幾年，你一定會比你兩個哥哥強得多。」

父親既然這麼體貼，安傑就趁機把另一件更關切的事道了出來。他對父親說，他眼下已經二十六歲了，將來從事起農業來，腦袋後面還得有一雙眼睛，才能顧得過那麼多事情——他下地幹活的時候，還有得一個人給他料理家務。因此，他是不是該娶個媳婦了？

父親好像覺得，這個想法不是沒有道理，於是安傑問道：

「我既然要做個克勤克儉的莊稼人，你覺得我得娶個什麼樣的妻子才最合適呢？」

「一個眞正的基督教徒，在你進進出出的必的，都能幫助你、安慰你。除此之外，別的就沒有多大關係了。這樣的姑娘是能找到的。說眞的，我那位眞心誠意的老朋友、老鄰居錢特博士——」

「不過，難道她不該首先要會擠牛奶、攪黃油、做奶酪，知道怎樣叫母雞和火雞孵蛋，怎樣養小雞，緊急的時候能領著工人下地，還能估量牛羊的價錢嗎？」

「是呀，莊稼人的妻子麼，當然應該這樣。這再好不過了。」顯然，老克萊爾先生以前以前從沒想到這幾點。「我剛才還想補充一句，」他又說，「你要想找一個純潔、賢惠的女人，能對你眞正有好處的，當然也最合我和你母親心意的，只有你的朋友默茜，你以前對她還有點意思呢。不錯，我這位鄰居錢特的女兒最近跟著周圍的年輕牧師趕時髦，幾次過節，都用花兒什麼的裝飾聖餐台——有一天，我還聽見她把這說成祭壇，眞讓我震驚。她父親像我一樣，極不贊成這種胡鬧，不過他說這毛病能改正。這只是女孩子家一時任性，我敢肯定，不會永遠這樣的。」

「不錯，默茜既賢惠又虔誠，這我知道。不過，父親，如果有一個年輕女人像錢特小姐一樣純潔，一樣賢惠，雖然不像那位小姐那樣會做教會的事，卻像莊稼一樣會做莊稼活，難道你不覺得這樣一個女人對我更合適得多嗎？」

他父親堅持認爲，莊稼人的妻子先得對人類有保羅那樣的看法，其次才是懂得莊稼活。容易衝動的安傑既要尊重父親的感情，又要促成自己心上的事，於是便虛誇起來。他說，現在命運或老天爺給他送來一個女人，她具備種種條件，可以做一個莊稼人的好幫手，而且性質也絕對是穩重的。他說不準她信奉的是不是他父親的那個正統的低教會派，不過，在這一點上，她還是可以被說服的；她有著單純的信仰，能定時上教堂；爲了誠實，好學上進，頭腦聰明，舉止極爲文雅，像貞女一樣純潔，而且從長相來看，也是百裡挑不出一個來。

「她是出身於你想與之結親的那種家庭嗎？簡而言之，她是個大家閨秀嗎？」他們談話的當兒，他母親悄悄地走進書房，一聽他們的話嚇了一跳，便連忙問道。

「默茜．錢特可是出身於名門世家呀。」

「咳——那有什麼用，媽媽——」安傑急忙說道。「像我這樣的男人，現在要過艱苦的生活，將來也還要吃苦，娶一個大家閨秀有什麼好處呢？」

「默茜可多才多藝啦。多才多藝總是招人喜愛的，」母親透過銀絲眼鏡望著兒子。

「外表上招人喜愛，這對我將來要過的生活有什麼用？至於說到念書，我可以教她。她準會是個聰明的學生，你們要是了解她，也會這麼說的。她渾身洋溢著詩意——一舉一動都是詩，我想我是可以這樣說的。詩人只把詩寫在紙上，她的生活本身就是詩，我敢擔保，她是一個無可指摘的基督教徒；也許正是你們想要宣傳的那種人，那類人。」

「哦，安傑——你是在開玩笑！」

「媽媽，對不起。不過，她眞正差不多每個禮拜天早晨都要去教堂，是一個虔誠的女信徒，因此，我敢說，就看在這條優點的份上，你就不會計較她出身方面的缺陷了，覺得我要是娶個別人，也許還比不上她呢！」本來，他心愛的黛絲和其他女工恪守機械的習俗時，他還有些看不起，因爲她們本質上是信奉大自然的，那樣做顯然是不實在的，他當初做夢也沒想到，這個情況會給他帶來這樣的好處，所以他越說越起勁，越說越懇切。

克萊爾夫婦感到愁悶犯疑的是，兒子聲稱那個陌生的姑娘是個虔誠的基督教徒，可他有沒有資格這樣稱呼自己呢？他們開始感到，那個姑娘的信仰至少是健康的，這是一個不可忽略的優點，特別是這一對的結合定是秉承了上天的旨意，因爲安傑這個人，本來是絕不會把信奉正教作爲擇偶條件的。他們最後說，最好不要倉促行事，但並不反對見見那個姑娘。

因此，安傑暫時也不敘說詳情了。他總覺得，他的父親儘管心地單純，富於自我犧牲精神，但畢竟是中產階級的人，頭腦中還存在一些偏見，需要耍點手腕才能把它們克服掉。這缺陷也不會對他們的生活發生什麼實際影響，但是出於一片孝心，他希望在處理他的終身大事上，不要傷了父母的心。

他在黛絲人生的次要方面大作文章，彷彿那是些決定因素似的，自己也覺得有些自相矛盾。他所以愛黛絲，是因爲他愛她這個人，爲了她的心靈，她的情操，她的本質，而不是因爲她會擠牛奶、攪黃油，會當他的好學生，當然更不是因爲她那單純正統的宗教信仰。她生性純樸，喜歡野外生活，不需世俗的熏染，就能很對他的口味。他認爲，家庭幸福取決於熱烈的感情、強烈的衝動，而教育尚未對此產生什麼影響。也許，經過許多年以後，道德教育和智能教育的體系有了改進，從而能夠客觀的、抑或大大地提高人類天性中不自覺的、甚至無意識的本能；但是，直到現在，據他看來，可以說文化只對受到熏陶的人，產生了一點表皮的影響。近來他與女性的接觸，已從優雅的中產階級擴展到鄉村社會，這就進一步堅定了他的這一信念，使他認識到，一個社會階層裡的聰明賢惠的女子，與另一個社會階層裡的聰明賢惠的女子相比，兩者之間本質上的差別比較小，而同一個社會階層裡的聰明賢惠的女子，與愚蠢邪惡的女子之間，本質上的差別就要大得多。

到了他要離家的那天早晨。他的兩個哥哥早已離開住宅，往北方徒步旅遊去了，旅行結束後，一個回到大學，一個去當副牧師，安傑本來可以和他們一道去，但他更想回到塔爾勃塞，與他的心上人待在一起。要是跟著哥哥們一道去，他會覺得很彆扭，因爲儘管他是三人中最人道主義者，最理想的信徒，甚至是最有造詣的基督學者，但他始終認爲自己是方鑿對不上圓柄，總有一種格格不入的感覺。他對費利克斯和卡思伯特，都沒敢貿然提起黛絲。

母親給他做了些三明治，父親騎著自己的騍馬，送了他一小段路。父子倆一起走在樹木成蔭的籬路上時，安傑因爲自己的事辦得很順利，便一聲不響，甘願聽父親訴說教區工作如何困難重重，他雖然對同行的牧師情同手足，但他們對他卻非常冷漠，因爲他對《新約全書》作了嚴格的解釋，他們認爲這種講法是非常有害無益的加爾文主義。

「有害無益！」老克萊爾先生帶著溫良的嘲弄口吻說道。接著他又敘說了一些經歷，好證明那些人的觀點有多麼荒謬。他說，經過他的努力，教區裡的許多壞心都轉化過來了，其中不僅有窮人，而且還有富人，眞令人驚嘆。他也坦率地承認，還有許多人轉化不過來。說到轉化不過來的人，他舉了一個例子，他姓德伯維爾，是個年輕的暴發戶，住在特蘭嶺附近，離這裡大約四十英里。

「不會是金斯比爾等地的德伯維爾家族的人吧？」兒子問道。「那是個很奇特的名門世家，現在衰敗了，還有一個四馬大車的可怕傳說呢。」

「哦，不是的。原先的德伯維爾家族早在六、七十年以前就滅絕了——至少我認爲是這樣的。這好像是新興的家族，襲用了德伯維爾這個姓。爲了維護以前那個爵士家族的名聲，我還眞希望他是個冒牌貨。不過，眞奇怪，你居然對老門戶發生興趣了。我原以爲，你比我還看不起老門戶呢。」

「你誤解我了，父親，你常常誤解我，」安傑有點不耐煩地說道。「從政治上看，我很懷疑只憑年代久遠有什麼了不起的。就連他們中間一些明智的人，還像哈姆雷特說的那樣，『大聲反對自己所繼承的事業。』不過，從詩情畫意，戲劇色彩，甚至歷史意義上看，我還是很愛慕老門戶的。」

這種區別儘管並不細微，但是老克萊爾先生卻覺得不太難以捉摸，於是便接著講他剛才要講的故事。就在那個所謂的老德伯維爾過世之後，他那年輕的兒子就變得荒淫無度，惡習累累了，儘管他有一個瞎眼的母親，他應該爲此而收斂一些才是。克萊爾老先生去那一帶傳道的時候，聽說了他這個情況，便毫不客氣地抓住機會，向這個罪人道明了他的精神狀態。

雖然他是個外人，來這裡替別人布道，但他覺得這是他的天職，便用〈路加福音〉裡的話作禱文：「你這無知的人哪，今夜必要你的靈魂。」❶年輕人非常憎惡這直截了當的攻擊，後來碰到克萊爾老先生時，兩人爭吵起來，年輕人也不顧他白髮蒼蒼，肆無忌憚把他當眾侮辱了一番。

安傑聽了很難過，臉都紅了。「親愛的父親，」他傷心地說道，「我希望你不要招惹那些無賴，無緣無故地自尋苦惱！」

「苦惱？」父親說道，布滿皺紋的臉上放射出自我克制的光輝。「我只是爲他感到苦惱，那個糊塗可憐的年輕人。你以爲他罵了我，甚至打了我，能給我帶來苦惱吧？『被人咒罵，我們就祝福；被人虐待，我們就忍受；被人毀謗，我們就善勸；直到如今，我們被視爲世界上的污垢，萬物中的渣滓。』❷這段對哥林多人說的古老格言，用到現在還至當不易呢。」

「沒打你吧，父親？他沒動手打你吧？」

「沒有——那倒沒有。不過，我被發瘋的醉漢打過。」

「不會吧！」

「十幾次了，孩子，那算得了什麼？我因此而把他們從謀殺親骨肉的罪孽中拯救出來。他們後來總要感謝我，讚美上帝。」

「但願這個年輕人也能如此！」安傑激昂地說道。「不過，從你剛才說的來看，恐怕他

❶見《聖經・新約・路加福音》第十二章第二十節。
❷見《聖經・新約・哥林多前書》第四章第十二節。

還沒有改悔吧。」

「不過，我們還是希望他能改悔，」老克萊爾先生說。「也許我和他這輩子再也見不著了，可我還要繼續爲他祈禱。不過，也許終究有一天，我那些不管用的話裡，哪會像好的種子一樣，在他心裡發出芽來，開花結果。」

現在，老克萊爾一如既往，像孩子一樣樂觀。做兒子的儘管無法接受父親的褊狹的教條，卻很敬佩他的身體力行，並且認識到，他外表是個虔誠的教徒，內心裡卻是個無畏的勇士。也許，他現在比以往任何時候都更敬佩父親的身體力行，因爲在談到娶黛絲爲妻這件事時，父親一次也沒想到問問她家裡有沒有錢。正是父親的淡薄錢財，才使安傑認爲有必要以務農維生，大概還要使他那兩位哥哥，在年富力強的時候當定了窮牧師。但是，安傑還是照樣敬佩這種精神。說眞的，安傑儘管滿腦子的異端思想，但卻時常覺得，在通曉人情方面，他比兩個哥哥更接近父親。

第二十七章

安傑．克萊爾頂著正午的烈日，騎著馬上山下坡，走了二十多英里，到了下午，來到塔爾勃塞以西一、二英里的一個孤山上，從這裡又望見了那潮濕滋潤、一片青翠的瓦爾谷，或稱弗魯姆谷。他剛一離開山崗，踏上下面河水沖積的肥沃土地，空氣就變得凝重了。夏天的果實、霧氣、乾草、野花，全都噴放出倦怠的芳香，四處瀰漫，此時此刻，似乎把鳥獸、牲畜、蜜蜂和蝴蝶，熏得昏昏欲睡。這時，克萊爾已經非常熟悉眼前的景物了，那些散布在草場上的乳牛，雖然離他還很遠，他卻能一個個地叫出它們的名字。他頗爲得意地認識到，在這裡，他能從人生內部觀察人生，這是他學生時代不曾有過的現象。他雖然很愛他的父母，但是在家裡住了一陣之後，再回到這裡，不禁覺得像是擺脫了羈絆一般。在這塊地方，就連英國鄉村社會對人情的平常約束都沒有，因爲塔爾勃塞並沒有住在本地的鄉紳地主。

牛奶場戶外，一個人影都見不到。場裡的人像往常一樣，都在睡午覺，因爲夏天早晨起得太早，午後必得睡上一兩個鐘頭。門口插著一根剝了皮的帶杈的死橡樹枝，上面掛著許多經過無數次擦洗而變得又濕又白的木箍奶桶，好像一頂頂帽子掛在帽架上，現在全都擦洗得乾乾淨淨，準備晚上擠牛奶用。安傑走進屋，穿過靜悄悄的過道，來到後面，停住腳聽了一陣。車房裡睡著幾個男工，從裡面傳來持續不斷的鼾聲。再遠一點的地方，熱得難受的豬發出嗯嗯唧唧的叫聲。大葉的大黃和卷心菜也都睡著了，寬闊發軟的葉片垂在陽光下，好像一把把半開半閉的傘。

他解下馬轡頭，給馬上好草料，又回到屋裡時，鐘正好打了三下。三點是下午撇奶油的時候，所以鐘聲一敲，就聽見樓上地板咯吱咯吱地響，隨後就聽見有人下樓腳步聲。這是黛絲的腳步聲，轉眼間，她就來到了克萊爾眼前。

她沒聽見克萊爾走進屋，也沒想到他會待在這裡。她打著呵欠，克萊爾瞧見她嘴裡紅艷艷地像蛇信。黛絲把一隻手臂高高地舉到盤起的髮辮上面，克萊爾看見那沒讓太陽曬黑的肌膚又細又嫩，像緞子一般。黛絲睡得臉上紅撲撲的，眼皮也惺忪地覆在瞳仁上。她渾身煥發著青春的氣息。就在這種時刻，一個女人的靈魂比任何時候更能活生生地體現出來，最空靈的美也變得有血有肉，性表現也有了外在的形式。

這時候，她臉上的其他部分還沒完全醒過來，兩隻眼睛卻在惺忪朦朧中，閃閃放出光芒。她帶著羞羞答答、驚喜交集的奇特神情，大聲嚷道：

「哦，克萊爾先生——你嚇了我一大跳——我——」

起初，她還沒有理會到，克萊爾向她表明心跡之後，他們兩人的關係已跟以前不一樣了；但是，一見克萊爾脈脈含情地走到樓梯跟前，她才完全醒悟，臉上也顯現出來了。

「親愛的寶貝黛絲！」克萊爾低聲說道，一面伸手摟住她，把臉貼著她那通紅的面頰。「看在上天的分上，以後千萬別再叫我『先生』啦。我這麼急急忙忙地趕回來，全是爲了你呀！」

黛絲那顆容易激動的心，緊貼著克萊爾的心，怦怦直跳，表示迴響。他們就站在樓梯口的紅磚地上，克萊爾把她緊緊地摟在懷裡，陽光透過窗戶斜射進來，照在克萊爾的背上，也照在黛絲低垂的臉上，照在她太陽穴的青筋上，照在她裸露的胳膊和脖頸上，同時射進她那頭秀髮的深處。她是穿著衣服睡覺的，所以身上暖烘烘的，就像曬過太陽的貓一樣。起初，她不敢直視克萊爾，但是過了不久，她就抬起眼睛，克萊爾也用雙眼探索她那深不見底、變幻莫測的瞳仁，只見從中射出一縷縷有藍、有黑、有灰、有紫的光彩。這時，黛絲一直瞅著他，就像是夏娃第二次醒來打量亞當一樣。

「我得去撇奶油了，」她懇求道。「今天只有老德布一個人幫我。克里克太太跟著克里克先生趕集去了，雷蒂不太舒服，別人都出去了，要到擠奶的時候才能回來。」

兩人走進牛奶房的時候，德博拉·法因德出現在樓梯口。

「德博拉，我回來啦，」克萊爾先生仰起臉來說道。「這樣，我可以幫黛絲撇奶油了。我知道你一定很累，你就不用管了，到擠奶的時候再下來吧。」

也許，塔爾勃塞的奶油那天下午沒撇乾淨，黛絲像在夢中一般，天天熟悉的東西，看來有光有影，還有一定的位置，可就是沒有特別的輪廓。她每次把撇油勺子拿到水泵下面沖涼的時候，她的手就老是發顫。克萊爾那熾烈的情感幾乎炙手可熱，她似乎給燙得直畏縮，就像是烈日下的一株植物。

這時，克萊爾又把她緊緊摟在身邊，她用食指抹去掛在鉛盆邊上的奶油，而克萊爾則用天然的辦法舔淨她的食指。塔爾勃塞牛奶場上無拘無束的生活方式，現在倒是很方便了。

「最親愛的，遲說不如早說，」克萊爾又很溫柔地說道。「我想問你一個非常實際的問題。自從上個禮拜在草場上那一天以後，我就一直在盤算這件事。我不久就想成家了。你瞧，我既然是個莊稼人，也就需要一個懂得管理農場的女人做妻子。黛絲，你願意做那個女人嗎？」

克萊爾把話說得很沈穩，免得黛絲以為他是一時衝動，他知道衝動是不理智的。

黛絲顯得非常憂慮。她天天和他接近，勢必要愛上他，對於這，必然結果，她早就認可了。但是，對於這突如其來的另一必然結果，她卻沒有料到。說眞的，克萊爾自己也沒打算這麼快就向她提出這個問題。黛絲既然要正大光明，就把原先不可避免地發過誓的話，又嘟噥了一番，儘管說話時的痛苦心情，決不亞於離別人世時的悲痛。

「哦，克萊爾先生——我不能做你的妻子——我不能！」

黛絲宣布自己這一決定的聲音，彷彿把她的心都撕裂了，她痛苦地垂下了頭。

「可是，黛絲！」克萊爾聽了她的回答，感到十分驚奇，急切地把她摟得更緊了。「你不答應嗎？你肯定愛我吧？」

「哦，是的，是的！我倒寧願屬於你，不願意屬於世界上任何其他人，」這個痛苦的姑娘，用誠摯甜蜜的聲音回答道。「不過，我不能嫁給你！」

「黛絲，」克萊爾把她推開一點，伸著手臂抓著她，「難道你跟別人訂過婚啦！」

「沒有，沒有！」

「那你爲什麼拒絕我?!」

「我不想結婚！我沒想過要結婚。我不能結婚。我只想愛你。」

「可這是爲什麼？」

黛絲給逼到只好尋找托詞的地步，便結結巴巴地說道：「你父親是做牧師的，你母親也不會讓你娶一個像我這樣的人。她要讓你娶一位大家閨秀。」

「沒有的話——我已經跟他們兩人都說過了。我這次回家，就是爲了這件事。」

「我覺得我不能嫁人——永遠不能，永遠不能！」黛絲重覆說道。

「你是不是覺得事情來得太突然了，我的美人？」

「是的——我沒有料到。」

「那就請你別掛在心上，黛絲，我會給你時間的，」克萊爾說道，「一回來就跟你講這件事，是太突然了。我暫時不再提這件事了。」

黛絲又拿起鋥亮的撇油杓子，放在水泵下面，重新幹起活來。但是，儘管她試了又試，卻不能像往常那樣，以熟練的技巧，恰好撇到奶油的底層。她時而撇到牛奶裡，時而又撇個空。她幾乎什麼也不看見，兩眼讓傷心的淚水迷住了，而那件傷心事，她對她這位最好的朋友和親愛的保護人，是永遠無法解釋的。

「我撇不了啦——撇不了啦！」黛絲背過臉去，說道。

克萊爾還挺體貼的，為了不再煩擾她，妨礙她做事，便與她泛泛地閒聊起來。

「你完全把我父母看錯了。他們都是最樸實的人，非常謙和。福音派教徒已經所剩無幾了，他們就是其中的兩位。黛絲，你是福音會教徒嗎？」

「我不知道是不是。」

「你能按時上教堂，我還聽人說，我們這兒這位牧師不是高教派的。」

黛絲雖說每個禮拜都上教堂，聽那位牧師講道，但此人究竟是屬於哪一派，她卻鬧不清楚，似乎比一次也沒聽過他講道的克萊爾還鬧不清楚。

「我真希望我在那兒能專心致志地聽講，可惜做不到，」黛絲籠統而穩妥說道。「這常常使我感到難過。」

她說這番話的時候，顯得非常真誠，因此克萊爾心想，縱使她鬧不清自己到底是高教派，低教派，還是廣教派，他父親也不會由於宗教原因，而不贊成她。他知道，實際上，黛絲顯然在孩提時代形成的這些混亂信仰，在措辭上被稱作牛津運動論❶，實質上卻是泛神論。這些信仰不管混亂與否，克萊爾是決不想再去攪合的。

妹妹祈禱時，你別去打擾
她早年的天堂、快活的見解；
也別用含混的暗示去混淆
她生命中樂曲般的和諧。❷

克萊爾以前偶爾覺得，這段忠告儘管說得很動聽，但並非很誠懇，不過現在他還是樂意遵奉。他又說起他回家探親的情況，說起他父親的生活方式，以及他信念的熱中。黛絲漸漸安靜下來了，撇起奶油來也不那麼沒有準頭了。她撇了一盆又一盆，克萊爾跟在她後面，幫著撥去盆上的塞子，把牛奶放出去。

「你剛進屋的時候，我覺得你有點垂頭喪氣的，」黛絲貿然說道，一心想使談話不要牽扯到自己。

「是的——我父親把他的煩惱和難處，對我講了一大堆，這話題總叫我心裡不好受。他熱情太高了，碰到與他思路不同的人，老碰釘子，老受打擊。他那大年紀了，我一聽說他受到這樣的侮辱，心裡就不是滋味，特別是想到他如此認眞毫無用處時，我心裡就更不好

❶牛津運動是一八三三—一八四一年間在牛津大學發生的宗教運動，主張國教歸向天主教。
❷引自丁尼生《悼念集》第三十二首第二節。

受。……他跟我講起他最近遇到了一件很不愉快的事情。他作為一個傳教會的代表，到離這兒四十英里的特蘭嶺附近去傳道，在那兒遇見一個放蕩不羈、玩世不恭的年輕人，就擔起責任來，想勸說他改邪歸正。他是那一帶一個地主的兒子，母親是個瞎子。我父親直言不諱地勸導那個年輕人，不想惹出一場亂子。我認為我父親太傻了，明明是不可救藥的一個人，他卻硬要去勸說。不過，無論什麼事，只要他認為是他分內的事，他就非做不可，不管適時不適時。當然，他得罪了許多人，其中，不僅有道德敗壞的人，還有行為隨便的人，都不願意讓別人來管自己。他卻說，他為受辱感到光榮，他的勸導會間接帶來好處。不過，他如今已經上了年紀了，我希望他不要再自找苦吃了，讓那些豬玀一般的傢伙儘管墮落去吧！」

黛絲臉上露出冷漠、憔悴的神色，豐潤的嘴唇顯現出戚楚的情態。但她一點也不顫抖了。克萊爾只顧回想父親，沒有仔細注意黛絲。他們就這樣不停地撇著那一長溜長方形盆子裡的奶油，直到全部撇完，並把牛奶都放出去。這時，別的女工也都回來了，提起了牛奶桶，老德布也出來了，用燙水把鉛盆洗刷乾淨，準備盛新奶。黛絲剛要動身到草場上擠牛奶，克萊爾輕柔地問她：

「我問的那樁事怎麼樣啊，黛絲？」

「哦，不行，不行！」黛絲懷著絕望的心情，正顏厲色地答道。

原來剛才聽到克萊爾說起亞歷克．德伯維爾的放蕩行為，她不禁又想起了自己辛酸的往事。「這不可能！」

黛絲出了門，朝草場走去，一躍來到了別的女工中間，彷彿想讓戶外的空氣驅走她心中的抑鬱。女工們都朝遠處母牛吃草的地方走去。這群姑娘走起路來，就像野獸一樣大大咧咧，自由自在——完全是在漫無邊際的大自然中生活慣了的女性，所具有的那種放浪形駭、洒脫不拘的動作——她們在大氣裡逍遙自在，如同游泳的人隨波逐浪似的。克萊爾覺得既然黛絲又出現在眼前，他理所當然應該從無拘無束的大自然中，而不是從矯柔造作的女人國裡，選擇配偶。

第二十八章

黛絲的拒絕儘管出乎意料，但是並沒有使克萊爾感到氣餒。他與女性打過不少交道，因而知道他們的否定回答，往往只是肯定回答的前奏。然而，他的經驗也很有限，所以並不知道，目前的這個否定回答卻是一次例外，完全不同於其他女人的弄乖賣俏、忸怩作態。他覺得，黛絲已經允許他向她求愛了，這是一種格外的保證，但他沒有完全意識到，在田野和牧場上「嘆息不會沒有酬報」❶，絕不能被視爲枉費心機。在這裡，女人往往不經過周密思考，只想體驗愛情的甜蜜滋味，就接受男人的求愛，不像雄心勃勃、愁慮重重的人家那樣，那種人家的姑娘只渴望找個歸宿，從而葬送了那種以情感爲目標的健康想法。

「黛絲，你怎麼拒絕得那麼堅決呀？」過了幾天，克萊爾向她問道。

黛絲吃了一驚。「別問我啦。我跟你說過原因——部分原因。我不夠格——那是配不上你的。」

「怎麼配不上？因爲不是大家閨秀？」

「不錯——差不多是這樣，」黛絲小聲說道。「你家裡人一定看不起我。」

「你眞把他們看錯了——把我父母親都看錯了。至於我哥哥。我並不在乎——」克萊爾用手緊緊扣住她的腰，不讓她溜掉。「聽著——親愛的，你剛才說的不是眞心話吧？我敢說

❶語出莎士比亞〈哈姆雷特〉第二幕第二場：「情人的嘆息不會沒有酬報……」

一定不是！你搞得我心不定，看不成書，玩不下去，什麼也做不了。我並不著，黛絲，不過我想知道——想從你溫柔的嘴唇裡得知——你有朝一日將屬於我的——至於是哪一天，任你選擇，不過，總有那一天吧？」

黛絲只能搖搖頭，把目光從他身上移開了。

克萊爾卻瞅著她，仔細查看她臉上的神情，彷彿那上面刻著象形文字似的。她的拒絕好像是眞的。

「那我就不該這樣摟著你了——是吧？我對你是沒有什麼權利的——沒有權利來找你，沒有權利跟你遊逛！……說實話，黛絲，你是不是愛上別人了？」

「你怎麼問得出來呀？」黛絲繼續克制自己，說道。

「我差不多也知道你沒有。可你爲什麼要拒絕我呢？」

「我沒有拒絕你。我喜歡聽你——對我說你愛我。你跟我在一塊的時候，可以隨時對我說這樣的話——我決不會生氣！」

「可你不想要我當你丈夫嗎？」

「啊——那是另一回事了——那是爲你好，眞的，最親愛的！哦，我相信我的話，可我不想得到這份幸福——因爲——因爲我心裡很清楚，我不應該這樣做。」

「但你會使我幸福的！」

「啊——你是想當然，可你並不明白！」

每逢這種時候，克萊爾總以爲黛絲所以拒絕他，是因爲她覺得自己在社交禮儀方面不合格，有些自卑，因此他老說，黛絲見多識廣，多才多藝——此話的確不假，因爲黛絲生性聰敏，對克萊爾又很傾慕，因此他說話的語調，使用的字眼，以及他那些零零碎碎的知識，都讓她學去了，達到令人吃驚的地步。經過一番溫和的爭論，黛絲獲勝以後，總要獨自離開，如果是擠奶的時候，就跑到最遠處的奶牛身下，如果是空閒的時候，就躲進莎草叢裡，或溜進自己房裡，默默地傷心，儘管不到一分鐘之前，她還故作冷漠，表示拒絕。

黛絲在進行可怕的思想鬥爭。她的心堅決與克萊爾的心站在一邊——兩顆火熱的心，在和一丁點可憐的良心相抗爭——她竭盡全力，來增強自己的決心。她原是拿定了主意，才來到塔爾勃塞的。她無論如何也不同意嫁人，免得讓丈夫娶了她以後，又痛恨自己瞎了眼。她總認爲，她在頭腦清醒時憑良心作出的決定，現在可不能輕易的動搖。

「爲什麼沒有人把我的事告訴他呢？」她說道。「那地方離這兒只不過四十英里遠——那樁事怎麼就沒傳到這兒來呢？一定有人知道？」

但是，卻好像沒有人知道，也沒有人告訴他。

又過了兩三天，誰也沒有再提這件事。黛絲見同屋伙伴一個個愁眉苦臉，便由此猜想，她們認爲克萊爾不僅喜歡她，而且選中了她。不過，她們也該看得出來，黛絲並沒有往他跟前湊。

黛絲以前從未體驗到，她的生命之線明顯地分成兩股，一股是眞正的快樂，一股是眞正的痛苦。下一次做奶酪的時候，又剩下他們倆在一起了。老板本來也在幫忙，但他和老板娘近來似乎有點犯疑，覺得這兩個人彼此有些意思。不過，他們倆總是小心翼翼的，外人只是隱約有點猜疑罷了。不管怎麼說，老板還是躲開了他們。

他們把凝乳一塊塊地弄碎，放進桶裡。這一動作，就像把大量麵包弄成碎屑一樣。黛絲．德貝菲爾的兩隻手，讓潔白的凝乳一襯托，看上去宛如粉紅的玫瑰。安傑正在用手一捧一捧地往桶裡裝凝乳，裝著裝著，突然停住了，用雙手捂住了黛絲的手。黛絲的袖子高高地捲在胳膊肘以上，他彎下身子，在她那柔潤的胳膊內側的血管上吻了一下。

九月初的天氣雖然還很悶熱，但是黛絲的胳膊由於浸在凝乳裡，克萊爾吻上去覺得又涼又濕，就像新採的磨菇一般，而且還有乳青的味道，不過，黛絲是個感覺敏銳的人，克萊爾的嘴唇一觸到她的胳膊，她的脈搏就加快了速快，熱血就衝到了指尖，原先發涼的手臂變得又紅又熱，這時，她心裡好像在說：「現在用得著再羞羞答答嗎？男人與女人之間，就像男人與男人之間一樣，眞情假不了。」因此，她抬起眼睛，兩道目光柔情似水地射進他的眼裡，上唇微微撅起，含情脈脈地嫣然一笑。

「黛絲，你知道我爲什麼親你嗎？」克萊爾說道。

「因爲你非常愛我啊！」

「是的，同時也是再次求婚的準備。」

「別再提啦！」

黛絲突然露出害怕的神色，唯恐抵擋不住自己的慾望。

「哦，黛絲！」克萊爾接著說。「我眞不明白你爲什麼這樣逗引我。你爲什麼讓我這樣失望？你幾乎像一個賣弄風情的人，我敢說，你就是——一個都市裡頭等賣弄風騷的女人！這種人就像你一樣，冷一陣熱一陣，叫人捉摸不定。眞沒想到，在塔爾勃塞這麼偏僻的地方，會碰到這種事。……不過，最親愛的，」克萊爾發現他的話刺痛了黛絲，便急忙補充說，「我知道你是天下最誠實、最純潔的姑娘。我怎麼能把你看成是一個風騷女人呢？黛絲，如果你眞像看上去那樣愛我，那你爲什麼不願意做我的妻子呢？」

「我從沒說過我不願意，我決不會那麼說，因爲——我沒有不願意呀！」

黛絲已經克制到不能承受的地步，嘴唇都顫抖起來，因此只得跑開。克萊爾心裡又難過，又納悶，便朝黛絲追去，在過道裡把她捉住了。

「跟我說，跟我說！」他忘了手上滿是凝乳，非常激動地把她抱住了。「你一定得跟我說，你只屬於我，不屬於別人！」

「我會的，我會跟你說的。」黛絲大聲叫道。「你要是現在放開我，我會給你一個詳盡的回答。我會把我的經歷——我的一切——全都告訴你！」

「你的經歷？親愛的，當然好啦，說多少都行。」克萊爾瞧著她的臉，用愛憐的戲謔口吻表示允諾。「毫無疑問，我的黛絲經歷的事情，就和今天早上在園子裡頭一次開放的野旋花差不多一樣多。你什麼都可以跟我說，就是別再使用配不上我之類的討厭字眼。」

「我盡量——不說吧！我明天向你說明原由——還是下個禮拜吧。」

「禮拜天好嗎？」

「好的，就禮拜天吧。」

黛絲終於走開了，一直走到牛奶場盡頭那從削去樹梢的柳樹中間，才停住腳步，躲在這裡，誰也看不見她。她一下子撲倒在樹下瑟瑟作響的針茅上，如同倒在床上一般。她蜷縮著身子，滿腔的悲切夾雜著一陣陣的喜悅；儘管她對將來的結局感到恐懼，候恐懼並不能完全壓抑住內心的喜悅之情。

實際上，她對克萊爾的要求已經默認了。她的每一次呼吸，血液的每一次流動，耳朵裡聽到的每一次心跳，都是一聲呼喊，和天性聯合起來，反抗她的重重顧慮。毫無顧忌地答應他，在神壇面前和他結合，什麼情況也不透露，他會不會發現完全聽其自然，不等痛苦臨頭，先痛痛快快地享樂一番，這就是愛情給她的忠告。黛絲幾乎懷著一種狂喜的驚恐心理，憑直覺意識到，儘管好幾個月她獨自進行自我懲罰，自我鬥爭，反覆冥思苦索，想出種種辦法，將來要過一輩子嚴酷的獨身生活，但是，愛情的忠告必將戰勝一切。

下午的時光慢慢地流逝。黛絲依然躺在柳樹叢中。她聽見了從橡樹杈上取下牛奶桶時的哐噹的響聲，也聽見了往一塊趕牛的噢噢的吆喝聲。但她沒有去擠牛奶。她若是去了，人家一定會看出她心神不定，老板準會以為是談戀愛引起的，非要嘻嘻哈哈地跟她打趣不可，她可受不了這種戲謔。

她的戀人一定猜出了她的緊張心理，為她不露面編了一個藉口，因為當時沒人問起她，也沒有人要找她。六點半的時候，太陽落山了，把天空輝映得好像一座大熔爐，不一會功夫，月亮從東方升起來了，宛如一個碩大無朋的南瓜。那一棵禿頭的柳樹，由於不斷遭受砍伐的緣故，都失去了自然形態，現在叫月亮一襯托，就像一群棘頭的怪物。黛絲走進屋裡，摸黑上了樓。

那天是禮拜三。禮拜四來臨了，克萊爾滿腹心事地從遠處看著她，但卻從不上前去打擾她。瑪麗安和別的仕場女工，似乎都在猜想事情一定有了眉目，因為她們在寢室裡不再對她說東道西了。禮拜五過去了；禮拜六也快過去了。明天就是約定的日子。

「我要屈服了——我要答應了——我要嫁給他——我實在沒有辦法！」那天晚上，她聽見另一位姑娘在睡夢中嘆著氣呼叫克萊爾的名字，就不免懷著妒意，把滾燙的臉貼在枕頭上，氣喘吁吁地說道。「我不能讓別人嫁給他，只能是我！不過，這會對不起他的，他要是知道了，那會要了他的命！哦，我的心哪——哦，哦，哦！」

第二十九章

第二天早晨，克里克老板坐下來吃早飯的時候，帶著打啞謎的神氣，望著嘴裡嚼著東西的男男女女，說道：「你們猜猜看，我今兒個早上聽到誰的消息啦？你們就猜猜是誰吧？」

大伙一個接一個地猜著，克里克太太卻沒猜，因爲她早就知道了。

「得了，」老板說，「就是那個吊兒郎當的渾小子，那個婊子養的杰克．多洛普。他不久前跟一個寡婦結婚了。」

「不會是杰克．多洛普吧？他是個混蛋——想想他那個德行！」一個男工說道。

這個名字頓時鑽到黛絲的腦子裡去了，因爲那個欺騙了自己的情人，後來又被情人的母親在攪乳機裡狠狠攪了一通的壞小子就叫這個名字。

「他還眞遵照許諾，娶了那個凶猛老太婆的女兒？」安傑．克萊爾心不在焉地問道。克里克太太看他是個體面人，平常總把他打發到一張小桌子上，眼下他就坐在這張小桌子旁邊翻閱報紙。

「他才沒呢，先生。他壓根兒就沒想娶她。」老板答道。「我剛才說了，他娶了一個寡婦，這寡婦好像有幾個錢——一年大約有五十來鎊，他就是衝著這幾個錢來的。他們急急忙忙地結了婚，事後寡婦對他說，她這一出嫁，就失掉了她一年五十鎊。你們想想看，那位先生聽到這個消息，心裡該是什麼滋味！打那時候起，他們倆成天雞鳴狗鬥的，簡直不是人過的日子！這小子眞活該。不過那個女的也倒楣，跟著吃盡了苦頭。」

「那個傻瓜早就該告訴那小子，說她頭一個男人的鬼魂會來纏她的，」克里克太太說。

「唉，唉，」老板含含糊糊地應道。「不過，你們也能看出個名堂。那女人想要有個家，所以不敢冒失，就怕失去他。姑娘們，你們不覺得是這麼回事嗎？」

他朝那溜姑娘掃了一眼。

「她應該趁去教堂的時候，把那話說給他聽，叫他沒法兒變卦，」瑪麗安大聲嚷道。

「是呀——是該這樣，」伊茲贊同道。

「那女人一定早就看出他圖的是什麼，根本不該答應他！」雷蒂突然迸出了這麼一句。

「你是怎麼看的，親愛的？」老板問黛絲。

「我覺得她應該——把實情告訴他——要麼就索性不答應他——不過，我也說不清楚，」黛絲答道，一下子讓黃油麵包噎住了。

「我才不幹那種傻事呢，」貝克．尼布斯說道，他是個成了家的男工，住在附近的農舍裡。「在情場和戰場上，一切手段都是正當的。要是換成我，我也會像那個女人一樣，嫁給那個男人，我跟頭一個男人的事，不管是什麼，只要我不想說，就一點也不向他透露，他要是膽敢抱怨一聲，說我事先不告訴他，我就拿起擀麵杖，把他打倒在地上——就像他那樣的小瘦猴啊！那個女人都能把他打趴下。」

大家一聽這番俏皮話，都哄堂大笑起來，黛絲為了隨和起見，也跟著苦笑了一下。別人覺得可樂的，她卻認為是可悲的，大家那樣歡笑，她簡直受不了。過了不久，她就離開了飯桌，心想克萊爾可能要跟著她，便順著一條蜿蜒曲折的小路往前走去，時而走在水渠的這邊，時而跨到水渠的那邊，直至走到瓦爾谷的主流河畔，才站住了腳。這時候，有些工人正在河上游割水草，只見一堆一堆的水草從她面前飄過，彷彿是綠色毛莨築成的孤州，她簡直可以站上去飄遊了。河裡打了許多木樁，擋住牛不要過河，這些木樁上纏著一叢一叢的水草。是呀，事情就可悲在這裡。一個女人說出自己的遭遇，這個問題對她自己是最沈重的十字架，對別人卻不過是笑料而已。這就好像看到別人殉難，也要嘲笑似的。

「黛絲！」她身後傳來一聲呼喚。接著，只見克萊爾跳過小水溝，站到了她跟前，「我的太太——馬上就是了！」

「不，不，我不能做你太太，我是爲你著想啊，克萊爾先生。所以我不能答應你。」

「黛絲！」

「我還是不能答應！」黛絲重覆說道。

克萊爾沒有料到會有這種事，說完話以後，就伸出手臂，輕輕地摟住了她的腰，她那下垂髮辮之下的腰。（這些年輕的擠奶女工，包括黛絲在內，禮拜天吃早飯以前總是披著長髮，等到吃完飯要上教堂的時候，才把頭髮高高地盤起來。平常擠牛奶時，要把頭靠在牛身上，就不能梳這種髮型了。）假如黛絲不是拒絕，而是答應了，克萊爾一定會吻她的，他顯然是有這個意圖，可是，黛絲既然堅決不答應，像他那樣謹愼多慮的人，也不敢貿然行事了。克萊爾覺得，假如他們不是住在一起，黛絲有辦法躲開他，那他再甜言蜜語地對她施加壓力，倒也沒有什麼說不過去的；可眼下他們住得那麼近，不但天天見面，他再那樣逼迫她，就有些不正當了。他剛摟住她的腰，又把手臂鬆開了，忍住了沒有去吻她。

事情就虧在這一鬆手上。這一次，黛絲所以拒絕他，完全是因爲剛才聽老板講了那個故事，他只要再堅持一會，黛絲就頂不住了。但是，安傑卻沒有再說什麼，他帶著茫然不知所措的神氣走開了。

他們還是天天見面——只是沒有以前那麼頻繁了。就這樣，又過了兩三個禮拜。快到九月底了，黛絲從他的眼神裡看得出來，他也許還要向她求婚。

現在，克萊爾採取了新的行動方式——好像他已經認定，黛絲畢竟年紀輕輕，害臊怕羞，一碰到人家向她求婚這樣的美事，不禁有些驚慌失措，因此便拒絕了他。每次提到這個問題，她動不動就採取一副躲躲閃閃的態度，這使他越發相信他猜想得不錯。於是，他就耐著性子，變得更加溫存了。儘管沒動手動腳，沒有再去摟抱親吻，但卻甜言蜜語，費盡了口舌。

克萊爾就這樣堅持不懈地向黛絲求愛——無論是在擠牛奶、撇牛奶、攪黃油、做奶酪的時候，還是待在孵雛的雞群、下崽的豬群中間，他總是低聲細語地向她傾訴衷腸，就像牛奶潺潺流淌一般——以前，天下的擠奶女工——誰也沒有遇見這樣一個男人——受過如此纏綿的追求。

黛絲心裡明白，她是肯定頂不住的。從宗教意義上看，她認爲前一次的結合具有一定的道德效力，從良心上講，她覺得應該坦率地說出一切，這兩方面的認識，都無法使她長久堅持下去。她熱烈地愛著克萊爾，在她的心目中，克萊爾猶如神明一般。她雖然沒有受過薰陶，但天性嫻雅，從心裡渴求他的監護、指導。因此，儘管她反覆不停地對自己說：「我決不能做他的妻子，」但是說了也是白搭。其實一個沈得住氣的人，是用不著這樣反覆念叨的，這這念叨本身恰好證明了她的軟弱無力。她每次聽到克萊爾舊話重提，心裡不禁又驚又喜，她害怕自己改口，但是又渴望自己改口。

克萊爾抱定了這樣的態度——其實，哪個男人不是抱定這樣的態度？——好像無論在什麼情況下，無論她有什麼變化，蒙受了什麼罪名，給披露了什麼內情，他都會照樣愛她，照樣疼她，照樣保護她，他這態度使黛絲感到溫馨，她心中的憂鬱漸漸減少了。這時候，眼看秋分時節就要到了，儘管天氣還很晴朗，白天卻越來越短了。牛奶場裡幹早活時，又要點很長時間的蠟燭。一天早晨，在三、四點之間，克萊爾又一次提出求婚了。

當時，黛絲像往常一樣，穿著睡衣跑到他的門口，把他叫醒，接著又回屋穿好衣服，把別人也都叫醒。十分鐘之後，她手裡拿著蠟燭，走到了樓梯口。就在這當兒，克萊爾穿著襯衫，從閣樓上走下來，伸手擋住了樓梯口。

「聽著，賣弄風情的小姐，你先別下樓，」克萊爾以強制的口吻說道。「我上次跟你說過之後，都過了兩個禮拜了，不能再拖下去了。你非得告訴我什麼意思，不然我就離開這個地方了。我的門剛才半開著，我看你出來了。爲了你的安全起見，我非得走不可。你是不知道啊。怎麼樣？你總該答應我了吧？」

「克萊爾先生，我剛起床，你要找我麻煩，未免太早了吧？」黛絲撅著嘴說道：「你不要叫我賣弄風情的小姐啦。這太刻薄了，也不確實。再等一陣吧。請再等一陣吧！在這期間，我一定把這事認認眞眞地想一想。讓我下樓去吧！」

說罷，她把蠟燭擎在一邊，勉強作出一副笑臉，試圖抵銷她話裡的正經意味，看上去還眞有點賣弄風情的樣子。

「那就叫我安傑好啦。別叫克萊爾先生。」

「安傑。」

「最親愛的安傑——爲什麼不這樣叫？」

「那不就等於我答應你了嗎？」

「那不過是等於說你愛我，儘管你不能嫁給我。你還不錯，早就承認這一點了。」

「那好吧，如果非要我叫，我就叫啦：『最親愛的安傑，』」黛絲小聲說，一邊望著蠟燭，雖然心裡七上八落，還是調皮地撅了撅嘴。

克萊爾早就打定了主意，得不到黛絲的允諾，他就決不去親她。不過，眼見黛絲站在那裡，擠奶服的袖子很好看地捋起來了，頭髮隨隨便便地盤在頭上，準備撇好奶油、擠完牛奶以後，再從從容容原重新梳理，這時，克萊爾不知怎麼啦，違背了自己的決心，把嘴唇往她臉上貼了一下。黛絲急急忙忙下了樓，既沒回頭看他，也沒再說一句話。別的女工已經都在樓下了，他們兩人沒有再提這件事。除了瑪麗安以外，大家都帶著好奇、懷疑的神情看著他倆，這時，在屋外清冷的晨曦的映襯下，屋內那黃幽幽的燭光顯得非常慘淡。

隨著秋天的臨近，牛奶出得少了，撇奶油的工作也一天比一天輕鬆了。那天撇完奶油之後，雷蒂一伙人都出去了。一對戀人也跟在她們後面。

「我們這種捉摸不定的生活和她們的大不一樣，是吧？」克萊爾望著三個姑娘迎著灰暗清冷的晨光，腳步輕捷地走在前面，若有所思對黛絲說道。

「我想差別不是很的吧，」黛絲說道。

「你爲什麼這樣想呢？」

「女人的生活麼，很少有不是——捉摸不定的，」黛絲回答道，說到那個新字眼時頓了一下，彷彿受了觸動似的，「她們三個比你想的好多啦。」

「她們有什麼好的？」

「她們三個，」黛絲說道，「差不多個個都能——也許都能——做一個比我強的太太。她們也許像我一樣愛你——差不多一樣。」

「哦，黛絲！」

儘管黛絲無畏地下定決心，要慷慨地犧牲自己，成全別人，但是，一聽到這聲不厭煩的驚叫，她又顯得大為欣慰。既然已經慷慨過了，她也就沒有能力再次作出自我犧牲了。這時，一個住在場外農舍裡的男工走過來了，因此，兩人也就沒有再提起與他們休戚相關的那件事。不過，黛絲心裡明白，事情當天就會有個定局。

下午，場裡有幾個長工和幫手像往常一樣，跑到離牛奶場很遠的草場上，有好些奶牛就在那裡擠奶，不趕回家裡。隨著母牛肚裡的牛崽越長越大，牛奶就出得越來越少了，牧草豐茂季節雇來的臨時工也都打發走了。

大伙慢慢悠悠地幹著活。草場上趕來了一輛大馬車，車上裝了許多高大的鐵罐；工人們每擠滿一桶奶，就倒進這些大鐵罐裡。擠好了奶的牛，都懶洋洋地走開了。

克里克老板也和大伙在一起幹活，他那擠奶的圍裙，在傍晚鉛灰色天空的映襯下，顯得白得出奇。他擠著擠著，突然看了看他那只大錶。

「哎呀，沒想到這麼晚了，」他說，「天哪——咱們要是不趕緊，這些牛奶就來不及送到車站了！今兒沒功夫把這些奶送回家，跟早上擠的奶摻和了再送走。只得從這兒直接送到車站。誰願意趕車去送？」

這事本與克萊爾無關，可他卻自告奮勇，還請黛絲陪他一道去。那天傍晚，儘管沒有太陽，可在那個季節裡，天氣還算是比較悶熱，黛絲從家裡出來時，只扎著擠奶頭巾，卻沒穿短上衣，胳膊也露在外面，這身打扮當然不適合跟車啦。因此，她瞟了一下身上的單薄衣服，算是表示回答。但是，克萊爾卻在柔聲細氣地慫恿她。她最後還是同意了，就把奶桶和凳子交給了老板，托他帶回家。隨後，就上了馬車，坐在克萊爾身旁。

第三十章

天色漸漸暗淡，他們倆坐著車，順著平坦的大道，穿過一片一片的草場，往前駛去。這些草場伸展到灰濛濛的遠處，直到埃格敦荒原那幽暗陡峭的山坡，才算到了盡頭。山頂上，長著一叢叢、一片片的冷杉，尖尖的樹梢看起來像是一個個有雉堞的塔樓，聳立在前面灰暗的魔堡上面。

他們坐在一塊，只覺得彼此十分親近，好久沒有顧得說話，四周一片寂靜，只聽到身後高罐裡的牛奶發出叮咚叮咚的聲音。他們走的那條籬路非常僻靜，樹上的榛子全部留在枝頭，等著自己從殼裡脫落，黑刺莓上也掛著一大串一大串的漿果。安傑時不時地把鞭梢一揮，纏住一串黑莓，把它採下來，遞給他的同伴。

過了不久，陰沈的天空落下了幾個雨點，預示天要下雨了，白天停滯不動的空氣，也化成了一陣微風，輕輕地吹拂著他們的臉膛。河流和池塘面上那水銀般的光澤，已經完全消失了，原先清澈寬闊的明鏡，現在已變成暗晦無光的鉛皮，表面像銼刀一樣粗糙。但是，黛絲正滿懷心思，沒有注意這一景象。她的臉本來是粉紅色的，經過這個季節的日曬，上面染上了一層淡淡的褐色，現在叫雨點一打，顏色顯得更深了。她的頭髮因爲靠在牛身上的緣故，紮緊的地方也給弄鬆弄亂了，從白布帽子的帽檐下面垂了出來，現在讓雨淋得又粘又濕，簡直比海草強不了多少。

「我想我不該來的，」她望著天空，嘀咕道。

「眞遺憾，下起雨來了，」克萊爾說道。「不過，我眞高興，能和你在一起！」

遠處的埃格敦漸漸消失在雨幕裡。天色越來越暗，路上又橫跨著一道道的柵欄車門，爲了安全起見，只起趕著馬一步一步地走。這時天氣還眞有些冷。

「你光著肩膀，露著胳膊，我眞怕你著涼，」克萊爾說道。「跟我靠緊一點，也許雨就不大淋得著你了。我想這場雨反倒幫了我的忙，要不然，我就更不好受了。」

黛絲不知不覺地湊近了一些，克萊爾就拿起一塊有時用來蓋在牛奶罐上遮太陽的大帆布，把他倆裹了起來。由於克萊爾騰不出手來，黛絲就抓住帆布，免得從他們身上滑掉。

「現在沒事啦。啊——還是不行！雨水有點往我脖子裡流，流進你脖子裡的一定更多。……這就好些了。黛絲，你的手臂就像濕淋淋的大理石。往帆布上擦一擦吧。好啦，你就老老實實地坐著，一滴雨也淋不到了。好啦，親愛的——關於我提的那個問題——那個老問題怎麼樣啊？」

有一陣，他能聽到的只是馬蹄在濕地上吧唧吧唧的走路聲，以及身後鐵罐裡的牛奶叮咚叮咚的晃蕩聲。

「你還記得你說過什麼話嗎？」

「記得，」黛絲答道。

「回家以前得答覆我，記住。」

「我盡量！」

這時，克萊爾沒再吱聲。他們趕著車往前走，只見查理時代一座古宅的殘垣斷壁，在天際的映襯下浮現在前方。又走了一會，這座宅第便落在他們身後了。

「你瞧，」爲了給黛絲逗趣，克萊爾說道，「那是一個很有意思的老宅子——諾曼第時代有一個姓德伯維爾的世家，以前在本郡很有勢力，置了好幾處宅第，這是其中之一。我每次從這些宅第附近經過，就要想起這個家族。一個有聲望的人家，即使是以凶狠、專橫、封建而聞名，可是一下子滅絕了，還眞有些令人悲傷。」

「是的，」黛絲說道。

在前面的一片暮色之中，剛剛露出一點微弱的亮光，他們就朝著那亮光處慢慢地行駛。就在這個地點，白天能看見一道白色的霧氣，在深綠色背景的映襯下，一陣陣地冒出來，表明這個僻靜世界與現代生活斷斷續續地接觸。現代生活每天有三四次把它的蒸氣觸角伸到這塊地方。它的觸角剛觸到本地人的生活，便又急忙縮回去了，彷彿與它格格不入。

兩人來到了那微弱的亮光跟前。原來，這亮光是一個小火車站上一盞冒煙的油燈發出來的。與天下的星星比起來，這盞燈就發出那麼一點點亮光，實在顯得可憐，可是，對於塔爾勃塞牛奶場和人類來說，這顆地上的星星卻比天上的星星更爲重要。裝著新鮮牛奶的大罐，都在雨地裡卸下來了，黛絲鑽在附近一棵冬青樹下，稍微可以躲躲雨。

這時，傳來了火車嘶嘶的聲音。接著，它幾乎不聲不響地停在濕淋淋的軌道上上，牛奶給一罐一罐地迅速裝到貨車上了。火車頭上的燈光往黛絲．德貝菲爾身上閃了一下，只見她一動不動地站在大冬青樹下。這樣一位質樸無華的姑娘，露著圓滾滾的手臂，臉和頭髮讓雨打得濕淋淋的，那樣子就像一頭老老實實的豹子，靜靜地待在那裡，身上穿的印花布衣服，既看不出年代，也說不清式樣，頭上戴的白布帽低垂在眉頭上；面對著那亮鋥鋥的汽機曲柄和火車輪子，沒有什麼東西比這姑娘更顯得格格不入的。

她又上了馬車，坐在戀人旁邊，像天生情感熱烈的人有時表現的那樣，默默無語，服服貼貼。他們又用帆布把自己蒙頭蓋腦地裹了起來，投入了當時黑沈沈的夜色之中。黛絲有著很強的感受力，剛才與高速發展的物質文明接觸了一會，現在還縈繞在她的腦際。

「倫敦人明天吃早飯的時候，就能喝上這些牛奶了，是吧？」她問道。「都是些我們從沒見過的人。」

「是的——我想他們能喝得上。不過，不像我們送的那麼濃。總得把濃度降低一些，免得喝了頭暈。」

「那都是些男女貴族——大使和軍官——太太小姐和女商人——以及從沒見過奶牛的娃娃。」

「噢，是的，也許是這樣，特別是軍官。」

「他們壓根兒不認識我們，也不知道牛奶是從那兒來的，還想不到我們倆今晚趕著牛，冒雨在荒野上跑了這麼多路，好讓他們及時喝上牛奶。」

「我們今晚趕車出來，倒並不是完全爲了倫敦的那些寶貝，我們也有點爲了自己——爲了那件讓我心焦的事情。親愛的黛絲，我敢肯定，這一回你該讓我定下心來。好啦，讓我這樣說吧：你知道你已經屬於我的了，我指的是你的心。難道不是嗎？」

「你心裡和我一樣清楚。哦，是的，是的！」

「既然你的心屬於我了，那你爲什麼不肯嫁給我呢？」

「我唯一的理由是替你著想——爲了一個問題。我有件心事要對你說——」

「不過，如果這完全是爲了我的幸福，也爲了我的世俗利益呢？」

「哦，可以——如果眞是爲了你的幸福和世俗利益。不過，我沒來這兒之前的身世——我想——」

「得啦，我正是爲了我的幸福和世俗利益才想娶你的。如果我在英國或是殖民地有一個大農莊，你嫁給我會給我極大的好處，比娶郡裡門第最高的小姐都好。快打消這種糊塗想法吧！」

「可我的身世，我要讓你知道呀——你得讓我告訴你——你要是知道了，就不會這麼喜歡我了！」

「最親愛的，你想講就講吧。那一定是一篇珍貴的史料。是呀，我於公元某年某月某日出生在——」

「我出生在馬洛特村，」黛絲接著他的話茬說道，儘管他那是隨意說著玩的。「我也是在那兒長大的。我上六年級時，離開了學校，人人都說我非常聰明，將來能當一個好教師，因此我就決定當教師了。但是，我家裡出了些麻煩，父親不大勤快，又愛喝點酒。」

「是啊——是啊，可憐的孩子！這沒有什麼新鮮的。」克萊爾把她更緊地摟在身旁。

「後來——家裡出了一件很不尋常的事——出在我身上。我——我——」

黛絲呼吸急促起來。

「是啊，最親愛的。不要緊的。」

「我——不是德貝菲爾家的後代，而是德伯維爾家的後代——我們剛才路過了那座古宅，我家祖宗跟那古宅的主人本是一家人。可如今我們都不行了！」

「德伯維爾家的後代——眞有這事！就是這個麻煩事嗎？親愛的黛絲？」

「是的，」黛絲怯弱地答道。

「那我知道了這件事，怎麼會不像以前那麼喜歡你呢？」

「我聽老板說過，你憎惡舊門戶。」

克萊爾笑起來了。

「不錯，有那麼一點。我憎惡血統高於一切的貴族信條。我覺得，作爲有頭腦的人，我們唯一應該敬重的，就是那些知識淵博、道德高尚的人，不管他們的先世血統怎麼樣。不過，我對你講的這個情況太感興趣了——你想不到我是多麼感興趣。你是名門世家的後裔，難道你對此不感興趣嗎？」

「不！我倒覺得很淒慘——特別是來到這兒以後，得知我見到的許多山林田地過去都是我們家的，就更讓人覺得淒慘了。不過，還有些山林田地以前是雷蒂家的，也許還有些是瑪麗安家的，因此，我也就不大把這件事放在心上了。」

「是呀——眞讓人吃驚，如今有多少當佃戶的，他們的祖先以前都是當地主的，我有時候覺得納悶，怎麼沒有哪一派的政治家抓住這件事做做文章。不過，他們好像不了解這個情況。……我感到奇怪，我怎麼沒看出你的姓和德伯維爾有些相似，沒看出這裡有個明顯的訛誤。這就是讓你煩惱的秘密呀！」

黛絲沒有說出眞情。到了最後關頭，她的勇氣消失了，她怕克萊爾怪她不早說，她的坦誠還是拗不過自我保護的本能。

「當然，」不知底細的克萊爾繼續說道，「我倒情願說你的祖先純粹是英格蘭民族中那些長久受苦、無聲無息、不見經傳的平民百姓，而不是那些損人利己、謀求權勢的少數貴族。不過，黛絲，我因爲愛你的緣故，思想上受到了腐蝕，放棄了那樣的想法（說著，大笑起來），也變得自私自利了。爲了你的緣故，我很高興你有這樣的出身。整個上流社會都很勢利眼，眞是不可救藥，我想按照自己的打算，把你培養成一個博學的女子，然後再娶你做太太，這時候，人家都知道你出身於名門世家，就會對你刮目相看了。我那可憐的母親也會因此而更加器重你了。黛絲，從今天起，你應該把自己的姓改過來——改成德伯維爾。」

「我倒更喜歡原來那樣。」

「可你一定得改過來，最親愛的！天哪，有好多家財百萬的暴發戶，要是能有這個姓，眞要求之不得啦！順便說一句，還就有那麼個冒牌人家——我聽說他在哪兒來著？——我想就在狩獵林附近。對了，就是我跟你說過的頂撞我父親的那個年輕人。眞是太巧了！」

「安傑，我想我還是不改成那個姓爲好！那個姓也不吉利。」

黛絲又心慌意亂起來。

「那好吧，黛絲·德伯維爾小姐，嫁給我吧。你要是跟我姓，就不用自己的姓啦！心裡的秘密已經講出來了，那你爲什麼還要拒絕我呢？」

「你要是娶了我眞會感到幸福，而你又覺得很想娶我，非常非常想娶我——」

「最親愛的，我當然非常想啦！」

「我是說，不管我有什麼過失，只有你非常想娶我，而且離開我就活不下去，這才會使我覺得我應該答應你。」

「你答應了——我知道你是答應我了！你要永遠永遠屬於我了。」

克萊爾緊緊地擁抱她，親吻她。

「是的——」

黛絲話音未落，就突然放聲乾哭起來，哭得那樣悲切，彷彿肝腦斷絕了似的。黛絲決不是個歇斯底里的姑娘，所以克萊爾吃了一驚。

「最親愛的，你幹嘛哭呀？」

「我也說不上來——眞的！我想到做了你的人，又能使你感到幸福，心裡好高興呀！」

「可這不大像是高興的樣子啊，黛絲。」

「我是說——我之所以哭，是因為我打破了自己的誓言！我以前說過，我這輩子至死也不嫁人。」

「不過，你既然愛我，就該願意讓我做你的丈夫吧？」

「是的，是的，是的！不過，哦，有時候，我真巴不得自己當初沒有來到人世！」

「好啦，親愛的黛絲，假如我不知道你這麼激動，這麼沒有經驗，我真要說你說這話可不大中聽。你要是真愛我，怎麼會有那種念頭呢？你真愛我嗎？我希望你能用什麼方式表明一下。」

「我已經表示過了，還能怎麼進一步表明呢？」黛絲滿懷柔情，有些發瘋似地嚷道。「這樣做會不會進一步表明呢？」

她一把摟住了克萊爾的脖子，克萊爾第一次領略到，一個感情熾烈的女人，親吻她真心愛的情人（就像黛絲愛他那樣），到底是一種什麼滋味。

「怎麼樣——你現在相信了吧？」黛絲滿臉通紅，擦了擦眼淚，問道。

「是的。我從來就沒懷疑過——從來沒有，從來沒有！」

他們就這樣鑽在帆布底下，緊緊抱成一團，穿過昏沈的夜色，坐著車繼續趕路，任憑馬隨意走著，任憑雨點往他們身上打來。黛絲已經同意了。其實，她還不如起初就答應他。天地萬物都有「尋求歡樂的本能」，這是一股巨大的力量，凡是血肉之軀都要受它的擺布，就像無奈的海草要受潮水擺布一樣，這是那些空談社會道德的迂腐文章所左右不了的。

「我得寫信告訴我母親，」黛絲說道。「你不反對我這樣做吧？」

「當然不反對，親愛的孩子。我看你真像個孩子，黛絲，在這個時候，你理所當然應該給你母親寫信，我說什麼也不會反對的，你連這個都不懂。你母親住在什麼地方？」

「就在我出生的地方——馬洛特村。在布萊克摩谷的那一頭。」

「啊——那我在今年夏天以前見過你了——」

「是的，那次在草場上跳舞的時候。不過，你不肯和我跳舞。哦，但願那不是我們倆的不祥之兆！」

第三十一章

就在第二天，黛絲給母親寫了一封最急迫、最動人的信，到了周末，便收到瓊・德貝菲爾用上個世紀的字體、扭扭歪歪寫來的一封信——

親愛的黛絲：

我給你寫這封信的時候，謝天謝地，身體倒挺好，希望你接到信的時候，身體也挺好。親愛的黛絲，聽說你眞的快要結婚了，我們全家人都很高興。不過，說到你那個問題，黛絲黛絲，我得私下裡鄭重地叮囑你：千萬別把你過去的苦惱向他透露一丁點。我以前就沒把一切都告訴你父親，因爲他仗著出身高貴，就自以爲了不起，你的未婚夫也許跟他一樣。天下好多女人，包括一些最高貴的女人，都曾有過一點苦惱，既然人家都不聲不響，你要去聲張什麼？哪個女孩也不會這麼傻，特別是事情已經過去這麼久了，還壓根兒不是你的過錯。你就是問我一百遍，我還是這樣回答你。另外，我早就知道你生性天眞，那麼單純，心裡老藏不住話，所以，你臨走的時候，我爲你的安樂著想，硬要你向我保證，決不在言語或行動上，把那件事透露出來，你出門的時候，還正經八百地向我保證過了，這些你都得記住。你的那個問題，以及你要結婚這件事，我都沒跟你父親說起，這可憐的東西頭腦太簡單，我一告訴他，他又該到處張揚了。

親愛的黛絲，打起精神來，我們知道你們那一帶出的酒不多。味道也不好，就打算在你們結婚的時候，送你們一大桶蘋果酒。不多寫了，向你的未婚夫問好。

你慈愛的母親　瓊・德貝菲爾

「哦，媽媽，媽媽！」黛絲喃喃地說。

黛絲看得出來，母親性情開朗，別人覺得愁斷腸的事，她卻感到無所謂。母親並不像她那樣看待人生。她那件縈繞在心頭的往事，對母親來說，只不過是過眼雲煙。但是，不管母親動機如何，她出的主意也許還不錯。顯然，要想顧及她戀人的幸福，最好還是閉口不提。那就閉口不提吧。

在這個世界上，稍許有點權力左右她的行動的，只有她母親一個人，現在母親給她吃了一顆定心丸，她也就覺得安定些了。包袱卸掉了，心裡覺得比前幾個禮拜輕鬆些了。她答應了克萊爾以後，跟著就到了從十月份開始的晚秋時節。在這些日子裡，她的心情非常快活，幾乎到了欣喜若狂的地步，她長了這麼大，哪個時候也沒這麼快活過。

她對克萊爾的愛，幾乎不雜染一丁點世俗的成分。她無比地崇拜他，認為他完美無缺，凡是導師、哲人、朋友應有的知識，他全都具備。她覺得，他的體態線條處處表現出十足的男性美，他的靈魂是聖人的靈魂，他的智慧是先知的智慧。她還覺得，她對他的愛是一種聰慧之舉，因而像愛本身一樣，使她變得高貴起來，好像頭頂上戴著一頂王冠一樣。而克萊爾對她的愛，在她看來，則是一種憐憫，因此她對他披肝瀝膽，傾心相歸。有時，克萊爾看見她那雙滿含崇拜之情的大眼睛，深得好像沒底似的，就從那最深處望著他，彷彿看見眼前有什麼永恆不朽的東西。

黛絲驅除了往事，用腳踩上去，把它撲滅，就像踩滅一塊悶燃著的危險煤塊一樣。

她以前從不知道，男人愛起女人來，會像克萊爾那樣慷慨無私，疼愛護惜。其實，在這方面，安傑・克萊爾並不像她想像的那樣，差距眞是大得出奇。不過，說眞的，他的愛主要是精神上的，而不是出於肉體上的需要。他能很好地克制自己，絲毫沒有粗俗的表現。他雖說不是生性冷漠，卻也不是熱情洋溢，而只能算是神采煥發，並不像拜倫，而倒更像雪萊。他能拚命地去愛，但是他的愛特別容易偏於想像，流於空靈。這是一種嚴謹細膩地情感，寧願委屈自己，也要小心保護情人。在這之前，黛絲與男性交往的那點經歷，一直使她爲之寒心，這一回眞使她感到驚喜萬分。她一反過去對男人的憤恨之心，轉而變成了對克萊爾的無限敬仰之情。

他們兩個也不忸忸怩怩，不是你來找我，就是我去找你。黛絲出於一片赤誠之心，並不掩飾她想和他在一起。她在這件事情上的心態，如果清清楚楚地描述出來，大致是這樣的：女人採取躲躲閃閃的態度，固然可以吸引一般男人，但是像克萊爾這樣完美的男人，在傾吐了衷情之後，也許要討厭這種態度的，因爲就本質而言，這種態度具有矯揉造作的嫌疑。

照鄉下的風俗，訂了婚的男女可以毫不拘束地在戶外相互爲伴，黛絲只了解這一風俗，認爲這沒有什麼好奇怪的。不過，克萊爾起初覺得這似乎有點太急不可待了，後來看到黛絲和其他工人都處之泰然，他也就覺得沒有什麼了。就這樣，在這十月間一個風和日麗的下午，他們總是在牧場上溜躂，順著淙淙的小溪，踏著蜿蜒的小徑，跳過溪上的木橋，然後再跳回來。他們的身際總是迴響著水堰潺潺的聲音，流水聲伴著他們的喁喁低語。這時，夕陽的光線幾乎和牧場平行，在大地上形成一層花粉般的光輝。雖然到處陽光燦爛，但在樹蔭和籬景下面，卻能見到藍色的小霧團。太陽與大地非常接近，草場又非常平坦，因此克萊爾和黛絲的影子拉得很長，在他們前面伸出四分之一英里那麼遠，看上去好像兩根長長的手指，遙指著綠色草場與谷邊斜坡毗連的地方。

到處都有人在幹活，因爲這是「清理」牧場的季節，也就是說，把冬天澆地用的小溝渠疏通好，並把溝旁被牛踩塌的坡岸修整好。一鍬一鍬的壤土，都像煤玉一樣烏黑，本是過去河谷跟這整個山谷一樣寬時，就衝到這裡來的，如今已成爲土壤中的精華。這些從過去的原野上沖積下來的泥土，經過浸泡、分解和發酵，變得異常肥沃，因而長出豐盛的牧草，餵出肥壯的牛群。

克萊爾當著這些修溝人的面，毫無顧忌地用手摟著黛絲的腰，儼然擺出一副慣於公開調情的神態，其實他跟黛絲一樣羞怯。這時，黛絲正張著嘴，斜著眼看那些幹活的人，看上去就像一個怯生生的動物。

「你在他們面前承認我是你的人，倒不覺得丟臉呀！」她樂孜孜地說道。

「哦，當然不！」

「不過，要是這事傳到埃明斯特你家裡人的耳朵裡，說你跟我這麼東遊西逛的，而我只是個擠奶女工——」

「天下最迷人的擠奶女工。」

「——他們會覺得，這有傷他們的顏面？」

「我親愛的姑娘，德伯維爾家的小姐會有傷克萊爾家的顏面？你出身於這樣的家庭，這是我要打出的一張王牌。我暫時保留起來，等我們結了婚，再從特林厄姆牧師那兒拿到你出身的證據，準讓他們大吃一驚。除此之外，我的未來將與我家裡人毫不相干——甚至不會影響他們的生活表面。我們將要離開英國的這一帶——也許還要離開英國——這兒的人們怎樣看我們，又有什麼關係呢？你願意跟我走，是嗎？」

黛絲聽了這話，想到自己要作爲他的親人，跟著他去闖蕩世界，心裡不禁激動萬分，嘴裡說不出別的話來，只應了一聲「是的」。她的激情，幾乎像波濤似地灌進了他的耳朵，又湧進了她的眼睛。她把手伸到克萊爾手裡，兩人就這樣往前走著，來到了一座橋的眼前，只見橋下的河流反射的日光，猶如金屬溶液一樣耀眼，儘管太陽讓橋遮住了。他們在那裡站住了，只見有些長著柔毛和羽毛的小腦袋，從光滑的水面上探了出來。但是，一見攪擾它們的人站住了，還沒有走過去，就又縮回水裡去了。他們就在河邊流連，直到霧氣把他們圍住——在這個季節，晚上霧來得很早——霧氣就像水晶一般，結在黛絲的眼睫毛上，也結在克萊爾的眉毛和頭髮上。

每逢禮拜天，他們逛得更晚，直到天色完全黑下來。他們訂婚後的頭一個禮拜天晚上，牛奶場還有幾個人也出去溜躂了，他們聽見了黛絲那衝動的話語，高興得只能斷斷續續地嘈出些片言碎語，不過，因爲離得太遠，也聽不清她到底說些什麼。他們還發現她靠在克萊爾的手臂上往前走時，說起話來一字一頓的，心口跳得厲害時，一個字還要斷成幾個音節。有時，她還心滿意足地一聲不吭，偶爾又低聲發笑這是她發自心靈的笑聲——一個女人與自己心愛的男人待在一起，而這男人又是從別人那裡奪過來的，這時，她發出的正是這種笑聲——是天地間任何東西都不能比擬的。他們注意到，她走起路來腳步輕快，宛如似落未落的小鳥輕輕掠過水面一般。

黛絲對克萊爾的鍾情，現在已成爲她人生的活力所在，它猶如一個光球，把她包圍起來，照得她忘卻了過去的各種苦惱，並且遏止住了那些日夜纏繞她的陰森幽靈——疑慮、恐懼、鬱悶、煩惱、羞恥。她知道，那些幽靈如同餓狼一般，就待在光圈外面等候她，不過她有足夠的力量制服它們，讓它們忍飢挨餓去吧！

滿懷的喜悅使她忘卻了往事，清醒的理智又使她記起了往事，這兩種情況總是同時存在。她行走在光耀之中，但她知道，背後總有些黑黢黢的東西，在向四處滋擾。它們每天不是前進一點，就是後退一點，反正非此即彼。

一天晚上，住場的工人都出去了，黛絲和克萊爾只得坐在屋裡看家。兩人說話的時候，黛絲滿懷心事地抬起頭來，望著克萊爾，觸到了他那讚賞不已的目光。

「我配不上你——眞配不上！」她突然嚷道，霍地從小凳子上跳了起來，好像受到他這般敬慕，自己又因此而滿懷喜悅，不禁有些驚恐。

克萊爾認爲她如此激動的全部原因，實際上只是其中的一小部分原因，於是說道：

「我不許你這樣說話，親愛的黛絲！所謂身分高貴，並不是指那些能輕而易舉地運用陳規陋習的人，所需是那些眞實、誠懇、公正、純潔、可愛、享有美名的人❶——就像你這樣的人，我的黛絲。」

黛絲極力忍住了喉頭的哽咽。近幾年來，她上教堂做禮拜的時候，她那顆年輕的心不知讓那一串美德刺痛過多少次了，而他現在又把它們列舉出來，可眞奇怪。

「我十六歲的時候，你怎麼不留下來跟我相愛呢？當時，我和我的小弟弟小妹妹住在一起，你還在草地上跳過一回舞——哦，你怎麼不留下來，怎麼不留下呀！」黛絲說道，猛地握緊了手。

克萊爾開始安撫她，勸慰她，心想一點不假，她眞是個喜怒無常的人，等她將來把自己的幸福完全寄託在他身上的時候，他還眞得小心翼翼地對待她。

❶語出《聖經．新約．腓立比書》第四章第八節。

「唉——我怎麼不留下呀！」他說。「我也鬧不明白。誰知道我怎麼不哪！不過，你用不著這麼痛悔——幹嘛要痛悔呢？」

黛絲具有女性愛掩飾的本能，急忙改嘴說：

「那我就可以多得到四年的愛了。那樣一來，我就不會浪費那麼多時光了——我就可以多享受四年的幸福了。」

她雖說心裡有這般苦衷，但卻不是一個做過許多風流醜事的老練女子，而是一個生活簡樸的姑娘，年紀還不到二十歲，在年幼無知的時候，曾像一隻小鳥一樣，落進陷阱被逮住了。爲了更加徹底的平靜下來，她從小凳子上站起身，往屋外走去，不想裙子把小凳帶倒了。

克萊爾依然坐在壁爐旁邊，薪架上橫放著一捆青綠的梔樹枝，發出一片熊熊的火光。樹枝發出悅耳的劈啪聲，枝端上嘶嘶地直冒白沫。黛絲回到房裡時，已經完全恢復了常態。

「難道你不覺得你有點喜怒無常嗎？黛絲？」克萊爾和顏悅色地說道，一面給她往凳子上放了一個墊子，讓她坐好，自己也在她身旁的一把長椅子上坐了下來。「我剛想問你一件事，你就拔腿跑開了。」

「是的——也許我是有點喜怒無常，」黛絲低聲說道。她突然湊到他跟前，一隻手抓住他的一隻手臂。「不，安傑——我並不眞的那樣——我是說，並不是天生那樣！」爲了進一步表明她並非那樣，她就緊挨著克萊爾坐在長椅上，並把頭靠在他的肩膀上。「你要問我什麼事——我想我一定答得上來，」她恭順地說道。

「好吧——你愛我，也答應嫁給我，因此就引出了第三個問題——『哪一天結婚』？」

「我喜歡這樣過下去。」

「可我打算在新年一開始，或者稍晚一點，就動手獨自開業了。我想趁我還沒讓新職位的種種雜務纏住身子的時候，先把老婆弄到手。」

「不過，」黛絲怯生生地答道，「從實際的角度來講，等先辦好那些事再結婚，不是更好嗎？不過，一想到你走了，把我丟在這兒，我也受不了呀！」

「你當然受不了——而且那也不是最好的方法。我開始創業的時候，需要你從多方面幫助我。到底哪一天結婚呀？兩個禮拜以後不好嗎？」

「不好，」黛絲頓時嚴肅起來，說道。「我有好多事情得先想一想。」

「可是——」

克萊爾輕輕地拉了拉她，讓她貼得更近些。

婚姻這個現實迫在眉睫了，眞使她感到震驚。他們剛想進一步討論這個問題，從椅子角旁轉出四個人來，走到屋裡火光最亮的地方，他們是克里克老板夫婦，還有兩個女工。

黛絲像一個橡皮球，忽地從克萊爾身邊跳了起來，只見她滿臉通紅，眼睛在火光中閃閃發亮。「我早就知道，跟他坐得這麼近會招來什麼！」她惱悻悻地嚷道。「我早就對自己說過，一定會有人走進來，撞見我們的！不過，我沒有眞坐在他的膝蓋上，儘管看起來也許是這樣！」

「咳——這麼一點亮兒，你要是不作聲，我們肯定注意不到你們坐在屋裡，」老板回答說。接著，他好像絲毫不懂男女之間的情感似的，神態冷漠地對他太太說：「聽我說，克利斯蒂娜，從這樁事可以看出，別人沒料想到的事情，咱們千萬不要以爲人家料到了。哦，別那樣，她要是不作聲，我一點也想不到她坐在哪兒——壓根兒想不到。」

「我們不久就要結婚了，」克萊爾故作鎮定地說。

「啊——眞的嗎？我聽了這話，心裡眞高興呀，先生。我早就想到你要這麼辦的。她太好了，當個擠奶工可惜了——我頭一天看見她，就這麼說過——哪個男人娶了她，都是福氣。再說，要是哪個農場主娶她做太太，那就美極了，有她在身邊，就不會再受管家的氣了。」

黛絲不知怎麼溜走了。本來，聽了克里克那直言直語的稱讚，她已經有點局促不安了，再一見到老板身後兩個姑娘的神情，她越發無地自容了。

晚飯後，她回到寢室時，幾個伙伴已經全在屋裡了。屋裡亮著燈，每個姑娘都穿著白色睡衣，坐在床上等候黛絲，猶如一排等待復仇的鬼魂。

但黛絲很快發現，她們心裡並沒有什麼惡意。她們從來就沒指望會得到什麼，因而也不覺得自己有什麼損失。她們抱著一種實在的、觀望的態度。

「他要娶她了！」雷蒂目不轉睛地盯著黛絲，嘟噥著說。

「看她的神氣，不是明擺著嘛！」

「你眞要嫁給他嗎？」瑪麗安問道。

「是的，」黛絲說。

「什麼時候？」

「還沒定日子。」

她們覺得，她這只是遁辭。

「是呀——要嫁給她了——一位紳士！」伊茲·休特重覆說道。

三個姑娘好像中了魔似的，一個接著一個從自己的床上爬下來，光著腳走過來，圍著黛絲站著。雷蒂把雙手搭在黛絲的肩膀上，好像在她的朋友作出這般奇蹟之後，她要檢驗一下她是不是凡胎肉身。另外兩個姑娘用手摟著她的腰，三個人都瞅著她的臉。

「看上去眞像那麼回事呀！簡直有點出乎我的意料！」伊茲・休特說道。

瑪麗安親了一下黛絲。「是呀，」她挪開嘴唇，咕噥了一聲。

「你親她，是因爲你愛她，還是因爲有人已經親過那兒了？」伊茲・休特冷冷地對瑪麗安說道。

「我可沒往那上面想，」瑪麗安簡慢地說道。「我只覺得這件事太蹊蹺了，我們三個人誰也不會這麼說，因爲我們並沒想過要嫁給他——只是愛愛他罷了。不過，要嫁給他的不是別的什麼人——不是哪個時髦女子，不是哪個穿綾羅綢緞的闊女人，卻偏偏是和我們一樣的她。」

「你們肯定不會因爲這件事而恨我嗎？」黛絲低聲說道。

她們都穿著白色睡衣圍著她，愣了一陣才回答，彷彿覺得從她的臉上能找到答案似的。

「我說不上來——我說不上來，」雷蒂・普里德爾嘟噥著說。

「我倒是想恨你，可就是恨不起來！」

「我也是這樣，」伊茲和瑪麗安齊聲應道。「我沒法恨她。不知怎麼，她讓我恨不起來！」

「他應該娶你們中間的一個，」黛絲咕噥說。

「爲什麼？」

「因爲你們都比我好。」

「我們比你好！」幾個姑娘低聲慢氣地說道。「不！不！親愛的黛絲。」

「你們是比我好！」黛絲激越地反駁道。說罷，猛地掙脫她們抱住她的手臂，伏到抽屜櫃上，歇斯底里般地大哭起來，嘴裡不停地念叨：「是比我好，比我好，比我好！」

既然一下子哭了，就一發而不可收拾。

「他應該在你們中間選一個！」她大聲嚷道。「我看，就是到了這一步，我也應該迫使他這麼做——還是你們嫁給他好些，比——我這是在說什麼呀——哦，哦！」

她們走到她跟前，把她抱住，但她還在哽咽，像要把她撕裂似的。

「拿點水來，」瑪麗安說。「我們把她的心攪亂了——可憐的傢伙，可憐的傢伙！」

她們把她輕輕地扶到床前，熱烈地親吻她。

「你最配他啦，」瑪麗安說道。「你比我們更體面，更有學問，特別是他又教給你那麼多知識。不過，你自己也應該感到驕傲。我敢說，你一定感到很驕傲吧？」

「是的——我是很驕傲，」黛絲說道。「我居然忍不住哭起來了，好難爲情啊！」

她們都上了床，燈也滅了，瑪麗安隔著床對她小聲說道：

「黛絲，你當了他太太以後，還要想著我們，想著我們怎樣跟你說我們都愛他，我們怎樣不想記恨你，我們沒有恨你，也恨不起來，因爲你是他的意中人，我們從沒指望他看中我們。」

她們並不知道，黛絲聽了這番話，辛酸凄楚的淚水又刷刷地往枕頭上直淌。她心痛欲裂，決定不顧母親的知識，把自己的遭遇向安傑．克萊爾和盤托出。反正她是爲他而活著，她不想再保持沈默了，因爲那將被視爲對克萊爾的背信棄義，在某種意識上，也似乎對不住那幾個姑娘。

第三十二章

黛絲抱著這種悔恨的心理，一直不肯指定結婚的日期。雖然克萊爾曾在最誘人的時刻多次問過她，但是到了十一月初，婚期仍然是懸而未決。黛絲似乎願意永遠處在訂婚階段，一切都和現在一樣。

草場上的景緻正在變化。不過，下午前半晌擠奶以前，天氣仍舊暖洋洋的，還可以在草場上閒逛一會，而且在這個時節，牛奶場裡的活兒也不忙，可以看見一些蛛絲網，在陽光下閃爍，就像海面上的月亮，隨著漣漪顫動。一隻隻小蝦蟲，遊遊蕩蕩地飛進了這道亮光之中，也跟著閃閃發亮，彷彿體內帶著火似的，隨即便飛出了亮光，一下消失不見了，這番短暫的榮耀，它們自己絲毫也不知道。面對這些景物，克萊爾總要提醒黛絲，婚期還沒說定。「要麼，他就趁晚上陪她去辦事的時候，再問她這件事。」原來，克里克太太為了給克萊爾提供機會，經常隨便找些差事，吩咐黛絲去做。這些差事，多半是去谷外山坡上的農舍，打聽一下送到乾草院的那些快要下崽的母牛情況怎麼樣。因為這個季節，正是母牛世界發生巨大變化的時候。每天都有一批一批的母牛，給送到這個產科醫院裡，靠吃乾草過日子，直到生下小牛；小牛生下以後，剛一能走路，就把母牛小牛一起趕回牛奶場。小牛沒賣之前，當然不要擠多少奶；但是，等小牛一賣掉，女工們又得照常幹活了。

有一天晚上，他們又出去了一趟，回家的路上，來到一座高聳的砂礫峭壁，俯瞰一片平野。他們停住了腳，靜靜地聽著。眼前，溪裡的水都漲得很高，嘩嘩地漫過水堰，淙淙地穿過涵洞。就連最小的水溝，也是滿滿的水。那裡都沒有近路可抄，過路行人只得走鐵路。從下面整個昏暗的山谷中，傳來一片紛雜的響聲，他們彷彿覺得，下面有一座大都市，這嘈雜的聲音，正是城裡的人在那裡吵吵嚷嚷。

「聽起來好像有千千萬萬的人，」黛絲說道，「在市場上召開市民大會，爭論的，勸說的，吵鬧的，哭泣的，呻吟的，禱告的，咒罵的，混成了一片。」

克萊爾沒有特別留神聽。

「親愛的，克里克今天有沒有跟你說過，他冬天裡用不著許多人手了？」

「沒有。」

「奶牛很快就要不出奶了。」

「是的。昨天有六七條牛送到乾草院去了，前天送走了三條，差不多有二十條待在乾草院了。哦——難道老板不需要我替他照料下小牛的事啦？唉，這兒不再要我了！可我一直在賣勁地——」

「克里克並沒有明說不要你了。不過，他知道我們兩人的關係，便非常客氣，非常恭謹地對我說，我聖誕節離開這兒的時候，想必要把你帶走。我就問他，你走了他可怎麼辦，他只回答說，實際上，在這個時節，有個把女工就行了。我有點負罪感，因爲我感到很高興，他這麼一來，就要迫使你下決心。」

「安傑，我覺得你不該感到高興。因爲，儘管這會帶來方便，可是讓人家不要了，心裡總不是個滋味。」

「對呀，是方便了——你也承認了。」克萊爾把手指頭點到她臉上。「啊！」他說。

「怎麼啦？」

「你的心思讓我猜透了，臉都紅起來了，我都摸出來了！……不過，我幹嘛要開玩笑啊！我們不該開玩笑——人生太嚴肅了。」

「是的，也許我比你先看清這一點。」

這時，她看清了人生的嚴峻。她若是依照昨天晚上的情緒，說什麼也不嫁給他，離開這個牛奶場，那就意味她得去一個陌生的地方，還不是一個牛奶場，因爲眼下奶牛都快下崽了，哪裡也不需要擠奶女工，她只能去一家墾殖場，再也見不到安傑·克萊爾這樣非凡的人物。她並不願意這麼做，可她更不願意回老家。

「所以，說正經的，最親愛的黛絲，」克萊爾接著說道，「既然你可能到了聖誕節就得離開這兒，那麼，從各方面看，最可行、最省事的方法，就是你把自己許給我，讓我把你帶走。再說，假如你不是一點心眼也沒有的話，你總該知道，我們不能永遠這樣過下去。」

「但願能永遠這樣。但願永遠是夏天和秋天，你永遠在追求我，就像今年夏天那樣，心裡是想著我！」

「我會永遠那樣。」

「哦，我知道你會的！」黛絲突然對他泛起一股赤誠的信賴之情，大聲嚷道。「安傑，我把我永遠於你的那個日子定下來吧。」

於是，就在那天夜晚歸來的路上，在前後左右無數條溝渠的淙淙流水聲中，他們終於把這件大事安排好了。

他們一回到牛奶場，就立刻把這消息告訴了克里克夫婦，不過一再囑咐他們保守秘密，因爲兩個情人都希望，婚事盡量不要張揚出去。老板本來考慮不久就把黛絲辭退了，現在又顯得非常捨不得放她走了。他怎麼撇奶油呀？誰來給他做裝飾的黃油團子，賣給安格爾和桑德伯恩的太太小姐們？克里克太太向黛絲道喜，說她總算不再猶豫了，把終身大事定下來了，還說她頭一回看見黛絲，就料想她決不會嫁給一個普普通通的莊稼漢；黛絲剛來的那天下午，從場院裡走過的時候，那副樣子誰也比不上；她敢肯定，她出身於高貴人家。事實上，克里克太太倒的確記得，那天她看見黛絲走來時，還眞覺得她又優雅又漂亮，至於說到黛絲高貴，那也許是她後來知道了底細，憑想像斷定的。

黛絲現在悠悠惚惚地打發著日子，心裡再也沒有了主意。話已經說出口了，婚期已經定下來了。她天生聰明伶俐，現在卻跟莊稼人和只注重自然現象、少與世人往來的人們一樣，產生了聽天由命的念頭。因此，她的情人說什麼，她就百依百順地答應什麼，她目前就是這樣的心態。

不過，她又給母親寫了一封信，表面上是通知她結婚的日子，實際上是再次懇求她出主意。一位有身分的上等人要娶她做太太，也許母親還沒充分料到這一點。若是等到婚後再做解釋，對於一個較粗魯的人來說，興許還容易忍受些，但是對於克萊爾這樣的人，可能就接受不了啦！不過，這封信發出之後，並沒有收到德貝菲爾夫人的回信。

儘管安傑·克萊爾對自己、對黛絲一再表示，從實際考慮需要立即結婚，而且話說得似乎很有道理，但是這一舉動確實帶有幾分輕率的成分，這到後來看得越發明顯了。他很愛黛絲，但也許有些偏於理想，耽於空幻，不像黛絲對他那樣熱烈，那樣徹底。他會偷偷地找到這麼一個質樸而迷人的姑娘。天眞純樸，本來只是說說而已，他來到這裡以後，才知道天眞純樸眞是迷人。但是，他還遠遠沒有看清自己的前途，也許還得再過一兩年，他才能覺得自己眞正開始立業了。這裡的奧秘在於：他總覺得，他家裡人的種種偏見妨礙了他的眞正命運，因而使他的事業和性情都蒙上了一層魯莽的色彩。

「你等把中部的農場完全安頓好以後，再來辦這件事，你不覺得更好些嗎？」黛絲有一次怯生生地問道。（當時，克萊爾正想在英國中部開辦農場。）

「對你老實說吧，黛絲，我不願意讓你離開我，沒有我的保護和愛，你上哪兒我都會不放心的。」

這句話就其本身而言，倒也頗有道理。他對黛絲的影響是顯而易見的，他的態度和習慣，他的言談和話語，他的愛好和憎惡，全都使她受到了感染。要是把她丟在農場上，那就會使她逐漸退化，變得跟他不相協調了。他所以想把她留在自己身邊，還有另一個原因。他把她帶到遠方（不論在英國還是去殖民地）安家立業之前，他父母自然想要至少見她一面。她既然不想讓父母的意見左右他的意圖，便由此斷定：他在尋求創業的有利時機時，先帶著她在公寓裡住上幾個月，一定能把她訓練得雍容大方一些，再領她到牧師住宅拜見婆婆時，就不會覺得是活受罪了。

接下來，他想去瞧一瞧麵粉廠的操作過程，心想他將來也許要做聯合經營，既種小麥，又磨麵粉。井橋村有一座又大又舊的水磨磨坊——從前歸一家教堂所有——磨坊主曾經答應過他，說他只要願意，隨時都可以去參觀磨坊裡古老的操作方式，還可以動手操作幾天。這座磨坊離他們只有幾英里遠，有一天，克萊爾到那裡去了一趟，探問一下詳情，晚上才回到塔爾勃塞。黛絲發現，他決定到井橋磨坊待一些日子。他為什麼作出這樣的決定呢？並不是因為他眞要去考察磨麥篩麵，而是因為他無意中發現，那裡有一座農莊住宅，他可以在那裡租到寓所。克萊爾總是這樣，憑藉與實際無關的一時情緒，去解決實際問題。他們決定，結婚以後不到城裡住旅館，而是立刻去那裡，住上兩個禮拜。

「然後，我們就動身去倫敦那一邊，我聽說那兒有幾家農場，咱們到那兒去瞧瞧，」克萊爾說道。「到三四月，我再帶你去看看我父母。」

類似這樣的打算，提了一個又一個。那個不可思議的日子，黛絲要歸他所有的那個日子，已經臨近了。吉期就定在十二月三十一日，除夕那一天。黛絲自言咱語說，她就要作她的妻子了。難道眞會有這樣的好事嗎？他們兩個要結合在一起，什麼也不能把他們拆散，任何事情都由兩人共同分擔，爲什麼不能這樣呢？然而又爲什麼要這樣呢？

一個禮拜天早晨，伊茲做完禮拜回來，私下跟黛絲說道：

「今天早晨，沒唸你們的結婚公告呀。」

「什麼？」

「今天該是第一次公布，」伊茲靜靜地看著黛絲，回答道。「你們打算在除夕那天結婚吧，親愛的？」

黛絲急忙作了肯定的回答。

「總共要公布三次。可現在到除夕，中間只剩下兩個禮拜天了。」

黛絲覺得自己的臉色發白了，伊茲說得很對，當然要公布三次。也許是克萊爾忘了！如果眞是這樣，就得往後推遲一個禮拜，那可就不吉利了。她該怎樣提醒她的情人呢？她本來總是畏畏縮縮的，現在卻突然變得心急如焚，驚慌失措了，唯恐失去自己心愛的珍寶。

幸好出了一件合乎常情的事，打消了她的焦慮。伊茲把沒有發布結婚公告的事，對克里克太太說了，克里克太太擺出一副主婦的姿態，跟克萊爾談起了這件事。

「你忘了吧，克萊爾先生？我是指結婚公告。」

「沒有，我沒有忘。」克萊爾說道。

他私下裡一見到黛絲，就安慰她說：

「別聽他們瞎嘀咕結婚公告的事兒。咱們領個結婚許可證，會辦得更清靜一些，我沒有跟你商量，就自己決定採用結婚許可證，這樣一來，你禮拜天早上到了教堂，要想聽見你的名字，可就辦不到了。」

「我並不想聽到我的名字呀，最親愛的，」黛絲自豪地說道。

不過，黛絲得知一切都安排妥當，心裡不禁如釋重負。她本來還有點害怕，擔心有人聽了結婚公告，會端出她的底細，反對這門婚事。事態的發展對她多有利啊！

「我並不覺得很踏實，」她自言自語地說道。「現在交這樣的好運，以後來一陣惡運，把好運全給沖光了。老天爺多半都是這樣捉弄人的。我還不如索性採用通常的結婚公告呢！」

但是，一切都進展得很順利。她在捉摸，她結婚的必的，克萊爾是喜歡她穿著現在這件最好的白禮服呢，還是她得去另買一件新的。好在克萊爾早有先見之明，從郵局裡給她寄來幾個大包裹，這個問題也就迎刃而解了。黛絲打開包裹一看，裡面全是衣服，從頭上戴的到腳上穿的，一應俱全，其中還有一套完美的晨服，對於他們所籌劃的這種簡單婚禮，這套農服是再合適不過了。包裹送到不久，克萊爾就走進屋來，聽見她正在樓上解開包裹。

不一會，黛絲滿臉通紅，兩眼含淚，走下樓來。

「你想得眞周到啊！」她把臉貼在他的肩膀上，嘴裡小聲說道。「連手套、手絹都想到了！我親愛的——你多細心，多周到啊！」

「哪裡，哪裡，黛絲。只不過向倫敦的一個女店主訂購一下——這算不了什麼。」

爲了不讓黛絲把他抬得太高，他叫她上樓去，從從容容地試試衣服，看看是否都很合適克萊爾要是有什麼不合適的，就找村裡的女裁縫改一改。

黛絲果真回到樓上，把禮服穿上了。她一個人在鏡子前面站了一會，端詳自己穿上綢子衣服的風韻。接著，她忽然想起了母親給她唱過的一首有關神秘長袍的民歌——

妻子一旦做了錯事，
便永遠穿不了這件斗篷。❶

小時候，母親常給她唱這首民歌，調子非常歡暢，樣子非常調皮，一面還用腳踩著搖籃，當作節拍。要是她穿的這件長袍，到時候也像昆納芙王后穿的那件一樣，改變了顏色，洩露了她的秘密，那可怎麼辦？自從她來到這家牛奶場以來，她這是第一次想起這首民謠。

❶引自英國民歌〈兒童與斗篷〉。歌裏講一個男孩將一件神秘的斗篷獻給亞瑟王，說斗篷可以檢驗女人是否忠於丈夫。昆納芙王后穿上後，斗篷頓時變了顏色，表示她是個不貞的女子。

第三十三章

安傑很想在結婚之前，跟黛絲到別處去玩一天，作爲他倆還是情侶的時候，最後陪她遊玩一次的美好回憶。這將是富有浪漫氣息的一天，這種情況以後永遠不會再出現了。與此同時，那個大喜日子就近在眼前了。因此，在結婚前的一個禮拜裡，他提議到最近的鎮上去買些東西，兩人便一起動身了。

克萊爾住在牛奶場上，幾乎過著隱居的生活，跟他本階級的人毫無來往。好幾個月，他也不進一趟城，因爲用不著馬車，自己也從沒備一輛，遇到要騎馬的時候，就租老板的矮腳馬，遇到要坐車的時候，就租老板的輕便馬車。那天，他們是坐著輕便馬車去的。

他們兩個有生以來，第一次一道置辦共用的東西。那天正是聖誕節前夕，店舖裡擺滿了冬青樹和槲寄生，街上熙熙攘攘的，盡是爲了過節而來自全郡各地的陌生人。黛絲挽著安傑的胳膊，在人群裡走著，美麗的面孔又平添了快樂的神色，但卻不斷受到人們直勾勾的注視，她又覺得不大好受。

傍晚時分，他們回到了寄放車馬的旅店，克萊爾去照看把車馬趕到門前，黛絲站在門口等候。大客廳裡滿是房客，進進出出沒個清靜的時候。每次有人進出時，門跟著一開一關，屋裡的燈光就往黛絲的臉上的照。這時，出入的人叢中有兩個人，打黛絲身邊走過。其中一個覺得很驚訝，把她上上下下打量了一番，黛絲料想他是特蘭嶺人，不過那個村莊遠在好多英里以外，這裡很少見到特蘭嶺的人。

「一個好漂亮的小妞！」另一位說道。

「不錯——是夠漂亮的。不過，要是我沒看錯的話——」接著，就把他同伴所說的半截話給否定了。❶

這時，克萊爾剛好從馬　那裡回來，在門口碰見了那個人，聽見了他那不三不四的話，看見了黛絲那畏畏縮縮的神色。一見黛絲受到這番凌辱，他心如刀刺一般，也不管三七二十一，就傾注全力，朝那人的下巴揍了一拳，打得他踉踉蹌蹌地退到走廊裡。

那個人站穩了腳，似乎要撲過來動手，克萊爾跨出門外，擺出一副自衛的架式。不過，他的對手轉念一想，又改變了主意。他從黛絲的身旁走了過去，又重新看了看她，對克萊爾說道：「對不起，先生。都怪我認錯了人，我還以爲她是四十哩外的另一個女人哪。」

克萊爾覺得自己太冒失了，況且這事也怪他，居然把黛絲一個人丟在旅店的走廊裡，因此，他按照遇到這種情況時的慣有做法，給了那個人五先令，算是彌補這一拳的過失。於是，他們相互心平氣和地道了一聲晚安，便分手了。克萊爾從馬夫手裡接過韁繩，一對情侶便趕著車動身了，那兩個男子也立即朝另一個方向走去。

「你眞認錯了人嗎？」那第二個人問道。

「壓根兒沒認錯。不過，我不想傷害那位先生的感情——我眞不想。」

這時候，那對情侶正趕著車往前走。

「我們能不能把婚禮稍微往後推一推？」黛絲以乾啞低沈的聲音問道。「我是說，要是我們願意的話。」

❶意即說黛絲已不是個處女了。

「不，親愛的，你冷靜一點。難道你想給那傢伙一點時間，好以侵犯人身的罪名，叫法庭來傳我？」克萊爾逗趣地問道。

「不——我的意思只是——假如婚禮得往後推一推的話。」

黛絲究竟是什麼意思，並不十分清楚。克萊爾叫她不要胡思亂想了，她也盡量順從地照辦了。但她一路上顯得很消沈，總是沈悶不語。後來她心想：「我們得離開這兒，走得遠遠的，到幾百哩以外的地方，那兒決不會再發生這種事情，決不會出現過去的陰影。」

那天晚上，他們在樓梯口情意綿綿地分了手，克萊爾登上閣樓去了。黛絲覺得剩下的日子不多了，恐怕時間不夠用，便沒有立刻睡覺，而在收拾一些必須的東西。她坐著收拾的時候，忽然聽見樓上安傑屋裡響起砰砰的捶擊聲，好像在打架似的。場裡的人們都睡著了，她心裡很焦急，生怕克萊爾在鬧病，便跑到樓上敲他的門，問他出了什麼事。

「哦，沒什麼事，親愛的，」克萊爾從屋裡說道。「打擾你了，眞抱歉！不過，說起來眞逗人，我睡著了，夢見我又和欺侮你的那傢伙打起來了，今天我拿出旅行包來裝東西，你聽到的是我用拳頭捶擊旅行包的聲音。我睡覺的時候，有時會犯這種怪毛病，你去睡吧，別再想啦。」

這是左右她天平的最後一個砝碼，改變了她的遲疑不決。要把過去的事親口對他說出來，她是做不到的；不過，還有別的辦法。她坐下來，把三四年前發生的那些事情，簡要地寫在一張疊成四頁的信紙上，裝進信封，寫上克萊爾親啓的字樣。接著，唯恐自己再軟下去，她立刻光著腳上了樓，把那封信從他的門底下塞了進去。

她一夜都沒睡安穩，也是情理之中的事。她在注意聽樓上頭一聲微弱的聲音。這聲音終於像往常一樣發出來了。克萊爾也像往常一樣下樓了。黛絲也下了樓。克萊爾在樓梯底下迎接她，親吻了她。還眞像往常一樣熱烈嗎？

她覺得，克萊爾看上去有點疲憊不安。不過，對她披露自己的事，他卻隻字未提，就是兩人單獨在一起的時候，他也緘口不提。他會不會看到那封信呢？她覺得，除非他先開口，否則她是不便說起這件事的。就這樣，一天過去了，顯然，不管他心裡是怎麼想的，反正他是不想說出來。然而，他還像以前一樣坦誠相見，情意綿綿。難道她的反應都是些孩子的見識？莫非他饒恕了她，他愛的就是她這樣的人，並且在笑她那樣心神不寧，好像在笑話一場愚蠢的惡夢一般？他眞拿到她的那封信了嗎？她往他屋裡瞧了瞧，可看不見那封信的蹤影。也許是他饒恕她了。不過，即使他沒拿到那封信，她心裡忽然產生了一股熱烈的信賴感。認爲他一定會饒恕她。

每天早晨，每個晚上，他都像以前一樣，於是除夕來臨了——結婚的日子到了。

這對情人不用在擠奶的時候起來了，他們兩個住在場裡的最後一個禮拜，受到的是有點像客人的待遇，黛絲一個人享有一間屋子。他們下樓吃早飯的時候，驚奇的發現，爲了慶賀他們的婚事，大廚房裡布置得跟以前大不一樣了。原來，天還沒亮，老板就吩咐人把壁爐凹口處刷得雪白，把磚爐床也刷得通紅，以前壁爐烘頂上帶有黑色條紋的藍布風簾也不見了，卻換上了一個閃閃亮亮的黃色綢緞風簾。在一個陰沈的冬日早晨，壁爐本來就是屋子的中心，現在又給修葺一新，給整個屋子帶來了一片歡樂的景象。

「我打定主意做點什麼，表示慶賀，」老板說道，「我本該按照老規矩，去請一班樂隊，帶著提琴和低音提琴全套傢伙，紅紅火火地熱鬧熱鬧，不過你們不喜歡這套，我只能想出這個法子，搞個不吵不鬧的活動。」

黛絲的親人住得太遠，即使邀請他們來參加婚禮，他們也不是輕易就能來的。實際上，壓根兒就沒請馬洛特村的什麼人。至於安傑的家裡，他倒是寫信把日期告訴了他們，並且表示說，如果有人願意來參加婚禮的話，他希望他們至少能來一個人。他的兩個哥哥壓根兒沒有回信，彷彿對他非常氣憤。父母親倒是寫了一封很傷感的信，埋怨他不該這麼匆匆忙忙地結婚，不過，事到如今也只能勉強認了，說是雖然從沒料到會娶一個會擠牛奶的女人做兒媳婦，但是兒子已經長大成人，也許自己能夠明辨好歹了。

家裡人儘管這麼冷漠，克萊爾並不覺得怎麼難過，因為他手裡有一張王牌，不久就會讓家裡人大吃一驚。他覺得，要是黛絲剛離開牛奶場，就把她帶給家裡人看，說她是德伯維爾家的後裔，是一位大家閨秀，未免有些魯莽冒失。因此，他一直隱瞞著她的家世，打算花幾個月工夫，帶她到外面走走，教她念些書，熟悉一下人情世故，然後再帶她去見他父母，表明她的家世，這時黛絲就不會有辱那名門世家，他可以洋洋得意地讓她亮相了。這種想法即使沒有什麼大不了的，至少也是一個情人的甜蜜夢想。也許，黛絲的門第對她來說，比對世界上何何東西都更有價值。

黛絲發覺，克萊爾對她的態度還和以前一樣，沒有因為她的那封信，而絲毫有所改變，因此她有些心虛，懷疑他是否真的看到信了。她沒等克萊爾吃完早飯，就離開了飯桌，急急忙忙上樓。原來她忽然想起，應該把克萊爾住了這麼久的那間古怪、清冷的陋室，或者不如說是巢穴，再仔細檢查一番，於是便登上梯子，見那屋子敞開著門，就站在門口觀察沈思。她俯下身子，往門檻那裡看去，兩三天以前，她急急慌慌之中，就是從這下面把信塞進去的。屋裡的地毯一直鋪到門檻跟前，就在地毯的邊緣下面，她看見裝有她那封信的白信封，露出一點點白邊。原來，她當初急急忙忙地塞信時，不光塞到了門底下，還塞到了地毯底下，克萊爾顯然沒有看見這封信。

她覺得暈暈糊糊的，把信抽了出來。一瞧，信還封得好好的，跟她剛塞下的時候一模一樣。那個像山一樣沈重的包袱還沒有卸掉。不過，現在她不可能再讓他看這封信了，因爲全場都在忙忙碌碌地給他們預備婚禮，她只好下了樓，回到自己房裡，把信毀了。

克萊爾再見到她的時候，她臉色一片蒼白，克萊爾感到非常焦急。黛絲把信塞錯了地方，她欣然接受了這一事實，彷彿天意不讓她坦白似的。不過，她良心上又覺得未必是這樣，反正還有時間，但是，一切都是亂哄哄的，屋裡人來人往，個個都要穿衣打扮，老板和老板娘都應邀要做證婚人，因此，想要沉思默想，從容交談，那幾乎是不可能的。黛絲能和克萊爾單獨相見的唯一時機，就是他們倆在樓梯口相逢的那一片刻。

「我很想跟你談一談——我要坦白我的全部過失和錯誤！」她假裝輕鬆的樣子說道。

「不，不——我們不能談什麼過失——親愛的，至少在今天，你得算是十全十美的，」克萊爾嚷道。「我想，今後我們有的是機會談論我們的過錯。到時我也要坦白我的過失。」

「不過，我想我最好還是現在就說出來，這樣你就不會說——」

「得啦，我這位不切實際的小姐，你什麼也別對我說——等我們在新房裡安頓下來，你再說。現在可不行。到時候，我也要把我的過錯告訴你。不過，咱們可別讓這些錯過攪壞了這個好日子。等到以後無聊的時候，倒是些解悶的好材料。」

「那你是不願意讓我現在講啦，最親愛的？」

「我不願意，黛絲，實在不願意。」

他們馬上就要更衣動身了，沒有工夫再談下去了。聽了克萊爾的那番話，黛絲又想了一想，似乎覺得放心了。她對克萊爾的一片赤誠，就像一股激流席捲著她，使她不知不覺地度過了隨後的那至關緊要的兩個鐘頭，因而也顧不得再思前想後了。她唯一的願望，是讓自己做他的女人，稱他為自己的丈夫，自己的親人——然後，假如必要的話，就死去——這一願意，她抵制了這麼久，現在終於使她從沈悶的凝思中解脫出來。她梳妝打扮的時候，像是駕著五彩繽紛的空幻雲朵，那輝煌的光彩蓋住了一切不測的陰影。

教堂離得很遠，特別又正值冬天，他們只得乘馬車去。他們從路旁一家客棧裡，定了一輛轎式馬車，這還是從前靠驛車旅行的時候，一直放在店裡的老家當。車子的輪輻很粗，輪緣很厚，車架又彎又大，轠繩和彈簧都特別粗大，車轅就像攻城的大槌。趕車的是一個德高望重的六十歲「童僕」——由於年輕時過多地輕受了風吹雨打，再加上好喝烈酒，所以長期害風濕性痛風病——自從不再用他專門趕車以來，已經過了整整二十五年了，他總是無所事事地站在客棧門口，彷彿在等待昔日的時光重新來臨似的。過去，他在卡斯特橋的王徽旅店當了多年的正式車夫，由於右腿外側讓那豪華馬車的車轅磨得始終血淋淋的，所以那地方留下了一塊總在流濃的瘡口。

這一行四人——新郎、新娘以及克里克夫婦——就坐在這輛笨重的、嘎嘎吱吱的馬車裡，那個老朽不堪的車夫就坐在他們前面。安傑本想兩個哥哥至少能來一個，給他作伴郎，他給他們寫信時，也委婉地透露過這個意思，但是他們都沒有回信，表明他們是不肯來了。他們本來就不贊成這門婚事，當然也就不能指望他們來幫忙了。也許，他們不來反倒好些。他們並不善於處世的年輕人，且不說他們對這門親事有意見，就是讓他們和牛奶場的人們親善相處，像他們那樣心懷偏見、故作優雅的人，也會覺得很不舒服的。

黛絲當時情緒十分高漲，彷彿騰雲駕霧似的，因而對這一情況了無所知。她看不見眼前的一切，也不知道他們去教堂走的是哪條路。她只知道安傑緊靠在她身旁，其餘的一切全是一片燦爛的迷霧。她有點像是只存在於詩歌裡的天上之人了——成了克萊爾跟她一起散步時，經常談及的那種古代仙女了。

他們既然採取結婚許可證的方式，所以教堂裡只有十來個人。即使來了上千的人，就像天上的星辰一樣遙遠。她宣誓永遠忠貞於他時，覺得那樣莊嚴，眞讓她心醉神迷，平常的兒女之情與之一比，可就顯得過於輕浮了。儀式停頓的時候，他倆一起跪在那裡，黛絲不知不覺地將身子朝他歪去，肩膀碰著了他的手臂。原來，她腦子裡閃過一個念頭，使她感到驚恐，因而便不由自主地做出這一動作，想讓自己確信他眞的待在那裡，並且進一步增強自己的信心，認爲他對她的忠誠能經得起一切考驗。

克萊爾知道，黛絲很愛他；他渾身上下，處處都表明了這一點。但是，那時候，他還不知道她對他愛得多麼深沈，多麼專一，多麼溫順，也不知道這其中蘊含著什麼樣的痛苦，什麼樣的眞誠，什麼樣的折磨，什麼樣的堅貞。

他們走出教堂的時候，敲鐘人敲起鐘來，發出了三種音調和鳴的噹噹聲——由於教區比較小，建造教堂的人覺得，有三架鐘也就夠教民們受用了。黛絲和丈夫一起經過鐘樓，沿著小路往柵門那裡走去，這時她能感覺到，那嗡嗡的鐘聲從裝有氣窗的鐘樓裡發出來，震蕩著周圍的空氣，與她內心的高昂情緒正遙相呼應。

在這樣的心境中，她覺得自己被身外射來的光芒照得一片輝煌，就像聖約翰在太陽裡看見的天使一般❷；等教堂的鐘聲漸漸消失，婚禮引起的情緒漸漸平靜下來，她的這種心境也跟著終結了。這時候，她的眼睛才能清楚地看出物體的細部來。克里克夫婦吩咐把他們自己的輕便馬車套來，而把那輛大馬車讓給那對年輕夫婦，直到這時，黛絲才第一次注意到那輛

❷參見《聖經·新約·啓示錄》第十九章第十七節。

車的構造和特徵。她一聲不吭地坐在那裡，把這輛車端詳了好久。

「我覺得你好像情緒不高，黛絲。」克萊爾說。

「是的，」黛絲用手按按額頭，回答說。「有很多事情讓我膽顫心驚。一切都太一本正經了，安傑。……單說這輛馬車吧，我以前好像看見過，彷彿很熟悉。眞奇怪——我一定在夢裡看見過。」

「哦——你聽說過德伯維爾家那輛大馬車的傳說——你們家當年在這一帶走紅的時候，出了一樁迷信的事兒，人人都知道。一定是這輛笨重的舊馬車，讓你想起了那個傳說。」

「我不記得聽人說過，」黛絲說道，「是什麼傳說——能告訴我嗎？」

「呃——眼下我最好還是不要細說。大約十六世紀或十七世紀的時候，德伯維爾家有一個人在自家的大馬車裡犯下一件可怕的罪行。從那以後，這家人隨時都會看見那輛車的模樣，或是聽見那輛車的動靜——不過，我還是改天告訴你吧——眞是陰森森的。顯然，你原先隱隱約約知道一點，現在看見了這輛舊馬車，心裡又想起來了。」

「我不記得以前聽人說過。」黛絲小聲說道。「安傑，你說我們家的人看見那輛馬車，那是在他們要死的時候，還是在他們犯了罪的時候？」

「別說啦，黛絲！」

安傑親了她一下，不讓她說下去。

他們回到家時，黛絲感到很懊悔，總也打不起精神。不錯，她已經是安傑·克萊爾太太了，可她在道義上有權利享受這一名分嗎？說她是亞歷山大·德伯維爾太太，豈不是更確切嗎？正直的人會認爲保持緘默是要受責備的，難道熱烈的愛情就能使這該受責備變成正當無辜的嗎？她不知道，在這種情況下，一個女人應該怎麼辦。也沒有人能給她出個主意。

不過，有那麼一陣，只有她一個人待在屋裡——這是她可以走進這間屋子的最後一天——她跪下來禱告。她本想向上帝祈禱，但她眞正祈求的，卻是她丈夫。她太崇拜這個人了，她幾乎害怕這是一個不祥之兆。她想起了勞倫斯修士所表明的觀點：「這種窮歡極樂，必將產生凶終惡果。」她崇拜得太厲害，太過分——太不要命了，不是常人受得了的。

「哦，我親愛的，我親愛的，我怎麼這麼愛你啊！」黛絲在屋裡低聲自語道。「因爲你所愛的女人，並不是眞正的我，而是一個和我長得一模一樣的女人，一個我本來可以成爲的女人！」

到了下午，該是他們動身的時候了，他們決定按照原先的計劃，在井橋磨坊附近的舊宅裡租了幾個房間，在那裡住上幾天，同時了解一下麵粉加工的過程。兩點鐘的時候，一切準備就緒，就等著啓程了。牛奶場的工人全都等在紅磚門廳裡，替他們送行，老板夫婦跟著他們走到門口。黛絲看見她那三位同屋的伙伴並排靠牆站著，怏怏不樂地低著頭。她未來總在懷疑，臨別時她們會不會露面，但是她們全出來了，個個都盡力克制，堅持到最後。她知道嬌柔的雷蒂爲什麼顯得那麼脆弱，伊茲爲什麼那麼悲傷，瑪麗安爲什麼那麼茫然。她只顧捉摸她們的憂傷，一時間卻忘記了縈繞在她心頭的陰影。

她心裡一衝動，便對丈夫小聲說道：

「你把那個可憐的人都吻一下，算是頭一次，也是最後一次，好嗎？」

克萊爾絲毫也不反對這樣一種告別形式——對他來說，這只不過是一種形式罷了——他從她們身邊走過的時候，把她們挨個都吻了一下，嘴裡一邊說聲「再見」。他們走到門口的時候，黛絲帶著女性特有的敏感，回頭望去，想看看這仁慈的親吻產生了什麼效果。她本來可以露出洋洋得意的神氣，但她卻沒有這樣做。即使她有這種神氣，可一看到那幾個姑娘那樣動情，她那種神氣也就頓時消失了。那一吻分明害了她們，激起了她們在竭力壓抑的感情。這些情況，克萊爾毫無察覺。他走到柵門那裡，同克里克夫婦一一握手，對他們的關照，最後一次表示感謝。接著，大家都一聲不響地看著他們動身。突然一聲雞鳴打破了寂靜。原來，那隻長著薔薇冠子的白公雞跑過來，起初聲音很尖，震動著他們的耳膜，後來漸漸減弱，像岩谷裡的回聲一般。

「啊？」克里克太太說。「下午雞叫？」

場院柵門旁站著兩個工人，替他們把門開著。

「這可不吉利呀，」一個人對另一個人悄悄說道，卻沒想到，他這話連站在柵門口的那群人也能聽見。

公雞又叫了一聲——而且直衝著克萊爾。

「嗨！」老板說道。

「我不喜歡聽這公雞叫！」黛絲對丈夫說道。「叫車夫趕車走吧。再見，再見！」公雞又叫了一聲。

「呼唏!快滾開，你這傢伙，要不我就扭斷你的脖子！」老板有些惱怒地說道，一面轉過身把雞趕走了。一起回屋的時候，他對他太太說道：「你想想今天這事怪不怪，我這一年到頭，還從沒聽見這雞在午後叫呢。」

「那不過是天氣要變了，」太太說道。「不會像你想的那樣，不可能的！」

第三十四章

他們倆坐著車，沿著山谷裡的平路，往前走了幾哩，便到了井橋村，然後從村裡往左拐去，過了一座伊麗莎白時代的大橋，正是因爲有這座橋，這個村名中才帶了一個「橋」字。緊靠大橋的後面，就是他們租了房間的那座宅子。宅子的外觀，凡是到過弗魯姆谷的人，全都非常熟悉。它原先是一幢壯麗的大莊宅的一部分，屬於德伯維爾家的房產和府第，但是，自從部分拆毀以後，就變成一座農舍了。

「歡迎你來到你祖上的一座宅第！」克萊爾一面說，一面把黛絲扶下車來。但他又後悔不該說這句打趣的話，這話太像是挖苦了。

他們進屋後才發現，儘管他們只租了兩間屋子，可房東卻利用他們計劃在這裡住幾天的機會，給幾個親戚朋友拜年去了，只雇了附近鄉里的一個女人，來照料他們的幾樁需求。整座房子都歸他們享用，這使他們感到很高興。他們意識到，這是他們第一次享受獨居一個房子的樂趣。但是，克萊爾發覺，他這位新娘子見了這所又老又舊的住宅，心裡不禁有些抑鬱。馬車走了以後，那個打雜的女僕就領著他們，到樓上去洗手。走到樓梯口，黛絲站住了腳，嚇了一跳。

「怎麼啦？」克萊爾問道。

「這兩個女人好嚇人！」黛絲笑吟吟地答道。「我讓她們嚇了一大跳。」

克萊爾抬頭一看，只見有兩幅與眞人一般大小的畫像，嵌在牆內的鑲板上。來過這座宅第的人都知道，畫上畫著兩個中年婦女，論年份大約是在二百年前，兩人的相貌只要看上一次，就永遠不會淡忘。一個是長臉膛，尖下巴，眯縫眼，還要強作笑容，露出一副陰險無情的神氣；另一個鷹勾鼻子，大牙齒，瞪著大眼，顯出一副盛氣凌人，凶神惡煞的樣子。誰見了這兩副嘴臉，就是在夢中也會再受驚擾的。

「這是誰的畫像？」克萊爾問那女僕。

「我聽老一輩的人說，她們是這座宅子的老宅主德伯維爾家的兩位夫人，」女僕說道。「兩幅畫像都鑲在牆裡頭，沒法撤走。」

這件事令人不快，不僅是兩幅畫像把黛絲嚇了一跳，而且就從兩幅過分顯著的容貌中，無疑還可以看出那眉清目秀的影子。不過，克萊爾對此卻沒說什麼，只是後悔不該自找麻煩，選了這麼一幢房子度蜜月，隨即便走到隔壁屋裡去了。這房子本是匆匆忙忙收拾出來的，他們兩個只好在一個臉盆裡洗手。克萊爾在水裡摸到了黛絲的手。

「哪些手指是我的，哪些是你的？」他抬起頭來問道。「都混淆不清了。」

「都是你的，」黛絲甜蜜地說道，竭力裝出很快活的樣子。在這種時候，她那樣心事重重，克萊爾還沒有感到不快。凡是敏感的女人，都會思考問題的；不過黛絲知道，她是太多慮了，所以要竭力避免。

在除夕那個短暫的下午，太陽低垂著，陽光從一個小洞射進屋裡，形成一條金棒，投到黛絲的裙子上，好像顏料在上面染了一塊。他們走進那間古老的客廳吃茶點，兩人在這裡第一次單獨同桌用餐。他們一身孩子氣，或者不如說，克萊爾一身孩子氣，他要和黛絲共用一塊黃油麵包，覺得這很有趣，而且還要用自己的嘴去抹掉她嘴唇上的麵包屑子。他有點悶，他這樣鬧著玩，黛絲怎麼卻不起勁。

克萊爾悶聲不響地瞅了她好半天。「她是個招人喜愛的寶貝黛絲，」他暗自想到，彷彿終於看懂了一段難讀的文字。「我有沒有正經領會到，不管我的信仰和命運是好是壞，這個小小的女子已經完完全全無可挽回地和我聯繫在一起了？我恐怕沒有。我想我難以領會，除非我自己是個女人。我享福，她跟著享福，我受罪，她也跟著受罪。我落得怎麼樣，她也得跟著怎麼樣。我達不到的，她也達不到。難道我會怠慢她，傷害她，甚至不把她放在心上嗎？但願上帝不容許我犯這樣的罪！」

他們坐在茶桌前，等候行李，因爲克里克老板答應過，要在天黑以前把行李送到。但是，夜幕開始降臨，行李還沒有送來，而他們除了身上穿的，就什麼也沒有帶。太陽落山以後，冬天白晝的沈默狀態也改變了。屋外發出一種沙沙的響聲，好像絲綢受到劇烈摩擦似的。那些在秋天裡落下的枯葉，本來靜靜地躲在地上，現在讓風一吹，全都騷動起來，不由自主地旋來旋去，劈哩啪拉地打到百葉窗上。轉眼間，下起雨來。

「那隻公雞早就知道要變天了，」克萊爾說道。

那個服侍他們的女人早已回家過夜去了，不過她往桌上放了幾支蠟燭，現在他們就把蠟燭點著了。每支蠟燭的燭光都朝壁爐那邊晃動。

「這種老房子到處透風，」克萊爾望著燭光和往下流淌的燭淚，繼續說道。「不知道那行李現在在什麼地方？咱們連一把刷子、一把梳子也沒有。」

「我也說不上來，」黛絲心不在焉地答道。

「黛絲，今天晚上你一點也不高興——一點也不像你平常那樣。一定是樓上嵌在牆上的那兩個凶老太婆把你嚇壞了。眞對不起，我不該把你帶到這兒。我不知道你到底是不是眞的愛我？」

他明明知道黛絲愛他，因此說這話並沒有什麼正經的意思。但是，黛絲聽了卻滿腹委屈，就像一隻受了傷的動物，不由得畏縮了一下。雖然她想極力忍住不要流淚，可還是止不住掉下了一兩滴。

「我不是有意的，」克萊爾抱歉地說道。「我知道，你是因為沒拿到用的東西，心裡感到著急。我眞不明白，老喬納森怎麼還沒把東西送來。你瞧，都七點鐘了。……啊，他來啦！」有人敲門了，因為屋裡沒有人去應門，克萊爾便自己出去了。他回到屋裡的時候，手裡拿著一個小包裹。

「結果還不是喬納森，」克萊爾說道。

「眞叫人惱火，」黛絲說道。

這個包裹是專人送來的。那人從埃明斯特牧師住宅到塔爾勃塞的時候，新婚夫婦剛剛離開，所以那人又跟到這裡，因為主人家吩咐過，一定要把包裹當面交給本人。克萊爾把包裹拿到亮光裡一看，只見它還不到一英尺長，包在帆布裡，用線縫好，縫口上封著紅火漆，打著他父親的印章，包裹上面寫著他父親的親筆字：「安傑·克萊爾夫人收。」

「這是送給你的一件小小的結婚禮物，黛絲，」克萊爾一面說，一面把包裹遞給了黛絲。「他們想得眞週到！」

黛絲接過包裹時，神情有點慌張。「我想還是你來替我打開吧，最親愛的，」她把包裹翻了個面兒，說道。「我不想拆那火漆，看起來太鄭重了。請你替我打開吧！」

克萊爾打開包裹，裡面是一隻山羊皮製的小匣子，匣子上面放著一封短簡和一把鑰匙。短簡是寫給克萊爾的，內容如下：

親愛的兒子：

也許你已經忘記，在你很小的時候，你的教母皮特尼太太——一個虛榮心很強的好人——臨終時把她的一部分珠寶交給了我，將來等你結婚的時候，贈給你的妻子（無論你娶的是誰），以表示她對你和你妻子的一片情意。我不負所託，就把這珠寶一直存在銀行裡。雖說在目前情況下，我覺得這麼做未免有點不合適，但是你要明白，既然這些珠寶理應歸你妻子終身使用，我就有義務轉交給她，所以我就立即叫人送去。我想，按照你教母的遺囑，嚴格說來，這些東西就成了傳家之寶了。隨信附上關於此事的那條遺囑的原文。

「我現在想起來了，」克萊爾說。「不過，我先前可全忘了。」他們打開匣子，發現裡面裝著一條帶垂飾的項鏈，一副手鐲，一對耳環，還有一些別的小首飾。

黛絲起初好像不敢碰這副珠寶，但是，克萊爾把它們擺開以後，她的眼睛霍地一亮，就像那鑽石一樣晶瑩。

「這都是我的嗎？」她將信將疑地問道。

「當然是你的，」克萊爾說道。

他望著爐火，心裡回想起，他還是個十五歲少年的時候，作爲她教母的那位鄉紳太太——他平生接觸過的唯一的闊人——相信他一定會有出息，說他以後一定前程似錦。既然猜測他會有這樣的前程，那麼，把這些珠光寶氣的首飾留給他的妻子，再傳給她子孫的妻子，似乎沒有什麼不恰當的地方。現在，這些珠寶在閃爍著，彷彿有點譏諷似的。「可又爲什麼呢？」克萊爾自己問自己。這自始自終只是一個虛榮心的問題。如果說她教母可以有虛榮心，那他妻子當然也可以有。他妻子是德伯維爾家的後代，難道還有誰比她更配戴這些首飾嗎？

突然，他熱烈地說道：「黛絲，快把它們戴上，快把它們戴上！」說罷，他從燈火旁轉過身來，幫她往身上戴。

但是，黛絲彷彿有魔力相助似的，早已把項鏈、耳環、手鐲，全都戴上了。

「不過，這件長裙可不大合適，黛絲。」克萊爾說道。「你應該穿一件袒胸式的長裙，才配得上這一套鑽石首飾。」

「是嗎？」黛絲問道。

「是的，」克萊爾說道。

他告訴她說，把上身的上邊往裡塞一塞，就大致可以弄成晚禮服的樣式。黛絲照他說的那樣做了，項鏈上的垂飾就按設計的戴法，單獨地垂在她那白皙的胸前，克萊爾往後退了退，仔細打量她。

「天哪，」他說，「你真漂亮啊！」

人人都知道，鳥靠羽毛人靠裝。一個鄉下姑娘，若是裝扮得樸樸素素的，就能讓外人覺得頗有幾分魅力，那麼，她要是穿上時髦的服裝，再戴上各式各樣的首飾，就會變成一個絕色美人，而大放異彩。而那參加深夜聚會的美女，如果穿上農婦的外罩，碰上一個陰沈天，站在一片單調的蘿蔔地裡，就往往不成樣子了。直到現在，克萊爾還從未估量到黛絲的肢體容貌有多麼綽約多姿。

「你要是出現在舞廳裡該有多好！」他說。「可是，不，不，最親愛的。我想我最喜歡你戴著遮陽軟帽，穿著粗布來衫——是的，比戴這些東西還可愛，儘管你戴上這些東西，更能顯示出它們的華貴來。」

黛絲覺得自己有這麼美，不禁興奮得滿臉腓紅，不過，倒並不感到快活。

「我還是卸下來吧，」她說，「免得讓喬納森看見。我戴著不合適，是吧？我看得把它們賣了吧？」

「再多戴一會兒。把它們賣了？不行。那豈不是辜負人家的盛意。」

黛絲又想了一想，便欣然從命了。她有話要對他說，戴著這些東西也許能幫點忙。她就戴著珠寶坐了下來，兩人又東猜西猜，捉摸喬納森帶著行李到了何處。他們給他倒了些麥芽酒，好等他來了給他喝，因為擱得太久了，氣都跑光了。

晚飯早已在靠牆的桌子上擺好了，過了不久，他們便開始吃起來了。還沒等他們吃完，壁爐裡的煙突然一抖，一股往上冒的煙一下灌到屋子裡來了，彷彿有個巨人拿手往煙囪堵了一下似的。其實，這是外面的門被打開而引起的。走廊裡傳來笨重的腳步聲，安傑起身走了出去。

「我怎麼敲門，也沒人聽得見，」喬納森．凱爾抱歉地說，這回到底是他來了，「外面在下雨，我就自己打開門了。我把東西送來啦，先生。」

「看到這些東西，我很高興，可你來得太晚啦。」

「是來晚啦，先生。」

喬納森．凱爾說話的時候，語氣有點壓抑，白天可不是這樣的。再看他的前額，除了歲月的皺紋，又添了幾條焦慮的皺紋。他接著說道：

「今兒午後，你和你太太（眼前得這樣稱呼她啦）走了以後，場裡出了一件頂可怕的事兒，可把我們大伙都嚇壞啦。也許你沒忘記午後雞叫的事兒吧？」

「天啊——出什麼——」

「有人說雞叫是這樣的兆頭，有人說是那樣的示頭。可偏偏出了這樣的事兒：可憐的小雷蒂要投水自殺。」

「不會吧！眞有這事？她還跟大伙一起送我們的——」

「是呀，唉，先生，你和你太太——照規矩得這樣稱呼她——我是說，你們倆坐車走了以後，雷蒂和瑪麗安就戴上帽子，跑出去了。今兒是年三十，沒有多少事兒，大伙又都喝得稀裡糊塗的，誰也沒怎麼留意他們倆。她們先到了劉埃弗拉德，在那兒喝了些酒，隨後又去了三臂十字架，兩人好像在那兒分了手，雷蒂穿過草甸子，像是要回家去，瑪麗安朝前面一個村子走去，那兒也有一家酒館。打那以後，誰也沒再見雷蒂的人影，也沒聽人說起她的下落，後來有個船夫回家，看到大塘旁邊放著一樣什麼東西，原來是雷蒂的帽子和圍巾，疊在一塊。他在水裡找到了雷蒂。他又叫了一個男的，把她抬回了家，只當她死了。不過，她倒慢慢活過來了。」

安傑忽然想起，黛絲也在聽這令人傷心的故事，於是就去關走廊和前室之間通往內廳的門，因爲黛絲就待在內廳裡。不想他妻子早已把圍巾披在身上，跑到了外屋，正在聽著喬納森在那裡敘說，兩眼怔怔地盯著行李和行李上亮晶晶的雨滴。

「不光是這事兒，還有瑪麗安呢。有人看見她躺在柳樹林邊上，醉得好像個死人一樣。這姑娘長了這麼大，除了喝一先令的麥芽酒，從沒有人看見她沾過別的東西——雖說從她臉上看得出來，她一向確實飯量很大。這些女孩好像全都發瘋了！」

「伊茲呢？」黛絲問道。

「伊茲還照常待在家裡，不過她說啦，她猜得出這是怎麼搞的。她心裡好像很不好受，可憐的孩子，這也難怪她。先生，你瞧，出這些事兒的時候，我們正在往車上裝你的行李，還有你太太的睡衣和梳洗用的東西，這一來，我就來晚了。」

「是啦。好吧，喬納森，你把行李送到樓上，喝一杯麥芽酒，就盡快趕回去，以防那邊還有事要你做。」

黛絲已經回到內廳了，坐在壁爐旁邊，憂心忡忡地望著爐火。她聽見喬納森．凱爾拖著笨重的腳步，來回上樓下樓搬東西，後來搬完了，又聽見他感謝她丈夫給他麥芽酒和賞錢。隨後，喬納森的腳步聲就從門口消失了，馬車吱吱嘎嘎地離開了。

安傑把又大又重的橡木門閂好，然後走進屋裡，來到壁爐前黛絲坐著的地方，將雙手從她背後伸過去，捧住了她的雙頰。他滿心以爲，黛絲會快活地跳起來，跑去打開她早就急著要用的梳妝用具。但是，她卻一動也沒動，安傑便跟她一起坐在一片火光之中，飯桌上的燭光太小太弱，爭不過那熊熊的爐火。

「很遺憾，那幾位姑娘的傷心事都讓你聽見了，」他說。「不過，你也不必難過，你也知道，雷蒂本來就有點病態心理。」

「她絲毫不應該那樣，」黛絲說。「倒是有人應該那樣，可是那個人又遮遮掩掩，假裝沒有什麼。」

這件事改變了她心中的天平。她們都是天眞純樸的姑娘，但是，單相思的不幸卻落到了她們頭上。本來，她們應該受到命運的優待，她本該是受到虧待的，但卻受到了垂愛。她沒付出任何代價，就得到一切，眞是大逆不道。她要徹底加以償還。她要在此時此地把事情講出來。就在她兩眼盯著爐火，克萊爾握著她的手的時候，她終於下定了最後的決心。

這時，爐裡的殘火已經沒有火焰了，但卻發出一片穩定的光澤，染紅了壁爐裡的後邊和兩側，亮鋥鋥的柴架，和一把合不攏的舊銅火鉗。壁爐台下面和靠近壁火爐的桌腿，也給爐光映得通紅。黛絲的臉和脖子也同樣顯得暖融融的，她身上戴的每一件珠寶，也都變成了金牛星或天狼星——變成了閃爍著白光、紅光、綠光的星座，隨著她脈搏的每一次跳動，不斷變換自己的色彩。

「今天早晨，我們都說過要講講各自的過錯，你還記得嗎？」克萊爾見她還是一動不動，便突然問道。「也許我們是隨便說說的，而你很可能是說著玩的。但是，對我來說——這決不是一句戲言。我有件事要向你坦白，親愛的，」

這句話從他嘴裡說出來，沒想到會這麼巧，黛絲覺得，眞是上天有意成全她。

「你有件事要坦白？」她急忙說道，甚至有些欣喜和輕鬆。

「你沒有想到吧？唉——你把我看得太高了。現在你聽我說。把你的頭靠在這兒，因爲我要你寬恕我，不要怪我以前沒有告訴你，也許我早該把事情說出來。」

多奇怪呀！他彷彿是她的替身似的。她沒有作聲，克萊爾接著說道：

「我以前沒有告訴你，因爲我不敢冒著失去你的風險，親愛的，你是我一生得到的最高獎品——我把你稱作我的研究員職稱。我哥哥在大學裡獲得了他的研究員職稱，而我是在塔爾勃塞獲得我的研究員職稱的。我不能冒險丟掉它。一個月以前，就在你答應嫁給我的時候，我就想告訴你，可是我又不敢，我怕你聽我一說，就要給嚇跑了，我就把這件事擱起來了。後來我想昨天該告訴你，至少給你一個擺脫我的機會。可我也沒做到。今天早上，你在樓梯口提出我們要互相坦白過錯，我也沒能做到——我眞是個罪人！可是現在，眼看著你一本正經地坐在這兒，我一定得坦白了。我不知道你會不會寬恕我？」

「哦，會的，我敢保——」

「好吧，但願如此，不過，你先別說，你還不知道呢。我從頭說起吧。雖說我覺得我那可憐的父親總怕我因爲信仰問題，而永遠墮落下去，但我當然和你一樣，黛絲，相信人要講究道德。我以前總想做一個教化人的導師，後來我發現自己不能做牧師時，還感到萬分失望。我敬仰純潔無瑕，儘管我不敢自稱純潔，我痛恨不道德，我希望我現在還是這樣。不管人們怎樣看待絕對靈感，都必須誠心誠意地贊同保羅說的話：『你要在言語、談吐、仁慈、精神、虔誠和純潔上，都做出榜樣。』❶對於我們這些可憐的人類，這是唯一的保障。有一位羅馬詩人曾說過『清白的生活』，令人奇怪的是，他與聖保羅有著相同的觀點：

一個人活得正直，找不到弱點，
便無須使用摩爾人的槍矛和弓箭。❷

唉，有一去處是用善念鋪成的，❸我對這句話深有體會，我本來想讓大家都好，可自己先墮落了，你看我多悔恨。」

接著，他向黛絲敘說了他剛才提到的那段人生經歷。當時，由於前途渺茫，困難重重，他在倫敦蕩來蕩去，像是一個隨波漂泊的軟木塞子。後來遇到一個素不相識的女人，跟她過了四十八小時的放蕩生活。

❶引自《聖經．新約．提摩太前書》第四章第十二節。
❷羅馬詩人指賀拉斯。該兩行詩引自他的《歌集》第一卷第二十二首。
❸英國有句成語：「地獄是用善念鋪成的。」克萊爾在新婚之際，忌諱「地獄」二字，改用「有一去處」。

「幸好我立刻覺悟過來，認識到了自己的胡作非爲，」他接著說道。「我再也不理她了，回到了家裡。自那以後，我再也沒犯這種過錯。不過，我覺得我應該對你開誠布公，推心置腹，爲此就要把這件事講出來。你寬恕我嗎？」

黛絲緊緊握住他的手，算是回答。

「那麼咱們說過就算了，永遠不再提它了——在這個時候談這種事，太讓人難受了——咱們說點閒話吧。」

「哦，安傑——我眞有點高興哪——因爲現在，你也能寬恕我了！我還沒向你坦白呢。我也有一件事要坦白——記得吧，我說過這話。」

「啊，當然記得！那就說吧，你這個小壞蛋。」

「別看你在笑，我這件事也許和你一樣嚴重，說不定還更嚴重。」

「不會比我的更嚴重吧，最親愛的。」

「不會的——哦，是的，不會的！」黛絲覺得有希望了，便樂孜孜地跳了起來。「是的，當然不會更嚴重啦，」她大聲嚷道。「是一模一樣的事情！我這就告訴你。」

她又坐了下來。他們的手仍然握在一起。爐柵下的灰，被爐火垂直地一照，像是一片酷熱的荒野。炭火的紅色光焰投到克萊爾的臉上和手上，也投到黛絲的臉上和手上，射進她額上蓬鬆的頭髮裡，照在頭髮下面那細嫩的皮膚上。置身於這種紅色的火焰中，讓人想起來，覺得像末日審判時那樣陰森可怕。她的身子映成一個巨大的黑影，投射到牆上和天花板上。她彎下身子，脖子上的每顆鑽石都跟著閃爍了一下，就像癩蛤蟆不懷好意地瞪了一下眼睛。她把額頭靠在安傑的太陽穴上，開始講起了她與亞歷克·德伯維爾相識的前因後果，說話時聲音很低，眼皮低垂著，但卻一點也不畏縮。

第三十五章

黛絲敘說完了，就連反覆申明和輔助解釋，也都作過了。她的聲調跟開頭差不多，始終沒有提高。她沒有說爲自己開脫罪責的話，也沒有掉眼淚。

但是，在她敘說身世的過程中，就連外在的東西也似乎變了樣子。壁爐裏的炭火好像在惡作劇，張牙舞爪，怪模怪樣，彷彿絲毫也不關係黛絲的疾苦。爐欄懶洋洋地咧著嘴，好像也是那樣滿不在乎。水瓶發出亮光來，彷彿只是在潛心研究色彩問題。周圍的一切物體，都在令人可怕的反覆申明，自己沒有任何責任。然而，自從克萊爾親吻黛絲以來，哪樣東西也沒發生變化，或者不如說，物質本身沒有發生變化。但是，事物的實質卻起了變化。

黛絲說完之後，他們先前那種卿卿我我，竊竊喁語的情韻，彷彿全給擠到了腦子的角落上，在那裏反覆念叨，覺得先前的行爲完全是盲目而愚蠢的。

克萊爾作了一個多餘的舉動，撥弄了一下爐火。他對黛絲講的這件事，還沒有徹底領悟過來。他撥完了火，立起身來。這時，黛絲那番話的力量才完全顯示出來。他的臉變得憔悴了。爲了極力集中心思，他一陣一陣地在地上來回走動。他不管用什麼辦法，思路都集中不起來，所以才這麼恍恍惚惚地走來走去。他開口說話的時候，儘管黛絲早就聽慣了他那富於變化的種種音調，這次用的卻是一種最平淡、最有氣無力的腔調。

「黛絲——」

「噯，最親愛的。」

「難道我眞的相信你這番話嗎？看你那樣子，我還眞得相信這是眞的。哦，你不可能是發瘋了！你要是說瘋話就好了！可你並沒有瘋。……我的妻子，我的黛絲——你沒有什麼可以證明你瘋了嗎？」

「我沒有發瘋，」黛絲說。

「可是——」克萊爾怔怔地望著她，又迷茫地說道：「你爲什麼不早告訴我呢？哦，對了——你本來是想告訴我的——可以這麼說。但是，我沒讓你講。我想起來啦！」

克萊爾說這說那，只是表面上敷衍幾句，他心裡還仍舊呆痴痴的。他轉身走開，俯在一把椅子上。黛絲跟著他走到屋子中間，站在那裡瞅著他，眼裡並沒有流淚。隨即，她在他腳邊跪了下來，接著又趴倒在地，縮成一團。

「看在我們相愛的份上，寬恕我吧。我可寬恕你了，安傑。」

「你嗎——是的，你寬恕我了。」

「可你就不寬恕我嗎？」

「哦，黛絲，這不是寬恕不寬恕的問題。你以前是一個人，現在是另一個人了。天哪——怎麼能對如此荒唐的——把戲，加以寬恕啊！」

他頓住了，琢磨著把戲這字眼，隨即又突然發出可怕的笑聲——就像地獄裡的笑聲一樣做作，一樣陰森。

「別——別這樣！你這樣眞要我的命！」黛絲尖聲叫道。「哦，對我發發慈悲吧——發發慈悲吧！」

克萊爾沒有回答。黛絲臉色慘白，跳了起來。

「安傑，安傑！你幹嘛這樣笑？」黛絲大聲嚷道。「你知道這對我意味著什麼嗎？」

克萊爾搖了搖頭。

「我總是在期待，在盼望，在祈禱，想讓你開心。我總在想我要是能讓你開心，那該有多高興；我要是不能讓你開心，那該是多不稱職的妻子！我就是這樣想的，安傑！」

「這我知道。」

「安傑，我還以爲你眞愛我——愛我本人哪！要是你眞愛我。哦，你怎麼能露出這副樣子，跟我這樣說話？眞把我嚇壞了！我既然已經愛上了你，就要永遠愛你——不管遇到什麼變化，不管遭到什麼屈辱，因爲你還是你。我不會另有所求。那麼你呢？我的親丈夫，怎麼能不再愛我了呢？」

「我再說一遍，我的那個女人並不是你。」

「那是誰呢？」

「跟你一模一樣的另一個女人。」

黛絲從這話裡意識到，她以前那樣提心吊膽的預感，現在變成現實了。克萊爾把她看成一個騙子，一個假裝純潔的淫蕩女人。她明白了這一點，蒼白的臉上掠過一陣恐懼。面頰上的肌肉鬆弛下來，嘴巴看起來幾乎像是一個小圓孔。安傑居然會這樣看待她，眞是太可怕了，她覺得渾身發軟，搖搖晃晃地站不住了。安傑以爲她要跌倒，便走上前去。

「坐下，坐下，」克萊爾輕聲說道。「你不大舒服，這是很自然的事。」

黛絲倒是坐下了，卻不知道自己待在那裡。她臉上仍然是一副緊張的神情，那雙眼睛讓安傑看了，渾身直起雞皮疙瘩。

「那我就不再屬於你的了，是嗎，安傑？」黛絲無奈地問道。「他說他愛的不是我，而是跟我長得一模一樣的另一個女人。」

一想到這裡，她覺得自己受了委屈，就可憐起自己來。她又想了想自己的處境，不由得兩眼淚汪汪的。她背過臉去，自艾自憐的眼淚像泉水般地湧了出來。

克萊爾見黛絲這一哭，心裡倒覺得輕鬆了一些，因為剛才發生的事給黛絲帶來的刺激，開始使他苦惱起來，而這份苦惱，僅僅前於這件事披露後給他帶來的苦惱。他耐著性子，漠然地等著，直到黛絲那陣劇烈的悲痛漸漸平息，淚如泉湧的痛哭也變成了斷斷續續的抽噎。

「安傑，」她突然說道，語調很自然，不再是剛才那種瘋狂、乾巴的恐怖聲音了。「安傑，是不是我太壞了，你我不能生活在一起了？」

「我還沒有考慮我們該怎麼辦？」

「我不會要求你和我生活在一起，安傑，因為我沒有這個權利，我本來說要寫信給我媽媽和妹妹，告訴她們我們結婚了，現在我也不寫了。我本來裁好了布料，想在我們喜宴的時候縫一個針線包，現在我也不縫了。」

「不縫了？」

「是的。我什麼也不做了，除非你吩咐我。要是你丟下我走了，我決不會跟著你。要是你永遠不再理我，我也不問你為什麼，除非你告訴我，說我可以問。」

「如果我當眞吩咐你做什麼事呢？」

「我會像是你的可憐的奴隸，絕對服從你，哪怕你叫我倒在地死去，我也會從命。」

「你眞是很好。不過我覺得，你現在這種自我犧牲的精神，與你過去那種自我保護的態度，有些不相協調呀！」

這是他最初吐出的帶有敵意的語言。不過，他對黛絲這番煞費苦心的諷刺，如同對牛調琴。話中那些微妙的諷刺意味，她卻一概不能領會，她只覺得他以一種含有敵意的聲音，表明他抑制不住心中的惱怒。黛絲閉口無言，不知道克萊爾在極力壓抑對她的感情。她幾乎沒有看見，從他臉上慢慢滾下一顆淚珠，一顆很大淚珠，把它經過之處的毛孔都放大了，彷彿是顯微鏡上的物鏡一樣。與此同時，他再次省悟到，黛絲的坦白給他的生命、給他的世界，帶來了可怕、翻天覆地的變化。他拼命地掙扎，要在新的處境中向前邁進。總得採取一點相應的行動，可是，採取什麼行動呢？

「黛絲，」他盡量溫柔地說道。「現在——我不能待在——這間屋子裡。我需要出去走一走。」

他悄悄地走出屋子，他為吃晚飯倒好的兩杯酒——一杯給黛絲，一杯給他自己——還放在桌子上，一動沒動。這就是他們這席「婚宴」的下場。兩三個鐘頭以前，吃茶點的時候，他們還那樣相親相愛，異想天開地用一個杯子喝茶。

他隨手關上門，雖然動作很輕，卻把黛絲從恍惚中驚醒。他已經走了，她也不能待著不動。她急忙披上斗篷，滅掉蠟燭，好像永遠不想回來似的，然後打開門，跟著出去了，雨已經停了，夜色很清朗。

不一會兒，她就追上了克萊爾，因為他漫無目標，走得很慢。和黛絲那輕盈灰白的形體一比，克萊爾的身體顯得黑漆漆的、陰森森的，令人望而生畏。她身上戴的那些珠寶，剛才已經使她驕傲了一陣，現在卻覺得像是在諷刺她。克萊爾聽見她的腳步聲，便回過頭來，但是，一看是她來了，就當作沒這回事似的，只管繼續往前走，從房門那座五拱大橋上過去了。

路上，牛馬的蹄印裡都積滿了水，不過，雨下得不算大，只能把蹄印裡注滿水，卻不能把蹄印沖沒。黛絲一路走過時，星星的影子從這些小水注裡一閃而過。宇宙間最龐大的物體居然映射在如此卑微的水洼裡，不過，她若是沒看見水洼裡的星光，就不會知道星星在頭頂上閃爍。

他們今天所到的這個地方，和塔爾勃塞座落在同一個山谷，不過在河下游幾英里處。這裡四周都是一片開闊地，黛絲很容易就能望見克萊爾。從房前往外去的路，蜿蜒穿過草場，黛絲就順著這條路、跟在克萊爾後面，既不想追上他，也不想引他注意，只想木訥無語、忠貞不二地跟著他。

不過，她那無精打采的腳步，最終還是把她帶到了克萊爾身旁，但他還是一聲不吭。一個誠實的人受到了愚弄，一旦醒悟過來，就常常會覺得事情非常殘酷，現在克萊爾就深有這種感觸。顯然，野外的空氣使他清醒了，不再憑衝動行事了。黛絲知道，她在他眼中已是平淡無奇了，毫無光彩了。這時，時光之神正在吟詠譏諷黛絲的頌歌——

你的真面目一旦顯露，他就會對你轉愛為仇；
碰到倒運的時候，你就不再眉清目秀。
你的生命如同淒風苦雨，秋葉飄零；
你的面紗就是悲傷，花冠就是哀愁。❶

克萊爾還在聚精會神地思索，黛絲儘管跟在他身旁，卻難以打發他的思路，或者轉移他的思路。在克萊爾眼裡，她跟在旁邊是多麼無足輕重啊！她不得不先開口了。

❶引自英國詩人斯溫伯恩（一八三七－一九〇九）的詩劇〈阿塔蘭塔在卡呂冬〉。

「我做了什麼——我到底做了什麼啦？我說的話，沒有一句表示我不愛你，也沒有一句表示我愛你是假的。你不會認爲這是我一手策劃的吧，會嗎？安傑，惹你生氣的，是你心裡想像的東西，並不是我。哦，並不是我呀。我可不是你想像的那種騙人的女人！」

「哼——好啦。我的妻子沒有騙人，可是不一樣了。是的，不一樣了。不過，你不要惹我責備你。我已經發誓決不責備你了。我要想盡一切辦法，不去責備你。」

但是，黛絲由於心煩意亂，還是不停地替自己申辯，也許說了一些最好還是不說的話。

「安傑，安傑，我當時還是個孩子——出那事的時候，我還是一個孩子啊！我一點也不了解男人哪。」

「與其說是你害了別人，不如說是別人害了你❷，我這承認。」

「那你還不肯寬恕我嗎？」

「我的確寬恕你，可是寬恕並不等於一切。」

「你還愛我嗎？」

對於這個問題，克萊爾沒有回答。

「哦，安傑——我媽媽說過，時常出這種事——她就知道有好幾個女人，問題比我還嚴重，可他們的丈夫就沒怎麼計較——至少是想開了。再說那些女人愛她們的丈夫，都沒有我愛你愛得這麼深。」

「別說啦，黛絲，不要再爭辯啦。不同的階層，有不同的規矩。我聽了你的話，簡直想說你是個無知的女人，對世態人情還一點也不了解。你不知道你都說了些什麼。」

❷語出莎士比亞〈李爾王〉第三幕第二場。

「從身分上看，我是個鄉下人，但是從本質上看，我並不是個鄉下人！」

黛絲說這話時，突然來了一陣火，不過剛要發作，火就消了。

「所以，這對你來說就更糟糕了。我想，發現你們家世的那個牧師，當初要是閉口不言，反倒要好些。我不由得要把你們家族的衰落和這另一個事實——你的脆弱——聯繫起來。家庭的衰落，必然包含意志的衰退，行爲的墮落。天哪，你爲什麼要把你的家世告訴我，給了我一個更加瞧不起你的把柄呀！我原以爲你是大自然的新生女兒，沒想到你竟是沒落貴族的遺少！」

「還有許多人家，也跟我家一樣糟呢！雷蒂家原先本是大地主，開牛奶場的比利特家也是這樣。還有德比豪斯家，原先本是德巴耶的貴族，現在卻成了趕大車的了。你到處都能找到像我一樣的人。這是我們郡的特點，我也沒有辦法。」

「所以，這個郡才更糟。」

黛絲只是籠統地接受這些責難，並不去琢磨細節問題。她光知道克萊爾不像以前那樣愛她了，除此之外，她一概都不在乎。

他們又一聲不響地往前遊蕩。事後大家都說，井橋有個村民夜裡去請大夫，在牧場上遇見一對情人，兩人不言不語，一前一後地慢慢走著，彷彿是在送殯似的。他瞅了他們一眼，覺得他們臉色不對，好像非常焦灼，非常愁悶。後來他回來的時候，又在那塊草場上碰見了他們，兩人還跟先前一樣，慢騰騰地走著，也不顧夜深天寒。他因爲有要事在身，家裡還有病人，就沒把這件蹊蹺事放在心上，後來過了許久，他才又想起來了。

那個村民去而復返的期間，黛絲曾對丈夫說：「我不知道怎樣才能不讓你爲我而苦惱一輩子。那邊就是河。我可以投河自盡。我並不害怕。」

「我已經做了不少蠢事了，我不想再背上殺人的罪名，」克萊爾說。「我會留下一點證據，說明我是自殺的——因爲無地自容。這樣一來，別人就不會怪罪於你了。」

「別說這種蠢話了——我可不願意聽。對這種事抱著這樣的想法，簡直是胡鬧，因爲你那樣做並不是一場悲劇，而是一場帶有諷刺意味的鬧劇。你一點也不懂得這場災難的性質。要是人家知道了，十個人裡有九個要把這件事看成一樁笑料。請你聽我一句話，快回房睡覺去吧。」

「好吧，」黛絲恭順地說道。

他們繞來繞去的那條路，通往磨坊後面那座四多會教堂的著名遺址。在過去幾百年裡，磨坊一直是屬於那座教堂的。磨坊還在照常運轉，因爲食物是常年不斷的需要；而教堂卻坍塌了，因爲信仰只是過眼雲煙。人們總是看到，暫時的東西受到永久的照應，而久永的東西只受到暫時的照應。且說他們兩個一直是在繞來繞去地走著，眼下離那幢房子還不是很遠。黛絲聽從了克萊爾的指示，只需穿過大河上的大石橋，再順著路往前走幾碼，就是自己的寓所了。她回到屋裡時，只見一切還和離開時一樣，爐裡的火還在燒著。她在樓下待了不到一分鐘，就上樓進了自己的臥室，他們的行李都搬在這裡了。她在床沿上坐了下來，茫然地環視了一下四周，接著就動手脫衣服，她把蠟燭移到床前的時候，燭光照到白花布帳頂上，只見有一樣東西掛在下面。她便舉起蠟燭，想看看是什麼東西。原來是一枝槲寄生。這是安傑克放在那裡的，她立刻明白了。難怪有個包裹搞得神神秘秘的，既不好捆扎，又不好攜帶，克萊爾也不告訴她裡面裝著什麼，只說她到時就知道它的用場了，現在秘密終於揭開了。那是克萊爾感情熱烈、心花怒放時掛在那裡的。現在，那枝槲寄生顯得多麼呆傻，多麼不順眼呀！

看來，要讓克萊爾回心轉意，那是萬萬辦不到了，因此，黛絲再也沒有什麼可害怕，也幾乎沒有什麼可指望的了，便心灰意冷的躺下了。人悲哀到萬念俱滅的時候，睡魔就會乘虛而入。那麼多心情愉快的時刻，攪得難以入睡，而眼下這種心情，反倒容易催人入睡。所以，沒過幾分鐘，孤獨的黛絲就在這間芳香四溢、寂靜無聲的屋子裡，忘記了一切。也許，這間屋子曾經作過她祖先的新房呢。

那天夜裡，到了後來，克萊爾也順著原路，回到了寓所。他輕輕地走進起居室，點好一支蠟燭，帶著已經想好辦法的樣子，把幾塊小地毯墊在那張舊馬鬃沙發上，舖成一個簡易床舖。臨睡之前，他先光著腳跑到樓上，在黛絲門口聽了聽。黛絲那均勻的喘氣聲表明，她已經睡熟了。

「謝天謝地！」克萊爾嘟噥道。但是，他轉念一想，不禁感到一陣酸楚，心如刀割一樣，覺得黛絲把她人生包袱轉移到他的肩上，她自己倒是可以無憂無慮地睡大覺了。他這個想法雖說不是百分之百正確，但大致是正確的。

他轉身下樓，隨即又有些游移不定，重新把臉轉向她的房門。他這一回頭，就看見德伯維爾家兩位夫人中的一位，這位夫人的畫像鑲在黛絲臥室的門口上方。在燭光下看上去，這幅畫像還不止是讓人感到不快。克萊爾當時覺得，這個女人的臉上潛藏著邪惡的念頭，好像一心要對異性進行報復。畫像上那身查理時代的長裙袒露著前胸，跟黛絲先前爲了露出項鏈，而讓他把衣服上邊塞進去，看起來是一個模樣。於是，他又一次凄楚地感覺到，黛絲和這個女人之間有點相似之處。

看這一下就夠了。他又轉過身，下樓去了。

他的神情仍然是平靜而冷漠的，他那緊閉的小嘴表明，他有自我克制的力量，他臉上還帶著黛絲坦白身世後一直未消的那副神情，冷漠得令人可怕。從這張臉上可以看出，他已經不再是激情的奴隸了，然而又沒有從這樣的解脫中獲得好處。他只在琢磨人生那令人痛苦的種種意外，琢磨世事的變幻莫測。他對黛絲崇拜了很久，直到一個鐘頭以前，他都認爲，世界上沒有什麼比她更純眞、更甜美、更貞潔的了，但是——

略差一點，便是天懸地隔！❸

他對自己說，從黛絲那誠實嬌嫩的臉上，看不透她的內心，他這種觀點當然是不對的，但是黛絲沒有辯護人來矯正他。克萊爾又接著想，一雙眼睛凝視的時候，那神情與嘴裡說的話從來沒有不相符的，但是實際上卻在盯著另一個世界，這個世界與她表面上隸屬的那個世界截然不同，格格不入，這種現象怎麼可能呢？

他在起居室的簡易床鋪上躺下去，熄滅了蠟燭。夜色襲進屋裡，冷漠無情地主宰了一切。這夜色早已吞噬了他的幸福，眼前正在那裡懶洋洋地消化；這夜色還準備偷偷摸摸、不動聲色地吞噬成千上萬人的幸福。

❸引自勃朗寧的詩〈在爐邊〉第三十九節。

第三十六章

克萊爾在晨曦中起來了，只覺得黎明灰暗慘淡，鬼鬼祟祟，彷彿犯了什麼罪似的。看看壁爐，裡面只剩下一堆殘灰；擺好了的飯桌上，放著滿滿的兩杯酒，一動也沒動過，現在酒氣跑光了，顏色也渾濁了；黛絲坐的椅子和他的椅子都空著；其餘的家具也都帶著無可奈何的神氣，一面勁兒地追問該怎麼辦，眞讓人難以忍受。樓上一點動靜也沒有，但是過了幾分鐘，就聽見有人敲門。克萊爾想起來了，這是附近那家村民的妻子，在他們寄寓期間，她是專門負責照料他們的。

在現在的情況下，如果家裡再來個外人，那就會感到極其彆扭。這時，克萊爾早已穿好了衣服，因此便打開窗戶，對那女人說，那天早晨他們可以自己照應。那女人手裡拿著一罐牛奶，他就吩咐她放在門口。那女人走了以後，他就在房子後面找了一些木柴，很快就生起了火。食品室裡有的是雞蛋、黃油、麵包等食物，克萊爾在牛奶場上學會了熟練地做家務活，因此很快就把早飯做好了。爐裡的木柴呼呼燃燒，外面的煙囪炊煙裊裊，看上去像是雕著蓮花柱頭的柱子。當地人從這裡經過時，看到這番情景，便會想到這對新婚夫婦，羨慕他們多麼幸福。

安傑最後環視一下四周，然後走到樓梯口，用平常的口氣喊道：「早飯做好了！」

他打開前門，在早晨清新的空氣裡走了幾步。過了不一會，他又回來了，這時黛絲已經來到了起居室，在那裡死板板地擺弄餐具。她已經穿得整整齊齊了，而從他叫她到現在，總共不過兩三分鐘，可見他沒有叫她的時候，她早就穿戴好了，或者差不多穿戴好了。她把頭髮在腦後挽了一個大圓髻，身上穿了一件新連衣裙——一件淺藍色的毛料衣裳，領子上鑲著白色褶邊。她的手和臉彷彿涼冰冰的，也許她穿著衣服在沒火的屋子裡坐了很久。克萊爾剛才叫她的時候，口氣顯然比較客氣，使她一時間又激起了一絲新的希望。但是，她一見到他時，那希望又立刻化爲泡影了。

說眞的，他們兩個以前好像一盆烈火，現在卻只是一堆灰燼了。頭天晚上還是憂心如焚，現在卻是一片沈悶了。看來，好像沒有什麼能再次喚起他們的激情了。

克萊爾輕聲輕氣地跟她說話，她同樣不露聲色地回答他。後來，她走到他跟前，瞅著他那張輪廓分明的臉，彷彿並不覺得，她那張面孔也是一個有形可見的目標。

「安傑！」她叫了一聲，又頓住了，用手指輕輕地摸了摸他，輕得就像微風一樣，彷彿她不大能夠相信，這就是她昔日戀人的肉體。她的眼睛還亮晶晶的，蒼白的面頰還像往常一樣豐潤，儘管半乾的淚珠在那上面留下了晶瑩的痕跡，而那平常圓潤的紅嘴唇，也變得差不多像兩頰一樣蒼白了。雖然她還活著，心房仍在跳動，但是，在精神痛苦的壓迫下，她那生命的脈搏跳動得時斷時續，再稍微施加一點壓力，她就會眞的病倒了，那雙特有的眼睛就會呆滯無神，那副嘴唇就會消瘦乾癟。

她看上去絕對是純潔的。大自然要弄奇異的把戲，在黛絲的容顏上印上了純眞無瑕的標記，克萊爾不由得呆呆地瞅著她。

「黛絲——快說這不是眞話！不，這不是眞話！」

「是眞話。」

「字字都是眞話？」

「字字都是眞話。」

克萊爾拿哀求的目光看著她，彷彿情願讓她說一句謊言，哪怕明知是謊話，也情願用詭辯的方法欺騙自己，把謊話當作有效的否認。不想黛絲只重覆了一聲：

「是眞話。」

「他還活著嗎？」安傑接著問道。

「孩子死了。」

「可那個男人呢？」

「還活著。」

克萊爾臉上顯出一副極度絕望的神情。

「他在英國嗎？」

「是的。」

克萊爾茫然走了幾步。

「我的觀點——是這樣的，」他突然說道。「我願想——任何人都會這麼想——我不娶有身份、有財產、有知識的女人，我放棄了這樣的野心，以爲這樣一來，我不僅可以得到一個天然美麗的女人，而且可以得到一個質樸純潔的女人。誰想到——不過，我不配責備你。」

黛絲完全明白他的觀點了，他那句沒說完的話也用不著說出來了。這就是事情的可悲之處。她看得出來，他是全面吃虧了。

「安傑——假如我不知道你畢竟還有最後一條出路，我當初是不會答應跟你結婚的。儘管我還是希望，你永遠不要——」

她的嗓子嘶啞了。

「最後一條出路？」

「我是說，擺脫我。你完全可以擺脫我。」

「怎麼擺脫？」

「跟我離婚呀！」

「天哪——你的頭腦怎麼這麼簡單啊！我怎麼能跟你離婚呀？」

「我什麼都告訴你了，你怎麼不能？我還以爲我這一坦白就給你提供了離婚的理由。」

「哦，黛絲——我看你也太——太——幼稚——太沒見識——太粗淺了！我眞不知道說你什麼好。你不懂得法律——你根本不懂！」

「什麼——你不能跟我離婚？」

「當然不能。」

頓時，黛絲那滿臉的凄楚，又攙進了羞慚的神色。

「我原以爲——我原以爲——」她輕聲地說道。「唉，現在我才明白，我對你來說有多麼壞。相信我——相信我，我敢發誓，我從沒想到你不能跟我離婚！我希望你不要那樣做，不過我確確實實地相信，只要你拿定了主意，只要你根——本——不愛我了，你就可以把我甩掉！」

「你想錯了，」克萊爾說。

「哦，那我早就該了結了，昨天夜裡就該了結了！可我又沒有那個膽量。我這個人就是這樣！」

「幹什麼的膽量？」

黛絲沒有回答，克萊爾抓住了她的手。

「你想幹什麼？」他問道。

「自尋短見。」

「什麼時候？」克萊爾這樣追問，黛絲畏縮起來，「昨天夜裡，」她答道。

「在那兒？」

「在你掛的那枝槲寄生下面。」

「天哪！要用什麼法子？」克萊爾正顏厲色地問道。

「你要是不生我的氣，我就告訴你！」黛絲畏畏怯怯地說。「我想用捆箱子的繩子。可是到了最後一步，我又下不了手了！我怕引起流言蜚語，壞了你的名聲。」

這段供詞是從她嘴裡逼出來的，不是她主動說出來的，她那意想不到的舉動，顯然使克萊爾感到震驚。但是，他仍然拉著她的手，一面把目光從她臉上移到地上，一面說道：

「你現在聽著，你可不要再想這種可怕的事了！你怎麼能想得出來呀！我是你丈夫，你得向我保證，以後別再幹這種事了。」

「我願意向你保證。我早就知道是個餿主意。」

「餿主意！你想出這個主意眞是太沒有出息了。」

「可是，安傑，」黛絲辯解說，一面滿不在乎地瞪大眼睛，安安靜靜地看著他。「我這完全是爲你著想——爲了解放你，又不像我想像的那樣落個離婚的壞名聲。我做夢也沒想過要爲自己這樣做。不過，讓我死在自己手裡，畢竟還是太便宜我了。你是我毀掉的丈夫，應該由你下手才對。既然你沒有別的辦法脫身，要是你能親手把我除掉，我想我會更加愛你，如果這有可能的話。我覺得我完全是個廢物！一個大絆腳石！」

「別說啦！」

「好吧，既然你不允許，我就不那麼做啦。我決不想違背你的意願。」

克萊爾知道這是實話。她昨天晚上絕望地折騰了一陣之後，現在一丁點勁頭也沒有了，不必擔心她再有什麼冒失的舉動了。

黛絲又忙著去擺弄早餐，這次倒多少沒有白費工夫。接著，兩人便在桌子的同一邊坐了下來，免得彼此的目光碰到一起。起初，他們聽到彼此吃喝的聲音，覺得有些彆扭，不過這是沒法子的事，況且兩人吃得都很少。吃完飯之後，克萊爾立起身來，跟黛絲說了他什麼時候回來吃午飯，便出門去磨坊了，刻板地實行學習麵粉加工的計劃，這是他來這裡的唯一的實際原因。

他走了以後，黛絲站在窗前，轉眼就看見他穿過通往磨坊的大石橋。他下了橋，穿過一條鐵路，就不見人影了。隨後，黛絲也沒嘆氣，就把注意力轉到屋內，動手收拾飯桌，把它收拾整齊。

過了不久，那個打雜的女佣就來了。有她在場，黛絲起初覺得很不對勁，不過後來又可以減少煩悶。到了十二點半，黛絲把女佣一個人留在廚房裡，自己回到了起居室，等候克萊爾再從石橋後面出現。

大約一點鐘的時候，克萊爾終於出現了。雖然還隔著四分之一英里，黛絲卻刷地紅了臉。她連忙跑進廚房，吩咐他一進門就開飯。克萊爾先到他們昨天一起洗手的那間屋子去了一趟，然後等他一走進起居室，飯桌上的盤蓋便揭開了，彷彿是借助他的動作揭開的。

「好準時啊！」他說。

「是的——我看見你從橋上過來了，」黛絲說。

他們吃飯的時候，只談了一些日常瑣事，說他上午在寺院磨坊做了些什麼事，說了篩麵的方法和老式的機器，還說現代的方法改進了，恐怕那些舊機器對他沒有多大啓發，有的機器似乎還是當年爲鄰近寺院的僧侶磨麵粉使用的，而那寺院如今只是一堆瓦礫了。過了一個鐘頭，克萊爾又出門去了，直到黃昏時分才回到家裡，一晚上都在忙著整理材料。黛絲就怕礙手礙腳，等那老太婆走了以後，便跑到廚房裡，在那裡盡力忙活了一個多鐘頭。

克萊爾來到廚房門口。

「你不要這樣拼命幹活，」他說，「你不是我的佣人，而是我的太太。」

黛絲抬起眼睛，目光有些發亮。「我眞可以把自己當成你的太太嗎？」她帶著可憐的戲謔口氣，低聲說道。「你說的只是名義上！唉，我也沒有更高的要求了。」

「你可以把自己當成我的太太嗎，黛絲？你本來就是嘛。你說這話是什麼意思？」

「我也不知道，」黛絲急忙說道，話音裡帶著哭泣。「我早就覺得我——我的意思是說，因爲我不體面……我早就告訴過你，說我覺得自己不夠體面——正因爲這個，我才不想嫁給你，可是——可是你卻逼我！」

她嗚嗚地哭了起來，就把臉背了過去。換了任何一個男人，都會軟下心來，但是克萊爾卻沒有。一般說來，他還算是溫柔多情的，但是在他心靈深處，卻隱藏著一種冷酷堅定的觀念，猶如鬆軟的泥土裡埋著一層金屬礦脈，無論什麼東西想要穿過去，定會捲了鋒刃不可。正是由於這層障礙，他不贊成教會；也正由於這層障礙，他不能容納黛絲。另外，他的愛與其說是熾烈的火焰，不如說是閃耀的光環，而對於女性，他一旦不再信任，也就不再追求了。在這一點上，他和許多容易動情的人恰恰相反，那種人即使在理智上鄙視一個女人，在情感上卻要迷戀不捨。克萊爾在一旁等著，直到黛絲停止哭泣。

「但願英國有一半女人像你這樣體面，」克萊爾說，突然對一般女性出言刻薄起來。「這不是體面不體面的問題，而是原則問題。」

他對黛絲說了一些諸如此類的話，因爲他仍然被一股反感情緒所左右。一個生性耿直的人，一旦發現自己受到表面現象的戲弄，那就會產生強烈的反感，變得乖戾起來。當然，在這種情感的背後，還潛伏著一股憐憫的暗流，一個通達世故的女人可以由此而降服他。但是，黛絲卻沒有想到這一點，她把一切都看成自己應有的回報，幾乎連口都不開。她對他忠貞不渝，簡直達到令人可憐的地步。她雖然天生性情急躁，但是，無論克萊爾說什麼，她都不會作出不得體的反應。她不求自己的益處，不輕易發怒；克萊爾無論怎麼對待她，她都不會把他往壞處想。❶現在，她可說是使徒的慈愛化身，又回到了追逐私利的現代世界。

這一天，從傍晚到黑夜，從黑夜到早晨，都過得跟頭一天一點不差。有一次，只有一次，她——就是以前那個自由、獨立的黛絲——曾然做了點親近的表示。那是克萊爾第三次吃完飯，動身去磨坊的時候。他離開飯桌的時候，說了一聲「再見」，黛絲也回了一聲「再見」，同時把自己的嘴微微湊向他的嘴。但是，克萊爾沒有接受她的好意，只見他急忙轉過身，說道：「我準備回來。」

黛絲渾身一縮，彷彿挨了打似的。以前，克萊爾往往也不得到她的同意，就強行和她接吻，還常常樂孜孜地說，她的嘴唇和氣息，像她吃的黃油、雞蛋、牛奶、蜂蜜一樣甘美，他從上面得到了滋養，還說了一些別的諸如此類的瘋話。但是現在可好，他一點也不希罕她的

❶語出《聖經・新約・哥林多前書》第十三章第五節：「不做出不得體的舉動，不追求自己的益處，不輕易發怒，不往壞處想。」

嘴唇了。他眼見她那畏縮的樣子，便柔和地說道：

「你要知道，我得想個法子。……我們非得在一起住幾天不可，免得立刻分開了，讓人家對你說三道四，不過你要明白，這只是爲了顧全面子。」

「是的，」黛絲心不在焉地說。

克萊爾出了門，在去磨坊的路上，又停了下來，有片刻工夫，還後悔剛才沒有對她溫柔一些，至少該吻她一下。

就這樣，他們在絕望中度過了這一兩天，確實是同一幢房子裡，但是他們之間的距離，卻比沒作情人之前拉得還大。黛絲看得很清楚，克萊爾眞像他說的那樣，一心只想琢磨出一個辦法，完全是在賣呆發楞中生活。黛絲驚愕地發現，他外表上那麼溫順，骨子裡卻那麼固執。他這種固執實在是太殘酷了。黛絲現在不再期待寬恕了。克萊爾去磨坊的時候，她曾不止一次地想要悄悄離開他，但是，她又怕事情傳出去，不僅對他沒有好處，反而會給他帶來更大的妨礙，使他蒙受更多的恥辱。

與此同時，克萊爾的確在琢磨。他從沒停止琢磨。他琢磨得身體都快架不住了，琢磨得人都消瘦了，憔悴了。他以前喜歡的充滿生機和情趣的家庭生活，也給摒棄殆盡了。他一面踱來踱去，一面自言自語：「怎麼辦——怎麼辦呀！」他這話碰巧讓黛絲聽見了。於是，她把一直不談將來的緘默打破了。

「我想——你不打算跟我——長久住在一起吧，安傑？」她問道，臉上顯得很安靜，但是，從她那往下拉的嘴角可以看出，這種神氣完全是硬裝出來的。

「我要是跟你住在一起，」克萊爾說道，「我會瞧不起自己的，更糟糕的是，也許還會瞧不起你。當然，我是說不能按通常的意義跟你同居。現在，不管我心裡怎麼想的，反正我還沒有瞧不起你。不過，還是讓我打開天窗說亮話吧，不然的話，你恐怕還不清楚我的難處。既然那個人還活著，我們怎麼能住在一起呢？你眞正的丈夫是他，而不是我。假如他死了，事情也許就不一樣了。……再說，難辦的不光是這一點，還有一方面也得考餮——就是說，這件事不僅關係到我們兩人的前途，還關係到別人的前途。你想想，過了若干年以後，我們有了孩子，這件往事傳了出去——這種事肯定是要張揚出去的。我們就是住到天涯海角，也免不了人來人往的。唉，你想想看，我們可憐的親骨肉要受到人家的恥笑，隨著人一天天地長大，他們會漸漸感受到人家的恥笑的份量，他們明白以後，還能實心地叫我留在你身邊嗎？難道你不覺得我們還是忍受眼前的罪，而不要再去找別的罪受嗎？」❷

黛絲本來就愁得抬不起眼來，現在還仍舊垂著眼皮。

「我不能要求你留在我身邊，」她回答說。「我不能。我先前還沒想得這麼遠。」

應該承認，黛絲到底是個女人，總是執著地希望還能重歸於好，所以便暗自盤算，如果能和他住在一起，時間一久，哪怕他心猶未甘，也能打破他的冷酷無情。雖然從通常意義上看，她頭腦比較單純，但她並非智力發育不全。如果她不曾本能地知道耳鬢廝磨的力量，那就只能說明她沒有做女人的資格了。她知道，如果這一招也失靈了，別的辦法都不頂用。她對自己說，把希望寄託在玩弄心計上，這是不對的，但是她又無法消除這種希望。克萊爾已經表明了最後的觀念，照她的說法，這種觀點是她以前沒有想到的。她以前確實沒有想得這麼遠，克萊爾所描繪的那幅清晰的圖畫，說她將來的兒女會瞧不起她，這話讓一個心地誠實，充滿慈愛的人聽來，眞覺得入情入理，心服口服。以往的經驗告訴她，在某些條件下，

❷語出莎士比亞悲劇〈哈姆雷特〉第三幕第一場。

有一種情況比生活著還好，那就是壓根兒不要活在世上。她像一切受過磨難而有了先見的人一樣，用蘇利・普呂多姆的話說❸，聽了「你得出生」這句命令，就像聽到了刑事判決書一樣，尤其是這道命令將是向她未來的兒女發出來的。

然而，女士總是這般狡黠奸詐，直到現在，黛絲讓她對克萊爾的愛情沖昏了頭腦，竟然忘記愛情的結果會產生新的生命，從而把她自己嘆爲不幸的痛苦，強加到別人身上。

因此，她無法反駁克萊爾的那個論點。但是，克萊爾是個極爲敏感的人，具有自我作對的癖性，他心裡冒出一種辯駁之辭，他幾乎爲此感到害怕。這種辯駁是建立在黛絲那與眾不同的體質上，黛絲或許可以利用這一點，來達到她的目的。況且，她還可以說：「我們要是跑到澳大利亞的高原上，或是跑到德克薩斯的平原上，誰還會知道我有什麼不幸，誰還會在意我有什麼不幸，誰還來指責我，指責你？」但是，她和大多數女人一樣，把一時說出的看法，當成不可避免的事實。她也許是對的。女人憑著直覺，不僅了解自己的辛酸，而且了解丈夫的辛酸。那些假定的責備，即便不是由生人對他或他的家人說出來的，也會從他那吹毛求疵的腦子裡傳進他的耳朵裡。

這是他們疏遠的三天。也許有人會發表這樣一種奇談怪論：如果他的品性更強烈一點，他會是一個更高尚的人。我們可不這麼說。不過，克萊爾的愛無疑過於縹緲，過於理想化了，簡直到了不切實際的地步。對於具有這種特性的人來說，愛人不在眼前，有時候比待在眼前更有吸引力。愛人不在身邊時，能創造出一種理想的形象，就連那實在的缺點也會一下

❸蘇利・普呂多姆（一八三九—一九〇七），法國詩人，作品有《孤獨》、《正義》、《幸福》等，獲一九〇一年諾貝爾文學獎。

消失。黛絲發現，她的形體並不像她料想的那樣，能有力地替她說情。先前那個形象的說法倒是對的；她是另外一個女人了，不再是那個激起她愛慾的女人了。

「我把你說的話仔細想了想，」她對克萊爾說道，一面用一隻手的食指在桌布上劃來劃去，用帶著戒指的那隻手撐著前額，那戒指彷彿在嘲笑他們。「你說的一點不錯，是得那麼辦。你是得離開我。」

「可你怎麼辦？」

「我可以回娘家。」

克萊爾還沒想到這一步。「你覺得行嗎？」他問。

「完全行。我們應該分手，還是了結算了。你以前說過我容易使男人失去理智，被我所征服。我要是老跟你在一起，你也許會違背你的理智和心願，改變自己的計劃。事後，你會懊悔不已，我會痛苦不堪。」

「那你願意回娘家啦？」克萊爾問。

「我想離開你，回娘家去。」

「那就這麼辦吧！」

黛絲雖然沒有抬頭看他，但卻突然一驚。因為提出辦法是一回事，允許照辦又是另一回事，這一點黛絲明白得太快了。

「我早就擔心會落到這一步了，」她嘀咕說，臉上馴馴伏伏地不動聲色。「我並不抱怨，安傑。我——我想這是最好的辦法。你說的那些話，我覺得很有道理。是的，我們要是住在一起，雖說不會有別人來責怪我，但是以後日子久了，你也許會為一點點小事而生我的氣，我以前的事你也知道了，也許忍不住要數落幾句，說不定會讓別人聽見，也許還會讓我自己的孩子聽見。唉，我搞成這樣子，現在只不過傷心罷了，到那時就要給折磨死了！我要走——明天就走。」

「我也不待在這兒啦。雖說我願意先開口，可我也覺得我們還是分開爲好——至少分開一段時間，直到我把事情看出個眉目來，可以給你寫信。」

黛絲偷偷地看了丈夫一眼，只見他滿臉蒼白，甚至渾身顫抖。但是，像以前一樣，黛絲仍然驚駭地看到，她所嫁的這個丈夫，表面上那麼溫柔，內心裡卻那麼堅定——矢志要使高尚的情感壓倒粗俗的情感，使觀念戰勝物質，使精神支配肉體。他想像中的這種支配力量，猶如狂飆一般，把什麼本性、愛好、習慣，全部像枯葉一樣捲起。

克萊爾可能察覺到了她的目光，因爲他解釋說：「我跟人家不在一起的時候，倒更能想起他們的好處。」接著又以玩世不恭的口氣，補充了一句：「天曉得，說不定我們哪一天膩煩了，就又湊到一起了。許多人都是這樣的嘛！」

克萊爾當天就動手打點行裝，黛絲也上樓收拾東西了。他們兩人心裡都很清楚，明早的分手也許是永久的別離，不過在準備分手的時候，又拿種種猜想來寬慰自己，裝出後會有期的樣子，因爲對他們這倆人來說，任何含有永別性質的分離，都讓人感到非常痛苦。他們倆個都知道，他們相互之間的吸引力——就黛絲而言，這種吸引力並不憑藉什麼才藝——在他們分手的頭些日子，大概要比以往任何時候都更爲強烈，但是，時光勢必要削弱這種力量。克萊爾現在從實際出發，認爲不能和她住在一起，等到分手以後，關係更疏遠了，頭腦更冷靜了，再來看這件事，也許理由就更充分了。況且，兩個人一旦分離——拋棄了共同的居室和共同的環境——就會有新的東西不知不覺地萌生出來，把一個個空白之處塡補起來，意外的事故阻礙了舊有的打算，昔日的計劃將被人遺忘。

第三十七章

午夜靜悄悄地來臨，又靜悄悄地過去了，因為在弗魯姆谷，沒有什麼東西來報時。一度是德伯維爾家宅的這座農舍，還籠罩在夜色之中。過了一點鐘不久，農舍裡發出一陣輕微的咯吱咯吱聲。黛絲睡在樓上的臥室裡，讓這聲音吵醒了。咯吱聲是從樓梯拐角處發出來的，因為那地方像通常那樣，釘得很鬆。黛絲看見自己的房門打開了，她丈夫的身影穿過一道月光，腳步極其小心輕悄。他身上只穿著襯衣和長褲，黛絲先是一陣歡喜，後來見他眼神有些反常，只管茫然地往前直視時，她的歡喜也就立刻煙消雲散了。克萊爾走到屋子中間，站住了腳，帶著無法形容的淒慘語調，嘟囔著說：「死了，死了，死了！」

原來，克萊爾一直受到重大刺激，有時就會出現夢遊現象，甚至作出奇異的舉動，比如結婚前夕，他們趕集回來的那天晚上，他在自己房裡又和欺侮黛絲的那個人打起架來。黛絲這下明白了，由於持續不斷的內心痛苦，他如今得了夢遊症。黛絲從心底裡信任他，忠誠於他，不管他是醒著還是睡著，她都不會生出畏懼之心。即使他手裡拿著手槍闖進來，她也不會感到心神不安，只會相信他是來保護她的。

克萊爾走到她跟前，朝她俯下身子。「死了，死了，死了！」他喃喃地說。

他仍然帶著無限悲哀的神情，直瞪瞪地打量了她一會，然後將身子俯得更低，把她摟在懷裡，隨即拿起床單，像裹屍布似地把她裹了起來。接著，像對待死者的屍體那樣，恭恭敬敬地把她從床上托了起來，抱著她穿過房間，嘴裡還嘟囔著：「我好可憐、好可憐的黛絲，我最親愛的心肝寶貝黛絲！多麼溫柔，多麼善良，多麼眞誠啊！」

這些親膩的話語，在他清醒的時候，他是絕不肯吐露的，現在讓她那顆淒涼而飢渴的心聽來，眞有說不出的甜蜜。她寧可豁出自己那條活膩了的生命，也決不肯動彈一下，或是掙扎一下，免得破壞了她現在所處的境域。於是，她一動不動地躺在他的懷裡，連氣都不敢喘，也不知道他要拿她怎麼辦，由著他把她抱到樓梯口。

「我的妻子——死了，死了！」克萊爾說。

他抱著她停了停，靠到了樓梯扶手上。他是不是要把她摔到樓下去呢？為自己擔心的念頭，在她心裡幾乎不存在了，再說她也知道，他打算明天就離開她，也許是永遠離開她，所以，她就這樣躺在他懷裡，儘管有摔下去的危險，可她並不覺得害怕，反而感到是一種享受。假如他們能一起摔下去，都摔得粉身碎骨，那有多麼稱心如意。

然而，克萊爾沒有把她摔下去，反而利用有扶手支撐的機會，親了一下她的嘴唇。接著，他又把她緊緊地抱起來，往樓下走去。鬆動的樓梯發出咯吱咯吱的響聲，並沒有把他吵醒，她們平安地來到了樓下。他把緊抱著她的手鬆開了一隻，拉開門栓，走出屋去，他腳上只穿著襪子，腳趾頭在門框上輕輕碰了一下。但他似乎並不在意。來到戶外以後，可以有充分伸展的餘地了，他就把她豎起來靠在肩膀上，以便抱著輕鬆些，而她身上沒穿衣服，這也給他減輕了不少負擔。他就這樣抱著她離開房屋，朝不遠處的河邊走去。

他究竟有沒有什麼最終目的，黛絲還沒有猜測出來。她發現自己像個局外人一樣，在那裡冷靜地猜想。她已經安然自得地把自己完全交給他了，她覺得克萊爾把她視為他絕對的私有財產，想按照他的意願進行處置，不禁感到滿心歡喜。本來，明天就要分離的恐懼，一直縈繞在她心頭，現在她感受到，克萊爾倒眞承認她是他的妻子黛絲了，並沒有把她拋棄，這是值得欣慰的，即使他認爲自己有權利任意傷害她，那也沒關係。

啊——她現在知道他在做什麼夢了：那個禮拜天早晨，他把她和另外三個擠奶女工抱過被水淹沒的道路。那三個姑娘幾乎像她一樣愛他，不過黛絲卻認爲這是不可能的。克萊爾沒有把她抱過橋去，而只在河的這一邊，朝著附近的磨坊走了幾步，最後才在河邊站住了。

河水從這片草場上流過，往往分成一道道支流，漫無目標地蜿蜒行進，繞過一座座無名的小島，時而又聚合在一起，匯成一條寬闊的河流，奔湧向前。克萊爾把黛絲抱到這裡，眼前就是一個衆流匯合的地方，河水比別處更寬更深。河上有一條很窄的人行橋，但是橋欄杆卻叫秋天的洪水沖走了，只剩下了光禿禿的橋板，離下面湍急的水流只有幾英寸，即使頭腦冷靜的人走在上面，也難免要發暈。白天，黛絲從窗口看見幾個小伙子走在獨木橋上，像是在表演平衡功夫。她丈夫或許也看見了他們的表演。不過，不管他有沒有看見，反正他現在踏上了橋板，慢慢跨出一隻腳，順著橋板往前走去。

他是不是想把她淹死呢？大概是的。這個地方非常偏僻，河水又深又寬，要淹死一個人是很容易的。他想把她淹死，那就淹死好了，總要強似明天生生拆開，天各一方。

激流在他們下面奔瀉，打著漩渦，把月亮映在水裡的影，時而拋來拋去，時而弄得歪歪扭扭，時而攪得支離破碎。一團一團的泡沫順流飄過，一叢一叢的水草被截了下來，在水椿後面起伏搖擺。如果他們現在能一起掉進水裡，那他們一定會因爲胳膊摟得太緊，而無法脫險。那樣一來，他們就會幾乎毫無痛苦地離開人世，別人就不會再指責她了，也不會指責克萊爾不該娶她了。若是眞能這樣，克萊爾最後和她在一起的半個鐘頭，是充滿恩愛的半個鐘頭；否則，等他醒過來，他就要恢復白天對她的厭惡情緒，而這一時刻就要成爲倏忽的夢幻。

她心裡一衝動，眞想轉動一下，讓他們倆一起栽進深水裡，但是她又不敢眞那麼做。她是否珍惜自己的性命，先前已經証明過了；但是，克萊爾的性命——她卻沒有權利胡亂耍弄。於是，她就讓克萊爾抱著，平安無事地走到了對岸。

他們來到了寺院的舊址，進入一片種植場。克萊爾把黛絲換了一個抱法，往前走了幾步，走到寺院教堂聖壇所在的廢墟那裡。靠北牆放著一具空石棺，本是爲一位寺院住持準備的，凡是喜歡感受陰慘滋味的遊人，都要在裡面躺一躺。克萊爾小心翼翼地把黛絲放進棺裡。他又親了一下她的嘴唇，隨後深深地喘了一口氣，彷彿了結了一個大心願。接著，他就順著石棺躺在地上，立刻睡著了。他太疲乏了，所以睡得很沉，躺在那裡一動不動，好像一根木頭。由於心裡興奮而產生的那股勁頭，現在已經使完了。

黛絲在棺材裡坐起來。這天夜晚，雖說在這個季節算是乾爽溫和的，但也冷絲絲的，克萊爾沒穿多少衣服，在這裡待得太久，那是很危險的。如果不去管他，他十有八九要睡到天亮，肯定會給凍死。她以前聽說過，有人在夢遊之後，就這樣給凍死了。但是，她若是把他喚醒了，讓他知道他對她做出這樣的傻事，他一定會感到無地自容，在這種情況下，她怎麼敢把他叫醒呢？不過，黛絲還是走出了石棺，輕輕地搖搖他，但是不使勁搖晃，是叫不醒他的。非得採取點措施不可了，因爲那條床單擋不了多少寒氣，她開始冷得發抖了。在剛才那幾分鐘的奇特經歷中，她由於心裡興奮，身上倒有些覺得熱熱乎乎的，但是那個極樂時刻已經過去了。

她突然想到，不妨勸一勸他。於是，她拿定主意，以果斷的口吻，對著他的耳朵小聲說道：「親愛的，咱們往前走吧！」她一面說，一面拉拉他的胳膊，示意叫他起來。使她感到寬慰的是，他毫不抗拒，默然順從了而且似乎生出另外一番情致，他彷彿覺得她是個死而復活的幽靈，正引導他升入天堂。她就這樣挽著他的胳膊，走到他們寓所前面的那座石橋上，過了石橋，站在了那宅第的門口。黛絲完全光著腳，腳下的石頭刺痛了她的皮肉，寒氣直襲她的骨髓。不過，克萊爾卻穿著毛襪子，好像並不覺得有什麼不舒服。

隨後就沒有什麼困難了。她引導他躺在他的沙發床上，給他蓋得暖暖的，又給他臨時生了火，以便烘乾他身上的濕氣。她以為這些動作的聲音會把他吵醒了，她也暗中盼望他能醒來。但是他早已身心疲憊了，仍然一動不動地躺著。

第二天早晨，兩人一見面，黛絲就發現，克萊爾雖說可能知道自己昨天夜裡睡得不踏實，但他一定不大知道，也許壓根兒就不知道，她在他夜間的夢遊中起了多麼重要的作用。說真的，那天早晨，他是從死一般的沉睡中醒來的；剛醒來的那一會，他的大腦就像參孫活動身體一般，在試驗自己的力氣，這時他模模糊糊地感覺到，夜裡可能發生了異乎尋常的事情。但是，沒過多久，他就只顧考慮現實的問題，不再去猜測昨晚的事情了。

他以期待的心情等候著，想看看自己的內心有什麼意向。他知道，他頭天晚上打定的主意，如果到了早上還沒有打消，那就說明，即使它是由於感情衝動引起的，它也是建立在近乎理智的基礎上，因此，是完全可以信賴的。就這樣，在灰濛濛的晨光中，他驗証了自己與黛絲分離的決心。這種決心，已不是一種怒火中燒的本能了，那種如灼如焚的情感早已消失了，那只是一個赤裸裸的骨架子，但卻依然存在著。克萊爾不再遲疑了。

他們吃早飯的時候，以及後來收拾剩下的幾件東西的時候，克萊爾顯得疲憊不堪，這顯然是頭天晚上勞累的結果，所以黛絲差一點把昨天晚上的事全說出來。但是，她轉念一想，若是讓他知道，他頭腦清醒時不屑表露的愛，卻在夢境中本能地表現出來了，他一向要維護的尊嚴，卻在失去理智時被慾念所損害了，那他一定要生氣，要難過，要丟醜，因此她還是沒有對他講。若是眞那樣做，就等於嘲弄一個醒過酒來的人，笑他醉酒時的怪誕舉動。她還想到，克萊爾也許隱約記得他那溫情脈脈的異常行爲，但是又不願意提起這件事，擔心黛絲利用這個激發柔情的有利時機，再次要求他不要離開。

克萊爾寫過一封信，向最近的小鎭叫了一輛馬車，吃過早飯不久，馬車就來了。黛絲一見到馬車，就知道這是最終結局的開端——至少是暫時的分離，因爲昨夜克萊爾偶然表露的柔情，使她產生了將來還可能破鏡重圓的夢想。行李給裝到了車頂上，車夫啓程了，磨坊主和老女僕表示有點奇怪，他們怎麼突然就要離去，克萊爾則解釋說，這座磨坊並不是他要考察的那種現代麵粉廠。這種說法，就其本身而言，也是有道理的。除此之外，他們這樣走掉，也沒露出什麼破綻，讓人覺得他們的婚事破裂了，或是覺得他們不是一同去拜訪親友。

他們所走的路線，離幾天前他們倆帶著莊重的喜悅離開的那座牛奶場，相距不遠。因此，克萊爾想趁機跟克里克先生把事情了結掉，與此同時，黛絲也免不了要去看望一下克里克太太，不然的話，別人就會猜疑到他們之間的不幸。爲了使這次拜訪盡量不驚動別人，他們讓馬車停在從大路拐向牛奶場的柵門旁邊，然後順著下行的小路，肩並肩地朝場房那裡走去。柳樹的枝條都給砍掉了，從光禿禿的樹幹頂上望過去。可以看見當初克萊爾追著向她求婚的那個地點。在左面的那個院子裡，黛絲曾讓他的琴聲迷住過。更遠一點，在牛棚後面的草地上，他們頭一次摟抱在一起。現在，夏天那金燦燦的景象已經變得灰濛濛了，五彩繽紛變成了一片陰暗，肥沃的土地溝是泥濘，潺潺的河水也變得那樣清冷。

老板隔著場院的柵門，看見了他們倆，連忙迎上前去，臉上露出一副嬉皮笑臉的神氣，在塔爾勃塞這一帶人們看見新婚夫婦重新出現時，都覺得這樣迎接比較恰當。接著，克里克太太和另外幾位舊夥伴，也都從屋裡跑了出來，不過，瑪麗安和雷蒂好像不在場。

黛絲硬著頭皮忍受他的委婉戲弄，善意打趣，其實他們哪裡知道，她聽了這些玩笑，心裡眞不是滋味。他們作為夫妻，倒有一種默契，要把他們疏遠的事隱瞞起來，因此，他們裝得像平常夫妻一樣。接著，大家把瑪麗安和雷蒂的事，一五一十地講給黛絲聽了，儘管她很不願意別人再提這些事。雷蒂已經回到父親家裡去了，瑪麗安跑到別的地方找活幹去了。他們擔心她不會有什麼好結果。

爲了排遣聽了這些話而引起的哀傷，黛絲走到外面，與她喜歡的奶牛告別，拿手一個一個地撫摸它們。她和克萊爾肩並肩地站著，向大家告辭的時候，好像靈和肉都合爲一體了，其實，若是有人能看透眞情，他一定會覺得他們那副樣子，眞有點讓人特別可憐。從外表上看來，他們眞像合爲一體的，男的胳膊碰著女的胳膊，女的裙襬擦著男的衣裳，兩人面朝同一方向，和場裡那些人對望著，跟他們道別的時候，還以「我們」相稱，可實際上他們隔得像南北極那麼遠。也許，他們的姿態顯得有點過於死板，過於拘束，他們假裝和和睦睦，但卻顯得有些彆扭，又不像新婚夫妻的那種天然羞怯，所以他們走了以後，克里克太太便對丈夫說道：「黛絲的眼神那麼亮，好不自然哪，兩人就像蠟人一樣站在那裡，說起話來恍恍惚惚的！你不覺得是這樣嗎？黛絲向來就有點古怪，眼下哪裡像是個有錢人的新娘子，一點也看不出得意的樣子。」

他們兩人又上了馬車，行駛在通往韋瑟伯里和斯丹福特路的大路上。到了斯丹福特的旅店後，克萊爾打發了馬車和車夫。他們就在店裡休息了一會，接著又雇了一輛馬車，把他們拉進了谷裡，朝黛絲家鄉駛去。趕車的是個生人，不知道他們兩人的關係。走到半路過了納特爾伯里，來到一個十字路口，克萊爾叫車子停下來，對黛絲說，她若是想回娘家，他要在這裡和她分手了。因爲當著車夫的面不便交談，他就叫黛絲陪他順著岔道走幾步。黛絲答應了。兩人就吩咐車夫等幾分鐘，隨即便走開了。

「現在，讓我們了解一下彼此的意思，」克萊爾溫柔地說道。「我們之間沒有什麼氣，不過有一個情況，我目前還忍受不了。我以後會設法忍受的。我一旦知道我該上哪兒，我會告訴你的，如果我覺得我能忍受了——如果這是值得的，辦得到的話——我就會來找你。不過，我沒去找你之前，你最好不要先來找我。」

黛絲聽了這道嚴厲的命令，眞是萬箭鑽心。她算明白他怎麼看待她了。他只不過把她看成一個對他耍弄拙劣騙局的女人。但是，一個女人即使做了她做的那種事，難道就該受到這樣的懲罰嗎？不過她也不能再跟他辯駁了。她只把他的話重覆了一遍。

「你沒有找我之前，我就不能先去找你。」

「一點不錯。」

「我可以給你寫信嗎？」

「哦，可以——如果你有個什麼病，或者需要什麼東西的話。不過我希望不要出現這種情況，還是我先寫信給你。」

「我同意這些條件，安傑，因爲你最清楚我該受什麼懲罰。只不過——只不過——不要搞得讓我受不了！」

黛絲對這件事，就說了這幾句話。假如她使點心機，在那條偏僻的籬路上吵鬧一場，暈倒一次，歇斯底裡地大哭一陣，那他克萊爾再怎麼吹毛求疵，再怎麼冷無情，他大概也不至於丟下她不管。但是，黛絲長期忍耐慣了，這使克萊爾覺得事情好辦一些，她自己倒成了他最好的辯護人，而且，黛絲的忍氣吞聲之中，還含有傲慢的成分——這也許就是德伯維爾整個家族不顧後果，聽憑命運擺布的一個顯著特徵——本來，她只要加以懇求，就有很多有效的辦法，能撥動克萊爾的心弦，但她卻一概沒有使用。他們後來只談了一些具體的事項。克萊爾遞給她一個小袋子，裡面裝有相當多的錢，那是他從銀行裡特地為她取出來的。黛絲對那些珠寶的享有權，似乎只限於她在世的時候（如果他沒有理解錯遺囑裡的措辭的話），他勸她為安全起見，讓他替她把那些東西存到銀行裡，黛絲也爽快地同意了。

兩人把這些事談妥之後，他就和黛絲回到馬車那裡，把她扶上了車，然後付了車錢，告訴車夫把黛絲送到什麼地方，隨即拿起自己的旅行袋和雨傘——他隨身只帶了這兩樣東西——向她道了別。於是，兩人就在此時此地分手了。

馬車慢慢地向山上爬去，克萊爾眼看著它往前走去，心裡突然希望黛絲能往窗外看一下。但是，黛絲昏昏沉沉地躺在車裡，根本想不到這一著，也決不再留然這麼做。就這樣，克萊爾瞧著她的馬車越去越遠，心裡不由得一陣悲酸，順口念起了一位詩人的一句詩，並且按照自己的意思作了點改動——

上帝不在天堂，人間一切遭殃！❶

黛絲的馬車駛過山頂之後，克萊爾才轉身走上自己的路，幾乎不知道自己還愛著她。

❶引自勃朗寧的詩劇〈皮帕走過去〉，原詩為：「上帝待在天堂，人間一切無恙！」

第三十八章

黛絲坐著車行駛在布萊克摩山谷裡，她孩童時代就耳濡目染的景致，開始展現在她的周圍。這時，她才從恍惚中醒來。她的頭一個念頭，是怎麼有臉去見父母？

馬車駛到一道柵門跟前，這柵門橫攔在通往馬洛特村的大路上。給他們開門的是一個陌生人，而不是那個看了多年的老頭，黛絲認為那個老頭，他大概是新年那天離開的，因為換人總是在這天進行的。黛絲近來一直沒有得到家裡的音信，所以便向那個看門的打聽消息。

「哦——沒什麼事，姑娘，」那人回答說。「馬洛特還是馬洛特。不過倒添了幾樁紅白喜事。就在這個禮拜，約翰．德貝菲爾也嫁出了一個閨女，女婿是個體面的莊稼人。不過，你要知道，喜事不是在約翰家裡辦的，而是在別的地方辦的。那新女婿很有身分，覺得約翰家不夠寬裕，沒有資格辦喜事。他好像不知道，有人發現約翰自己也出身於名門世家，是個血統高貴的人，直到如今，他家的老祖宗還埋在自家的墓穴裡，只是在羅馬人統治的時候，就把家當敗光了。不過，約翰爵士（如今大家都這麼叫他），還盡力操辦了一下喜事，把全教區的人都請到啦。約翰太太還在醇瀝酒店唱歌，一直唱到十一點多鐘。」

黛絲聽了這番話，心裡覺得非常難受，不敢坐著馬車，帶著行李物品公然回家去。她問那看門的人，她可不可以把東西暫時存放在他屋裡，看門的沒有拒絕，她就把馬車打發走了，獨自選了一條僻靜的小路，朝村裡走去。

一看到自己家裡的煙囪，她就問自己：她怎麼能進得了這個家？就在這座草屋裡，她的父母弟妹都在坦然地設想，她一定是跟著一個比較有錢的丈夫，到遠處去作蜜月旅行了，她丈夫以後還要讓她過上榮華富貴的日子。可眼前卻好，她獨自一人，孤苦無告，也沒有個好地方可去，只能可憐巴巴地回到自己舊日的家門。

她還沒走進家門，便讓別人瞧見了。就在園籬旁邊，她碰見了一個和她相識的姑娘——她在學校念書時，和她相好的兩三個同學中的一個。姑娘想知道她怎麼回來了，就問了幾句話，然後也沒注意到她那凄楚的面容，插嘴問道：

「可是，你的先生哪，黛絲？」

黛絲急忙解釋說，他有事到別處去了。說罷，就丟下那問話的姑娘，攀過園籬，往家裡走去。

她走上院內小徑，聽見母親在後門那裡唱歌。她走上前去，只見德貝菲爾夫人正在台階上擰床單。她並沒有瞧見黛絲，擰好床單之後，就走進屋裡，女兒跟在她後面。

洗衣盆還放在老地方，還放在那個舊酒桶上面。母親把床單扔到一邊，剛想把胳臂再伸到盆裡。

「喲——黛絲呀——我的孩子——我想你結婚了吧？——你這回可是千眞萬確地結婚了吧——我們送去了蘋果酒——」

「是的，媽媽，是眞的。」

「是眞要結婚了？」

「不——我已經結過婚了。」

「結過婚了？那你丈夫哪？」

「哦——他暫時走了。」

「走了！那你們是哪一天結的婚？是你跟我說的那天嗎？」
「是的，禮拜二，媽媽。」
「今兒才禮拜六，他就走了？」
「是的。他走了。」
「這是咋回事？你怎麼嫁了個這樣的丈夫，該死！」
「媽媽——」黛絲走到瓊・德貝菲爾跟前，一頭撲進母親懷裡，嗚嗚地哭了起來。「我眞不知道怎麼跟你說，媽媽！……你對我說過，還寫信叮囑過我，叫我不要告訴他。可我偏偏告訴他了——我忍不住呀——於是他就走了！」
「嗨，你這個小傻瓜——你這個小傻瓜！」德貝菲爾夫人突然嚷叫起來，衝動之中，把水濺到了黛絲和自己身上。「我的老天爺，我怎麼能說出這種話——不過我還是要說，你這個小傻瓜！」
黛絲哭得渾身都在顫抖，心裡憋了這麼多天了，現在終於發洩出來了。
「這我知道——我知道——我知道！」她一面抽泣，一面氣喘吁吁地說道。「可是，我的媽呀，我實在忍不住啊。他太好了——我覺得不把以前的事告訴他，那就太無恩無義了，要是——要是——這事再來一次——我還要這麼做。我不能——我不敢——那麼坑害——他呀！」
「可你先嫁給他，這就夠坑害他了。」
「是的，是的，這正是我可悲的地方。可我還以爲，他要是堅決不肯寬容的話，還可以依法跟我離婚。哦，你哪裡知道——你壓根兒不知道我是多麼愛他——多麼想嫁給他——我又非常喜歡他，又想對得住他，心裡好痛苦啊！」

黛絲悲傷至極，再也說不下去了，像癱了似的，倒在一把椅子上。

「得啦，得啦，俗話說，覆水難收啊。我真不明白，我養的孩子怎麼比別人家的孩子都傻——都不知道這種事是透露不得的，到時候就是知道了，那也太晚了！」德貝菲爾夫人說到這裡，不禁流下淚來，覺得她這個做母親的實在可憐。「我不知道你爹會怎麼說，」她接著又說。「打那以後，他成天跑到羅利弗酒店和醇瀝酒店嘮叨你那喜事，說你這麼一嫁人，他家又要恢復早先的合法地位了——可憐的傻瓜——這下可好，事情叫你弄得一團糟！我的老天爺呀！」

彷彿什麼都來湊熱鬧似的，就有這時，只聽黛絲父親的腳步聲越來越近。不過，他沒有立刻走進屋裡，德貝菲爾夫人就叫黛絲先躲一躲，讓她把這不幸的消息告訴老頭子。剛才猛一聽到這消息，瓊還感到一陣失望，但是過了一陣之後，她就把這次不幸看得好像那頭一次災難一樣，彷彿只是過節碰上下雨，或者馬鈴薯欠收似的；事情所以落到他們頭上，似乎與功過智慧毫不相干，只是一種出乎意料的、無法避免的外來打擊，並不是一種教訓。

黛絲躲到了樓上，意外發現床鋪都挪動了地方，重新作了布置。她原來睡的那張床改成給兩個小妹妹睡了。這裡已沒有她的棲身之處了。

樓下的屋子沒裝天花板，那裡的動靜她多半都能聽見。沒過多久，她母親就進了屋裡，顯然帶著一隻活母雞。他不得已賣掉了第二匹馬，現在只好把籃子挎在胳膊上，東走西顛做買賣了。像往常一樣，今天早上他就拎著這隻雞走來走去，好讓人家知道他在忙活，其實，這隻雞給綁著雙腿，放在羅利弗酒店的桌子底下，待了一個多鐘頭了。

「我們剛才談起了一件事——」德貝菲爾開口說道，接著向妻子仔細講起了大家在店裡的一番議論。原來，他女兒嫁給了一個牧師人家，所以大家就談起了牧師這個話題。「以前人家也稱他們『先生』，就像稱呼我祖先一樣，」他說，「可如今呢？他們的眞正稱呼，嚴格說起來，只是『牧師』兩個字了。」因爲黛絲不願意聲張，所以他沒有說起結婚的詳情。他希望黛絲盡快解除這道禁令。他建議這小倆口都姓黛絲的姓，那個沒走樣的德伯維爾。這個姓比她丈夫的強。他又問，黛絲有沒有來信。

這時德貝菲爾夫人告訴他，黛絲倒是沒有來信，但不幸的是，她人卻來了。

等妻子把婚事告吹的事說明之後，德貝菲爾感到了一陣不常有的惱怒和羞辱，連剛才喝下的那杯提神的酒，也抵擋不住這一打擊。但是，這次觸動他那敏感神經的，與其說是事情本身的因素，不如說是他猜想別人會有什麼看法。

「眞想不到，落了這麼一個下場！」約翰爵士說。「憑我這樣一個人，在金斯比爾教堂有那麼大的祖墳，和大地主喬拉德家的大酒窖一樣大，我那些祖先橫七豎八地躺在裡面，一個個都登在史冊上，是郡裡有名有實的古墓。不用說，羅利弗酒店和醇瀝酒店的那些傢伙，一準又要笑話我啦。他們一準要斜著眼看我，挖苦我，說什麼：『這就是你高攀的好親戚，你就這樣光宗耀祖，回到你祖先在諾曼第王朝的好時光啊！』瓊，我覺得太倒楣了，我想把自個毀了，連命帶爵位都不要了——我可受不了啦！……不過，他是娶了她，她還能硬讓他留下她吧？」

「是啊。可她不肯那麼做。」

「你看他這回眞跟她結婚了嗎？——還是像頭一回——」

可憐的黛絲聽到這裡，便再也聽不下去了。就連在自己父母家裡，她說的話也要引起懷疑，一想到這一點，她就厭惡起這個家來，其他任何情況都不會讓她這樣厭惡自己的家。命運的打擊來得多麼突然。連她的父親都有點懷疑她，那鄰居和朋友豈不是更要懷疑她了嗎？

哦，她不能在家裡久待啦。

因此，她只肯在家裡住幾天。這幾天剛一結束，她剛好接到了克萊爾的一封短信，告訴她說，他說英國北部看一家農場去了。她一心就想顯一顯她眞是克萊爾太太，又不想讓父母看出他們的隔閡有多深，便利用這封信，作爲再次離家的藉口，讓他們覺得她是去找丈夫的。她還怕別人怪她丈夫待她不好，就想進一步遮掩，便從克萊爾給她的五十英鎊錢裡，取出二十五鎊，交給了母親，好像無了安傑・克萊爾這種人的太太，這些錢是完全給得起的，嘴裡還說，前幾年給父母帶來了麻煩和羞辱，這不過是一點微薄的報答。她作了這番慷慨的表示之後，就告別了父母。她走了以後，德貝菲爾家靠著黛絲給的那筆錢，倒過了一陣快活日子，她母親便說，並且還眞正相信，這小倆口深感誰也離不開誰，所以彆扭了一陣之後，又和好如初了。

第三十九章

克萊爾是在結婚後過了三個禮拜，有一天才從山上下來，朝他母親那座熟悉的牧師住宅走去。他往下走的時候，只見教堂的鐘樓聳立在黃昏的天空中，那樣子像是詢問他爲什麼要回來。暮色蒼茫的小鎮上，似乎沒有什麼人注意到他，更沒有什麼人期待他。他像幽靈一般回到這裡，他覺得自己的腳步聲聽起來有些刺耳，心想沒有這聲音就好了。

對他來說，人生的景象已經改變了。在這之前，他對人生的了解只停留在理論上，現在，他覺得他已經有了實際體驗了。其實，即使到了現在，他恐怕還沒有眞正了解人生。不過，在他的心目中，人生不再凝聚著義大利繪畫中那種發人幽思的甜美滋味，而是呈現出韋爾茲美術館那種凝眸直視、陰慘可怕的神態，只是范．比爾斯繪畫中那種奸詐的睥睨。❶

在這頭幾個禮拜，他的行動散漫得難以形容，他本想按照古往今來那些偉人智士的教誨，去機械地實施他的農業計劃，就像沒有發生什麼異常事件一樣，但是，嘗試失敗之後，他便得出結論，認爲那些偉人智士中，沒有幾個人親身檢驗過他們的教誨是否可行。一位異教倫理學家說過：「最要緊的事，就是要沉住氣。」❷克萊爾也抱有這樣的看法，但他卻沉

❶比利時韋爾茲美術館，保存著安東．韋爾茲（一八〇六～一八六五）的作品。范．比爾斯（一八五二～一九二七）。

❷異教倫理學家係指羅馬皇帝馬可．奧勒烏斯（一二一～一八〇），這句話引自他的《沉思集》。

不住氣。那位拿撒勒人說：「你們心裡不要憂愁，也不要膽怯。」❸克萊爾眞誠地贊同這一觀點，但他心裡依然犯愁。他眞想向這位聖者當面討教，懇求他們把方法教給他。

他的心情變得對一切都滿不在乎了，到了後來，他竟然覺得他是以局外人的冷漠態度，來看待自己的人生。

他認爲就因爲黛絲是德伯維爾家的後代，才引起了這一切的不幸，一想到這裡，他就覺得怨憤不已。當初，他既然知道黛絲並不像他痴心夢想的那樣生在新興人家，而是出於衰敗了的古老門戶，那他爲什麼不信守自己的原則，橫下心來把她放棄掉呢？這是他背叛原則的結果，他受懲罰是罪有應得。

這時，他覺得又懊喪，又焦急，而且，他那焦慮還在不斷增長。他在琢磨，他是否虧待了黛絲。他吃東西的時候，也不知道是在吃東西，喝什麼的時候，也喝不出味道來。時光一天一天地過去，以往那些日子裡的每個行動的動機，都展現在他的心頭，他不禁意識到，他想把黛絲當作寶貝據爲己有念頭，和他的全部計劃、全部言行，多麼緊密地聯繫在一起。

他東奔西走的時候，在一座小鎮的郊外看到了一個紅藍色的廣告牌，上面寫著去巴西帝國種莊稼的幾大好處。在那裡買土地，價格特別優惠。他有點讓巴西吸引住了，這倒是以前沒想到的主意。黛絲最終也可以跟他去那裡。巴西的風土人情與這裡截然不同，在這裡，照這裡的風俗，他似乎就不能和黛絲一起生活，可是在那裡，也許就不受這種風俗的約束。總而言之，他很想到巴西去闖一闖，尤其是又正好趕上去巴西的時節。

他就抱著這個意圖，回到了埃明斯特，好向父母講明他的計劃，同時盡量編造一些藉

❸拿撒勒人係指耶穌。這句話引自《聖經‧新約‧約翰福音》第十四章第二十七節。

口，說明黛絲為什麼沒有一起來，但卻不能洩露他們分離的眞實原因。他走到門前的時候，新月照在他的臉上，想當初，就在他婚後第二天的凌晨，他抱著妻子過了橋，走到寺院墓地的時候，那下弦月也照在他的臉上。不過，他的臉現在可瘦多了。

克萊爾這次回家，事先沒有通知父母，因此他一到家，就擾亂了牧師住宅的氣氛，彷彿一隻魚狗掉進池塘，攪亂了平靜的水面。他父母親都坐在客廳裡，但兩個哥哥都不在家。安傑走進客廳，隨手輕輕地關上了門。

「新娘好嗎，親愛的安傑？」母親大聲嚷道。「你眞讓我們感到意外啊！」

「她回娘家去了——暫時住一陣。我是匆匆忙忙趕回來的，因為我決定到巴西去。」

「巴西！那兒可都是羅馬天主教徒！」

「是嗎？這我倒沒想到。」

克萊爾要跑到一個天主教徒的國家，老倆口雖然覺得又新奇，又難過，可那並沒有持續多久，他們自然還是更關心兒子的婚事。

「三個禮拜以前，我們收到了你那封短信，說你要結婚了，」克萊爾太太說。「你父親就打發人把你教母的禮物送去了，這你是知道的。當然啦，我們最好都不到場，尤其是你願意在牛奶場操辦婚事，而不是在她家裡，且不管她家在什麼地方。我們要是去了，你會感到彆扭，我們心裡也不會痛快。你兩個哥哥情緒很大。如今事情都辦完了，我們也不抱怨了，特別是你也不打算當牧師，而她對你選擇的職業還挺合適。……不過，安傑，我要是能先見見她就好了，或者能多了解她一點也行。我們自己還沒送她禮物呢，也不知道她最喜歡什麼，不過你別以為我們不送了，只是晚幾天罷了。安傑，你結下這門親事，我和你父親都沒生你的氣。不過，我們覺得最好還是等到見了你妻子之後，再對她表示喜愛。誰想你卻沒把她帶來。這眞有點奇怪。到底是怎麼啦？」

克萊爾回答說，他們兩人都覺得，他來這裡的時候，她還是暫時回娘家爲好。

「親愛的媽媽，我不妨告訴你，」他說，「我總是在想，我得等到她能給你臉上增光的時候，再把她帶到咱們家。不過，這個去巴西的主意是最近才拿定的。我要是眞去的話，頭一次出門就帶上她，那是不明智的。她就住在她娘家，等我回來再說。」

「那你臨走以前，我是見不著她啦？」

克萊爾說恐怕見不著。他剛才說過，他本來就打算過一陣再把她帶回家——免得有什麼地方會傷害他父母早就抱有的——情感；還有一些別的原因，他就更堅持原來的計劃了。他若是馬上就出國，在一年之內總要回來一趟的，等到第二次出國的時候，他可能先讓父母見見她，然後再帶她一起走。

晚飯匆匆忙忙地準備好了，現在已經端上來了。克萊爾進一步講了講他的計劃。母親因爲沒有見到新娘子，依然覺得很失望。克萊爾上次對黛絲的熱烈稱贊，把她作母親的同情心都激發起來了，她幾乎覺得拿撒勒眞能出好東西❹——塔爾勃塞牛奶場也能出一個如花似玉的女人。兒子吃飯的時候，她總拿眼睛盯著他。

「你能不能把她形容一下？我想她一定很漂亮，安傑。」

「這是毫無疑問的！」克萊爾說，由於語氣比較熱烈，聽不出話裡有什麼辛酸的意味。

「她又純眞又貞潔，這也是毫無疑問的。」

❹拿撒勒爲耶穌居住地。據《聖經·新約·約翰福音》第一章第四十六節，「拿但業對腓力說：拿撒勒還能出什麼好東西嗎？」

「當然，她又純眞又貞潔。」

「我能清清楚楚地想像出她的模樣了。你上一次說，她的身段很苗條，長得很豐滿；兩片深紅色的嘴唇，就像丘比特的弓一般；黑黑的睫毛和眉毛，一樣粗粗的髮辮，就像一根大纜繩；一雙大眼睛有點發紫，有點發藍，又有點發黑。」

「我是這麼說過，媽媽。」

「我完全清楚她的模樣了。她生活在那麼偏僻的地方，沒見到你以前，一定很少遇見外面的年輕人啦。」

「是的。」

「你是她的頭一個情人嗎？」

「當然。」

「天下的女人，有不少還比不上這種又單純、又漂亮、又強健的農村姑娘呢？當然，我本來想——得啦，我兒子既然要幹農活，那他娶一個過慣了戶外生活的女人，也許倒是很合適。」

做父親的倒不像母親這樣刨根究柢。但是，就在晚禱之前按規矩總要從《聖經》裡選一章來誦讀，這時候，牧師便對他太太說：

「我想，既然安傑回來了，咱們不如把平常讀的那一章換一下，改讀《箴言》第三十一章，這樣是不是更合適一些？」

「當然可以，」克萊爾太太說。「利慕伊勒王的言語。」（她也像丈夫一樣，能說出哪一章哪一節）。「我親愛的孩子，你父親決定給我們念一念《箴言》裡讚美賢妻的那一章。不用說就知道，這些話可以用到那位不在場的人身上。願上帝保佑她的一切。」

克萊爾一聽這話，只覺得喉嚨梗住了。輕便的讀經台從屋角搬了出來，擺在壁爐前的正中間，兩個老僕人走了進來，安傑的父親就從第三十一章第十節念了起來——

誰能找到有才有德的婦人？她的價值遠遠高於珠寶。……未到黎明，她就起床，把食物分給家中的人。……她鼓起勁來，使腰臂有力。他知道她做出的東西很有價值，她的燭光徹夜不滅。她總是盡力操持家務，並不吃閒飯。她的女兒們都起來稱她有福；她的丈夫也說她有福，而且還稱贊她：「有才德的女子多的是，但是你超過所有的人。」

晚禱做完以後，他母親說：

「我情不自禁地覺得，你那親愛的父親剛才念的這一章，有些地方用到你娶的那個女人身上，眞是太合適了。你瞧，完美的女人應該是個勤勞的女人，不是個閒散的女人，不是個華貴的女人，而是一個能用自己的雙手、自己的頭腦、自己的熱心，爲別人做好事的女人。她的兒女們都起來稱她有福，她的丈夫也說她有福，而且還稱贊她：有才有德的女子多的是，但是她超過所有的人。……唉，我要是能見見她就好了，安傑。她既然又純眞又貞潔，我看她夠文雅的人。」

克萊爾聽了這番話，再也忍不住了。一顆顆淚珠，像一滴滴熔化了的鉛液，湧滿了他的雙眼。他急急忙忙地向兩位老人道了晚安，回自己房裡去了。他深深地愛著這兩位老人，他們有著兩顆眞摯純樸的心靈，心裡沒有物質享受、肉慾和魔鬼，這些東西對他們來說，只是一種模模糊糊的身外之物。

她母親跟在他後面，敲他的門。克萊爾把門打開，只見母親帶著焦慮的神情站在門外。

「安傑，」她問道，「你這麼急急忙忙地要出國，是不是出什麼事了？我總覺得你有些不對勁呀！」

「我是不大對勁，媽媽，」克萊爾說。

「是因爲她嗎？哦，兒子，我知道是那麼回事——我知道是因爲她。你們在這三個禮拜裡吵過架吧？」

「我倒並沒有吵架，」克萊爾說。「不過，我們有點分歧——」

「安傑——她這麼個年輕女人，過去的事經得起審查嗎？」

克萊爾太太憑著做母親的本能，一下就猜中了惹兒子心煩意亂的癥結所在。

「她是沒有污點的！」安傑心想即使此時此地把他永世打入地獄，他也要說這句謊話。

「那別的方面就不必計較了。說到底，世界上的事事物物，很少有比沒受玷污的鄉下姑娘更純潔的。你受過比較多的教育，起初你也許看不慣她那粗里粗氣的舉止，不過她跟你相處久了，經過你的點撥熏陶，一定會變得斯文起來。」

這種不知底細的寬宏大量，眞是可怕的嘲諷，克萊爾進而認識到，他這次婚事把他一生的事業全毀了，事情剛透露時他還沒想到這一點。說實在的，他很少爲自己而顧慮他的事業。但是，爲了他的父母和兄長，他卻很想把自己的事業至少搞得體面些。可現在，他兩眼盯著蠟燭，那燭焰彷彿在默默地對他表示：燭焰本是用來照耀明智之士的，若是照在受人愚弄的失敗者的臉上，就要引起厭惡之感。

他的情緒平靜下來以後，覺得他無可奈何地對父母撒謊，這全是他那可憐的妻子造成的，因此有時便對她生起氣來。到了氣頭上，他幾乎對她說起話來，好像她就在屋裡似的。於是，在黑暗中，只聽她喁喁細語，含著哀怨進行辯解，她的嘴唇溫柔地拂過他的前額，他還能在空氣中分辨出她那溫馨的氣息。

這天夜裡，他所輕視貶低的那個女人，卻在思忖她的丈夫多麼和善，多麼了不起。但是，在他們兩人的上面，都籠罩著一個陰影，比克萊爾看到的陰影還要陰暗，這就是克萊爾自身的局限性。他這個青年，雖然試圖以獨立的見解來判斷事物，雖然有著先進的思想，良好的用意，是近二十五年裡所產生的典型人物，但是，一旦事出意外，他又要信從小時候所受的訓誨，變成習俗和成見的奴隸。其實，就本質而言，他那年輕的妻子和其他疾惡如仇的女人一樣，對於利慕伊勒王（指前面提過的誓言）的那番贊美，是當之無愧的，因爲判斷她的道德價値，不應該看她做了什麼事，而應該看她有什麼意向。不過，當時沒有哪個先知向他講明這個道理，他自己也不夠先知先覺，認識不到這一點。另外，遇到這種時候，近在眼前的人總是要吃虧，因爲他們的污點都要暴露無遺；而相距遙遠、形體朦朧的人，卻要受到敬重，因爲距離把他們的污點化成了富有藝術魅力的美德。克萊爾只考慮黛絲缺少的一面，並且忘記了，有缺陷的人能勝過完美無缺的人。

第四十章

吃早飯的時候，巴西成了一家人談論的話題。雖然有些農場工人去了巴西不到一年就回來了，帶來令人掃興的消息，但是大家對克萊爾要到那個國家去務農，都寄予希望。吃完早飯，克萊爾去到小鎮上，把他在那裏的一些瑣碎事務了結一下，又從當地銀行裏取出了他的全部存款。回家的路上，他在教堂旁邊遇見了錢特·默茜小姐，她好像是從教堂的牆壁裏生出來的。她抱了一抱《聖經》，正要去講經。她的人生觀與衆不同，別人覺得傷心的事，她卻視爲一種天賜之福，不由得笑逐顏開。這是一種令人羨慕的態度，不過，在克萊爾看來，這是極不自然地犧牲人性、崇奉神秘主義的結果。

她聽說克萊爾就要離開英國，於是便對他說，這似乎是一個很好、很有希望的計劃。

「是的，就賺錢而言，這無疑是個很有希望的計劃，」克萊爾回答說。「不過，親愛的默茜，那可就一下打破了生活的連續性。也許還是進修道院爲好。」

「修道院！哦，安傑·克萊爾！」

「怎麼啦？」

默茜正顏厲色地說。

「嗨——你這個壞蛋，進修道院就是當修道士，當修道士就是信羅馬天主教了！」

「信羅馬天主教就是犯罪，犯罪就是得下地獄。你處於危險的境地呀，克萊爾。」

「我以信奉新教爲榮。」

一個人苦惱到極點，有時會氣得發狂，作賤起自己眞心信奉的原則，克萊爾當時就處於這種心境。他把默茜叫到他跟前，像個惡魔似的，把他所能想到的最離經叛道的話，在她耳邊低聲說了出來。他見到她那白臉蛋上露出驚恐的神色，不由得笑了起來，隨後見她臉上又顯得爲他的幸福而感到痛苦和擔憂時，她的笑聲又立刻停止了。

「親愛的默茜，」他說，「你一定要原諒我！我恐怕要瘋了！」

默茜也覺得他眞要發瘋了，於是兩人就分了手，克萊爾又走進牧師住宅。他已經把珠寶存進了當地的銀行裏，等日子過好了再取出來。他還把三十鎊錢交給了銀行——叫他們過幾個月寄給黛絲，她可能需要錢。然後給黛絲寫了一封信，寄到布萊克摩谷她父母家，把他做的這些事告訴了她。他想，有了這筆錢，再加上先前給她的那一筆錢——大約五十鎊——黛絲眼前是足夠用的了，特別是他告訴過她，如果遇到緊急關頭，她可以求助於他父親。

他覺得最好不要讓父母跟她通信，所以就沒把她的地址告訴他們。他父母也不知道兩人究竟發生了什麼齟齬，因此誰也沒開口向他要。就在這一天，他離開了牧師住宅，因爲還有些事情要辦，他想早一點辦完。

他離開英國這一帶之前，最後還有一件非辦不可的事，就是到井橋村去一趟，因爲他和黛絲新婚以後，在那裏的農舍住了三天，那點房租得付給人家，房間的鑰匙也得還給人家，還有兩三件東西留在那裏，也得拿走。就是在這座房子裏，他生平中遇到的最深暗的陰影，把他籠罩了。然而，當他打開客廳的門，朝裏面望去的時候，他首先回想起來的，是同樣一個下午，他們剛剛到達這裏的幸福情景，第一次同居一室的新鮮滋味，第一次同桌吃飯，以及手拉手坐在爐前親切交談的情景。

他來到這裏的時候，房東夫婦正在地裏幹活，克萊爾就一個人在屋裏待了一陣。他心裏重新湧起一股他沒有料到的情感，於是便走上樓去，進了黛絲的那間屋子，那間他從沒住過的屋子。床上依然平平整整的，還是他們離開的那天早晨，黛絲親手鋪好的樣子。槲寄生仍舊掛在帳頂下面，還是他掛在那裏的樣子。不過，已經過了三、四個禮拜了，顏色都變了，葉子和果子也皺縮了。安傑把它取下來，塞進了爐柵裏。他站在那裏，第一次懷疑他在那個開頭採取那樣的做法，不知道是否明智，更不知道是否寬宏大量。不過，他自己不也殘酷受了蒙蔽嗎？他不由得百感交集，潸然淚下，跪倒在她的床前。「哦，黛絲——你要是早告訴我，我會寬恕你的！」他沉痛地說道。

這時，他聽見樓下有腳步聲，便站起身來，走到樓梯口。只見樓梯底下，站著一個女人。那女人一抬頭，他就認出來了，原來是白臉蛋、黑眼珠的伊茲·休特。

「克萊爾先生，」她說，「我來看看你和克萊爾太太，來向你們問個好。我猜想你們會回到這兒來的。」

這個姑娘的隱情，克萊爾早就猜到了，但是克萊爾的隱情，她卻沒有猜到。這是一個鍾情於他的老實姑娘，她和黛絲一樣，或者說差不多一樣，能做一個會幹農活的好主婦。

「我是一個人來的，」克萊爾說。「我們現在不在這兒住。」接著，他說明了他來這裏的原因，然後問她：「伊茲，你回家走哪條路？」

「我現在不住在塔爾勃塞牛奶場了，先生，」她說。

「這是爲什麼？」

伊茲垂下眼睛。

「那地方太凄涼了，所以我就離開了。我現在住在那邊。」她朝相反的方向指了指，也就是克萊爾要去的方向。

「噢——你這就去那兒嗎？你要是願意的話，我可以送你一程。」

伊茲那黃褐色的臉上，變得紅潤起來。「謝謝你，克萊爾先生。」她說。

克萊爾很快找到了房東。由於他沒住到約定日期就突然離去，所以房租和另幾項賬目，都要另行計算。他結算了賬目之後，就回到了車上，伊茲也跳上車，在他旁邊。

「我就要離開英國了，」他們坐在車上往前走的時候，克萊爾說道。「到巴西去。」

「克萊爾太太喜歡到那個地方去嗎？」伊茲問。

「她先不去——一年左右不會去。我先去那兒瞧瞧——看看那兒的生活怎麼樣。」

他們打著馬往東奔跑了很長一段路程，伊茲一言未發。

「她們幾個怎麼樣？」克萊爾問道。「雷蒂怎麼樣啦？」

「我上一次看見她的時候，她有點神經質，瘦得臉都癟下去了，眞像是要垮的樣子。誰也不會再愛上她了，」伊茲心不在焉地說。

「瑪麗安呢？」

伊茲放低了聲音。「瑪麗安喝起酒來啦。」

「眞的呀！」

「是的——牛奶場的老板把她打發走了。」

「你呢？」

「我沒喝酒，身體也沒垮。可是——如今吃早飯以前，我不大愛唱歌了！」

「那是怎麼回事呢？你以前擠早班牛奶的時候，總愛唱〈在愛神的花園裏〉和〈裁縫的褲子〉，唱的那麼好聽，你還記得嗎？」

「啊——記得。先生，你剛來牛奶場的時候，是那麼回事。不過，過了一些日子，我就不愛唱了。」

「爲什麼不愛唱了？」

伊茲抬起那雙黑眼睛，朝他臉上瞥了一下，算是答覆。

「伊茲！——你眞沒有骨氣——爲我這樣一個人！」克萊爾說著，便陷入了沉思。「那麼——假使我當時向你求婚，你會怎麼樣呢？」

「你要是眞向我求婚，我是會答應你的，你就會娶到一個愛你的女人。」

「眞的嗎？」

「千眞萬確！」伊茲非常衝動地小聲說道。「哦，天哪！難道你一直都沒看出來呀！」

過了不久，他們走到一條通往一個村莊的岔道。

「我得下車了——我就住在那邊，」伊茲突然說道。自從剛才表露心跡之後，她還一直都沒有開口。

克萊爾讓馬慢了下來。他對命運感到氣憤，對社會法規痛恨起來，因爲正是這些東西，把他禁錮在一個角落裏，讓他找不到合法的出路。爲什麼不能在將來過一種放蕩不羈的家庭生活，藉此對社會進行報復，而卻偏要作繭自縛，甘願忍受習俗的懲罰呢？

「我準備一個人去巴西，伊茲，」他說。「我和我妻子由於個人原因，而不是要去海外的原因，已經分開了。我可能再也不會與她一起生活了。我也許很難愛上你，不過——你能不能代替她，和我一起到巴西去？」

「你眞願意讓我跟你一起去嗎？」

「我眞願意。我給折騰苦了，想散散心。你至少無私地愛著我。」

「是的——我願意去，」伊茲頓了一下，說道。

「你願意嗎？你知道這意味著什麼嗎，伊茲？」

「這就是說，你在那兒的時候，我和你住在一起——我覺得這挺好的。」

「你要記住，你現在不能再把我看成一個正人君子了。不過，我還得提醒你，我們這樣做，以文明的眼光看來，是大逆不道的——我說的是西方文明。」

「我才不管那麼多呢。一個女人遇到極端痛苦的事，又沒有辦法解脫，誰還管它文明不文明的。」

「那你就別下車了，就坐在這兒好啦。」

克萊爾趕著車過了十字路口，走了一英里，二英里，始終沒有作出愛的表示。

「你非常非常愛我嗎，伊茲？」他突然問道。

「是的——我早就說過了。咱們一起在牛奶場的時候，我時時刻刻都在愛你。」

「比黛絲還愛我嗎？」

伊茲搖搖頭。「不，」她喃喃地說。「比不上她。」

「那是爲什麼？」

「因爲誰也不會比黛絲更愛你！……她爲你能把命都豁出去。我沒法超過她呀！」

克萊爾一聲不吭。他沒有想到，他居然會從一個無瑕可指的人那裏，聽到這番坦率的話語，他那顆心感動了。他喉頭有一樣東西噎住了，彷彿是一聲啜泣在那裏凝固了。他的耳邊反覆回蕩著伊茲說的話：「她爲你能把命都豁出去。我沒法超過她呀！」

「伊茲，忘記我們剛才的胡說八道吧，」他說著，突然掉轉馬頭。「我不知道我到底說了些什麼！我這就把你再送到你回家的岔路口那兒。」

「這就是我跟你說實話的下場啊！哦——我怎麼受得了呀！怎麼受得了啊！」

伊茲明白了自己剛才做的傻事，便放聲大哭起來，還用手敲打腦袋。

「你剛才為那不在眼前的人做了點可憐的好事，你是不是後悔啦？哦，伊茲——你可別後悔，否則就不算好事啊？」

伊茲漸漸地平靜下來。「好吧，先生。也許，我——我答應跟你一起走的時候，我不知道都說了些什麼。我就想——那本來就不可能。」

「因為我已經有了一個愛我的太太了。」

「是的——是的。你已經有了。」

他們又回到了半個鐘頭以前經過的那個岔道口，伊茲跳下了車。

「伊茲——請你千萬忘掉我剛才那一時的輕浮！」克萊爾大聲說道。「真是太冒昧了，太輕率了！」

「忘掉？決不可能，決不可能！哦！對我來說，那可不是輕浮啊！」

克萊爾覺得，一個受到傷害的人發出這樣的指責，他完全是活該。他帶著無法形容的歉疚，跳下車來，抓住了她的手。

「伊茲，不管怎麼樣，我們還是友好地分手吧！你不知道我近來受的什麼樣的罪呀！」

伊茲是個真正寬宏大量的姑娘，所以在告別的時候，沒再露出怨恨之情，免得煞盡風景。「我不怪你了，先生！」她說。

「聽著，伊茲，」克萊爾對站在身旁的伊茲說道，儘管心裏絲毫沒有那樣的感覺，卻要極力擺出一副賢明的姿態。「你見到瑪麗安的時候，替我告訴她，叫她做一個好姑娘，別再幹傻事了。答應我這件事。還要告訴雷蒂，就說世界上比我好的人多的是，叫她看在我的分上，學得精明一些，好好做人——記住這點——看在我的分上——學得精明一些，好好做人。我給她們這樣的忠告，就像臨終的人對臨終的人說的話，因爲我這輩子再也見不到她們了。你呢？伊茲——你我妻子講的那些眞誠的話救了我，使我沒有因爲令人難以置信的一時衝動，而做出背信棄義的蠢事。女人也有壞的，但在這類事情上，女人決壞不過男人！就憑著這件事，我一輩子也忘不了你。你一向是個忠厚誠實的好姑娘，以後要永遠像現在這樣。把我看成一個不中用的情人，但卻是一個忠實的朋友。答應我吧！」

伊茲答應了。「願上帝保佑你，賜福給你，先生。再見！」

克萊爾趕著車往前走了。但是，伊茲剛拐進籬路，克萊爾剛走不見影了，她在一陣撕心裂肺的巨痛中，一下撲倒在路邊的斜坡上。那天深夜，她走進母親家門的時候，臉繃得緊緊的，顯得很不自然。至於她和克萊爾分手以後，到回家以前，究竟怎樣在昏暗的夜色中度過了那好幾個鐘頭，誰也無從知道。

克萊爾同這姑娘告別之後，也感到心如刀絞，兩唇發抖。不過，他並不是爲伊茲傷心。那天晚上，他差一點就要離開去最近一家車站的那條路，轉而穿過南威塞克斯的那道山脊，往他的黛絲家裏奔去。可他沒有那樣做，這既不是因爲他瞧不起黛絲的本性，也不是因爲他覺得黛絲心裏會怎麼樣。

不是這些原因。他只是覺得，儘管伊茲作了供認，證明黛絲非常愛他，但是那些事實並沒改變。如果他當初是對的，那他現在也還是對的。原先有一種動力驅使他採取了這個辦法，現在這一動力依然會促使他繼續這樣辦，除非出現一種比今天下午更爲強烈、更爲持久的力量，才能使他改變主意。也許他不久就能回到她身邊。那天晚上，他坐火車到了倫敦，五天以後，就在輪船碼頭與兩個哥哥握手道別了。

第四十一章

前面說過了冬天的事情，現在讓我們加緊敘說，跳到克萊爾和黛絲分手八個多月以後十月的一天。我們發現，黛絲的情況完全改變了。本來該是一個新娘子，大箱小盒都由別人攜帶，現在只見她孤零零一個人，自己提著一個籃子、一個包裹，和以前沒做新娘的時候一樣；本來在這考察期裏，她丈夫為了她的舒適，給她籌備了充裕的生活費用，可現在她只剩下一個癟癟的錢包了。

她上次又離開家鄉馬洛特以後，大部分時間是在克萊克摩山谷以西的布利迪港附近度過的，那地方離她家鄉和離塔爾勃塞一樣遠。她在那裏的牛奶場上做些輕便的零活，也沒有耗費多大力氣，就度過了一春一夏的時光。她寧肯這樣自食其力，也不願靠克萊爾給的錢過活。在思想上，她仍然處於一種完全停滯的狀態，她做的那種機械活計，不但沒有遏制這種狀態，反而助長了這種狀態。她能意識到的，還是從前那個牛奶場，從前那段時光，從前在那裏遇到的那個溫柔的情人，但是這個情人剛被她抓到手，準備據為己有的時候，卻像幻影一樣消失得無影無蹤。

黛絲離開塔爾勃塞以後，再也沒有找到固定的工作，只是給人家打些零工，所以一到牛奶出得少起來的時候，牛奶場上就沒有她幹的活了。不過，這時秋收季節已經開始，從牧場轉到種莊稼的地方，依然可以找到許多工作，而且一直能持續到秋收結束。

克萊爾給她的五十鎊錢，她已經把一半交給了父母親，算是報答他們養育她的辛勞和開銷，剩下的二十五鎊，她還沒有怎麼花費。不過，這時遇上了一陣倒楣的雨季，她也只好動用那些金鎊了。

她眞捨不得花掉這些金鎊。這些錢是安傑親自交到她手裏的，是他專爲她從銀行裏取出來的，全都是嶄新鋥亮的。因爲經過了他的手，它們就成了他留下的神聖的紀念品；它們彷彿只讓他們兩人觸摸過，還沒有別的經歷；若是把它們花掉了，那就等於扔掉了紀念物。但她又沒法不花錢，金幣一個一個地從她手裏溜走了。

她不得不時常把自己的地址告訴母親，但卻一直隱瞞著自己的處境。就在她快要把錢花光的時候，她收到了母親的一封來信。信裏說，家裏的日子非常難熬，秋天的雨水把茅草屋頂都淋透了，非得徹底翻修不可，但這事又辦不成，因爲上認翻修屋頂所欠的賬還沒還清。樓上的椽子和天花板也得更新，這筆費用，再加上以前的欠賬，總共需要二十鎊錢。既然她丈夫是個有錢的人，而且現在一定從別處回來了，那她能不能給他們寄去這筆錢呢？

剛收到這封信不久，克萊爾存錢的那家銀行就給黛絲寄來三十鎊。黛絲見家裏境況窘迫，一收到錢就如數寄去了二十鎊。從剩下的錢裏，她又用了幾鎊買了點冬天的衣服。這樣一來，儘管嚴冬即將來臨，但她準備過冬的錢卻微乎其微了。安傑曾經對她說過，她如果還需要錢，可以去找他父親，現在她花得一個錢也沒有了，還眞得考慮這一著了。

但是，黛絲越琢磨這一著，越覺得不能這麼辦。她爲了克萊爾，總是謹言慎行，自尊自重，就怕難爲情（反正不管怎麼說吧），因此，有關他們夫妻長久分離的情況，她連自己的父母都沒告訴；現在，出於同樣的心情，她也不便去向克萊爾的父親要錢，何況克萊爾已經給過她不少了。他父母大概早就看不起她了，她再像乞丐那樣去討錢，那就更要讓人家瞧不起啦。結果，牧師的兒媳婦琢磨來琢磨去，怎麼也不肯讓公公知道她的處境。

她心想，隨著時光的流逝，她不願意和公婆聯繫的念頭，也許會漸漸淡薄。但是對於她自己的父母，情況卻恰好相反。她結婚後在娘家住了幾天，隨後又離開了家，當時父母還覺得她終於找丈夫去了。從那時到現在，他們總以爲她過得舒舒服服的，在等待丈夫歸來，而黛絲也不去掃他們的興，因爲她在絕望中還抱著一線希望，說不定丈夫去巴西不會待得很久，回國以後就會來接她，或者寫信叫她去找他。不管怎麼樣，她只盼望他們不久就能團聚，使雙方家人和外人都覺得，他們是一對恩愛夫妻。現在她還抱著這一希望。在她父母看來，這門光彩的親事本可以抵銷上次那倒楣的認親，現在如果讓他們知道女兒只是一個棄婦，拿錢接濟了他們的急需之後，全靠自己的雙手謀生，這實在太讓人受不了啦。

她又想起了那些珠寶。她不知道克萊爾把它們存在什麼地方，不過，如果她當眞只有使用權，沒有變賣權，那知道不知道也無所謂。即使那些東西完全歸她所有，她也只是在法律上擁有這個權利，而在實際上並沒有這個權利，那她憑藉法律上的權利來變賣這些東西，也就未免太卑鄙了。

與此同時，她丈夫過的日子也決不是沒災沒難。就在這時候，他因爲淋了幾次雷雨，還受了不少別的磨難，在巴西庫里蒂巴附近的粘土地帶得了熱病，臥床不起。同他一起遭罪的還有別的英國農民和農場工人。他們所以在這時候來到巴西，一方面是受了巴西政府甜言蜜語的哄騙，另一方面他們自己又毫無根據地斷定，他們在英國高耕田種地的時候，他們的身體既然能抵抗各種天氣，那麼到了巴西的平原上，自然也能同樣抵抗各種天氣，殊不知英國的天氣是他們天生就習慣了的，而巴西平原的天氣則是他們從未遇到過的。

還是言歸正傳。就這樣，黛絲把最後一個金鎊花掉以後，再也沒有別的錢來補充了。同時，又由於季節的緣故，她覺得找工作越來越困難了。她不知道，頭腦聰明、身體健壯、精力充沛、積極肯幹的人，在哪個生活領域都是難得的，所以總也不去謀求室內的工作，只知道害怕市鎮，害怕大戶人家，害怕有錢有勢、老於世故，以及行爲舉止不同於鄉下的人們。一切煩惱都來自那上流社會。也許，上流社會要比她憑著那點經驗所想像的要好些。但她缺乏這方面的證據，所以在目前情況下，她只好憑藉本能避開上流社會。

春夏期間，她一直在布利迪港西面的幾個小牛奶場上打短工，現在那裏不再需要幫工了。假如她再回到塔爾勃塞，那裏的老板僅僅出於同情，也會給她一個棲身之處。但是，儘管她以前在那裏過得舒舒服服，她現在卻不能回去了。她這樣落魄而歸，眞叫人受不了。況且她一回去還會惹得別人指責她所崇拜的丈夫。她無法承受他們的憐憫，無法容忍他們在背後竊竊私語，議論她的奇怪處境。假如知道她底細的人，能把這些事藏在心裏，不對別人聲張，那麼，即使那裏所有的人都知道，她也差不多可以忍受。但是，人們若是相互交換起對她的看法來，她那顆敏感的的心就要畏縮了。黛絲說不出怎麼會有這一區別，她只知道她感覺到了這一點。

這時候，她正往本郡中部一個山區農場走去。原來，瑪麗安給她寫了一封信，介紹她到那裏去，幾經輾轉才遞到她手裏。不知怎地，瑪麗安已經得知黛絲與丈夫分離了——大概是聽伊茲・休特說的——這位心地善良，而今喝上了酒的姑娘，認定黛絲陷入了困境，便急忙寫信告訴這位老朋友，說她自己離開牛奶場以後，就來到了這山區一帶，如果黛絲眞像以前那樣又幹活了，那裏還可以再用幾個人手，她很想讓她到那裏去。

隨著白晝日趨變短，黛絲漸漸放棄了得到丈夫饒恕的一切希望。她往前走去的時候，那副心態跟野獸差不多，一切不加思索，只聽本能支配——每往前走一步，就與多事的過去多切斷一點聯繫，只想徹底隱姓埋名，免得讓人認出來，卻全然不去考慮，在某些意想不到的情況下，別人很快就能找到她的下落，雖說這對找她的那個人的幸福，不一定有多大關係，但對她自己的幸福，卻是至關緊要的。

黛絲孤身一人，自然有不少難處，其中不可忽略的一點，就是她的模樣總要惹人注目。她本來就具有一種天然的魅力，後來受到克萊爾的熏陶，更顯得儀容出衆了。起初，她還穿著爲結婚時準備的衣服，別人只是偶爾對她盯上幾眼，並不使她覺得膩煩。但是，後來這些衣服都穿破了，她不得不穿上田間女工的服裝，就有人不止一次地對她講粗話。不過，直到十一月裏的一個下午，還沒發生什麼危及人身的事情。

她本來願意到布利特河西面的鄉村去，不願意去現在所投奔的山區農場，因爲河西那地方起碼離她公婆家要近一些；而且在那裏來來往往，也不會有人認識她，還可以在哪天打定主意去一趟牧師住宅，這都使她感到很高興、不過，一旦決定要到乾燥的高原那裏，她就轉身向東，朝喬克牛頓村走去，準備在那裏過夜。

那條籬路又長又單調。由於天黑得很快，不知不覺就是黃昏時分了。她來到一座山頂上，往前看去，只見下山的籬路蜿蜒曲折，時隱時現。恰在這時，她聽見身後傳來了腳步聲。不一會工夫，有個男人趕上了她。他走到黛絲身旁，說道：

「你好哇，漂亮的大姑娘。」

黛絲客客氣氣地作了回答。

這時，儘管周圍的景物快昏暗下來了，但天上的餘暉依然照出了黛絲的面容。那人轉過臉來，直瞪瞪地瞧著她。

「喲，這一準是以前在特蘭嶺待過一陣的那個小妞——德伯維爾少爺的相好吧？那時候我也住在那兒，不過目前不在那兒了。」

黛絲認出，他就是在客店裏說她壞話，叫克萊爾打倒了的那個有錢的村夫。她頓時感到一陣辛酸，沒有答理他。

「老老實實地承認吧。還有我在那個鎮裏說的話，你也得承認是真的，儘管你那個情人聽了大發脾氣——怎麼樣，狡猾的妞兒？我挨了那一拳，照理說，你該向我賠不是。」

黛絲還是沒有應答。對她這顆受追逐的心靈來說，似乎只有一條出路。她突然拔腿就跑，像一陣疾風似的，頭也不回，順著大路飛奔，一直跑到一個柵門前面，柵門直通一片種植林。她跑了進去，鑽到了樹林深處，覺得不會讓人找到了，才停了下來。

腳下是一片乾枯的樹葉，落葉樹中間長著幾棵冬青樹，樹葉稠密，可以擋住風。她把枯葉摟到一起，聚成一大堆，在中間弄了一個窩，然後鑽了進去。

她這樣睡法，當然是睡不安穩了。她總覺得耳邊有奇怪的聲音，但是又勸慰自己說，那不過是微風刮的。她想起了她丈夫，待在地球的另一面，大概是個暖暖和和的地方吧，而她自己卻在這裏挨凍。她不禁問自己：天底下還有像她這樣可憐的人嗎？她想到自己荒廢了的生命，說了一聲：「一切都是虛空的。」❶她機械地重複著這句話，後來又覺得，這種思想用於描繪當今世界，是遠遠不夠的。兩千多年以前，所羅門就想到那麼遠。黛絲雖然不是先驅思想家，卻比所羅門想得遠多了。如果一切都是虛空的，那誰還會介意呢？唉，一切比虛空還壞——不公、懲罰、苛刻、死亡。安傑．克萊爾的妻子把手舉到前額，摸索著眉頭，透過柔嫩的皮膚，可以觸到眼窩邊緣，心裏不禁在想，將來總有一天，這裏的骨頭要露出來。

「但願現在就這樣，」她說。

❶引自《聖經．舊約．傳道書》第一章第二節。

她就這樣胡思亂的時候，聽到樹葉中間，又發出一種怪異的聲音。這也許是風聲，但當時幾乎沒有什麼風，這聲音有時像是顫動，有時像是撲打，有時像是倒抽氣，有時像是汩汩冒泡。不久她就斷定，這是哪種野生動物發出的聲音，後來發現聲音來自頭頂上的樹枝間，而且聲音發出之後，跟著就有一樣沉重的東西摔到地上，她就越發相信那是野生動物了。她若是換個境遇，在比較合意的情況下藏在那裏，那她一定會膽顫心驚的。但是，現在除了人以外，她是什麼也不怕。

天空終於破曉了。不過，天上亮了一會以後，樹林裏才亮起來。

一旦萬物開始活躍，那令人放心的平常亮光變得強烈起來，黛絲便立刻從那堆像小丘似的樹葉裏爬了出來，大膽地環視了一下四周，這時她才明白，晚上是什麼東西攪擾著她。原來，她棲身的這片樹林，綿延到這個地方，形成一個尖角，樹林在這裏也到了盡頭，樹籬外面就是莊稼地。樹底下躺著好幾隻野兔，華麗的羽毛上沾著血跡。有的已經死了，有的無力地抖動著翅膀，有的對著天上直翻白眼，有的急速地顫抖，有的扭曲身子，有的直伸伸地躺在地上——它們痛苦地抽搐著，只有幾隻比較幸運，由於無力支持，夜裏便受完了折磨。

黛絲立刻猜出這是怎麼回事了。原來，這些鳥是昨天讓一群打獵的追到這個角落上來的。那些中了槍彈立刻就死掉的，或者在天黑之前就斷了氣的，都被打獵的找到撿走了，許多受了重傷的，都逃走了躲藏起來，或者飛到稠密的樹枝上，在那上面勉強支撐一段時間，後來到了夜裏，由於流血過多而撐不住了，才一個接一個地掉到地上，像她聽到的那樣。

小時候，她偶爾也瞧見過這種打獵的人。做他們或是隔著樹籬張望，或是透過樹叢窺探，端著槍瞄來瞄去，一身怪模怪樣的裝束，眼裏射出殘忍好殺的凶光。她聽人說過，這些人雖然當時看著又粗野又殘暴，卻並非一年到頭都如此，實際上，他們平時是很有禮貌的人，只是到了秋冬的幾個禮拜裡，他們就像馬來半島的居民一樣，變得嗜殺成性，非要殺生害命不可——這回他們殺害的是與人無害的羽毛動物，而且是專爲滿足他們這種嗜好，由人工繁殖出來的——這時候，他們對待自然大家庭中的弱小成員，就極不禮貌，極不仗義了。

黛絲本是個心地善良的人，覺得這些鳥的痛苦就是她自己的痛苦，於是心裏馬上生出一個念頭，要替那些還未斷氣的鳥解除痛苦。她把那些能找到的鳥，都一個一個地弄斷了脖子，然後又放在原處，好讓獵手再來尋找的時候——他們大概還會來的——能夠找到它們。

「可憐的小寶貝——看見你們受這樣的罪，我還能我說是天底下最痛苦的生命嗎？」她一面把一隻隻鳥輕輕地弄死，一面淚流滿面地說道。「我並沒遭受肉體上的痛苦啊！我沒給打得血肉模糊，也沒給搞得血流不止，我還有兩隻手來掙飯吃，掙衣穿。」她爲自己夜裏那麼憂悶感到慚愧，這種憂悶並沒有什麼實際根據，她只是覺得自己觸犯了一條純係人爲的、毫無自然基礎的法律，因而產生了一種罪惡感。

第四十二章

天已經大亮了，黛絲小心翼翼地上了大路。其實她也用不著小心，附近一個人影也沒有。她只管堅毅地往前走去，因爲想起昨天晚上那些鳥獸默默忍受痛苦的情景，她就覺得痛苦都是相對而言的，她只要能超脫一些，不把別人的看法放在心上，她自己的痛苦也是可以忍受的。但是克萊爾也有這樣的看法，她是超脫不了的。

她走到了喬克牛頓，在一家客棧裡吃早飯，那裡有幾個年輕人，討厭地奉承她長得漂亮。不知怎地，她心裡產生了一種希望：她丈夫是否還有可能也對她說出這樣的話？由於有這樣的希望，她就得小心謹愼，避開這些意外對她動心的人。爲此，黛絲斷然決定，不能因爲容貌的關係，而再招惹麻煩了。她剛走出村子，就鑽進一叢灌木中間，從籃子裡拿出一件最舊的幹活穿的衣服，這件衣服她只是在馬洛特村收割莊稼時穿過，從那以後，就是到了牛奶場，也從來沒有再穿過。隨即又靈機一動，從包裡取出一條手絹，裹住帽子下面的臉，把下巴、半個臉蛋、太陽穴，全都遮了起來，好像害牙痛一樣。接著又拿出一支小剪刀，對著一面小鏡子，毫不顧惜地把眉毛剪掉了。這樣一來，可以確保不會有好色之徒再來，她又往那崎嶇不平的路上走去。

「這妞兒怎麼弄成這副怪樣！」隨後遇見她的一個人，對他的同伴說道。

黛絲聽了這話，不由得可憐起自己來，眼眶裡湧出了淚水。

「可我不在乎！」她說。「哦——我不在乎！今後，我要始終打扮成醜八怪，因爲安傑不在這裡，沒有人保護我。他以前是我的丈夫，現在離開我走了，永遠不會再愛我了，可我還照樣愛著他，憎恨所有別的男人，就想讓他們全都看不起我！」

黛絲就這樣往前走去，只是與周圍景物融爲一體的一個人形，一個純純樸樸的勞動婦女，一副冬天的裝束：上身穿著一件灰色的嗶嘰斗篷，圍著一條紅色的羊毛圍巾，下身穿著呢絨裙子，外衣裳，經過風吹、雨打、日曬，一絲一線全都褪色了，磨薄了。現在從她身上，看不出一點年青的熱情了——

這姑娘的嘴冰冷……
她頭上樸素地裹著
一層又一層。❶

從外表來看，簡直是毫無知覺、痲木不仁，但是在內心裡，卻有著生命搏動的記錄，就年齡而言，可算是過早地飽經了人生的悔恨恥辱，領受了淫欲的殘酷、愛情的脆弱。

第二天，儘管天氣很壞，她依然步履艱難地往前走，因爲大自然對人所懷的敵意，是直截了當、不遮不蓋的，因而她並不感到煩憂。她的目標是找到一冬的活計，一冬的棲身之地，所以一時一刻也不能耽擱。她以前打短工吃過苦頭，現在決計不再幹那種活了。

她朝瑪麗安給她寫信的那個地方走去，過了一個又一個農場。她聽說那地方非常艱苦，

❶引自斯溫伯恩的《詩與民歌》第一輯。

令人望而生畏，因而便打定主意，只有在萬不得已時，才把去那裡當作權宜之計。起初，她想找點輕鬆的活計，但是沒有人雇她做這一類活計，她又去找那不大繁重的活計，可還是找不到，就這樣，她從她最喜歡的擠牛奶、養雞鴨等活計找起，最後卻找到了她最不喜歡的粗重活計——下田幹活。這種粗活實在又苦又累，若不是沒有辦法，她是決不會誠心要做的。

第二天傍晚的時候，她走到一片起伏不平的白堊質高地或稱高原上。這片高地就延伸在她出生的山谷和她戀愛的山谷之間，上面點綴著許多半球形的古冢，從遠外看來，好像奶頭累累的西布莉❷伸展著身子仰臥在那裡。

這裡的空氣又乾燥又寒冷，雨後沒過幾個鐘頭，漫長的車路就被風吹得塵土發揚，一片白茫茫。這裡樹木很少，或者可以說一棵沒有，樹籬中間本有幾棵可以長大的樹，也讓佃戶們狠狠地扳彎了，和樹籬盤結在一起，因爲這些做佃戶的，本來就是樹木、灌木、喬木的冤家對頭。在前面不遠不近的地方，她能看見布爾巴羅山和內特爾庫姆圖特山的山頂，看起來倒挺誘人的，並不那麼險峻。從這片高原上看去，它們都很低矮，一點也顯不出巍峨的樣子，但她小時候從布萊克摩往這裡看的時候，它們就像是高聳入雲的梭堡。順著山嶺向南朝海岸方向望去，只見在許多英里之外，有一片水面，如同亮鋥鋥的銅板：那就是英吉利海峽一個遠遠靠近法國的部位。

在她面前的一個小山坳裡，是一個破破爛爛的村莊。原來，她已經走到弗林庫姆午阿什了，走到瑪麗安幹活的地方了。這似乎是沒有法子的事情，她命中注定要來到這裡。周圍那硬邦邦的土質表明，這裡要幹的活，是最苦的粗活了。不過，她已經嘗夠了找活計的苦頭，

❷西布莉係希臘神話中的多產女神，胸部奶頭甚多。

不要再飄泊了，她決定待在這裡，何況這時又下起雨來。村口有一所農舍，山牆突出大路上。她沒有先去找住所，而是站在山牆下面避雨，一面看著暮色降臨。

「誰會想到我就是安傑．克萊爾太太呀！」她說。

她的後背和肩膀覺得山牆很暖和，這才發現屋裡的壁爐就修在山牆裡，暖氣透過磚牆傳到外面來了。牆面暖烘烘的，她把手放在上面取暖，還把臉也貼到牆上，因爲她的臉叫雨淋得又紅又濕。這垛牆彷彿是她唯一的朋友。她眞不願意離開這裡，寧肯在這裡待上一夜。

黛絲能聽見屋裡人的動靜——他們幹完了一天的活，聚集在一起，相互交談著，吃晚飯杯盤相碰的聲音也能聽見。但是，在村莊的街道上，她卻沒見到一個人影。最後，一個女子模樣的人走過來了，打破了這寂靜。儘管傍晚很冷，那人身上還穿著夏天的印花布長裙，頭上戴著夏天的遮陽軟帽。

黛絲下意識地覺得，這人也許是瑪麗安。等她走近了，能在暮色中辨出面目的時候，黛絲發現果然是她。瑪麗安身體比以前更壯實了，臉色比以前更紅了，可是身上的衣服顯然比以前更襤褸了。若是在以前，無論什麼時候，黛絲也不大會在這種情況下和瑪麗安敘舊交。但她實在太寂寞了，一聽到瑪麗安打招呼，便立即應答起來。

瑪麗安恭恭敬敬地問了一些話，但是看到黛絲現在的情形並不比以前好，她不由得又很難過，儘管她隱隱約約聽說過，黛絲和丈夫分離了。

「黛絲——克萊爾太太——親愛的，他的親愛的太太！眞糟到這步田地了嗎，我的乖乖？你幹嗎把那張俊俏的臉蛋裹起來了？是不是有人打你了？不會是他吧？」

「不是，不是，不是？我這樣做，只是不想讓別人胡攪蠻纏，瑪麗安。」

那塊裹臉的手絹竟能引起那樣的胡亂猜想，黛絲憎惡地把它從臉上扯了下來。

「你沒戴領子呀。」（黛絲在牛奶場的時候，總是戴著個小白領子。）
「這我知道，瑪麗安。」
「是在路上丟了吧？」
「沒有丟——說實話，我一點也不在乎自己的外貌了，所以就沒戴領子。」
「你也不戴結婚戒指嗎？」
「戒指倒是戴著——不過沒戴在外面。我用絲帶把它掛在脖子上。我不想讓人知道我是什麼人的太太。我現在過著這樣的生活，要是讓人知道我結了婚，那可就太難堪了。」
瑪麗安躊躇了一下。
「你可是一個上等人的太太，讓你過這樣的日子，似乎有些不大公平吧？」
「哦，公平——非常公平——雖然很不快活？」
「得啦，得啦。……你嫁給了他，還會覺得不快活！」
「做妻子的有時候是會不快活的，這並不是她們丈夫的過錯，只是她們自己的過錯。」
「你沒有過錯，親愛的，這我敢擔保。他也沒有過錯。因此，不怪你們倆個，一定是什麼外來的原因了。」
「瑪麗安——親愛的瑪麗安——求你行個好，別再問這問那了，好嗎？我丈夫到國外去了，他給我的錢不知怎麼讓我花光了，所以我一時又得像以前那樣，自己謀生了。別再叫我克萊爾太太，還像以前那樣叫我黛絲吧。他們這兒需要人手嗎？」
「哦，要的——什麼時候都會雇人的——因爲沒人肯上這兒來。這是個不毛之地，只能種點小麥和瑞典蘿蔔。我在這兒倒沒什麼，可你這樣的人也跑到這兒，我覺得太可惜了。」
「可是過去和我一樣，也是個擠牛奶的好手。」

「是的。可是自從喝上酒以後，我就不再幹那活了。天哪，如今喝湯是我唯一的安慰了！他們要是雇了你，你就得挖蘿蔔。我就在這幹這個活，你是不會喜歡的。」

「哦——我什麼活都願意幹。你替我說說好嗎？」

「你自己說更好些。」

「那好吧。不過，你要記住，你可不要再提起他來。我不想玷污了他的名聲。」

瑪麗安比起黛絲來，儘管比較粗俗，但卻很講信用，對黛絲的要求，她全都答應了。

「今兒晚上發工錢，」她說，「你要是跟我一起去，你馬上就會知道要不要你。你心裡不快活，我眞替你難過。不過我知道，那是因爲他不在你身邊。要是他在這兒，哪怕他不給你錢花，哪怕他把你當苦力使喚，你也不會感到不快活的。」

「那倒也是。那樣一來，我不會不快活的！」

她們一起往前走去，不久就來到農舍跟前，只見這房子凄涼到了極點。目力所及之處，見不到一棵樹。在那個季節裡，看不到一塊綠草地，到處只是休耕地和蘿蔔——大片大片的田地，都被編得高矮一律的樹籬分隔開來。

黛絲待在農舍的門外，等到工人們都領走了工錢，瑪麗安才把她帶進去介紹了一下。主人好像不在家，今晚一切由她太太代辦。太太聽說黛絲願意幹到舊曆聖母領報節，[3]就把她雇下了。

眼下很少有女工肯來做活了，再說有些活男女一樣做得來，雇女工又比較便宜，自然就更爲合算了。簽好合約後，黛絲暫且無事可做了，便去住的地方。剛才從牆上取暖的那座房

[3] 聖母領報節係英國四大結賬節之一，按新曆爲三月二十五日，按舊曆爲四月六日。

子裡，找到了一個寄寓之處。她在這裡的生活是非常簡陋的，但無論如何，總算有一個冬天的棲身之所了。

那天晚上，她寫了一封信，把她的新住址告訴了父母，萬一她丈夫有信寄到馬洛特，也好轉寄給她。不過，她沒有把這裡的艱苦情況告訴父母，免得他們責怪她丈夫。

第四十三章

瑪麗安把弗林庫姆阿什農場說成不毛之地，這並非言過其實。在這片土地上，只有瑪麗安長得肥肥胖胖的，而她還是外來的。英國的鄉村分為三種，一種是地主經營的，一種是村民經營的，一種是地主和村民都不經營的——也就是說，第一種是地主住在鄉下，雇用佃戶耕種，第二種是由土地終身保有人或副本保有人自己耕種，第三種是土地的主人不住在鄉下，而把地租給別人耕種——弗林庫姆阿什這家農場，屬於第三種類型。

黛絲動手幹活了。現在，在安傑．克萊爾夫人身上，耐性不再是個無足輕重的特癥了。她這種耐性，是精神上的勇氣和體格上的怯懦融匯而成的。正是這種耐性，在支撐著她。

黛絲和同伴正在挖蘿蔔的那塊地，足有一百多英畝，整個農場數它地勢最高，那是石灰岩層中的硅石岩脈，突出在砂石混雜的坡地上，構成無數鬆散的白色燧石，形狀像球莖，像尖頭，也像陽物。每棵蘿蔔露在地上的那半截，都叫牲畜吃掉了，這兩位女工的任務，就是用一種帶鉤的稱作砍刀的叉狀工具，把埋在地裡的那半截挖出來，好再餵牲畜。由於蘿蔔葉早給吃光，整塊地顯出一片淒涼的黃褐色，好像一副沒有眉目口鼻的臉，從下巴到額頭，只是一大片皮膚。天空儘管顏色不同，形態卻和地面差不多，好像是一張沒有輪廓的空蕩蕩的白臉。因此，這上下兩張臉整天彼此相對，白色的臉俯視著黃褐色的臉，黃褐色的臉仰望著白色的臉，兩者之間沒有任何東西，只有兩個姑娘像蒼蠅一樣，在黃褐色的臉上爬動。

沒有人走近她們，她們的動作顯得機械呆板。兩人都穿著一件粗布外罩，把身子完全裹住——這是一種帶袖子的褐色圍裙，背後有繫帶，一直繫到底下，護著裡面的連衣裙，免得讓風吹動——那裙子只露出一點點下襬，再底下是齊踝高的靴子，手上戴著黃色羊皮防護手套。兩個低垂的腦袋戴著有遮掩的風帽，使他們顯出一種哀思冥想的樣子，別人看上去，會想起義大利早期畫家筆下的兩個瑪麗安。❶

她們一個鐘接一個鐘地幹著活，既意識不到他們在這片大地上那副孤苦伶丁的光景，也不去考慮命運待她們公道不公道。即使在她們這種處境裡，也有可能生活在夢幻之中。那天下午，又下起雨來。瑪麗安說，她們不用再幹活了。但是，不幹活就得不到工錢，因此只好幹下去。這塊地的地勢太高，雨點也不往地上落，而是讓咆哮的狂風卷著橫掃而過，就像玻璃渣子一般，啪啪地打在她們身上，直至把兩人完全淋透。黛絲現在才明白，叫雨淋透究竟是什麼滋味。其實，叫雨淋濕了一點而已。但是，你若是站在地裡不慌不忙地幹活，覺得雨水在你身上慢慢流淌，先是在腿上和肩膀上，接著在臀部和頭上，然後在後背、前胸和兩側不斷流淌，一面還得繼續幹活，直至鉛灰色的亮光漸漸暗淡，表明太陽已經落山；像這樣的淋雨，顯然需要具備一點吃苦耐勞的精神，甚至需要具備一點英勇頑強的精神。

然而，她們儘管讓雨淋濕了，卻並不像我們想像的那麼覺得難受。她們兩個都很年輕，同時又談論著以前在塔爾勃塞同住一間屋、同愛一個人的時光，談論著那片令人賞心悅目的綠色大地，夏季裡向人們慷慨地賜贈禮物，在物質上是人人有份，在情感上卻只優待她們。黛絲本來並不願意和瑪麗安談起她那個法律上的、而不是實際上的丈夫，但是這個話題具有不可抗拒的魅力，所以瑪麗安一提起話，她就不由自主地應對起來。這樣一來，正如剛才所

❶兩個瑪麗安，指耶穌的母親瑪麗安和麥大拉的瑪麗安，她們曾戴著風帽，面帶哀思的神情，來到耶穌的壇上。

說，儘管那濕淋淋的帽沿劈哩啪拉地打在她們臉上，儘管那粗布外罩令人厭煩地粘在她們身上，她們整個下午都沈浸在回憶之中，回憶那遍地青蔥、陽光普照、充滿浪漫氣息的塔爾勃塞牛奶場。

「天氣好的時候，你從這兒能隱隱約約看見一座小山，離弗魯姆谷不到幾哩路。」

「啊——是嗎？」黛絲說道，發現這地方還多了這樣一個好處。因此，這裡也和別的地方一樣，有兩種力量在起作用：天生想要享樂的意志，環境反對享樂的意志。瑪麗安有一個辦法，來增強享樂的意志：下午慢慢地過去，她從口袋裡掏出一隻塞著白布塞、一品脫容量的酒瓶，請黛絲喝酒。然而，黛絲當時並不需要酒來相助，單憑自身的想像力，就已經足以使她進入幻境了，所以她只呷了一口就不喝了，瑪麗安接著就喝了一大口。

「我已經喝上癮了，」她說，「現在都離不開酒了。這是我唯一的安慰。……你瞧，我沒得到他，你得到了。你不喝酒，也許能照樣過下去。」

黛絲覺得，她跟瑪麗安一樣一無所得，但她至少在名義上還是安傑的妻子，就憑著這種自尊，她接受了瑪麗安所說的區別。

黛絲就在這種環境裡，早上頂著嚴寒，下午冒著風雨，茹苦含辛地幹著活。挖完了蘿蔔，接著是削蘿蔔，就是用一把小鉤刀，把蘿蔔上的泥土和鬚根削掉，然後把蘿蔔貯藏起來，準備將來好用。做這的時候，若是下起雨來，她們可以靠茅草障子遮擋一下。但是，遇到天寒地凍的天氣，蘿蔔整個都凍成了冰塊，就是手上戴著厚厚的皮手套，也擋不住寒氣砭入肌骨。不過，黛絲仍然抱著希望。她堅持認爲，在克萊爾的性格中，寬宏大量是個主要成分，這遲早會使他回到她身邊。

瑪麗安喝足了酒，來了興致，撿起前面所說的奇形怪狀的燧石，忍不住尖聲大笑起來，黛絲仍然板著臉，沒有反應。雖然從這裡看不見瓦爾（或弗魯姆）谷，但她們卻不時地朝那個方向望去，一面眼盯著那片遮斷視線的灰矇矇的迷霧，一面回憶著在那裡度過的舊時光。

「唉，」瑪麗安說，「我多想讓咱們的舊伙伴多來一兩個！那樣一來，咱們天天都可在地裡扯起塔爾勃塞來，天天談論咱們過去的好時光，咱們過去了解的事情，好像過去的光景全都回來！」瑪麗安一想起過去的光景，眼光變得柔和，聲音也變得含混了。「我要給伊茲·休特寫封信，」她又說。「我知道，她目前待在家裡沒事幹，我要告訴她咱們都在這兒，叫她也來好啦。雷蒂的病目前說不定也好啦！」

對於這個建議，黛絲沒有什麼可反對的，兩三天以後，她又聽見瑪麗安提起要把塔爾勃塞的歡樂引到這裡的計劃。當時，瑪麗安告訴她，伊茲已經回信了，答應能來就來。

多年以來，都沒見到這樣的冬天了。這年冬天好像是一步一步地、躡手躡腳地走來的，猶如棋手走棋一樣。有天早晨，那幾棵孤零零的樹木和樹籬中的荊棘，彷彿脫去了一層植物的皮，換上了一層動物的皮。每根樹枝上都蓋上一層白絨，彷彿一夜之間，樹皮上長出了毛皮，比原先厚實四倍。整叢的灌木和整棵的樹木，都構成了一幅觸目的素描，用白色的線條畫在陰慘灰色的天空和地平線上。棚子和牆壁上本來看不見什麼東西，現在在這結晶的空氣裡，蜘蛛網全都顯現出來了，像是一個白色的絨線圈，懸在外屋、柱子和柵門的突出部位。

這潮濕的冰凍季節一過，接踵而來的便是乾燥的霜凍季節。這時，各種奇怪的鳥不聲不響地從北極那邊飛來了，飛到了弗林庫姆阿什高原上。這些鳥瘦得形同鬼怪，眼裡含著淒慘的神情——就是這些眼睛，在人跡不至的北極地帶，在人類無法忍受的，能讓血液凝結的環境中，曾瞧見過人類無法想像的可怕的災難性場面；就是這些眼睛曾瞧見過北極光的閃射下，冰山崩裂，雪山滑落；那天旋地轉般的特大風暴和水陸巨變，把這些眼睛弄得半明半瞎；它們還保留著飽嘗這些景象所產生的神情。這些無名的鳥跑到離黛絲和瑪麗安很近的地方，但是對於它們所目睹的，而人類從來看不見的那些奇景，卻不肯奉告。旅行家就愛談論自己的見聞，可這些鳥卻沒有這樣的野心，它們全都一聲不響，木然地待在那裡，拋開了它們不珍視的那些經歷，只注意這片平淡的高原上眼前發生的事情——兩個姑娘用砍刀刨地的細微動作，因爲她們能挖出點這樣那樣的東西，讓它們吃得津津有味。

接著有一天，這片空曠鄉間的空氣裡，充溢著一種特異的成分。那是一種並非由雨水造成的濕氣，並非由霜凍造成的寒氣。這種天氣使她們倆眼珠發涼，額頭發痛，一直鑽到肌骨裡，對身體內部的影響，勝過對身體外部的影響。她們知道要下雪了，而且夜裡果然下起了雪。黛絲仍然住在那個有溫暖山牆的農舍裡，那垛山牆總是給停在外面的孤獨行人帶來慰藉。夜裡，黛絲醒了過來，聽見草屋頂上響聲大作，彷彿表明，來自四面八方的狂風把屋頂當成了它們的競技場。第二天早晨，她點著燈要起床的時候，發現從窗戶縫裡刮進來許多雪，在窗戶裡面形成一個由纖細的粉末堆成的白色圓錐體。煙囪裡邊也刮進來許多雪，鋪在地板上，有鞋底那麼厚，她走來走去的時候，在上面留下了一道道腳印。屋子外面，風雪狂飛亂舞，吹到廚房裡，引起一片雪霧，不過外面還很黑，什麼也看不見。

黛絲知道，不可能再去挖蘿蔔了。她坐在那盞小小的孤燈旁邊吃完了早飯，瑪麗安跑六來告訴她，她們得跟別的女工一起，到倉房裡去整理麥稭（麥子收割後的桿莖），直到天氣好轉爲止。因此，等外面的一團漆黑開始變成各種雜亂的灰色時，她們便吹滅了燈，把最厚的圍裙圍在身上，用毛圍巾把脖子和前胸裹緊，動身朝倉房走去。這場大雪就像一根白色的雲柱，跟著那些鳥從北極來到這裡，單個的雪片是看不見的。狂風聞起來，好像帶著冰山、北極海、鯨魚和白熊的氣味，呼呼地把雪吹得貼著地面飛卷，但卻堆積不鑄來。她們傾著身子，穿過風雪漫漫的田野，步履艱難往前走去，盡量靠著樹籬好避避風，雖說這樹籬也遮擋不住風雪，只能起個過濾作用。空氣讓灰白的雪瀰漫得一片灰暗，同時又把雪攪得東旋西轉，飄忽不定，使人聯想起天地無顏無色，萬物一片混沌的狀態。但是，兩個年輕女子還是興致勃勃，在乾燥的高原上出現這樣的天氣，本身並不會使她們感到沮喪。

「哈——哈！這些北方的鳥眞機靈，早就知道要下雪了，」瑪麗安說，「我敢肯定，它們從北極星那兒飛來，一路上剛好趕在風雪的前頭。……親愛的，我敢說，在你丈夫那兒，眼下一定是火辣辣的天氣。天哪，他現在要是能看見他這位漂亮的太太，那該有多好！這種天氣沒有把你凍得不好看了——實際上，倒把你凍得更漂亮了。」

「你不該跟我說起他，瑪麗安，」黛絲正顏厲色地說。

「噢，不過——你肯定很愛他！對吧？」

黛絲沒有回答，只是眼裡噙著淚水，心裡一衝動，把臉轉到她想像的南美洲所在的方向，撅起嘴唇，向著風雪送去了一個熱烈的飛吻。

「哦，哦——我知道你愛他。不過，說實話，你們倆口子這樣過日子，眞是離奇啊！好吧——我再也不說啦！至於天氣嘛，咱們待在麥倉裡不會很難受的。不過，整理麥稭是一樁好吃力的活——比挖蘿蔔還吃力。我還能吃得消，因爲我長得壯實，可你就比我單薄多了。我眞不明白，主人怎麼會叫你來幹這種活？」

她們來到了麥倉，走了進去。倉房很長，有一頭堆滿了麥子，中間就是整理麥稭的地方，頭天晚上，就搬來了好多捆麥稭，放在理草機上了，足夠女工們整理一天了。

「喲——伊茲也來了！」瑪麗安說。

還眞是伊茲，只見她走上前來。她是昨天下午從母親家裡動身，趕到這裡來的。她沒想到路途這麼遙遠，一直走到天黑，不過倒是很巧，她剛一到這就下起雪來，便在酒店裡過了一夜。原來，雇主和她母親在集上談妥了，說她若是今天能來，他就雇用她。伊茲因爲來晚了，生怕惹他不高興。

這裡除了黛絲、瑪麗安和伊茲，還有從附近村莊來的兩個女人。兩人是姊妹倆，長得彪形大漢一般，黛絲一見到她們，不由得吃了一驚，想起她們一個是黑桃皇后黑卡爾，一個是她妹妹方塊皇后——當年，在特蘭嶺深更半夜吵架那一回，就是她倆想向黛絲動手的。她們好像沒認出黛絲，也許眞的不認識，因爲那次吵架時，她們喝得醉醺醺的，況且她們在特蘭嶺，也和在這裡一樣，只是臨時居住。她們情願幹男人幹的種種活計，包括掘井、築籬、開溝、挖坑，樣樣都能幹，一點也不覺得累。她們也是理麥稭的好手，因此便帶著幾分輕蔑的神氣，瞧著那三個女人。

她們全都戴上手套，在機器前站成一排，動手幹起活來。機器由兩根柱子豎立著，中間架著一根橫梁，橫梁下面放著一捆一捆的麥子，麥穗都朝著外面，橫梁被柱子上的卡子固定住，隨著麥捆漸漸減少，橫梁也慢慢下落。

天色變得更陰沉了，從倉房門口透進來的亮光，不是從天上照耀下來的，而是從地上的雪中反射進來的。幾個姑娘從機器裡把麥 一把一把地抽出來，由於有兩個陌生女人在那裡蜚短流長，瑪麗安和伊茲起初雖然很想敘敘舊，卻又敘說不成。過了不久，她們聽到外面傳來低沉的馬蹄聲，隨即那農夫就騎著馬，來到了倉房門口。他下了馬，走到黛絲跟前，一聲不響地從側面瞅著她的臉。黛絲起初沒有回頭，但是那人一個勁地瞅著她，她就轉身看了一眼，發現她的老板不是別人，正是在大路上揭她老底，聽得她撒腿就跑的那個特蘭嶺人。

他待在旁邊，等黛絲抱著麥捆送到外面的麥堆上時，他才開口說道：「原來你就是那個把我的好心當成驢肝肺的小女人啊？我一聽說新顧了一個女工，就猜想八成是你，我要是說假話，就叫我不得好死！哼，頭一回在旅店裡，你仗著你那個姘頭，就以為占了我的便宜。不過這一回嘛，我看你是逃不出我的掌心了。」他說罷，發出一陣獰笑。

一邊是兩個彪形大漢式的潑婦，一邊是那虎視眈眈的農夫，黛絲夾在中間，就像一隻落入網裡的小鳥，只見她一聲不響，不停地抽著麥稭。她也是個能察言觀色的人，這時倒看得出來，她不必擔心農夫向她調情，他只是因為吃了克萊爾的虧，要在她身上出出氣。總的說來，她倒寧願男人拿她出氣，因而覺得很有勇氣承受。

「照我看，你那回還覺得我愛上你了吧？有些女人就是傻，人家只要看她一眼，她就當起真來了，不過，讓這種小濺婦在地裡做上一個冬天，保管誰也不會那麼胡思亂想了。你已經簽了字，答應做到聖母領報節。你現在該向我請求寬恕了吧？」

「我認為你應該向我請求寬恕。」

「好吧——那就隨你的便。不過，咱們要瞧瞧這裡是誰厲害。你今天就理了這麼多麥稭？」

「是的，先生。」

「表現的很差勁呀。你看人家做了多少，」（用手指了指那兩個又粗又壯的女人）。「別的人也都比你強。」

「她們以前做過這種活，我可沒做過。再說，我想這對你也沒有什麼關係。我要盡快把倉房清出來。」

「別人兩點鐘收工的時候，我可以不走，幹上一個下午。」

農夫悻然瞪了她一眼，便轉身走開了。黛絲覺得，她不可能遇到一個比這裡更糟糕的地方了。但是無論如何，都比受人調戲好。到了兩點鐘，那兩個理麥稭的能手喝乾了酒瓶裡剩下的脫酒，放下手中的鉤子，捆好最後一捆麥稭，便起身走了。瑪麗安和伊茲本來也想走，但是聽說黛絲因爲不熟練，想留下多幹些時候，把少做的補上去，她們兩個也不肯丟下她。瑪麗安往外望了望。外面還在下著雪，便大聲嚷道：「好啦，這下就剩下咱們幾個人了。」於是她們終於談起了過去在牛奶場的經歷，當然也談起了各人愛慕安傑・克萊爾的景況。

「伊茲，瑪麗安，」安傑・克萊爾夫人帶著尊嚴說道，鑒於她太不成其爲夫人了，她這副尊嚴實在太令人心酸了。「我現在不能像從前那樣，和你們一起談論克萊爾先生了。你們知道我不能。因爲他雖然暫時離開我了，可他畢竟是我丈夫。」

在鍾情於克萊爾的四個姑娘中，就數伊茲生性最粗魯，最刻薄。「作爲情人，他確實好極了，」她大聲說道。「可他剛結婚就離開了你，我看他不是個溫存的丈夫。」

「他不得不走，非走不可，去看看那邊的土地，」黛絲分辯說。

「那他也應該想法子讓你度過這個冬天呀！」

「唉——那是爲了一件小事——出了點誤會。我們也不爭論，」黛絲回答說，話音裡帶著啜泣。「也許可以替他辯解的話多得是。他不像有的丈夫那樣，不跟我打個招呼就走了。再說，我隨時都能知道他在哪兒。」

說完這番話之後，她們沉思了好久，一面沉思，一面抓住麥穗，抽出麥稭，夾在胳膊下面，然後用鐮刀割下麥穗，整個倉房裡，除了麥稭的沙沙聲和鐮刀的嚓嚓聲，聽不見別的聲音。忽然間，黛絲身子一軟，倒在腳下一堆麥穗上。

「我早知道你會受不住！」瑪麗安嚷道。「非得比你壯實的身體，才做得了這種活。」

恰在這時，農夫走進來了。「噢，我一走，你就這樣幹活呀，」他對黛絲說道。

「不過吃虧的是我，」黛絲分辯說。「你並不吃虧。」

「我要快點把活幹完，」農夫固執地說，隨即穿過倉房，從另一道門出去了。

「別去理他，這就對了，」瑪麗安說。「我以前在這兒幹過活。你現在到那兒去躺一會，伊茲和我替你補夠數。」

「我不能讓你們替我做。我個子還比你們高呢！」但她實在支持不住了，所以就同意躺一會，靠在一個亂草堆上——這是把直麥桿理出後，剩下的亂草，扔在倉房的那一頭。她所以躺倒了，一半是由於活太重，一半是由於又談起她和丈夫的分離，使她感到心酸。她躺在那裡，只有知覺，沒有意志，麥稭的沙沙聲和切麥穗的嚓嚓聲，好像觸到身上有份量似的。

她躺在那個角落，不僅能聽到這些聲音，還能聽到她們兩個在竊竊私語。她心想她們一定在繼續談論剛才那個話題，但是聲音又太低，她聽不出她們說的是什麼。後來，黛絲越來越想知道她們在說什麼，同時又自以為身體好些了，便爬起來繼續做活。

接著伊茲．休特也累垮了。頭天晚上，她走了十多英里路，半夜才上床睡覺，五點鐘又起來了。只有瑪麗安，多虧喝了一瓶酒，加上長得結實，倒還能吃得消，並不覺得腰酸背痛的。黛絲催促伊茲先走，因爲她感覺好一些了，就叫伊茲不要再做下去，那天的活由她們兩人來完成，扎好的捆數由他們三人平分。

伊茲很感激地接受了這一好意，就出了大門，順著雪地裡的路徑，朝她的住所走去。這時，瑪麗安的那個痴情勁又來了，她每天下午這個時候喝了酒以後，總要出現這種情況。

「我眞沒想到他會做出這種事業——從沒想到！」她帶著夢幻般的語調說道。「我當初那麼愛他！他娶了你，我一點也不吃醋。可他那樣對待伊茲，就太不對了！」

黛絲一聽這話，不由得吃了一驚，差一點讓鐮刀削掉了手指頭。

「你說的是我丈夫嗎？」她結結巴巴地問道。
「是呀！伊茲叫我不要告訴你，可我實在憋不住啊！是他要求伊茲的。……他要伊茲跟他一起去巴西。」
黛絲臉上變得像外面的雪一樣煞白，面孔也耷拉下來了，「伊茲不肯去嗎？」她問。
「我不知道。反正他後來又變卦了。」
「嗨——那他並不是眞心的。只是男人對女人開的玩笑罷了！」
「不，他是眞心的，因爲他讓伊茲坐在車上，朝著車站走了好遠。」
「可是他還是沒有把她帶走呀！」
她們又默默地做了一會。突然，黛絲事先也沒露出任何跡象，便嗚嗚地放聲大哭起來。
「看你！」瑪麗安說。「我眞不該告訴你！」
「不，你做了一件大好事！我總是任著性子，唉聲嘆氣地過日子，沒想到這樣下去會有什麼結局！我應該經常給他寫信才對，他只是叫我不要去找他，並沒叫我不要經常給他寫信呀！我不能再這樣馬馬虎虎了。我什麼都由他去做，這太不對頭，太疏忽了！」
倉房裡本來就光線不足，現在變得更昏暗了，她們看不清楚，不能再做活了。那天晚上，黛絲回到家裡，走進她那刷著白灰的小屋子，隨著一陣衝動，拿起筆來給克萊爾寫信。但是她又有些犯疑，無法把信寫完。後來，她把掛在胸口的結婚戒指從絲帶上解下來，把它整夜戴在手指上，彷彿這樣就能增強她的信念，覺得她確實是她的那位躲躲閃閃的情人的太太。她這位情人居然在剛離開她不久，就提出要伊茲跟他一起到國外去。她既然知道這件事了，怎麼還能再寫信懇求他，再表示她還鍾愛他呢？

第四十四章

在倉房裡聽到那個情況以後，黛絲的思緒又飛向了遠方的埃明斯特牧師住宅——近來，她曾不止一次地想到那個地方。克萊爾曾囑咐過她，她若是想給他寫信，必須通過他父母轉寄；她若是遇到什麼困難，可以直接給他父母寫信。可黛絲總是覺得，從道德上來看，她沒有資格向克萊爾提出任何要求，所以每次都抑制住自己的衝動，沒有寄過一封信。因此，牧師住宅裡的一家人，也和她娘家人一樣，自她結婚以後，簡直不覺得還有她這個人存在。她對婆家和娘家都這樣怯生，這倒非常切合她的性格，因爲她很有獨立自主精神，並不渴望得到別人的恩惠和憐憫。就她的品行平心而論，她也沒有資格得到這樣的恩惠和憐憫。她已經打定主意，要以自己的品德，來決定自己的成敗，決不能僅僅憑藉法律上的權利，去向那家人提出要求。她所以和他們結成奇怪的一家子，不過是由於他們中的一個成員，出於一時的衝動，在教堂的結婚登記簿上，把自己的名字簽在她名字的旁邊，這種事是很不牢靠的。

但是，現在聽到了伊茲講的那段故事以後，她變得忐忑不安了，她那克己自制的工夫也就有了一定的限度。她丈夫爲什麼不給她寫信呢？他分明表示過，說他至少會把他到達的地點告訴她，可他從沒來信告訴他的地址。難道他眞不把她放在心上了嗎？不過，他是不是生病了？是不是應該由她來採取主動呢？因爲放心不下，她當然可以鼓起勇氣，到牧師住宅去打聽一下，對他的杳無音信表示愁悶。如果克萊爾的父親眞是她以前聽克萊爾說的那種好人，那他一定會體諒她這種望眼欲穿的境況。至於生活上的艱難困苦，她將閉口不提。

不到禮拜天歇工的日子，她是沒有權利離開農場的。因此，禮拜天是她能脫身的唯一機會。弗林庫姆阿什坐落在一片白堊質高地的中心，還沒有鐵路通到這裡，她要到埃明斯特，只能走著去。來去都是十五哩的路程，她得早早起來，花上一整天，才能辦成這檔事。

兩個禮拜以後，風雪已經過去了，接著便是一陣天寒地凍的天氣，黛絲就趁路面凍結的機會，去進行她那番嘗試。那個禮拜天早晨四點鐘，她就下了樓，去到了外面的星光之中。天氣還是很好，腳下的路像鐵砧一樣，走起來咯咯地響著。

瑪麗安和伊茲知道，黛絲這次出門一定和她丈夫有關，所以對這件事很感興趣。她們住在路邊的一座農舍裡，離黛絲的住處還有一段距離，可她們還是趕來了，幫她梳妝打扮，並且勸她穿上最漂亮的衣服，以便贏得公婆的歡心。不過黛絲知道，老克萊爾先生屬於樸素的加爾文派，因此她並不想講究穿著，甚至懷疑這樣做是否妥當。自從她可悲地出嫁以來，已經過去一年了。她結婚時購置的滿櫥子衣服，雖說現在只剩下不多的幾件，但是還能把她打扮成一個純樸天真、不趨時尚的鄉下姑娘，而且還很迷人。她今天穿了一件淺灰色的毛料連衣裙，鑲著白縐紗花邊，襯托著她那白裡泛紅的面頰和脖頸，上面罩著一件黑色天鵝絨外套，頭上戴著一頂黑色天鵝絨帽子。

「你丈夫眼下看不見你，這太可惜了——你看上去真是個美人！」伊茲．休特瞧著黛絲說道。這時，黛絲就站在門口，處於門外藍幽幽的星光和門裡黃幽幽的燭光之間。伊茲剛才是被實情所觸動，帶著寬宏大量的態度說這番話的。她在黛絲面前，是無法把她當成對頭的——任何一個女人，只要一顆心長得比榛子大，都不會這麼做的，因爲黛絲對同性別的人有一種貫乎尋常的感化力量，說來也很奇怪，竟能把女人嫉妒和仇視之類的比較卑劣的情感，統統壓伏下去。

她們給她這裡扯一扯，按一按，那裡輕輕地刷一刷，最後才放手讓她走了。於是，她便消失在黎明前銀灰色的空氣裡。她剛邁開腳步往前走去，她們就聽見她順著硬邦邦的大路，踩得咯咯直響。就連伊茲也希望她能如願以償，儘管她並並特別重視自己的貞操，但她還是慶幸自己在一時受到克萊爾誘惑的時候，並沒有做出對不起朋友的事。

一年以前，只差一天，就是克萊爾與黛絲結婚的日子；只差幾天，就是他和黛絲分離的日子。不過，在一個晴朗乾燥的嚴冬早晨，邁著輕快的腳步，吸著這白堊質山脊上的稀薄空氣，去完成她這樣的使命，倒也並不覺得煩悶。毫無疑問，她這次出門所抱的希望，是想博得她婆婆的歡心，要把她的經歷向老太太和盤托出，把她爭取到自己這一邊，進而把那個逃走的人拉回來。

走了一陣，來到一大片崗巒的邊緣，崗下就是土質肥沃的布萊克摩谷，只見谷裡霧氣繚繞，曙色朦朧。下面的空氣呈現出深藍色，不像高地上那樣淡白無色。下面的地都是五、六英畝一小塊，而不像她近來做活的那些地，都是上百英畝一大塊，所以，從這高處望下去，那數不清的小塊田地就像網眼一般。在這高地上，景物呈現一片淺褐色；在那下方，就像費魯姆谷，總是一片翠綠。但是，她的苦惱就是在那個山谷裡鑄成的，她不像以前那樣喜愛那地方了。對黛絲來說，就像對所有有感受的人一樣，一樣東西的美麗，並不在於東西本身，而在於這東西象徵什麼？

她順著山谷的左側，從容不迫地一直往西走去，經過幾個都叫欣托克的村莊，穿過從謝頓教堂通往卡斯特橋的大路，沿著多格伯里山和海斯托伊山的邊緣走去，穿過兩山之間那條名叫「魔鬼廚房」的峽谷。她再順著山路，走到十字手，那根石柱孤零零、靜悄悄地聳立著，標明這裡出現過奇跡，或發生過凶殺，或兩者兼而有之。她又往前走了三英里，前面出現一條筆直而荒涼的羅馬古道，名叫郎阿什路。她立刻穿過這條古道，拐進一條岔路，往山下走去，進到一個名叫埃巷引謝德的村鎮。這時，她差不多走了一半路程了。她在這裡停了停，又吃了一頓早飯，吃得津津有味——不是在「母豬與橡果」客店，而是在教堂旁過的一座村舍裡，因爲她要避開客店。

黛絲的後半段旅程取道本維爾小路，這段路程比前半段平緩一些。不過她越接近目的地，信心也越來越小，任務也顯得越來越艱險。在她心頭眼底，只有她的目的顯得清清楚楚，周圍的景色卻變得模模糊糊，因此她有時面臨迷路的危險。不過，大約正午時分，她到底還是來到了一片盆地的邊緣，在一道柵門前站住了腳。在那片盆地裡，坐落著埃明斯特鎮和牧師住宅。

她看見了那座方塔，知道牧師和教徒們這時都聚集在那裡面，因而在她看來，這塔顯得非常威嚴。她有些後悔，怎麼不設法找個平常日子來。像老牧師這樣的好人，決不會明白她有些迫不得已的情況，只會因爲她選擇禮拜天來，對她存有偏見。但是事到如今，她也只好硬著頭皮往前走了。本來，她是穿著一雙厚皮靴子走了這麼遠的，現在她把這雙靴子脫下來，換上一雙輕薄漂亮的漆皮靴子，然後把厚皮靴子塞到柵欄門杜旁邊的樹籬裡，一個回頭容易找到的地方，這才往山下走去。她慢慢走近牧師住宅的時候，剛才臉上被冷風吹出來的紅暈，不禁在漸漸消褪。

黛絲希望遇上一件對她有利的事，但卻沒出現對她有利的事。牧師住宅的草地上有些灌木，在凜冽的寒風中沙沙作響，令人感覺很不舒服。雖然她今天打扮得最體面，但她無論如何發揮自己的想像力，也感覺不到這座房子住著她的親屬。但是，無論是在天性還是在情感上，她與他們並沒有什麼根本的區別，他們在思想、悲喜、生死以及死後等方面，都是一模一樣的。

她鼓起勇氣，走進柵欄門，拉了拉門鈴。已經走到這一步了，再也沒法退卻了。不，這一步還沒走完，沒有人出來應門。她還得再鼓一番勇氣，再做一次努力。她又拉了拉門鈴。拉鈴時的焦慮不安，加上十五英里路程的勞頓，她覺得有些支持不住了，只得用手撐著後腰，用胳膊肘靠著門廊的牆，在那裡等候。寒風刺骨，連常青藤葉子都給吹得枯萎發白了，它們不停地互相撲打，攪得她心神不定。一張沾著血跡的紙，從一戶賣肉人家的垃圾堆上刮了起來，在柵欄門外的路上上下飄動，因為大而輕，總也停不住，又因為太重，老是飛不走，還有幾根乾草和它作伴。

第二次鈴聲拉得更響，但還是沒有人出來。於是她走出門廊，打開柵欄門，來到了外面。她雖然有些猶豫不定，回頭望了望房屋前面，彷彿還想再轉回去，但她關上柵欄門時，還是鬆了一口氣。她心裡浮現出一個念頭：也許是公婆認出她來了（儘管她說不出是怎麼認出的），便吩咐人不要放她進去。

黛絲走到了拐角那裡。她把能做的事全做了，但她又打定主意，不能因為現在畏首畏尾，而造成將來懊悔莫及，所以她又回過身來，在房前走了一趟，把所有的窗戶看了一遍。

啊——原來他們都去教堂了，所有的人都去了。她想起她丈夫對她說過，他父親總是堅持要求全家人，包括佣人，都去教堂做禮拜晨禱，這樣一來，回到家裡總得吃冷飯。因此，她只要等到做完禮拜就行了。她不想站在原地惹人注目，便拔起腳來，想經過教堂，躲進樹籬裡。但她剛走到教堂門口時，做禮拜的人正好擁了出來，黛絲一下給夾在了人群中間。

埃明斯特的教徒們都望著她，只有鄉間小鎮上的教徒慢悠悠地往家走，遇見一個異乎尋常的女人，察覺她是一個陌生人時，才會用那樣的目光去看她。黛絲加快腳步，登上了原先的來路，想在樹籬中間躲一躲，等牧師家吃完午飯，便於接待她的時候，她再進去。沒過多久，她就甩開了做禮拜的人，只有兩個年輕人，臂挽著臂，在她身後快步趕了上來。

那兩個人越走越近，黛絲能聽見他們熱切交談的聲音。一個處在她這種境況的女人，耳朵自然是很靈敏的，因此她聽得出來，他們的口音和她丈夫的很相似。這兩個行人就是她丈夫的兩個哥哥。黛絲頓時忘掉了她的全部計劃，只怕自己還沒準備好跟他們見面，就在慌慌張張的情況下讓他們追上來。因爲，雖說他們認不出她來，但她卻出於本能，害怕他們仔細打量她。於是，他們走得越快，她也走得越快。顯然，他們是想在回家吃飯以前，作一次短暫的快速散步，可以暖和手腳，因爲剛才在教堂裡做了半天晨禱，把手腳凍得冰涼。

上山的路上，只有一個人走在黛絲前面，一個大家閨秀般的年輕女子，頗有幾分情趣，不過也許有點呆板和拘謹。黛絲快追上她的時候，那兄弟倆也差不多走到她背後了，所以他們談話的內容，她字字都聽得清清楚楚。起初，他們說的話題沒有讓她特別感興趣的地方，後來，他們有一個人瞧見了前面那位小姐，於是便說：「那是默茜．錢特。咱們追上去。」

黛絲知道這個名字。這就是男女雙方父母要給克萊爾選作終身伴侶的那個女人，若不是黛絲半路插了進來，克萊爾說不定早跟她結婚了。黛絲即使事先沒聽過這些情況，她只要稍等一會，也會了解這一切的，因爲有個兄弟接著說道：

「唉！可憐的安傑，可憐的安傑！我每次看見這位好姑娘，就越來越感到惋惜，安傑不該那麼輕率，偏要娶一個擠牛奶的女工，或者諸如此類的女人。這分明是一樁怪事。我不知道她是不是和安傑在一起了，不過，幾個月前我收到安傑的信時，他們還不在一起。」

「我也說不準。他現在什麼也不跟我說了。他因爲有些奇怪的想法，就開始和我疏遠了，這回糊裡糊塗地結了婚，就和我徹底疏遠了。」

黛絲把腳步邁得更快，朝漫漫的山上走去。但是，她若想把他們甩在後面，就難免會引起他們的注意。所以，最後還是他們倆走得更快，因而超過了她。仍然走在前面的那位小姐聽到了他們的腳步聲，便轉過身來。隨即便是一陣問好、握手，接著三人一同往前走去。

他們很快就走到了山頂。顯然，他們是想把這裡作爲散步的終點，於是便放慢了腳步，三人一起拐到柵欄門旁邊。就在一個鐘頭以前，黛絲還沒下山的時候，也是停在這裡，打量山下的小鎭。他們一起談話的時候，那兩位牧師兄弟中，有一位把傘伸到樹籬裡，仔細探尋了一番，拽出了一樣東西。

「這兒有一雙舊靴子，」他說。「我想，大概是哪個無業遊民甩掉的吧！」

「也許是個騙子，想光著腳到鎭上去，好叫我們可憐他，」錢特小姐說。「是的，一定是這樣，因爲這是一雙很好的走路靴子——一點也沒破。這一招太拙劣了！我把靴子拿回去，送給窮人穿。」

這雙靴子是卡思伯特·克萊爾發現的，他用傘柄把靴子挑起來，交給了錢特。就這樣，黛絲的靴子給沒收了。

黛絲聽了這一切，她臉上蒙著毛織的面紗，從他們旁邊走了過去。隨後又回過頭來，只見那三個做完禮拜的人拿著她的靴子，離開了柵欄，朝山下走去。

於是，我們的女主角又繼續趕路了，淚水，使眼睛朦朧的淚水，順著面頰往下流淌。她知道，她只是由於感情脆弱，毫無根據的多善感，才把剛才這件事看成是宣判她有罪。不過，她又無法消除這種心理。她這樣一個無依無靠的女人，沒有力量抗拒這些不祥之兆。現在要想再回牧師住宅，那是辦不到了。安傑的太太幾乎覺得，她就像一個令人鄙視的東西，被那倆個在她看來過於文雅的牧師，趕到了這座山上。他們對黛絲的羞辱完全出於無意，但是黛絲還眞有點倒楣，偏偏遇見這兩個兒子，而沒遇見他們的父親。那位父親儘管有些狹隘，但卻不像兩個兒子那樣刻板拘謹，而且還充滿仁愛之心。她又想起那雙沾滿塵土的靴子，幾乎可憐它們無端遭受了一番嘲弄，同時又感到，對靴子的主人來說，生活眞是毫無希望。

「唉，」她仍舊自憐自嘆地說。「他們可不知道，我是穿著那雙靴子走過那段最崎嶇的道路，省得磨壞他給我買的那雙漂亮靴子——不——他們根本不知道！他們也不知道，我這身漂亮的連衣裙，顏色也是他挑的——不——他們怎麼會知道呢？他們就是知道了，興許也不會在意，因爲他們對他就不大在意，可憐的人兒！」

這時，她就替那位心上人悲傷起來。其實，正是這位心上人的世俗觀念，導致了她近來的全部煩惱。她只顧往前趕路，全然沒有想到，她一生中最大的不幸，就是出於女性的怯弱，拿那兩個兒子來判斷她的公公，從而在最後的緊要關頭失去了勇氣。她現在的處境，恰好可以贏得克萊爾夫婦的同情。如果說尚未陷入絕境的人們那微妙的精神苦惱還難以引起他們的關注，但是一遇到極端情況，他們頓時就會心慈面軟起來。他們只急於寬待稅吏和罪人，卻忘記了還要爲文士和法利賽人的苦惱申辯幾句。❶他們有這樣的缺陷或局限，這時候倒可以讓他們把自己的兒媳，看成一個難得的誤入歧途的人，加倍愛憐。

於是，黛絲又拖著沈重的腳步，順著原先的來路往回走。她來的時候，並沒抱很大的希望，只覺得她人生中面臨一個轉折點。顯然，並沒有發生什麼轉折。她也沒有別的辦法，只

❶稅吏指在古羅馬時向猶太人收稅的人，時而向人民勒索。文士，爲古猶太人的法官。法利賽人指古猶太人的法利賽教派。文士和法利賽人曾反對、批評過耶穌。據《聖經．新約．馬可福音》第二章第十六節：「文士和法利賽人看見耶穌跟稅吏和罪人一同吃飯，就對他的門徒說：耶穌爲什麼跟稅吏和罪人一同吃喝？」

能繼續待在那個貧瘠的農場上，直到她能再次鼓起勇氣，去面見牧師一家。回家的路上，她還真是不甘埋沒，便揭掉了面紗，彷彿要讓世人知道，她至少能展現一副默茜·錢特拿不出來的面孔。但是她一面揭面紗，一面又難過地搖了搖頭。「這算不了什麼！」她說。「誰也不愛這張臉，誰也看不見這張臉。像我這樣一個被拋棄的人，誰還在乎她的容貌？」

黛絲的歸途，與其說是往前行進，不如說是隨意飄蕩。她毫無生氣，毫無目的，只有一個大致的方向。她順著漫長沈悶的本維爾小路走去，漸漸覺得疲乏了，便常常往柵欄門上靠一靠，在里程碑旁邊歇一歇。

她一直沒進任何人家。等走了七八英里以後，下了又長又陡的山坡，來到埃引謝德村鎮的時候，她才走進早晨滿懷期望吃過早飯的那戶人家。這座村舍坐落在教堂旁邊，差不多是村這頭的頭一家，黛絲又在裡面坐了下來。女主人上廚房給她端牛奶的時候，黛絲朝街上望了望，發現村裡空蕩蕩的。

「我想，村裡的人都去做晚禱了吧？」她說。

「沒哪，親愛的，」老婦人說。「還不到做晚禱的時候，還沒打鐘哪。村裡人都到那邊的倉房裡聽講道去了。一個美以美會的教徒，趁著早禱和晚禱中間的工夫，在那兒講道呢。人家都說他是個好棒、好狂熱的基督徒。不過，天哪，我可不去聽他講道。教堂裏的講道已經夠我聽的了。」

過了不久，黛絲就起身朝村裡走去。她的腳步聲從兩邊房屋那裡發出回聲，好像那是一個死者的地盤。快到村子中間時，又有別的聲音和她腳步的回聲摻和在一起。她見倉房離大路不遠，便猜想那一定是講道人的聲音了。

在寂靜而清新的空氣裡，講道人的聲音來得非常清晰，黛絲儘管處在倉房封閉方那一頭，卻能一句一句地聽清他講的話。可以想得出來，這篇布道屬於反律法主義最極端的那一類，主張因信稱義，❷也就是聖保羅神學的那種講法。這位布道者滿腔熱忱地宣講這一主見，慷慨陳詞，完全像朗讀一般，顯然不懂得辯証技巧。黛絲雖然沒有聽到開頭的話，但卻知道他布道的內容，因爲他不斷念叨這段話——

無知的加拉太人哪，耶穌基督釘死在十字架上，已經活畫在你們眼前，誰又迷惑了你們，使你們不服從真理嗎？❸

黛絲站在倉房後面聽著，發現這位布道者所講的教義，就是克萊爾父親那一派的觀點，不過還要激烈一些，因此她就發生了興趣。後來，布道者開始詳細講述他是怎樣信起這些觀念時，黛絲的興趣就更加濃厚了。那人說，他曾是一個罪孽深重的人。後來有一天，他終於醒悟過來了。從人的角度來看，這主要是受了一位牧師的影響引起的。起初，他曾粗野地侮辱過這位牧師，不過牧師臨走時說的幾句話，卻深深地印在他心裡，使他念念不忘。後來，藉助上帝的恩惠，這番話便發生了這番變化，將他變成他們今天所看到的這個樣子。

但是，還有比那教義更讓黛絲吃驚的，這就是那個人的聲音，因爲簡直讓人難以置信，這恰巧是亞歷克・德伯維爾的聲音。黛絲臉上露出一副遲疑不決的痛苦之感，她繞到倉房正

❷因信稱義，係基督教神學救贖論術語，指信仰是得到救贖和在上帝面前得稱爲義的必要條件。
❸見《聖經・新約・加拉太書》第三章第一節。

面，從那裡走過去。在倉房這一邊，冬天低低的大太陽直射到那個雙扇門的大門口。有一扇門敞開著，陽光一直射到深處的打麥場上，射在布道者和聽眾的身上，他們一個個暖暖和和地躲在倉房裡，受不到北風的侵襲。聽道的人全是些村民。以前，她在一個令人難忘的場合，遇見過一個提著紅漆罐塗寫格言的人，此人也夾在村民之中。不過她的注意力還是集中在那個中心人物身上，他正站在幾袋麥子上面，臉朝著門口和聽道的人。午後三點鐘的太陽直照在他身上，自從剛才聽清他的聲音以來，黛絲就有一種奇怪的、讓她發虛的感覺：站在她面前的就是誘姦他的那個人。這種感覺越來越強烈，最後終於變成了確鑿的事實。

第四十五章

自從離開特蘭嶺以後，一直到現在，黛絲還從未見過德伯維爾，也沒得到他的音信。這一次相遇，正是黛絲滿腹憂愁的時代。在這種時刻遇到這種事，對感情上的衝擊倒可以減少到最低限度。不過，記憶是不受理智支配的，雖然德伯維爾就站在那裡，分明成了一個棄惡從善的人，爲自己過去的不規行爲感到悔恨，但是黛絲卻感到一陣懼怕，頓時動彈不得了，既不能前進，也不能後退。

想一想她上次見他時，他臉上流露出的是什麼表情，再看一看他現在的樣子。他還和以前一樣漂亮之中有些令人生厭。不過，他已經剃掉了那深褐色的八字鬍，留起了修得整齊的絡腮鬍子；身上的衣著一半像牧師，一半像俗人，這樣一來，他的神情也跟著起了變化，叫人看不出他原先那副花花公子的面目，所以黛絲剛看見他那一剎那，還不敢相信就是他。

《聖經》上那些莊嚴的字句，從這種人的嘴裡滔滔不絕地冒出來，黛絲剛一聽起來，真覺得不倫不類，荒誕離奇，令人毛骨悚然。她太熟悉他那副腔調了，不到四年以前，她聽到的還是容然不同的語言，如今出現這種具有諷刺意味的對照眞讓她感到噁心。

他與其說是改過自新，不如說是改頭換面。他那張面孔以前總是色迷迷的，現在卻顯露出滿腔的宗教激情。他那兩片嘴唇以前只用來花言巧言地勾引女人，現在卻用來表示祈求。他臉上的紅光昨天可以解釋成恣意放蕩的氣焰，今天卻成了虔誠教徒能言善辯的光彩。以前的獸性變成了如今的宗教狂熱。以前信奉異教，如今信奉保羅神學。他那雙眼睛以前滴溜溜地盯著她轉，肆無忌憚，光焰逼人，如今卻放射出近乎凶殘的拜神狂熱的光芒。以前他事不如願，遭受挫折時，他的臉總是繃得緊緊的，一片鐵青，現在他臉上也有這種神情，卻用來刻畫那頑固不化、甘願墮落的人。

這樣的面目本身，似乎就在抱怨。它好像偏離了自己天生的功能，顯露了它的本性不該顯露的神情。奇怪的是，這種提高本身就是一種失算，本想提高，反倒造成虛假。不過果眞如此嗎？她不能再抱著這種尖刻的情緒了。天下的惡人，能改邪歸正，拯救自己靈魂的，德伯維爾並不是頭一個，這種事既然發生在他身上，她爲什麼就覺得不合情理呢？這只不過因爲她猛聽到他用不堪入耳的老調，唱出美麗動聽的新詞，思想一下拐不過彎來。其實罪過越大的人，就越能成爲偉大的聖徒。用不著深究基督教史，就能找到這樣的例子。

以上各種印象，只是她朦朦朧朧的感覺，並沒形成清清晰晰的概念。她由於受驚而引起的麻木神態剛一過去，腿腳可以動彈了，便急忙想要躲開，不讓他看見。她剛才處在背著陽光的位置，德伯維爾顯然還沒有察覺到她。

但是，黛絲剛一動身，他就把她認出來了。這位昔日的情人像觸電似的，他見到黛絲所受的觸動，遠遠勝過黛絲見到他所受的觸動。他那滿腔熱情，他那滔滔不絕、抑揚頓挫的辭令，似乎全都消失了。他話都溜至了嘴邊，嘴唇在掙扎，在顫抖，但是，只要黛絲在他眼前，他就什麼話也說不出來。他瞧見黛絲以後，那雙眼睛在慌亂中只顧四下亂轉，卻不敢往黛絲那裡瞧，但是每隔幾秒鐘，就會不顧一切地瞧她一眼。不過，他這種瞠目結舌的狀態只持續一會兒，因爲就在他發呆時，黛絲卻恢復了活力，急忙儘快地走過倉房，往前去了。

她剛一定下神來，心裡一琢磨，覺得他們兩人的地位發生了變化，不禁大爲驚駭。德伯維爾本是坑害了她的人，現在竟然皈依了聖靈，而她自己卻依然是罪孽深重，得不到新生。

結果就像傳說裡的故事一樣，她那塞浦路斯女神一般的形象突然出現在他的祭壇上，差一點撲滅了他這位牧師那火一般的熱情。

她頭也沒回，一直往前走去。她的脊背——甚至她的衣服——好像對別人的目光特別敏感，她心想德伯維爾也許跑到了倉房外面，兩眼緊緊地盯著她。本來，她一路走到這裡，滿心仍然懷著沈重的悲痛；現在，她的煩惱改變了性質。以前是渴望那久久得不到的愛情；現在卻深深地感覺到，那無可挽回的過去仍在纏著她。這使她越發認識到過去的錯誤，簡直讓她心灰意冷。她本來希望能把她的過去和現在截然分開，但是這種願望終究沒有成爲現實。除非她自己成爲陳跡，否則她的往事決不會完全成爲陳跡。

她一面這樣思忖，一面又橫穿過朗阿什路的北部，立刻看見前面有一條大路，白茫茫的一直通到高原上，她剩下的路，就是順著高原邊沿往前走。這條乾燥灰白的大路，由低而高向前延伸，走起來相當吃力，路上連一個人影、一輛馬車、一點標記都沒有，只有偶爾有些褐色的馬糞，點綴在又乾又冷的路面上。黛絲慢慢地往地上爬去時，聽見身後有腳走聲，回頭一看，只見那個面目熟悉的人，如今怪模怪樣地穿著循道宗信徒的服裝，跟了上來。天底下就數這個人，她這一輩子都不想和他單獨相遇。

不過，沒有工夫思考，也來不及躲避山。她只好極力保持鎮定，讓他追上了自己。她發現他很興奮，這主要不是因爲走得太急，而是因爲心情激動。

「黛絲！」他說。

黛絲放慢了腳步，卻沒有回頭。

「黛絲！」他又喊了一聲。「是我呀——亞歷克・德伯維爾。」

這時，黛絲才回頭看了看他，他也走上前來。

「我知道是你。」黛絲冷冷地答道。

「哦——就這麼一句話嗎?不過我不配聽到別的話!當然,」他又淡淡一笑,補充說道,「你看到我這身打扮,當然有些可笑啦。不過——你笑我,我也得忍受著。……我聽說你離開了,誰也不知道上哪兒去啦。黛絲,你不明白我為什麼跟著?」

「是的,很不明白。我倒寧願你別跟著我,我打心眼裡不願意。」

「是呀——你這麼說也難怪,」德伯維爾正顏厲色地說。這時他們一起往前走去,黛絲顯出很不情願的樣子。「可你不要誤會我。我所以這樣求你,是因為我剛才忽然看見你,給搞得心慌意亂,我不知道你注意到沒有,不過你也許看出來了,因而會誤會我的意思。我那只是一時慌亂,考慮到以前你和我的關係,這本是很正常的。可我憑著毅力挺過去了——不過我說這話,你也許會以為我在騙你——我馬上意識到,既然我有責任,又有願望拯救世界上所有的人,使他們免受『將來的忿怒』[1],那我頭一個該拯救的,就是被我嚴重傷害的那個女人——你想嗤笑,就儘管嗤笑吧!這就是我來追你的唯一目的——沒有別的意思。」

黛絲的回話帶一絲鄙夷的意味:「你拯救自己了嗎?人家都說,行善應從自家開始。」

「我可沒有什麼功勞!」德伯維爾滿不在乎地說。「我總是對聽我講道的人說,一切功勞歸於上帝。黛絲,你再怎麼瞧不起我,也不及我那樣瞧不起自己——我以前真是罪孽深重。唉,說起來真是一樁怪事,不管你信不信,反正我可以跟你講一講我是怎麼悔改的。我希望你至少能耐著性子聽一聽。你有沒有聽說過埃明斯特的那個牧師——克萊爾老先生?你一定聽說過吧?他是他那一派裡最虔誠的一個,也是國教裡僅有的幾個赤誠的信徒之一。當

[1] 見《聖經・新約・馬太福音》第三章第七節。

然，和我現在所投身的這個基督教極端派相比，他還不是那麼最赤誠的，但在國教會裡，他還算是很難得的，那些年輕的國教派牧師只會詭辯，使那些眞正的教義漸漸失去了價值，變得只是徒有虛名了。我與他只是在教會與國家問題上，在對『上帝說，你們要走出他們中間，與他們分離』❷這句話的理解上，有些不同看法——除此以外，沒有別的分歧。不同看法——除此以外，沒有別的分歧。他這個人儘管無聲無息，但我堅信，他在英國拯救的人比誰都多。你聽說過這個人嗎？」

「聽說過，」黛絲說。

「兩三年以前，他替一個傳教會到特蘭嶺去講道。我這個人眞可惡，他懷著普渡衆生的精神，沒法開導我，指引我，我卻侮辱了他。他對我的行爲並不記恨，只是說：總有一天，我會獲得聖靈初結的果子❸——那些本是來嘲罵的人，有時卻留下來祈禱。他的話有一種奇怪的魔力，深深地印在我的腦子裡，但是，對我觸動最大的，還是我母親的去世。我漸漸地看到了曙光。從那以後，我唯一的願望就是要把眞理傳別人，我今天就在試圖這麼做。不過，我只是最近才來這一帶傳道的。我做牧師的頭幾個月，是在英格蘭北部素不相識的人們中間度過的，因爲一開頭笨嘴拙舌的，我情願先去那裡闖試一下，壯壯膽子，然後再講給熟人聽，講給我和一起度過昏暗日子的那些人聽，這是對一個人是否眞誠的最嚴峻的考驗。……黛絲，假如你能學一學自己打自己耳光的樂趣，我敢肯定——」

「別再說啦！」黛絲怒沖沖地嚷道，一面扭身走到路旁的一個籬階，把身子靠在上面。

❷見《聖經．新約．哥林多後書》第六章第十七節。
❸聖靈初結的果子，見《聖經．新約．羅馬書》第八章第二十三節。

「我不相信會有這種突如其來的變化。你明明知道——明明知道你怎樣坑害了我，卻又跟我這樣說話，眞叫我心裡冒火！你，還有和你一樣的人，專拿我這樣的人開心作樂，害得我傷透了心，受夠了罪，等你開夠了心，作完了樂，就想改邪歸正，確保以後再到天堂去享樂，想得多美呀！居然來這一套——我才不信你呢——我一聽就來氣！」

「黛絲，」德伯維爾不甘示弱地說，「不要這麼說嘛！我心裡就像撥開雲霧見青天啊！你還不相信我呀？你不相信哪一樁？」

「你的皈依。你的信教把戲。」

「爲什麼？」

黛絲放低了聲音。「因爲一個比你強的人並不相信這種事。」

「眞是婦人之見！誰是那個比我強的人？」

「我不能告訴你。」

「好吧，」德伯維爾說道，話裡帶有一股忿怒，好像立刻就要發作。「上帝可不容我自稱好人——你也知道我沒有這樣自稱。我確實是最近才從善的。不過，有時候，後從善的人倒看得更遠些。」

「不錯，」黛絲心酸地答道。「不過我不相信你會脫胎換骨。亞歷克，你那只是一時心血來潮，恐怕持續不了多久。」

說罷，她從靠著的籬階上轉過身來，面對著他。這時德伯維爾的目光無意中落到了他所熟悉的面容和身段上，便盯著她打量起來。他身上的劣根性倒是沉靜下來了，但是確實沒有根除，甚至沒有完全克服。

「別這樣看著我！」他粗聲粗氣地說道。

黛絲的舉止和神態完全是不知不覺地作出來的，現在聽他這麼一說，急忙把那雙又大又黑的眼睛挪開了，臉上一紅，結結巴巴地說：「請原諒！」同時心裡又泛起一種以前常有的傷感，覺得自己這樣一個人，眞不該生得這樣一副容貌，免得惹事生非。

「別，別。別請求我原諒。不過，既然你戴著面紗遮掩你的美貌，你爲什麼不把它放下來呢？」

黛絲放下面紗，急忙說道：「這主要是用來擋風的。」

「我這樣發號施令，似乎太嚴厲了！」德伯維爾繼續說道。「不過，我最好還是不要多看你，那樣有些危險。」

「住嘴！」黛絲說。

「哦，女人的臉蛋早就對我產生了巨大的魔力，我見了不可能不害怕。一個福音教徒本來和女人的臉蛋毫不相干，可它總使我想起我寧願忘掉的往事。」

說到這裡，他們的談話停了下來，只是一起往前走的時候，偶然說一兩句。黛絲心裡在納悶，不知道他要跟她走多遠，也不好斷然把他攆走。他們遇到柵門或籬階的時候，常常看到上面用紅藍油漆塗著《聖經》語錄，她就問德伯維爾，他知道不知道，到底是誰不辭辛勞地塗寫了這些語錄。德伯維爾告訴她說，那個人是他和本地別的同仁雇來的，專門塗寫這種警世格言，以便不遺餘地感化世上的罪人。

最後，他們走到一個名叫十字手的地方。在這片荒涼慘淡的高原上，就數這個地方最淒涼。這裡完全沒有畫家和風景愛好者所追求的那種迷人景色，而是形成了一種新的美景，一種含有悲劇色調的消極之美。這裡立著一根石頭柱子，上面很粗糙地刻著一隻人手，所以取名十字手。這根石柱又奇特又粗糙，不是從附近一帶的採石場採來的。關於這十字手的來歷和意義，有著各種各樣的說法。有些權威人士聲稱，這裡本就來有一個用於祈禱的各樣的說法。有些權威人士聲稱，這裡本就有一個用於祈禱的十字架，現在這根石柱不過是那殘餘的孤樁罷了。還有些人說，這裡本來就只有這根石柱，豎在那裡標示地界，或聚會的地點。不管這根石柱來歷爲何，它立在這塊地方，能根據人們的不同心境，時而顯得凶惡，時而顯得莊嚴，以前是這樣，現在還是這樣。因此，就連感覺最遲鈍的人從這裡走過，也會覺得毛骨悚然的。

「我想我該離開你啦，」快走到這個地方的時候，德伯維爾說道。「今天晚上六點，我還得到阿伯茨瑟內爾去講道，我要從這兒往右拐彎了。黛絲，你把我也搞得心神不定了——我說不上是怎麼回事，也不想說是怎麼回事。我得走啦。去緩緩勁兒。……你現在說起話來怎麼這麼流利，是誰教你學到這麼標準的英語？」

「我在苦難中學到不少東西，」黛絲含糊其辭地說道。

「你有什麼苦難？」

黛絲對他講了她的頭一次苦難——也是與他有關的唯一一次苦難。

德伯維爾給驚呆了，頓時說不出話來。「我一直不知道有這回事呀！」後來，他喃喃地說道。「你感到要出麻煩的時候，爲什麼不給我寫信呢？」

黛絲沒有回答。德伯維爾打破沉默，接著說道：「好吧——你還會再見到我的。」

「不，」黛絲答道。「別再接近我啦！」

「我考慮考慮。不過，我們分手以前，你先到這兒來一下。」德伯維爾走到石柱跟前。「這曾經是個聖十字架。我並不相信什麼怪物，但我有時非常怕你——如今你用不著害怕我了，可我卻非常害怕你。爲了減少我的懼怕，你把手放在這隻石頭手上，對天發誓說，以後決不再來誘惑我——不拿你的姿色，也不耍弄手段，來誘惑我。」

「天哪——你怎麼要我做這完全沒有必要的事情呀！我絲毫沒有要誘惑你的意思。」

「不錯——不過你要發誓。」

黛絲有些害怕，經不住他一再強求，便把手放在石柱上，起了誓。

「眞遺憾，你不信教，」德伯維爾接著說。「居然讓一個不信教的人左右著你，攪得你心神不定。不過，現在不說這些了。我至少可以在家裡爲你祈禱，一定爲你祈禱。誰敢說不會出什麼事呢？我走啦，再見！」

他轉身走向樹籬間一道狩獵用的柵欄門，也沒再看黛絲一眼，便跳了過去，穿過山地，朝阿伯茨內爾方向奔去。他走起路來，腳步都顯出他有些心煩意亂。走著走著，好像想起了以前的一個念頭，從口袋裡掏出一本小冊子，裡面夾著一封信，弄得又髒又破，像是看過一遍又一遍了。德伯維爾把信打開。信上的日期是好幾個月以前，署著克萊爾牧師的名字。

牧師在信一開頭，就對德伯維爾的悔悟表示由衷的喜悅，並且感謝他的一番好意，能給他來信談及這件事。克萊爾牧師在信中表示，他眞心誠意地寬恕德伯維爾以前的所作所爲，並且非常關心這位青年未來的計劃。克萊爾先生本來很想讓德伯維爾進入他效忠多年的教會。爲了達到這一目的，還很願意幫助他進神學深造，但是那位青年可能怕耽誤工夫，不大願意那麼做，所以他也沒有堅持讓他非進不可。每個人都必須盡自己應盡的力量，並且按神靈激勵的方法去盡力。

德伯維爾把這封信看了一遍又一遍，那像在嘲弄自己。他還看了幾段備忘錄，直至臉上平靜下來，黛絲的形影顯然不再擾亂他的心思了。

與此同時，黛絲順著山邊她回家最近的路，往前走去。走了不到一英里，她遇見一個孤單單的牧羊人。「我在路上遇到一根舊石頭柱子，那是怎麼回事？」黛絲問那牧羊人，「那以前是聖十字架嗎？」

「十字架——不，那不是十字架。姑娘，那是個不吉祥的玩意兒。老早以前，有一個犯了罪的人，給帶到那兒，先把手釘在柱子上，受了一頓苦刑，後來就給絞死了。他家裡人給他豎了那麼一塊石頭，把他的屍骨埋在石頭底下。人家都說，他把靈魂賣給魔鬼了，他有時還出來顯魂呢！」

黛絲意外聽到這可怕的消息，頓時覺得毛骨悚然。趕忙丟下那孤單的牧羊人，逕自朝前走了。快到弗林庫姆阿什的時候，已是暮色蒼茫了。在通往村口的籬路上，她碰見一個姑娘和她的情侶，不過他們倒沒看見她。他們並沒有說什麼悄悄話，只聽那年輕姑娘用輕鬆清晰的聲音，應答著那個男子的熱切話音。這時候，天地間已是一片昏暗，再沒有任何東西闖入蕭索的暮色，只有那對情侶的聲音散布在寒颼颼的空氣之中，讓人覺得是唯一的慰藉。這聲音使黛絲心中感到一陣愉悅，但她轉念一想，他們兩人的這次幽會，一定是起源於這方或那方的吸引力，而正是這種吸引力導致了她自己的巨創深痛。黛絲走上前去，那姑娘坦然地轉過頭，認出了她，那小伙子覺得難爲情，便急忙躲開了。那姑娘原來是伊茲．休特。她一看見黛絲，就想知道她這次奔走的結果，也就顧不得自己的事了。黛絲並沒有把結果說得很清楚，伊茲本是個機警的姑娘，趁機說起了她自己的那件小小的艷事，黛絲剛才看見的，正是那樁艷事的一個插曲。

「他叫安比．西德林，就是以前常去塔爾勃塞幫忙的那個小伙子，」伊茲滿不在乎地解釋說。「他打聽來打聽去，發現我上這兒來了，就跟著來找我了。他說他兩年來一直愛著我，不過我還沒有答覆他呢！」

第四十六章

黛絲白跑了一趟之後，又過了好幾天，她也下田幹活了。乾燥的寒風還在颳著，不過風眼那裡支了一個乾草屏障，給她把風擋住了。在那蔽風的一面，放著一台蘿蔔切片機，上面剛上過藍色的油漆，和周圍的暗淡景色一比，顯得不但燦然有色，而且幾乎可以說是蕩然有聲。機器前面，有一個長長的土堆，或者叫「墳堆」，自初冬以來，蘿蔔就貯藏在那裡面。黛絲站在土堆開口的一端，用砍刀削去每個蘿蔔的根鬚和泥土，削好後，再把蘿蔔扔進切片機裡。一個男工搖著機器把手，新切的蘿蔔片就從槽子裡源源吐出。黃色的蘿蔔片散發出一股清新的氣味。伴隨著這股氣味，還能聽到寒風的呼呼聲，機器切刀的刷刷聲，以及黛絲戴著皮手套的手中那把砍刀的嚓嚓聲。

蘿蔔挖出來以後，那一大片空地就變成一片褐色了。現在，這片褐色的大地上，又出現了一條一條的深褐色，漸漸變得像帶子那樣寬。順著每條帶子邊，都有一個十條腿的東西在不慌不忙、不停不歇地蠕動著，從地這頭一直走到地那頭。原來這是一個人駕著兩匹馬，中間夾著一把犁，在翻耕收拾乾淨了的土地，準備春季播種。

幾個鐘頭以來，這片地上就這麼單調乏味，絲毫沒有變化。後來，在耕地人馬的那一邊，才看到遠處有一個小黑點。這是從樹籬拐角一個空隙出現的，好像在朝坡上那兩個切蘿蔔的工人移動。這東西起先只有一個黑點那麼大，慢慢變得像九柱戲裡的木柱似的，沒過多久就能看出，那是一個身穿黑衣的男人，是從弗林庫姆阿什方向走來的。搖切蘿蔔機的那個男工，眼睛本來就派不上用場，就一直盯著那走來的人，但是黛絲光顧著幹活，沒有察覺有人走來，直到她的伙伴告訴了她，她才發現。

來者並不是她那個嚴厲的工頭格羅比，而是一個有些像牧師裝束的人，那個以前曾經放蕩不羈的亞歷克．德伯維爾。因爲並不是在布道，所以身上就沒有多少熱情了，再加上那個搖機器的人就在眼前，他似乎有些尷尬。黛絲急得臉都白了，便把帶檐的風帽往下拉了拉。

德伯維爾走上前來，輕聲地說道：

「黛絲，我想跟你談一談。」

「我上回叫你不要接近我，你卻不聽我的，」黛絲說道。

「我是沒聽，不過我有充足的理由。」

「那好——你就說說吧。」

「我是爲正經事來的，你恐怕想像不到。」

德伯維爾環視了一下四周，看看有沒有人聽到他的話。他們離那搖機器的人有一段距離，加上機器正在運轉，所以亞歷克的話傳不到別人耳朵裡。德伯維爾站在那個男工和黛絲之間，背對著那個人，把黛絲遮擋住了。

「是這麼回事，」他忽然感到一陣內疚，接著說道。「上次遇到你的時候，我只想到你我靈魂方面的事情，忘了問問你的生活狀況。你那次穿得好好的，我也就沒往那上面想。不過，我現在看出來了，你過得很苦——比以前我——認識你的時候還苦，你不該受這樣的苦。也許這多半是我給你造成的！」

黛絲沒有回答，德伯維爾用探詢的目光瞧著她，只見她低著頭，臉完全讓帽子遮住了，又開始削起蘿蔔來。她覺得只有不停地幹活，才能把他拒於自己的感情之外。

「黛絲，」德伯維爾不滿地嘆了一口氣，接著說道，「跟我有過牽連的人中，你的情況是最糟糕的了。你沒跟我說以前，我一點也沒想到你會落到這一步。我眞是個混蛋，玷污了一個清白的人。咱們在特蘭嶺那些不成體統的事，全都是我的過錯。你是德伯維爾家族的眞正後代，我不過是個拙劣的冒牌貨——哈，哈！——你也太年輕了，根本不知道會遇到什麼情況！說一句眞心話，如果當父母的只管把自己的女兒養育大，不讓她們知道壞人可能給她們設下什麼陷阱，撒下什麼羅網，任憑她們處於這種危險的無知之中，那麼，不管他們是出於好心，還是完全由於無所謂，反正都是不應該的。」

黛絲仍然只是聽著，一面放下一個削好的蘿蔔，又拿起另一個來削，就像機器一樣有規律，看她那副樣子，只不過是個憂憂鬱鬱的農場女工。

「不過，我不是來跟你說這話的，」德伯維爾繼續說道。「我的情況是這樣的。你離開特蘭嶺以後，我母親去世了，那座莊宅就歸了我。不過，我打算把它賣掉，然後到非洲去傳教。當然，我不是作這種事的材料，一定幹得很糟糕。不過，我想問問你，你能不能給我履行職責的權利，讓我爲以前對你犯下的罪過作出唯一的補救——換句話說，你願不願做我的妻子，跟我一起到非洲去？……爲了節省時，我把這份珍貴的證件都弄到手了。這是我那老母的遺願。」

他有些不好意思，在口袋裡笨拙地摸了摸，掏出一張羊皮紙來。

「這是什麼？」黛絲問。

「結婚許可證。」

「哦，不，先生——不！」黛絲嚇得往後一退，急忙說道。

「你不願意嗎？爲什麼？」

德伯維爾問這句話時，臉上露出失望的神情。這種失望，並不完全由於贖罪的願望受挫了，顯而易見地，他對黛絲有點舊情復發。這是贖罪之心和縱欲之心混合在一起了。

「當然啦，」他以更衝動的語氣，又開口說道，但剛說了這幾個字，就回頭看看那個搖機器的男工。

黛絲也覺得，他們之間的爭執不會就此了結。她對那個男工說，有一個先生來看她，她想陪他走一走。說罷，她就跟德伯維爾一起，穿過了有著斑馬那樣條紋的那塊地。他們走到新耕的那一片時，德伯維爾伸出手來，要把黛絲攙過去，但是黛絲好像沒有看見他似的，踏著翻起的土塊，往前走去。

「黛絲，你不肯嫁給我，讓我做個有自尊心的人嗎？」兩人剛走過犁過的地段，德伯維爾就又問了一聲。

「我不能嫁給你。」

「爲什麼？」

「你知道我對你沒有感情。」

「不過，你以後也許會對我產生感情的——一旦你能眞正寬恕我，也許會的吧？」

「決不可能！」

「怎麼說得這麼絕？」

「我愛上了另一個人。」

德伯維爾聽了這話，好像大吃一驚。

「眞的嗎？」他大聲嚷道。「另一個人？……難道你就毫不顧忌道德上是否合適，是否正當嗎？」

「不，不，不——別那麼說啦！」

「不管怎麼說，你對那個人的愛也許只是一時的衝動，你會克服掉的——」

「不會，不會。」

「會的，會的！爲什麼不會？」

「我不能告訴你。」

「你應該坦誠地告訴我！」

「那好吧……我跟他結婚了。」

「啊！」德伯維爾驚叫了一聲，頓時愣住了，兩眼瞪黛絲。

「我本來不願意說——我本來不打算說的！」黛絲分辯說。「這兒沒有人知道這件事，就是知道，也是模模糊糊的，所以，你就——我請你，不要再追問我了，好嗎？你要記住，我們如今是陌路人了。」

「我們是陌路人了嗎？陌路人！」

一時間，德伯維爾臉上又露出昔日那種譏誚的神情，不過他又盡力把它壓下去了。

「那個人就是你丈夫嗎？」他指著那個搖機器的男工，呆板地問道。

「那個人！」黛絲驕地說。「我想不會吧！」

「那是誰呢？」

「既然我不願意說，你也就別問啦，」黛絲懇求說，一面仰起臉來，閃動著讓睫毛遮蔽的眼睛，央求他。

德伯維爾頓時亂了方寸。

「可我是爲了你好，才問你的！」他氣沖沖地反駁道。「天使在上——上帝饒恕我使用這種字眼——我敢發誓，我是想到爲你好，才來這兒的。黛絲——別這樣瞧著我——我受不了你這樣瞧著我！說眞的，自古至今，從沒有過這樣的眼睛！……唉——我不能失去理智——我不敢。我原以爲，我對你的感情已經完全消失了，現在我得承認，我一見到你，就又喚起了對你的愛。我本來覺得，要是我們結了婚，我們兩個都會得到淨化。『不信神的丈夫，就因爲妻子而成了聖潔，不信神的妻子，就因爲丈夫而成了聖潔。』❶我對自己就是這樣說的。但是，我的計劃一下化爲泡影，我只得忍受失望的痛苦。」

他眼睛瞅著地上，悶悶地沉思起來。

「結婚了，結婚了！……得了，既然如此，」他十分平靜地說道，一面慢慢地把結婚許可證撕成兩半，放進口袋裡。「既然我不能跟你結婚了，我倒想爲你和你丈夫做點好事，不管他是誰。我有很多話想問問你，可你不願意讓我問，我當然也就不便問了。不過，我要是能認識你丈夫的話，也許就更便於幫助你和他了。他在這家農場上嗎？」

「不在，」黛絲咕噥道。「他在很遠的地方。」

「在很遠的地方？離你很遠？那他是個什麼丈夫呀？」

「哦，你別說他的壞話！都是因爲你。他發現了——」

「啊，果眞如此！……那太慘了，黛絲！」

「是的。」

「可他居然拋下你——讓你這樣做活——」

「他並沒讓我做活！」黛絲大聲嚷道，懷著滿腔熱情，替那不在場的人辯護。「他不知

---

❶見《聖經・新約・哥林多前書》第七章第十四節。

道這個情況。這全是我自己安排的。」

「那他給你寫信嗎？」

「我——我不能告訴你。有些事只能我們自己知道。」

「你這話的意思，當然是說他不給你寫信啦。我這位漂亮的黛絲，你被人拋棄了！」

德伯維爾心裡一衝動，突然轉身去拉黛絲的手，不想黛絲手上戴著黃皮手套，他只抓到了又粗又厚的皮套指頭，一點感覺不到裡面那有血有肉的手。

「你不能這樣，不能這樣！」黛絲驚恐地叫道，一面把手從手套裡抽出來，就像從口袋裡抽出一樣，只把空手套留在德伯維爾手裡。「哦，請你走吧——看在我和我丈夫的份上——還請你看在你那基督教的份上，快走吧。」

「好吧，好吧，我走。」德伯維爾粗聲粗氣地說道。一面把手套塞給她，轉身就走。不過，他又回過臉來，「黛絲，上帝爲我作證，我剛才拉你的手，決不是什麼虛情假義！」

他們兩個只顧說話，沒注意地裡響起了嗒嗒的馬蹄聲，只聽得這響聲在他們身後停住了，馬上的人對黛絲說道：「你他媽的這時候不好好幹活，待在這兒幹什麼？」

原來，農夫格羅比從遠處瞧見了兩個人影，便好奇地騎著馬過來了，想看看他們在他地裡搞什麼名堂。

「你不要這樣跟她說話嘛！」德伯維爾說道，心裡冒起一股與基督教精神不相符的情緒，臉色變得陰沉沉的。

「是呀，先生。你們循道宗教會的牧師跟她有啥關係呀？」

「這傢伙是誰？」德伯維爾轉身問黛絲。

黛絲走到他跟前。

「你走吧——我求你啦！」她說。

「什麼！我走了，讓那個混蛋欺侮你？我一看他那張臉，就知道他不是個好東西。」

「他不會傷害我的。他並沒愛上我。到了聖母領報節，我就可以離開啦。」

「好吧——我想我也只能聽你的。不過——好吧，再見！」

黛絲對於保護她的這個人，比對向她耍威風的那個人，還要怕得厲害。等她那位保護人無可奈何地走了以後，農夫又繼續責罵她，不過黛絲倒能平心靜氣地聽下去，因為這種攻擊不是性騷擾。這個農夫是一個鐵石心腸的人，他若是敢下手的話，早就打了她了，但是黛絲有過以往的經驗，覺得遇上這樣一個主人，幾乎是一種慰藉。她一聲不響地向田地高處幹活的地方走去，只顧一門心思琢磨剛才與德伯維爾會面的情況，連格羅比騎著馬，馬鼻子快碰到她肩頭了，她都沒有察覺。

「你既然立下了合約，要為我做到聖母領報節，那你一定得按合約辦事，」農夫怒衝衝地說道。「這種女人眞是混蛋——一會兒出這樣的事，一會兒出那樣的事！不過，我可不想再忍耐了！」

黛絲心裡很清楚，農夫所以不斷地欺侮她，就是因為以前被克萊爾打倒在地，一直懷恨在心，他對場裡的其他女工並不這麼兇狠。因此，她一時間心裡在想，假如她有這個自由，能答應有錢的亞歷克，當上他的太太，那結果會怎麼樣呢？那樣一來，她就不用再忍氣吞聲了，不僅現在的農夫不敢再欺侮她，就是整個世界也不會再看不起她了。「可是，不行，不行！」她呼吸急促地說道。「我不能嫁給他，我太討厭他了。」

就在當天晚上，她動筆給克萊爾寫了一封情詞懇切的信，對自己的艱難困苦隻字未提，只是向他保證，她對他的愛情至死不變。但是，透過字裡行間可以看出，在她那崇高愛情的背後，隱藏著一種極度的恐懼，幾乎是絕望，好像有什麼秘而未宣的不測。不過，她又沒有吐露完自己的心思。克萊爾曾經要求伊茲同他一起去巴西，也許他心裡壓根兒就沒有她黛絲了。她把信塞進了箱子裡，心想這封信不知道能不能寄到安傑手裡。

自那以後，黛絲每天都吃力地幹著活，一直做到了聖燭節❷——這一天的集市對農民具有重大的意義。在這個集市上，人們要簽訂聖母領報節以後一年的合約，凡是想要更換地方的雇工，都必須按時到郡城裡去趕這個會。弗林庫姆阿什的農工們，幾乎個個都想逃離那個地方，因此一大早，大家都動身往郡城去了，那裡約有十一、二英里遠，一路都是山道。黛絲本來也想在這個季度結帳日離開這裡，但她卻是沒去趕會的幾個人中的一個，因爲她抱著一種渺茫的希望，盼著會發生什麼事，使她不必再下地幹活了。

這是二月裡一個晴和的日子，在這個時節，算是非常和煦了，幾乎讓人覺得，冬天已經過去了。黛絲剛吃完午飯，就看見德伯維爾的身影從窗外晃了過去。當時，她所寄寓的村舍裡，只剩下她一個人。

黛絲忽地跳起來，但是她的客人已經敲起門來了。她若是想逃走，那就不合情理了。德伯維爾走到門前的姿態，敲門的方式，和黛絲上次見到他時相比，有一種無法描述的差別。他好像爲這些舉動感到羞愧。黛絲本想不給他開門，但是這樣做也沒有道理，於是她便站起來，去把門閂拉開了，隨即又急忙退了回來。德伯維爾走了進來，看見了她，還沒開口說話，就一屁股坐在一把椅子上。

「黛絲——我實在忍不住了，」他萬般無奈地說道，一面擦了擦他那張因走路而發熱，

---

❷聖燭節係教會的節日，日期爲二月二日。

再加上由於激動而發紅的臉。「我覺得，我至少得來看看你，向你問個好。我要實話告訴你，我禮拜天遇見你以前，壓根兒就沒有想起過你，可現在我再怎麼努力，腦子裡總也擺脫不掉你的影子！一個好女人不大可能坑害一個壞男人，可事實就是如此。黛絲，但願你能為我祈禱！」

他那副深受壓抑、滿腹委屈的樣子，幾乎令人可憐，但黛絲並不可憐他。

「我根本就不相信，」黛絲說，「主宰天地的神會因為我而改變安排，那我怎麼能為你祈禱呢？」

「你真這樣想嗎？」

「是的。我本來還自以為可以不這麼想，可是有人給我治好了這個毛病。」

「治好了？誰給你治好了？」

「既然非說不可，我就告訴你：是我丈夫。」

「啊——你丈夫——你丈夫。這似乎很奇怪呀！我記得那一天你也說過類似的話。你對這種事究竟是怎麼看的，黛絲？」德伯維爾問道。「你好像不信教——也許是由於我的緣故。」

「可我信教。不過我不相信任何超自然的東西。」

德伯維爾疑惑不解地看著她。

「那你認為我走的這條路完全是錯誤的啦？」

「多半是錯誤的。」

「哼——可我還覺得我走對了呢！」德伯維爾忐忑不安地說道。

「我相信山上垂訓的精神❸，我親愛的丈夫也相信……不過我不相信——」

黛絲列數了她不信的事情。

「事實上，」德伯維爾冷冰冰地說，「非是你親愛的丈夫相信的，你就相信，凡是他不相信的，你就不相信，一點也沒有自己的疑問，沒有自己的推論。你們女人就是這樣。你的思想完全受他支配了。」

「那是因爲他什麼都懂呀！」黛絲說道，她有些洋洋得意，對安傑・克萊爾堅信不疑，其實，這種信任，就連最完美的男人也不配享受，更何況她的丈夫。

「是呀，不過你不該把別人的消極見解一股腦全搬過來。他一定是個奇妙的人，會教給你這種懷疑的態度。」

「他從沒把自己的觀點強加給我！他從不跟我爭論這個問題。不過，這件事我是這樣看的：他對各種道理作過深入的研究，我壓根兒沒研究過什麼道理，因此，他的看法往往比我的可靠得多。」

「他以前都說些什麼話？他一定說過什麼話。」

黛絲想了想，想起安傑・克萊爾在她身邊時，偶爾會一面思忖，一面自言自語，她雖然並不領會他那些話的實在意義，卻能記得他的確切說法。她記得克萊爾做過一個無情的推論，便照樣說了出來，連克萊爾的音調神態，都學得維妙維肖。

「再說一遍，」德伯維爾請求道，他一直在聚精會神地聽著。

黛絲又把那論點重說了一遍，德伯維爾若有所思地跟著小聲念叨。

---

❸山上垂訓：指耶穌在山上對其門徒的訓示，內容係基督教的基本教義。

「還說過別的話嗎？」德伯維爾又立即問道。

「還有一次，他說過這樣的話。」於是，黛絲又說了一段話，上自《哲學辭典》，下至赫胥黎的《論文集》❹，從這一脈相傳的許多書裡，都可以找到與這段話相似的觀點。

「啊——哈！你怎麼都記得呀？」

「我是想他相信什麼，我就相信什麼，可他不讓我這樣做，所以我就想法勸誘他，讓他把他的一些想法告訴我。我不敢說我很理解他那個想法，但我知道那是對的。」

「哼。眞想不到，你自己都不懂，卻來教訓我。」

德伯維爾陷入沉思。

「我要在精神上和他保持一致，」黛絲接著又說。「我不想和他有差別。對他有益的東西，對我也有益。」

「他知道你和他一樣不信教嗎？」

「不知道——即便我不信教——我也從沒對他說過。」

「黛絲，你現在的境況畢竟比我好啊！你本來就不認爲你應該宣傳我這種教義，所以，你不宣傳也不覺得良心上過不去。我本來認爲我應該宣傳，可是又像魔鬼一樣，一面相信，一面哆嗦❺，因爲我突然停止了講道，再也壓抑不住對你的一片痴情。」

「怎麼說呢？」

---

❹《哲學詞典》，係法國啓蒙思想家伏爾泰所作，一七六四年出版。赫胥黎的《論文集》出版於一八九二年，作者主張「不可知論」。

❺《聖經・新約・雅各書》第二章第十九節：「你信上帝只有一位，信得不錯，魔鬼也信，卻是哆嗦。」

「你瞧，」德伯維爾乾巴巴地說，「我今天跑了這麼遠來看你。不過，我從家裡動身的時候，本是想到卡斯特橋集上的，因爲我答應過，下午兩點半到那兒，站在大車上講道，那些教友們這時該等我了。瞧，這是布告。」

他從胸前口袋裡掏出一張布告，上面印著集會日期、時間和地點。正像前面說的那樣，他德伯維爾要在會上宣講福音。

「可你怎麼能趕到那兒呢？」黛絲看了看鐘，說道。

「我去不了那兒了，我上這兒來了。」

「怎麼，你眞是準備要去講道，可又——」

「我是準備去講道的，可我不要去啦——因爲我迫不及待地想來看看一個女人，一個我一度瞧不起的女人！不，說實在話，我從來沒有瞧不起你。假如我以前眞瞧不起你，我現在就不會愛你了。我所以沒有瞧不起你，是因爲不管怎麼樣，你是一清二白的。你一旦認清了自己的處境，就斷然決定，立刻離開了我，不想再任我玩弄。因此，如果世界上有一個我一點也不鄙視的女人，那就是你。不過，你現在理所當然要鄙視我了。我原以爲我是在山上拜神，現在卻發現我仍在林中供奉❻。哈——哈！」

「哦，亞歷克·德伯維爾——你這話是什麼意思——我做了什麼啦？」

「做了什麼，」德伯維爾說道，話語中帶著一種鄙夷不屑的語氣。「你並沒有意做什麼事。但是，人們稱這種事爲墮落，我的墮落是由你造成的——由你無辜造成的。我問自己：我眞是那種『敗壞的奴僕』嗎？我眞是『得以脫離世上的污穢之後，又陷入其中不能自

---

❻「在山上拜神」，指崇拜正神耶和華；「在林中供奉」，指供奉邪神。見《聖經·舊約·列王紀下》第十七章。

拔』——後來的景況比起初更糟？❼」說著，他把手搭在黛絲的肩膀上。「黛絲，我的姑娘，我那回見到你以前，至少走上了救世的道路。」他笑了笑，一面搖晃著她，彷彿她是個孩子似的。「你爲什麼又來誘惑我呢？我本來已經下定了決心，不想又看見了你那雙眼睛，你那兩片嘴唇——自從夏娃以來，還眞沒再出現過像你這樣迷人的嘴唇。」他的聲音低下去了，從他那黑眼睛裡，射出一股熱烈的狡黠神氣。「黛絲，你這個迷人精，你這個既可愛又該死的巴比倫的女巫❽——我這次一見到你，就無法抗拒你了！」

「我也沒法讓你別再看見我呀！」黛絲一面說，一面往後退縮。

「這我知道——我再說一遍，我不怪你。不過，事實總歸是事實。那天我在地裡眼看著你受人欺負，一想到沒有保護你的合法權利，我都快急瘋了——我是得不到這個權利，而有這個權利的人又好像完全不管你。」

「你不要說他的壞話——他不在眼前呀！」黛絲非常激動地嚷道。「你要對他敬重些——他可從沒虧待過你呀！快離開他的太太吧，免得引起風言風語，壞了他的名聲！」

「我走——我走，」德伯維爾說道，彷彿剛從一個迷人的夢裡醒來。「我本來答應到集上給那些又傻又可憐的醉鬼們講道，現在我卻違約了——這是我第一次要弄這樣的惡作劇。要是一個月以前出現這樣的事，我可要嚇壞了。我這就走開——我發誓——而且——我能嗎？——不再接近你。」接著，又突然說道：「讓我擁抱一下，黛絲——只擁抱一下！看在

❼以上引文見《聖經．新約．彼得後書》第二章第十九節及第二十節。
❽「巴比倫的女巫」，係爲「巴比倫的淫婦」之意。據《聖經．新約．啓示錄》第十七章第五節：「大巴比倫，作世上的淫婦和一切可憎之物的母。」

老交情的份上——」

「我可沒人保護啊！一個體面人的名聲掌握在我手裡——想想看——你該害臊啊！」

「呸！不過，倒也是——也是呀！」

德伯維爾咬緊嘴唇，恨自己沒有骨氣。他的眼光中，既沒有世俗的信仰，又缺乏宗教的信仰。自從他改過自新以來，他以前那不時發作的強烈情欲，好像變成了一具具僵屍，毫無生氣地伏在他臉上，現在卻好像又復活了，醒過來聚集在一起。他游移不定地走出去了。

儘管德伯維爾聲稱，他今天的違約純屬一個信徒的重新墮落，但是黛絲從安傑·克萊爾那裡學來的那些話，卻給他留下了深刻的印象，他離開黛絲以後，這些話還縈繞在他的心頭。他一聲不吭地往前走著，彷彿渾身變得麻木無力了，他以前從沒想到，他的主張居然會站不住腳。他心血來潮皈依宗教，本來跟理智毫無關係，也許只是一個心性輕浮的人，為了尋求新的感受，加上一時受到喪母的刺激，忽發奇想而導致的結果。

黛絲往他那滿腔熱情的大海裡，投下了幾滴哲理之後，他那滾滾沸騰的激情頓時冷卻下來，變成了停滯不動的污濁。他反覆琢磨從黛絲那裡聽到的那幾句結晶一般的話，一面自言自語地說：「那個聰明的傢伙絲毫沒有想到，他跟她說了這些話，也許為我與她重溫舊夢鋪平了道路！」

第四十七章

在弗林庫姆阿什農場，要打最後一個麥垛了。三月的黎明，天色異常混沌，就連東方的天邊在哪裡，都看不出來。在朦朧的曙色中，聳立著麥垛那梯形的尖頂。這垛麥子孤零零地立在這裡，飽嘗了一個冬天的日晒雨淋。

伊茲·休特和黛絲來到打麥場的時候，只聽到窸窸窣窣的聲音，表明已經有人比她們先到了。隨著天氣漸漸放亮，她們才又發現，麥垛頂上影影綽綽有兩個男人。他們正在忙著「揭」垛子，也就是說，揭掉蓋在麥垛上的草頂，然後再往下扔麥捆。農夫格羅比想盡量在一天裡把麥子打完，便要大家這麼早就來到場上。因此，還在揭草頂的時候，伊茲、黛絲和其他女工們，都穿著淺褐色的圍裙，站在那裡等候，一個個凍得直打哆嗦。緊靠著垛檐底下，就是女工們前來伺候的那個紅色的暴君——一個木架機械裝置，帶有皮帶和輪子——不過當時還看不大清楚。這就是那脫粒機，它一旦開動起來，就變得毫不留情，使女工們的肌肉和神經始終處於緊張狀態。

再過去一點，又有一個模模糊糊的東西。這傢伙黑黝黝的，總在嘶嘶作響，表明它體內儲備著巨大的能量。它那高高的煙囪聳立在一棵梣樹旁邊，一股熱氣從那個地點散發出來，就憑著這些，也用不著天很亮，人們便可以看出，這就是那台要在這小小世界裡充當主要動力的機器。機器旁邊站著一個一動不動的黑東西，只見它氣體高大，滿身都是煤灰和污垢，好像有些昏昏沉沉，身旁放著一堆煤，他就是開機器的工人。他那特有的顏色和樣子，讓人覺得他彷彿來自地獄，偶然走到這片清澈無煙的黃麥白地中間，來驚擾當地的土著。

他的心境也和他的外表一樣。他雖然身在農村，卻並不屬於農村。他只與煙和火打交道，而農田上的人接觸的卻是莊稼、天氣、霜露和陽光。他帶著他這台機器，從這個農場走到那個農場，從這一郡走到那一郡，因爲在威塞克斯的這一帶，蒸氣脫粒機還是四處流動使用的。他說起話來帶有一種古怪的北方口音，他心裡只顧想他自己的心事，眼睛只是瞧著他管的那台鐵機器，幾乎沒有察覺周圍的景物，而且壓根兒就不理會這些景物，只在不得已的時候，才跟當地人說上一兩句話，彷彿他是命中早已注定，不得不違背自己的意願，來這裡侍奉冥王的主人似的。機器的驅動輪上有一根長長的皮帶，通到麥垜下那台紅色的脫粒機上，這是他與農業之間的唯一聯結。

別人揭垜頂的時候，他就漠然地站在那個可以移動的力量儲蓄器旁邊，在這個黑色的發熱體四周，凌晨的空氣在微微顫動。打麥前的準備工作與他毫無關係。他只把煤火燒紅了，把蒸氣壓足了，只需幾秒鐘，就能讓那根長長的皮帶飛轉起來。在那皮帶範圍以外，不管是麥子，還是麥稭，還是一片混亂，在他看來都是一樣。如果當地的閒人問他是什麼人，他會簡捷地回答說：「機師。」

天色大亮時，麥垜頂給全揭掉了。這時，男工們各就各位，女工們爬上了麥垜，大家動手做起來了。農夫格羅比——大家提到他時，只用「他」來稱呼——早就來了，照他的吩咐，黛絲給安排在脫粒機的踏板上，緊挨著往機器上餵麥子的男工，而伊茲．休特則站在麥垜上，挨著黛絲，把麥子一捆一捆地遞給她，黛絲的任務是把麥捆一個一個地解開，餵麥子的男工把麥子抓過去，鋪在旋轉的滾筒上，一霎眼工夫，麥粒就全給打出來了。

開始的時候，機器停了兩下，那些討厭機器的人心裡可高興了，但是過了不久，機器就全速運轉起來了。大家急急火火地忙到吃早飯，機器才停了半個鐘頭。吃完飯又開始忙活的時候，農場上的輔助人手投入到堆麥　的活計，在麥垛旁邊慢慢壘地一個麥稭垛。到了吃點心的時候，大家都沒離開自己的位置，站在原地匆匆忙忙地吃了點東西，然後又忙了兩個鐘頭，就快到吃午飯的時候了。那無情的輪子還在不停地旋轉，脫粒機發出刺耳的嗡嗡聲，一直震到機器旁邊那些人的骨髓裡。

麥稭垛越壘越高，待在上面的老年人談起了往日的情況。那時候，他們總是在倉房的椽木地板上，用連枷打麥子。無論什麼活，即便是揚場，都是人力來做的，他們覺得，那樣忙雖然很慢，效果卻來得好。站在麥垛上的那些人也多少交談幾句，但是圍著機器幹活的那些人，包括黛絲在內，一個個汗流浹背，卻不能通過閒聊來減輕負擔。這不間斷的活計把黛絲折磨得苦不堪言，她開始後悔不該到弗林庫母阿什來。麥垛上的那些女工，尤其是瑪麗安，可以不時地停一停，從壺裡喝點啤酒或涼茶，還能一面擦擦臉，或者撣掉衣服上的麥稭麥糠，一面閒扯幾句。但是黛絲卻沒有一點喘息的工夫，因爲那滾筒從不停歇，往滾筒上餵麥子的工人也不能停歇，而黛絲則要解開一捆捆麥子，供給這餵麥子的人，當然也不以停歇，除非瑪麗安跟她換個位置。格羅比反對瑪麗安替換黛絲，說她手腳太慢，供應不及，可是瑪麗安不聽他的，有時就替黛絲半個鐘頭。

大概是爲了省錢的緣故，通常都是選擇一個女工來做這件特別的活。格羅比解釋說，他所以選擇黛絲，是因爲她解起麥捆來又有勁又麻利，而且能持之以恆，這話也許說得很對。這台機器本來就嗡嗡作響，讓人無法談話，一遇到供麥不足的時候，它就發瘋似地狂叫起來。黛絲和餵麥子的男工連扭頭的工夫都沒有，因而黛絲並不知道，就在快吃午飯的時候，有一個人悄悄地從柵門外走進地裡，站在第二堆麥垛旁邊，看著眼前的情景，尤其是看著黛絲。他穿著一身式樣時髦的花呢衣服，手裡擺弄著一根漂亮的手杖。

「那是誰？」伊茲・休特問瑪麗安。她先問了黛絲，可是黛絲沒有聽見。

「我想是哪一個人的情人吧！」瑪麗安簡捷了當地說道。

「我敢打賭，他是來追黛絲的。」

「哦，不。最近跟在她屁股後面轉的，是一個美以美教會的牧師，不是這樣的花花公子。」

「嗨——那是同一個人。」

「跟那牧師是同一個人？可是一點也不像呀！」

「他把黑衣服和白領巾都換下來了，把連鬢鬍子也剃掉了。不過，他再怎麼變換模樣，也還是同一個人。」

「你敢肯定嗎？那我就告訴黛絲了，」瑪麗安說。

「別啦。她馬上會看見他的，算啦。」

「唉，我看他不該一邊講道，一邊去追求一個有夫之婦，儘管她丈夫待在國外，她自己就像守寡一樣。」

「哦——他坑害不了她的，」伊茲滿不在乎地說道。「她死心塌地的愛著一個人，別人再想去打動她的心，那比想把陷在泥潭裡的馬車拉出來還要難。女人家本該心眼活一些，可是天哪，不管你怎麼對她獻殷勤，怎麼跟她講道理，甚至是七雷轟她，她也不會動心。」

吃正餐的時間到了，脫粒機停止了旋轉，黛絲也從機器上下來了。她的雙膝讓機器震得一個勁地顫抖，她幾乎都走不了路了。

「你該像我一樣，喝它一夸脫酒，」瑪麗安說。「那樣一來，你臉上就不會這麼白了。

唉，說眞的，看你這張臉，好像剛做過惡夢似的！。」

瑪麗安為人厚道，心想黛絲累成這個樣子，若是再看見這個人來找她，就一定吃不下東西了。因此，她正要勸說黛絲從麥垛另一邊的梯子走下去，不想那個先生卻走上前來，抬頭望去。黛絲只是又輕又短地「哦」了一聲。隨即，她又急忙說道：「我在這兒吃啦——就在麥垛上。」

做工的人離家太遠了，有時就在麥垛上吃飯。但是今天寒風凜冽，瑪麗安和其他人都走下了麥垛，坐在麥稭垛下面。

那位新來的人確實是亞歷克．德伯維爾。他雖然衣著外表變了樣，卻還是先前的那個福音派牧師。一眼就可以看出，他臉上又露出了以前那好色的神情；他又恢復了黛絲起初認識的那個情人和所謂堂哥的神氣，幾乎像那時一樣風流倜儻，只不過大了三四歲罷了。黛絲既然決定待在麥垛上，就在麥捆中間坐了下來，也不讓地面上的人看見，獨自吃起飯來。吃著吃著，聽到梯子上傳來腳步聲，轉眼間，亞歷克出現在麥垛上——眼下只是一個由麥捆鋪成的長方形平台。他跨過麥捆，一言不發地坐在黛絲對面。

黛絲只帶來一塊厚煎餅，算是正餐，只管繼續吃著。這時，其他人都聚在麥稭下面，鬆散的麥稭形成了舒適的安身之處。

「你瞧，我又來了，」德伯維爾說。

「你為什麼老是來攪我呀！」黛絲大聲嚷道，氣得好像連指尖都冒出火來。

「我攪你？我倒想問問你，你為什麼來攪我呀？」

「得啦，我可從沒攪過你呀！」

「你說你沒攪我？可你就是攪我啦。你總是纏住我。你的眼睛剛才還惡狠狠地瞅著我，就是這雙眼睛，無論白天還是黑夜，都像剛才一樣縈繞在我眼前。黛絲，我本來在一心修道，過著清教徒的生活，但是，自從聽到你說起我們的那個孩子之後，我的感情像突然開了閘一般，頓時滾滾地奔向你了。於是，傳教的渠道就一下乾涸了，這都是由你造成的！」

黛絲一聲不響地瞅著他。

「怎麼——你完全放棄講道了？」她問道。

她從安傑那裡學到不少現代思想的懷疑態度，因此很看不起那種一時的熱誠。但她畢竟是個女人，心裡不免有些震驚。

德伯維爾裝作正顏厲色的樣子，繼續說道：

「完全放棄了。那天下午，我本該去卡斯特橋集上給那些醉鬼講道，可我沒去，從那以後，我每次都失約。天曉得那些教友是怎麼看我的。呵——哈！那些教友啊！他們當然要爲我祈禱，爲我哭泣，因爲他們本來都是很善良的人。可我在乎什麼？既然我已經不信這種事了，我怎麼還能繼續去做呢？那凱不成了卑鄙透頂的假仁假義！我在他們中間，就會變得像許米乃和亞歷山大一樣，被交給了魔鬼，以便不再褻瀆神明。❶你可算是報了大仇啦！四年以前，我見你天眞無知，把你騙了。四年以後，你見我是個熱誠的基督徒，就來誘惑我，也許會讓我被永遠打入地獄。……不過，黛絲妹子（我以前就這樣叫你的），我只不過是隨便說說罷了，你不必嚇成這個樣子。當然，你也沒有做出什麼錯事，只不過還保留著你那張漂亮的臉蛋，裊娜的身姿。你還沒看見我的時候，我就在麥垛上看見了你的美貌麗姿了——這緊身的圍裙把你襯托得更迷人了，還有那頂帶檐的帽子——你們這些農家姑娘想要避開危險

❶見《聖經·新約·提摩太前書》第一章第十九節。

的話，就不該戴這種帽子。」他默默地打量了她一會，然後發出一聲短促的冷笑，繼續說道：「我本以爲我就是那位單身使徒的代表，❷可我現在認爲，假使那位使徒受到這樣一副漂亮面孔的誘惑，他也會像我一樣，爲了她而放棄耕犁。」❸

黛絲想要規勸幾句，但是在這節骨眼上，她卻說不出話來。

德伯維爾也不理她，接著說道：

「好啦，不管怎麼說，你提供的這個樂園，也許比得上任何別的樂園。不過，黛絲，還得鄭重地說幾句，」德伯維爾站起來，又往前湊了湊，把身子側依在麥捆中間，用胳膊肘撐著身子。「我上次見到你以後，就一直在琢磨你告訴我的他說的那些話。我得出這樣的結論：那些陳腐的觀點，似乎有些缺乏常識；我怎麼會讓可憐的克萊爾牧師的熱情激發起來，那麼瘋狂地講起道來，比牧師本人還起勁，這連我自己也搞不明白。至於你上次學著你那非凡的丈夫說的那些話——你還從沒對我講起他的尊姓大名呢——也就是那所謂的不帶教義的道德體系，我想我無論如何也達不到。」

「咳，你要是接受不了你所說的那種教義，你至少可以把仁愛和純潔作爲自己的信仰。」

「哦，不。我可不是那種人！如果沒有人對我說：『你這樣做死後必有好處，那樣做死後必然倒楣，』那我就提不起勁來。眞該死，如果沒有我要對之負責的人，我也就不想對自

❷單身使徒，指聖保羅。
❸放棄耕犁，即放棄傳道。《聖經・新約・路加福音》第九章第六十二節：「耶穌說，手扶著耕犁往後看的，不配進上帝的國。」

己的行爲情感負責任。我要是你的話，親愛的，我也不會覺得自己有什麼責任。」

黛絲想爭辯，告訴他說，在人類的原始時期，神學和道德是有著根本區別的，而他那糊塗腦筋，卻把兩者混淆在一起了。但是，由於安傑．克萊爾當初不肯多言，她黛絲自己全然沒受過訓練，加上她這個人只有情感，缺乏理智，所以她終究沒能說下來。

「好啦——反正沒關係，」德伯維爾又說。「親愛的，跟以前一樣，我又和你在一起啦！」

「和以前不一樣——決不會一樣——完全不一樣！」黛絲懇切地說。「再說，我從來就沒有對你有過熱情。哦，如果你是因爲失去了信仰才對我這樣說話，那你爲什麼不保留自己的信仰呀！」

「因爲你把我的信仰給打消了，所以，你這漂亮的人兒就等著遭報應吧。你丈夫萬萬沒有想到，他的教導反而報應到他頭上了。哈，哈——你雖然使我離經叛道，可我還是喜不自禁。黛絲，我對你從沒像現在這麼著迷。我還很可憐你。雖然你遮遮蓋蓋，可我看得出來，你的處境很糟——那個本該愛憐你的人，卻全然不管你。」

黛絲很難咽下嘴裡的飯。她嘴唇發乾，喉嚨快給噎住了。那些工人在麥垛下面吃喝，他們說說笑笑的聲音，在她聽來好像來自四分之一英里以外。

「你說這話對我太殘忍了！」她說。「要是你對我眞有那麼一點心意，你怎麼——怎麼能對我說這種話呢？」

「的確，的確，」德伯維爾心裡微微一縮，說道。「黛絲，我到這兒來，並不是因爲我做了錯事而來責怪你。我來這兒，黛絲，是想對你說，我不願意你這樣忙活，我是特意爲你來的。你說你有個丈夫，但並不是我。嗯，也許你是有一個，可我卻從沒見過他，你也從沒告訴過我他的姓名，他好像只是一個神話裡的人物罷了。不管怎麼說，即使你眞有一個丈夫，我也覺得我比他對你更親近。無論如何，我總想幫你擺脫困境，可他卻不想這麼做，天哪，他連面都不肯露！我以前常愛念那位嚴厲的預言家阿西阿說的話，現在我又想起他的話來了。黛絲你知道那段話嗎？『她要追隨她的情人，但是卻追不上他；她要尋找她的情人，但是卻找不著他；於是她便說，我要回到我頭一個丈夫那裡，因爲我那時的光景比如今還好。』❹黛絲，我的馬車就在山下等著，你——我的愛人，不是他的！——你知道下面該怎麼辦？」

他說這番話的時候，黛絲的臉漸漸變成一片紫紅，不過她沒有答話。

「是你造成了我的墮落，」德伯維爾繼續說道，一邊伸手要去摟她的腰。「你應該甘願和我分擔這一後果，永遠拋開你稱作丈夫的那頭騾子。」

黛絲吃煎餅的時候，摘下了一只皮手套，放在大腿上，只見她冷不防抓住手套後部，怒不可遏地朝德伯維爾臉上打去。這只手套就像鬥士的手套一樣，又沉又厚，恰好重重地打在他嘴上。富於想像的人也許會認爲，這是她那些穿盔甲的祖先們慣用伎倆的一次重演。亞歷克本來斜靠著身子，一下氣勢洶洶地跳了起來。就在手套擊中的地方，鮮紅的血滲了出來，轉眼工夫，鮮血就瀝瀝拉拉地從他嘴上滴到麥捆上。不過，他當即控制住了自己，平平靜靜地從口袋裡掏出手絹，擦著出血的嘴唇。

黛絲也跳了起來，但是又坐下去了。

「來吧，懲罰我吧！」她說，一面仰起臉望著他，那副神氣就像一隻讓人逮住的麻雀，

---

❹語出《聖經・舊約・何西阿書》第二章第七節，此處略有變動。

眼看就要被弄死，顯得既無可奈何，又無所畏懼。「你抽我，掐死我吧！你不必顧慮麥垛底下那些人。我決不會叫喊。一次受害，永遠倒楣——這就是法則。」

「哦，不，不，黛絲，」德伯維爾溫和地說。「這種情況，我完全可以體諒。不過，有一件事你是萬萬不該忘記的：要不搞得我無能為力，我可早就娶了你。難道我沒有直截了當地要求你作我的妻子嗎？回答我。」

「要求過。」

「都是你不肯呀。不過，你要記住一樁事。」德伯維爾想起他當初求她時那樣誠心誠意，再看她在這樣無情無義，就禁不住怒火中燒，聲音也變得粗厲了。他走到她跟前，抓了她的肩膀，抓得她直打哆嗦。「記住，夫人，我曾經是你的主人，我要再次成為你的主人。你只要作太太，就得做我的太太！」

麥垛下面，打麥子的人開始動彈了。

「我們不必再爭吵了，」德伯維爾說著，撒開了手。「現在我先走了，下午再來聽你的回音。你還不了解我。可我了解你。」

黛絲沒有再開口，像傻了似地楞在那裡。德伯維爾從麥捆上退回來，走下梯子，這時，下面打麥子的人也都站起來了，伸一伸胳膊，把喝進的啤酒晃下去。接著，脫粒機又啓動了，黛絲在麥稭重新發出的沙沙聲中，又一次站在嗡嗡作響的滾筒旁邊，彷彿在夢中一般，接連不斷地解開一捆又一捆麥子。

第四十八章

到了下午，農夫告訴大家說，晚上有月亮，看得見幹活，加上機器的主人第二天要把機器租給另一家農場，那垛麥子當夜必須打完。這樣一來，機器的轟隆聲，滾筒的嗡嗡聲，以及麥稭沙沙聲，也就越發持續不斷了。

黛絲只管埋頭幹活，直到下午三點左右快吃點心的時候，她才抬起頭來，往四周看了一下。她發現亞歷克．德伯維爾在看見她抬起了頭，便很斯文地朝她揮了揮手，一面還給了她一個飛吻。他這舉動表示，他們的爭吵已經結束了。黛絲又低下頭去，小心不再往他那個方向看去。

就這樣，下午的時光慢慢地過去了。麥稭越來越低，麥稈垛越來越高，麥子給一一袋拉走了。到六點鐘的時候，麥垛還剩下差不多和肩膀那麼高。但是，盡管那貪得無饜的機器吞下無數的麥捆，可是沒有打過的麥捆還是數不勝數。那些打過的麥捆，全是由那個男工和黛絲餵到機器裡，而且大部分經過了黛絲那雙柔嫩的手。早晨還不見麥稭垛的蹤影，現在卻堆成好突一個垛子了，好像是那嗡嗡作響的紅色饕餮排出的糞便。整個白天，夾上總是陰沉沉的，到了傍晚，西邊的天空卻射出憤怒的陽光——這就是狂暴的三月所能見到的夕陽——照在打麥工人那疲憊不堪、滿是汗漬的臉上，把一張張臉染上一層紫銅的光澤，同時照在女工們飄拂的衣裙上，使之變成無光的火焰，貼在她們身上。

打麥子的人們，個個都腰酸背痛，氣喘吁吁。那個餵料的人已經精疲力盡，黛絲可以看出，他那紅彤彤的後頸上沾滿了塵土和麥殼。黛絲還站在原來的位置上，她那紅撲撲、汗津津的臉上，也沾滿了麥殼，她那頂白帽子也讓麥屑染成了棕色。女工裡面，只有黛絲一個人站在機器上，隨著機器的旋轉，身子也在跟著振動。由於麥垛越來越低，瑪麗安和伊茲就與她離得遠了，她們也不能像先前那樣替換她了。機器在不停地顫動，她身上的每一根神經都在跟著震顫，搞得她暈暈乎乎，就連兩隻手的活動，她也全然覺察不到。她簡直不知道她在什麼地方，伊茲在下面告訴她，說她的頭髮散了，她也聽不見。

漸漸地，就連最有精神的工人，也變得面色蒼白，兩眼睜得又大又圓，猶如幽靈一般。黛絲每次抬起頭來，總能看見那個越堆越高的麥垛，垛頂上面，襯著那北方的灰色天空，站著幾個只穿襯衫的男工。麥垛前面，有一台長長的紅色傳動裝置，就像雅各夢見的梯子一樣。❶打過的麥垛順著傳送帶源源升起，猶如一條黃色的河流湧上山崗，噴撒在麥垛頂上。

黛絲知道，亞歷克・德伯維爾仍然待在附近，在從什麼地方望著她，不過究竟是從什麼地方，她也說不出來。他待著不走，倒也有個理由，因爲麥稭垛快打完的時候，麥垛底下有些耗子，總要追打一番，一些與打麥子無關的人，有時也來湊熱鬧——那是些形形色色的喜好打獵的人，既有帶著小獵狗、抽著滑稽菸袋的上等人，又有抓著石頭棍重的粗魯人。

但是，還得再忙活一個鐘頭，才能拆到藏著耗子的底層麥捆。這時，阿伯茨瑟內爾旁邊的巨人山上的夕陽已經消失了，三月裡那面容蒼白的月亮，已經從另一邊的米德爾頓寺和肖

❶雅各夢見一個梯子立在地上，梯子的頭頂著天，天使在梯子爬上爬下。見《聖經・舊約・創世紀》第二十八章第十二節。

茨福德的地平線上冉冉升起。忙到最後一兩個鐘頭，瑪麗安總是在爲黛絲擔心，不過她又無法接近她，不能跟她說話。別的女工都能靠喝點酒提提神，只有黛絲不肯這樣做，因爲她小時候在家裡讓父母親酗酒後的光景嚇怕了，所以一向滴酒不沾。不過她仍然在堅持。如果她擔當不了這份差事，就她得離開這裡。若是一兩個月以前發生這種情況，她倒也能處之泰然，甚至會感到如釋重負，但是現在德伯維爾總在圍著她轉，她就非常恐懼出現這種情況。

擲麥捆的人和餵料的人，已經把麥垛弄得很低了，地上的人都能和他們交談了。黛絲沒有想到，農夫格羅比上了機器，來到她身邊，對她說道，她若是想去會她的朋友，就儘管去好了，他可以打發別人接替她。黛絲知道，這個「朋友」就是德伯維爾；她還知道，農夫一定是聽從了那個朋友或仇敵的請求，才作出了這樣的讓步。黛絲搖了搖頭，只管繼續苦幹。

後來，終於到了逮耗子的時候了，於是大家便動起手來。原來，隨著麥垛越來越低，耗子也漸漸往下逃避，最後全都鑽到麥垛底下了，而等到它們最後的避難所被人揭開的時候，它們就在曠野裡四處逃竄。突然，這時已喝得半醉的瑪麗安尖聲大叫起來，她的同伴馬上知道，有一隻耗子竄到她身上去了——別的女工唯恐出現這種情況，採取種種辦法保護自己，有的把裙子撩起來，有的站到了高處。那隻耗子最後總算弄出來了。這時，只聽見狗在吠叫，男人在吆喊，女人在尖叫，大伙又是咒罵，又是跺腳，就在這一片混亂、一片喧囂之中，黛絲解開了最後一捆麥子，脫粒機的滾筒漸漸停下來了，嗡嗡聲也慢慢中止了，黛絲也從機器上走到地上了。

她的情人本來只是站在旁邊看著別人捕打耗子，這時立刻竄到了黛絲身旁。

「你到底怎麼啦——連打了嘴巴都趕不走你嗎？」黛絲低聲弱氣地說道。她已經疲乏不堪，沒有氣力大聲說話了。

「我要是因為你說了什麼話，作了什麼事，而感到生氣，那可眞是太傻了，」德伯維爾用他以前在特蘭嶺時那種誘惑的口吻，說道。「瞧你這雙胳膊這雙腿，抖得多麼厲害！你跟一頭放了血的小牛一樣虛弱，這你也清楚。本來嘛，自從我來了以後，你是可以什活也不幹的。你怎麼能這麼倔強呢！不過，我已經跟農夫說過了，他沒有權利雇用女工來做蒸氣脫粒機上的活。這不是女工幹的活。好一些的農場上早不這麼做了，他也很清楚這一點。我送你回家去吧！」

「哦，好吧，」黛絲拖著疲憊的腳步，回答道。「你願送就送吧！我倒注意到，你來求我嫁給你的時候，你還不知道我的情況。也許——也許你比我想像的要好一點，善良一點。凡是別人好心好意對我做的事，我都領情，不是好心好意做的事，我都記恨。……有時我眞捉摸不透你的用意。」

「如果我不能使我們以前的關係合法化，那我至少可以幫助你。我以後幫助你，一定要顧及你的情感，決不能像以前那樣。我的宗教狂熱，或者不管叫什麼，已經過去了。不過，我還保留著一點善性，至少我希望是這樣。黛絲，看在男女之間那熱烈溫柔的情感的份上，相信我吧！我有足夠的錢，綽綽有餘的錢，讓你以及你父母弟妹擺脫困境。你只要相信我，我就能讓他們全都過得舒舒服服的。」

「你最近見到他們啦？」黛絲急忙問道。

「是的，他們不知道你在什麼地方。我只是碰巧發現你在這兒的。」

黛絲走到她寄寓的那座小屋外面，停住了腳步，德伯維爾也在她身旁停下來。清冷的月光透過圍籬的樹枝，斜照在黛絲那疲憊不堪的臉上。

「別提我的小弟弟小妹妹——別搞得我徹底垮下來！」黛絲說。「你要是想幫助他們——天曉得他們需要幫助——你就幫助他們好啦，不要來告訴我。可是，不，不成！」她大聲嚷道。「我不要你的幫助，不管爲他們，還是爲我自己，一概不要！」

德伯維爾沒陪她進去，因爲她跟那家人住在一起，一進到門裡，一切就都公開了。黛絲走進屋去，在洗衣盆裡洗了洗，跟那家人一起吃了晚飯，緊接著，心裡就琢磨起來，一面走到靠牆放著的桌子旁邊，藉助自己那盞小燈的燈光，情緒激昂地寫起信來——

我親愛的丈夫——讓我這樣稱呼你吧——我必須這樣稱呼你——即使讓你想起我這樣一個不體面的妻子會惹你生氣，我也非這樣稱呼不可。我在困難中必須向你呼喚——我沒有別人可以求救。安傑，我受到了很大的誘惑呀！我不敢說這個人是誰，我也壓根兒不想寫信告訴你這件事。不過，你想像不到我是怎樣忠於你的。難道你不能趕在還沒發生什麼可怕的事情以前，立刻到我身邊來嗎？哦，我知道你來不了，因爲你離我那樣遙遠。如果你不能馬上就來，也不讓我去找你，我想我只有死路一條了。你給我的懲罰是我應得的——這我很清楚——是我理所應得的——你對我發怒，也是正當的，公正的。不過，安傑，請你，請你不要光講公正——還要對我稍微仁慈一點，即使我不配領受你的仁慈，快到我身邊來吧！你要是回來了，我就可以死在你懷裡。只要你寬恕了我，我會心甘情願地死去。

安傑，我完全是爲你活著。我太愛你了，不會責怪你離開了我，我知道你必須找到一個農場。不要以爲我會講一句尖酸刻薄的話。只求你回到我身邊。親愛的，離開了你，我眞孤苦伶仃，哦，多麼孤苦伶仃啊！我並不在乎我得幹活，只要你肯寫幾個字告訴我，說你就來啦，那我就會等下去，安傑，哦，高高興興地等下去！

自從我們結婚以後，我的準則就是，我的每一個念頭，每一個神態，都要忠誠於你，即使有人冷不防對我說句奉承話，我都覺得對不起你。難道你就沒有一點以前在牛奶場的那種感情嗎？如果有的話，你怎麼總是躲開我呢？安傑，我還是你以前愛上的那同一個女人，是的，完全一模一樣！不是那個你討厭的，但卻從未見過的女人。我一遇見你以後，我的過去對我又算得了什麼呢？我的過去已經完全滅亡了。我變成了另一個女人，充滿了從你那裡獲得的新的活力。我怎麼可能還是從前的那個女人呢？你怎麼看不出這一點呢？親愛的，你只要再略微自負一點，自信你有力量使我發生這番變化，你也許就會想要回來找我了，找你這可憐的妻子。

當初，我沈浸在幸福之中的時候，曾相信你會永遠愛我，我那時有多傻呀！我早該知道，我這麼可憐的人是不會有這福份的。不過我很傷心，不僅爲過去傷心，而且爲現在傷心。你想一想，想想我總是，總是看不見你，心裡該有多麼痛苦！唉，我的心每天都是無時無刻不在疼痛，假如我能讓你那顆親愛的心每天只痛上短短的一分鐘，你也許會可憐一下你這孤苦伶仃的妻子。

安傑，人家還都說我挺好看（他們用的是「漂亮」這個字眼，因爲我想一字不差地告訴你）。也許我是像他們說的那樣。但是，我並不珍視我的美貌。我所以想保留這種美貌，因爲它是屬於你的，親愛的，這樣一來，我至少有一樣東西值得爲你所有。我這種意識非常強烈，所以，一碰到有人因爲我好看，而來糾纏我，我就用布把臉裹起來，只要人家以爲我用繃帶裹著傷，我也就老這樣紮著。哦，安傑，我告訴你這一切，並不是出於虛榮——你肯定知道並非如此——我只想讓你到我身邊來。

如果你眞不能到我身邊來，你能不能讓我到你那兒去呢？我已經說過，有人來糾纏我，想逼迫我做我不肯做的事。當然，我是絲毫不會屈服的，但是我又非常害怕，擔心會發生意想不到的事情，引起什麼嚴重後果。況且，我因爲有了頭一次的錯誤，在落得孤苦無靠，對此我也不能多說了——說起來太讓我痛苦了。但是，如果我跌進可怕的陷阱而墜落下去，那我這一次的狀況要比上一次更糟。哦，天哪，這眞叫我不敢想像！讓我馬上去你那兒吧，不然，你就馬上到我身邊來吧！

只要和你生活在一起，即使不能作你的妻子，哪怕作你的僕人，我也心滿意足，而且滿心歡喜。我只想待在你身邊，不時地看上你幾眼，覺得你是我的人。

因爲你不在這兒，我覺得陽光下沒有一樣值得我看的東西，我也不喜歡看田野裡的白嘴鴉和歐椋鳥，因爲以前都是你和我一起觀看它們，現在你不在了，我會想你想得好難受。不論是在天上，還是在地上，還是在地下，我不想別的，只想見到你，我的親愛的。到我身邊來吧，到我身邊來吧，把我從威脅我的危險中救出來吧！

你的心碎的、至死不渝的

黛絲

第四十九章

黛絲這封求告信，及時地寄到了西面那座幽靜的牧師住宅，放在了早餐桌上。在這個山谷中，空氣柔和，土壤肥沃，與弗林庫姆阿什相比，這裡的耕地只要稍加管理，就能長好莊稼。另外，在黛絲看來，這裡的人也似乎大爲不同（其實並沒有什麼兩樣）。安傑囑咐過她，她給安傑寫信，都要經過他父親轉寄，這純粹是爲了安全起見，因爲安傑懷著沉重的心情，跑到異國他鄉謀生，總把自己變化不定的行蹤報告父親。

老克萊爾先生看完信封上寫的字，就對太太說：「安傑來信說過，他想在下月底離開里約回一趟家，他要是眞打算這麼辦，我想這封信會催他早點動身的，因爲我看這一定是他媳婦寫給他的。」他一想起兒媳婦，不禁深深地嘆了一口氣，便趕忙在信封上重新標上地址，立即轉寄給安傑。

「親愛的孩子，我只盼他能平平安安地回到家裡，」克萊爾太太嘟噥道。「我到臨死那一天，都會覺得你虧待了他。本來，不管他信不信教，你都應該把他送到劍橋，讓他跟兩個哥哥得到同樣的機會。要是上了劍橋，經過耳濡目染，他說不定會慢慢轉變的，到頭來興許也當上牧師了。不管當不當牧師吧，那樣總會對他公平一些。」

在兒子的問題上，克萊爾太太抱怨丈夫，惹得他心裡不安的，也就是這幾句話。就是這幾句話，她也不是常常發洩，因爲她這個人不光虔誠，而且很會體諒人，她知道丈夫心裡也不好受，懷疑自己在這件事上是否有失公平。夜裡，她經常發現丈夫躺在床上睡不著，只聽見他一面爲安傑嘆息，一面又用祈禱來抑制這嘆息。但是，他是個堅定不移的福音派教徒，即使到了現在，他還仍然認爲，他小兒子既然不信教，他不讓他像兩個哥哥一樣接受高等教育，還是完全有理由的。他把宣傳教義視爲自己畢生的夙願和使命，也使之成爲兩個當牧師的兒子的使命，如果讓他讓小兒子也上了大學，他就會利用所學的知識，來批駁他們所宣傳的教義；雖說情況並非一定如此，但又確有這個可能。他覺得，讓他一手扶助兩個信仰上帝的兒子，一手又以同樣的方式扶助一個不信上帝的兒子，這與他的信念、他的地位、他的希望，全都是不協調的。儘管如此，他又很疼愛這個起錯了名字的安傑，並且爲自己虧待了他而暗暗感到難過，就像亞伯拉罕一樣，一面把注定要死的以撒帶到山上，一面又爲他感到悲痛。❶他這種默默自責的悔恨，比他太太那明言直語的抱怨，還要使他感到痛苦得多。

他們爲兒子的不幸婚事責怪自己。如果他們不讓他們去務農，他決不會跟一些農家姑娘混到一起。他們並不清楚兒子與兒媳分離的原因，也不知道他們分離的日期。起初，他們還以爲兩人彼此交惡，才鬧到這一步。但是，安傑在近來的幾封信中，偶爾提到要回來接媳婦的打算，從這些話裡看來，他們倒希望，這番分離也許並不像他們想像的那樣，永遠不會重新團圓了。安傑告訴過他們，說他媳婦住在娘家，他們心裡沒譜，不知道怎樣改善這種狀況，便決定不去貿然過問這件事。

這時，黛絲寫信求告的那個人，正騎著一匹騾子，兩眼盯著一片茫無邊際的大地，從南美大陸的腹地，向沿海地區走去。他在這個陌生國家的經歷是很淒慘的。他剛到巴西不久，

❶《聖經・舊約・創世紀》第二十二章第一節至第十三節。

就害了一場重病，後來身體一直沒有完全康復，便漸漸地幾乎完全放棄了在那裡務農的希望，不過，只要還有一點點待下去的可能性，他就不讓父母知道他改變了主意。

跟在克萊爾後面來到巴西的大批農業工人，也都是讓逍遙自在、獨立自主的說法迷惑住了，跑到這裡受苦受難，有的死去，有的衰竭。克萊爾有時看見一些從英國農場上來的婦女，她們懷裡抱著嬰兒，步履艱難地走在路上、嬰兒會突然患上熱病，一命嗚呼；當母親的只好停下來，用兩隻空手在蓬鬆的地裡挖一個坑，再用這同一天然工具把孩子埋起來，然後灑下一兩滴眼淚，又繼續往前跋涉。

克萊爾起初並沒有打算去巴西，而是想到英國北部或東部的一個農場上。他是在一陣絕望中來到這裡的，當時英國農民中掀起一股向巴西遷移的熱潮，恰好迎合了他想逃避過去的願望。

在國外的這些日子，他心理上彷彿老了十多年。他現在覺得，人生的價值並不在於它的美麗，而在於它的哀婉。本來，對於那些舊的宗教體系，他早就不相信了；現在，對於那些舊的道德觀念，他也開始不相信了。他覺得那些舊觀念應該加以矯正。誰是有道德的人？或者問得更切題一些，誰是有道德的女人？一個人人格的美與醜，並不在於他的成就，而在於他的目的和衝動；對一個人的真實評價，不是看他做了什麼事，而是看他想做什麼事。

那麼，黛絲怎麼樣呢？

一旦用這種眼光看待黛絲，克萊爾就後悔當初不該那樣輕率地評判她，心裡不禁難過起來。他是永遠把她遺棄了，還是暫時把她甩開了？他不能再說永遠把她遺棄了，既然不能這麼說，那就是說，現在他在精神上已經接受她了。

克萊爾對黛絲漸漸舊情復萌的時候，黛絲正好寄居在弗林庫姆阿什，不過，當時她還不敢冒昧地給克萊爾寫信，敘說一下自己的境況或心情。克萊爾感到非常困惑，他不知道黛絲爲什麼不肯來信，也沒有去探詢。於是，她那溫順的沉默被他誤解了。如果他當時能理解她，那麼，她的沉默就能勝過千言萬言！她所以要那樣做，是因爲她嚴格遵守他當初下過、後來又忘記了的命令；還因爲她雖然生來就有大無畏的精神，但卻並不堅持自己的權利，總認爲他的評判是完全正確的，便對他附著帖耳，甘願受罰。

剛才提到克萊爾騎著騾子，從巴西內地往沿海走去的時候，還有一個人和他同行。克萊爾的這位旅伴也是一個英國人，他雖說來自英國的另一地區，但卻抱著同樣的目標來到了巴西。他們兩個精神都很沮喪，便講起了故國舊情。知心話換來了知心話。男人都有一種奇怪的脾性，自己的私事從不肯向親友吐露，卻愛向陌生人訴說，尤其是遠在異國他鄉的時候。於是，就在兩人騎著騾子往前走的時候，克萊爾便把他那件傷心的婚事，如實地告訴了他的同伴。

這位陌生的同伴到過更多的國家，見過更多的民族。他這個人見多識廣，心胸開闊，這種背離社會常規的事情，沒有見識的人會覺得是大逆不道，但在他看來卻無關緊要，就像整個地球圓體還存在高山低谷的起伏不平。他對這件事的看法，和克萊爾截然不同。他認爲，黛絲過去怎麼樣並不重要，重要的是她將來怎麼樣。他還明言直語地告訴克萊爾，他離開黛絲是錯誤的。

第二天，他們遇到了一場雷雨，淋得渾身濕透。克萊爾的同伴發高燒病倒了，到了那個禮拜末，就一命歸天了。克萊爾等了幾個鐘頭，把他掩埋好，然後又繼續趕路。

克萊爾對這位心胸開闊的伙伴，除了他平常的姓名之外，別的一概不知。但是，他匆匆說出的幾句話，卻因爲他這一死，而變成至理名言了，對克萊爾產生的影響，比哲學家一切深思熟慮的道德說教，來還得深刻。相比之下，他為自己的心胸狹隘感到羞愧。他那些自相矛盾的地方像潮水般地湧上他的心頭。他以前執意推崇希臘異教信仰，貶抑基督教，然而在希臘文明中，不合教規的屈服並非一定不光彩。當然，由於受到神秘主義信條的影響，他也覺得失去童貞是令人憎惡的，但是，如果失去童貞是受人欺騙的結果，那麼，憎恨失節的觀念至少是要修正的。他不由得感到悔恨交加。伊茲對他說的那番話，本來就沒有從他的記憶中消失過，現在又回到他的心頭。他問伊茲愛不愛他，伊茲回答說愛他。他又問她是否比黛絲更愛她？她回答說不可能。黛絲為他能把命都豁出去，她沒法超過她。

克萊爾又想起結婚那天黛絲的情形。她兩眼總在盯著他，耳朵總在聽著他，彷彿他的話就是上帝的話。在那個可怕的夜晚，他們坐在爐前，她那顆純樸的心靈向他披露眞情時，她那張臉在爐光的照射下，顯得有多麼可憐，她怎麼也想不到，他竟然會翻臉無情，不再愛她，不再保護她了。

就這樣，克萊爾原來是黛絲的批判者，現在卻變成了她的辯護人。他曾暗自說過挖苦黛絲的氣話，但是一個人不能總靠著挖苦而活在世上，所以便放棄了那種態度。他所以採取了那種錯誤的態度，全是因為他受到一般原則的影響，而沒有考慮具體情況。

不過，這種說法未免有些陳腐。在這之前，做情人和做丈夫的也經歷過這種情況。克萊爾對黛絲有些冷酷無情，這是毫無疑問的。男人對他們心愛的女人，往往是冷酷無情的，女人對男人也是這樣。但是，這種冷酷也是從天地間普遍存在的冷酷中產生出來的。所謂普遍的冷酷，包括地位對性情的冷酷，手段對目的的冷酷。今天對昨天的冷酷，將來對今天的冷酷。與這些冷酷相比，男女之間的冷酷還算是溫柔。

黛絲的家族——那不可一世的德伯維爾世家——以前讓克萊爾覺得氣數已盡，令人生厭，現在卻讓他覺得古趣盎然，觸人心弦。這種事情存在著政治價值與想像價值的區別，他以前爲什麼沒有看出來呢？就想像價值而言，黛絲作爲德伯維爾家的後代，具有非常重大的意義，儘管沒有絲毫的經濟價值，但是對於富於夢想的人，對於感嘆盛衰興亡的人，卻是極其有用的素材。可憐的黛絲在血統和姓氏方面有點出衆的地方，這是個很快就要被人遺忘的事實，她與金斯比爾那些大理石牌坊和鉛棺材裡的那些屍骨有著一脈相傳的關係，這個事實也將永遠被人遺忘。時間也在殘忍地摧毀他自己的羅曼史。如今，他時常想起黛絲的容貌，覺得能看見她臉上閃現出她祖宗奶奶的莊嚴儀態。這一幻覺使他產生了一種以前體驗過的像全身過電似的感覺，讓他覺得快要暈倒了。

黛絲雖然過去受過玷污，但是像她這樣的女人，就憑她現有的麗質，也勝過那些黃花閨女。以法蓮拾取剩下的葡萄，不也強過亞比以謝所摘的新鮮葡萄嗎？❷

這表明舊情復萌了，恰好爲黛絲寫信傾訴衷情創造了有利條件。這時候，克萊爾老先生那封信轉寄給兒子，不過安傑遠在內地，要過好久他才能收到。

與此同時，寫信人對安傑見信後會不會回來，時而覺得希望很大，時而覺得希望很小。她所以不抱多大希望，是因爲她生平中有些直實導致了他們的分離，這些事實至今沒有改變，也永遠不會改變。當初待在一起都沒能使他回心轉意，現在各一方也就更不可能了。雖說如此，黛絲還是在情意綿綿地琢磨一個問題：一旦安傑回來了，她該做些什麼，才能討得他的歡心。她唉聲嘆息，怨自己當初聽他彈豎琴時，沒有留意他都彈了些什麼曲子，也沒有更好奇一些，問問他在鄉下姑娘唱的民謠裡，他最喜歡哪幾首。這時，安比・西德林跟隨伊

❷引自《聖經・舊約・士師記》第八章第二節。

茲從塔爾勃塞來到了這裡，黛絲就拐彎抹角地向他探問，碰巧他還記得，當初在牛奶場爲逗奶牛下奶所唱的歌謠裡，克萊爾好像最喜歡〈丘比特的花園〉、〈我有獵園，我有獵犬〉以及〈天剛破曉〉；他好像並不喜歡〈裁縫的褲子〉，也不喜歡〈我長得這麼漂亮〉，儘管這是兩首很好的歌謠。

她現在心血來潮，一心就想唱好這幾首歌謠。她有空的時候，就暗中偷偷練習，尤其是練習那首〈天剛破曉〉——

起來，起來，起來，園中百花盛開，
採一朵美麗的鮮花，獻給你的所愛。
在這五月的時光裡，天色剛剛破曉，
隻隻斑鳩和小鳥，在枝頭築新巢。

在這乾冷的日子裡，每當她離開其他姑娘單獨幹活的時候，她就唱著這些歌護，聽到她的歌聲，就是鐵石心腸也會被融化的。她一面唱一面在想，也許克萊爾終究不會回來聽她唱歌了，因此不由得淚流滿面，再說那天眞痴迷的歌詞也餘音裊裊，彷彿在嘲弄歌唱者那顆悲切的心，使他覺得越發痛苦。

黛絲完全沉緬於這種迷夢中，好像不覺得季節在推移，不知道白天越來越長，聖母領報節即將來臨，再過不久就是舊曆聖母領報節，她在這裡的合約期也就結束了。

但是，還沒等到那個結帳日，就發生了一件事，讓黛絲把心思轉到截然不同的事情上了。一天晚上，她像平常一樣，和那家人一起坐在寓所的樓下，忽然聽見有人敲門，說是要找黛絲。黛絲朝門口望去，只見背著漸漸暗淡的光線，站著一個人影，從身材和高矮看，像是一個女人，從身材的粗細看，像是一個孩子。在黃昏的餘暉中，黛絲沒有認出這個又高又細、又孩子模樣的人，直至聽見那姑娘叫了一聲，「黛絲！」

「怎麼——你是麗莎－露嗎？」黛絲用驚異的口氣問道。一年多以前，她離開家鄉的時候，露還是個孩子，在卻突然長到這麼高了，就連露自己也弄不明白是怎麼回事。她那件連衣裙以前顯得很長，現在卻顯得很短，連衣裙底下露著兩條細腿，兩隻胳膊和兩隻手顯得不自在，這些都顯示了她的年輕幼稚。

「是我。黛絲，我累呼呼地走了一整天了，」露用不動情感的嚴肅口吻說道。「就是爲了找你。我可累壞了。」

「家裡出什麼事兒啦？」

「媽媽病得很厲害，大夫說她不行了，爹身體也不大好，還說像他這樣大戶人家的人，不該累死累活地幹這平常的苦力活，我們都不知道怎麼辦。」

黛絲站在那裡愣住了，過了半天才想起叫麗莎－露進屋裡坐。等她讓露進屋坐下，喝了一點茶以後，她也就打定了主意。她非得回家不可了。她的合約要到四月六日舊曆聖母領報節才能期滿，但是到那時也沒有幾天了，她決定不管那麼多了，立刻動身回家。

要是當天晚上就動身，就能早十二個鐘頭趕到家。不過，她妹妹又太累了，不到明天是沒有力氣再走那麼遠的路。黛絲跑到瑪麗安和伊茲的住處，把家裡的情況告訴了她們，托付她們替她向農夫好好解釋一下。回來以後，她給露做了晚飯，讓她吃完了，就叫她在自己的床上躺下了，然後把自己的東西盡量裝了一個柳條籃子，向露交代了一聲，叫她第二天早晨再走，自己便動身上路了。

第五十章

鐘敲十點的時候，黛絲投入到春分時節寒氣襲人的夜色裡，在清冷的星光下，開始了十五英里的行程。在偏僻的地方，對於悄然無聲的行人來說，黑夜不是一種危險，反而是一種保護，黛絲明白這一點，所以總是抄近路，順著白天不大敢走的小徑往前走。好在那時候路上沒人搶劫，她又一心惦記著母親，也就不害怕妖魔鬼怪了。就這樣，她上坡下坡，走了一英里又一英里，終於來到了布爾巴羅山。大約半夜時分，從山上往下望去，只見前面的山谷一片混沌，一樣東西也分辨不清，她就出生在山谷那邊。她已經在高地上走了五英里了，現在再在低谷裡走上十來英里，就到了她旅程的終點了。她順著下山的路往下走去，在暗淡的星光下，那蜿蜒曲折的道路只能勉強分辨出來。走了不久，就踏上了一片與高地截然相反的土地，不僅腳踩上去感覺不同，就是聞起來覺得不一樣。這就是布萊克摩谷那粘重的土壤，也是谷裡沒有大路穿行的地方。在這種粘重的土壤上，迷信思想也流傳得最久。這裡以前是獵園，現在在這朦朧的夜色中，好像有點舊態復現，只見遠近融爲一體，樹木和高籬顯得格外巍峨，格外蒼鬱。從前，這裡有被人追逐的獐鹿，有讓人刺扎、按入水中的女巫，有閃著綠光、對行人咯咯嗤笑的小妖精。如今，人們仍然相信這裡有不少這樣的東西，把這裡弄成了妖魔鬼怪匯集的地方。

到了納特爾伯里，她走過村裡的旅店時，旅店的招牌應著她的腳步聲，發出嘎吱嘎吱的響聲，除了她以外，沒有一個人聽見。她心目中彷彿看見，草房裡的人正渾身鬆弛地躺在黑暗中，身上蓋著用紫色方片布縫成的被子，藉助睡眠來消除疲勞，以便明天一早，漢布爾登山上剛剛露出一點粉紅色的晨曦，就要重新上工。

到了三點鐘，她走完了迂迂曲曲的籬路，拐過最後一個彎，進了馬洛特村。她走過以前參加過遊行會的那塊草地，她在這裡第一次見到安傑．克萊爾，但他卻沒有跟她跳舞，爲此她還仍然感到很失望。在她家那個方向，她看見了一道燈光。這是從臥室的窗口射出來的，有一根樹枝在窗前晃來晃去，把燈光弄得忽明忽暗，彷彿是在朝她擠眉弄眼。她剛能看清房子的輪廓——那草屋頂已用她的錢修葺一新了——昔日的舊印象全都浮現在黛絲的腦海中。這座房子彷彿是她身體和生命的部分：天窗上的斜坡，山牆上的灰石面，煙囪頂上的破裂磚層，全都與她息息相通。在她看來，這些東西都一副昏昏沉沉的樣子，表示她母親病了。

她輕輕地推開門，沒有驚動任何人。樓下屋裡空無一人，但是看護她母親的那個鄰居走到了樓梯口，悄悄地對她說，她母親還沒有見好，不過這會卻睡著了。黛絲先做點早飯吃了，然後來到母親房裡，擔起看護的職責。

早晨，她打量弟妹的時候，只見他們一個個顯得特別細長。雖說她離家才一年多不，但他們的發育卻眞驚人。她現在必須一心一意地照料他們，所以也顧不得自己的煩惱了。

她父親還是害著那種說不清的什麼病，像往常一樣坐在椅子上。但是，黛絲回家後的第二天，他卻顯得異常快活。原來，他想出了一個合理的生活計劃，黛絲問她是什麼計劃。

「我在琢磨給英國這一帶的古董收藏家個個發一封信，」他說，「叫他們捐一筆款來養活我。我敢肯定，他們會覺得這件事很有傳奇色彩，很有藝術風味，而且完全合情合理。他們肯花那麼多錢去保存古蹟，去尋找人骨頭什麼的，他們要是知道有我這樣一個人，就一定會覺得活古董更有意思。最好有誰能挨門逐戶地去告訴他們，說他們中間就有一個活古董，而他們卻不把他當一回事！發現我的特林厄姆牧師，假使他還活著，我敢肯定，他早就辦好這樁事了。」

黛絲顧不得與父親爭辯這項偉大的計劃，她得先處理一些緊急的事情，因爲她儘管一次次往家裡寄錢，但家裡的境況並沒得到什麼改善。家裡急迫的事緩解下來以後，她又開始張羅外面的事。眼下正是栽插和播種的季節，村民的許多園子和租地都已春耕過了，但是德貝菲爾家的園子和租地卻還沒動手。她驚愕地發現，所以出現這種情況，那是因爲家裡把作種子用的馬鈴薯也吃光了——這是不顧將來的人最大的過失。她趕緊又弄了一些東西補種上了，過了幾天，經她左勸右說，她父親終於能出來照看園子了，而她自己則去料理村外二百來碼遠的那塊租來的地。

她母親的病情有了好轉，不用她在床前伺候了，她在病人房裡守了這麼多天，現在能到地裡幹活，當然很高興。激烈的活動可以使人心裡鬆快一些。那塊地處在一片又高又乾燥的空曠圍地裡，像這樣的地總共有四五十塊，等白天的雇工收工以後，這裡的活才幹得最熱火。通常是六點鐘開始刨地，一直要忙到黃昏，或者月亮出來以後。眼下，許多租地上正燒著一堆一堆的雜草和垃圾，那乾燥天氣正適於焚燒這些廢物。

有一天，天朗氣清，黛絲和麗莎—露跟一些鄰居在這裡忙活，一直幹到太陽最後的光線平射到作爲地界的白色木樁上。太陽一落山，暮色剛降臨，絆根草和白菜莖的火光開始一陣一陣地照亮農田，濃煙隨風飄蕩，農田的輪廓在煙霧下忽隱忽現。火光亮起來的時候，那一片貼地橫吹的濃煙，也被映成了暗淡的發光體，把忙活的人們彼此隔絕開來。看到這般光景，就能理解白天是一堵牆、晚上是一片光的「雲柱」❶是怎麼回事了。

暮色越來越暗，一些在地裡忙活的男女已經收工回家了，但是大多數人還待在地裡，想把莊稼種完，其中就有黛絲，不過她把妹妹先打發回家了。她正待在一塊燒著絆根草的地裡，拿著鐵搭在幹活，鐵搭上有四根閃閃發亮的尖齒，一碰上石頭和乾土塊就叮叮作響。有時候，她完全被煙氣籠罩，接著煙氣散開，她的身影又顯露出來，讓草堆上那黃銅色的火光映照著。今天晚上，她穿著得很奇怪，看起來有些顯眼。她穿著一身洗過多次、已經褪成白色的長裙，上面罩著一件黑色茄克，整個看來，好像把賀喜和送殯兩種身份合而爲一了。她後面那些女人都穿著白圍裙，在一片昏暗中，只能看見這些白圍裙，以及她們那灰白的面孔，只有火光照射在她們身上的時候，才能看清她們的全身。

朝西望去，在低垂的灰色天空襯托下，聳立著構成地界的荊棘樹籬，樹上的葉子都脫光了，樹枝像鐵絲一般。往上看去，木星像一朵盛開的水仙花懸在天上，亮晶晶的差不多能照出影子來。還有幾顆叫不出名字的小星星，也在天上閃爍。遠處有一隻狗在汪汪叫，乾燥的大道上，時而有車輪轆轆駛過。

工人手裡的鐵搭還在一刻不停地叮叮作響，因爲時間還不算太晚。儘管空氣又清新又凜冽，但卻蘊含一點春天的氣息，鼓舞著工人們興致勃勃地做下去。這個地方，這種時刻，這劈哩啪啦的一堆堆火，這神秘奇幻的光與影，都別有一番意味，讓黛絲和大伙喜歡待在這裡。在寒冬裡，夜色像魔鬼一樣降臨，在炎夏裡，夜色像情人一樣降臨，可是在這三月天裡，夜色降臨卻猶如一付鎮靜劑。

❶語出《聖經・舊約・出埃及記》第十三章第二十一節。

誰也沒有注視自己的伙伴。大伙的眼睛都盯著地面，看著翻過來的被火光照亮的表面。就這樣，黛絲一面翻弄土塊，一面傻呼呼地哼著小調，心裡幾乎不再指望克萊爾還會聽到這些歌了。過了好久，她才注意到有個人在離她很近的地方幹活。這人身穿一件粗布長衫，黛絲見他拿著鐵搭和她在同一塊地裡幹活，還以爲是父親打發他來幫工的。後來他刨地的方向變了，使他靠得更近了，黛絲越發意識到他就在近前。有時濃煙把他們兩個隔開，隨後濃煙一散開，兩人又能彼此看見，不過跟其他人還隔開著。

黛絲沒跟幫她幹活的人說話，那人也沒跟她說話。黛絲也沒有多去琢磨他，只記得他白天沒在地裡幹活，覺得他並不是馬洛特村的雇工，不過她也不覺得奇怪，近些年來，她時常離開家鄉，長年累月不回來。後來，那人刨到她身邊了，他搭齒上反射出來的火光，跟她搭齒上反射出來的火光看得同樣清楚了。黛絲用鐵搭摟著枯草往火堆上送的時候，只見那人在火堆那面做著同樣的事。火光忽地亮起來了，她認出那是德伯維爾的面膛。

黛絲見他突然出現在這裡，穿著如今只有最古板的農民才肯穿的打褶粗布長衫，樣子顯得非常古怪，不禁覺得既可怕又可笑，一想到這裡面的含義，眞叫她感到心寒。德伯維爾發出一陣又低又長的笑聲。「如果我愛說笑話，我就要說：這眞是像樂園一樣啊！」他異想天開地說，一面歪著頭看著黛絲。

「你說什麼？」黛絲弱聲弱氣地問道。

「好說笑話的人會說，這裡就像樂園一樣。你是夏娃，我就是那個老東西，❷裝扮成下等動物來引誘你。我以前搞神學的時候，就非常熟悉彌爾頓描寫的那個場面。有幾句是這樣

---

❷指藉蛇身來引誘夏娃的撒旦。

寫的——

『皇后，路已停當，並不算遠
就在一排桃金娘的後面……
如果你接受我的指引，
我能很快把你帶到那邊，』
『那就帶路吧！』夏娃說道。❸

等等。我親愛的、親愛的黛絲，正因爲你把我想得很壞，我就把你心裡、嘴裡要說的話，先替你說出來了，儘管我並非那樣。」

「我從沒說過你是撒旦，也沒這麼想過。我壓根兒沒有那樣看待你。除了你公開冒犯我以外，我平時對你的看法還是很冷靜的。……怎麼，你是完全爲了我才來這兒刨地的嗎？」

「完全爲了你。爲了看看你，沒有別的。這件粗布長衫，是我在路上看見掛著出賣的，才想起來買來穿上了，免得惹人注意。我是特地來阻止你，不許你再這樣幹活了。」

「可我喜歡這樣——我是替我父親幹活。」

「你在那個地方的合約期滿了嗎？」

「是的。」

「你下一步打算去哪兒？去找你那親愛的丈夫？」

❸引自《失樂園》第九卷第六百二十六至六百三十一行。

黛絲忍受不了他這羞辱性的話語。

「哦——我不知道！」她辛酸地說道。「我沒有丈夫！」

「一點不錯——照你說的那個意思。不過，你有一個朋友，我已經打定主意，不管你有什麼意見，我非要讓你過上舒服日子。等你回到家裡，你就會看到我給你送去了些什麼東西。」

「哦，亞歷克——我不要任何東西！我不能要你的東西！我不願意——這不妥當！」

「很妥當！」德伯維爾滿不在乎地嚷道。「像你這樣一個深受我疼愛的女人，我不能眼看著她受罪而不幫忙。」

「可我過得挺好的呀！要說我受罪，那只是因爲——因爲——壓根兒不是因爲生活問題！」她轉過臉去，又拼命地刨起土來，眼淚撲簌簌地滴到鐵搭柄和土塊上。

「因爲那些——因爲你弟弟妹妹，」德伯維爾接著說，「我已經在替他們著想了。」

黛絲心裡在顫抖，德伯維爾那句話擊中了她的痛處。他已經猜到了她主要的焦慮。這次回到家裡以後，她懷著熱烈的手足之情，一心撲在那些孩子們身上。

「要是你母親好不了，總得有人照料這些孩子，我想你父親是不大中用的。」

「有我幫他，他行。他不行也得行！」

「還有我幫忙呢。」

「不，先生！」

「你眞是糊塗透頂！」德伯維爾大聲嚷道。「嗨，你父親還把我看成一家人，他會很願意我幫忙的！」

「他可不這樣看了，我已經把眞情告訴他了。」

「那你就更糊塗了！」

德伯維爾一氣之下，從她身邊退到樹籬那裡，把他穿來掩護自己的粗布長衫扯下來，捲成一團，扔進火裡，轉身走開了。

在這之後，黛絲再也不能繼續刨地了。她覺得心神不定。她心裡納悶，德伯維爾是不是又去她家裡了。於是，她拿起鐵搭朝家裡去了。

走到離家還有二十來碼的地方，她遇見了一個妹妹。

「哦，黛茜——你想想怎麼啦！麗莎在哭鼻子，家裡擠了一大堆人，媽媽的病好多了，可大伙都說爹爹死了！」

這孩擬只知道這消息非同小可，卻不知道事情多麼悲慘。她站在那裡，兩眼瞪得圓圓地瞧著黛絲，表示事關重大，後來看到黛絲聽到消息後的神情，才又說：

「怎麼，黛絲，咱們再也不能跟爹爹說話了嗎？」

「可是爹爹只是有點小病呀！」黛絲心神慌亂地說道。

麗莎走來了。

「爹剛才過去了，給媽看病的大夫說，他是沒救了，因爲他的心都堵住了。」

是啊，德貝菲爾夫婦算是換了個位置，瀕臨死亡的人脫離了危險，有點欠安的人卻離開了人間。這消息聽起來了不得，實際上關係還要重大。原來，他們這位父親活在世上，除了做點事之外，還有一個好處，否則他就沒有多大用處了。他們住的這座房子，只有三代人的租賃期限，德貝菲爾是最後一代，房主早就想把房子收回來，騰給那些缺房子的長工居住。再說，終身租房的人總要擺出一副獨立自主的架勢，簡直就像自由保產人一樣惹人討厭，因此租期一到，房子就決不會續租了。

德貝菲爾家原本是姓德伯維爾，他們還是本郡的名門望族的時候，一定有過許多次，把像他們如今這樣無房無地的佃戶，毫不客氣地驅逐出門，不想這種命運，現在卻落到了他們的後代身上。由此看來，在這天地之間，萬物都在不斷變化，時起時落，交替更迭。

第五十一章

舊曆聖母領報節的前一天終於來到了，農業界的人們興起一股一年中只有在這一天才能出現的流動熱潮。這是個履行契約的日子，人們在聖燭節那天簽訂了下一年外雇工的合約，現在就要付諸實施。凡是不願待在老地方的農工——農工這個字眼是從外地傳來的，在這之前，本地的農工一直把自己稱作「伙計」——都往新農場上轉移。

這種一年一度的遷移活動，在這裡越來越盛行。黛絲的母親很小的時候，馬洛特村一帶的農夫大多是一輩子待在一個農場上，而這個農場又是他們的父親和爺爺生活的地方。可是近年來，年年遷移的願望已經達到了高潮。對於比較年輕的人家來說，這種遷移不僅很有意思，而且還可能帶來好處。農工們總覺得自己住的地方是埃及，老遠看著人家住的地方是福地，等自己搬到那個福地住下以後，才發現這福地又變成埃及了。❶於是，他們就不停地遷徙。

然而，鄉村生活中越來越顯著的變動，並非完全出於農業界的動蕩不定。農業人口也在不斷減少。以前和農工一起住在鄉村裡的，還有一班很有意思，也比較有見識的人，顯然比農工高出一等——黛絲的父母就屬於這一類人——他們當中，有木匠、鐵匠、鞋匠、小販以及其他一些難以歸類的非農場工人；這些人有的像黛絲的父親一樣，是房產的終身承租人，

❶有關以色列人從埃及逃往福地迦南的故事，見《聖經·舊約·出埃及記》第一章至第十六章。

或副本土地保有者偶爾也有不動產的終身保有者，因此他們的目標和職業都比較穩定。但是，他們久住的房子租期一滿，就很少再租給他們這樣的人居住，如果房主並不急需把房子租給雇工住，就往往把房子收回去拆掉。那些並不直接從事農業的村民，一般都不受人喜歡，他們之中一旦有人搬走了，別人的生意也受到影響，只好跟著搬走。這些人家，過去本是鄉村生活的中堅力量，是鄉村傳統風俗的貯藏所，現在卻只得逃往人口稠密的大地方，去尋找避難所了。這一變化過程，照統計學家的幽默說法，是「鄉村人口流入城市的趨勢」，其實是一種水受機械驅動，而往山上倒流的趨勢。

馬洛特的房子因爲拆掉許多，數量便大大減少了，凡是剩下沒拆的房子，農場主都要用來給雇工住。村裡的人本來就不相信德貝菲爾家的高貴出身，自從那件事發生以後，黛絲的生命就給罩上了一道陰影，大家便暗中認定，等到租期一滿，即使爲了道德風化的緣故，也要讓他們一家搬走。的確，這家人在節制、戒酒、貞潔方面，都不能算是好榜樣。那位父親，甚至那位母親，經常喝得醉醺醺的，家裡幾個小孩子很少上教堂做禮拜，那位大女兒還跟人有過離奇的結合。村裡的風暴總得設法保持純潔。所以，一到聖母領報節那天，可以驅趕德貝菲爾一家人了，房主就把那座寬敞的房子收回來，讓給一個趕大車的人口很多的人家居住。瓊·德貝菲爾、她女兒黛絲和麗莎－露以及亞伯拉罕，都出去跟幾個朋友告別去了，黛絲留在家裡看門，等他們回來。

黛絲跪在窗前的凳子上，臉挨著窗子，只見窗玻璃外層的雨水順著內層往下流。她的目光落在一個蜘蛛網上，那蜘蛛大概早已餓死了，因爲它把網結錯了地方，蒼蠅根本不往那個角上飛，從窗縫裡稍微透進一點風，蜘蛛網就顫抖起來。黛絲琢磨著家裡的境況，覺得自己成了禍根。假若她這次不回家，人家也許讓她母親和弟妹按禮拜付租金，繼續住下去。但是，她剛一回來，就被村裡幾個謹小愼微、頗有勢力的人看見了。他們看見她在教堂墓地裡閑著沒事幹，手裡拿著一把小鏟子，把一個快要塌平的嬰孩墳墓盡量修復好。這樣一來，他們就發現她又住到村裡來了，便責怪母親不該「窩藏」她。瓊嚴詞加以反駁，自動提出立刻搬走，人家就抓住她這句話，要求她兌現。因此，才鬧出了這樣的結果。

「我眞不該回家！」黛絲辛酸地自言自語。

黛絲光顧得想心事，所以，她雖然看見一個穿白雨衣的人，騎著馬從街上走來，起初卻沒有理會他。也許是因爲她的臉離玻璃窗很近，那人卻立刻看見了她，並且拍馬來到房屋前面，一直走到牆跟前，馬蹄差一點踩到牆根底下那一窄溜花圃。那人用馬鞭子敲了窗戶，黛絲這才看到他。雨差不多已經停了，黛絲遵照他的手勢，打開了窗戶。

「你沒看見我嗎？」德伯維爾問道。

「我沒留意。」黛絲說道。「我想我聽見你來了，不過我還以爲是來了一輛馬車。我像是在做夢。」

「啊——你也許是聽到了德伯維爾家的馬車。我想你聽說過那個傳說吧？」

「沒有聽說。我的——有個人有一次想告訴我，可是沒講出來。」

「你如果是地地道道的德伯維爾家的後代，我想我也不該講給你聽。至於我麼，不過是個冒牌的，沒有關係。這傳說還眞夠嚇人的。據說有一輛誰也看不見的馬車，只有德伯維爾家族的人才能聽見它的聲音，而且不管誰聽到這聲音，都被認爲是一種不祥之兆。這關係到一件凶殺案，是德伯維爾家族的一個人幾百年前犯下的。」

「你既然說開了頭，那就索性說完吧！」

「好吧。據說德伯維爾家的一個人搶了一個美貌的女人，裝在馬車裡要帶走，那女人想要逃跑，兩人便打了起來，也不知道是男的把女的殺了，還是女的把男的殺了，反正我記不清了。……我見你們把洗衣盆和水桶都收拾起來了。你們要搬走吧？」

「是的，明天……舊曆聖母領報節。」

「我聽說你們要搬，但是不怎麼相信，好像太突然了。怎麼回事？」

「我父親是這座房子的最後一代租戶，父親這一死，我們就沒有權利再住下去了。不過，要不是因爲我的話，她們也許可以按禮拜付租金繼續住下去。」

「你怎麼啦？」

「我不是——不是個正經女人。」

德伯維爾臉上刷地紅了。

「眞他媽的不要臉！可憐的勢利小人！但願他們的骯髒靈魂都給燒成灰燼！」他用譏諷的憎惡口吻嚷道。「你們是因爲這個才要搬家的，是吧，是讓人趕出去的？」

「也不全是讓人趕出去的。不過，既然人家說我們得快點搬走，最好還是趁大家都在搬遷的時候，我們也跟著搬走，這樣機會好一些。」

「你們要到哪兒去？」

「金斯比爾。我們在那兒租下了房子。母親對父親的老祖先非常痴迷，想到那兒去。」

「不過你母親帶那麼一大家子，跑到那麼一個小鎭上租房子住，太不合適了。你們爲什麼不去特蘭嶺的房子裡？我母親去世以後，已經不養什麼雞了，不過那座房子還跟你在的時候一樣，園子也沒變。那房子一天就能粉刷好，你母親可以舒舒服服地住在裡面，我還要把你的弟弟妹妹送進一所好學校。我眞該幫你點忙！」

「可我們已經在金斯比爾找好房子！」黛絲說道。「我們可以在那兒等——」

「等——等什麼？無疑是等你那位可愛的丈夫啦。你聽我說，黛絲，我了解男人的脾氣。我還記得你們兩人分離的原因，我敢肯定，他是決不會和你重新和好的。我以前雖然是你的冤家，現在可是你的朋友了，不管你信不信。到我那座小屋去住吧。我們正經地養一大群家禽，讓你母親好好飼養。你弟弟妹妹可以去念書。」

黛絲的呼吸越來越急促，最後她終於說道：「我怎麼知道你能完全這麼辦呢？你會變卦的——那樣一來——我們就——我母親就會——再次無家可歸了。」

「哦，不會，不會。如果有必要，我可以立個字據給你，保証不會變卦！」

黛絲搖了搖頭。但德伯維爾一再堅持，她以前很少見他這樣堅決，不容許她不答應。

「告訴你母親，」他加重語氣說道。「這件事應該由她來決定——不是由你。我要讓人明天早上就把房子打掃乾淨，粉刷一新，再把火生起來，到晚上屋子就乾了，你們可以直接去那裡。記住，我等著你們。」

黛絲又搖了搖頭，心頭湧起一股複雜的情感。她都不能抬頭看德伯維爾了。

「我知道，我過去有虧於你，」德伯維爾接著說。「而且你又治好了我那一陣宗教狂。所以，我很——」

「我倒寧願你還是個宗教狂，那樣你就會帶著那股狂熱繼續去傳教！」

「我很高興能有這個機會對你作點補償。明天，我等著聽見給你母親卸行李的聲音。……那就擊掌表示一言爲定吧——親愛的、美麗的黛絲！」

德伯維爾說到最後一句話時，聲音降到了喃喃細語，還把手伸到半開半掩的玻璃窗裡。黛絲眼裡露出狂暴的神情，急忙拉動窗栓，一下把德伯維爾的胳膊夾在窗扇和石牆之間。

「該死的——你太狠心了！」德伯維爾趕忙把胳膊抽出來，說道。「不，不！——我知道你不是有意的。好啦，我期待你去，至少你母親和你弟妹能去。」
「我是不會去的——我有的是錢！」黛絲嚷道。
「在哪兒呢？」
「在我公公那裡，只要我跟他要，他會給我的。」
「只要你跟他要。可你不會跟他要的，黛絲。我是了解你的，你寧願自己餓死，也決不會向別人要錢！」
說完這話，他就騎著馬走開了。剛走到街角，他遇見了那個提油漆桶的人，那人問他是不是拋棄了教友。「去你媽的吧！」德伯維爾說。
黛絲待在原來的地方愣了半天，後來心裡突然感到一陣悲憤，覺得自己所受的待遇太不公正了，不由得眼眶裡湧滿了熱淚。她丈夫安傑·克萊爾也像別人一樣，待她太狠心了，的確太狠心了！她以前從不容許自己抱有這樣的想法，但他確實待她太體感了！她可以從心底裡發誓，她長了這麼大，還從沒有意志去做壞事，然而她卻遭到了如此嚴厲的懲罰。不管她犯了什麼罪，反正都不是有意的，而是出於無心，既然如此，她為什麼總要沒完沒了地遭受懲罰呢？
她在激憤之中，隨手抓過一張紙，草草地寫道——

> 哦，安傑，你為什麼待我這麼殘忍呀！我不該受到這樣的待遇。我把這件事仔仔細細地琢磨了一番，我永遠、永遠也不能寬恕你！你分明知道我並非有意傷害你——你為什麼要這樣傷害我呀？你太狠心了，眞是太狠心了！我要設法把你忘掉，我在你手裡沒得到一丁點公道！

她留心等著，看到郵差從門前走過時，便跑出去把信交給了他，然後返回到屋裡，木然坐在窗前。

不管是這樣寫法，還是情意綿綿的寫法，反正都一樣。哀求怎麼能打動他的心呢？事實沒有改變，並沒有發生什麼新情況，使他改變自己的看法。

天色越來越暗，爐裡的火光映照著室內。兩個歲數較大的孩子跟著母親出去了，家裡還有四個小的，年齡從三歲半到十一歲，全都穿著黑衣服，圍在壁爐房，喋喋不休地講些孩子的話題。後來黛絲也跟他們湊在一起，卻沒有點蠟燭。

「寶貝們，我們在自己出生的屋子裡，只能睡這最後一晚上了，」她急切地說道。「我們應該好好想一想，對吧！」

孩子們全都默默無語。他們在這小小年紀，本來情緒很容易受感染，雖然一想到要搬到個新地方，他們整整高興了一天，但是一聽見黛絲說出這種永離家鄉的傷心話，一個個都要失聲痛哭了。黛絲連忙換了話題。

「寶貝們，唱支歌給我聽吧！」她說。

「唱什麼呢？」

「會唱什麼就唱什麼，隨便。」

大家停頓了一下。接著，先是聽到一個細小的聲音，試著唱起來，隨即又有一個聲音跟著幫腔，然後是第三個、第四個聲音一道唱了起來，歌詞都是在主日學校裡學來的——

我們在世上受苦受難，
剛剛相見又得分離；
到了天堂，我們永不離散。

四個孩子一直繼續唱著，個個都露出冷漠遲鈍的神情，只有早已認清這個問題的人，覺得不會有什麼差錯，不需要再加考慮的時候，才會流露出這副神情。他們把臉繃得緊緊的，盡力咬準一個個音節，一面盯著閃閃爍爍的爐火，最小的孩子拖腔拉調，別人唱完了他還沒打住。

黛絲離開他們，又走到窗前。外面已是一片黑暗，但她卻把臉貼在玻璃窗上，彷彿要探夜色似的。其實，她在掩飾自己的眼淚。要是她能相信孩子們在歌裡唱的那些話，要是她能確信眞是那樣，那麼一切該是多麼不同，她可以多麼放心地把他們托付給天公，托付給未來的天國！但是，既然這是不可能的，她就得替他們想想辦法，做他們的天公了。對於黛絲來說，也像對於千百萬別的人一樣，那位詩人的詩句裡含有可怕的諷刺意味——

我們不是赤身裸體，
而是拖著光輝的雲彩來到塵世。❷

在黛絲以及她那樣的看來，降生人世只是一種令人屈辱的、人爲造成的強迫性的磨難，

❷引自華茲華斯的詩〈永生的啓示〉第五節。

它是那樣多此一舉，從結果來看，似乎也沒有理由可言，充其量掩飾一下那種多餘。

過了不久，她看見母親帶著高個兒的麗莎—露和亞伯拉罕，在茫茫夜色中，順著濕漉漉的大路走來。德伯維爾夫人穿著木套鞋，咯　咯　地走到門口，黛絲打開了門。

「我看到窗外有馬蹄印兒，」瓊說。「有人來過咱家嗎？」

「沒有，」黛絲說。

爐邊的幾個孩子一本正經地看著黛絲，有一個還嘟噥說：

「咋啦，黛絲——來過一個騎馬的先生呀！」

「他不是來咱們家的，」黛絲說。「他只是打這兒路過，跟我說了幾句話。」

「那人是誰？」母親問道。「是你丈夫嗎？」

「不是。他這輩子再也不會來了，」黛絲帶著冷漠的絕望神情答道。

「那是誰呢？」

「哦——你不用問啦。你以前見過他——我也見過。」

「啊——他對你說什麼啦？」瓊好奇地問道。

「等明天我們在金斯比爾的住所安置好了，我再告訴你——一字不漏地告訴你。」

她剛才說過，那個人不是她丈夫。然而她又意識到，從肉體的意義上講，只有他這個人才算是她的丈夫，這個念頭越來越沉重地壓在她的心頭。

第五十二章

第二天凌晨，天還黑沉沉的，住在大路附近的人總覺得有一種隆隆的響聲，時斷時續，一直鬧騰到天亮，攪得他睡不安穩。這種聲音總是出現在每年這個月份的頭一個禮拜，正如杜鵑的啼聲總是出現在這個月份的第三個禮拜一樣。這是大搬遷的前奏，是打發空車去拉搬遷人家的行李物品，因爲在這一帶，農場主需要雇用工人時，總要派車去把雇工接到目的地。爲了確保在一天內搬遷完畢，從半夜三更起，大車就開始隆隆作響了，車夫們就想在六點鐘趕到搬遷人家的門口，以便把他們那些可以搬動的家具物品，馬上動手往車上裝。

但是，卻沒有哪個農場主急於派車來接黛絲和她母親一家人。她們不過是女人家罷了，並不是被需要的勞動力，哪裡也不會特別需要她們。因此，她們只得自己出錢雇車，沒有撈到免費搬運的好處。

那天早晨，天氣陰沉，刮著大風，但是黛絲往窗外一看，只見並沒下雨，大車已經來了，不由得放下心來。

搬遷的人家最怕聖母領報節那天下雨，那番情景眞讓搬遷的人家終生難忘：家具淋濕了，被褥淋濕了，衣服也淋濕了，搞得一家人接二連三地害病。

她母親、麗莎—露和亞伯拉罕也都醒了，不過還讓那幾個小的繼續睡著。母親和三個大孩子在微弱的亮光裡吃早飯，然後就動手「搬家」了。

幾個人忙得倒挺高興的，還有一兩個要好的鄰居也來幫忙。大件家具裝好以後，又把床和被褥圍成一個圓窩，好讓瓊．德伯維爾和幾個小孩子在路上坐。裝好車以後，又等了好久才把馬牽來，因爲裝車的時候，馬具全都卸下去了。但是，大約兩點鐘的時候，人馬終於全都上路了，飯鍋掛在車軸上來回晃蕩，德伯維爾夫人和孩子們坐在車頂上，她把那個鐘抱在膝上，就怕把零件震壞了，大車每次使勁一顛，鐘就打一下或一下半，聽起來像受了傷似的。黛絲和她大妹妹跟在大車旁邊走著，出了村子才坐上車。

昨天晚上和今天早晨，他們到幾個鄰居家告過別，有幾個鄰居來給他們送行，一個個都祝他們好運，不過他們心裡卻在暗暗思忖，像這樣一家人，是不會有什麼福份的。其實，德伯維爾家只會自己吃虧，從來害不了別人。走了不久，車子就開始爬坡了，隨著地勢和土壤的變化，寒風也來得更加凜冽了。

那天恰好是四月六號，德伯維爾家乘坐的馬車在路上遇見了許多別的馬車，車上裝著家什麼物品，家什物品上坐著一家人。大家的裝車方式，都遵循一種幾乎一成不變的格式，這大概是鄉民特有的格式，就像六角形蜂窩爲蜜蜂所特有的一樣。安置在顯要位置的家具，總是那個碗櫥，上面帶有發亮的拉手、斑駁的指印和厚厚的油垢，按照自然的擺法，高高地豎在車前，緊挨著轅馬的尾巴，就像是一個約櫃❶似的，非得恭恭敬敬地搬運不可。

這些搬遷的人家，有的興高采烈，有的垂頭喪氣，還有的停在路旁客店的門口。到了適當的時候，德伯維爾一家也在客店門口停下車子，給馬上點料，讓人歇一歇。

停車歇息的時候，黛絲忽然發現，在離同一家客店不遠的地方，也停著一輛搬遷的馬車，坐在車上的女人和車下的人，來回傳遞著一個容量爲三品脫的藍色酒罐子。有一次，酒

❶據《聖經》所言，約櫃是一種木頭櫃子，內置刻有十誡的兩塊石板，藏於古猶太聖殿內的聖所內。

罐子往上傳遞的時候，她順著罐子往上看去，只見伸手接罐子的人，居然是她的一個熟人。黛絲朝那輛馬車走去。

「瑪麗安！伊茲！」她對那兩個姑娘大聲喊道，因爲正是她們倆坐在車上，跟著她們寄居的那家人一道搬遷。「你們跟大伙一樣，今天也搬家嗎？」

她們說是的。弗林庫姆阿什的日子過得太苦了，她們跟格羅比幾乎連招呼都沒打，就離開了那裡，他要是想告發，就讓他告發去吧！她們把自己的目的地告訴了黛絲，黛絲也把自己的目的地告訴了她們。瑪麗安俯身靠在家具上，壓低聲音說道：「老跟著你的那位先生——你猜得著我說的是誰——在你走了以後，還跑到弗林庫姆阿什找你呢，這你知道嗎？我們知道你不願意見他，就沒告訴他你去哪兒了。」

「唉——可我還是見到他了，」黛絲嘟噥道。「他找著我了。」

「他知道——你要搬到哪兒去嗎？」

「我想知道的。」

「你丈夫回來了沒有？」

「沒有。」

這時，兩輛馬車的車夫都從客店裡走出來了，黛絲便向朋友告了別，兩輛馬車又上路了，朝相反的方向駛去。瑪麗安、伊茲以及她們跟隨的那戶莊稼人家乘坐的馬車，漆刷得亮鋥鋥的，由三匹身強力壯的馬拉著，馬具上鑲著光彩奪目的銅飾；而德伯維爾夫人一家乘坐的馬車，卻只是一個吱吱嘎嘎的破架子，上面裝著那麼些重東西，簡直有些支撐不住了，大概自從造好以來，就從沒上過油漆，而且只用兩匹馬拉著。兩者一對照，就能充分顯示出，讓家道興旺的農場主派車來接，和自己搬到沒人雇用的地方，眞有天壤之別。

路途很遠，一天走完可眞夠受的，把兩匹馬累得筋疲力盡。他們儘管很早就動身了，但是直到下午很晚的時候，才來到了屬於綠山高地的另一側。趁著馬停下來撒尿喘氣的工夫，黛絲朝四下望去。他們前面的山下，就是他們要去的那個死氣沉沉的小鎭金斯比爾，這裡埋著黛絲的父親誇耀贊頌得令人厭煩的祖先。如果說天底下有什麼地方可以算作德伯維爾家族的故土，那就是這金斯比爾，因爲他們在這裡住了整整五百年。

這時，只見有一個人從鎭子外面朝他們走來。那人看出車上裝著什麼樣的貨物以後，便連忙加快了腳步。「我估計著你就是德貝菲爾太太吧？」他對黛絲的母親說道。這時，黛絲的母親已經下了車，打算走完剩下的路。

她點了點頭。「不過，要是我珍重我的權利的話，我該是那新去世的沒落貴族約翰・德伯維爾爵士的寡婦，這下可回到了他祖宗的老家。」

「哦？這個我可一點也不知道。不過，你要是就是德貝菲爾太太的話，主人打發我來告訴你，你要的屋子已經租出去了。我們不知道你要來，今兒早上才接到你的信——可惜太晚了。不過，你一準能在別的地方租到房子。」

那人注意到了黛絲的面孔，只見她聽到這個消息以後，臉上變得煞白。她母親也露出一副百般無奈的神氣。「咱們這可怎麼辦呀，黛絲？」她悲戚地說道。「咱們回到你祖先的故土，就受到這樣的歡迎啊！不過，咱們再想想法子吧！」

馬車拉到鎭上，母親帶著麗莎—露，不遺餘力地去打發有沒有房子，黛絲就留在馬車那裡，照看弟弟妹妹。一個鐘頭以後，瓊最後一次回到馬車那裡，找房子的事還是毫無結果。這時馬車夫說，必須把東西卸下來，因爲馬已經累壞了，再說路途那麼遠，他當晚至少得往回走一段。

「好吧，就卸在這兒吧，」瓊也不在乎了，「反正我能找到遮身的地方。」

他們的馬車停在教堂墓地的牆腳下，待在一個隱蔽的地方，馬車夫聽說叫他把東西卸在那裡，正對他的心思，便連忙動手，不久就把那些破爛家具卸下來了。卸完以後，德貝菲爾夫人付了車錢，這樣一來，她幾乎是身無分文了。馬車夫趕著車離開了，他心裡不禁樂孜孜的，覺得不必再與這樣的人打交道了。那天晚上天氣比較乾燥，他料想他們也不會挨雨淋。

黛絲絕望地看著那一堆家具。春天夕陽的清冷光輝，不懷好意地射到瓦罐和水壺上，射到一把把迎風顫抖的乾香草上，射到碗櫥的銅拉手上，射到他們全都睡過的藤搖籃上，射到磨得發亮的鐘殼上，這些家具全都露出責怪的神氣，覺得它們本是擺在屋內的東西，現在卻給拋在露天之下，任憑風吹日曬。朝四周望去，以前用作獵園的崗巒山坡，現在全都分割成一塊一塊的小牧場了，從前坐落著德伯維爾家府邸的地方，現在只剩下一片綠色的地基了，就連埃格敦荒原外圍的大片曠野，以前也是德伯維爾家的地產。在這近前，有一條教堂走廊，叫作德伯維爾側廊，在冷漠地旁觀著。

「難道咱們家的墳地也不能算是咱們家的地產嗎？」黛絲的母親在教堂和教堂墓地轉了一圈，回來以後說道。「這當然是咱們家的地方啦。孩子們，咱們先在這兒住下來，等你們祖先的故里給咱們找到房子再說。來，黛絲、麗莎、亞伯拉罕，你們來幫幫我。咱們給這些孩子搭個窩，再出去轉轉看。」

黛絲無精打采地幫著，一刻鐘之後，才把那張舊四柱床從家具堆裡搬出來，支在教堂的南牆下面，也就是人稱德伯維爾側廊的那塊地方，下面就是那大墓穴。床架的天蓋上方，有一個鑲著美麗花紋窗頂的玻璃窗，窗子由好多格子組成，是十五世紀的產物。人們都把它叫作德伯維爾之窗，窗戶上方可以看出家徽來，和德貝菲爾的古印和古匙上的家徽一樣。

瓊拿帳子把床圍起來，作成一個絕妙的帳棚，然後把幾個小孩子放進去。「到了眞沒有辦法的時候，咱們也能在這兒睡上一夜，」她說。「不過，咱們還是再試試看，給幾個小乖乖搞點東西吃。唉，黛絲，你就愛玩那嫁給有錢人的把戲，可如今咱們都落到了這步田地，你那把戲還有什麼用呢？」

於是，她讓麗莎—露和兒子陪著，又登上了兩條把教堂和小鎮隔開的小路。他們剛走到街上，就看見一個人騎在馬上東張西望。「啊——我在找你們哪！」他說著，就騎著馬走了過來。「這眞是一次在故土上的家庭聚會呀！」

此人正是亞歷克．德伯維爾。「黛絲在哪兒？」他問。

瓊本人對亞歷克沒有好感。她只是隨便朝教堂方向指了指，就又往前走去，德伯維爾對她說，他剛才聽說他們沒有找到房子，過一會還找不到的話，他還會再去看他們的。他們三個走了以後，德伯維爾騎著馬回了客店，過了不久又步行著走了出來。

這時候，留下來照管孩子的黛絲，在床上跟弟弟妹妹們說了一會話，後來覺得眼前沒有辦法使他們感到安適了，便起身在教堂墓地走來走去。那時暮色已經降臨，教堂墓地漸漸暗了下來。教堂的門沒有門住，她平生第一次走進了這座教堂。

他們床鋪上方的那個窗戶裡面，就是德伯維爾家幾百年間落葬的地方。一座座墳墓都遮著華蓋，呈祭壇形狀，樣子很樸素；上面的雕刻已經殘缺不全，模糊不清了；那銅紀念牌也從框子裡脫落了，上面只剩下一些釘眼，就像沙石懸崖上的沙燕窩。在黛絲看來，所有使她感到他們家族已經沒落的跡象中，沒有什麼東西比這殘破的光景更有說服力了。

她走到一塊黑石頭跟前，只見上面用拉丁文刻著——

黛絲不像紅衣主教那樣精通教堂拉丁文，但是她知道，這是她祖墳的墓門，墓門裡面埋著她父親喝酒時所贊頌的那些高貴的爵士。

她在默默沉思，轉身離開的時候，從一個最古的祭壇式墳墓旁邊走過，只見上面躺著一個人形。在一片昏暗中，她先前沒有注意到它，若不是她起了一種奇怪的幻想，覺得那個人形彷彿在動彈，她現在也不見得會注意到它。她一走到那個人形跟前，便立即看出那是一個活人。她這才意識到，她並非一個人待在這裡，不由得驚駭萬分，眼看著身子往下倒，差一點昏過去。不過，她還是認那個人就是亞歷克．德伯維爾。

「我看見你進來了，」他笑盈盈地說道。「我不想打斷你的思緒，就跑到那上面去了。這是跟地下那些老祖宗的一次家庭聚會，難道不是嗎？你聽著。」

他用腳跟使勁往地上跺，只聽從地下發出一陣咚咚的迴響。

「我敢說，他們這下可要受點震動了！」他接著說。「你剛才還以為我只是他們中的一個石像。這可不對。一朝天子一朝臣。如今我這個冒牌的德伯維爾就是伸出一根小姆指，也比地下那個正牌的德伯維爾王朝對你們更有用處。現在，就請吩咐我吧！」

「你給我走開！」黛絲嘟噥道。

「我走——我去找你母親。」德伯維爾平靜地說道。但他從黛絲身邊走過時，又低聲說道：「記住我這話：你有朝一日會對我客氣起來的！」

德伯維爾走了以後，黛絲就伏在墓地入口，說道：

「我為什麼偏偏待在門外面，而不躺在門裡面哪！」

與此同時，瑪麗安和伊茲・休特隨著那個農夫的家什，繼續朝她們的福地迦南進發，其實她們的這個福地，只不過是那天早上另一戶人家剛剛離開的埃及。不過，她們並沒多去考慮她們要去的地方。她們在談論安傑・克萊爾和黛絲，談論黛絲那個百折不撓的戀人，她們一方面是聽人說，一方面是自己揣測，早已知道他以前與黛絲的關係了。

「如今可不是黛絲還不認識那個人以前的情況了。」瑪麗安說道。「黛絲以前上過他一次當，這可是了不得的事情。要是黛絲再上他一次當，那眞是萬分可憐了。伊茲，克萊爾這輩子是不會把咱們放在心上的，咱們幹嗎不去成全他們，使他們倆重歸於好呢？他只要知道黛絲處於什麼樣的困境，受到什麼樣的誘惑，他就會回來保護自己的親人的。」

「咱們能不能告訴他呢？」她們一路上都在琢磨這件事，但是到了目的地以後，她們光顧得忙忙碌碌地安置新家，沒有工夫考慮別的事了。不過，一個月之後，她們終於安置好了，雖然沒有聽到黛絲的消息，但卻聽說克萊爾快要回來了。一聽到這個消息，她們心裡重新勾起了對克萊爾的舊情，然而又能用光明磊落的態度對黛絲，於是，瑪麗安打開她們花一便士買來的共用的墨水瓶，兩人合湊著寫了一封信——

尊敬的先生：

如果你眞像你太太愛你那樣愛她，那就快去照看她吧！因爲她正被一個僞裝成朋友的敵人逼得傷透腦筋。先生，那個人本該離她遠遠的，卻總在她身邊轉來轉去。一個女人的力量本來就承受不了的壓力，再說，不斷的滴水能穿透石頭——甚至能穿透鑽石。

兩個好心人

她們把信寄往埃明斯特牧師住宅，因爲與安傑・克萊爾有關的地址，她們只知道這一個。信寄走以後，她們還在爲自己的慷慨行爲感到洋洋得意，並在得意之餘，歇斯底裡般地一會兒唱歌，一會兒哭泣。

第五十三章

埃明特牧師住宅，正是傍晚的時候，牧師的書房裡，照例有兩支蠟燭，在綠色的燭罩下點著，但是牧師卻沒坐在書房裡，春日漸漸轉暖，屋裡生一點火就足夠了，牧師只是偶爾進來撥撥火，然後又出去了。有時，他會到前門口站一下，再往客廳裡轉一趟，隨後又是回到前門口。前門是朝西開的，雖然屋內已是一片昏暗，外面倒還有些亮光，眼下可以看得清清楚楚。克萊爾太太本來一直坐在客廳裡，現在也跟著丈夫來到了門口。

「還早著呢，」牧師說道。「就是火車不誤點，他也得在六點鐘才能到達喬克牛頓，然後還有十英里的鄉間道路，其中五英里得走克里默克羅克籬路，就憑著咱們那匹老馬，走起來快不了。」

「可是，親愛的，那匹馬拉我們的時候，那點路它一個鐘頭就走下來了。」

「那是多年以前的事了。」

他們就這樣爭論了一會，兩人都明白，這是白費口舌，最要緊的就是老老實實地等待。後來，籬路上傳來了輕微的響聲，柵欄外面果眞出現了那輛小舊馬車。他們看見從車上下來了一個人，便裝出認識他的樣子，其實，假如他們這時候不是在等一個人，而且這個人不是從他們的馬車上走下來，而是在街上和他們相遇，那他們眞會失之交臂，認不出他來。

克萊爾太太穿過黑暗的過道，一直衝到門口，她丈夫跟在她後面，走得比較慢些。

新來的人剛要進門，就在門口看見了他們那焦灼的面孔，看見了他們的眼鏡上映照出來的亮光，因爲他們兩個正面對著夕陽的餘暉，而他們卻只能看到他那背對霞光的身影。

「哦，我的孩子，我的孩子——你終於回來了！」克萊爾太太嚷道。

雖說兒子是由於離經叛道的原因，才離別了這麼久，但是做母親的對他這方面的污點，就像對他衣服上的塵土一樣，絲毫也不在意。說實在的，世界上的女人中，即使最忠實於眞理的信徒，誰會相信經文上有關福禍賞罰的話，就像相信自己的子女一樣呢？將神學和子女的幸福權衡起來，誰還會把神學放在心上呢？一走進點著蠟燭的屋子，克萊爾太太就打量起兒子的臉。

「哦，這哪是安傑——哪是我的兒子——哪是離家時的安傑呀！」她心裡一陣難過，就用反話大聲嚷道，一面轉過身去。

那位做父親的見了兒子，也頗爲驚愕。他這個兒子當初受到家庭事件的愚弄，在一陣厭惡之下，貿然跑到國外，在那裡經受了煩惱和惡劣氣候的折磨，已經瘦得不成樣子，和以前完全判若兩人。我們所看到的，與其說是一個人，不如說是一副骨頭架子，與其說是一副骨頭架子，不如說是快成了一個鬼魂。他簡直比得上克里維利❶畫中那死去的基督。他那深深下陷的眼睛露出一副病態，眼睛中也沒有一絲光澤。他那些年邁的祖宗那乾癟枯瘦、布滿皺紋的面容，已經提早二十年在他臉上出現了。

「你們知道，我在那邊病了一場，」他說。「現在病好了。」

然而，彷彿要証明他在撒謊似的，他的兩條腿有些發軟，他急忙坐了下來，才沒有倒在地上。其實，他只是由於那天路上勞頓，加上到家後心情激動，便微微覺得有點發暈。

❶克里維利，義大利十五世紀畫家，他所畫的「聖母憐子圖」，藏於倫敦國立名畫館。

「近來有我的信嗎？」他問道。「你們最後轉給我的那封信，我險些沒收到，因爲我待在內地，耽擱了很久，才轉到我手裡。要不然，我也許會早點回來。」

「那大概是你妻子寫給你的信吧？」

「是的。」

最近只寄來過一封信。他們知道兒子就要動身回家，也就沒轉寄給他。

那封信一拿出來，克萊爾便急忙拆開了，看到黛絲最後一次用潦草的字跡，急匆匆地向他表示的那番情緒，心裡很是忐忑不安。

> 哦，安傑，你爲什麼待我這麼殘忍呀！我不該受到這樣的待遇。我把這件事仔仔細細地琢磨了一番，我永遠、永遠也不能寬恕你！你分明知道我並非有意傷害你——你爲什麼要這樣傷害我呀？你太狠心了，眞是太狠心了！我要設法把你忘掉，我在你手裡沒得到一丁點公道！
>
> 黛

「確實如此呀！」安傑放下信，說道。「也許她永遠也不會跟我和好了！」

「安傑，別爲一個鄉下的土孩子難過啦！」他母親說道。

「鄉下的土孩子？我們全都是鄉下的土孩子。我倒希望她眞是你說的那種鄉下的土孩子。不過，有些情況我以前從沒對你透露過，現在就跟你說一說吧：她父親是最古老的諾曼第世家的嫡系後裔，像我們這一帶的許許多多村民一樣，過著默默無聞的農家生活，被人稱作『鄉下的土孩子。』」

過了不久，安傑就上床安歇了。

第二天早晨，他覺得身上很不舒服，就待在房裡想心事。當初，他丟下了黛絲，使她陷入那樣的境況，當他還待在赤道的南面，剛收到她那封情眞意切的信時，他覺得他一旦想要寬恕她，馬上就可以趕回來撲進她的懷抱，這是天底下再容易不過的事情了，但是他現在回來了，事情卻不像他想像的那麼容易了。黛絲是個感情容易衝動的女人，她眼下這封信又表明，由於他遲遲不歸，她對他的看法已經改變了——他傷心地承認，這種改變完全是正當的——在這種情況下，他不由得問自己：他事先也不打個招呼，就當著她父母的面去見她，這是不是明智？如果說在他們分離的最後幾個禮拜裡，她對他的愛戀當眞變成了憎惡，那他們突然一見面，也許會說出些刻薄的話來。

因此，克萊爾覺得最好往馬洛特村發一封信，告訴黛絲和她娘家的人，說他已經回來了，希望黛絲像他出國時安排的那樣，仍然住在娘家，這樣可以讓他們有所準備。他當天就把信發出去了，那個禮拜還沒過去，他就收到了德貝菲爾夫人寄來的一封短短的回信。這封信並沒有打消他的局促不安，因爲信上沒有標明地址，而且使他驚訝的是，這封信不是從馬洛特村寫來的——

先生：我寫這封短信告訴你，我女兒目前不在我身邊，我也拿不準她什麼時候會回來，不過她一回來，我就會告訴你的。至於她斬（暫）時住在什麼地方，我覺得不能隨意告訴你。我只能說，我和我的孩子們離開馬洛特村，已經有些日子了。

瓊·德貝菲爾

從信上可以看出，黛絲至少是安然無恙的，克萊爾也就覺得放心了，從德貝菲爾夫人沒把黛絲的行蹤告訴他，並沒有使他難過多久。顯然，他們一家人都在生他的氣。他只好等著德貝菲爾夫人把黛絲回來的消息告訴他，從信裡的意思來看，黛絲好像不久就會回來的。他不配受到更好的待遇。他的愛也是「一發現變故便要轉舵。」❷他出國期間，有過一些奇特的經歷，曾在名義上是科內利亞的人身上，看到了實際上的福斯蒂納，曾在肉體上是芙琳的人身上，看到了精神上的盧克麗霞；❸曾想到那個被人捉住、放在衆人當中、該用石頭砸死的女人，❹還想到那個當上王后的烏利亞之妻。❺曾責問自己，他評判黛絲時，爲什麼不從發展的眼光去看，而只看過去的歷史，爲什麼不看意願，而只看行爲？

他在父親家裡又待了一兩天，等候瓊．德貝菲爾答應的第二封信，同時也好間接地恢復一點體力。體力倒是有些恢復了，瓊的回信卻不見蹤影。於是，他把黛絲行弗林庫姆阿什寫給他的，由他家裡給他轉寄到巴西的那封信，又找了出來，重新看了一遍。信上的字句還像他第一次閱讀的時候一樣，深深地觸動著他——

❷引自莎士比亞十四行詩第一百一十六首。
❸科內利亞是古羅馬龐培大將的妻子，以貞潔而聞名；福斯蒂納爲古羅馬王后，以淫蕩而聞名；芙琳係古希臘有名的娼妓；盧克麗霞是羅馬故事中的賢妻，被塔奎尼烏斯姦污後，自殺身亡。
❹據《聖經．新約．約翰福音》第八章第一節至第十一節：文士和法利賽人帶來一個行淫時被拿的婦人，想用石頭砸死，但耶穌卻寬恕了她，救她改邪歸正。
❺據《聖經．舊約．撒母耳記下》第十一章：烏利亞的妻子撥示巴與大衛王同房懷孕，大衛王殺死烏利亞之後，娶撥示巴爲妻。

我在困難中必須向你呼喚——我沒有別人可以求救。……如果你不能馬上就來，也不讓我去找你，我想我只有死路一條了。……請你，請你不要光講公正——還要對我稍微仁慈一點。……你要是回來了，我就可以死在你懷裡。只要你寬恕了我，我會心甘情願地死去。……只要你肯寫幾個字告訴我，說你就來啦，那我就會等下去，安傑，哦，高高興興地等下去！……想想我總是，總是看不見你，心裡該有多麼痛苦！唉，我的心每天都是無時無刻不在疼痛，假如我能讓你那顆親愛的心每天只痛上短短的一分鐘，你也許會可憐一下你這孤苦伶仃的妻子。……只要和你生活在一起，即使不能做你的妻子，哪怕做你的僕人，我也心滿意足，而且滿心歡喜。我只想待在你身邊，不時地看上你幾眼，覺得你是我的人。……不論是在天上，還是在地上，還是在地下，我不想別的，只想見到你，我的親愛的。到我身邊來吧，到我身邊來吧，把我從威脅我的危險中救出來吧！

克萊爾決定，不必相信她最近對他那種比較嚴厲的態度，而要立刻動身去找她。他問他父親，他離家期間，黛絲是否向他要過錢。父親回答說沒要過，這時安傑才第一次想到，黛絲是礙於面子不肯求人，她一定受盡了貧困的折磨。現在牧師夫婦已從兒子的口中，得知了他們小倆口分離的眞正原因。老倆口身爲虔誠的基督教徒，既然把拯救墮落的人作爲自己特別關心的事，那麼，儘管黛絲的血統、天眞、甚至貧窮都不曾激起他們的惻隱之心，現在她的罪孽卻立刻博得了他們的憐憫。

安傑匆匆忙忙整理行裝準備上路的時候，看到了一封也是最近才收到的簡短的信——也就是瑪麗安和伊茲寄來的那封。信的開頭寫道——

尊敬的先生：

如果你真像你太太愛你那樣愛她，那就快去照看她吧！

信的落款是：兩個好心人。

第五十四章

一刻鐘之後，克萊爾就走出牧師住宅，他母親眼望著他那消瘦的身影，在街上走得沒影了。他不肯借用父親的老馬，因爲他知道，家裡也離不開那匹馬。他跑到客棧，雇了一輛小馬車，心裡急火火的，連套馬的工夫都等不及了。不到幾分鐘，他就坐著馬車，往鎮外那條山道上駛去。三、四個月以前，也就是順著這條山道，黛絲滿懷希望地下了山，後來希望破滅了，又心灰意冷地上了山。

不久，本維爾路就展現在他面前，路旁的樹籬和樹木含著苞芽，一片紫紅。但是克萊爾心裡想著別的事情，偶爾瞥一下周圍的景物，只是爲了確保不要走錯了路。不到一個半鐘頭，他就繞過金斯欣托克莊園的南端，來到了那個淒涼晦氣的十字手。正是在這個可怕的孤石跟前，亞歷克·德伯維爾一時心血來潮，想要改過自新，便逼著黛絲奇怪地對天起誓，以後永遠不再存心誘惑他。坡堤上，去年的蕁麻留下了灰白光禿的枯莖，今春的嫩綠新枝又從老根上發了出來。

他從這裡，順著俯視其它欣托克莊田的那片高地的邊沿，向前走了一陣，然後往右一拐，進入了空氣清爽、石灰地質的弗林庫姆阿什。黛絲給他寫的那些信裡，有一封上就標著這個地址，因而克萊爾認爲，這就是她母親所說的她暫時居住的地方。當然，他在這裡並沒找到黛絲，使他更加沮喪的是，他發現這裡的村民，還有那個農夫，雖然對黛絲這個名字還記憶猶新，但卻從未聽說有個「克萊爾太太」。顯而易見，他們分離期間，黛絲從沒用過他的姓。她覺得他們已經徹底脫離了關係，爲了自尊起見，她不僅不再姓克萊爾的姓，還寧願自己歷盡艱辛（克萊爾現在才頭一次得知這個情況），也不肯去找他父親要錢。

大伙告訴他，黛絲也沒正式辭工，就離開了這裡，回到布萊克摩谷那邊她父母家裡去了，因此他得去找德貝菲爾夫人。德貝菲爾夫人告訴他說，她現在不住在馬洛特了，但是試來奇怪，又不肯把眞實地址告訴他，所以唯一的辦法，就是到馬洛特去打聽了。那個農夫本來對黛絲很凶狠，現在對克萊爾卻客客氣氣，把車馬借給了他，還打發車夫，把他送到馬洛特，因爲克萊爾雇的那匹馬，已經走夠了一天的路程，那車馬便轉回埃明斯特去了。

克萊爾坐著農夫的馬車走到布萊克摩谷的外沿，就發車夫趕著馬車回去了，他自己在一家客店裡住了一夜。第二天，他步行著走進了他親愛的黛絲的出生之地。當時節氣還早，園子裡和樹枝上還沒冒出多少青綠的顏色，所謂的春天，只不過是披著一層薄綠的冬天罷了。這和他預想的是一致的。

黛絲小時候居住的房子，現在卻住著與黛絲素不相識的另一家人。這新來的一家人正待在園子裡，興致勃勃地忙著自己的事情，好像這座住宅以前從沒住過別的人家，從沒與別人家的歷史發生過關係，其實，與以往人家的歷史比起來，這家人家的歷史只不過是一個痴人說的故事。❶他們在園子的小徑上走來走去，一心只想著自己的事情，他們的一舉一動，時時刻刻都與以前那些形影模糊的人相抵觸。他們說起話來，好像黛絲住在這裡的時候，也完全像現在這樣平淡無奇。就連春天的鳥兒也在他們頭上啾鳴，好像並不覺得有什麼人離去了似的。

---

❶「一個痴人說的故事」，見莎士比亞〈麥克白〉第五幕第五場。

這家人眞是些十足的傻瓜，連他們以前的住戶甚名誰都記不清楚，克萊爾向他們一打聽，才知道約翰・德貝菲爾已經死去，他的遺孀和遺孤都搬出馬洛特了，先說要到金斯比爾去住，後來又沒去那裡，卻到另一個地方去了，他們還把這另一個地方的名字，也告訴了克萊爾。現在，黛絲已經不住在這裡了，克萊爾就憎恨起這座房子了，於是他急忙走開了，也沒回頭望一眼。

他路過他頭一次看見黛絲跳舞的那塊草地時，只覺得那塊地方像那座房子一樣可憎，甚至更加可憎。他再往前穿過教堂墓地，只見許多新立的墓碑中間，有一塊式樣比較考究，上面刻著這樣的碑文——

約翰・德貝菲爾，實屬顯赫一時的德伯維爾家族之直系後裔，其祖先自征服者之武士佩根・德伯維爾爵士起，英傑輩出。卒於一八一一年三月十日。謹立此碑以資紀念。

英雄豪傑何竟滅亡。

有一個人，看樣子大概是教堂司事，瞧見克萊爾站在那裡，便走了過來。「啊，先生，這個人本不願意埋在這裡，卻想埋到金斯比爾去，因爲他的祖墳在那兒。」

「那他家裡人爲什麼不尊重他的意願呢？」

「哦——沒有錢唄。唉，先生，這話我可不願意到處亂講，不過——就連這塊墓碑，刻得這麼講究，還沒有付錢呢。」

「啊——是誰立的？」

這人就把村裡一個石匠的名字告訴了克萊爾，克萊爾一離開教堂墓地，就跑到那個石匠家裡去了。他發現那人說的果然不錯，就把錢付給了石匠。辦完這件事以後，他就轉身朝黛絲一家新搬的方向走去。

路途那麼遠，要走著去是辦不到的，但是克萊爾就想一個人圖個清靜，所以起初既沒有雇馬車，也沒去火車站，其實，只要乘上火車繞個彎，就可以到達那裡。可是走到沙斯頓，他就覺得非雇車不可了，但是路不好走，晚上大約七點鐘的時候，他才趕到瓊的住處，從馬洛特到這裡，總共走了二十多英里。

村子不大，克萊爾沒費勁就找到了德貝菲爾夫人的住處。那座房子坐落在一個有圍牆的園子裡，離大路比較遠，德貝菲爾夫人把她那些笨重的家具，也都盡力放置好了。克萊爾看得出來，由於某種原因，德貝菲爾夫人並不願意他來拜訪，因此他覺得，他這次拜訪未免有些莽撞。德貝菲爾夫人親自來到門前，夕陽的餘暉照在她的臉上。

這時克萊爾頭一次見到她，不過克萊爾正滿腹心事，顧不得仔細打量她，只見她還是個風韻猶存的女人，穿著一身體面的孀婦服裝。克萊爾只得解釋說，他是黛絲的丈夫，並且說明了他來這裡的目的，不過說得很笨拙。「我要立刻見到她，」他接著說道。「你說你會再給我寫信的，可你卻一直沒有寫。」

「因爲她一直沒回家，」瓊說道。

「你知道她現在好嗎？」

「我不知道，可你該知道呀，先生。」瓊說。

「這我承認，她現在待在什麼地方？」

從一開始見面，瓊就顯得有些尷尬，總是用手捂著臉腮。

「我——說不準她待在什麼地方？」她回答道。「她原先——不過——」

「她原先待在那兒？」

「呃，她目前不待在那兒了。」

瓊支支吾吾地說到這裡又頓住了，幾個小孩這時也溜到了門口，最小的一個扯了扯母親的衣襟，低聲說道：「這就是要跟黛絲結婚的先生嗎？」

「他跟黛絲結過婚了，」瓊輕聲說道。「回屋去。」

克萊爾看出她執意不肯吐露消息，便問：

「依你看，黛絲願意我去找她嗎？她要是不願意的話，當然——」

「我想她不願意。」

「你敢肯定嗎？」

「我敢肯定她不願意。」

克萊爾轉身想走，隨即又想起黛絲那封情意綿綿的信來。

「我敢肯定她願意！」他激烈地反駁說。「我比你更了解她。」

「八成是吧，先生，我從沒摸準她的脾氣。」

「德貝菲爾夫人，請你可憐可憐我這個孤苦伶仃的人，把她的地址告訴我吧！」

黛絲的母親又心神不定地用手直上直下的摸著臉，後來見克萊爾眞的很難過，終於低聲說道：「她在桑德伯恩。」

「啊——在桑德伯恩什麼地方？人家都說，桑德伯恩已經變成一個大地方了。」

「我只說得上她在桑德伯恩，詳情我就不曉得了。我也從沒去過那個地方。」

克萊爾看得出來，瓊說的是實話，因此他就沒再追問她。

「你缺不缺什麼東西？」他溫和地問道。

「不缺什麼，先生，」瓊答道。「我們的日子過得不錯。」

克萊爾也沒進屋，就轉身走了。前面三英里處，有個火車站，他拿錢把車夫打發了，自己走到了車站，過了不久，開往桑德伯恩的最後一班車啓動了，車上的乘客就有克萊爾。

第五十五章

那天晚上，克萊爾來到桑德伯恩，在一家旅館找到了一個床位，立刻打電報把地址告訴了父親，這時已是夜裡十一點了，但他還是走到了街上。時間已經太晚了，沒法去拜訪求見任何人了，他無可奈何，只得挨到第二天早晨再說。但他還無心回屋安歇。

這是一個時髦的海濱勝地，東西各有一個火車站，還有幾個碼頭，一片片的松樹林，一條條的人行道，一座座蓋有頂棚的花園，在克萊爾看來，猶如一個仙境，神杖一指就突然出現了，然後又讓它稍稍蒙上了一層塵土。廣闊的埃格敦荒原東端的邊沿地帶就在眼前，然而就在這片古老的黃褐色的荒原邊上，卻出現了這樣一座新奇而光彩奪目的遊樂城市。離城郊不到一英里的地方，每一塊高低不平的土地都是史前的殘跡，每一道溪溝都是沒有受過干擾的不列顛古道，自從凱撒大帝以來，這裡的草地沒有一塊被人翻動過。然而，那外來的風物，就像先知的蕁麻一樣，❶在這裡生長起來，並把黛絲引到了這裡。

克萊爾置身於一個舊世界的這個新天地裡，藉助半夜路燈的亮光，沿著彎彎曲曲的道路來回溜達，只見這裡建有無數新奇的宅第，宅第那巍然聳立的屋頂、煙囪、觀景台、塔樓，掩映在樹木之間，星光之下。這是一個由一座座獨家大宅構成的城市，是英吉利海峽之濱的

❶據《聖經・舊約・約拿書》第四章第六節和第七節，耶和華讓一棵　麻在一夜之間長得高出人頭，第二天又使其枯死。

一個地中海遊憩地，現在在夜間來看，似乎比實際上還要巍峨壯觀。

大海就在眼前，但卻沒有發出擾人的喧噪，海水只在輕聲蕩漾，克萊爾還以爲是松濤瑟瑟；松林瑟瑟作響，與海水的聲音毫無二致，克萊爾又以爲是海水在輕聲蕩漾。

他的年輕妻子黛絲，本是一個鄉下姑娘，在這樣一個富麗時髦的地方，她又可能待在什麼地方呢？他越琢磨，越感到迷惑不解。難道這裡有牛奶可擠嗎？毫無疑問，這裡是無地可耕的。她很可能是讓哪個大宅子雇來做事的。於是，他一面往前走，一面望著那些宅第窗戶，只見窗裡的燈光一個接一下地熄滅了。他心裡納悶，不知道黛絲待在哪一家。

猜測是毫無用處的。剛過十二點，他就回到了旅館，上床躺下了。熄燈之前，他把黛絲那封言詞熱烈的信重又看了一遍。然而他卻無法入睡了——離她這麼近，卻又這麼遙遠——他不斷地拉起百葉窗，直朝對面那些房子的背後打量，心想不知道黛絲在哪個窗戶裡面安歇。

他跟坐一夜差不多，簡直沒怎麼合眼。早晨七點他就起床了，過了不久就出了旅館，朝著郵政總局走去。到了郵局門口，他遇到一個很機靈的郵差，從郵局裡走出來，拿著早班的信件，準備去分發。

「你知道一位克萊爾太太的地址嗎？」安傑問道。

郵差搖了搖頭。

這時，克萊爾忽然想起，黛絲可能還在用她娘家的姓，於是便說：

「或者說德貝菲爾小姐呢？」

「德貝菲爾？」

這個姓對郵差來說也是陌生的。

「你知道的，先生，在這兒天天都是人來人往的，」他說。「要是不知道住址，就沒法找到人。」

正在這時，又有一個郵差從郵局裡面匆匆走了出來，克萊爾又向他問了一遍。

「我沒聽說有姓德貝菲爾的，不過有個姓德伯維爾的，住在蒼鷺，」第二個郵差說道。

「這正是我要找的，」克萊爾嚷道。他以爲黛絲改用她祖上的眞姓了，心裡一陣高興。「蒼鷺是個什麼地方？」

「一棟時髦的公寓。唉，這裡到處都是公寓。」

他們告訴了克萊爾去那棟公寓怎麼走法，克萊爾就急急忙忙地趕去了，等他找到了地方，一個送牛奶的也到了那裡。蒼鷺雖然是座普通的別墅，但是卻坐落在自己的庭園裡，從外表看來，非常像是私人宅第，誰也想不到它竟會是一座公寓。克萊爾心想，可憐的黛絲恐怕是在這裡當佣人，如果眞是那樣的話，她就會去後門迎接那個送奶的，因此他也想去後門那裡。然而，他也拿不準，所以還是轉到了前門，拉了拉門鈴。

因爲時間還早，女房東親自出來開了門。

克萊爾說他想找黛莉莎·德伯維爾，或者黛莉莎·德貝菲爾

「是德伯維爾太太嗎？」

「是的。」

這樣看來，黛絲是以已婚婦女的身份出現了，雖然沒用克萊爾的姓，他也覺得很高興。

「請你告訴她，就說有一個親戚急著要見她。」

「時間還很早。先生，你貴姓？」

「安傑。」

「安傑先生嗎？」

「不，就是安傑。這是我的名字。她會明白的。」

「我去看看她醒了沒有。」

克萊爾被領到用作飯廳的前屋，這裡的窗戶都掛著窗簾，透過窗簾往外看去，只見外面有一小片草地，上面有杜鵑和別的灌木。顯然，黛絲的處境並不像他擔心的那樣糟糕。他心想，她一定是用什麼法子，把那些珠寶要出來變賣了，才達到了這般境況。他絲毫也沒有責怪黛絲。過了不久，他那豎起的耳朵聽到了樓梯上的腳步聲，他的心頓時撲通撲通地亂跳起來，使他覺得非常難受，人都險些站不穩了。「天哪——她會怎樣看我呀——我都變成這副樣子啦！」他自言自語地說，這時門打開了。

黛絲出現在門口——一點也不像他料想的那樣——而且與他料想的截然相反，眞讓他大惑不解。她那天生的花容玉貌，讓她穿的衣服一襯托，即使不能說又平添了幾分姿色，卻也顯得越發艷麗。她身上披著一件寬鬆的淺灰色開司米羊毛晨衣，上面繡著半喪服的素色花樣，腳上穿著一雙同樣花色的拖鞋。她的頸子周圍鑲著細絨花邊，她那根讓人記憶猶新的深棕色髮辮，一半挽在背後，一半披在肩頭——顯然是匆忙的結果。

克萊爾伸出雙臂，但是又垂下來了，因爲黛絲並沒迎上前來，仍然站在門口。克萊爾現在只是一具蠟黃的骷髏，他感到他們兩人差異太大，覺得她一定會厭惡他這副模樣。

「黛絲！」他嗓子嘶啞地說道，「你能寬恕我撇下你走掉了嗎？你難道——不肯接近我嗎？你怎麼會變成——現在這樣？」

「太晚了，」黛絲說道，她的聲音傳遍整個房間，聽起來十分冷酷，她眼裡也閃射出不自然的光輝。

「我以前沒正確地看待你——沒有按你的眞實面目來看你，」克萊爾繼續申辯說。「現在我懂了，我最親愛的黛絲！」

「太晚了，太晚了！」黛絲說道，一面搖搖手，那副焦灼難忍的樣子，就像一個身受重刑的人，每捱過一瞬間，就如同一個鐘頭一樣難熬。「別靠近我，安傑！別——你不能靠近我。離我遠點。」

「我親愛的妻子，你是不是因爲我病成這副樣子，就不愛我了？你不是那種三心二意的人——我是特意來找你的——我父母親現在都很歡迎你。」

「好哇——哦，好哇，好哇！可是我說，我說太晚了。」

黛絲彷彿覺得像是夢中的逃亡者，只想走開，卻又走不開。「難道你不知道這一切——難道你不知道嗎？可你要是不知道，你又是怎麼找到這兒來的？」

「我到處打聽，才找到這兒來的。」

「我一直等你，等了又等，」黛絲接著說，她的聲音突然又像以前一樣柔和凄婉。「可你就是不回來。我寫信給你，你還是不回來。他總說你再也不會回來了，還說我是個傻女人。他待我很好，待我母親也很好，我父親死後，他待我們全都很好。他——」

「我不明白你是什麼意思呀？」

「他又把我弄到手了。」

克萊爾死勁地盯著她，隨即明白了她的意思，就像染上瘟疫似的，渾身發揮，目光也垂了下來，落到她的手上，只見原來紅潤的手，現在變得更白更嫩了。

黛絲接著說道：

「他在樓上。我現在恨死他了，因爲他對我撒謊——說你再也不會回來了。可你還是回來了！這身衣服都是他給我穿上的，我也不在乎，隨他怎麼擺佈！不過——安傑，請你走開吧，永遠不要再來了，好嗎？」

兩人直愣愣地站在那裡，心裡的茫然不知所措透過眼睛流露出來，而那淒愴憂傷的眼神，看起來眞讓人覺得可憐。兩人似乎都想找到藏身的地方，避開現實。

「唉——這都是我的過錯！」克萊爾說。

但他說不下去了。其實，說不說話都一樣無用。不過，他隱隱約約地意識到一個情況，儘管他到後來才對這一情況有了清楚的認識：他原來的那個黛絲，在精神上已經不再承認他面前的這個肉體是她自己的了——而是讓它像河上的浮屍一樣隨意漂，和她那有生命的意志分道揚鑣。

過了一會，克萊爾發現黛絲已經走了。他站在那裡，一心想著這一瞬間的情景，臉上變得更加冷峻，更加削瘦。又過了一兩分鐘，他發現自己來到了街上，恍恍惚惚地信步走去。

第五十六章

布魯克斯太太作爲蒼鷺公寓的女房東，又擁有那麼多華麗的家具，倒不是一個特別好管閑事的女人。她這個人說起來眞可憐，一向太看重物質利益了，成天的算計賺錢賠錢的事，琢磨怎樣招徠更多的房客，把他們口袋裡的錢掙過來，並沒有閑心去管別的事了。但是，安傑・克萊爾前來拜訪她那兩位肯付優厚房租的房客（她所認爲的德伯維爾夫婦），在時間和方式上都有些異乎尋常，不由得重新激起了她那女性固有的好奇心。本來，她一直壓抑著這好奇心，覺得除非與租房生意有關係，否則這種好奇心是毫無益處的。

黛絲是站在門口同她丈夫說話的，並沒走進飯廳。布魯克斯太太站在過道後面她自己的起居室裡，門半開半掩著，所以，那一對傷心人之間的交談——如果可以稱作交談的話——她能聽到一些片言隻語。她聽見黛絲又回到樓上，聽見克萊爾起身離去，順手關上了前門。接著，樓上房間的門關上了，布魯克斯太太知道，黛絲進到了自己的房裡。既然這位年輕的太太還沒有穿戴整齊，布魯克斯太太心想，她一時半刻不會再出來了。

於是，布魯克斯太太輕手輕腳地上了樓，站在前屋的門口。前屋是客廳，後面是臥室，中間有兩扇普通的折門連通。這二樓上有布魯克斯太太的最好套間，現在由德伯維爾夫婦按禮拜租用。這時候，後屋裡靜悄悄的，但從前屋裡卻傳來了聲音。

起初，她只能辨出一個音節，是連續不斷地低聲呻吟發出來的，就像綁在伊克西翁車輪

上的鬼魂發出的呻吟：❶

「哦——哦——哦！」

接著是一陣沉默，隨後是一聲沉重的嘆息，然後又是：

「哦——哦——哦！」

女房東從鑰匙孔裡望進去。雖然只能看見屋內的一小塊空間，但是早餐桌的一角，還有桌旁的一把椅子，卻出現在那一小塊空間裡，只見桌上早就擺好了早餐。黛絲跪在椅子前面，把臉伏在椅座上，兩手抱著頭，黑衣的下襬和睡衣的花邊全拖在身後的地板上，一雙腳伸在地毯上，腳上沒穿襪子，拖鞋也脫落了。那無法形容的絕望的呻吟，就是從她嘴裡發出來的。

接著，從隔壁臥室裡傳來一個男人的聲音：

「你怎麼啦？」

黛絲沒有回答，只是繼續念叨，聽那語氣，與其說是叫嚷，不如說是自語，與其說是自語，不如說是哀鳴。

布魯克斯太太只能聽清一部分——

「……我那親愛的、親愛的丈夫回來找我了……可我卻不知道……你用心險惡、花言巧語地勸說我……總是不肯罷休……是的……總是不肯罷休！我的小妹妹、小弟弟，我媽媽缺這缺那……你就利用這些東西來打動我……你說我丈夫再也不會回來了……決不會回來了。你還譏笑我，說我還盼他回來，眞是個傻瓜……最後我終於聽信了你的話，不再等他

❶伊克西翁是希臘神話中的拉庇泰王，因覬覦天后赫拉的美色，而被天神宙斯縛在永遠旋轉的車輪上受罰。

啦！……後來他卻回來了！現在又走了，又走了！第二次走了，這回我是永遠失去他了……今後他對我不會有一絲一毫的愛了……他只會恨我……唉，是啊，這回我又失去他了——又是因爲——你！」

她的頭本來伏在椅子上，在痛苦的扭動中，臉就轉得對著門口，布魯克斯太太看見她臉上痛苦萬狀，嘴唇都被牙齒咬出血來了，眼睛緊閉著，長長的睫毛濕成一綹一綹的，貼在臉上。她繼續說道：「他活不長了——他看樣子活不長了……我的罪孽會要了他的命，我自己卻死不了！……哦，我這一輩子全讓你毀了……我曾經哀求過你，讓你可憐可憐我，千萬不要再毀了我，可你還是把我毀了！……我自己的親丈夫永遠不能，永遠不能——哦，天哪——我受不了啦！受不了啦！」

那個男人說了幾句更難聽的話。接著，突然聽到一陣窸窸窣窣的聲音。原來，黛絲已經一躍而起。布魯克斯太太以爲她要衝出門來，便急忙退到樓下去了。

其實，她是不必跑開的，因爲客廳的門並沒有打開。但是布魯克斯太太覺得，再到樓上去偷看，畢竟是不大穩妥的，所以就走進了樓下她自己的起居室。

她儘管在樓下側耳細聽，但卻聽不見樓上有什麼動靜，於是就走進廚房，把沒吃完的早飯吃完。隨後她又回到一樓的前屋，拿起針線活計，等候房客拉鈴叫人收拾餐桌，她打算親自去收拾，以便看看究竟出了什麼事。她坐在那裡，可以聽見上面的樓板發出輕微的嘎吱嘎聲，好像有人在走動似的。過了不一會，就知道這動作是怎麼回事了，因爲她聽見了衣裙窸窣擦過樓梯欄杆的聲音，接著聽見前門打開又關上的聲音，然後就看見黛絲奔向柵欄院門，朝街上走去。她現在已經穿戴整齊，跟剛來的時候一樣，穿著闊家少婦的旅行服裝，所不同的是，帽子和黑羽上添了一塊面紗。

布魯克斯太太並沒聽見那兩位房客在樓上門口說過什麼暫別或久別的道別話。也許他們剛剛吵過嘴，要麼就是德伯維爾先生睡著了，他不是個愛早起的人。

布魯克斯太太走進主要供她起居的後室，在那裡繼續作針線活。那位女房客還沒回來，那位先生也沒拉鈴。布魯克斯太太在尋思，他們怎麼遲遲沒有動靜，今天一大早就來拜訪的那個人，與樓上這對夫婦究竟有什麼關係？她一面尋思，身子不由得靠在椅背上。

她這麼往後一靠，目光無意中落到了天花板上，只見在白色的天花板中間，出現了一個斑點，這是她以前從未見到過的。她剛一發現的時候，那個斑點就跟一塊薄脆餅一般大小，但是迅速擴大到跟她的手掌一樣大。隨後她又察覺到，那塊東西是紅色的。這個長方形的白色天花板上，中間添了這樣一塊紅斑，看起來好像一張巨大的紅桃愛司。

布魯克斯太太不知怎麼辦，心裡生出一陣陣的疑慮。她爬到桌子上，用手指摸了摸天花板上的那塊地方，只覺得濕乎乎的，好像是血跡。

她下了桌子，出了起居室，上了二樓，打算走進客廳後面的那間臥室。但是，儘管她現在並不慌張，但卻不敢去扭動那個門把。她仔細聽了聽。屋裡一片沉寂，只聽到一種均勻的滴答聲。

滴答，滴答，滴答。

布魯克斯太太急忙奔下樓，打開前門，跑到街上。鄰近別墅裡她認識的一個工人恰好打街上走過，她就求他進來，跟她一起上樓，她擔心她的房客出了什麼事。那個工人答應了，跟著她上了樓梯口。

她打開了客廳的門，自己往後一退，讓那個工人先進去，自己才跟了進去。屋裡並沒有人，桌上的早餐——一頓豐盛的早餐，其中有咖啡、雞蛋和冷火腿——還擺在那裡一動沒動，跟她先前投的時候一樣，只是切肉的刀子不見了。她叫那個工人穿過折門，到隔壁房裡去看看。

那工人打開門，剛往裡走了一兩步，就神色緊張地縮了回來。「天哪，床上那位先生死了！大概是讓刀子扎死的——地板上淌了一大灘血！」

他們馬上報了警，這所本來安安靜靜的房子裡，頓時響起了許多雜沓的腳步聲，其中就有一個外科醫生。傷口雖然很小，但是刀尖扎進了死者的心臟，只見他仰面躺著，面色灰白，直挺挺地斷了氣，好像被刺中後就沒怎麼動彈過。一刻鐘之後，本鎮一位旅客在床上被殺的消息，就傳遍了這個時髦的海濱勝地的每一條街道，每一座別墅。

第五十七章

與此同時，安傑．克萊爾木然地順著來的路往回走著，進了旅館以後，坐到了擺著早餐的桌子跟前，呆呆地瞪著兩隻眼。他毫無知覺地又吃又喝，後來突然要求結帳。結過帳以後，他就提起他隨身所帶的唯一行囊——一只裝梳洗用具的旅行袋，走出了旅館。

他正要離開的時候，一封電報遞到了他手中。一看是他母親打來的，上面只有寥寥幾句話，說是很高興知道了他的地址，還告訴他說，他哥哥卡思伯特已向默茜．錢特求婚，對方也已同意。

克萊爾把電報揉成一團，一路朝車站走去。到了車站才知道，要等一個多鐘頭才有火車開出。他只好坐下來等車，等了一刻鐘之後，又覺得不能在那裡再等下去了。他已經肝腸寸斷，心灰意冷，也沒有什麼急著要做的事了，但他在這裡遭遇了這番經歷，只想盡快離開這座城市，因此便轉身朝前面一個車站走去，好在那裡乘火車。

他走的那條大路空曠開闊，往前不遠，就通到一個山谷裡，而且可以看出，從山谷這邊伸展到山谷那一邊。他在這山谷裡走了大半路程，正在順著西邊山坡往上爬，這時他停下來喘口氣，不知不覺地回頭望去。他為什麼要回頭，他也說不出來。不過，好像有什麼東西逼著他這樣做。這條大路就像條帶子似的，在他身後越來越細，一直延伸到他望不到的地方。就在他回頭張望的時候，只見有一個小斑點，闖入了這條空曠灰白的大路，在往前移動。

這是一個正在跑動的人影。克萊爾就站著等候，模模糊糊地覺得，這個人想要追上他。

這個跑下山谷斜坡的人，看樣子是個女人，但是克萊爾萬萬沒有想到他妻子會來追他，因此，即便黛絲走到離他很近時，他也沒有認出她來，因爲他現在見到的她，所穿的衣服跟以前完全不同了。直到她走到他跟前時，他才敢相信這是黛絲。

「我就看見你——離開火車站的——我晚到了一步——就一路上跟著你追來了！」

黛絲臉色煞白，呼吸急促，渾身都在顫抖，所以克萊爾一句話也沒問她，只是抓住她的手，拉到自己的胳膊底下，領著她往前走去。爲了避免遇到其他行人，他帶著她離開了大路，拐向了幾棵樅樹遮掩下的一條僻靜的小路。他們深入到悲咽的樹枝下面時，克萊爾停了下來，用探詢的目光望著黛絲。

「安傑，」黛絲好像就在等待他這一目光，說道，「你知道我爲什麼這樣一路追趕你嗎？爲的是告訴你，我已經把他殺了！」她說這話的時候，臉上浮起一種令人痛憐的慘笑。

「什麼？」安傑說道，見她神態反常，以爲她有些精神錯亂。

「我把他幹掉了——我也不知道是怎麼幹掉的，」黛絲接著說道。「不過，安傑，爲了你，也爲了我自己，我應該這麼做。很久以前，我曾經拿皮手套打過他的嘴，當時我就擔心，有朝一日我會把他幹掉，因爲他利用我年少無知，設下圈套坑害了我，還通過我坑害了你。他離間我們兩個人，把我們給毀了，現在他再也幹不成這種勾當了。安傑，我那麼愛你，可我壓根兒就沒愛過他。這你也知道，是吧？你相信嗎？你不肯回到我身邊，我只好又跟著他。當初我那麼愛你，你爲什麼撇下我——爲什麼呀？我眞不明白你這是爲什麼。但我並不怪你，不過，安傑，既然我已經把他殺了，你能寬恕我對不起你的地方嗎？我一路追你的時候，心裡就在想：既然我把他幹掉了，你一定會寬恕我的。當時我心裡豁然一亮，覺得可以用這種辦法重新得到你。失去了你，眞叫我沒法再忍受了——你不知道我得不到你的愛，心裡壓根兒受不了這種痛苦。現在說你愛我吧，親愛、親愛的丈夫。既然我已經殺了他，說你愛我吧！」

「我的確愛你，黛絲——哦，我的確愛你——我的愛完全復蘇了！」安傑說道，一面懷著熾烈的感情，用胳膊緊緊地摟著她。「不過，你說什麼——你把他給殺了？」

「我是說我把他殺了，」黛絲神思恍惚地嘟噥道。

「什麼，把人殺啦？他死了嗎？」

「是的，他聽見我在為你哭訴，就惡狠狠地挖苦我，還用髒話罵你，因此我就把他殺了。我忍不下去了。他以前也老拿你挖苦我。我一殺了他，就穿戴好跑出來找你。」

克萊爾漸漸才肯相信，黛絲即使沒有眞的殺人，至少也動過這個念頭。這時，他一方面對她的衝動感到驚恐，另一方面又覺得她對他一片深情，而且她的愛有著如此奇特的力量，居然驅使她完全喪失了道德觀念，不禁大為驚異。黛絲自己沒能看出這一行為的嚴重性，似乎終於遂心如意了。克萊爾瞧著她伏在他的肩上，快活得哭了起來，心裡不由得在納悶，德伯維爾家的血統中究竟有什麼令人難解的特性，導致了這種心理失常——如果眞可算是心理失常的話。他心裡頓時掠過一個念頭：德伯維爾家族所以會出現那個在馬車裡殺人的傳說，也許人家知道這個家族的人常做這種事。克萊爾在心緒混亂、情緒激動的情況下，只能這樣斷定：黛絲在她剛才所說的悲痛若狂的時刻，一定失去了心理的平衡，陷入了這樣的深淵。

這件事如果確實如此，那就太可怕了，如果只是一時的幻覺，那也太悲慘了。然而，不管怎麼說，那個被他遺棄的妻子，那個感情熱烈的女人，現在就在他跟前，緊緊地靠著他，絲毫也不懷疑，覺得他就是她的保護者。克萊爾看得出來，在她的心目中，他是不可能不做她的保護者的。最後，他心裡完全化作一片柔情。他用他那蒼白的嘴唇，沒完沒了地親吻她，同時握著她的手，說道：

「我永遠不會拋下你！我最親愛的，不管你做了什麼，也不管你沒做什麼，我都會竭盡全力保護你！」

這時，他們又在樹下往前走，黛絲不時地掉過頭來望望他。他現在雖然又憔悴又難看，但黛絲顯然看不出他外貌上有什麼絲毫不足的地方。在她看來，他還是像過去一樣，無論在形體還是心靈上，都是完美無瑕的。他仍然是她的安提諾斯，至是她的阿波羅。❶今天，在她充滿深情的眼光中，他那副病容跟她頭一次見到他時一樣，就像晨光一般美麗，因爲在這天地之間，只有這張臉的主人，才純潔地愛著她，也相信她是純潔的。

克萊爾出於以防不測的本能，沒像原先打算的那樣趕到城外頭一個車站，而是深入到了杉樹林子裡，因爲這裡方圓多少英里，到處都是冷杉樹。他們相互摟著腰，走在一層乾枯的冷杉針葉上，心裡恍恍惚惚的，如痴如醉，覺得兩個人終於在一起了，沒有任何人夾在他們中間了，同時也把死屍的事拋到了腦後。他們就這樣走了好幾英里，後來黛絲突然如夢初醒，往四周一看，怯生生的說：

「我們這是要去什麼地方嗎？」

「我也不知道，最親愛的，怎麼啦？」

「我也不知道。」

「也罷——我們索性再往前走上幾英里，到了晚上隨便在哪兒找個地方住一宿——也許在一所偏僻的農舍裡。你還能走嗎，黛絲？」

---

❶安提諾斯是古羅馬的美男子。阿波羅是希臘神話的太陽神，以年輕英俊著稱。

「哦，能走！只要你摟著我，我就能一直走下去！」

整個來說，這似乎是個好辦法。因此，他們加快了腳步，避開大路，順著大致向北的偏僻小路走去。但是，他們這一整天的行動都是不切實際，糊裡糊塗的，諸如有效逃脫、喬裝打扮或長久隱藏之類的問題，他們好像誰也沒有考慮。他們完全是想起什麼就是什麼，絲毫沒有防範的打算，就像兩個孩子做盤算一樣。

正午時分，他們來到了路邊的一家客店附近，黛絲本想和克萊爾一道進去吃點東西，但是克萊爾卻勸她不要去，就待在這個半林林荒地帶的樹木和灌木之間，等著他回來。黛絲的衣服是些最新款式的，就是她那把象牙陽傘，在他們現在來到的這個偏僻的地方，也是從來沒人見過的。她這些衣物的式樣，難免會引起坐在客店長椅上的那些人注意。克萊爾很快就回來了，拿著足夠五六個人吃的食物，還有兩瓶酒——如果出現什麼緊急情況，也足夠他們維持一兩天的。

他們坐在幾根枯樹枝上，一道吃起飯來。大約在一兩點鐘之間，他們把吃剩的東西包裝好，又往前走去。「我覺得來勁了，多遠的路都走得動。」黛絲說。

「我想我們還是大致朝內地走吧，在內地可以躲一些日子，受到搜捕的可能性比沿海一帶來得少，」克萊爾說。「事後，等風聲過去了，咱們再到港口去。」

黛絲沒有回答他這話，只是把他摟得更緊了，於是兩人直朝內地走去。儘管當時還是英國的五月時節，可天氣卻是又清朗又恬靜，到了下午還很暖和。後來，他們順著一條小徑走了幾英里，來到了新苑的深處。快到黃昏的時候，他們拐過一條籬路，看見一條小溪和一座小橋，橋後面豎著一塊大木牌，上面用白漆寫著：「可意大宅出租，配有家具。」下面還作了詳細介紹，並說明了如何與倫敦代理人接洽。他們及過一道柵門，就看到了那棟住宅。這是一座舊磚房，式樣規範，屋舍寬敞。

「我知道這幢住宅，」克萊爾說，「這是布拉姆舍斯特大宅。你可以看出，房子關閉著，車道上長著草呢！」

「有幾扇窗子還開著，」黛絲說。

「我想只是通通氣罷了。」

「這些房間全都空著，而我們倆卻沒有個棲身的地方！」

「你走累了，我的黛絲！」克萊爾說。「我們快要歇息了。」他親了親她那淒楚的嘴唇，又領著她往前走去。

克萊爾也漸漸地累了，因爲他們已經走了十四五英里路，現在必須考慮怎麼歇息了。他們從遠處看著那些孤零零的村舍和小客棧，很想住到一家小客棧裡，但是心裡又發怯，只好避開了。最後，腳下越來越沉，兩人便站住了。

「我們能在樹底下睡覺嗎？」黛絲問。

克萊爾覺的導節還早了些。

「我在琢磨我們剛路過的那幢空宅了，」他說。「我們再回到那兒吧。」

他們順原路往回走，但走了半個鐘頭，才回到原先路過的柵門外面。克萊爾叫黛絲先在門口等候，他去看看裡面有沒有人。

黛絲在柵門內的灌木叢中坐下來，克萊爾躡手躡腳地朝宅子走去。他去了好久，等他回來的時候，可把黛絲急壞了，不是爲她自己著急，而是爲克萊爾著急。克萊爾從一個男孩那裡打聽到，那座宅子只有一個老太太負責看管，她住在附近的村莊裡，只在天晴時過來開關窗戶。她要在太陽落山的時候來關窗。「現在，我們可以從樓下的窗戶爬進去，到裡面去休息，」他說。

在克萊爾的護送下，黛絲拖拖沓沓地朝宅子正面走去，只見窗戶全都被窗板遮住了，宛如一隻隻失明的眼珠，表明裡面不會有人往外觀望。再往前走幾步，就來到了門前，旁邊有一個窗戶正開著。克萊爾爬到裡面，隨即又把黛絲拉了進去。

除了門廳以外，所有的房間都是黑洞洞的，他們便上了樓。樓上的窗板也都緊緊地關閉著，給房裡通氣只是敷衍了事，至少那一天是這樣的，僅僅打開了門廳前面的一個窗戶和樓上後面的一個窗戶。克萊爾拉開了一間大臥室的門栓，摸索著走進去，把窗板扳開了兩三英寸寬。頓時，一道耀眼的陽光射進了屋裡，映出了屋內笨重的老式家具，深紅色的花緞帷幔，以及一張四柱大床，床頭上刻著奔跑的人物，顯然是阿塔蘭特賽跑的故事。❷

「終於歇下來啦！」克萊爾說道，一面放下旅行袋和那包食物。

他們靜悄悄地待在屋裡，等著照管房子的來關窗戶。爲了謹慎起見，他們像先前那樣把窗板關嚴了，兩人完全待在黑暗之中，以防那個女人出於什麼偶然的緣故，打開他們這間屋子的門。在六、七點之間，那個女人來了，不過沒到他們待的那一邊。他們聽見她把窗戶關上栓好，又聽見她把門鎖上，走了。這時，克萊爾又把窗板微微扳開，透進一點亮光。他們一起又吃了一頓飯，然後漸漸地被夜幕所籠罩，因爲他們沒有蠟燭來驅散黑暗。

❷阿塔蘭特，希臘神話中捷足善跑的美貌獵女，向她求婚的人必須與她賽跑，失敗者將被處死，只有獲勝者才能娶她爲妻。

第五十八章

那天夜裡異常地靜穆。凌晨時分，黛絲喃喃細語，把克萊爾那次夢遊的事一五一十地告訴了他，說他怎樣冒著兩人性命的危險，抱著她走過了弗魯姆河，把她放進了廢棄教堂的石棺裡。克萊爾這才知道這件事。

「你怎麼第二天不告訴我呢？」克萊爾說。「你要是告訴了我，也許會避免不少誤會和苦惱。」

「別去想過去的事啦！」黛絲說。「我現在除了眼前，什麼也不去想了。爲什麼要想那麼多呀？誰知道明天會怎麼樣呢？」

但是，第二天顯然沒遇到麻煩。早晨下著雨，又有霧。克萊爾已經得到確切消息，那個看房子的人只在晴天才來開窗戶，所以他就讓黛絲在屋裡睡著，自己卻大膽地溜出屋去，把整個宅子探索了一番。宅子裡沒有食物，但卻有水，克萊爾趁著霧氣走出去，來到二英里以外的一個小地方，從店鋪裡買了一些茶葉、麵包和黃油，還買了一把小錫壺和一盞酒精燈，這樣就可以點火不冒煙了。克萊爾進屋時，把黛絲驚醒了，兩人便吃起了他買來的東西。

他們不想到外面去，只在屋裡待著。白天過去了，又過了晚上，接著過了一天又一天。就這樣，他們幾乎不知不覺地度過了五個與世隔絕的日子，沒有一個人影、一個人聲，來攪擾他們的平靜。天氣的變化是他們唯一關心的事情，新苑裡的鳥兒是他們唯一的伴侶。他們兩人心照不宣，對於婚後的事，幾乎一次也沒提起。那一段悲傷的分居時光好像沉入了一片混沌之中，現在的恩愛與婚前的甜蜜連接在一起，彷彿從沒間斷過。每當克萊爾提議離開這個隱蔽所，跑到南普敦或倫敦時，黛絲總是很奇怪地不願意動彈。

「我們爲什麼要結束這種甜甜蜜蜜的時光啊！」她表示反對說。「該出什麼事，你也沒法避免。」說著，從窗板縫隙裡往外看了看。「外面一點也不安全，待在屋裡才覺得稱心。」

克萊爾也往外看了看。這話一點不假。屋裡是情意綿綿，水乳交融，前嫌冰釋，屋外卻是冷酷無情。

「再說——再說，」黛絲說道，一面把自己的臉緊貼在克萊爾的臉上。「我擔心你對我的這份情意不會長久。我不願意活到眼看著你變心。我可不想那樣。我寧願趁你還沒嫌棄我的時候，就先死去，埋進土裡，這樣就永遠不會知道你嫌棄我了。」

「我永遠也不會嫌棄你。」

「我也希望這樣。但是，就憑我這一生的經歷，我看哪個男人遲早都難免會嫌棄我的。……我眞是個可惡的瘋女人！可在以前，我連一隻蒼蠅、一條蟲子都不忍心傷害，就是見到一隻鳥兒關在籠子裡，也時常讓我流淚。」

他們又待了一天。到了晚上，陰沉的天空終於放晴了，因此看房子的老婦人早早地就醒來了。燦爛的朝陽使她變得異常地輕快，她決定趁這大好天氣，立刻把那座大宅子的窗戶全都打開，讓宅子徹底通通氣。於是，還沒到六點，她就起來了，打開了樓下房間的窗戶，然後又跑到樓上的臥室，剛想扭動他們倆睡覺的那間屋子的門把，忽然覺得屋裡有人呼吸的聲音。她穿的是拖鞋，就再次回到門口，輕輕去擰門的把手。門鎖已經壞了，但是門裡卻有一件家具把門頂住了，因此她只把門推開一兩英寸，就再也推不動了。從窗板的縫隙裡射進來一道晨光，照在一對男女的臉上。兩人正在酣然沉睡，黛絲那張著的嘴唇，貼在克萊爾的臉邊，就像一朵半開的鮮花。看房子的老婦人起先還以爲他們是肆無忌憚的遊民，不由得心頭火起。但是，一看見他們的樣子那樣天眞，看見黛絲搭在椅子上的長裙，旁邊的長統襪，那把漂亮的小陽傘，以及她隨身穿來的另幾件衣服（因爲她只有這幾件），樣樣都那樣華麗別緻，老婦人又覺得他們像是一對私奔的體面戀人，所以心裡不免生出一股憐憫之情。她關上了門，像來時一樣輕悄悄地走了，去跟鄰居們商量一下，如何處理這稀奇的發現。

老婦人走了不到一分鐘，黛絲就醒來了，隨即克萊爾也醒來了，兩人都覺得有什麼東西攪擾了他們，但又說不清究竟是什麼，因此心裡產生不安的情緒，也就越來越強烈。克萊爾剛一穿好衣服，就透過窗板那兩三英寸的縫隙，仔細地察看著外面的草地。

「我想我們要馬上離開，」他說。「今天是個晴天。我總覺得宅子裡來人了。不管怎麼說，那個女人今天肯定要來。」

黛絲也沒說什麼，就同意了。兩人把屋子收拾了一下，提起了他們的幾件東西，便不聲不響地離開了。走進新苑以後，黛絲回過頭來，把宅子最後看了一看。

「啊，快活的宅子——再見吧！」她說。「我只能再活幾個禮拜啦。我們爲什麼不待在那兒呢？」

「別這麼說，黛絲！我們很快就會離開這一帶。我們就按照一開始的打算，一直朝北走。誰也不會想到去那兒搜捕我們。要是有人搜捕我們，那一定是在威塞克斯的港口。我們到了北方，就找個港口逃走。」

克萊爾就這樣說服了黛絲，兩人按照計劃，逕直朝北方走去。他們在宅子裡休息了這麼多天，現在也有勁走路了。快到中午的時候，他們來到了梅爾切斯特跟前，這座尖塔聳立的城市恰好擋住了他們的去路。克萊爾決定讓黛絲在樹叢裡休息一下午，等到晚上再趁黑往前走。到了黃昏時分，克萊爾照舊買了些食物，然後就開始了他們的夜行，大約八點鐘的時候，就穿過了上威塞克斯和中威塞克斯的邊界。

在鄉野裡行走，不管路好路壞，對黛絲來說並不是新鮮事，她走起來像往日一樣輕捷。那個攔住去路的古城梅爾切斯特，是他們必須穿過的地方，因爲有一條大河擋在前面，非得從城裡的橋上過去不可。大約半夜的時候，他們走在空寂無人的街道上，只有幾盞路燈忽明忽暗地照射著，他們避而不走人行道，免得腳步發出聲音。一座座宏偉壯麗的大教堂，影影綽綽地聳立在他們左邊，但是他們卻無心去留意。出了城以後，他們就順著大路走去，走了幾英里之後，大路進入一片曠野，從中一直穿過去。

起先，天上雖然陰雲密布，但是殘缺的月亮射出散光來，倒給他們帶來了一點幫助。不過現在月亮落下去了，烏雲彷彿就壓在他們的頭頂上，夜色就像黑洞一樣昏暗。儘管如此，他們還是盡力往前走，爲了使腳下不出聲，盡量往草地上下腳，這樣走倒不費勁，因爲這一帶沒有樹籬柵欄之類。周圍只是一片空曠的孤寂，一團漆黑的僻靜，一股勁風吹拂而過。

他們就這樣摸索著又走了兩三英里，忽然間，克萊爾發覺前面有一個龐大的建築物，巍然屹立在草地上。他們兩個差一點撞到上面。

「這是個什麼怪地方？」安傑問。

「還嗡嗡響哪，」黛絲說。「你聽！」

克萊爾側耳聽去，那個龐大的建築物上有風吹拂，發出嗡嗡的聲音，好像一個碩大的單弦豎琴彈出的曲子。除此之外，聽不到別的聲音。克萊爾揚起手往前走了一兩步，摸到了建築物那垂直的平面。它好像是塊完整的石頭，沒有接縫，也沒有裝飾線條。他把手指往上摸去，發覺他觸到的是一個巨大的長方形石柱。他又伸出左手，發現旁邊也有一根類似的石柱。在頭頂很高的地方有一樣東西，把本來就很昏暗的天空遮得越發昏暗，那東西像是一根巨大的橫梁，平伸在上空，把兩根石柱連接起來。他們小心翼翼地進到立柱之間，橫梁底下。他們嚓嚓的腳步聲，都從石柱石梁上發出了迴響。但是，他們似乎還待在戶外。這地方沒有屋頂。黛絲嚇得喘起粗氣來，安傑困惑不解地說道：

「這會是什麼東西呢？」

他們往旁邊摸去，又碰到一個高塔一般的石柱，像頭一個一樣又方又硬。再往外摸，又摸著一個又一個。原來，這地方全是石門和石柱，有的上面還架著橫梁。

「這眞是個風神廟了，」安傑說。

下一根路柱孤零零的。有的構成了巨石牌坊，還有的倒在地上，寬得都能走開馬車。過了不久，他們就明白了原來在這雜草叢生的曠野上，有一片林立的獨石柱。他們兩個又往前走去，一直走到這個夜亭的中間。

「這就是斯通亨奇呀！❶克萊爾說。

「你是說，這就是那個異教神壇嗎？」

「是的。這玩意古老得很，比德伯維爾家還古老！好啦，親愛的，我們怎麼辦呢？再往前走，我們就可以找到地方過夜了。」

但是黛絲這時實在太累了，一下躺倒在跟前的一塊長方形石板上，旁邊有一柱石柱把風遮住了。這塊石頭白天讓太陽曬了一天，眼下倒是又溫和又乾燥，與周圍又粗又涼的野草比

❶斯通亨奇，英國南部索爾茲伯里附近的一處史前巨石建築遺址。

起來，當然舒服極了，那野草把她的衣服下襬和鞋子都弄濕了。

「我不想再往前走了，安傑，」她說道，一面伸出手來，去握克萊爾的手。「我們不能待在這兒嗎？」

「恐怕不行。這個地方呀，白天幾英里以外都看得見，儘管現在感覺不出來。」

「這下我想起來了，我母親娘家有一個人在這一帶放羊。以前在塔爾勃塞的時候，你常說我是個異教徒。所以說，我現在算是回到家了。」

黛絲直挺挺地躺著，克萊爾跪在她身旁，把嘴唇貼在她的嘴唇上。

「你睏了吧，親愛的？我覺得你是躺在聖壇上。」

「我就想待在這兒，」黛絲喃喃說道。「我享受了巨大的幸福之後，現在躺在這裡，只有蒼天在上，這裡多麼莊嚴，多麼靜穆。世界上只有你和我，再也沒有別人了。我倒真希望沒有別人了——除了麗莎—露以外。」

克萊爾心想，不如就讓她在這裡歇著，等到天色微明再走，於是他把自己的外套蓋在她身上，自己坐在她身邊。

「安傑，我要是有個好歹，你能看在我的分上，照顧麗莎—露嗎？」他們聽了半天石柱中間的風聲之後，黛絲問道。

「我會的。」

「她真是個好姑娘，又天真，又純潔。哦，安傑——你很快就要失去我了，到那時候，我希望你能娶她。哦，你要是能那樣，該有多好啊！」

「我要是失去了你，就失去了一切！再說她是我的小姨子呀！」

「這沒關係，最親愛的。在馬洛特一帶，時常有人跟小姨子結婚的。再說麗莎—露又那麼溫柔，那麼可愛，而且越長越漂亮。哦，等我們都作了鬼魂，我甘願跟她一起與你相伴！你要是能訓練她、教育她，把她培養成你自己的人，那該有多好！……我身上的優點，她一樣也不缺，我身上的缺點，她一點也沒有。如果她眞能成爲你的人，那麼我就是死了，也好像死神沒把我們拆散一樣。……好啦，我已經把話說出來了。我不會再說第二遍啦。」

黛絲頓住不說了，克萊爾陷入了沉思。從石柱間望去，在遙遠的東北面天邊上，可以見到一道平射的白光，原來瀰漫天空的烏雲，就像一個大鍋蓋，整個的往上揭起，使天邊露出了新一天的曙色，在這曙色的映襯下，巍然屹立的獨石柱和石碑坊，顯出黑糊糊的輪廓來。

「人們以前在這兒給上帝獻祭嗎？」黛絲問。

「不是給上帝，」克萊爾說。

「那是給誰？」

「我想是給太陽。那根巍峨的石柱，孤零零地立在一邊，就是衝著太陽方向，太陽馬上就會從石柱後面升起來。」

「親愛的，這使我想起一樁事來，」黛絲說。「我們結婚以前，你從不干涉我的信仰，你還記得嗎？不過，我還照樣知道你的心思，而且你怎麼想，我也怎麼想——這倒不是我有什麼主意，而是因爲你有那樣的想法。安傑，現在你告訴我，你認爲我們死後還能再相逢嗎？我很想知道。」

克萊爾親了親她，免得在這種時候回答她。

「哦，安傑——我擔心你的意思是說不能相逢呀！」黛絲說，一面抑制著哽咽。「我眞想跟你再相逢呀——太想了，太想了！怎麼——安傑，就像我們倆如此相親相愛的人，死後都不能重逢嗎？」

安傑像一個比他自己更了不起的人物，❷在這至關緊要的時刻，對這至關緊要的問題，不予回答。於是，兩人又默默不語了。一兩分鐘以後，黛絲呼吸得更勻和了，她抓著克萊爾的那隻手也鬆開了，原來她睡著了。東方地平線上那道銀灰色的光帶，使得大平原上那遙遠的地方也顯得黑沉沉的，彷彿就在眼前，而整個廣闊無垠的景物，卻露出一副矜持不語、沉吟不絕的神態，這是黎明前常有的現象。東面的石柱和橫梁，它們外面的火焰形太陽石，以及處在中間的祭石，全都背著亮光，黑糊糊地矗立著。過了不久，夜間的風就停下來了，石塊上杯形石窩裡顫動的小水潭也都靜下來了。就在這時，東面斜坡的邊緣上，好像有個東西——一個小黑點，在慢慢蠕動。原來那是一個人，只露著個頭，從太陽石外的低地上，朝他們走來。克萊爾後悔他們沒有往前走，但是到了這步田地，也只得硬著頭皮保持安靜。那個人朝著他們待的那群石柱直奔而來。

克萊爾聽見背後也有聲音，嗡嗡的腳步聲。他回頭一看，只見倒在地上的石柱外面，也走來一個人。他還沒回過神來，右邊的牌坊底下也出現了一個人，接著左邊又出現了一個。曙光照射到西面那個人身上，克萊爾由此可以看出，他身材高大，走起路來好像受過訓練。顯然，他們是有目的的圍攏來的。看來，黛絲先前說的是實話！克萊爾忽地跳起來，向四下尋找武器，尋找石頭，尋找脫身的手段，應急的辦法。這時，離他最近的那個人已經來到他跟前了。

「這沒有用，先生，」那個人說。「這塊平原上有我們十六個人，而且整個地區都發動起來了。」

---

❷指耶穌，曾在受審問時，不予回答。

「讓她睡完覺吧！」克萊爾見那些人從四面圍攏過來，便輕聲懇求說。

那些人一直沒看見黛絲待在什麼地方，現在看見她躺在那裡，就沒對克萊爾的懇求表示反對，只是站在那裡守候，就像周圍的石柱一樣一動不動。克萊爾走到石板旁邊，俯身守著她，握住了她一隻可憐的小手。這時，她的呼吸又短促又輕微，就像一個比女人還弱小的動物。所有的人都在越來越亮的曙光裡等候，他們的手和臉彷彿塗上了一層銀白色，他們身上的其他部分還是黑糊糊的，周圍的石柱閃爍著綠灰色的光澤，大平原依然一片昏暗。過了不久，亮光強烈起來，一道光射到黛絲那沒有知覺的身上，透過她的眼皮，把她喚醒了。

「怎麼回事，安傑？」黛絲忽地坐起來，說道。「他們來抓我了嗎？」

「是的，最親愛的，」克萊爾說。「他們來了。」

「這是理所當然的事，」黛絲咕噥著說。「安傑，我幾乎感到高興——是的，感到高興呀！這樣的幸福本來就不會長久的。這番幸福太過分了。我已經享受夠了。現在，我不會眼看著你嫌棄我了！」

她站起來，抖了抖身子，往前走去，那些人卻一個也沒動彈。

「我準備好了。」她平靜地說道。

第五十九章

溫頓塞斯特城——那座曾經作過威塞克斯王國首府的優美古城——就坐落在一片起伏不平的丘陵地帶，眼下正沐浴在七月早晨的光明和溫煦之中。那些砌著山牆的磚瓦砂石房子，由於季節的緣故，外面的那層綠蘚差不多趕曬乾脫淨了，草場上溝渠裡的水都落得很淺了，在那條有坡度的大街上，從西門口到中古十字口，從中古十字口到大橋，人們正在慢慢悠悠地進行清掃工作，這通常是爲了迎接舊式集日。

每一個溫頓塞斯特人都知道，從上面提到的那個西門起，馬路就爬上一個又長又齊整的坡道，不多不少恰好一英里，把城裡的房屋漸漸地撂在後面。就在這條大路上，有兩個從城裡出來的人，正疾步往上走來，好像不覺得爬坡費力似的——他們所以不覺得費力，倒不是因爲心情輕鬆，而是因爲心裡有事。在下面不遠的地方，有一堵高牆，高牆中間有一道狹窄的柵欄門，他們就是從這道小門出來，走上了這條大路。他們好像急著要躲開那些房屋之類，而這條大路似乎給他們提供了最迅捷的途徑。他們雖然都很年輕，但是走起路來卻低著頭，太陽光毫不憐憫地含著笑容，瞧著他們那悲傷的走路姿態。

這兩個人中，一個是安傑．克萊爾，另一個是一位身材頎長、含苞待放的女郎，一半是少女，一半是少婦——長得活像黛絲，比黛絲瘦一些，但卻長得同樣美麗的眼睛——她就是克萊爾的小姨子麗莎—露。他們兩人的蒼白面孔，彷彿瘦得只剩下了原來的一半。他們手拉

著手往前走著，始終一言不發，那低著頭的樣子，就像喬托所畫的〈兩個使徒〉一樣。❶

他們快走到大西山山頂的時候，城裡的鐘敲了八下。他們聽到這鐘聲，都為之一驚。兩人又往前走了幾步，遇到了頭一個里程碑，只見它蒼白地立在綠色草地的邊緣，後面就是丘陵地帶，在這裡和大路連在一起。他們走到了草地上，有一種力量似乎控制了他們的意志，迫使他們突然停住腳步，轉過身來，站在石碑旁邊，癱瘓了似地等候著。

從這山頂上看下去，下面的山谷裡，坐落著他們剛剛離開的那座城市，那些比較宏偉的建築物就像等角圖一樣顯眼——其中有大教堂的鐘樓及其諾曼第式的窗戶、長廊、中殿、有聖托馬斯教堂的尖頂，有學院的尖塔，再往右還有古老救濟院的樓閣和山牆，直到現在，朝聖的人還能從那裡領到一份麵包和麥芽酒。城市後面，隆起的聖凱瑟琳山延伸而去；再往遠處看，景物一片連著一片，直至天邊，懸在上空的太陽一片輝煌，使人看不見那地平線。

在這片綿延遠景的襯托下，一幢紅磚大樓聳立在其他建築物的前面。樓上修著灰色的平屋頂，一排排帶鐵柵的小窗戶，表明那是囚禁犯人的地方，它那拘泥刻板的樣式，與周圍錯落有致的哥德式建築，形成巨大的反差。從它前面的路上經過時，由於有紫杉和橡樹遮掩，倒還有些看不見，但是從高處看下去，卻看得清清楚楚。這兩個人剛才走出來的那道小柵門，就開在這幢紅樓的牆上。在大樓的正中間，背著東方的地平線，矗立著一個醜陋的平頂八角高閣，從山頂望去，正背著亮光，只能看到它的背陰面，因此，它就像是全城美景中唯一的污點。然而，這兩個人所注目的，卻正是這個污點，而不是那整個美景。

❶喬托（一二六七——一三三七），義大利畫家。不少評論家認為，《兩個使徒》並不是喬托的作品，而為另一義大利畫家阿雷蒂諾所作。

高閣的檐口上，豎著一根高杆。他們都目不轉睛地盯著那裡。鐘聲敲過之後，又過了幾分鐘，高杆上慢慢升起一樣東西，在風裡飄展。這是一面黑旗。

「典刑」明正了，埃斯庫羅斯所說的正神主宰❷結束了對黛絲的戲弄。德伯維爾家族的那些武士和夫人們，卻長眠在墓中，對此一無所知。那兩個默默注視的人，把身子俯在地上，好像祈禱似的，一動不動地待了許久，那面黑旗仍在無聲地招展。他們剛緩過一口氣，就站起身來，又手拉手地往前走去。

〈終〉

❷埃斯庫羅斯（公元前五二五—四五六），古希臘大悲劇家。「衆神的主宰」一語，見於他的悲劇〈被縛的普羅米修斯〉。普羅米修斯在劇中大力抨擊衆神的主宰——宙斯的殘暴。

國家圖書館出版品預行編目資料

黛絲姑娘／哈代／著　孫致禮、唐慧心／譯
-- 修訂一版 -- 新北市：新潮社，2019.09
面；　公分
譯自：Tess of the d'urbervilles Thomas Hardy
ISBN 978-986-316-742-6（平裝）

873.57　　108010392

黛絲姑娘

哈代／著

孫致禮、唐慧心／譯

【策　劃】林郁
【出版人】翁天培
【企　劃】天蠍座文創
【出　版】新潮社文化事業有限公司
電話：(02) 8666-5711
傳真：(02) 8666-5833
E-mail：service@xcsbook.com.tw

【總經銷】創智文化有限公司
新北市土城區忠承路 89 號 6F（永寧科技園區）
電話：2268-3489
傳真：2269-6560

印前作業　菩薩蠻、東豪印刷事業有限公司

修訂一版　2019 年 9 月